KB108730

명수필 작법 현장 분석

명수필 작법 현장 분석

발행일	2022년 05월 27일		
지은이	서태수		
펴낸이	손형국		
펴낸곳	(주)북랩		
편집인	선일영	편집	정두철, 배진용, 김현아, 박준, 장하영
디자인	이현수, 김민하, 안유경, 김영주, 최성경	제작	박기성, 황동현, 구성우, 권태련
마케팅	김회란, 박진관		
출판등록	2004. 12. 1(제2012-000051호)		
주소	서울특별시 금천구 가산디지털 1로 168, 우림라이온스밸리 B동 B113~114호, C동 B101호		
홈페이지	www.book.co.kr		
전화번호	(02)2026-5777	팩스	(02)2026-5747

ISBN	979-11-6836-317-5 03800 (종이책)	979-11-6836-318-2 05800 (전자책)

(주)북랩 성공출판의 파트너

북랩 홈페이지와 패밀리 사이트에서 다양한 출판 솔루션을 만나 보세요!

홈페이지 book.co.kr   •   **블로그** blog.naver.com/essaybook   •   **출판문의** book@book.co.kr

작가 연락처 문의 ▶ ask.book.co.kr

작가 연락처는 개인정보이므로 북랩에서 알려드릴 수 없습니다.

 부산광역시
BUSAN METROPOLITAN CITY

 부산문화재단
BUSAN CULTURAL FOUNDATION

본 사업은 2022년 부산광역시, 부산문화재단 〈부산문화예술지원사업〉으로 지원을 받았습니다.

한국 현대수필이 나아갈 길을 제시하다

명수필 작법
현장 분석

서태수 지음

북랩

수필가는 언어의 융합디자이너

문인은 언어디자이너다.

수필은 종합문학이다.

수필가는 언어의 융합디자이너다.

위의 정의는 나의 문학관, 수필관이다.

나의 수필 미학에 대한 견해는 다음과 같다.

1. 수필 미학이 주는 감동은 지적 요소보다 정서적 자질이 우선한다.
2. 수필 미학의 5요소는 '제재, 구성, 표현, 주제, 형상화'다.
3. 수필가는 언어의 융합디자이너로서의 미학적 언어기교를 운용해야 한다.

수필에서 '무형식'이란 시, 시조, 소설, 희곡과 달리 작가마다 개성적 형식을 창출할 수 있음을 전제한 것으로, 수필이 지닌 미학적 묘미를 변증법적으로 새겨놓은 탁견이다.

나는 '낙동강 연작 시조' 창작에 몰두한 시조시인으로 수필은 주력 업종이 아니다. 국어국문학을 전공하였지만 전문 평론가도 아니다.

다만 학창시절부터 국문학도로서의 기본 소양에 대한 책무로 모든 장르에 다양한 관심을 가졌을 뿐이다. 수필 창작도 내 몸에 익숙한 시적 미감과 시조 율격을 수필 작법에 접맥시키다 보니 자연적으로 시적 수필 미학에 관심을 쏟게 되었다. 나는 두 번째 수필집『조선낫에 벼린 수필』(2017, 북랩)에서 내가 구현한 구체적 작법 기교를 모든 작품 말미에 첨부시킨 적이 있다. 내 선생 직업병으로 사족으로 첨가했는데도 뜻밖에 '세종도서 문학나눔'으로 선정되었다. 그 작법론을 확대 재생산한 묶음이『명수필 작법 현장 분석』이다.

내가 최초로 출판한 단행본은『논술의 논리』(1996, 한샘출판사)였다. 이처럼 모든 글에서 구조의 체계성을 중시하는 나는 수필 창작에서도 제작 방향을 세부적으로 기획하는 버릇이 있다. 수필 미학 5요소에 맞추어 작품마다 특정한 수필 미감을 의도적으로 개입시키려 노력한다. 일례로 서사적 글은 구성미 활용, 신변잡기에서는 구성과 어조변화, 서정적 글에서는 시적 정감의 비유적 형상화 등이다. 출렁이는 흥취를 위한 고전적 율격미도 가끔 운용한다.

이 책의 목적은 내가 생각하는 수필 창작법의 손쉬운 응용이기에 인용 자료에는 나의 작품이 많다. 그것은 수필 작법을 논하기 위해서는 작품 속에 사전 기획한 수필 미감의 특징적 요소인 제재, 구성, 표현, 주제, 형상화 등 작가가 의도한 구체적 인용이 필요하기 때문이다. 또 이 책에서는 용어, 문장, 이론 등 '자기 표절'이 숱하게 반복되고 있다. 그것은 내가 주장하는 수필 작법 이론은 단순명료하고, 그 준거를 반복적으로 활용했기 때문이다. 또 직업 경험상 반복 전달이 필요하다는 점을 알고 있기 때문이기도 하다.

'방담放談' 자료는 2019년 11월부터 2020년 7월까지 〈부산수필문인협회〉 카페에 즉흥적 여담 형식으로 탑재한 자료이다. 가벼운 마음으로 일람하시라는 의도이다.

　역사적으로 수필 양식은 실사구시實事求是 정신으로 형성, 발전되었다. 나는 이 책을 통해 나의 견해에 공감하는 수필가가 실제 창작에서 어렵지 않게 활용할 수 있도록 현학적衒學的 췌사贅辭를 배제하고 실용성을 지향하였다.

　이 책에서 강조하는 수필 미학의 각 요소에 무심한 작가의 작품 중에도 감동적인 글이 많다. 문학작품 창작론에는 정답이 있을 수 없고, 문학작품에 나쁜 작품이 있을 수 없다. 이런 점에서 나는 문단의 이른바 '잡초론'을 경계한다.

　이 글을 읽는 수필가께서 필자의 견해를 취사선택하여 각자의 개성적 작법에 조금이라도 보탬이 되어 수필 양식이 본격문학의 위상 확보에 기여할 수 있기를 바라는 마음이다. 오래전부터 지극히 개인적 관심으로 시작했던 어쭙잖은 작법론을 2022년 부산문화재단 예술비평 부문 지원금을 받아 펴내게 되어 마음이 다소 가볍다.

2022년 여름

서혜수

放談 2   화소 연결

제2부
수필에 얹힌 고명

명수필 작법 현장 분석

放談 1

독자는 배부른 당나귀

당나귀 유혹하기

독자는 배부른 당나귀

내 작품에서

독자 유혹의 당근은 무엇인가?

　　　　　　　　　　　-『조선낫에 벼린 수필』(2017), 「작가의 말」 중

출판 홍수의 시대.

작품은 독자와 밀당을 지속해야 한다. 그러기 위해서는 당근이 필요하다.

제목은 물론 첫 줄부터 맛보인 당근은 조금씩 뜯기는 척하면서 끝까지 몰고가야 한다.

당나귀들 개성도 다채로운 시대.

당근 종류는 다양할수록 좋다.

당근이 바닥나는 순간 당나귀는 즉각, 채널을 돌린다.

당근은 흔한 말로 '감동'이겠지만 좀 추상적이다.

크게 잡으면 내용상으로는 재미나 궁금증, 문체상으로는 표현미의 신선함 등일 것이다.

구체적 당근 종류로는 '구성, 제재, 문장, 형상화, 주제' 등에서 창의적으로 맛과 멋을 조리할 수 있을 것이다.

　　　　　　　　　　　　　　　　　명수필 작법 현장 분석

수필 미학의 당근을 제조하려면 두 사실을 먼저 익혀야 한다.

첫째, 수필은 어떤 밥상인가.

둘째, 내가 만드는 요리는 어떤 별미가 있는가.

이를 위해서는 수필의 문학원론과 창작론에 대한 기초적 이해가 동시적으로 필요하다.

문학원론은 공시적 보편성을 지닌 학문적 요소이고 창작론은 백가쟁명百家爭鳴이 될 것이다.

이 책도 백가쟁명의 한 단편일 뿐.

수필의 형식과 감동

문학은 언어예술이며 문인은 언어의 연금술사라고 한다.

언어를 미적美的으로 구현하는 기술자란 뜻이다.

이를 현대적 감각으로 바꾸면 '문인은 언어디자이너'가 된다.

문학의 목적은 '언어의 미적 구현을 이용한 감동 전달'이다.

감동이 하늘을 찔러도 철학, 사상, 종교적 글은 문학이 아니다.

문학과 비문학의 변별적 자질은 '언어의 미적 구현' 여부로 구분된다.

같은 문학이라도 각각의 양식마다 감동의 핵심이 다르다.

이는 곧 그 양식의 정체성과 연관된다.

시는 서정적 감동, 소설은 서사적 감동, 희곡은 극적 감동, 수필은 지성적 감동이다.

문학양식마다 다른 감동 전달 핵심의 차이가 곧 그 형식이다. 시의 형식은 리듬, 소설은 긴축구성, 희곡은 극적구성, 수필은 무형식으로 정립된 것이다.

명수필 작법 현장 분석

수필 지식만으로는 수필의 핵심을 이해할 수 없다. 각 장르의 형식적 변별성을 간략히 언급하겠다.

시의 형식은 운율, 시의 내용은 정서와 사상이다. 시에서 이미지를 매우 중시하지만 이는 시 창작의 고도한 기술적 방편일 뿐, 시의 본질은 리듬(운율)이다. 소설과 희곡은 구성법의 제약을 받는다. 소설 구성에는 과거적 갈등을, 희곡 구성에는 현재적 갈등이 수반되어야 한다. 현대문학양식에서 제약이 가장 강력한 장르는 3장 6구 12음보의 현대시조, 가장 자유로운 장르는 수필이다.

그런데 이상하지 않은가? 왜 수필만 '무형식'인가. 무형식을 '형식이 없다'로 인식하는 것은 심각한 오류다. 무형식이란 엄밀히 말하면 '무형식의 형식'이란 뜻이다. '무형식의 형식'이란 무슨 의미인가.

위에서 교술양식인 수필은 지성적 감동이 핵심이라고 했다.
이 말은 맞는 말이다. 그래서 많은 이론가들이 수필은 '고백의 문학, 체험의 비전환적 양식, 비전문 문학, 토론 문학' 등등으로 성격을 특징지었고, 수필가는 지성적 내용 중심으로 수필을 창작해 왔다.
중요한 문제는 '수필의 문학성'을 외면한 판단이다. 어떠한 지성적 감동도 문학적으로 구현해야 한다는 점을 강조하지 못한 것이다.

반성적 자세로 따져보자. 수필에서 지성적 감동이 핵심이라면 철학, 사상, 종교 서적과의 차별성이 무엇인가.
핵심은 '짓느냐, 쓰느냐'의 문제다.

예컨대 법정 스님의 「무소유」는 수필이 아니다. 난을 기르면서 얻은 경험을 생각나는 대로, 언어의 미적 기교를 생각하지 않고, 당신의 깨달음을 썼을 뿐이다. 흔한 수필 작품보다 더 감동적이고 잘 써진 글이라 할지라도 그것은 스님의 훌륭한 깨달음이나 필력筆力의 문제일 뿐이다. 법정 스님은 당신이 수필가라고 생각하지 않는다. 모르겠다. 수필로 등단을 하셨는지…. 수필가의 자세로 '지었다'면 수필이 된다!

왜냐고?

예술과 비예술의 차이는 '미적 가치 개입의 유무有無'다.

미적 가치 개입의 제1 조건은 제작자의 의도이다. 예컨대 도기회사의 밥그릇과 도예가의 밥그릇은 다르다. 그래서 우리는 미적 개입이 없으면 '장인'의 '제품', 있으면 '작가'의 '작품'이라 부른다. 기술의 고급, 저급은 상관없다. 기교나 기술에 따라 제품이나 작품 위상의 천차만별이 생길 뿐이다. 이 둘은 목적도 다르다. 제품은 실용 목적, 작품은 미적 목적이다.

아무리 저급한(용어 사용을 용서하시길) 수필도 문학작품이다. 남들이 '태작, 졸작, 잡초, 신변잡기' 또는 '명작, 걸작'이라고 하는 논의는 작품의 진위 여부가 아니라 평가의 영역일 뿐이다. 다만 작가는 자기만족과 아울러 객관적으로 높은 평가를 얻기 위해 나름대로 최고의 창작을 위해 노력한다(나는 개인적으로 문단의 '잡초론'을 지지하지 않는다).

수필의 정체성을 다시 정리하자.

1. 교술양식인 수필은 지성적 감동이 핵심이다.

2. 수필은 문학이다.

명수필 작법 현장 분석

위의 1과 2를 통합하면 된다.

즉, '수필은 언어예술의 기법으로 지성적 감동을 창출하는 양식'이 된다.

그러면 철학 사상과 구별되어 수필가의 정체성도 정립된다.

수필가는 '무엇을 쓸 것인가'보다는 '어떻게 쓸 것인가'를 고심하는 사람이다.

전자는 지성적 감동을, 후자는 정서적 감동을 구현하기 때문이다.

수필은 언어예술이다.

무형식의 미학

'무형식의 미학'은 수필가에게 축복과 동시에 재앙이다.

제약이 없다는 것은 동전의 양면이다.

축복은 '나의 창조 역량', 재앙은 '붓 가는 대로'.

수필 작법은 이론상으로는 단순명료하다.

지성적 내용을 정서적 감동 기술로 융합하면 된다.

그런데 그 방법이 무형식이다.

즉 시조, 시, 소설, 희곡과 달리 특별한 방법을 제약하지 않을 테니 작가가 알아서 형식을 만들라는 것이다.

앞 장에서 예술과 비예술의 차이는 미적 가치 개입의 유무라고 했다.

미적 가치는 내용(무엇)보다 형식미(어떻게)가 우선한다고 했다.

작가의 입장에서 볼 때 내용(무엇)은 이미 결정이 된 상태다. 남은 건 형식미(어떻게)다.

작가의 고심어린 퇴고 과정은 이 '어떻게' 때문이다.

형식은 '작품 형성의 원리'다.

과거에는 형식을 용기容器로 보았다. 그러면 문학 본질은 껍데기만 남는

명수필 작법 현장 분석

다. 그래서 이제는 용기론은 낡은 버전이다.

형식미학은 내용을 가장 효과적으로 구현하는 전개 방식에 있다.
'형식 ≒ 구성'의 개념으로 생각해도 좋겠다.
구성이란 내용을 구현하고자 하는 '작가의 미적 의도 개입'이다.
작가는 이 미적 의도를 위해 치열한 고심을 한다.

무형식의 재앙은 '붓 가는 대로 쓴 글'이다.
이런 글의 특징은 형식 미감에 특별한 관심이 없다.

무형식의 축복은 '작가가 창출해낸 형식미'다.
수필가는 자기 작품의 형식까지 창출해내는 만능萬能 문인이다.
수필 양식은 작가가 창출해내는 개별적, 개성적 형식을 용인하는 것이다.

시, 시조, 소설, 희곡은 작가가 장르 형식을 창출할 수 없다.
과거에는 삼일치법칙도 있었다.
정형시인 시조 장르에는 변격인 '평시조, 엇시조, 사설시조, 양장시조, 절
장시조' 등도 시조의 율격 자질은 지켜야 한다.

'무형식의 형식'은 수필이 지닌 미학적 깊이를 숨겨놓은 탁견卓見이다.
왜 수필만 그럴까.
수필은 '자아의 세계화', 즉 나의 사상, 감정의 객관화客觀化 양식이다(조동
일 이론).
쉽게 말하면 나의 생각을 상대가 이성적으로 수용하도록 설득시키는 작

업이다(그래서 수필은 내용을 잘 못 쓰면 비난을 받는다. 이 점이 시와 다르다).

그런데 설득 방법이 내용에 따라, 사람에 따라 무궁무진하다.

예컨대 어린이가 엄마에게 메시지를 전하는 방법도 다양하다.

① 조근조근 설득한다. ② 예쁜 짓을 한다. ③ 어리광을 부린다. ④ 떼를 쓴다. ⑤ 불쌍하게 보인다. ⑥ 협박한다….

방법이 무궁무진하니 제재나 내용도 그 어떤 양식보다도 광범위하다.

이렇게 광범위한 양식을 어떤 특징적 형식 구조로 한정하기란 애초에 불가능할 것이다.

형식이 없다는 말은 일견 아무렇게나 쓰는 글이라는 오해의 소지도 있지만 실상은 수필의 정체성을 가장 잘 드러낸 특징적 용어이다.

무형식의 미학적 구현은 작가의 몫이다.

각 작품의 특징적 내용을 가장 효율적으로 전달할 수 있는 최상의 형식미를 구현하는 것이 수필가의 능력이다.

작가마다 형식을 다르게 창출할 수 있음은 나아가 작품마다 그 형식이 다를 수도 있다는 말이다.

결국, 가장 훌륭한 수필 형식은 작품의 주제와 제재에 걸맞은 개성적 형식이다.

무형식의 반대급부는 미학적 쾌감이다.

평범한 수필은 쉽다. 수필가는 문장력이 뛰어난 사람이므로 붓 가는 대로 쓰려면 간단하다.

그러나 좋은 수필은 문장 서술의 기교에다 형식미까지 창출해야 한다. 이

명수필 작법 현장 분석

점에서 형식이 전제된 다른 장르보다 작가의 부담이 무거워진다.

다행히 반대급부도 있다.

작품 창작에서 '형식 창조의 즐거움'까지 수반되는 양식은 수필뿐이다.

개성적 형식 창출은 다른 장르의 형식미에서 많은 힌트를 얻을 수 있다.

즉, 시의 서정성, 시조의 율격미, 소설의 구성미, 희곡의 현장감, 평론의 지적 판단력 등등이 될 것이다.

'무형식의 형식'이라는 말은 수필의 무한한 기능성技能性을 포용하고 있는 형식적 특징이다.

시, 시조, 소설, 희곡, 평론의 고유한 미학이 수필 작법에 총동원될 수 있다.

그래서 수필은 '종합문학'이며 수필가는 '언어의 융합디자이너'다.

무형식의 고마움을 아시나요?

무형식은 최소한 두 가지 장점이 있다.

첫째, 문인의 창작 능력 발휘를 최대한 보장한다.

둘째, 수필 문단에서 형식 논란으로 인한 장르적 갈등이 없다.

문학 이론으로 야기되는 갈등은 주로 장르의 형식 문제다.

창작이 본업인 문인에게는 기존의 것에 안주를 거부하는 속성이 있다.

이 '창조적 부정정신'이 작품 속에 드러나면 '개성'이 된다.

개성, 항구성, 보편성은 문학의 3대 속성이다.

통시적通時的으로 문학양식도 숱한 갈등을 겪으면서 진화해 왔다.

대부분의 작가들은 기존의 형식적인 틀에 안주하고 있기에 형식 문제로 스트레스(!)를 느끼지 못한다. 그러나 색다른 정체성을 확립하고자 하는 문인은 많은 고뇌를 하게 된다.

정형시에서 진화한 자유시를 보자.

거의 모든 형태가 일정한 양식이다. '딱! 봐도 시'다.

그런데 가끔 일탈이 생긴다.

1930년대 이상이 「오감도」를 발표할 무렵 죽기(!)를 각오했을 것이다. 시

명수필 작법 현장 분석

가 지닌 보편적 형식을 저버렸기 때문이다. 당시 〈중앙일보〉 편집국장은 이 작품을 연재하면서 사직서를 미리 써놓았다고 한다. '미친 자의 헛소리'라는 세간의 혹평에 결국 게재를 중단했다.

얼마나 치열한 투쟁인가. 현재도 자유시의 양식 변화는 다양한 진행형이지만 그래도 '자유시다운' 문단 분위기가 이를 포용하고 있는 것 같다.

소설과 희곡도 예외는 아니다.

옛날에는 삼일치三一致도 있었다.

지금도 소설 창작은 소설의 3요소(주제, 문체, 구성), 구성의 3요소(인물, 사건, 배경), 구성법(발단, 전개, 위기, 전환, 절정, 결말), 인물(주동인물, 반동인물 등) 등을 맞춰 가면서 진행하여야 한다.

김광수 소설가는 기존의 틀을 깨는 창작적 재미를 한껏 누리는 작가다. 이쯤 되려면 소설 형식론에 통달해야 한다.

장르 갈등이 극심한 곳이 필자가 몸담고 있는 시조문단이다.

시조 형식을 두고 600년 전쟁 중이다. 현재는 더 심해져 막말도 주고받는 지경이다.

조선시대에도 형식 갈등이 있었다.

문학도 진화를 거듭한다.

시는 정형에서 자유시로, 자유시에서도 서사, 숫자, 도형 등의 개입이 형성되었다.

소설 주인공도 국가적 영웅에서 소시민적 영웅으로, 다시 평범한 개인으로 바뀌었다.

시조도 평시조에서 엇시조, 사설시조 등으로 확장을 거듭했다.

수필은 애초부터 최상의 진화형태로 탄생했다.
형식도 내용도 무제한의 수용성이 특징이기 때문이다.
수필 창작에는 형식 갈등이 없다. 작가 내면적 갈등도 없고 문단의 장르 갈등도 없다.
대신 비주류 문학, 주변문학의 자리를 유지하고 있다(이건 수필가들의 자업 자득이다).

작가는 자기의 사상, 감정을 가장 효과적인 방법으로 전달하기 위해 고심한다.
문학 형식도 통시적, 공시적인 사회적 약속이다.
형식에서 일체의 간섭이나 제약이 없는 장르가 수필이다.

수필의 무형식은 가장 진화된 문학 미학이다.
수필가는 자유로운 수필 형식에 무한한 고마움을 보내야 한다.
동시에 최첨단 장르로서의 긍지도 지니면 좋을 것 같다.

본격문학의 자리로 진입하기 위해서!

명수필 작법 현장 분석

제1부

수필 미학 설계도

수필 미학 5요소

수필은 문학, 문학은 언어예술, 언어예술은 언어의 미적 구현이다. 언어의 미적 구현은 사상事象에 대한 정서적 작문법作文法(composition)이다.

수필 미학의 작문법에 동원되는 주요 자질은 무엇인가.

결론부터 말한다면 필자가 설정한 수필 미학의 필요충분 5조건은 '① 제재 변주 ② 구성적 미감 ③ 언어 조탁 ④ 서정적 감성 ⑤ 지성적 교감'이다.

위 항목에서 '① 제재 변주'란 제재 인식의 안목, '② 구성적 미감'은 화소話素(motif)의 효과적 배치, '③ 언어 조탁'은 문장 표현력이다. '④ 서정적 감성'은 비유적 형상화, '⑤ 지성적 교감'은 주제의식이다.

수필 미학을 가름하는 다섯 가지 자질은 현대문학 각 양식에서 특징적으로 운용되는 미적 요소를 추출한 것이다. '무형식의 미학'인 수필은 시, 시조, 소설, 희곡, 평론 등 모든 문학양식의 특징적 요소를 융합적으로 운용할 수 있는 종합문학이기 때문이다. 수필이 주는 지성적 감동도 언어예술로서의 미적 감동이 동시상영으로 구현되어야 한다. 여기에 필요한 것이 수필가의 문장력이다. 이 문장력은 문학적 서정성 확보를 위한 언어의 융합디자이너로서의 미학적 기교 운용 능

명수필 작법 현장 분석

력이다.

수필의 미학적 자질에는 구체적으로 어떤 것이 있을까 하는 문제는 논자마다 다르다. 그 백가쟁명 속에서 필자가 나름대로 추출한 최대공약수는 모든 문학양식에서 고루 원용援用한 5가지 자질, '제재, 구성, 문체, 서정, 지성'이다.

근거는 이렇다. 대전제 사항으로 문학 장르에 공통되는 세 가지 속성 '보편성, 항구성, 개성'을 근간으로 하면서 각 장르의 필요조건들을 추출했다. 세 가지 속성은 시공時空을 초월하는 감동을 지니되 독창적이어야 한다는 점이다. 이 세 요소는 시간적, 공간적, 개별적으로 다양한 차이가 발생하기에 상호 충돌한다. 이의 극복 방안은 공시적, 통시적 지지를 받으면서도 다른 작품과 차별화된 미학 구현이다. 결국 모든 창작품이란 이 모순의 변증법적 융합 기술이 개성적으로 드러난 결과물이다.

문학작품은 매우 개별적, 구체적 언어 구현으로 나타나 타자와의 변별성을 갖는다. 따라서 작품성 변별의 준거는 매우 구체적 기준을 잡아야 실용성, 객관성, 정당성을 확보한다. 이를 위해 교술양식인 수필 미학의 필요충분조건을 서사양식인 소설과 서정양식인 시에서 대표적 자질 추출이 가능하다.

장르별로 소설의 3요소는 '주제, 구성, 문체', 시의 3요소는 '운율, 정서, 사상'이다. 여기에서 수필 미학의 필수 자질로 '주제, 구성, 문체, 정서'를 추출한다. 소설 구성의 3요소인 '인물, 사건, 배경'은 수필의 서술 향방을 좌우하는 '제재'에 해당하므로 이를 추가하여 수필 미학의 필요충분 5개 조건 '① 제재 변주 ② 구성적 미감 ③ 언어 조탁 ④ 서정적 감성 ⑤ 지성적 교감'으로 선정했다.

구체적 준거로 제시한 위의 5개 항목에서 '① 제재 변주'란 제재題材 자체가 아니라 제재를 참신하게 재인식하는 작가의 새로운 안목이다. 수필은 체험의 토론적 요소가 강하므로 제재의 참신한 재해석이 매우 중요하다. 제재 인식의 방향에 따라 작품의 서술 방향이 결정되고 미학적 품격이 좌우된다. 특히 신변잡기에 이르는 길목의 차단기 역할도 해준다. 제재를 비전환적으로 운용하면 신변잡기가 될 우려가 있다. 즉물시卽物詩 같은 작품도 가능하겠지만 이 경우 표현미나 다른 요소에 더 노력을 기울여야 한다. 반면에 제재를 비유적으로 치환置換하면 시적 서정의 이미지를 형성할 수도 있다. 제재 변주는 즉물적卽物的 윤색에서 상징적 치환 사이에 층위는 다양하다.

'② 구성적 미감'은 효과적 전개의 골격도이다. 산문은 다양한 화소話素(motif)의 연결로 이루어지는 긴 구조이므로 구성(plot)은 필수 요소다. '붓 가는 대로'의 글쓰기는 필패의 지름길이다. 최소한 독자의 흥미 유도를 위한 화소의 효과적 배치는 도모해야 한다.

'③ 언어 조탁'은 문장 표현력이다. 서술 진행상 설명, 서사, 묘사, 논증의 활용에서부터 문장, 어휘, 조사, 어미, 어조語調, 문장부호에 이르기까지의 직조 능력이다.

'④ 서정적 감성'은 문학미감의 정서면 강조를 위해 시의 심상을 결합하는 기법이다. 이는 곧 시적 안목을 지닌 표현력으로 주로 비유적 형상화로 이루어지는 요소다. 이를 위해서는 설명적인 산문문장 구사를 극복해야 한다. 작품 속에 이미지 구현을 위해서는 제재나 소재에 대한 시선視線 변주가 필요하다. 문장의 비유적 형상화는 고급미학의 기교를 위한 요소이므로 수필에서는 작가의 선택적 자질이 됨직한 요소다.

　　　　　　　　　　　　　명수필 작법 현장 분석

'⑤ 지성적 교감'은 주제의식으로 작가의 세계관이 드러난다. 수필이 토론적 성격이 강하다고 해도 주제를 명시적으로 인식할 필요는 없다. '낯설게 하기, 보여주기' 등 감성적으로 인식되는 문학은 논설문이 아니므로 '주제의식' 정도로 가볍게 이해하는 것이 좋을 것이다. 다만 확고한 주제의식 아래 일관성과 통일성을 놓치지 말아야 한다.

이외에도 개성에 따라 희곡의 현장감, 시, 시조의 운율미, 평론의 분석력 등을 선택적 요소로 흡입할 수 있을 것이다. 이런 이유로 필자는 '수필은 종합문학이며 수필가는 언어의 융합디자이너'라고 정의하고 있다.

그렇다고 수필가가 일상적 작품 활동에서 창작 기법의 모든 요소를 다 융합하기는 어렵다. 또 반드시 그렇게 고심할 필요도 없다. 실제 수필의 미학적 기교에 무심한 작품 중에도 감동적인 글이 수없이 많다. 다만 필자의 의도는 이런 경우에도 수필 미학의 필요충분조건 중 한두 가지만 더 충족시킨다면 좀 더 매력 있는 작품이 될 수 있다는 점이다. 이러한 언어예술로서의 인식 강화를 위해 수필 미학의 필요충분 5조건을 강조할 뿐이다.

수필은 '인식의 산문적 구성양식'이다. 서사, 묘사, 설명, 논리를 동반한 서술에서부터 시적 형상화에 이르기까지 다채로워질 수 있다. 순간의 형이상학인 시와는 달리 수필은 애초에 작가가 어떤 방향으로 기획하느냐에 따라 문학미감의 방향 설정이 극명하게 달라지는 양식이다. 무심코 쓰기 시작하면 서사나 설명이나 논설문이 되기 쉽다. 평생 시적 형상화에 익숙한 필자도 시조든 수필이든 문장을 시작하면 당연히 일반 산문문장이 흘러나온다. 이때 무심한 필법에서 벗어나 손끝에 변주變奏의 힘을 가미해야 비유가 되고 운율이 실린다. 수필은 더욱 그렇다. 언어예술, 즉 문학작품의 탄생은 '붓 가는 대로' 저절로 되는 것이 결코 아니다. 다만 수필 미학 각 요소 중에서 어느 부분에 어떻게 중점을 둘 것인가에 대한 구체적 설계도는 오직 언어의 융합디자이너인 수필가의 몫이다.

명수필 작법 현장 분석

수필로 쓴 수필 창작론 – 「수필」

　문학적 미감美感은 내용보다 형식 면이 우선한다. 형식은 일상적 어휘를 어떻게 정서적으로 직조하느냐의 기술적 문제이다. 수필의 장르적 인식이든 작품성의 위상이든 그 미감의 층위層位는 일차적으로 작품의 특징적 작문법(characteristics composition)에서 기인한다. 이 특징적 작문법은 구성(plot)에 직결된다.

　수필에서 '무형식의 형식'이라는 말은 수필의 정체성을 가장 잘 드러낸 탁견이다. '무형식의 형식'이라는 말에는 수필 양식이 지닌 의미심장한 미학적 깊이를 담고 있다. 따라서 작품의 미적 진폭을 창출하는 작가의 능력은 개별 작품의 특징적 내용을 가장 효율적으로 전달할 수 있는 최상의 형식미를 어떻게 구현하는가에 좌우되는 것이다.

　형식미 창출에 막대한 영향력을 발휘하는 핵심 3요소는 문장의 호흡과 장단을 통어通御하는 율격미律格美, 문장의 개성을 드러내는 문채미文彩美, 문단 전개를 형성하는 구성미構成美로 대별할 수 있을 것이다. 율격미는 고전문학에서는 필수적 장치로 운용했지만 개화기 이후의 현대문학에서는 의식적으로 배격하고 있다. 문채미란 문장에 드러나는 표현상의 빛깔이다. 구성미는 산문의 기본 골격이다. 수필 작품은 작가마다 작품마다 새로운 양상의 형식으로 구현될 수 있다.

　수필 미학의 이러한 특성을 십분 활용하여 이미 몇몇 수필가들이 자신의 수필론을 수필 작품으로 창작하여 발표하였다. 피천득의 「수필」, 유병근의 『수필 담론』도 그런 글이다. 필자도 마찬가지다. 아래 활용한 작품은 필자 수필집 『조선낫에 벼린 수필』(2017)에 수록된 「수필」이다.

  작품 제목을 「수필」로 한 것은 수필 창작의 이론적 근거를 수필 형식으로 전개하였음을 밝히려는 점과, 피천득의 「수필」이 지닌 오류 극복을 위한 대체 작품의 성격 때문이다. 수필 창작 이론을 체계적으로 제시하기 위해 내용 전개의 얼개를 사전에 조직하고 이에 맞추어 세목을 정리했다. '인생이 강물이라면 수필은 물결이다.'라는 대전제의 비유를 사용한 창작품이지만 내용은 정보전달의 설명문이다. 주제는 '수필은 순행하는 삶의 물줄기에 역동적逆動的 변주變奏를 일으킨 미적 감각의 창작물' 정도로 요약할 수 있겠다.
  주제는 정보적 내용이지만 문학미감을 위해 비유적으로 형상화했다. 제재를 강물 위에 일어나는 다양한 현상에 치환하여 창작적 미감에 의거한 수필 작법을 제시하고자 하였다. 문체文體는 정보전달의 내용에 맞춰 평서형의 서술적 어조를 사용했다.
  작품 속에서 문장의 율격미는 수필 양식의 산문적 성격을 살리기 위해 첫 두 문장을 비롯하여 극히 일부만 4음보율의 정격율로 하고 이하는 정격으로 배려하지는 않았다. 다만 문장의 유려한 분위기 형성을 위해 부분적으로 대구율對句律을 살리기도 하면서 전체적으로는 부정형不定形의 산문율로 운용했다. 다양한 물결과 굽이로 시공을 엮어가는 강의 모습을 담아 율격이 있는 듯 없는 듯 문장을 구사했다.
  작품 전체 구성은 기승전결의 4단 구성으로 '① 수필 성격 → ② 창작 기법 → ③ 비정상적 수필 → ④ 수필의 미감'으로 전개했다. 독자 편의를 위해 주요 화소話素 중심으로 나누어 '작품 인용 - 해설'의 순서로 진행하겠다.

기起

　　인생이 강물이라면 수필은 물결이다. 강물은 순리로 흐르고 물결은 윤슬로 반짝인다. 순리로 흐르는 물줄기에는 역동逆動의 힘이 가미되어야 물결이 일어난다. 이 역동의 힘이 미학적 변주의 원동력이다. 이 변주는 작게는 반짝이는 잔물결에서부터 영롱한 물방울을 거쳐 찬란한 물보라에 이르기까지 다채롭게 형성된다.

　　물살이 세든 약하든, 흙탕물이든 청정수든, 살얼음이 잡혔든 너테가 엉겼든, 위에서 아래로 흐르는 순행의 몸짓은 수필이 아니다. 계절의 아름다운 채색을 담아 아무리 우아하게 굽이지더라도 물줄기는 한 가닥 삶의 일상일 뿐이다. 또한 아무리 특별한 경험이 물줄기에 얹혔더라도 그 토막은 일상의 한 조각일 뿐 수필은 아니다. 흐르는 그대로의 물길 토막은 어떤 미사여구를 동원해도 신변잡기에 불과하다.

　　순행의 물줄기가 수필이 되기 위해서는 역동逆動의 변주變奏를 일으켜야 한다. 이 변주가 미적 감각을 발아發芽시키는 수필 창작의 씨앗이다.

　　시간을 묵히고 공간을 누비며 인류 발자취의 도도한 흐름으로

굽이지는 강. 그 강물에는 다양한 물줄기들이 섞여 뒹굴면서 파란
만장한 삶을 엮어낸다. 역사의 강물은 수평을 지향하고, 인생의
물줄기는 행복을 추구하고, 수필의 물결은 아름다움을 창조한다.

해설

첫인상이 중요하므로 이 문단의 율감, 비유, 지식정보는 독자 호감
을 유도하는 당근 역할로 제공했다. 첫 두 문장은 각각 4음보 율격에
대구를 형성하면서 원관념과 보조관념을 동일성의 상관물로 치환했
다. 마지막 문장 '역사의~' 이하도 4음보 율격의 대구로 운용했다.

주제는 '수필의 미감美感'이며 네 개 형식문단의 전개 요지는 '강에
비유된 인생과 수필 → 순행의 물길은 신변잡기 → 역동逆動의 변주變
奏에서 오는 창작성 → 강의 다양한 물줄기'이다.

제1 형식단락에서는 물결의 변주를 '잔물결 - 물방울 - 물보라'의 3
층위로 제시하여 이 글 전체를 관류하는 이미지로 고착시켰다. 이는
곧 다음 승承 문단의 핵심 내용인 수필 3층위 '제재 윤색潤色의 변주
→ 제재 각색脚色의 변주 → 제재 치환置換의 변주'와의 연결을 위한
복선伏線에 해당되도록 하였다. 순리적 일상을 엮은 글은 신변잡기에
불과하다는 전제 아래 인간의 삶 속에서 수필만이 지니는 독특한 미
학적 위상을 명백히 밝혀 서두에서부터 전체 글의 주제를 명시적으
로 압축해둔 것이다.

제2 형식단락은 수필의 창작성을 제시했다. 내용이 아무리 좋아도
형식미를 소홀히 하면 문학이 아닌 신변잡기가 된다는 점이다. 제3

형식단락은 강조를 위한 문단이며, 제4 형식단락에서는 역사와 인생과 문학의 속성을 비유적으로 대응시키면서 독자 사색의 진폭 확장을 위해 제재의 외연을 넓힌 발전 단락이다.

承承 1, 2

무릇 모든 문학작품이 다 그렇듯 평범한 일상에서 일어나는 작은 물줄기 한 토막도 수필의 재료가 될 수는 있다. 다만 범속한 물줄기가 삶의 보편성과 흥미성을 확보하여 한 편의 수필로 등극하기 위해서는 최소한의 미학적 장치가 얹혀야 한다. 그 장치의 출발은 밋밋한 물줄기에 아롱무늬를 새기는 제재 윤색潤色의 변주다. 이야기 한 토막을 두고 치켜올렸다 꺾어내렸다, 궁글렸다 뒤집으며 시김새로 희롱하는 판소리 명창의 소리 기법은 굴곡의 파랑波浪이다. 휘도는 물굽이로 물살을 조절하면서 잔잔한 물거울로 비추다가, 때로는 살여울로 몰아치는 변주를 가미하면 비로소 윤슬로 반짝이는 수필의 물결이 인다.

이 물결에다 문예적 요소를 가미하면 드디어 수필이 탄생된다. 그 작업은 물머리에서부터 꼬리까지 관절 하나하나를 긴장감 있게 장악하는 긴밀 구성, 반짝이는 윤슬 한 잎 한 잎에 어울리는 살아 있는 표현, 물굽이의 완급에 상응하는 호흡의 장단, 물결의 진폭에 걸맞은 어조語調를 싣는 일이다. 이러한 문예적 요소는 모든 수필 창작에 공통적으로 적용되어야 하는 기본이다. 그때야 관중도 눈

앞에 펼쳐지는 범속한 제재의 변주에 어깨를 들썩이는 추임새로
화답하는 수필이 된다.

첫 단락 '제재 윤색潤色의 변주'란 수필의 문학성에 필요한 최소한의
미학적 장치로서 밋밋한 물줄기에 아롱무늬를 새기는 작업이라고 했
다. 윤색이란 글 따위를 다듬어 좋게 꾸미거나 윤이 나게 매만져 곱
게 하는 것을 말한다. 제재의 고도한 변주 없는 일상적 사연만으로도
좋은 수필이 될 수 있다는 의미다. 다만 유의할 점은 신변잡기나 정
보전달이 아닌, 정서 표현을 위한 기본 장치가 있어야 한다. 문장의
수려한 표현으로 직조된 수필이 여기에 해당될 것이다. 그때 추임새
로 화답하는 판소리 한마당처럼 독자가 미감을 공유한다는 의미다.

둘째 단락은 주지主旨가 아닌 첨가 문단이다. 수필의 층위가 아니라
모든 수필 작품에 공통적으로 구현되어야 하는 기본 요소들을 제시
했다. 그것은 '긴밀 구성과 문예적 표현'으로 흥미로운 전개는 물론,
개성적 표현, 호흡의 장단, 어조語調까지 고려해야 한다고 했다. 특히
긴밀 구성은 '물머리에서부터 꼬리까지, 관절 하나하나'까지 해당되는
것이다. 이는 곧 작가가 글 전체를 체계적으로 통어統御하고 있어야
한다는 의미다. 구성은 화소話素의 안배 요령이다. 서사적 사연이라도
수필 구성법은 설화가 되어서는 안 되거니와 그렇다고 소설이 될 필
요도 없다. 설화는 추보식으로, 소설은 갈등으로 전개되기 때문이다.

승承 3, 4

　　물결이 거칠어지면 물줄기에는 격랑이 일고 튀어 오르는 물방울이 생긴다. 물줄기가 여울목을 휘돌고 바윗등에 부딪혀 부서지는 영롱한 물방울은 일상에서 변주된 훌륭한 수필의 동력이다. 아롱무늬로 여울지던 물굽이가 소쿠라지고 용솟음쳐 삶의 화소話素들이 방울방울 쪼개지는 제재 각색脚色의 변주다. 이 물방울은 기나긴 물길 인생에서 작가가 채택한 체험의 가치 있는 재해석의 결실이다. 윤슬로 반짝이는 물결에다 생동하는 물방울 구슬을 교직하여 엮어내는 이 수필은 이야기도 되고 시도 될 것 같은 다층적 흐름이다. 반짝이는 윤슬에 추임새로 화답하던 관중도 어느덧 글의 품으로 들어와 그 물방울에 촉촉이 젖어들기도 하는 그런 수필이다.

　　영롱한 물방울의 몸짓이 더 격렬해지면 찬란한 물보라가 번져난다. 이 변주가 이루어지는 길목은 물줄기가 온몸을 던져 뛰어내리는 폭포다. 삶의 현장에서 변주된 유추類推가 현실이 아니듯 이때의 물방울은 이미 물줄기의 형체가 아니다. 인생이 낙엽이 되고, 마라톤이 되고, 항해로 은유되듯, 찬란한 물보라는 다양한 상관물로 형상화된 제재 치환置換의 변주다. 흐르던 물줄기가 흩어져 윤슬도 사라지고 영롱한 물방울도 산산조각이다. 수직의 절벽에서 흩날리는 물보라는 시적 경지로 승화된 최상의 수필 기교이다. 아련하게 흩날리는 물보라는 일상의 강물에서는 볼 수 없는 찬란한 무지개를 그려낸다. 이때는 글의 품으로 들어와 그 물방울에 촉촉이 젖어들었던 관중이 저도 모르는 사이에 물보라 속으로 발걸음

을 옮겨 두 팔을 벌리고 서서 시각, 촉각, 청각이 어우러진 환상의
세계 속으로 빨려 들어가는 수필이다.

해설

첫 단락 '제재 각색脚色의 변주'에서는 격랑과 물방울에 비유했다. 이
것은 일상에서 변주된 훌륭한 수필의 동력으로 실제 작품에 드러나
는 체험의 재해석이나 제재의 비유로 이루어지는 미감이다. 앞 문단
제재 윤색潤色이 물리적 변화라면 제재 각색은 화학적 변화가 일어나
는 층위가 된다. 비로소 작가의 창작적 미감이 본격적으로 드러나는
작품이다. 그래서 이때의 수필은 이야기도 되고 시도 될 것 같은 다
층적 흐름이라고 하였다. 제재의 재해석이나 비유로 된 시적 미감의
작품에 해당될 것이다. 창작성이 고양된 미감이기에 주객이 하나로
상응하는 판소리 연희 장면을 끌어왔다.

둘째 단락 '제재 치환置換의 변주'에서는 찬란한 물보라로 비유된 시
적 경지로 승화된 층위로서, 최상의 수필 기교가 드러나는 작품이다.
제재는 객관적 상관물로 형상화되어 은유적, 상징적 해석이 가해지는
미감의 경지로 승화된다. 이때 독자는 산문적 개념을 벗어나 시정으
로 호흡하는 다의적多義的 미감의 경지로 몰입될 수 있다. 작품「수필」
이 제재 치환置換의 변주에 해당된다.

명수필 작법 현장 분석

전轉

　　그러나 수필이 물줄기의 변주를 이룩한 물결이라고 해서 물거품이나 분수가 되어서는 안 된다. 수필은 물줄기의 윤색이든, 각색이든, 치환이든 순행하는 흐름에서 일으킨 미적 변주일 뿐이다. 아무리 개성 발랄한 물길도 시공을 역행하거나 거품으로는 흐를 수 없다. 거품의 고백이 진실일 리 없고, 인생을 거꾸로 산 행적이 문학일 수 없듯이, 수필의 변주란 흐르는 물길의 순리를 거역하거나 허황되지 않은 물줄기라야 한다. 깊디깊은 흐름 위에 반짝이는 윤슬, 굽이치는 소용돌이를 딛고 튀어 오르는 물방울, 천길 벼랑에서 혼신의 힘으로 부서지는 물보라도 결국은 시간을 묵고 공간을 누비면서 순리의 물길을 여는 물줄기의 한 부분일 뿐이다. 수필은 그 진폭이 크든 작든, 시공을 굽이져 내린 경륜의 물줄기가 그려내는 사색과 고백의 결실로 이루어진 아롱무늬이기 때문이다.

해설

　　문단을 하나로 짧게 구성했다. 전환 문단은 교량 역할만 하므로 짧아야 한다. 일반적으로 전체 문단 중 '승' 부분이 가장 길게, 그다음으로 '기'와 '결'로 둘은 비슷한 분량으로 조직하는 것이 좋다. 기승전결 분량을 굳이 비율로 따진다면 1 : 3 : 0.5 : 1 정도라고 하겠다. 각 형식문단도 외형적으로도 분량을 예쁘게 조절해야 한다. 보기 좋은 떡이 먹기도 좋다.

문단 주제는 '물거품과 분수는 수필이 아님'을 명시적으로 드러냈다. 물거품은 삶의 허상이요, 분수는 삶의 순리를 역행하기 때문에 수필이 지향하는 진실의 고백과는 거리가 멀기 때문이다. 표현면에서는 산문적 율감을 사용하면서도 4, 5번째 문장에서는 병렬적 어구 나열로 대구적 율감을 유도했다.

結結

　　강물에는 비바람에 부대끼는 강둑 풀잎보다 더 많은 희로애락이 엮여 흐르지만, 그 흥미진진함도 오로지 바다를 향해 아래로만 흐르는 순행의 일상일 뿐이다. 그러기에 관중은 물줄기의 파란만장한 내용이 아니라 변화무쌍한 모양에서 환호한다. 수필가는 일상의 물줄기에다 반짝이는 채색을 빚어내는 디자이너다. 수필의 형식은 제재의 빛깔에 맞는 최상의 디자인이라야 한다. 소설은 허구적 구성미로, 시는 상상적 운율미로 형상화하지만, 수필의 형식은 물줄기의 다채로운 변주만큼이나 그 구성법이 다양하다.

　　수필의 미감은 내용에 탄력적으로 호응하는 개성적 형식과 이에 어우러진 문예적 표현에서 비롯된다. 수필의 품격이 반짝이는 물결이든, 영롱한 물방울이든, 찬란한 물보라든 물머리에서부터 꼬리까지 관절 하나하나를 긴장감 있게 장악하는 긴밀 구성, 반짝이는 윤슬 한 잎 한 잎에 어울리는 살아 있는 표현, 물굽이의 완급에 상응하는 호흡의 장단, 물결의 진폭에 걸맞은 어조를 실

　　　　　　　　　　　　　　　명수필 작법 현장 분석

어야 한다. 싱거운 물줄기가 길게 이어지면 밋밋하고 지루하다. 미적 창조의 극대화를 위한 이 물결무늬 생동감은 오롯이 미감에서 우러나는 작가의 창의적 몫이다.

오늘도 강물은 인생의 희로애락을 싣고 변함없이 굽이진다. 강둑에 올라 눈을 감고 바라보노라면, 온갖 변주로 반짝이던 수필적 미감은 일상의 물줄기 속에 무르녹아 작가의 손길을 기대하며 미완의 물결로 출렁이고 있다.

해설

산문율에 병렬적 대구율을 제한적으로 가미한 문단이다. 문단 주제는 '수필의 형식과 미감'으로 기와 승에서 제기한 주요 내용들을 강조하기 위한 재론의 성격이다. 전개는 '형식미의 중요성 → 표현미 재론 → 작가의 역량 기대'의 순서이다.

첫 단락에서는 형식미가 중요한 이유를 밝혔는바, 독자가 요구하는 것은 정보전달이 아니라 정서전달이기 때문이다. '관중은 물줄기의 파란만장한 내용이 아니라 변화무쌍한 모양에서 환호한다'라는 점을 강조한 것이다. 따라서 수필가는 미감을 극대화하기 위한 언어디자이너로서 작품의 주제와 제재에 맞는 구성법을 구현해야 한다는 것이다. 무형식의 형식이란 모든 형식 창출을 용인하는 말이다. 엄밀히 말해서 수필은 작가마다, 나아가 작품마다 그 구현 형식이 다를 수 있다는 뜻이다.

둘째 단락은 승承에서 언급한 '긴밀 구성과 문예적 표현'의 반복이다. 이러한 문장 기교는 모든 작가의 필수 교양물이기 때문이다. 셋째 단락에서는 수필적 미감은 우리들 일상에 다양하게 존재하며 이를 낚아채어 미감으로 승화시키는 것이 작가의 능력이라는 점을 적시했다. 동시에 이미지의 상징적 기법으로 치환하여 시적 여운을 유도했다.

　사족을 붙인다면 위에서 논한 수필 층위의 1·2·3 단계인 '제재 윤색潤色의 변주 → 제재 각색脚色의 변주 → 제재 치환置換의 변주'가 작품의 질적 층위를 결정짓는 것은 아니며, 독자 감동의 질적 효용성과 직결되는 것은 아니라는 점이다. 문학작품은 다양한 방법으로 독자에게 감동을 전할 수 있기 때문이다.

(2017, 《창작에세이》 25호)

　　　　　　　　　　　　　명수필 작법 현장 분석

수필 형상화의 개념과 방법론

'고백의 문학, 체험의 비전환, 자아의 세계화' 양식인 수필에 시적 작법의 형상화가 왜 필요한가?

아직 이런 생각에 사로잡힌 수필가라도 다음 문장은 익히 알고 있을 것이다.

> 밤중을 지난 무렵인지 죽은 듯이 고요한 속에서 짐승 같은 달의 숨소리가 손에 잡힐 듯이 들리며, 콩 포기와 옥수수 잎새가 한층 달에 푸르게 젖었다. 산허리는 온통 메밀밭이어서 피기 시작한 꽃이 소금을 뿌린 듯이 흐붓한 달빛에 숨이 막힐 지경이다. 붉은 대공이 향기같이 애잔하고 나귀들의 걸음도 시원하다.

이효석의 단편소설 「메밀꽃 필 무렵」(1936)의 일부다. 이 장면을 두고 흔히 일컫는 '시적 수필의 경지'라는 말에서 문학미감의 서정성에 대한 인식의 일단을 엿볼 수 있다. 즉, 문장 표현미에서 서사문학인 소설보다 수필, 수필보다는 시의 미감이 고급스러움을 은연중에 내비치고 있다. 그 이유는 시각, 청각, 촉각이 어우러지면서 '달 = 짐승', '메밀꽃 = 소금'으로 비유된 감각적 이미지가 상큼하게 드러나기 때문이다. 시의 문법을 원용한 이 소설은 배경 묘사에서 형상화가 극히 부분적으로 운용되었음에도 산문의 맛과 멋은 확연하게 달라졌으며 나아가 소설 자체의 위상도 높아졌다.

> "수필을 모르고 시를 쓸 수는 있어도 시를 모르고는 수필을 쓸
> 수 없다."

윤오영 수필가의 이 말도 시적 수필의 경지를 요청한 것이다. 여기서 말한 시의 미학적 자질은 이미지, 곧 형상화 구현이다. 형상화란 무형의 것을 유형화함으로써 추상성을 구체적 감각성으로 전달하는 것이다. 언어적 형상화의 주요 수단은 비유다. 장르를 불문하고 언어 예술로서의 문학은 설명이 아니라 구체적 보여주기를 지향한다. 그 대표적 운용은 언어로 짜여진 그림, 즉 추상성을 구체적 감각성으로 전달하는 비유적 형상화 방법이다. 그 결과 이미지가 생성된다. "수필은 청자연적이다."로 표현한 피천득의 「수필」도 형상화한 문장이다. 문학은 언어예술이다. 문학과 비문학의 변별성은 주제나 내용이 아니라 표현의 미감美感 유무에 의해서 결정된다. 아무리 좋은 경험도 그 자체로는 문학이 될 수 없기 때문이다.

문학은 언어의 미학적 기교를 극대화한 예술이며 그 기교의 최상위에 형상화가 자리하고 있다. 문학의 형상화는 내부의 관념이나 인식을 언어 디자인을 통해 구체적으로 감각화하는 일이다. 관념을 진술하고 전달하는 데 쓰이는 형상화의 주요 수단은 비유이다. 비유는 차별적 존재 속의 동일성 발견에서 비롯된다. 원관념은 비유되는 이미지, 즉 의미재다. 보조관념은 비유하는 이미지, 즉 재료재다. 원관념과 보조관념의 결합은 두 사물의 유사성, 연속성, 동일성에 근거한

명수필 작법 현장 분석

다. 비유는 명징한 이미지 환기에 효과적이다. 이미지는 언어로 짜여진 그림으로서, 언어 표현을 읽을 때 그 언어가 환기하는 마음속의 감각적 영상이다.

현대문명은 시각형視覺形의 문화로 정신영역까지 시각화, 계량화計量化를 구현한다. 현대시도 이미지즘을 필두로 삼아 음악성보다 회화성을 더 강조하며 이미지가 없는 시는 시가 아니라는 극언도 서슴지 않는다. 이미지는 모더니티의 기준점이 된다. 이미지를 특히 중시하는 현대시에서 형상화는 시인이 운용해야 하는 필수적 언어 연금술이다.

쿤즈Kuhns는 경험의 철학적 진술은 논증으로, 시적 진술은 표현으로 나타난다고 했다. 수필은 사변적이든 서사적이든 논증적 요소를 강하게 드러낸다. 백철, 김광섭, 피천득 등을 비롯한 전시대 이론가들의 수필론은 전자에 초점을 맞추고 있었다. 그리하여 수필은 근엄한 교시적 내용이나 신변잡기로 통용되어 수필의 문학미감을 놓쳐버린 것이다.

어떤 제재이든 훌륭한 수필이 될 수는 있다. 다만 비문학적 글과의 차별성을 위해서 수필 형식 요건에 맞는 문학미감의 결합이 필요하다. 그중의 한 방법이 시적 미감, 즉 형상화의 기법 준용이다.

시인들이 구사하는 비유적 이미지는 비유의 심화 정도에 따라 단순한 묘사적 이미지 창출에서 고도한 상징성에 이르기까지 다층적으로 형성된다. 또 형상화는 작품 속에 부분적으로 앉힐 수도 있고 간헐적 반복도 가능하다. 또 애초부터 제재 자체를 비유적으로 치환한 경우에는 특정 이미지를 작품 전편에 관류시켜 특정한 이미저리imagery를 형성시킬 수도 있다. 대표적으로 제재를 1:1로 치환한 서정주의 「국화 옆에서」를 보자.

> 한 송이의 국화꽃을 피우기 위해
> 봄부터 소쩍새는
> 그렇게 울었나 보다
> (하략)

작가는 고난 속에 성숙한 누님의 삶을 그리고자 했다. 시에서 누님을 직설적으로 표현하기 싫어 누님과 유사한 사물로 오상고절傲霜孤節의 국화를 선정했다. 국화의 생애는 당연히 '봄 - 여름 - 가을'의 시련을 거친다. 각 계절의 대표적 시련(소쩍새, 천둥, 무서리)을 비유적으로 선정했다. 그리고 3연에 중심 제재인 누님의 사연을 삽입했다. 시상 발현상 제재인 누님을 국화로 대유한 작품이지만 결과적으로 '국화 = 존재의 생명성'으로 심화된 작품이다. 이 시를 수필 작법으로 환원한다면 누님의 삶을 국화로 치환하여 춘하추동으로 엮어가다 늦가을의 사색적 의미 속에 불면의 자아까지 결합시키게 된다. 고도한 비유적 형상화의 수필이 탄생할 것이다.

더 좋은 예술은 도발에서 탄생한다. 장미꽃을 물병에 꽂으면 꽃꽂이가 되지만 시멘트에 처박으면 시가 된다. 이를 우아한 말로 '낯설게 하기'라고 한다. 이 낯설게 하기의 보편적인 기교가 비유적 형상화를 통한 이미지 창출이다. 시든 수필이든 평범한 언술은 참신한 맛을 발현하기 어렵다.

형상화 기법이 어려운 것은 아니다. 인간의 언어는 본질적으로 비유를 지향하기 때문이다. 신라의 향가 「제망매가」에도 이미 "어느 가을 이른 바람에 / 여기저기 떨어지는 잎과 같이"라며 남매의 이별을 '인생 = 낙엽'으로 비유했다. 인간은 일상에서도 문학적 언어로 살아간다. "엄마는 천사 같아"라는 어린이 언어나, "손발이 척척 맞다"라는 어른의 언어는 모두 비유의 미학을 담고 있다. 나아가 "하늘만큼 사랑해요"나 "양심에 찔린다"에서 '하늘, 찔린다'의 미적 자질을 추출해보면 이런 언어구사는 매우 고급스런 형상화 기교다.

◆

"강물이 출렁이며 흘러간다"라는 평범한 진술에도 이미지는 형성되지만 문학작품의 형상화는 작가의 분명한 의도 개입에 입각한 선명한 강도強度를 지향한다. 그 강도는 문장 속에 지엽적, 부분적으로 드러날 수도 있고 작품 전체를 관류할 수도 있다. 소재나 제재의 비유는 형상화의 출발이다. 소재의 형상화는 부분적, 제재의 형상화는 전면적으로 확대된다.

수필은 작가의 신변잡기적 내용인 경우가 허다하다. 이 경우 형상화는 부분적 혹은 전면적 방법이 모두 가능하다. 부분적 형상화를 운용한 경우를 살펴보면 서두의 「메밀꽃 필 무렵」과 피천득 「수필」의 일부가 그렇다. 이는 일반적으로 많은 문장가들이 선호하는 방식이다. 2019년도 수필 신춘문예 당선작에서 이런 문장법으로 표현된 부분들을 추출하면 다음과 같다.

나 또한 상처투성이 아이들하고 살아가자니 진흙 속 연뿌리처럼 가슴에 숨구멍 한두 개쯤 열어놓아야만 한다.

- 조경숙, 「연잎밥」 중

대칭축을 기준으로 큰 사발 같은 포물선을 반으로 나누면 반절은 행복, 기쁨 등 달콤한 맛이요, 반절은 아픔, 슬픔 등 씁쓸한 맛이 아닐까 싶다.

- 김애경, 「포물선 마주보기」 중

십 년 전 먼저 떠난 남편의 빈자리, 그 허전함을 애써 털어낸다. 톡톡, 여기저기 흩어져 사는 자식들을 향한 그리움이 한 보따리 털어진다.

- 이진숙, 「한 걸음」 중

궤의 쓸모는 보관에 있다지만 너무 오래 묵으면 쓸 데가 없다. 마음속의 궤가 꽉 차지 않기를 바란다.

- 하미경, 「궤」 중

순탄하게 잘 흘러가다가 어느 순간 시련이 닥치곤 한다. 시련은 곧 마디다.

- 안희옥, 「마디」 중

체계적인 설명을 위해 이하 예시문장은 애초부터 형상화를 기획적으로 운용한 필자의 『조선낫에 벼린 수필』(2017)에 수록된 작품들을 활용하겠다. 아래 문장은 풀을 베는 일상사를 담은 「밭두렁 골프」에서 해당 장면을 형상화한 부분이다. 토치로 조선낫을 구부려 막대에 꽂아 잡초 제거용 골프채를 만들었다.

밀짚모자를 적당히 눌러쓰고는 내 전용 골프채를 떡하니 어깨에 메고나가 밭두렁에 두 발 엉거주춤 모아 서서 잡초의 발목께를 겨누어 한번 휘두르면 창공이 파랗게 갈라진다.

갈라진 하늘 사이로 우루루 떨어지는 햇살의 알갱이들과 이렇게 어울리다 보면 또 많은 것들이 없어진다. 구름 아래 얽히고설킨 세속의 일이야 TV도 없애버린 산골이라 일찌감치 잊었지만, 골프를 하다 보면 짧지 않은 내 생애 속살 깊이 박힌 가시의 쓰림도 없어지고, 흉터로 남아 뻣뻣하게 굳어버린 아픈 기억도 없어진다. 아픔이 없어지고 슬픔도 없어지고 기쁨마저 없어진 채로 한창 휘두르다 보면 잡념 없어진 텅 빈 마음마저 튕겨나간다.

'창공, 햇살, 가시, 기억, 마음' 등을 비유적으로 형상화한 위의 인용과 달리 작품 속 특정한 소재의 즉시적 부분 형상화도 가능하다. 아래 작품 「해동 식단」 인용문은 소소한 일상사 중에서 일부의 소재를 비유적으로 형상화한 문장이다.

나는 지금 응급 싱글족. 오늘도 나의 저녁은 돌고 돌리는 해동 식단解凍食單이다…(중략)…냉동 곰국과의 첫 대면은 쌍방 치열한 칼부림이었다. 일회용 비닐그릇에 담긴 얼음덩이 정도야 싶어 처음엔 가볍게 건드렸다. 옆구리를 이리저리 툭툭 쳐서 엎었다. 어르고 달래며 엉덩이를 톡, 치면 쏙! 하고 홀랑 벗어 알몸을 보여줄 줄 알았는데 아, 이 여자 한 고집 있데. 요지부동! 첫 대면이라 수줍어 그랬던가. 헤픈 여자가 아님을 직감하고는 주먹으로 내리쳐도 분리 불가의 일심동체다.

숱한 냉동식품 중의 한 소재인 얼음 곰국 덩어리를 사실대로만 진행한다면 신변잡기가 될 것이다. 또 실제 여성을 대상으로 한 표현이라면 지적 논란이 될 수 있다. 비유적 진술은 이를 회피하기 위한 미학적 수단이다. 아래 작품 「늙은 자동차」는 제재에 작가 이미지를 투영한 문장이다. 체험의 고백적 양식인 수필에서는 작가가 실체적으로 등장하는 경우가 허다하다. 이 경우 작가를 비유적 제재와 결부시켜 변주하는 방법은 신변잡기를 피할 수 있는 손쉬운 기법이다. 제목부터 '늙은'이라는 의인화를 결부시킨 노골적 중첩이다. '자동차 = 작가'의 등치로 필자의 개성적 특징을 보조관념인 자동차에 노골적으로 병치시켰다. 작품 전반적으로는 원관념을 배제하고 보조관념인 자동차 중심으로 서술하면서도 내면적으로는 원관념과 교차적으로 제시함으로써 이중노출이 불규칙적으로 운용되고 있다. 인용 부분은 노골적으로 동류의식을 드러낸 결미 부분이다.

윤기 가신 몰골에 저승꽃 듬성듬성 희번덕한 동년배의 늙은 자동차. 저 녀석이랑 나랑 누가 더 오래 버틸까. 생각이야 아직도 여유작작이지만 '밤새 안녕' 나이 아닌가. 예고 없는 어느 날, 덜컥! 고장이 나서 폐차장으로 사라진다면 시원할까 섭섭할까. 오랜 기간 세상과 부대끼며 동고동락의 정이 든 물건이라 어쩌면 애틋하고 아쉬울지도 모르겠다. 하지만 저나 나나 발통 굴리며 엮어온 단단한 이력을 곰곰 추억해 보면, 한세상 이별이 그리 억울하지는 않을 것도 같다. 다져놓은 발자국이 훗날 비바람에 뭉개지든 천년 화석으로 남든, 마지막 그날까지 눈빛 반짝이면서 우리, 발통 열심히 굴려보자.

비유와 직설의 혼합 구조도 가능하다. 특히 작가의 인식이나 가치관의 내용일 경우 형상화 기법을 운용하면 문학미감은 물론 지적 논란에서도 자유로울 수 있다. 반면교사의 작품으로 피천득의 「수필」이 대표적이다. "누에의 입에서 나오는 액이 고치를 만들듯이"로 만족하고 "수필은 플롯이나 클라이맥스를 필요로 하지는 않는다"라는 내용을 삭제했더라면 현대수필 명암의 양극단을 공유하는 우를 범하지 않았을 것이다, 이 직설과는 달리 수필 작법론을 주제로 한 필자의 작품 「수필」에서는 시종일관 비유를 동원했다. 주요 장면 세 부분을 인용한다. 이러한 비유는 의미망의 다의성을 확보하므로 지적 논란에서 자유로울 수 있다.

인생이 강물이라면 수필은 물결이다. 강물은 순리로 흐르고 물결은 윤슬로 반짝인다. 순리로 흐르는 물줄기에는 역동逆動의 힘이 가미되어야 물결이 일어난다. 이 역동의 힘이 미학적 변주의 원동력이다.

(수필의 성격)

강물에는 비바람에 부대끼는 강둑 풀잎보다 더 많은 희로애락이 엮여 흐르지만, 그 흥미진진함도 오로지 바다를 향해 아래로만 흐르는 순행의 일상일 뿐이다. 그러기에 관중은 물줄기의 파란만장한 내용이 아니라 변화무쌍한 모양에서 환호한다.

(수필의 내용)

수필가는 일상의 물줄기에다 반짝이는 채색을 빚어내는 디자이너다. 수필의 형식은 제재의 빛깔에 맞는 최상의 디자인이라야 한다. 소설은 허구적 구성미로, 시는 상상적 운율미로 형상화하지만, 수필의 형식은 물줄기의 다채로운 변주만큼이나 그 구성법이 다양하다.

(수필의 구성)

작가의 신변기나 인식의 내용이 아닌, 제3의 제재로 작품을 쓸 경우 제재의 전면적 치환 방법이 있다. 아래 「조선낫」에서 일어난 제재의 변주는 매우 단순하다. '낫 = 여인'으로 치환시켰을 뿐이다. 이 단순한 의인화는 곧이어 용모나 행위도 인격을 부여할 수 있게 된다.

조선낫은 살림꾼 조선 여인의 단출한 매무새다. 날[刃]만큼이나 긴 슴베 끄트머리에 나무 자루를 달랑 꽂은 모양이 마치 무명 홑적삼에 짤막한 도랑치마를 걸친 다부진 아낙네 모습이다.

(중략)

치마허리의 폭 좁은 말기로는 가슴과 허리께를 다 가릴 수 없어 햇살 그을린 속살을 부끄럼 없이 드러낸 이 여인은, 안고름 없는 홑저고리를 입었다고 아무 손이나 살에 닿게 하는 헤픈 여자는 결코 아니다. 마음 준 남정네의 손길에는 주저없이 온몸을 맡긴다.

명수필 작법 현장 분석

그러나 어수룩한 촌부村婦라고 가벼이 다가간다면 큰코다치게 된다. 가슴에 은장도를 품고 있는 이 여인은 제 살이 낯선 돌부리에 살짝 스치기만 하여도 쟁그랑! 시퍼런 불빛 번쩍이며 온몸으로 저항한다.

작품 전체를 시적 산문으로 운용하는 기법도 있다. 제재를 비유로 치환하여 시종일관 같은 이미지를 드러내는 운용법으로 필자의 「노인 예찬」을 인용한다. 이 경우 전편을 통해 선명한 이미저리imagery가 형성되므로 산문시라고 해도 무방한 수필이 된다.

봄은 꽃으로 아름답고 가을은 잎으로 아름답다. 봄과 가을은 모두 붉게 번지는 꽃불의 계절이다. 꽃은 낱낱의 송이마다 꽃으로 피어나고, 가을잎은 삼삼오오 벗을 모아 단풍으로 번져난다. 청춘靑春의 피부처럼 싱그러운 꽃은 혼자서도 꽃이지만, 노년老年의 피부처럼 까칠한 낙엽은 어울려서 꽃이 된다. 청춘은 화병에 꽂아놓고 감상하는 꽃이고, 노년은 책갈피에 끼워두고 사색하는 단풍이다. 화사한 꽃같이 아름다운 청춘은 꽃봄[花春]의 계절이고, 메마른 단풍같이 아름다운 노년은 잎봄[葉春]의 계절이다.

(도입 부분)

꽃은 떨어져 씨앗을 남기고 잎은 떨어져 눈[牙]을 남긴다. 지는 날까지 붉은 빛을 잃지 않는 꽃봄[花春] 인생은 열매를 잉태해서 행복하지만, 연둣빛으로 태어나 푸르른 삶을 살다 붉게 어우러지는 단풍 되어 한 줌 부엽토腐葉土로 돌아가는 잎봄[葉春] 인생은 다 주고 가는 껍데기라서 행복하다.

(결말 부분)

◆

시와 산문의 주요한 표현 차이는 비유와 서술이다. 시 창작에서는 무심코 시작해도 설명을 배격하면서 비유를 하고, 함축미를 찾고, 대상을 묘사한다. 반면에 산문 작가들은 이러한 이미지 형성 작법에 무관심한 편이다. 더구나 수필은 체험의 비전환적 진술의 산문문학이라는 잘못된 고정관념도 작동한다. 이를 극복하기 위해서 수필 작법 때는 작가가 진술의 방향을 의도적으로 왜곡시켜야만 형상화가 이루어진다.

형상화로 인한 이점은 매우 많다. 이미지가 생성되어 신선미를 각인시켜주고, 다의성 유발로 해석상의 심화 확장이 이루어지며, 비유적 표현으로 지적 논평의 위험에서 벗어날 수 있다. 덤으로 창작적 재미도 있다.

수필에서 무형식의 미학이란 시조, 시, 소설, 희곡과 달리 특별한 방법을 제약하지 않을 테니 작가가 알아서 형식을 만들라는 것이다. 제약이 없다는 것은 동전의 양면과 같아서 수필가에게 축복임과 동시에 재앙이 될 수도 있다. 즉 형식 창출에서 내 맘대로 해도 되지만 자칫하면 실패한다. 그 대표적 실패가 '신변잡기'다.

명수필 작법 현장 분석

형식은 '작품 형성의 원리'다. 수필가는 자기 작품의 형식까지 창출해내야 하는 사람이다. 뒤집어 말하면 수필 양식은 작가가 창출해내는 개별적, 개성적 형식을 용인하는 것이다. 그 방법이 내용에 따라, 작가에 따라 무궁무진하다. 결국 무형식의 미학적 구현은 작가의 몫이다. '무형식의 형식'이란 수필의 무한한 기능성技能性을 포용하고 있는 형식적 특징이다.

수필은 자칫 관념적 진술과 추상적 표현으로 흐를 위험성이 짙은 문학양식이다. 이런 진부한 '서술'을 피하기 위해 수필가는 시적 안목으로 접근할 필요가 있다. 부분적이든 전편을 관류하든 시적 형상화를 운용한다면 독자들에게 새로운 멋과 맛을 선사할 수 있을 것이다.

시는 내적 경험의 순간적 발현이고 소설은 플롯을 통한 연속성을 지닌다. 수필은 소설과 시의 중간쯤 위치한 원리다. 따라서 수필은 서정과 서사의 양면성을 공유하고 있다고 볼 수 있다. 이런 연유로 수필 구조 속에 서정적 감성 혼입이 자연스럽게 융합될 수 있는 양식이다.

문학은 언어예술이며 문인은 언어의 연금술사라고 한다. 즉, 언어를 미적으로 구현하는 기술자란 뜻이다. 이를 현대적 감각으로 바꾸면 '문인은 언어디자이너'가 된다. 무형식의 양식인 수필은 시를 포함한 다른 장르의 문학미감을 교집합적으로 원용할 수 있다. 따라서 수필은 종합문학이며 그 미감의 영역은 오롯이 언어의 종합디자이너, 수필가의 몫이다.

(2021, 《한국동서문학》 39호)

형상화로 직조한 수필 - 「노인 예찬」

　아래 소개하는 「노인 예찬」은 구성과 표현에서 제재 '노인과 청춘'을
꽃 이미지로 변주한 시적 서정의 글이다. 필자가 작법상 기획한 두
요소는 제재 치환과 대구율 형성이다. 제재 치환의 기법으로 '청춘 =
봄꽃', '노인 = 단풍'으로 변주하여 이미지가 선명한 시정詩情으로 형상
화하였으며, 주로 문장 중심의 대구법을 구사했다. '청춘 = 봄꽃'과 '노
인 = 단풍'의 특성을 소환하여 제재를 다양하게 긍정하면서 작품의
시작부터 끝까지 시종일관 비교, 대조를 연출한 끈질긴 대구적 율감
의 전개를 구사하면서 전체적으로는 통일된 이미저리를 형성시켰다.
전반적으로 만연체를 기반으로 하고, 어휘도 '꽃봄, 잎봄'이라는 고유
어 신조어를 구사하면서 노인 예찬이라는 주제에 맞게 애잔하면서도
우아한 어조를 이어갔다. 두목杜牧의 「산행山行」을 주제에 맞추어 재평
가한 화소로 삽입하였으며 전체적 내용 전개는 병렬로 진행하되 낙
엽이 지고 흙으로 돌아가는 시간적 구성의 흐름을 잡았다. 이 작품
을 촌평한 《창작에세이》 8호의 수록 내용을 그대로 인용하겠다.

명수필 작법 현장 분석

「노인 예찬」 작법 해설 / 이관희(문학평론가)

"문예창작이란 '무엇'과 '어떻게'의 관계를 만드는 것"

아트art 즉 예술의 어원은 라틴어 아르스ars이고, 그 뜻은 '접합하다'라고 한다. 문학은 예술이다. 그렇다면 문예창작법에 대한 답이 어원에서부터 나오지 않는가? 그 답이란 문예창작법이란 무엇인가, 라고 물을 수 있는 것이 아니라 반드시 '무엇을 가지고 어떻게 하는 것이냐', 라고 물어야 된다는 것이다. 왜 그러냐 하면 예술이란 그 어원에서부터 '무엇'과 '어떻게'의 관계를 의미하는 '접합하다'에서부터 시작된 것이기 때문이다.

만약에 지금 이 글을 읽고 있는 독자가 문학 입문 초년생이라면 필자는 그에게 한 가지를 약속해줄 수 있다. "만약에 당신이 지금부터 〈문예창작이란 '무엇'과 '어떻게'의 관계를 만들어내는 것이다〉라는 말을 작법의 전부로 삼기로 하고 꼭 지킨다면 결단코 '신변잡기' 소리는 안 듣는 평균적 수준의 작가가 될 것이다." 나머지 뛰어난 작가 분량은 당신이 이 같은 기본적인 문예창작법을 어떻게 더 고차원적인 작법으로 응용하느냐에 달린 일이므로 그 부분은 당신의 노력의 몫일 것이다.

수필이라는 글이 왜 신문학(현대문학) 초창기부터 '여기의 문학', '서자문학' 소리를 들어왔는가? 바로 기존의 수필은 예술이 아닌 글을 써 왔기 때문인 것이다. 그림이 예술이 되고, 음악이 예술이 되고, 무용이 예술이 되려면 한 가지 색깔만으로는 될 수 없고, 한 가지 음만으로는 될 수 없고, 하나의 동작만으로는 될 수 없는 것이다. 두 가지

이상의 색깔과 두 가지 이상의 소리와 두 가지 이상의 동작이 '합쳐져야' 비로소 그림도 음악도 무용도 될 수 있는 것이다. 마찬가지로 문학도 그것이 진정 예술이라면 하나의 '무엇'만 가지고는 예술이 될 수 없는 것이다. 반드시 '무엇'을 '어떻게' 하는 일이 있어야 문학이라는 '이야기'가 될 수 있는 것이다.

"옛날옛날에 호랑이가 담배 먹던 시절에"라는 옛날이야기만도 못한 단세포적 신변잡사를 초등학교 때 배운 작문법으로 나열해놓고 수필 문학작품이라고 발표하여 온 것이 지난 1세기 절대다수의 '수필'이라는 글들이었다. 왜 그렇게 되었는가? 아르스ars를 몰랐기 때문인 것이다.

이 작품은 투고작이다. 비평자는 서태수라는 작가를 전혀 모른다. 필자가 아는 것은 서태수라는 작가가 보내 온 이 작품은 지난 1백 년 동안 써 온 절대다수의 천편일률적인 단세포적 신변잡사가 아니라는 사실뿐이다.

이 작품은 일견 서사구성법의 작품으로 볼 수도 있겠지만 비평자는 그보다 시적구성법의 작품이라고 본다. 시적구성법이란 시적 발상의 직관적 언어 창조 구조의 구성법을 의미한다. 이 작품은 그 같은 시적 발상을 운문의 시가 아닌 산문형식으로 형상화한 작품이다. 쉽게 말하면 산문으로 쓴 시라고 할 수 있다. 엄밀히 말하면 산문으로 쓴 시란 없다. 시란 본래 운문을 말하는 것이기 때문이다. 왜 시는 본래 운문인가? 시는 본래 노래이기 때문인 것이다. 노랫말은 본래부터 일상용어 즉 산문적이 아니었다.

그러나 세상에 세월 따라 변하지 않는 것이 무엇인가? 시에도 '산문시'가 출현하게 되었다. 그렇다면 '산문으로 쓴 시' 즉 '산문의 시'도 나올 수 있지 않겠는가? '산문으로 쓴 시' 즉 '산문의 시'의 실제는 어떤 것인가? 비평자는 바로 이 작품 같은 새로운 형태의 시 작품에 대한 해석을 '산문의 시'라고 해석하고 있다. '산문의 시'란 산문적 구성법의 시를 의미한다.

이 작품의 제목은 「노인 예찬」이다. 「노인 예찬」의 '예찬'은 수필인들에게는 「청춘예찬」(민태원), 「신록예찬」(이양하) 등을 통해서 낯익은 제목이다. 즉 관습적 수필 제목의 한 가지이다. 그러므로 이 작품은 제목에서부터 분명하게 '이 작품은 산문형식의 작품입니다'라는 작가의 작품 제작 의도를 나타내고 있는 순전한 산문형식의 문학작품인 것이다. 그럼에도 우리는 이 작품을 통해서 시를 감상하게 된다. 왜 그런가? 이 작품의 창작발상은 시적 언어창작의 발상에 있기 때문인 것이다.

시란 무엇인가? 시란 무엇인가에 대한 논의는 문학론 전체라고 해도 과언이 아니므로 한마디로 대답할 수는 없다. 그러나 인생이란 어쨌든 먹고 움직이며 사는 것이라는 기본적인 대답이 있듯 시도 시적 대상을 언어존재화하는 것이라는 기본적인 대답을 할 수 있다.

이 작품의 시적 대상은 '노인'이다. 그렇다면 이 작품은 '노인'을 언어존재화하고 있다는 말인가? 그렇기 때문에 산문으로 쓴 시라고 할 수 있다는 뜻이 아니겠느냐?

이 작품이 노인을 언어존재화하고 있는 방법이 본 작법해설 서두에 언급한 아르스ars의 기본 개념이다. 이 작품은 서두에서부터 작품 말미까지 '노인'에 비교되는 대상을 이끌다 '노인'과의 관계 맺기 구성법을 통해서 '노인 예찬'의 '예찬'을 형상화하고 있다. 그 집요한 관계

맺어주기 구성법을 도표로 예를 들어보면 다음과 같다. 아래 도표는 서두 문단만을 예로 든 것이다.

봄	가을
꽃으로 아름답고	잎으로 아름답다
꽃으로 피어나고	단풍으로 번져난다
꽃은 혼자서도 꽃	단풍은 어울려서 꽃
청춘은 화병에	노년은 책갈피에
청춘은 꽃봄[花春]의 계절	노년은 잎봄[葉春]의 계절

　문학이란 무엇인가? 문학이란 예술이다. 예술이란 무엇인가? 아르스ars다. 아르스란 무엇인가? 아르스란 '무엇인가'가 아니고 '무엇을 가지고' '어떻게 하는 것인가'다. 즉 아르스란 주제인 노인을 가지고 위의 도표같이 만들어내는 것이다.

　아르스ars의 뜻이 두 개 이상의 무엇인가가 '합쳐'지는 것을 의미한다면 이는 그 두 개 사이의 관계를 의미하게 된다. 둘 사이의 관계에는 반드시 비교작용이 일어날 것이고, 비교작용에서 갈등 관계가 산출될 것이다. 비교작용에서 갈등 관계가 산출되는 것이라면 문예창작법은 비유적일 수밖에 없다는 결론을 얻게 된다.

　소재에 대한 비유법적 형상화가 없는 글은 대개 사실의 기록에 지나지 않게 될 것이다. 문학작품을 쓴다면서 사실의 기록에 지나지 않는 글을 쓴다면 십중팔구 '신변잡기'가 될 것이다. 신변잡기란 문장의 조잡성을 의미하지 않는다. 문학적 방법에 의한 글이 아닌 것을 의미한다.

대본 「노인 예찬」

　봄은 꽃으로 아름답고 가을은 잎으로 아름답다.

　봄과 가을은 모두 붉게 번지는 꽃불의 계절이다. 봄꽃은 낱낱의 송이마다 꽃으로 피어나고, 가을잎은 삼삼오오 벗을 모아 단풍으로 번져난다. 청춘靑春의 피부처럼 싱그러운 꽃은 혼자서도 꽃이지만, 노년老年의 피부처럼 까칠한 낙엽은 어울려서 꽃이 된다. 청춘은 화병에 꽂아놓고 감상하는 꽃이고, 노년은 책갈피에 끼워두고 사색하는 단풍이다. 화사한 꽃같이 아름다운 청춘은 꽃봄[花春]의 계절이고, 메마른 단풍같이 아름다운 노년은 잎봄[葉春]의 계절이다.

　꽃봄 인생이 잉걸불이라면 잎봄 인생은 잿불이다. 꿈꾸는 미래를 장작더미로 불태우는 청춘은 오늘의 향기로 벌과 나비를 불러 모으지만, 이미 헌신한 제 몸의 찌꺼기를 불태우는 노년은 지난날의 향기로 인생의 상념想念을 불러 모은다.

　꽃봄 인생은 현재의 아름다움에 도취하고 잎봄 인생은 지난날의 아름다움에 도취한다. 화려한 빛깔과 부드러운 살결을 뽐내는 꽃은 가까이서 보면 더 향기롭고 아름답지만, 까칠한 피부에 검버섯 돋아난 단풍은 멀리서 보아야 아름답다. 손거울을 들고 다니는 청춘은 꽃밭 속에 꽃이 되어 사진을 찍고, 집에 거울을 두고 다니는 노년은 아름다운 산을 배경으로 사진을 찍는다.

　꽃봄 인생이 생명의 확산이라면 잎봄 인생은 불티의 확산이다. 대지의 열기를 모은 봄꽃은 부드러운 숨소리를 아지랑이로 내뿜고, 하늘의 냉기를 받은 낙엽은 힘겨운 숨소리를 기침으로 내뱉는다. 강둑에서 피어오른 봄꽃은 따뜻한 햇볕 쏟아지는 산등성이로 타오르고,

산꼭대기에서 번져 내려온 단풍은 마을 어귀를 굽이지는 강물 위로 젖어든다.

꽃은 씨방을 키우기 위해 붉은 교태를 부리고, 잎은 자양분을 공급하기 위해 푸른 노동을 한다. 꽃이 촉촉한 입술을 은밀하게 오므리고 펴면서 화사한 몸짓으로 삶의 영속永續을 위한 새 생명의 잉태를 꿈꾸는 동안, 잎은 좌우심실左右心室로 나뉜 심장에서 벋어 나온 굵고 가는 엽맥葉脈 핏줄을 통해 온몸에 피돌기를 계속한다. 밤낮 숨고르기를 하며 넉넉한 그늘로 덮어주는 잎은 어머니의 심장박동처럼 제 품에 안겨드는 곤고困苦한 세상사를 포근하게 품어준다.

잎봄 인생이 치아가 다 빠진 채 마른 입술로 오므라든 것은 제 몸의 수정受精을 끝냈기 때문이요, 검붉은 핏줄이 온몸으로 불거져 나오는 것은 꽃봄 인생이 남긴 열매를 위해 마지막으로 내뿜는 힘겨운 심장의 펌프질 때문이다. 꽃잎은 황홀한 수정으로 제 몫을 다하지만 나뭇잎은 거친 제 살갗이 다 헤질 때까지 잎맥을 통해 내보내는 따뜻한 호흡을 멈추지 않는다. 이는 곧 허리 굽은 부모님이 제 씨방에서 터져 나간 먼 곳의 자식들에게 보내는 한결같은 마음이다. 그것이 때로는 아파트 발코니에서 하염없이 허공을 바라보며 두 손 모으는 시름겨운 마음일 수도 있고, 때로는 먹거리를 위해 해종일 논밭의 김을 매는 애틋한 마음일 수도 있다. 어느 쪽이든 마음의 고향에는 이글거리는 햇살 아래 백로 한 마리가 엎드린 푸른 밭고랑이 있는 것이다.

꽃이 먼동빛이라면 단풍은 석양빛이다. 동산 너머에서 발돋움한 팽팽한 얼굴의 꽃봄 인생은 풋풋한 몸으로 파란 하늘의 흰구름을 향해 더 높이 훨훨 날아오르며 진한 꽃향기를 내뿜는다. 그때 허연 머리 이고, 굽어진 허리 부여잡고, 무릎 휘청거리는 잎봄 인생은 서산 너머

명수필 작법 현장 분석

로 사위어가는 제 그림자 허위허위 끌고 가면서도, 세월의 연륜 담아 짙게 팬 굵은 주름, 검버섯 듬성듬성한 얼굴에서 향수어린 흙내음을 풍긴다.

당唐 시인 두목杜牧이 「산행山行」에서 '서리 맞은 단풍이 봄꽃보다 더 붉다(霜葉紅於二月花).'라고 한 것이 어디 꽃으로 아름다운 겉모습만 보고 읊은 시구詩句이겠는가.

가을은 이미 제 몸의 모든 기운을 다 소진한 탓에 본바탕은 노인의 빛깔인 은빛(silver)이다. 조락凋落의 계절이 지나 단풍잎마저 다 떠나보낸 앙상한 나무들이 탄탄한 몸으로 겨울을 맞을 즈음, 살얼음 지피는 강둑이나 찬 서리 흩뿌리는 산기슭으로 올라보라. 온몸으로 부대끼며 강과 산을 푸른 바람으로 비질하던 갈대숲, 억새숲이 어느덧 세월의 겨울바람 되어 은빛 물결로 일렁이고 있음을 본다. 이때는 휘몰이로 굽이지던 도도한 물길도 긴 생애의 하류下流에 이르러 유유한 은빛으로 반짝이고, 어쩌면 금세라도 하얀 눈 몇 송이를 겨울꽃으로 피워 내릴 것 같은 하늘도 은빛이다. 그래서 잎봄 인생인 노년은 'silver spring'으로 의역意譯함이 좋다.

꽃은 떨어질 때도 꽃비가 되어 아름답지만 잎은 떨어지면 우수수 처량하다. 낙화洛花는 이내 녹아버려 화려했던 한때의 젊음은 흔적도 없이 사라져 꿈속에다 아련히 묻지만, 낙엽落葉은 겨우내 제 뿌리를 덮고 있다가 봄비를 맞으면 그때야 다 헤져버린 제 육신을 흙 속에 묻어 거름으로 마지막 봉사를 한다.

꽃은 떨어져 씨앗을 남기고 잎은 떨어져 눈[牙]을 남긴다. 지는 날까지 붉은 빛을 잃지 않는 꽃봄[花春] 인생은 열매를 잉태해서 행복하지만, 연둣빛으로 태어나 푸르른 삶을 살다 붉게 어우러지는 단풍 되어

한 줌 부엽토腐葉土로 돌아가는 잎봄[葉春] 인생은 다 주고 가는 껍데
기라서 행복하다.

(2012,《창작문예수필》8호)

시적 발상을 확장한 수필 - 「누에고치」

"수필을 이해하지 못하고 시를 쓸 수는 있어도, 시를 이해하지 못하고 수필을 쓸 수는 없다."

창작과 이론 전개로 수필문학의 새로운 경지를 개척한 윤오영 선생 말씀의 핵심은 '수필의 시적 형상화'를 강조한 의미이다. 시의 3요소 '운율, 정서, 사상'에서 정서는 주로 이미지로 환기되고, 이미지는 형상화의 결실이기 때문이다.

문학은 언어의 미학적 기교를 극대화한 예술이며 그 기교의 최상위에 형상화가 자리하고 있다. 문학의 형상화는 내부의 관념이나 인식을 언어 디자인을 통해 구체적으로 감각화하는 일이다. 관념을 진술하고 전달하는 데 쓰이는 형상화의 주요 수단은 비유이다. 비유는 차별적 존재 속의 동일성 발견에서 비롯된다. 비유되는 이미지, 즉 의미재인 원관념과 비유하는 이미지, 즉 재료재인 보조관념의 결합은 두 사물의 유사성, 연속성, 동일성에 근거한다. 비유는 명징한 이미지 환기에 효과적이다. 이미지는 언어로 짜여진 그림으로서, 언어 표현을 읽을 때 그 언어가 환기하는 마음속의 감각적 영상이다. 이는 사물의 모양, 빛깔, 소리, 냄새, 맛 촉감 등의 느낌으로 드러난다. 추상성을 구체적 감각성으로 전달할 때 관념과 존재는 이미지 속에 통합된다.

시의 이미지 환기는 고대부터 운위되어 왔다. 중국 북송의 시인 소동파는 "시 가운데 그림이 있고 그림 가운데 시가 있다(詩中有畵 畵中有詩)"라고 했고 그리스의 서정시인 시모니데스도 "회화는 말 없는 시요, 시는 말하는 그림이다"라고 했다. 한국문학도 예외는 아니다. '인생은 낙엽'이라는 비유는 신라 향가에 이미 나타나고 있다. 월명사는 「제망매가」에서 '어느 가을 이른 바람에 여기저기 떨어질 잎과 같이 한 가지에 나고 가는 곳 모르구나'라고 읊었다. 인생(원관념)과 낙엽(보조관념)은 유개념類槪念이 전혀 다르지만 작가는 태어나고 죽어가는 공통점을 포착한다. 그리하여 인생을 낙엽에 비유함으로써 생사生死의 추상적 요소를 구체적 상관물로 치환시켜 감각적 이미지를 환기시킨 것이다. 고전수필 「조침문」에도 '민첩敏捷하고 날래기는 백대百代의 협객俠客이요, 굳세고 곧기는 만고萬古의 충절忠節이라. 추호秋毫 같은 부리는 말하는 듯하고, 두렷한 귀는 소리를 듣는 듯한지라.'라는 비유가 사용되었다.

현대문명은 시각형視覺形의 문화로 정신영역까지 시각화, 계량화計量化를 구현한다. 현대시도 이미지즘을 필두로 삼아 음악성보다 회화성을 더 강조하며 이미지가 없는 시는 시가 아니라는 극언도 서슴지 않는다. 이미지는 모더니티의 기준점이 된다. 이미지를 특히 중시하는 현대시에서 형상화는 시인이 운용해야 하는 필수적 언어 연금술이다. 이러한 비유적 기교를 산문 작법 속에 결합시킨 작품은 '시적 수필의 경지'로 표현되었다는 이효석의 소설 「메밀꽃 필 무렵」이나 피천득의 작품 「수필」을 통해 잘 알려져 있다.

명수필 작법 현장 분석

이지러는 졌으나 보름을 갓 지난 달은 부드러운 빛을 흐뭇이 흘리고 있다. 대화까지는 팔십 리의 밤길, 고개를 둘이나 넘고 개울을 하나 건너고 벌판과 산길을 걸어야 된다. 길은 지금 긴 산허리에 걸려 있다. 밤중을 지난 무렵인지 죽은 듯이 고요한 속에서 짐승 같은 달의 숨소리가 손에 잡힐 듯이 들리며, 콩 포기와 옥수수 잎새가 한층 달에 푸르게 젖었다. 산허리는 온통 메밀밭이어서 피기 시작한 꽃이 소금을 뿌린 듯이 흐뭇한 달빛에 숨이 막힐 지경이다. 붉은 대공이 향기같이 애잔하고 나귀들의 걸음도 시원하다.

- 이효석, 「메밀꽃 필 무렵」 중

수필은 청자연적靑瓷硯滴이다. 수필은 난蘭이요, 학鶴이요, 청초淸楚하고 몸맵시 날렵한 여인이다. 수필은 그 여인이 걸어가는, 숲속으로 난 평탄하고 고요한 길이다.

- 피천득, 「수필」 중

「메밀꽃 필 무렵」은 비록 직유법을 사용한 초보적 비유이지만 감각적 이미지가 일부에만 운용되었음에도 산문의 맛과 멋은 확연하게 달라진다. 「수필」은 '인식의 비유적 치환'으로 제재를 객관적 상관물을 통한 형상화로 구현하고 있다. 이러한 표현미는 단순은유로서 하나의 원관념에 하나의 보조관념이 결합된 치환은유다. 비유는 모호하고 불확실한 원관념으로부터 상대적으로 이미 잘 알려져 있거나 더욱 구체적인 것으로 옮기는 의미론적 이동이다. 이때 이미지가 형성된다.

시와 수필 작법의 주요한 표현 차이는 비유와 서술이다. 시 창작에서는 무심코 시작해도 설명을 배격하면서 비유를 하고, 함축미를 찾고, 대상을 묘사한다. 그것은 시란 원래 압축과 형상화의 속성을 지닌 문학이기도 하지만 일반적으로 시를 그렇게 배우고, 그렇게 몸에 익힌 결과이기도 할 것이다. 그런데 산문 작가들은 이러한 이미지 형성 작법에 무관심한 편이다. 더구나 수필은 체험의 비전환적 진술의 산문문학이라는 작법상의 고정관념이 작동하는 것이다. 그래서 수필 작법 때는 의도적으로 진술의 방향을 잡아야 이미지가 형성된다. 우리가 무심코 서술하는 설명, 서사, 묘사, 논증으로도 수필을 쓸 수 있다. 그러나 비유적 형상화를 가미하기 위해서는 집필 태도상의 분명한 의도 개입이 필요하다. 「수필」에서 '수필은 플롯이나 클라이맥스를 필요로 하지는 않는다'라는 크나큰 직설적 오류를 범한 피천득도 같은 작품 속에서 '수필은 청자연적'이라는 시적 형상화의 명구를 낳은 것은 그가 당시에 이미 중견 시인이기에 자연스럽게 이루어진 것이다.

시인의 눈으로 수필을 바라보아야 형상화가 가능하다. 의도하지 않으면 글의 서술 과정에 비유적 형상화의 고명을 얹기 어렵다. 이를 위해서는 수필가의 확고한 의지가 필요하다. 자아의 세계화 양식인 수필의 교술적 요소를 세계의 자아화 양식인 시의 서정적 인식으로 전환하는 획기적인 작법 변화가 일어나야 하기 때문이다.

시를 읽다 보면 시인은 수필가와 달리 서사적 요소가 담겨진 내용이라도 비유적 형상화를 습관적으로 운용한다. 시인들이 구사하는 비유적 이미지는 비유의 심화 정도에 따라 단순한 이미지 창출에서 고도한 상징성에 이르기까지 다층적으로 형성된다. 또한 비유적 형상화는 작품 속에서 극히 부분적으로 앉힐 수도 있고 간헐적 반복도

가능하지만, 제재 자체를 비유적으로 치환한 경우에는 특정 이미지를 작품 전편에 관류시켜 특정한 이미저리imagery를 형성시킬 수도 있다. 다음 시처럼 일부 소재를 치환한 경우는 부분적으로 이미지가 형성된다.

진주(晋州) 장터 생어물전에는
바다 밑이 깔리는 해 다 진 어스름을

울 엄매의 장사 끝에 남은 고기 몇 마리의
빛 발하는 눈깔들이 속절없이
은전만큼 손 안 닿는 한이던가
울 엄매야 울 엄매
(하략)

- 박재삼, 「추억追憶에서」 중

서사를 압축시킨 시로 제재는 어머니다. 시장 좌판 생선장수인 어머니를 그리는 시인의 회고적 서정이다. 동원된 소재의 모양과 빛깔에서 '고기 눈깔 - 은전 - 달빛 받은 옹기 - 눈물'로 동일 이미지가 순차적으로 연결된다. 동시에 전편에 눈물의 이미저리를 형성하는 가편佳篇이다. 이 시를 서사적으로 확장하면 한 편의 수필로도 가능한 작품이다. 그때 시에 담긴 이미지를 활용하면 수필 속의 부분적 형상화가 문맥 속에 자연스럽게 노출될 것이다. 다음은 제재를 1:1로 치환한 경우를 보자.

한 송이의 국화꽃을 피우기 위해

봄부터 소쩍새는

그렇게 울었나 보다

(중략)

노오란 네 꽃잎이 피려고

간밤엔 무서리가 저리 내리고

내게는 잠도 오지 않았나 보다

- 서정주, 「국화 옆에서」 중

  작가는 고난 속에 성숙한 누님의 삶을 그리고자 했다. 시에서 누님을 직설적으로 표현하기 싫어 누님과 유사한 사물로 오상고절傲霜孤節의 국화를 선정했다. 국화의 생애는 당연히 '봄 - 여름 - 가을'의 시련을 거친다. 각 계절의 대표적 시련(소쩍새, 천둥, 무서리)을 선정했다. 그리고 3연에 중심 제재인 누님의 사연을 삽입했다. 시상 발현상의 제재인 누님을 국화로 대유代喩한 작품이지만 결과적으로 '국화 = 존재의 생명성'으로 심화된 작품이다. 이 시를 수필 작법으로 환원한다면 누님의 삶을 국화로 치환하여 춘하추동으로 엮어가다 늦가을의 사색적 의미 속에 불면의 자아까지 결합시키게 된다. 고도한 비유적 형상화의 수필이 탄생할 것이다.

  비유적 이미지 창출의 기본 설명을 위해 필자의 시와 수필 작품으로 실증적 설명을 하겠다. 다음 작품은 제재와 소재를 모두 치환한 필자의 시조 작품이다. 이미 시조로 창작한 작품을 이야기로 확장하여 수필로 재창작하게 되었는데, 먼저 시를 살펴보자.

저 명주실 죄다 풀면 몇 권 소설 될까

시간도 똬리 틀어

맴을 도는 요양병원

한 생애 긴 사연들이 고치로 돌돌 말렸다

뽕잎 이랑 물굽이에 절룩이던 종종걸음

아픈 무릎 웅크린 채 한 잠, 두 잠 허물 벗어

명주실 친친 감고 누워 꿈을 꾸는 번데기

후생後生엔 고운 날개 어느 하늘 날으실까

김해공항 비행기도 비껴 나는 낙동강

하얗게 이불을 덮은

이승의 황혼 무렵

- 「누에고치 -낙동강.465」 전문

　창작 모티브는 근래 방문한 요양병원 풍경, 노인들 웅크린 모습에서 오래전 큰형님 댁 작은방에 누워 계시던 어머니를 떠올린 것이다. 작은 몸매로 웅크렸던 그 모습을 어릴 적 본 적이 있는 누에고치로 치환했다. '어머니 = 누에고치'의 비유에서 나아가 어머니 세대가 겪어온 삶의 곤고함과 누에의 생활 모습을 병치시켰다. 여기에다 필자의 낙동강 연작시 이미지 결합을 위해 삶의 상징인 파란만장한 물길과 누에가 오르내리던 뽕잎 이랑의 굴곡을 병치시켰다. 노구를 웅크리고 누운 마지막 모습인 누에고치는 다시 환생을 꿈꾸는 번데기로 전이되면서 그 암시적 의미로 강을 활주로 삼아 비상하는 비행기로 마무리함으로써 시의 전편을 수미쌍관의 의미망으로 구성한 것이다.

짧은 한 편의 시이지만 여기에 함축된 서사적 사연도 매우 길다. 따라서 역으로 한 편의 서정시를 서사적으로 확장한다면 단편소설이나 수필로 창작될 수 있다.

아래 예시한 필자의 수필 「누에고치」는 시를 수필로 재구성한 작품이다. 시 창작 이전의 서사적 내용을 구체적으로 재생함으로써 수필의 구성은 저절로 형성될 수 있었다. 구성면에서는 누에로 대유된 두 개의 이야기, 어머니와 장모님의 사연을 묶었다. 형식단락을 잘게 나눔으로써 내용 전개의 속도감 유지와 시각적 분량 조절을 겸했다. 표현에서는 경어체 어조 사용으로 숙연한 분위기를 조성하고 생각의 여운을 위해 명사로 끝나는 문장의 잦은 사용을 꾀했다. 시에서 운용한 비유적 이미지를 그대로 살리면서 시에 깃든 서정적 요소도 자연스럽게 혼입시켰다. 분량 확장과 구체적 서정성 확보를 위해 묘사적 화소를 몇 개 첨가하고, 비행기의 비상을 통한 환생의 암시로 수미상관首尾相關의 시적 마무리를 하였다.

누에고치를 보면 엄마의 마지막 모습을 떠올립니다. 푸른 물결로 일렁이던 뽕밭을 바장이던 아픈 무릎 오그리고, 하얀 명주실 친친 감고 누운 번데기.

20여 년 전 강마을 본가의 작은방에 여윈 노구를 웅크린 채 하얀 이불을 덮고 누워 계시던 엄마. 요즘은 누에고치를 직접 볼 일은 많지 않지만 겨울 길거리에서 김이 모락모락 올라오는 먹거리 번데기를 보아도 생각은 마찬가지입니다.

칠 남매 막내였던 나는 태어나자마자 할머니를 만났습니다. 우리 엄마는 나를 마흔에 낳으셨거든요. 내가 본 엄마는 평생을 병약하신 모습이었습니다.

몸피가 참 아담하셨던 우리 엄마! 옥양목 하얀 치마저고리를 입고 강변 밭 언저리를 맴돌며 종종걸음을 걸으시던 엄마. 어릴 적 너른 김해들판 한 귀퉁이 좁은 밭고랑에서 김을 매느라 오그리고 계신 모습에서 한 마리 백로를 떠올리곤 했습니다.

초등학생 시절, 학교가 파하면 강둑을 따라 소 풀을 뜯기는 지루한 일거리가 내 몫이었습니다. 잔잔한 강물 위에 석양빛 녹아 흐르는 저녁나절, 배부른 송아지 데불고 집으로 오면 큰형수님 차려 놓은 저녁 밥상머리에 끼어들기 전에 들밭머리의 엄마를 찾으러 가는 일이 또 하나 더 남아 있었습니다. 엄마가 하도 밭에만 계시기에 한 번은 제가 이렇게 쫑알거렸습니다.

"이담에 엄마 죽으면 난 밭에 와서 울 거야."

그 무렵 어느 날, 갈대로 만든 거미줄 테를 들고 배추흰나비 쫓느라고 강둑길 배추밭을 빙빙 돌다가 넘어졌을 때, 손자 같은 막내둥이 무릎의 흙먼지 털어내시며 당신 혼자 중얼거리던 말씀.

'이놈 고등과만 마쳐 놓고 죽었으면…'

손끝 배추흰나비 날개처럼 파르르 울리던 그 말씀. 어린것이 못 알아들었으리라고 생각하셨겠지만 강바람에 몰래 떨리던 갈댓잎 같은 젖은 음성은 지금도 내 가슴에 세월 속 물이랑으로 미어지고 있습니다.

옛말에 '골골백년'이라더니, 그래도 우리 엄마는 여든 넘어까지 사시어 막내둥이의 두 손주 장성한 모습도 보셨습니다. 엄마는 돌아가시기 전 얼마 동안 자리보전을 하고 계셨습니다.

두 팔은 가슴에 다소곳이 얹고 다리 웅크리고 누워 계시던 엄마!

하얀 이불을 덮은 그때 모습이 꼭 누에고치 같았습니다. 내 아주아주 어릴 적 산골마을에 살 때 우리 집에도 누에를 치고 명주실을 자았거든요.

내가 20여 년 전 엄마의 웅크린 누에고치 모습을 최근에 다시 보게 된 것은 요양병원에서였습니다. 장모님을 모시고 찾은 요양병원에는 하얀 누에고치가 방방이 칸칸이 누워 있었습니다. 머릿속에 언뜻, 나 자신의 미래 모습이 떠올랐습니다.

파란만장한 생애의 긴 시간들이 다양한 모습의 또아리를 틀어, 농수로로 흘러가는 샛강 물길마냥 맴돌고 있었습니다. 과거에만 매여 딴소리를 하는 분, 침대에 어중간하게 누워 아무에게나 엉뚱한 말을 건네는 분, 빈 천장을 향해 초점 없는 눈빛을 던지고 계신 분….

일제 식민지 시대, 해방, 6·25 등의 아픈 민족사의 수난을 송두리째 겪었으면서도 삶의 풍요를 마음껏 누려보지 못하고 이승의 황혼을 맞이하신 분들.

엄마와 장모님이 하시던 말씀이 생각났습니다.

"내 살아온 이야기를 소설로 쓰면 몇 권은 더 될 거다."

생애의 거친 이랑에서 종종걸음 멈추고 아픈 무릎 웅크린 채 누웠습니다. 하얀 명주실 친친 감은 누에고치들, 새로운 나비로의 환생을 꿈꾸는 번데기들이었습니다. 한 잠 두 잠 허물 벗어 후생後生엔 고운 날개 어느 하늘 나실까.

때마침 김해공항에서 비행기 한 대가 흐르는 듯 맴도는 낙동강 물길을 활주로 삼아 힘차게 날아오르고 있었습니다.

도입 부분은 제목이 「누에고치」이므로 이야기의 시작을 그와 연상되는 오래전의 기억으로 거슬러 갔다. 아울러 글의 전체 흐름을 '노인 = 누에고치'의 병치竝置로 이끌어 가되 현실 상황을 그대로 묘사하면서 부분적으로는 '백로, 배추흰나비' 등을 비유적 이미지로 운용하여 구체적 이미지가 형성되도록 시적 표현을 구사했다. 중간 부분에서는 이 글의 모티브에 해당하는 요소들인 '요양병원 - 어머니 - 장모님'을 통해 선세대들의 곤고한 삶과 침대에 누운 노령의 현재 모습을 사실적으로 그렸다. 마무리에서는 시적 이미지를 강화하기 위해 '누에고치 - 환생 - 비행기 이륙'의 구체적 이미지로 병치시키면서 암시적 상황으로 이끌었다.

더 좋은 예술은 도발에서 탄생한다. 장미꽃을 물병에 꽂으면 꽃꽂이가 되지만 시멘트에 처박으면 시가 된다. 이를 우아한 말로 '낯설게 하기'라고 한다. 이 낯설게 하기의 보편적인 기교가 비유적 형상화를 통한 이미지 창출이다. 시든 수필이든 평범한 언술은 이미 참신한 맛을 발현하지 못한다. 그래서 언어디자이너인 문인은 한 구절의 참신한 표현을 위해 퇴고를 거듭하게 된다. 시의 경우 그 대표적인 기교가 비유적 형상화이다.

비유적 형상화는 이미지 제시와 함께 해석상의 다의성도 담고 있어 문학작품 음미의 깊은 재미도 선사한다. 피천득은 수필을 다양한 사물에 비유하였지만 대표적 비유는 청자연적이다. 그래서 덕수궁 박물관 연적을 이끌어 '마음의 여유'라는 재해석이 가능했다.

비유적 형상화는 시적 인식의 기본 소양이지만 인간의 언어는 일상 용어 속에도 다양한 비유가 혼재되어 있다. 예컨대 '양심에 찔린다'라는 표현은 고도의 은유적 형상화가 전제된 것이다. 무형의 양심을 송곳 같은 사물로 치환한 것이다. 이처럼 이미지의 특성은 추상적 관념을 구체화하여 뚜렷하게 제시하는 직접성을 통해 감각을 새롭게 하고 신선감을 부여하는 구체성과, 미묘한 느낌이나 생각을 효과적으로 표현하는 함축성을 동시다발적으로 유인한다. 그리하여 이미지는 전달 내용을 미학적 형태로 형상화시키는 수단을 통해 사상과 정서가 융합되어 신선감과 강렬성을 노출하는 정서 환기의 탁월한 기능을 지닌다. 이런 연유로 신비평을 비롯한 최근의 비평은 시의 의미와 구조와 효과를 분석하는 중요한 단서로서 이미지를 더욱 강조하고 있다.

수필은 자칫 관념적 진술과 추상적 표현으로 흐를 위험성이 짙은 문학양식이다. 이런 진부한 서술을 피하기 위해 수필가는 시적 인식으로 대상에 접근할 필요가 있다. 부분적으로든 전편을 관류하든 시적 형상화를 운용한다면 독자들에게 새로운 멋과 맛을 선사할 수 있을 것이다. 그러한 묘미의 발현을 촉구하는 뜻에서 윤오영 선생은 "시를 이해하지 못하고 수필을 쓸 수는 없다"라고 단언한 것이다.

(2020, 《산문의 시》 40호)

이중노출(D. E.) 기법의 수필 창작
-「늙은 자동차」

이중노출(Double Exposure)은 영화 제작상의 기법을 원용한 작법이다. 시에서 많이 활용되지만 산문의 수사법상 중의적 표현기교 효과를 자아낸다. 제재(A)를 다른 유사한 속성을 지닌 사물(B)에 투영하여 전개하는 기법이다. 투영의 강도는 병치은유竝置隱喩가 원칙이겠지만 분위기에 따라 치환은유置換隱喩나 주종관계도 가능하다. 어느 방향이든 명징한 이미지 환기에 효과적이다. 이러한 영화적 기법이 수필 작법에 원용 가능한 이유는 수필은 무형식의 미학이기 때문이다. 본고에서 논의하고자 하는 이중노출 원용은 어렵지 않은 기법이면서도 시적 이미지의 명징성까지 결합하는 고급스런 작법이 될 것이다.

수필에서 무형식의 미학이란 시조, 시, 소설, 희곡과 달리 특별한 방법을 제약하지 않을 테니 작가가 알아서 형식을 만들라는 것이다. 제약이 없다는 것은 동전의 양면과 같아서 수필가에게 축복임과 동시에 재앙이 될 수도 있다. 즉 형식 창출에서 내 맘대로 해도 되지만 자칫하면 실패한다. 그 대표적 실패가 '신변잡기'이다.

형식은 '작품 형성의 원리'다. 수필가는 자기 작품의 형식까지 창출해내어야 하는 사람이다. 뒤집어 말하면 수필 양식은 작가가 창출해내는 개별적, 개성적 형식을 용인하는 것이다. 그 방법이 내용에 따라, 작가에 따라 무궁무진하다. 결국 무형식의 미학적 구현은 작가의 몫이다. '무형식의 형식'이란 수필의 무한한 기능성技能性을 포용하고 있는 형식적 특징이다. 시, 시조, 소설, 희곡, 평론의 고유한 미학이 수필 작법에 총동원될 수 있기에 수필은 '종합문학'이며 수필가는 '언어의 융합디자이너'다.

이중노출(D. E.) 작법의 출발은 시 창작에서 선호하는 비유적 형상화의 안목이다. 비유란 차별성 속의 동일성 발견인바, 이중노출은 원관념과 보조관념을 동시적으로 드러내는 기법이다. 예컨대 '인생은 낙엽'이라는 인식에서 사람과 낙엽을 한 화면 위에 병치시키면 된다. 세부적으로는 한 화면이라도 크기, 색상, 명도明度 등을 다양하게 차별적으로 병치시킬 수 있듯, 문장에서도 마찬가지 기법이 가능할 것이다.

수필에서는 소재 혹은 제재의 중의성이나 이중노출이 문장 속에 융합되는 기법으로 두 가지 이미지를 동시에 노출시키는 효과가 있다. 실제 작품 서술에서는 원관념 A와 보조관념 B의 노출 강도를 다양하게 조절할 수 있다. 전개에서 'A 중심', 'B 중심', 'AB 혼용' 등 다양한 서술이 가능하다. 특히 원관념이든 보조관념이든 종속적으로 조명되는 경우는 흐릿하게 실루엣으로 반영되는 묘미도 구현될 수 있다. 필자의 수필 「조선낫」을 두고 《창작에세이》에서 이관희 평론가는 다음과 같이 말한 적이 있다.

지금도 나는 이 작품을 어떻게 평가하면 온당한 학문적 평가가
될 수 있을지 비평언어를 찾을 수 없다.

명수필 작법 현장 분석

이 작품은 '조선낫'을 '조선 여인상'으로 형상화하고 있다고 할 수
도 있고, '조선 여인'을 '조선낫 이미지'로 형상화하고 있다고도 할
수 있다. 원관념과 보조관념이 분리해내기 어려울 정도로 혼연일
체로 융화되어 있기 때문이라고 할 수 있다.

이러한 기법은 비유적 형상화를 견인하는 시적 발상에서 출발한
다. 서정주의 「국화 옆에서」에서 국화는 누님을 소환하고, 김소월의
「진달래꽃」은 임을 병치시켰듯이 대부분의 시는 이렇게 창작된다. 필
자의 다음 시 「노인」에서 제재로 동원된 원관념 '노인'은 '마른 낙엽,
강의 빈 껍질, 까치밥, 웅크린 강' 등의 보조관념으로 치환되어 다양
한 의미망을 형성하면서 다채로운 이미지를 그려내고 있다.

> 초겨울 햇살 아래 **마른 낙엽** 졸고 있다
> 한 점 물기 없이 다 증발한 무심한 빛
> 늪으로 오도카니 앉은
> **허연 강의 빈 껍질**
>
> 흘려보낸 깊이만큼 하염없는 흐린 눈은
> 한 생애 굴곡 굽이 어드메쯤 멈췄을까
> 담장 위 까치밥보다
> **더 작게 웅크린 강**
>
>   - 「노인 -낙동강.399」 전문

제목이 「노인」이므로 보조관념 및 각 보조관념이 지닌 이미지 파악

은 쉽게 오버랩(O. L.)된다. 이러한 문장 진술법을 산문에 그대로 적용하는 것이다. 위의 시는 보조관념이 상징적으로 압축되었지만 일반적으로 이중노출은 초보적 병치에서부터 고도한 암시적 병치에 이르기까지 그 기법이 다채롭게 운용될 수 있다.

이중노출 기법은 복잡한 것 같지만 아주 쉽고 재미있는 창작법이다. 이중노출 이미지는 작품 전체를 관류할 수도 있고 부분적일 수도 있다. 제재를 비유적으로 치환한 경우는 전편을 관류할 수 있을 것이고, 소재 일부를 비유적으로 치환한 경우는 부분적으로 드러나게 된다. 수필에서는 제재를 운용하면서 주체를 원관념으로 드러내느냐, 아니면 보조관념으로 드러내느냐에 따라 서술의 분위기가 다양하게 직조될 수도 있다. 이것이 또한 문학 문장의 매력이기도 할 것이다.

원관념과 보조관념의 초보적 병치 작품인 필자의 수필 「강생이 어르기」는 제재인 강아지를 손주로 치환시킨 언술법이다. 문장 진술에서 강아지가 주체로 드러나지만 손주로 변주되기도 한다. 이 경우 병치된 제재는 이미지로 중첩되어 시적 형상화의 맛을 가미하게 된다.

낯가림이 없이 아장아장 걷는 이쁘둥이들. 모두 털이 짧은 쌀강아지들이다. 온 마당이 녀석들의 소꿉놀이터다. 집 안에 활기가 돈다. 서로 즐겁다. 꼭 깨물고 싶은 녀석들. 주무르며 놀다 보면 나머지 녀석은 새록새록 잠을 잔다. 아늘아늘한 배가 볼록거리면서 새근새근 숨소리가 들린다. 연분홍 뱃가죽에 좁쌀만 한 젖꼭지가 열 개나 맺혀 있다. 옹알옹알 입맛도 다신다. 개잠이라더니, 몸을 웅크리고 아랫도리에 코를 처박아 잔다. 그런데도 네 다리를 활개치고 나비잠을 자는 별난 놈도 있다.

명수필 작법 현장 분석

문득, 자던 놈이 벌떡 일어나 바깥을 내다보고 '옹옹' 짖는다. 누워 있던 놈들도 덩달아 '콩콩!' 짖어댄다. 아이고, 내 강생이! 하마 밥값들 하는구나. 동네방네 벗님네들, 내 강생이 한번 보소. 두 달도 안 된 것이 하마 벌써 짖는다오. 아무렴 뉘 새끼라고. 우리 강생이들이 타고난 천재로고. 이곳저곳 수소문해 영재교육 시켜야겠다. 고양이 모셔 와서 외국어도 배우고, 얼룩소 외양간에 그림도 그려보고, 종달새 선생 만나 노래도 배운 뒤에, 딱따구리 둥지 찾아 피아노도 등록하자.

내 품을 떠나거든 제 타고난 개성 따라 특기대로 살거라. 종이 물고 노는 너는 과학자가 되겠구나. 꽃잎 뜯고 앉은 너는 예술가로 자라겠네. 판검사 되려거든 물지 않는 인품 되고, 정치가 되려거든 짖지 않는 인물 돼라. 명품입네 뽐내는 헛것들 닮지 말고, 먹이 앞에 꼬리치는 애완견 되지 말고, 주인 향한 일편단심 변함없이 지니거라. 못된 인간 많은 세상, 사람 닮으려 하지 말고, 이 세상 구석구석 도둑 없이 살게 해라. 잔병치레 하지 말고 무럭무럭 자라거라. 어허 둥둥 내 강생이.

첫 문단에서는 제재인 강아지로 직접 노출되다가 둘째 문단부터는 손주와 이중적, 혹은 교집합적으로 치환되기도 한다. 이는 문장 운용의 질감 변화를 유도하는 효과도 형성된다. 아울러 시조의 4음보 율격을 가미함으로써 손주를 어르는 할아버지의 흥청거리는 율동감을 그려내기도 하였다. 덤으로 육아의 세태 분위기도 담으면서 모순된 사회 풍자도 겸하고 있다. 주체를 강아지로 일관하거나, 손주로 시종했다면 멋과 맛만 아니라 글의 의미망까지도 확연히 달라졌을 것이다.

병치 운용에서 주체를 보조관념 쪽으로 기울이면 다의적 의미망을 형성하여 재미를 더할 수 있다. 필자의 다음 작품「은퇴 수사자」는 전편을 통해 '나 = 수사자 / 아내 = 암사자'로 치환한 이중노출이다.

나는 이제 늙은 수사자다. 관리를 잘해 아직은 이빨이나 발톱이 다 빠지고 닳아버리지는 않았지만 굳이 이들을 쓸 일도, 필요도 없는 은퇴 수사자다.

지금은 평생 마련한 나의 평화로운 초원의 울타리 복판에서 쭉 늘어져 느긋하게 쉬고 있다. 과거에는 울타리만 지킨 세월은 아니었다. 약육강식의 치열한 밀림에서 가족 부양을 위한 사냥도 끊임없이 겸했다. 비가 와도 눈이 와도, 바람이 불어도 얼음이 얼어도, 천근만근 몸이 무거운 것쯤이야 무슨 대수였으랴. 달아오르는 신열에 봉지봉지 약을 손에 쥐고도 사냥터에는 출동해야 했다. 어렵사리 확보한 나의 사냥터를 지키는 일도 쉬운 것은 아니었다. 나의 사냥터는 온 식구의 밥줄이기도 했지만 다행히도 나의 정체성도 확인하는 곳이었기에 포기란 생각할 수 없었다. 30여 년 지나 여유로운 나의 초원을 확보하여 은퇴식을 치렀다. 그리고 이 한여름을 길게 드러누웠다.

첫 문장에서 '나 = 수사자'를 명시적으로 드러내었다. 쉬운 병치 기법으로 주체를 '나 대신 수사자'로 대체하면 된다. 이렇게 함으로써 나를 객관화시키게 되어 나의 이력을 무리 없이 노출시킬 수 있게 된다. 이 작품에서 주체를 '나'로 하는 순간 신변잡기가 될 것이다. 이러한 작법은 이미 고전수필에서도 볼 수 있다. 바늘을 의인화한「조침

명수필 작법 현장 분석

문」이나 규방 칠우를 의인화한 「규중 칠우 쟁론기」는 글의 맥락상으로 볼 때 보조관념만으로 운용한 작품이다.

> 군세고 곧기는 만고(萬古)의 충절(忠節)이라. 추호(秋毫) 같은 부리는 말하는 듯하고, 두렷한 귀는 소리를 듣는 듯한지라. 능라(綾羅)와 비단(緋緞)에 난봉(鸞鳳)과 공작(孔雀)을 수놓을 제, 그 민첩하고 신기(神奇)함은 귀신(鬼神)이 돕는 듯하니, 어찌 인력(人力)이 미칠 바리요.

「조침문」의 대외적 제재는 바늘이지만 내적 의미는 남편으로 치환시켜도 전혀 이상하지 않다. 즉, 작가는 '남편 = 바늘'로 병치시켜 이중으로 노출시킨 것이다. 그렇게 함으로써 남편에 대한 애정을 강렬하게 토로할 수 있는 장치를 마련하게 되었고, 동시에 성리학에 매몰된 세상의 힐난을 회피할 수 있게 된 것이다.

> 이러므로 침선(針線) 돕는 유를 각각 명호를 정하여 벗을 삼을새, 바늘로 세요 각시(細腰閣氏)라 하고, 척을 척부인(戚夫人)이라 하고, 가위로 교두 각시(交頭閣氏)라 하고 인도로 인화 부인(引火夫人)이라 하고, 달우리로 울 랑자(娘子)라 하고, 실로 청홍흑백 각시(靑紅黑白閣氏)라 하며, 골모로 감토 할미라 하여, 칠우를 삼아 규중 부인내 아츰 소세를 마치매 칠위 일제히 모혀 종시하기를 한가지로 의논하여 각각 소임을 일워 내는지라.

「규중 칠우 쟁론기」도 바늘을 의인화했다. 이 역시 직접 노출되는 인간 세상 풍자의 위험성을 우회하기 위한 수법이다. 그런데 위의 두 작품에서 의인화란 결과론적 파악이다. 작가의 입장에서는 먼저 사람을 생각하고 이를 사물에 비유하였을 것이므로 '의물화擬物化'라는 표현이 정확할 것이다. 사람을 두고 직접적으로 드러내기 난감한 서정을 의물화를 통해 부담없이 토로할 수 있게 구성한 것이다. 보조관념을 드러내면서 원관념은 그 뒷면에 그림자로만 병치시킨 이중노출 기법이기에 노골적 심경 토로도 가능해진 것이다. 자아의 세계화 양식인 현대수필에서는 지적 판단의 오류나 견해 차이로 논란이 일기도 하는데 이중노출 작법은 이를 피할 수도 있어 작법상의 덤으로 작용하게 된다. 이와 같이 수필에서 운용되는 이중노출 작법은 시적 형상화의 초보적 이미지 창출 이외에도 다양한 미감을 선사하면서 아울러 작가의 독단적 지적 판단에 대한 위험성도 절감시킨다.

아래 예시 작품은 필자의 수필 「늙은 자동차」로 '나 = 자동차'의 이중노출이다. 제목에 이미 '늙은'을 사용함으로써 자동차의 인격화를 전제하고 있다. 도입부는 '혈당 떨어진 사시나무가 이렇게 온몸을 떨까. 덜덜 떨어 사시나무 바람 솔솔 소나무, 방귀 뀌어 뽕나무 거짓 없다 참나무… 어린 시절 동요가 문득 생각난다.'로 시작함으로써 자동차를 주체로 각인시켰다. 부분적으로 4음보의 율격미도 첨가했다. 곧이어 원관념과 보조관념을 혼용함으로써 주체의 노골적 인격화를 소환한다.

혈당 떨어진 사시나무가 이렇게 온몸을 떨까. 덜덜 떨어 사시나무 바람 솔솔 소나무, 방귀 뀌어 뽕나무 거짓 없다 참나무… 어린

명수필 작법 현장 분석

시절 동요가 문득 생각난다.

 세월에 장사 없다더니 요즘 들어 부쩍 몸이 말을 잘 안 듣는 모양이다. 영하의 혹한에 밤새 웅크린 탓인지 아침에 어딜 좀 다녀오자고 옆구리를 찔러보면 벌떡 일어나지를 못한다. 아무래도 몸이 안 풀리는지 온몸을 덜덜덜 떨다 피-식 고꾸라진다. 몸 따로 마음 따로인가. 이 녀석도 마음은 뻔해서 시선은 먼저 대문 밖인데 발통은 꿈쩍도 않는 모양이다.

 기어이 일으켜 세우려 발등을 꾹 밟고 배꼽을 눌러 힘껏 키를 돌린다. 몇 번을 연거푸 닦달해야 '부르릉-' 하고 심장박동이 가동된다. 그나마 참으로 기특한 녀석이다. 뼈마디에 왜각대각 소리가 나지만, 허리 붙들고 무릎 짚어 '끄응-' 용을 써서 땅바닥에서 떨어지기만 하면 그만이다. 발통을 굴리기 시작하면 언제 그랬냐는 듯 신이 나는 녀석이다.

 이 녀석이 몸을 떨기 시작한 것은 이미 몇 년 전부터 기미를 보이긴 했다. 신호등을 기다리는 무료한 시간의 간헐적 떨림을 대수롭잖게 여겼다. 운신할 때마다 보내는 허리의 뜨끔한 신호는 기름 몇 방울, 파스 몇 장으로 달랬다. 관절이 닳아 과속방지턱을 잘 넘지 못해 온몸이 덜컹거려도 낡은 무릎을 어쩌랴 싶어 속도를 줄이면서 운전대를 S자로 돌리며 넘어갔다.

 작품이 진행되면서 원관념과 보조관념의 병치 농도가 서로 얽혀들기 시작한다. 주체가 사람인지 자동차인지 모호한 언술로 엮음으로써 이중노출의 복합적 의미망을 구축하고 있다. 수필 작법에서 이중노출 언술의 장점은 아래와 같이 작가 자신의 비유적 객관화를 통해 심경이나 특징을 무리 없이 드러낼 수 있다는 점이다.

　타고난 쇳덩이라, 믿고 미련을 부렸던 것이 잘못이었던가. 올겨울 들어 부쩍 심해진 것 같다. 병이 더 깊어진 것 같아 병원으로 갔다. 단골 주치의가 문진을 듣고는 진단과 처방을 단번에 내린다. 쇠뭉치도 나이를 먹는단다. 관절의 노화현상에 덧보태어 몇 군데 인대가 늘어났다며 응급 처치를 해준다. 기름이 샌다며 실핏줄도 두어 군데 손을 보고는 나이에 맞춰 오는 몸의 변화는 그냥 자연스럽게 받아들이면서 무리를 하지 말라고 한다. 물색 모르는 주인이 내장이라도 알뜰히 살펴 몇 군데 새것으로 바꿔볼까 했더니 돈만 없앤단다. 고개를 갸웃거리니 수술을 하고 몇 군데 장기를 이식한대도 다른 부분들과 밸런스가 안 맞아 심장만 벌렁거릴 뿐 근본이 해결되는 것은 아니란다. 살살 어르고 달래가며 운신을 시키란다. 쇳덩이도 늙으면 추위를 심하게 타니 특히 겨울에는 체온 유지에 유의하란다.

　그래, 하긴 늙었을 법도 하다. 식솔들 먹여 살리느라 풍찬노숙으로 주인을 섬긴 15년 세월. 몇십만 킬로미터를 달려온 녀석이 아닌가. 새벽 출동 무렵, 온몸에 으스스 감도는 몸살기운쯤이야 내색이나 할 수 있었던가. 휴일은 또 온 가족 모시고 천지사방 안 가본 곳이 있던가. 생각해 보면 그 번잡한 거리를 아슬아슬 휘돌아 감돌면서도 무사하였으니 운도 참 좋은 편이었다. 천수를 고이 누리면 장수 20년이라는데 이미 15년 달려왔으니 한창때는 지난 것 같다. 이 녀석은 사람 나이로 몇 살이나 될까. 50여 년 전의 수학 실력을 끄집어낸다.

　　　　　　　　명수필 작법 현장 분석

자동차 수명 20 : 인간 수명 100 = 15 : X

$20X = 1500$

$X = 75$세

어느덧 칠순이 넘은 나이다. 그러고 보니 긴 세월을 주인이랑 동
고동락이다. 유유상종이라더니 주인을 닮아 덩치도 작고 매무시
도 시원찮다. 그래도 명색이 SUV라 2륜구동이긴 해도 야물딱진
승용화물차 2인승 밴 아닌가. 네모진 모양에 지면 높이 올라간 차
체가 짜리몽탕해서 운행도 주차도 편리하다.

　원관념인 '작가 = 필자'의 개성적 특징을 보조관념인 자동차에 노골
적으로 병치시켰다. 작품 전반적으로는 원관념을 배제하고 보조관념
중심으로 서술하면서도 내면적으로는 원관념과 교차적으로 제시함
으로써 이중노출이 불규칙적으로 운용되고 있다. 이것도 작품의 매
력이다. 이중노출의 강도를 문학작품에서 획일적으로 일치시킬 필요
도 없다. 아래 마무리 부분에서는 노골적으로 동일시하면서 동류의
식을 드러내고 있다.

　이 녀석도 타고난 부지런쟁이다. 이제는 나이 들어, 앉은자리에
서 일어설 때는 꿈틀꿈틀 미적거리기는 해도 온몸에 열기가 오르
면 아직 성성하다. 작은 고추의 몸맵시로, 눈알도 반짝거리고, 허
리도 꼿꼿하고, 걸음걸이도 날렵하고, 물건을 나르는 팔다리도 야
무지다. 마음은 아직 청춘이다.
　이 녀석은 주인을 잘 못 만난 편이다. 금이야 옥이야, 바르고 문

대어 반짝거리게 해준 적이 한번도 없다. 그 흔한 액세서리도 한 개 달아주지 않았다. 자동세차 시스템이 없던 시절에는 비가 와야 땟자국을 벗는 팔자였다. 그렇다고 깡통 취급을 한 건 결코 아니다. 주치의를 정해 놓고 탈이 나든 안 나든 정기검진을 철저히 해 왔다. 주인 성격이 궁금한 건 못 참아, 조금이라도 이상 징후가 보이면 찾아가서 CT든 MRI든 오장육부를 까뒤집어 보는 버릇이 있었다. 평생 금전출납부는 쓴 적이 없어도 점검일지는 꼬박꼬박 적었다.

다행히 남들과 치고 박은 경력이 없어 큰병은 앓은 적이 없다. 다만 쇳덩이라고 너무 믿은 탓에 다소 무지막지한 운행에다, 바지런한 주인 덕에 워낙 험하고 구석진 곳을 막무가내로 누비고 다녀 신발 고장이 잦았다. 외진 곳의 긴급출동은 대부분 찢어진 신발 문제였다.

지금도 이 녀석은 고희의 연세라고 하지만 순발력 외에는 아직 별문제가 없다고 자신감에 차 있다. 달리기 잘하겠다, 눈치코치 밝겠다, 굵은 병 없겠다…. 더구나 명약도 치료 기술도 좋은 장수시대 아니냐.

문제는 자동차라고 늘상 달리기만 하는 것은 아니라는 데 있다. 마라토너 이봉주도 길 가다 이웃과 담소를 나누는 시간이 있듯, 이 녀석도 잠시 잠깐이나마 시동을 건 채 서 있어야 할 때도 있다. 그때면 어김없이 혈당 떨어진 사시나무가 되어 빛바랜 늙은 몸을 떨떨 떤다. 주변 사람이 더 멋쩍어한다. 자동차 외부 치장에 무딘 아내지만 이 녀석을 데리고 다니기가 그래서 좀 신경이 쓰이는 모양이다. 특히 다도茶道 모임이 있어 우아한 한복 차림에 차도구를

명수필 작법 현장 분석

잔뜩 싸 들고 나서는 날, 이 녀석의 높다란 운전석에 가랑이 치켜 들고 엉덩이를 구겨 넣는 옆모습을 보노라면 참 기특한 여자라는 생각도 든다. 심성 고운 여인네라, 오랜 기간 정이 든 것이라면 자동차든 사람이든 천수를 다 누릴 때까지 구박할 마음을 지닌 것 같지는 않다.

윤기 가신 몰골에 저승꽃 듬성듬성 희번덕한 동년배의 늙은 자동차. 저 녀석이랑 나랑 누가 더 오래 버틸까. 생각이야 아직도 여유작작이지만 '밤새 안녕' 나이 아닌가. 예고 없는 어느 날, 덜컥! 고장이 나서 폐차장으로 사라진다면 시원할까 섭섭할까. 오랜 기간 세상과 부대끼며 동고동락의 정이 든 물건이라 어쩌면 애틋하고 아쉬울지도 모르겠다. 하지만 저나 나나 발통 굴리며 엮어온 단단한 이력을 곰곰 추억해 보면, 한세상 이별이 그리 억울하지는 않을 것도 같다. 다져놓은 발자국이 훗날 비바람에 뭉개지든 천년 화석으로 남든, 마지막 그날까지 눈빛 반짝이면서 우리, 발통 열심히 굴려보자.

영화에서 화면에 상영되는 이중노출의 의미망은 매우 다의적이다. 수필에서도 보조관념을 통해 작가 자신의 생활전선의 내력과 삶에 대한 인식도 자연스럽게 표출할 수 있는 양식이 이중노출의 기법이다. 이런 작품도 주체를 '나'로 대체하는 순간 신변잡기가 된다. 이 말은 반대로 주체를 '나' 대신 보조관념으로 대유시킴으로써 신변잡기류의 산문에서 탈피할 수 있는 단순명료한 작법임을 반증하는 것이다.

'창조는 결합'이라고 잡스가 말했다. 바야흐로 퓨전 시대다. 존재하는 모든 유형 무형의 요소들은 상호결합이 가능하다. 문학은, 특히 수필은 형식상의 제약이 없으니 그 결합은 곧 융합으로 업그레이드가 가능한 양식이다. 그리하여 논설문, 설명문은 물론 시, 시조, 소설, 희곡 등의 고유한 작법을 원용할 수 있다. 나아가 연극이나 영화의 기법 혼용도 가능하다. 이것이 무형식의 수필이 지닌 미학적 매력이고, 그 향취는 언어의 융합디자이너인 수필가의 솜씨에서 우러나올 것이다.

(2020,《여기》36호)

전통 율격미를 살린 현대수필 창작법
- 「강시 경력」 외

※ 필자 주: 수필가들의 율격미 이해에 도움이 되게 해달라는 출판 편집자의
　요청에 따라 (*) 속에 필요한 설명을 삽입하였음.

◆

　한국 현대수필의 현주소는 어디에 뿌리를 두고 있으며, 한국수필의
정체성은 무엇인가.

　한국 현대수필의 발전 문제는 공시적으로는 전통문학의 연면한 계
승과 아울러 통시적 보편성의 확인으로 그 창작의 방향이 설정되어
야 한다. 특히 전통 요소의 계승은 전통의 부활이 아니라 한 집단이
잃어버린 성정의 회복을 유도하면서 독서의 격조 높은 재미를 제공한
다는 점에서 그 진정한 가치를 발현하게 된다. 이런 점에서 조선시대
와 현대가 시공의 보편성으로 통합될 때 현대 한국 현대수필의 확고
한 공간을 확보하게 될 것이다.

　신라 향가에서부터 조선 후기의 판소리에 이르기까지의 고전문학
중 현대수필에서 창출 가능한 세부적 요소는 구성미構成美, 율격미律

格美, 문체미文體美 등으로 분류할 수 있을 것이다. 본고에서는 그중에서도 수필의 형식미학을 중심으로 원용援用 가능한 한국문학의 전통적 기법 가운데 율격미의 접목을 모색해보겠다.

(* 율격미란 문장에서 주로 단어의 배열과 글자의 수에 의하여 일정한 리듬감을 자아내게 하는 것으로, 동일 구조로 반복되는 소리의 질서이다. 한국어에서는 소리의 장단이 주로 이용되는데, 이 경우 음수율에 의한 3-4조, 7-5조를 많이 사용하며 이들은 4 또는 3음보율로 형성된다. 음보율音步律이란 현대음악의 박자와 비슷한 개념으로 시조는 3-4조를 기반으로 하는 4음보 율격의 정형이고, 민요 아리랑은 3음보 율격이다.)

(* 참고: 4음보 예시 / 3-4-3-4조의 기본 음수율)

청산리 / 벽계수야 / 수이 감을 / 자랑 마라
일도 / 창해하면 / 다시 오기 / 어려우니
명월이 / 만공산하니 / 쉬어 간들 / 어떠리

(*참고 : 3음보 예시 / 3-3-4조로 형성)

아리랑 / 아리랑 / 아라리요
아리랑 / 고개로 / 넘어간다

(*참고 : 3음보 예시 / 7-5조로 형성)

명수필 작법 현장 분석

나 보기가 / 역겨워 // 가실 때에는

말없이 / 고이 보내 // 드리오리다

 이 율격미는 고전문학에서는 필수적 장치였으나 현대문학에서는 거의 완벽하게 배제해버린 미학이다. 그래서 오히려 역설적으로 율격미의 필요성이 필요한 까닭이다. 김준오 교수는 그의 시론에서 "현대시가 리듬을 외면한다는 것은 감수성의 분리가 아니라 정서의 상실을 의미한다"라고 했다. 따라서 정형정신에 입각해서 창출된 현대시조가 지닌 현대적 의의는 자유시가 잃어버린 정형적 서정을 시조적 리듬을 통해 보완하여 대중의 운율적 향수를 자극하는 것과 같은 맥락으로 그 역할의 일부를 전통수필을 통해서 담당할 수 있다는 것이 필자의 지론이다.

 정형에는 리듬이 창출된다(* 리듬은 시간의 등장성等長性 속에서 형성된다. 즉, 동일 요소가 일정 시간을 간격으로 반복될 때 리듬이 생기는 것이다. 음악의 박자가 대표적이다). 그러나 정형에도 여러 유형이 존재한다. 하나의 특징적 정형 속에서도 다양한 형태의 변주變奏가 이루어지는 것이 문학이다. 마찬가지로 수필이 산문이라 할지라도 군이 율격을 천편일률적으로 배격해야 할 이유는 없다. 고전문학작품이 정격 속의 변격을 구사했듯이(* 고전 작품은 운율을 바탕으로 창작되었지만 개별적으로는 다양한 변주의 작품들이 탄생한다. 일례로 엄격한 정형인 시조에도 엇시조, 시설시조 등의 변주가 형성되었다) 현대문학작품도 산문 속에 율격을 가미하는 것이 가능한 일이다. 우리의 모든 전통문학은 그렇게 획일적 구조를 지닌 양식이 아니었다.

 율격은 고저, 장단, 강약의 규칙적 반복에서 형성되지만 한국 전통 율격미는 특정 보격步格을 기반으로 하면서 변주變奏를 형성하는 기법이다. 전통의 정격음보定格音步에는 2음보, 3음보, 4음보가 있다. 운용방법도 정격률, 변격률, 자유율, 혼합률 등 다양하다(* 정격율: 3음보, 4음보 등의 규칙성 / 변격률: 규칙과 불규칙 율격의 혼용 / 자유율: 산문문장에서 얻어지는 자유로운 율격미 / 혼합률: 여러 종류의 율격이 혼재하는 경우).

4음보는 기본 음보인 2음보의 중복으로 정적靜的인 요소가 강하며, 3음보는 고려가요와 민요 등에서 주로 운용되어 동적動的인 특성이 있다. 문학작품에는 사설시조, 가사 등에서 나타나는 4음보격이 일반적인데 이는 조선의 성리학적 가치관과 연관이 있다.

율감律感은 모든 문장을 통어統御한다.

문체미에 강력한 영향을 미치는 요소는 어조語調다. 어조는 어휘, 조사, 어미 등 다양한 요소의 영향을 받겠지만 특히 율격미가 미치는 영향은 매우 크다. 공격적 내용도 율격에 실어 표현하면 부드러워진다.

한 편의 작품 속에는 작가가 의도하는 미적 요소들이 독립적으로 산재해 있는 것이 아니라 교집합적으로 엮이어 구조적으로 직조된다. 예컨대 율격미의 문장도 전반적으로 흐르는 산문율 속에 정격과 변격이 교차되기도 하고, 여기에 다시 각양각색의 문체미와 다양한 구성미가 뒤섞여 총합적으로 그려진다.

현대수필은 산문문학이므로 조선의 가사문학처럼 한 편의 작품을 통째로 정격률로 구사할 필요는 없다(* 가사문학은 시종일관 철저한 4음보 율격의 정형 구조이다). 반면에 시조는 4음보 정형률이 원칙임에도 불구하고 장편 사설시조는 상당한 변격을 유도하는데 이러한 기법을

명수필 작법 현장 분석

수필에 구사하면 율감이 출렁거리면서 흥취를 돋운다. 필자는 현대인의 서정적 율감에 맞게 일반적으로는 산문율을 바탕으로 하면서 적당한 조율에 의한 정격률과 변격률을 다채롭게 변주해보았다.

필자의 창작 과정에서 율격미를 원용한 작법 유형을 작법상의 전반적 운용 기법으로 정리한다면 다음과 같이 요약할 수 있다.

1. 정격률, 변격률, 대구율對句的, 산문율 등을 때로는 단독으로, 때로는 복합적으로, 때로는 다면적 교집합으로 구사한다(* 대구율: 수사법상의 대구가 형성하는 율격 / 산문율: 산문문장에서 얻어지는 자유로운 율격미).
2. 율격미에 맞추어 주제와 제재의 성격에 따른 문체미를 구사한다.
3. 독자의 흥미 유도를 위해 화소話素(motif)의 효과적 배치를 통한 구성의 긴밀성을 유지한다.

◆

작품 전체를 정격률에 기반하여 부분적 변주를 구사한 장편 사설시조의 보법을 원용한 작품은 「강시 경력」과 「쥐구멍에서 쏘아 올린 큰 공」이다. 「강시 경력」은 초장과 종장은 정격을 구사하면서 중장에 해당하는 부분은 매우 긴 사설을 펼쳤다. 4음보 정격과 파격을 부정기적으로 혼용하여 읽기의 변화를 유도했다(* 각 음보마다 /으로 표시하고 4음보 종결 부분에는 //으로 표시). 내용은 문단 세계에도 팽배한 군대식의 선배의식을 풍자했다. 특히 경력 단절 후 노령에 복귀한 자들의 선배연先輩然하는 행태를 사설시조의 풍자, 해학의 기법을 운용하면서 조롱했다.

강시僵屍가 / 경중껑충 / 백주대로白晝大路 / 활보한다.

(* 시조 초장 형식과 동일한 4음보 율격. '경중껑충'은 평음과 경음, 격음을 활용한 언어유희적 희롱)

완벽한 / 재생 능력 / 회색피부 / 이식 후에 // 백마금편白馬錦鞭 / 명품 옷에 / 귀빈貴賓으로 / 납시셨다. // 희번덕 / 이마에다 / 똥별 계급 / 하나 달고 // 굵직한 / 목덜미엔 / 녹슬은 / 청동 군번줄! // 딸랑딸랑 / 매달고는 / 여덟팔자 / 걸음이다.

(중략)

애시당초 / 허장성세 / 무적無籍의 / 허공 경력, // 허풍쟁이 / 장삿속의 / 과대포장 / 튀밥 경력,//(* 이상 4음보 율격) 교활한 /사기꾼의 / 애매모호 / 카멜레온 / 경력이라.(* 5음보의 변격으로 사용) // 이 놈들은 증서로 대조해 보면 근거는 빈 깡통이라 들통나기 마련이지만. 허나, 어디 세상살이가 이런 시시콜콜 일상사를 일일 대조하겠더냐. 마음씨 고운 대중들이 지레짐작으로 알고 입을 다물 뿐이렷다. 눈앞의 오리너구리라. 오리로도 보고 너구리로도 보면서 대충대충 외면하지.(* 고정 율격을 배제하고 자유 율격, 즉 산문율로 전환한 부분)

(중략)

입문만 해 놓고 홀쩍 사라져서는 오랜 세월 지룡地龍을 파먹다가 이제 돌아와서 경력자로 회춘하여 용 무리에 끼인 강시 경력자들

명수필 작법 현장 분석

이시여. 인생 백세 시대를 맞아 은퇴 후의 재등장에는 강시 경력이
녹용영지鹿茸靈芝 보약이라. 인생도 길고 예술도 긴 무병장수 남은
생애 만수무강 아니런가.(* 고정 율격을 배제하고 자유 율격, 즉 산문율
로 전환한 부분)

  한 세상 / 원로 고물古物로 / 부귀영화 / 누리소서.(* 시조 종장 형
식과 동일)

  호흡의 유려함 유지를 위한 만연체 중심으로 엮으면서 반어와 역설
의 냉소적 어조를 사용했다. '허공 경력, 튀밥 경력' 등 어휘 조합도 풍
자를 노렸으며 종장 부분에서는 '고물古物 = 고문顧問'의 언어유희로
마감했다.

  고전문학에서 장편의 사설시조는 4음보音步의 변주가 매우 심하면
서 문체미도 적극적으로 구사하는 구조다. 그러므로 현대수필 작법
에 원용하기에는 정격 일변도의 가사보다는 훨씬 유리하다. 같은 교
술양식이라도 가사는 점잖은 표현의 4음보 정격이므로 현대적 서정
에는 맞지 않다. 오히려 사설시조적 보법과 표현이 풍자나 해학, 어조
의 다양한 변화 등도 마음대로 구사할 수 있다.

  사설시조와 유사하나 종장의 형태를 깨뜨려 시조의 구조를 벗어난
작품으로는 「쥐구멍에서 쏘아 올린 큰 공」이 있다. 제목부터 조세희
의 『난장이가 쏘아올린 작은 공』을 패러디하여 쥐의 수난과 업적을
나열하면서 쥐띠 해를 맞아 화합정신의 새 시대 도래를 희망했다.

  쾌재快哉라, / 찍찍 - Cheep Cheep, / 새날이 / 밝는도다! (* 시조

형식의 4음보)

갑자무자甲子戊子 자자년子字年을 애타게 기다리며 숨죽인 숱한 세월 - 10년 하고도 삼백예순 날, 십이지十二支 축생畜生에는 고양이가 없어 어깨춤을 추었건만, 오호嗚呼 애재哀哉로다.(* 이상 자유율격) 돼지에게 뜯겨죽고 개에게 물려죽고 // 닭에게 / 쪼여죽고 / 뱀에게 / 감겨죽고 // 재수가 / 없는 동족 / 소 뒷발에 / 밟혀죽고….(* 4음보 율격) // 긴긴 세월 속에 잔나비, 양, 토끼해만이 겨우 숨을 쉬었더니 고진감래苦盡甘來로다!(* 자유 율격)

(중략)

오호라, / 희희喜喜로다. / 무자戊子 쥐의 / 부활이로다.(* 4음보 율격) 쥐구멍에 볕이 들어 은혜와 사랑이 철철철 넘치는 세상이라. 웰빙well-being 시대 요즘 세상은 애완용 고양이도 알밥을 먹는 세상, 이러헌 평화 세상 또 어디 있을쏘냐. 60년 전 앵돌아선 남북도 화해무드요, 동서도 화합이니, 빈부 갈등 안팎 갈등 모다 해소하고 화평세상 도래로다. 세상 사람들아, 올해는 꿈속에 쥐에게 물리면서 '천석만석千石萬石!' 소리쳐서 모두 다 부자 되고, 쥐 DNA 이식하여 딸 아들 펑펑펑 낳고, 사방팔방 세계화 시대를 쥐 풀방구리 드나들 듯 종횡무진하시길 축원하면서, 오늘 새날을 맞이하여 60년간 갈고닦은 바이오bio 생명공학의 첨단尖端 쥐들이 억조창생 기氣를 모아 알을 하나 낳으리니. 환희歡喜의 무자년에 '쥐구멍에서 쏘아 올린 큰 공' 하나가 온 누리를 밝히리라.(* 자유 율격)

해야 솟아라. 박두진의 해야 솟아라. 칡범과 사슴이 함께 노니는 세상, 어둠을 살라먹고 둥근 해야 솟아라, 솟아라! - 찍찍 - 펑!

(* 마지막 부분에서 4음보 율격을 배척한 자유 율격)

명수필 작법 현장 분석

역시 전체 흐름을 정격률 위주로 하되 부분적으로 변격을 구사한 작품이다. 화합 주제의 시 김남조의 「설일」, 박두진의 「해」를 활용하면서 서두에 한자, 한글, 영어를 동시 사용하여 글로벌시대 도래를 암시하고, 고전적 요소 가미를 위해 한자어를 병용하여 고풍스런 맛을 첨가하였다. 어조도 세태풍자와 해학을 겸한 경계와 힐난詰難의 리듬을 만연체의 병렬 구조로 엮었다.

부정형의 산문율에 부분적으로 정격률을 혼합하는 구조는 필자가 선호하는 작풍作風이다. 이는 산문율 속에 부분적으로 정격률이 개입함으로써 독자의 가슴에 잃어버린 율감을 생성시키게 하는 효과를 노렸다. 대표적으로 「강생이 어르기」가 있는데 두 문단 인용한다.

> "불매불매 / 불매야 / 이 불매가 / 뉘 불매고 / 내 강생이 / 꽃불매지."(* 6음보의 변격률 - 실제 음영하는 노래는 4박자의 빠른 반복임)
>
> 칠남매 아들딸을 한 번도 안아주지 않으셨다는 아버지께서도 손주 앞에서는 무거운 체통을 내려놓으셨다. / 조선 안방마님 같던 어머니도 '어이구, 내 강생이!'를 입에 달고 계셨다. // 강생이는 / 강아지의 / 경상도 / 사투리.(* 4음보 율격) // 돌을 갓 지나 재작재작 걸음마를 배우면서 강생이들은 할아버지 앞에서는 불매를 해 달라고 두 팔을 벌리고, / 할머니 앞에서는 조막조막, 진진을 같이 하자고 손바닥을 내밀었다.(* 이 부분은 '할아버지 ~ 할머니'로 대응하는 대구율)

문득, 자던 놈이 벌떡 일어나 바깥을 내다보고 '옹옹' 짖는다. 누워 있던 놈들도 덩달아 '공공!' 짖어댄다. 아이고, 내 강생이! 하마 밥값들 하는구나.(* 자유 율격) 동네방네 / 벗님네들, / 내 강생이 / 한번 보소. // 두 달도 / 안 된 것이 / 하마 벌써 / 짖는다오.(* 4음보 율격) // 아무렴 뉘 새끼라고.(* 2음보 변주 부분) // 우리 / 강생이들이 / 타고난 / 천재로고. // 이곳저곳 / 수소문해 / 영재교육 / 시켜야겠다. // 고양이 / 모셔 와서 / 외국어도 / 배우고, // 얼룩소 / 외양간에 / 그림도 / 그려보고, // 종달새 / 선생 만나 / 노래도 / 배운 뒤에, // 딱따구리 / 둥지 찾아 / 피아노도 / 등록하자.(* 4음보 율격)

제시문의 첫 문단은 문장 구조가 대구율을 이루는 부정형의 산문율이다. 생략된 부분은 대부분 이 유형으로 전개된다. 두 번째 문단은 산문율에 정격 4음보율이 혼재하는 구조인바, 최근의 조기교육을 해학적으로 풍자한 4음보 정격률이다. 전체적으로 문장의 유려流麗한 호흡과 경쾌한 리듬에 주안점을 두었으며 강아지와 손주를 오버랩시켜 두 제재 사이를 자유로운 연상수법으로 시선을 왕복시키면서 식상한 손주 이야기를 벗어나 대상을 강아지로 대체함으로써 중의적 재미를 유도하였다. 어휘는 강아지 및 육아, 어린이 관련 고유어를 발굴 사용하였다. 어조는 내용에 호응시켜 문장의 장단을 대립시킨 긴장과 이완을 유지하면서 손주를 보는 즐거움이 담긴 유희적 분위기를 자아내도록 했다.

아래 작품 「빨래를 치대며」도 비슷한 유형으로 독자의 흥겨운 분위기 형성을 위해 주로 시작 부분에서 잘 이용한다.

명수필 작법 현장 분석

빨래를 치댄다.(* 2음보 율격으로 시작) / 어깨 출렁 / 엉덩이 들썩, / 온몸으로 / 치댄다. // 목줄띠에서 / 옮은 / 완고한 땟국도, // 뱃가죽에서 / 눌어붙은 / 게으른 / 땟자국도, //(* 4음보 율격) 발가락에서 / 밴 / 고리타분한 / 땟국물도 / 함께 치댄다.(* 4음보 혹은 5음보 같은 약간의 변주를 사용) // 머릿속에 / 남아 있는 / 꼬장꼬장한 / 생각도 치대고, // 소파에 / 뒹굴던 / 꼬질꼬질한 / 몸뚱이도 치댄다.(* 4음보 율격)

비정형의 율감과 동시에 대구적 흐름을 타고 있으며(* 대구적 흐름은 '어깨, 목, 뱃가죽, 발가락 머릿속, 몸뚱이'로 이어지는 의미망意味網의 대구를 형성한다. 의미망이란 단어나 문장이 지니고 있는 의미의 유사한 상관관계를 말하는바, 여기에서는 사람의 신체 부위가 공통이다) 다소 비속한 노골적 어휘 사용으로 해학적 비유를 겸하여 신선한 문체미를 자아내도록 구사했다. 아래 작품「전자레인지 앞에서」도 유사한 구조다.

전자레인지 / 회전판이 / 빙글빙글 / **돌아간다.** // 꽁꽁 언 / 곰국 덩어리를 안고 / 흥얼흥얼 / **잘도 돈다.** // 흐릿한 / 조명발에 / 소음 같은 / **전자음악.** // 곰국이 / 살살 녹아 / 은근한 / 맛을 내면 // 이 맛 저 맛 / 어울려 / 한 세상 / 한 끼 식사 / 금상첨화 / **아니더냐.**(* 이 부분은 4음보에 2음보를 더 가미한 변주) // 물레방아도 / 아닌 것이 / 실시리시르렁 / 실시리시르렁, // 시름의 / 한세상을 / 흥겨이 / **돌아간다.**

(* 이상 문단은 4음보 율격에다 다소간의 변주를 가미하였음)

돌려서 익히는 게 어디 한두 가지더냐. 국화빵도 **돌리고** 솜사탕도 **돌리고** 뻥튀기 기계도 **돌린다**. **돌리는** 게 어디 음식뿐이랴. 바람개비도 **돌리고**, 상모도 **돌리고**, 고스톱 화투짝도 **돌린다**. 잘못은 남 탓으로 **돌리고** 영광은 내 덕으로 **돌리고**…. '**돌리고 돌리다**보면 좋은날 꽃피는 날도 **돌아올거야**'라는 대중가요도 있거늘.

(* 이상 문단은 여러 종류의 음보율을 섞어 율격미는 살아나지만 자유율에 가까운 느낌으로 변주함)

비정형 율감에다 의태어, 의성어를 사용하면서 밑줄 친 부분처럼 '돌아간다'라는 어휘의 반복률로 세상사의 흥취와 풍자도 고려했다(* 반복률: 동일하거나 유사한 요소가 반복되면 율격이 형성됨).

아래 작품 「노인 예찬」은 대구적對句的 문장의 율감을 구사했다. 운용한 대구적 율감은 각 문장을 통해 작품 전체를 관류하지만 때로는 문장이나 문단 중심으로 구성하기도 했다.

봄은 꽃으로 아름답고 / 가을은 잎으로 아름답다.(* 앞뒤 구조가 대구율 형성)

봄과 가을은 모두 붉게 번지는 꽃불의 계절이다. // 봄꽃은 낱낱의 송이마다 꽃으로 피어나고, / 가을잎은 삼삼오오 벗을 모아 단풍으로 번져난다. // 청춘靑春의 피부처럼 싱그러운 꽃은 혼자서도 꽃이지만, / 노년老年의 피부처럼 까칠한 낙엽은 어울려서 꽃이 된다. // 청춘은 화병에 꽂아놓고 감상하는 꽃이고, / 노년은 책갈피에 끼워두고 사색하는 단풍이다. // 화사한 꽃같이 아름다운 청춘

명수필 작법 현장 분석

은 꽃봄[花春]의 계절이고, / 메마른 단풍같이 아름다운 노년은 잎봄[葉春]의 계절이다.

(중략)

꽃은 떨어져 씨앗을 남기고 / 잎은 떨어져 눈[牙]을 남긴다. // 지는 날까지 붉은 빛을 잃지 않는 꽃봄[花春] 인생은 열매를 잉태해서 행복하지만, // 연둣빛으로 태어나 푸르른 삶을 살다 붉게 어우러지는 단풍 되어 한 줌 부엽토腐葉土로 돌아가는 잎봄[葉春] 인생은 다 주고 가는 껍데기라서 행복하다.

위의 「노인 예찬」이 문장 중심의 대구율이라면 아래 작품 「밥상과 식탁」은 문장 혹은 문단 중심의 대구율로 구성한 것이다(* 대구는 작게는 어휘나 어구 또는 문장으로, 크게는 문단 구조로도 형성된다. 예를 들어 '가는 말아 고와야 오는 말이 곱다'는 앞뒤 어구의 대응이다).

밥상은 어머니의 손맛으로 차려내고, / 식탁은 아내의 정성으로 마련한다. // 과거완료형인 어머니의 밥상에서는 언제나 그리움이 묻어나고 / 현재진행형인 아내의 식탁에서는 오늘도 행복이 번져난다.(* 문장 구조의 대구율)

밥상과 식탁은 둘 다 사랑이 주재료主材料이다.(* 율격미가 없는 부분) // 밥상의 재료는 텃밭에 풍성하고, / 식탁의 재료는 냉장고에 넉넉하다.(* 대구율과 함께 4음보 율격도 동시에 지님) // 어머니는 부엌 문턱을 넘나들며 풋것들을 캐어와 밥상을 차리고 / 아내는 주방을 맴돌며 영양가를 계산해서 식탁을 마련한다.(* 어머니와 아내의 의미망으로 대구의 율격미를 형성함. 이상 두 문단은 주로 어구나 문장 중심의 대구율을 형성하고 있음.)

아래 두 문단은 각각 어머니와 아내의 공간으로 크게는 문단 중심의 대구율을 형성하면서 작게는 부분적으로 어구나 문장 중심의 대구율도 병행하는 구조이다.

어머니의 부엌에는 시시때때로 불청객들이 기웃거린다. 마당을 뛰놀던 조무래기들이 누룽지 조각을 찾아 문턱을 들락거린다. 복슬강아지도 코를 킁킁거리며 부지깽이 끝에 얼쩡거리고, 닭들도 덩달아 문턱을 넘어들다 신발에 얻어맞기도 했다. 그래도 부엌 입구에 수북이 쌓여 있는 땔감 사이에서 어른들 몰래 달걀을 발견하는 뜻밖의 소득도 있었다. 가슴 콩닥거리는 선물이었다. 구석에는 큼직한 물드무가 점잖게 앉아 있고 맞은편 부뚜막에는 겨우내 온기가 가시지 않는 무쇠솥이 조왕신처럼 자리하고 있었다.(* 어머니의 부엌 중심)

주방은 아내의 전용공간이다. 아내의 주방은 깔끔하게 정돈되어 있긴 하여도 역시 만원이다. 가장자리에는 크고 작은 온갖 전자기기들이 하루 종일 눈을 뜬 채 반짝거린다. 각종 주방기계들이 일손을 대신하는 편리한 세상. 이것은 새벽부터 쉬지 않고 바장이던 우리 어머니의 아들딸들이 열심히 공부하고 연구해서 발명한 덕택이다. 그래서일까. 아내의 세월에도 변하지 않은 것이 하나 있다. 밥솥의 신호. 무쇠밥솥이든 전기밥솥이든 밥이 끓고 뜸을 들이는 시각에는 한결같이 추억의 증기기차를 몰고 온다. 밥이 절정에 이르면 무쇠솥은 소댕이 들척거리며 기적소리를 내었다. 그 향수를

잊지 못하는 아내의 압력밥솥도 추를 흔들며 칙칙폭폭 증기기관
차 소리를 낸다. 이것은 어쩌면 어머니의 밥상에 대한 그리움이 그
아들딸들의 뇌리 깊숙이 스며 있기 때문인지도 모르겠다.(* 아내의
주방 중심)

위 작품은 앞 부분에서는 문장 단위로 3, 4음보의 대구율을 형성
하다가 이후는 밥상과 식탁으로 대응하는 문단 단위로 대구율을 형
성하는 구조다. 내용상 어머니에게 더 큰 비중을 두면서도 작품의 말
미는 어머니와 아내의 오버랩으로 중첩시켰다. 상이한 두 제재를 대
응하여 비교, 대조, 대구법을 활용하여 두 제재의 공통점과 상이점을
다정다감한 어조로 섬세하게 부각시켰다.

다음 작품 「밭두렁 골프」도 대구적 율감이지만 원근법을 차용한
공간적 리듬감에다 병렬적 율감을 첨가한 구조다(* 원근법도 거리감으
로 느끼는 대구적 율격미가 형성되며, 병렬적 전개도 리듬이 형성되기는 마찬
가지임).

항아리는 비워야 채워지는 법. 없어진 것들 대신 내 골프장에서
는 채워지는 특별한 것들이 많다.(* 여기까지는 평범한 서술) // 고개
를 들고 멀리 하늘을 우러르면 학의 날개로 빙 둘러선 산등성 아
래 짙푸른 수목이 있고, 그 숲 위로 훨훨 나는 산새들이 있고, 이
따금 내 발자국 소리에 놀라 푸드득 솟아 나를 소스라치게 하는
꿩이 있고, 새순을 찾아 옹종거리는 산토끼가 있다.(* 고개를 들어 보
이는 풍광을 '수목 - 산새 - 꿩 - 산토끼'로 대구와 병렬로 전개하여 율격미

를 생성) // 고개를 낮춰 가까이 보면 바윗덩이 사이를 굽이굽이 흐르는 시냇물이 있고, 철따라 피어나는 온갖 꽃들이 있다. 눈을 돌려 아래를 굽어보면 능선이 휘어진 길마 품에 옹기종기 산골마을이 정겹다.(* 반대로 고개를 낮춰 보는 풍광으로 '바윗덩이 - 시냇물 - 꽃 - 마을'로 전개)

율격미 형성을 위해 원근법을 통한 시선 이동 묘사와 은유법, 열거법, 점층법, 활유법 등을 구사하였으며, 시각과 촉각의 공감각을 운용하고, 단락의 연쇄법 연결을 의도하였다. 중반 이후에서는 감각적 표현의 묘미를 한껏 살려 문학성을 높이려고 했다.

수필의 산문적 성격으로 말미암아 정격의 율감을 계획적으로 배려하지는 않았으나 문장의 유려한 분위기 형성을 위해 부분적으로 대구율, 정격률, 산문율 등을 혼합 사용한 작품들이 많다. 작품 「수필」의 첫머리를 보자.

인생이 / 강물이라면 / 수필은 / 물결이다. // 강물은 순리로 흐르고 / 물결은 윤슬로 반짝인다. // 순리로 흐르는 물줄기에는 역동逆動의 힘이 가미되어야 물결이 일어난다. 이 역동의 힘이 미학적 변주의 원동력이다. 이 변주는 작게는 반짝이는 잔물결에서부터 영롱한 물방울을 거쳐 찬란한 물보라에 이르기까지 다채롭게 형성된다.

첫 문장은 4음보의 율감과 '인생 - 수필 / 강물 - 물결'의 어구적 의미망으로 된 대구율이고, 두 번째 문장은 각각 3음보로 전체 6음보 율격미를 형성하면서 의미망의 대구율도 개입시켰다. 마지막 문장은 '잔물결 - 물방울 - 물보라'의 점층적 대구율을 형성하고 있다.

◆

수필 창작에서 율격미는 마지막 기교가 될 것 같다. 율격미가 마지막 기교라는 말은 현실적으로 활용도가 낮기도 하지만 그 운용이 쉽지 않기 때문이다. 현대문학양식에서 의식적으로 율격미를 운용하는 이는 시조시인뿐이다. 시의 내용은 정서와 사상이고, 시의 형식은 운율이다. 그럼에도 자유시인마저도 창작에서 운율미를 기획하는 경우는 드문 것 같다. 따라서 문학에서 율격미를 운용한다는 것은 앞의 두 요소 즉, 구성미와 문체미를 구현하고도 여력이 있을 때 가능한 작업이다. 실제로 유명 작품은 양식상의 차이를 떠나 리듬감을 지닌 문장이다. 인구人口에 회자되는 자유시는 물론이려니와 「어린이 예찬」, 「페이터의 산문」, 「산정무한」 등 유명 수필 문장, 「메밀꽃 필 무렵」의 달빛 분위기를 돋우는 소설, 「기미독립선언」 같은 논설문도 정형 또는 비정형의 리듬감을 살리고 있다.

현대를 살면서도 굳이 전통서정을 살려야 하는 데는 현대에 걸맞은 당위적 이유가 있어야 한다. 문제의 핵심은 우리가 당연히 그래야 한다는 민족문학적 논리가 아니라 '왜 현대에도 전통서정이 필요한가' 하는 점이다. 이 명제에 대한 대답은 전통 서정의 문학적 폭과 깊이가 현대 사회에 어떻게 수용될 수 있는 것인가에 초점이 맞추어져야 한다.

율격은 존재의 약동하는 생명성이다. 율감은 장단뿐만 아니라 고저, 강약, 문체의 강건, 우유, 화려, 건조, 만연, 간결을 유인하고 대조, 대구의 흥청거림과 애상적 비애까지도 통제한다. 이는 리듬은 대구를 생성하고 대구의 출렁거림은 독자 감정을 몰입시키기 때문이다. 이 가장 근원적인 약동을 현대문학 100년 역사는 억지로 버리려고 노력해 왔다. 속도를 지향하는 현대는 리듬 상실의 시대다. "리듬을 외면한다는 것은 감수성의 분리가 아니라 정서의 상실을 의미한다"라는 김준오의 주장에 귀를 기울이면서 이제는 그 회복을 통한 인간 감성의 불균형을 바로잡아야 할 때인 것 같다. 다행스럽게도 이제는 율격 운용이 '낯설게 하기'의 한 방법이기도 하다.

(2018, 《창작에세이》 30호)

율격미의 간헐적 결합 작법 - 「강생이 어르기」

율감律感은 언어가 지닌 대표적 속성이다. 어떤 언어도 이 율감을 외면할 수 없다. 한국문학에서도 전통문장의 대표적 요소는 리듬이었다. 전통문장은 한문이든 한글이든 모두 리듬감을 지닌다. 다만 고전문학에서는 필수적 장치로 정격을 주조로 삼았으며, 개화기 이후 현대문학에서는 율감 자체를 의식적으로 배격한 가치관의 차이일 뿐이다. 율감 운용에서 완전한 전도현상이 일어난 것이다. 필자가 근대문학 이후 현대시에서도 외면당한 율격미를 산문문학에 원용하자는 이유는 바로 이 극단적 전도현상에 있다. 낡고 식상해서 버린 리듬이 이제는 오히려 '낯설게 하기'의 주역이 될 수 있다.

현대는 리듬 상실의 시대이다. 속도를 추구하는 현대는 리듬을 배격하기 때문이다. 고전적 이동법인 발걸음, 말[馬], 자전거, 증기기차, 배[船] 등은 2박자, 3박자, 4박자의 리듬을 지녔지만 이제는 이들 리듬을 구경하기 힘들다. 율격적 보법步法을 잃어버린 현대의 이동 도구들, 자동차나 비행기나 쾌속정이나 KTX에는 리듬이 없다. 이러한 도구들로 인하여 현대인은 체감적 율동감을 상실해버렸다. 그래서 현대인의 삶의 양식도 리듬을 잃게 되어 생활만 삭막한 것이 아니라 문학마저 메마른 시대를 살고 있다.

소리의 모형화模型化가 리듬이다. 언어의 형식이 소리이듯이 리듬의 근거에서 보면 시와 산문과의 절대적 차이는 없다. 현대문학양식에서 이 리듬을 회복시켜주는 것이 정형률을 지닌 현대시조뿐이지만 수필도 여기에 합류할 수 있다는 것이 필자의 견해다. 「어린이 예찬」, 「청춘예찬」 등은 물론 논설문인 「기미독립선언문」도 율감으로 낭독했던 시대가 있었다. 김준오는 그의 시론에서 "현대시가 리듬을 외면한다는 것은 감수성의 분리가 아니라 정서의 상실을 의미한다"라고 했다. 율격미를 실은 작품의 의의는 현대인이 잃어버린 인간의 운율적 향수를 자극하자는 것이다. 인간은 생래적으로 율감을 느끼는 존재다. 율격미를 인위적으로 배격한 현대는 거꾸로 산문정신의 바탕 위에 다양한 율격미를 변주함으로써 잃어버린 율감의 향수를 자극해내는 새로운 미감을 창출해낼 수 있을 것이다. 모든 생명체는 리듬을 타고 흐르며 문예문이든 실용문이든 훌륭한 글은 모두 적절한 리듬을 담고 있다.

리듬은 시간의 등장성等長性이다. 그러나 리듬에도 여러 유형이 존재한다. 하나의 특징적 정형 속에서도 다양한 형태의 변주가 이루어지는 것이 문학이다. 우리의 모든 전통문학은 그렇게 획일적 구조를 지닌 양식이 아니었다. 고전문학작품이 정격 속의 변격도 구사했듯이 현대문학작품도 산문 속에 율격을 가미하는 것이 가능한 일이다. 마찬가지로 수필이 산문이라 할지라도 굳이 율격을 천편일률적으로 배격해야 할 이유는 없다. 작가의 개성에 따라, 또는 산문정신의 시대적 발현에 부응하면서 그 운용 방법도 정격률, 변격률, 자유율, 혼합률 등 다양하게 창작할 수 있다. 이렇게 율격미를 변주함으로써 작품의 전체 흐름을 생동감 있게 재현하게 된다. 그 구체적 사례를 필자의 작품 「강생이 어르기」의 전문을 인용하면서 간략히 살펴보기로 한다.

명수필 작법 현장 분석

아들 집에서 손주를 어르며 놀던 재미를 집에 와서 강아지들에게 대입시켰다. 강아지와 손주 두 제재 사이를 자유로운 연상수법으로 확장하여 시선을 왕복시켰다. 애견인이기도 하지만 노골적 손주 이야기는 식상하기 때문이다. 강아지로 대체함으로써 중의적 재미를 유도하고 문장의 유려流麗한 호흡과 경쾌한 리듬에 주안점을 두었다. 구성은 독자 유인을 위한 화소話素의 효과적 배치를 고려하여 식상한 손주 이야기가 아님을 각인시키기 위해 서두에 '고개 들고 꼬리 세우고'라는 강아지 이야기를 노골적으로 제시하였다.

'불매 불매 불매야, 어허둥둥 내 강생이. 왼발 들고 오른발 들고, 고개 들고 꼬리 세우고. 옳지 잘한다, 내 강생이!'

양쪽 겨드랑이를 붙들고 곧추세워 흔들면 강아지도 신이 나는지 하얀 꼬리를 살랑살랑 흔든다. 이제 한 달 된 쫄래둥이 다섯 마리. 마주보는 눈빛이 해맑은 흑진주다. 복숭아 꽃잎 같은 앙증스런 콧잔등, 보들보들한 솜털뭉치. 이리저리 궁글리면서 어르고 놀기에 딱 알맞은 개월수로 손주로 치면 돌잡이들이다. 내 강생이 오르르 까꿍!

"불매 불매 불매야 이 불매가 뉘 불매고 내 강생이 꽃불매지."

칠남매 아들딸을 한번도 안아주지 않으셨다는 아버지께서도 손주 앞에서는 무거운 체통을 내려놓으셨다. 조선 안방마님 같던 어머니도 '어이구, 내 강생이!'를 입에 달고 계셨다. 강생이는 강아지의 경상도 사투리. 돌을 갓 지나 재작재작 걸음마를 배우면서 강생이들은 할아버지 앞에서는 불매를 해달라고 두 팔을 벌리고, 할머니 앞에서는 조막조막, 진진을 같이 하자고 손바닥을 내밀었다.

나도 그때의 부모님 나이. 점잖으신 부모님께서는 방 안에서 손주들과 노셨지만 나는 마당에서 내 강생이들을 어른다. 오글오글 모여 노는 잡종 흰둥이의 새끼들. 유연성이 좋아 여간 무디게 주물러도 다치지 않고, 떼를 쓰거나 울지도 않는다. 잠시 한눈파는 사이에 다칠 일도 없다. 촌수寸數가 한 치 건너뛰어 조심스런 손주와 달리 내 맘대로 해도 되는 내 전용 노리개들. 아비는 애시당초 코빼기도 안 보이고, 어미는 나에게 맡겨놓고 동네마실 나가면 가물치코다. 제 어미 아비의 눈치 볼 일도 바이없고, 병날까 걱정할 일도 없다. 데리고 놀다 싫증나면 마당에 두면 그만. 저들끼리 가댁질을 하면서 잘들 논다.

내가 마당으로 나서면 우르르 몰려온다. 말은 못해도 '우리 할배, 두목 할배' 꼬리를 치며 발등을 핥는다. 서로 다가오려고 저들끼리 발에 밟히고 깽깽거리고 뒹굴고 야단법석이다. 먹이를 주어보면 암컷 네 마리는 눈치도 빠르고 영리하다. 딱 한 놈, 잠지가 달린 놈은 몸매는 당당해도 어수룩하다. 역시 짐승도 여석애가 철이 빠른가. 잘 뛰지를 못해 작은 자갈에도 앞발이 걸려 곧잘 넘어지는 콧방아쟁이도 있다. 배가 부르면 남는 힘을 부리고 싶어 내 바짓가랑이를 물고 발딱거린다. 한시도 가만있지를 못한다. 서로 엎치락 뒤치락 말롱질을 한다. 저들끼리 서로 물고 당기고 놀다 아망이 나면 제법 아르렁! 온몸을 던져 싸운다. 그래 잘들 논다. 뉘 집 없이 아이들이란 다투면서 자라느니.

문장의 리듬은 노인의 서정과 육아놀이에 맞추어 부분적 4음보 율감을 혼용하고 호흡도 내용에 호응시켜 문장의 장단을 대립시킴으로

　　　　　　　　　　　　명수필 작법 현장 분석

써 긴장과 이완을 유도했다. 경쾌한 분위기에 맞는 어조語調 변화를 위해 서술형 종결어미 '-다'의 획일적 사용을 피하려고 명사형 종결이나 다른 어말어미를 활용하기도 했다.

이빨이 자라나면서 잇몸이 간지러워 종이나 비닐조각을 붙들고 물어뜯는 꽃쌈놀이를 한다. 온 마당이 하얗다. 일일이 밑동을 피우며 휘돈다. 그럴 때면 '이놈들, 이리 오너라.' 헛고함을 지른다. 희한하게도 저 어린것들이 내 야단치는 건 안다. 종잇조각을 물고 도망다니는 뒤를 쫓으면서 치다꺼리를 한다. 붙들리면 세워놓고 불매다.

불매불매 불매야. 이 재미있는 놀이의 깊은 뜻을 네놈들이 어이 알리. 걸음마 배우는 철이라 몸의 균형도 잡히느니. 단군 시대부터 내려오는 육아育兒 동작법 아니더냐. 조상님의 지혜와 철학이 담겨 있느니라. 둥개둥개 가동질을 하면 새까만 눈알로 빤히 쳐다본다. 코를 맞대면 젖내가 고소하다. 길짐승이라 선 채로 불매가 힘겨운가. 싫증이 나면 다리에 힘을 빼고 엉덩이도 뒤로 빼면서 주저앉는다. 그래, 관둬라. 네놈 아니라도 내 강생이는 얼마든지 또 있다.

곁에 붙어 깔짝거리는 놈을 일으켜 세운다. 자, 이제 조막조막 진진이다. 아이고, 콧물 흘렸네. 옷깃으로 대충 닦자. '횡-' 하고 코 풀어라. 옳거니. 경상도식으로 해보자, 조막조막 진진. 잘도 한다, 내 강생이. 서울식으로 해보자, 곤지곤지 잼잼. 전라도식으로도 해보자, 지게지게 쫌쫌. 손바닥 자극하여 오장육부도 지압하는 조막조막 진진이다.

어휘는 강아지 및 육아, 어린이 관련 고유어를 많이 사용하였다. 문체는 짧은 문장을 자주 사용함으로써 경쾌한 분위기 유도했다. 풍자, 해학, 유희적 분위기 유지를 위해 점잖은 어조를 피했다. "경상도식으로 해보자~" 이하는 비정형의 율격미를 제법 길게 구사하였다.

　　낯가림이 없이 아장아장 걷는 이쁘동이들. 모두 털이 짧은 쌀강아지들이다. 온 마당이 녀석들의 소꿉놀이터다. 집 안에 활기가 돈다. 서로 즐겁다. 꼭 깨물고 싶은 녀석들. 주무르며 놀다 보면 나머지 녀석은 새록새록 잠을 잔다. 아늘아늘한 배가 볼록거리면서 새근새근 숨소리가 들린다. 연분홍 뱃가죽에 좁쌀만 한 젖꼭지가 열 개나 맺혀 있다. 옹알옹알 입맛도 다신다. 개잠이라더니, 몸을 웅크리고 아랫도리에 코를 처박아 잔다. 그런데도 네 다리를 활개치고 나비잠을 자는 별난 놈도 있다.

　　한 놈이 실눈을 뜬다. 그래 다 잤구나. 이리 오너라. 짝짜꿍 놀이를 하자. 짝짜꿍짝짜꿍. 옳지 잘한다. 손뼉 치며 노래하고 춤추는 놀이에 오장육부가 튼튼해지느니라. 도리도리도 해보자. 머리를 좌우로 돌려 목운동도 겸하느니.

　　많이들 자랐구나. 네놈들 태어난 아침, 한눈에 척 보아도 핏줄은 알겠더구나. 절반은 친탁이요 절반은 외탁이라. 점점 자라면서 더욱 또렷해지는구나. 저 뭉툭한 코 좀 보래. 어찌 저리 제 아비일꼬. 도톰한 입술은 제 어미를 쏙 빼닮았네. 털빛도 고루고루 섞였구나. 아무렴, 그래야지. 친가 외가 어울려서 한 식구로 지내야지. 시집 장가 가더라도 시댁이든 처가든 쥐 풀방구리 드나들듯 사는 세상 아니더냐. 얼굴이 멀어지면 마음도 멀어지느니. 먼 동네 보

　　　　　　　　　　　　　　　명수필 작법 현장 분석

내지 않고 삼이웃에 분양하마. 변소와 사돈댁은 가까울수록 편하
니라.

단문短文을 사용하면서 흥겨움을 고조시키고 아울러 "절반은 친탁
이요 절반은 외탁이라" 등 부분적 4음보 율격을 가미하였다. 세태의
반영으로 속담을 패러디하여 "변소와 사돈댁은 가까울수록 편하니
라"라고 해학을 담았다.

　　문득, 자던 놈이 벌떡 일어나 바깥을 내다보고 '옹옹' 짖는다. 누
워 있던 놈들도 덩달아 '공공!' 짖어댄다. 아이고, 내 강생이! 하마
밥값들 하는구나. 동네방네 벗님네들, 내 강생이 한번 보소. 두 달
도 안 된 것이 하마 벌써 짖는다오. 아무럼 뉘 새끼라고. 우리 강
생이들이 타고난 천재로고. 이곳저곳 수소문해 영재교육 시켜야겠
다. 고양이 모서 와서 외국어도 배우고, 얼룩소 외양간에 그림도
그려보고, 종달새 선생 만나 노래도 배운 뒤에, 딱따구리 둥지 찾
아 피아노도 등록하자.
　　내 품을 떠나거든 제 타고난 개성 따라 특기대로 살거라. 종이
물고 노는 너는 과학자가 되겠구나. 꽃잎 뜯고 앉은 너는 예술가
로 자라겠네. 판검사 되려거든 물지 않는 인품 되고, 정치가 되려
거든 짖지 않는 인물 돼라. 명품입네 뽐내는 헛것들 닮지 말고,
먹이 앞에 꼬리치는 애완견 되지 말고, 주인 향한 일편단심 변함
없이 지니거라. 못된 인간 많은 세상, 사람 닮으려 하지 말고, 이
세상 구석구석 도둑 없이 살게 해라. 잔병치레 하지 말고 무럭무
럭 자라거라. 어허 둥둥 내 강생이.

이 작품에서 결정적 리듬 적용 부분이다. 가사체의 4음보 율격으로 음영吟詠하였다. 다만 마지막 부분 "어허 둥둥 내 강생이"에서는 고정된 4음보에서 벗어나 2음보 변주를 통해 리듬의 변화를 유도하면서 마무리를 하였다. 내용상으로는 현대 사회의 육아, 혼인 풍습을 해학과 풍자를 섞었고, 특히 마지막 부분에는 인간 세상 풍자의 의미도 가미했다.

(대본: 2017, 『조선낫에 벼린 수필』)

　　　　　　　　　　　명수필 작법 현장 분석

에세이를 개작한 고급수필 - 「조선낫」

「조선낫」 작법 공부 / 이관희(문학평론가)

　본지 창간 이래 마감 후 원고를 편집한 일은 한번도 없었다. 금호 편집은 지난주에 마감하였다. 그 후 일주일은 교정 작업 일정으로 잡혀 있었다. 그런 어느 날 서태수 시조시인의 창작수필집 『조선낫에 버린 수필』이 배달되었다.

　내용을 살펴본 필자는 잠시 일손을 놓고 멍하니 창밖을 내다보았다. 왠지 슬프고…, 가슴이 아프다. 작품집 중에서 「조선낫」을 읽은 필자는 무엇이라 비평할 언어를 찾지 못할 정도였다.

　지금도 나는 이 작품을 어떻게 평가하면 온당한 학문적 평가가 될 수 있을지 비평언어를 찾을 수 없다.

　이 작품은 '조선낫'을 '조선 여인상'으로 형상화하고 있다고 할 수도 있고, '조선 여인'을 '조선낫 이미지'로 형상화하고 있다고도 할 수 있다. 원관념과 보조관념이 분리해 내기 어려울 정도로 혼연일체로 융화되어 있기 때문이라고 할 수 있다.

　냉정을 되찾아 문학의 본질적 목적이 '사람 사는 이야기'에 있음을 생각한다면 이 작품은 조선낫으로 조선 여인을 형상화하고 있는 작품이라고 해야 할 것이다. 작품구성은 온전한 산문작품임에도 전통적인 서사구성법이 아닌 시적 비유법의 연속으로 짜여져 있다.

"조선낫은 살림꾼 조선 여인의 단출한 매무새다."라는 서두 문장으로부터 "조선낫은 이마에서 정수리까지 낫등 가르마를 탄다.", "뜨거운 불길과 차가운 물길에 수십 번 달구어진 무쇠로 벼려낸 그녀의 눈매는", "따비, 쟁기, 써레 등을 웃어른으로 모신 층층시하에서도 포도송이 같은 남매들은 온갖 뒤치다꺼리로 한 몸 닳아온 이 여인은", "평생을 그녀와 함께 살면서도 낫 놓고 ㄱ자도 몰랐던 까막눈 남정네들"로 연하여 이어지는 '산문의 시' 문장 세계를 열어 보여주고 있다.

지금까지 필자가 발굴해낸 창작에세이의 대표적 양식 세 가지 중에서도 많이 발견되는 창작양식은 '소재에 대한 비유창작 + 서사구성법'의 작품이다. 이 작품은 서사를 말하고 있지만 서사 그것은 아니고, 그렇다고 운문의 시문학이냐 하면 그런 것도 아니다. 마치 소월의 「진달래꽃」이 분명 운문의 시 작품임에도 장편소설 못지않은 이야기를 품고 있듯, 이 작품은 수필이 마침내 '신변잡기' 오명을 벗어버리고 자기 본모습을 회복하게 된다면 드러날 '산문의 시' 그 모습이 아닐까 생각된다.

만약에 필자가 지난 2004년, 30년 만에 귀국하자마자 등단지 《現代文學》지로부터 '신변잡기' 이유로 쫓겨난 후 '이것이 어떻게 된 일인가' 알아보기 시작하였을 때 수필이라는 것이 다른 것이 아니고 '우리 고전수필의 맥을 잇는 현대수필'이라는 개념과 그 이론체계가 갖추어져 있는 문학이라는 사실을 발견할 수 있었다면 나는 지난 10년 동안 그 외롭고 고달픈 '수필의 현대문학 이론화 운동'을 펴오지 않았을 것이다. '우리 고전수필의 맥을 잇는 현대수필'이라는 개념과 그 학술체계가 있는데 왜, 무엇 때문에 '수필의 현대문학 이론화 운동'을 펼친

명수필 작법 현장 분석

단 말인가?

고전수필이란 무엇인가? 그에 대한 대답은 대한민국 국문학과 학자들 모두가 해야 할 것이다. 그것은 탄탄한 성벽 같은 학문체계를 가지고 있는 것이어야 하지 않는가? 그리고 그 작품들도 찬란한 것들임이 논증되어 있어야 하지 않는가? 그런데 왜 '우리 고전수필의 맥을 잇는 현대수필'이라는 개념은 정립되어 있지 않은가? 어찌하여 그 학술체계가 세워져 있지 않은가?

내가 서태수 시조시인이 보내 온 수필집 표지에서 『조선낫에 벼린 수필』이라는 제목을 보았을 때 탄성과 함께 말로 다 할 수 없는 슬픔을 느낀 까닭이 여기에 있었다. 내가 만약 대한민국 모든 대학 정문 앞에 가서 "이 답답한 국문학과 교수들아, 고전수필은 있는데 왜 고전수필의 맥을 잇는 현대수필이라는 학문체계는 없느냐? 지금이 조선시대냐? 지금이 1800년대냐? 지금은 21세기다. 그렇다면 고전수필의 맥을 잇는 현대수필이라는 것이 있어야 할 것이 아니냐?"라고 외친다면 저들은 무엇이라고 대답할까?

지난 12년 동안 수필가들을 향한 나의 '수필의 현대문학 이론화 운동'은 실로 메아리조차 없는 면벽의 싸움이었다. 그런 막판에 『조선낫에 벼린 수필』을 받아든 내 마음은 말로 다 할 수 없이 착잡한 가운데 깊은 슬픔을 느끼지 않을 수 없었던 것이다.

나는 아직 서태수라는 분을 만나보지 못하였다(책을 받아본 며칠 후 처음 만나보았다). 『조선낫에 벼린 수필』이라는 제목의 수필집을 낸 서태수라는 분은 '우리 고전수필의 맥을 잇는 현대수필'이라는 개념을 가지고 이 글들을 썼을까? 그 이론체계가 세워져 있을까? 그래서 책 제목을 『조선낫에 벼린 수필』이라고 붙이게 된 것일까?

만약 그렇지 않다면, 만약 그렇지 않다면.

이것은 또다시 얼마나 슬픈 일인가? 왜 수필가라는 사람들은 하나같이 공부를 안 하는 것일까? 공부란 무엇인가? 그것이 어떤 방면의 공부가 되었든 그 방면의 전문지식을 터득하는 일이 공부가 아닌가? 전문지식이란 학문체계를 의미하지 않는가? 수필가들은 왜 하나같이 공부는 하지 않고 호박에 줄긋기만 하고 있는가?

수필가라는 사람들은 자신들이 쓰고 있는 글이 호박에 줄긋기 식의 글이라는 사실을 정말로 모른단 말인가? 서태수 시조시인이 만약에 '고전수필의 맥을 잇는 현대수필'이라는 개념을 갖지 못한 채 그냥 쓰다 보니 이런 제목까지 붙이게 된 것이라면 그것은 얼마나, 얼마나 슬픈 일인가. 그가 쓰고 있는 현대시조문학에는 '우리 고전 시조의 맥을 잇는 현대시조'라는 탄탄한 이론들이 논의되고 있는 줄로 안다.

李泰極 님의 『時調槪論』에 이런 글귀가 있다. "이 時調文學의 활동기를 다시 나누면 『百八煩惱』에서 『鷺山時調集』(1932)까지의 약 8년간을 시조의 논의 중심의 활동기요, 『鷺山時調集』 이후 〈동아일보〉에서 행한 時調考選(1940) 시대까지를 시조 육성중심의 활동기로 보고 싶다."(366쪽)

시조문학은 현대문학 초창기부터 활발하게 학문적 '논의'를 하였다는 뜻이다. 그런데 왜 수필가들은 논의를 할 줄 모르는가?

낫은 전통적인 우리 농기구다. 내가 사는 동네는 단지 산 가까이에 있다는 이유 하나 때문에 시장거리에 씨앗과 농기구를 파는 가게가 성업하고 있다. 금년에도 날 풀리기가 무섭게 농기구들을 밖에 내놓았다. 그중에 호미와 함께 절대로 빠지지 않는 것이 낫이다. 낫은 21세기 오늘에도 없어서는 안 될 우리 고유의 농기구인 것이다.

명수필 작법 현장 분석

서태수 시인의 수필은 바로 그런 우리 전통 농기구인 낫으로 벼린 수필이라는 것이다. 그런데 그 낫은 21세기 우리 동네 농기구 가게에 나와 있는 낫이 아니고, '조선낫'이라는 것이다. 조선시대가 언제 적 일인데 조선낫으로 수필을 벼린단 말인가?

서태수 시인의 '조선낫'은 농기구로서의 조선낫이 아니었던 것이다. 바로 우리 고전시조(혹은 수필)을 의미하는 것이었다. '우리 고전시조 (수필)의 정신으로 벼린 현대수필'이라는 것이 『조선낫에 벼린 수필』이 라는 제목의 뜻이었던 것이다.

문제는 벼리기는 고전시조(수필) 정신으로 벼렸는데 그것이 고전수 필이 아닌 '현대수필'이라는 데에 있다. 이 분명한 학문적 토대를 놓치 면 '고전수필의 맥을 잇는 현대수필'이라는 개념은 나올 수도 없고, 무익한 다툼만 되고 말 것이다. 기존의 수필이 근거 없는 수필론으로 '자기주장'만 하고 있듯.

'현대수필'이란 무엇인가? '현대'라는 낱말만큼 우리에게 절대적인 역사적 영향을 끼친 낱말이 또 있을까? 5천 년 장구한 역사를 자랑 하는 우리 민족에게 '현대'라는 용어는 실로 천지개벽적인 분기점을 의미한다. 갑오개혁(1894) 이전과 이후를 비교해보라. 그것은 봉건사 회와 민주주의 사회라는 개벽을 의미한다. 갑오개혁 이후의 모든 정 치, 경제, 문화, 교육, 과학, 학문 일체가 '현대'의 정치요, '현대'의 문화 예술이다.

'우리 고전수필의 맥을 잇는 현대수필'이라는 개념의 '현대'는 다름 아닌 서구 현대문예사조를 의미하는 것이다. 즉 '우리 고전수필의 맥 을 잇는 현대수필'이라는 개념의 뜻은 '현대문학의 영향을 받아 형성 되는 우리 고전수필의 맥을 잇는 현대수필'이라는 뜻인 것이다.

만약에 이 같은 '우리 고전수필의 맥을 잇는 현대수필'이라는 개념이 성립된다면 그것은 당연히 '隨筆'과 'essay'가 만나 짝을 이루어 'essay + 隨筆'의 양식이 될 것이고, 그 사이에서 '한국형 수필'이 탄생하게 될 것이 아닌가?

이 너무나도 분명한 수필문학의 나아갈 길을 지난 1백 년 수필가라는 사람들은 전혀 생각조차 할 줄 몰랐단 말인가?

서태수 시조시인의 수필집 『조선낫에 벼린 수필』은 이상과 같은 충격을 나에게 주었던 것이다. 그래서 창간 이래 한번도 '마감 후 원고'를 게재한 일이 없던 전통을 깨트리고 급히 마감 후 원고를 초과편집하게 되었던 것이다.

서태수 시인은 『조선낫에 벼린 수필』의 이론적 근거로 다음과 같은 이론을 소개하고 있다.

"나는 '붓 가는 대로 쓰기'의 수필은 실패했다고 선언한다."

"시조의 율감律感을 수필에 원용."

"문학미감의 기교를 구성, 비유, 문체 등에 구체적으로 적용."

趙潤濟 박사는 문학을 문학이라 할 수 있는 조건은 "과거의 전통성이 있고, 또 후세문학의 규범이 될 만한 것"(『국문학개설』 45쪽)이어야 된다고 하였다. 지난 12년간 수필 문제에 정면충돌한 후 필자는 수필계 어디서도 나의 문학은 어떤 학문에 근거한, 혹은 어떤 이론을 수필 작법에 적용한 것이라는 말을 들어본 일조차 없다. 서태수 시인의 "시조의 율감律感을 수필에 원용"이라는 말이 그래서 더욱 돋보인다.

‘우리 고전수필의 맥을 잇는 현대수필’이라는 개념의 이론체계가 상당 진척되어 있기를 바라는 마음 간절하다. 아직 없다면 서태수 시인이 시작하시라.

필자의 「조선낫」 창작 노트

작가는 작품 완성을 위해 숱한 퇴고 과정을 거친다. 그러나 ‘개꼬리 삼 년 두어도 황모 못 된다’라는 속담처럼 근본의 한계를 뛰어넘기란 어렵다. 때로는 퇴고가 아니라 환골탈태를 해야 하는 경우도 있다. 필자의 「조선낫」은 평범한 산문으로 썼던 에세이 「낫」을 비유적 형상화로 개작한 작품이다. 설명문 같던 초고작을 창작적으로 개작함으로써 두 문장의 차이가 극명하게 달라졌다.

(초고작)

낫은 인류의 농경생활이 시작되면서 중요한 도구의 하나로 발명되었는데 초기에는 돌이나 조개껍데기로 날을 끼워 사용하다가 청동기시대에 쇠가 이를 대신하게 되었다. 세계적으로는 기원전 1500년 무렵의 의식용 낫이 출토되었다지만 우리나라는 기원전 2세기에 쇠낫이 황해도에서 출토되었다고 한다.

(완성작)

아득한 옛날, 그녀가 농촌에 처음 시집올 때는 돌이나 조개껍데

기 얼굴이었다고 한다. 무쇠로 단련된 그녀의 조상 유적은 서양에
서는 삼천 년을 거슬러 올라가지만, 그녀가 조선 규수로 처음 연지
곤지 찍고 족두리 쓴 곳은 이천 년 전 황해도 어느 고을 양갓집이
라 한다.

윗글 완성작에서 일어난 제재의 변주는 매우 단순하다. '낫 = 여인'
으로 치환시켰을 뿐이다. 이 단순한 의인화는 곧이어 용모나 행위에
도 인격을 부여할 수 있게 된다. 문학미감의 차별성을 이렇게 극단적
으로 드러나게 한 이유는 수필의 목적이 정보전달이 아니라 미적 구
현이라는 점 때문이다. 미적 장치가 스며들지 않은 글은 문학작품이
아니다. 이것은 몰톤(R. G. Moulton)의 '존재의 총계에 부가'라는 관점
에서 비롯한 창작 개념으로 '시적 발상의 산문적 형상화'를 주창하는
이관희 평론가의 작법 지론이기도 하다.

수필에서 창작성의 방향은 다양하겠으나 대표적 기법은 서사장르
의 구성법과 서정장르의 이미지가 될 것이다. 특히 서정양식의 기법
인 비유적 형상화를 통한 이미지 환기를 교술양식인 수필에서 구현
하기 위해서는 특단의 조치가 필요하다. 자아의 세계화 양식인 수필
은 체험의 고백적 기록과 불가분의 관계를 맺고 있어 자칫하면 일상
적 기록으로 전개될 위험성을 지닌 양식이다. 이 위험에서 벗어나는
방법은 체험의 재해석이나 제재의 변주다. 이를 통해 무미건조한 서
술성으로부터 탈피할 수 있을 뿐만 아니라 세계의 자아화 양식인 시
의 기법, 즉 이미지도 혼입될 수 있다. 이를 위해 초고작 제재인 낫
을 완성작에서는 조선 여인으로 치환시키는 특단의 조치로 개작을
시도한 것이다.

귀촌살이에서 낫을 사용하다가 이 경험을 토대로 글을 쓰기로 했다. 먼저 제재와 연관된 자료 수집으로 낫의 종류, 특징, 역사, 부위별 명칭 등을 조사했다. 특히 대장간의 낫 제작 과정 이해를 위해 견문과 직접 체험의 공을 들였다.

그런데 완성해놓고 보니 너무 서술적인 글이 되어버렸다. 그동안 탐색하고 조사했던 공이 아까웠다. 이를 비유적으로 묘사하는 방법을 고심하던 중 낫과 호미를 어머니와 아버지에 비유한 고려가요 「사모곡」을 떠올렸다. 그리하여 '낫 = 어머니 = 조선 여인'으로 확장하여 조선 여인의 삶과 낫의 공통점을 결합시켜 치환은유의 산문적 묘사를 시도한 것이다. '낫 = 조선 여인'으로 비유한 두 존재의 동질성 모색은 어려운 과제가 아니었다. 조선낫과 조선 여인의 다부진 외양이 유사했다. 그리하여 이미 조사한 낫의 외양, 기능, 제작 과정, 역사 등에 어우러지는 조선 여인의 품성을 녹여내고자 했다. 그 결과 작품은 영화기법 이중노출二重露出(Double Exposure)의 복층구조로 진행되었다.

비유적 형상화를 시도해보니 분량이 늘어나고 주제 이탈이 생겨 초고작의 상당 부분은 버려야 했다. 초고작의 설명적 요소는 과감히 삭제하고 오로지 여인의 모습에만 초점을 집중시켰다. 특히 낫의 성격, 기능, 형태, 종류, 제작 과정, 역사 등과 조선 여인의 동질성 조화를 세밀히 탐색하였다. 동시에 효과적 화소의 배치를 위한 구성(plot)과 비유적 묘사를 고심했다.

구성의 방향을 면밀히 설계하고 수정한 결과 '제재의 맵시 - 품성 - 탄생 과정 - 심성 - 최후 모습 - 역사 - 품격'의 순서로 전개되었다. 내용은 조선 여인의 성실성과 헌신성을 기조로 하면서 남녀 문제를 고명으로 첨가했다. 이하 예시문에서 초고작은 부분만 인용하고, 완성작은 생략 없이 인용하겠다.

초고작과 완성작의 도입 부분인 '제재의 맵시' 내용을 대조하면 다음과 같다. 초고작을 거의 버리다시피 한 부분으로 개작 과정에서 가장 많은 내용 변화가 일어난 곳이다.

(초고작)

낫 놓고 ㄱ도 알고 ㄴ, ㅅ도 만들 수 있지만 낫의 종류와 형태가 이렇게 다양할 줄은 미처 몰랐다. 어릴 적부터 눈에 익고 지금도 거의 매일 밭두렁에서 사용하고 있는 낫이 평낫이란다. 날이 얇고 슴베가 짧아 벼, 콩 등 곡식의 이삭을 자르거나 풀 베는 데에 쓰는 낫이다. 이 외에 모양과 용도에 따라 우멍낫 또는 목낫, 담배낫, 반달낫, 무육낫, 접는낫, 버들낫, 야채낫, 밀낫, 벌낫, 옥낫, 왼낫, 뽕낫, 톱낫, 선낫, 끌낫 등 그야말로 다양하다. 이름뿐이 아니다. 형태도 지역에 따라 차이가 있다. 강원도, 충청도, 전라도 지역에서 쓰는 평낫은 날이 반달 모양으로 굽었고, 경기도와 경상도 지역의 것은 날의 각도가 거의 직각이고 날의 너비가 길이에 비해 좁다.

눈을 아시아 문명권으로 돌리면 더 큰 차이가 난다. 슴베가 길고 날이 두꺼운 조선낫은 작고 예쁘게 생겼다. 슴베가 없고 날이 예리한 왜낫은 자루가 꽤 길다. 동남아시아 사람들의 낫은 왜낫보다 날도 자루도 훨씬 길다. 몽골의 낫은 엄청나게 크다. 날도 길거니와 자루가 길어서 낫 한 자루를 장정이 겨우 들 수 있다.

명수필 작법 현장 분석

(완성작)

　조선낫은 살림꾼 조선 여인의 단출한 매무새다. 날[刃]만큼이나
긴 슴베 끄트머리에 나무자루를 달랑 꽂은 모양이 마치 무명 홑적
삼에 짤막한 도랑치마를 걸친 다부진 아낙네 모습이다. 종아리에
닿는 짧은 치맛자락도 행여나 발에 밟힐까 저어하여 낫갱기로 중
동끈을 질끈 동여매고는, 풀을 베고 곡식을 거두고 나뭇가지를 치
는 바지런한 여인이다. 그녀의 오지랖은 대천한바다보다 넓다. 논
두렁, 밭두렁, 논길, 밭길, 따비밭, 다랑논을 재바르게 오가며 구렛
들이든 천둥지기든 이 논배미 저 논배미 에돌아 감돌아, 봄여름
풀베기며 가을걷이, 겨울채비에 야산 중턱까지도 휘돈다.

　조선낫은 이마에서 정수리까지 낫등 가르마를 곧게 탄다. 그녀
의 쪽진 머리는 슴베가 휘어넘는 덜미의 낫공치에 목비녀 짧게 꽂
은 단정한 모습이다. 치마허리의 폭 좁은 말기로는 가슴과 허리께
를 다 가릴 수 없어 햇살 그을린 속살을 부끄럼 없이 드러낸 이 여
인은, 안고름 없는 홑저고리를 입었다고 아무 손이나 살에 닿게 하
는 헤픈 여자는 결코 아니다. 마음 준 남정네의 손길에는 주저없이
온몸을 맡긴다. 그러나 어수룩한 촌부村婦라고 가벼이 다가간다면
큰코다치게 된다. 가슴에 은장도를 품고 있는 이 여인은 제 살이
낯선 돌부리에 살짝 스치기만 하여도 쟁그랑! 시퍼런 불빛 번쩍이
며 온몸으로 저항한다.

　제재인 '낫 = 조선 여인'의 치환은유의 묘사는 의외로 수월했다. 수
십 년 전 어머니의 모습을 낫에다 오버랩시키면 되는 작업이었다. 막
상 상상해보니 조선낫의 외형과 어머니의 외모는 기가 막히게도 일치

되는 부분이 많았다. 두 제재의 속성 차이를 '탄생 과정'에서 비교해 표현한 부분은 다음과 같다.

(초고작)

이러한 차이가 나는 것은 낫의 제작 과정이 다르기 때문이다. 조선낫을 벼리는데 8번 이상의 단조과정에다 수백 번을 두드리는 공정을 거쳐야 한다. 또 날[刃]부위와 다른 부위와의 강도에 차이를 주기 위해 특수한 열처리를 한다. 단조가 끝난 낫을 달구어 물방울을 날 부위에 올리고 마치 구슬을 굴리듯 굴려 부분 열처리를 한다. 자연적으로 낫의 날 부위는 냉각 속도가 빨라 조직이 치밀하고 강도가 높게 되지만, 낫등 부위로 갈수록 달궈진 낫에서 나오는 열로 냉각 속도는 상대적으로 느려져 강도가 날 부위에 비하여 떨어지게 된다.

(완성작)

그렇다고 그녀가 강철같이 억세거나 그믐달같이 싸늘한 여인은 아니다. 뜨거운 불길과 차가운 물길에 수십 번 달구어진 무쇠로 벼려낸 그녀의 눈매는 따뜻하면서도 섬세하다. 두꺼운 낫등에서 점점 얇게 다듬어져 내려온 예리한 날이 있기에, 그녀의 눈빛 앞에서는 아무리 무디고 억센 나뭇가지라도 열 번도 채 찍기 전에 무너지는 물컹이 남정네에 불과하다.

이 여인의 보드라우면서도 아귀찬 눈빛은 그녀의 탄생이 남다르기 때문이다. 대장간에서 태어난 그녀의 성냥은 여우 주둥이처럼 생긴 모루[鐵砧] 위에 올려놓고 수백 번을 두드린 메질꾼의 쇠메와

명수필 작법 현장 분석

숱한 담금질을 거쳐야 한다. 북어는 두드릴수록 보드라워지지만 인고忍苦의 조선 여인은 더욱더 강해진다. 그래서 그녀에게는 날[刃]을 버리기 위한 수많은 잔메질이 오히려 개운하다. 이때는 대장장이도 신명난다. 물방울을 여인의 얼굴에 떨어뜨려 구슬을 굴리듯 손목을 휘휘 돌려 보릿대춤을 추며 여인을 어른다. 간질이는 물방울에 한껏 달아오른 여인은 가쁜 숨을 내쉬며 온몸에 흩어져 있는 감각세포를 훑어낸다. 슴베의 감각을 낫등에 몰아오고, 다시 낫등의 감각을 날 끝에 다 모은다. 그래서 조선낫은 날과 등의 체감 온도가 달라 날의 충격을 등이 흡수하게 된다. 그녀가 굵은 나뭇가지를 칠 때 제 몸이 휘어지거나 부러지지 않게 되는 것은 오직 이러한 인고의 결실이다. 이것이 온갖 잡일 마다않고 험한 세상을 살아가는 조선 여인의 지혜다.

작품을 쓰기 위한 필자의 사전 연구, 체험이 너무 전문적이었는지는 모르겠으나 이 작품을 수록했던 문예지의 연간 총평에서 대학교수 수필 평론가는 "작가가 어릴 적 대장간을 운영했던 부모님에게서 배운 기억"이라는 터무니없는 촌평을 한 적이 있다. 작품에서는 낫의 제작 과정에서 조선낫의 날카로운 날[刃]을 은근히 성감대에 비견하였다. 자칫 여인의 품성을 훼손할 우려가 있으므로 매우 조심스런 표현으로 마감하였다. 현장감을 살리기 위해 현재법을 많이 사용했다. 문장에서 섬세한 표현을 유지하고 문체는 조용하고 점잖은 문장 호흡을 일관되게 지속시키며 평서형 종결어미를 사용했다.

조선 여인의 심성을 그린 부분은 왜낫을 끌어들여 남자들의 외도外

道와 연결지음으로써 세속적 재미를 가미했다. 실제 왜낫은 그 섬세함과 예리함에서는 제 나름의 장점을 지녔기 때문이다. 어릴 적 시골 어른들이 벼나 쇠꼴을 벨 때 왜낫을 특히 애용하던 일, 가끔은 찢어진 왜낫을 버리던 기억도 활용했다. 이 부분을 여인들의 시앗 다투는 모습으로 그린 것이다.

(초고작)

왜낫은 주로 풀만을 베기 위하여 만들어졌기 때문에 그 모양이 날렵하고 낫의 두께가 얇다. 반면에 조선낫은 모양이 투박하고 두께가 상대적으로 두껍다. 이 두 가지 낫을 비교해 보면 조선낫의 우수성은 왜낫과 비교가 되지 않는다.

(중략)

이에 반해 왜낫은 엉거주춤한 자세라 오랜 시간을 낫질할 수가 없고, 조선낫에 비해 풀 벤 자리가 깔끔하지를 못하다. 또 왜낫은 나뭇가지를 치면 금세 찢어지거나 휘어져 버린다. 휘두르는 무게감도 떨어진다.

(완성작)

그러나 아무리 조강지처라도 변덕스러운 것이 인간사라, 새로운 것에 대한 남정네들의 호기심도 더러는 있기 마련. 목덜미까지 기모노를 걸친 성큼한 몸매의 간실간실한 여인이 지나가면, 처음 보는 왜낫에 뭇 남정네들이 한눈을 판다. 왜낫의 긴 자루 허리께를 거머쥐고 엉거주춤 쪼그린 자세로 이 두렁 저 밭등 풀을 베다 나뭇가지를 만난다. 물정 모르는 숫사람이 조선낫 휘두르듯 나뭇가

명수필 작법 현장 분석

지를 내리찍으면 애당초 쇠메질, 담금질을 겪지 않고 비롯된 왜낫
은 고만한 충격에도 휘어지고 찢어진다.

겸연쩍은 남정네는 다시 슬그머니 조선낫을 찾는다. 시앗에는
돌부처도 돌아앉는 법. 앵돌아진 조선 여인은 나뭇가지를 겨냥한
남정네의 힘겨운 낫질에는 행여나 농부 일손 다칠세라 눈길 내리
깔고 입술 앙다문 채 다소곳이 참아준다. 그러나 잠시 후 잔풀에
일손이 닿으면, 자분자분한 이 여인도 서슬 퍼런 질투로, 변심한
남정네의 새끼손가락 끄트머리쯤을 살짝 스쳐버리는 앙살스러운
마음은 지녔다.

일부다첩－婦多妾 시대를 살았던 조선시대 한국 여인의 삶의 모습을
은근슬쩍 비추면서 당대의 조강지처 사상을 대입시켰다. 그러면서도
'새끼손가락 끄트머리쯤을 살짝 스쳐버리는 앙살스러운 마음'으로 여
인의 미묘한 시앗감정을 따뜻한 해학으로 표현해보았다.

제재의 최후를 묘사한 부분은 초고작에는 없던 내용을 부가했다.
가부장적 대가족 사회에서 숱한 식솔 뒷바라지를 온몸으로 하던 한
국 여인의 희생적 삶을 외면할 수 없었기 때문이다. 정갈한 심성에는
숫돌이 동원되고, 대가족에 빗대어 많은 농기구가 등장하게 되었다.

(완성작)

수더분한 그녀도 여인인지라 어찌 치장을 마다하랴. 무디어지는
것을 매우 싫어하는 그녀는 샘물처럼 정갈하다. 그녀는 언제나 숫
돌에서 몸을 씻는다. 물만 찍어 바르는 것이 아니라, 제 몸을 갈아
목욕하는 그녀의 눈빛은 그래서 봄, 가을, 여름, 겨울 없이 형형炯

炯하다.

따비, 쟁기, 써레 등을 웃어른으로 모신 층층시하에서도 포도송이 같은 남매들 온갖 뒤치다꺼리로 한 몸 닳아온 이 여인은, 오랜 세월 갈고 벤 날이 뭉개지고 모자라져 슴베만 남게 될 때 말없이 대장간으로 간다. 지조 높은 이 조선 여인은 이날에야 난생 처음 무거운 치마를 벗는다. 그리하여 숯불 벌겋게 피어나는 화덕 위에 누워 푸-푸 들려오는 풀무소리 노래삼아 후생에 태어날 새로운 꿈을 꾸며 전신을 녹여 보낸다.

'봄, 가을, 여름, 겨울 없이 형형炯炯하다.'에서 계절은 농번기 일감의 순서로 변화를 유도했다. 마무리 부분은 낫의 역사를 혼례로 치환하면서 소박하면서도 격조 높은 삶의 모습을 환기시켰다.

(초고작)

낫은 인류의 농경생활이 시작되면서 중요한 도구의 하나로 발명되었는데 초기에는 돌이나 조개껍데기로 날을 끼워 사용하다가 청동기시대에 쇠가 이를 대신하게 되었다. 세계적으로는 기원전 1500년 무렵의 의식용 낫이 출토되었다지만 우리나라는 기원전 2세기에 쇠낫이 황해도에서 출토되었다고 한다. 2,000여 년 동안 낫 놓고 기역자도 모르던 우리 대장장이 조상네들의 슬기가 돋보이는 조선낫 기술이다.

최근에는 나도 낫을 하나 만들었다. 평낫의 슴베를 약간 구부려 1미터가 넘는 막대에 끼운 것이다. 이 낫을 두 손으로 잡고는 밀짚모자를 눌러쓰고 밭두렁에 올라 두발 적당히 벌리고 서서 풀의 밑

명수필 작법 현장 분석

목께를 겨누어 힘껏 허공으로 후리친다. 풀베기용 낫이다. 이름하
여 '풀베기 골프낫'이다.

(완성작)

아득한 옛날, 그녀가 농촌에 처음 시집올 때는 돌이나 조개껍데
기 얼굴이었다고 한다. 무쇠로 단련된 그녀의 조상 유적은 서양에
서는 삼천 년을 거슬러 올라가지만, 그녀가 조선 규수로 처음 연지
곤지 찍고 족두리 쓴 곳은 이천 년 전 황해도 어느 고을 양갓집이
라 한다.

평생을 그녀와 함께 살면서도 낫 놓고 ㄱ자도 몰랐던 까막눈 남
정네들, 이 여인이 ㄴ도 ㅅ도 이미 몸으로 알고 있는 유식한 여인
일 줄은 꿈에도 몰랐으리라. 그래도 이 조선 여인은 내색 않고 평
생을 함께 살았다. 숫된 남정네들도 제 여인의 품격品格을 알고는
있었나 보다. 그렇기 때문에 이 격조格調 높은 여인을 가슴에 품어
풍년가를 부르고 싶은 남정네는, 예나 제나 반드시 한쪽 무릎을
땅바닥에 꿇고 정중히 두 손을 내미는 것이 아니겠는가.

초고작 맨 끝부분 풀베기 골프낫 내용은 사족 같은 요소라서 버렸
다. 마무리에서 여인의 품격을 존중하는 의미로 남자의 무릎을 꿇게
하였다. 현대 젊은이들의 청혼 풍습과 마찬가지로 실제 조선낫을 섬
세하게 사용할 때 농부들은 반드시 한쪽 무릎을 꿇고 손을 내밀기
때문이다.

(2017, 《창작에세이》 26호)

탈脫신변잡기를 위한 문학미감 – 「입춘 꽃망울」

학창시절의 옛 여친을 50년 만에 만났던 2020년 2월 4일 입춘立春. 아직도 다소 몽롱한 감정에 젖어 버스를 타고 귀가 중이던 저녁 무렵, 협회 편집장의 원고 청탁이 왔다. 봄과 관련된 특집기획에 작품 편수가 부족하다며 촉박하니 신작이 아니라도 좋다는 전언이다.

'오늘 이야기를 쓰자'라고 마음먹었다. 잠자리에서 구상을 하면서 '이런 내밀하고도 시시한 사연을? 나도 이제 다 늙었구나' 하는 생각도 들었지만 '까짓 어때'라고 위안하고 마음을 다잡았다.

기억 속에 내장된 아련한 사연들의 회로를 다시 돌려본다. 그것만으로도 지면이 넘치겠다. 옆에서 곰지락거리는 아내 눈치가 슬쩍 보인다. 정신을 수습하고 사연을 객관적으로 접근했다. 당사자들인 '그녀, 아내, 나' 3인은 물론 이들과 연관된 모든 사람들의 마음을 고려하려면 충분한 안전장치(!)를 마련하면서 서사를 진행해야겠다.

머릿속에 주된 사연과 보조적 사연들에 어울리는 화소話素를 수집했다. 너무 많지만 선택의 여유가 넉넉하니 좋은 일이다. 안전장치의 화소도 몇 개 준비했다. 효과적 구성을 위한 화소 배치를 대충 정해놓고는 잠이 들었다.

작품 전개의 화소 자료는 '오늘의 만남 + 학창시절의 사연 + 안전장치'를 중심으로 하되 문학미감을 위한 고명 장치를 듬뿍 올려놓기로 했다. 청춘의 아름다운 추억이므로 청탁 취지와 미완未完의 사연에 맞출 겸 「입춘 꽃망울」로 정했다. 시종일관 싱그러운 봄꽃의 이미지로 전편을 장식하기로 했다. 또 낡고 흔한 이야기이므로 서사 중심이 아니라 독자 유혹을 위한 당근 삼아 실체적 사연은 안개로 피우면서 서정적으로 이끌어가기로 했다. 도입 부분은 직설적 과장을 담았다.

학창시절, 내 가슴을 그렇게도 설레게 했던 그 여학생과 50년 만에, 그것도 단둘이 마주앉았다!

삶의 연륜이 우아하게 묻어나긴 하지만 여전히 나직나직한 목소리에 동그란 얼굴, 눈웃음 어린 실눈, 작게 오므린 입술은 청초했던 옛 모습 그대로다. 새침데기 분위기도 여전하다. 밥상 너머 그녀와의 거리는 70 센티미터 남짓. 온돌방바닥의 좌식 식탁이라 발끝을 살짝만 움지락거려도 전신마비가 될 수도 있는 지근거리至近距離다. 단둘만의 여유 시간은 운이 좋아도 길어야 10분. 살짝 두근거리는 심장을 빠져나온 뜨거운 촉수는 회상의 아련한 꽃밭 속을 헤집는다.

하긴 2020년 올겨울에는 실종된 혹한으로 때 잃은 꽃들이 강기슭에도 많긴 하다. 덩달아 회춘의 꽃망울이 내 가슴 속에 벙글고 있다. 뜻밖이다. 춘래불사춘春來不似春이 아니라 엄동설한 춘화발嚴冬雪寒春花發인가. 그렇지, 오늘이 묘하게도 입춘이지. 반드시 제 몫을 한다는 입춘 추위는커녕 봄보다 더 따듯한 날씨다. '코로나 19'에 온 나라가 마스크로 도배를 했지만, 오늘은 입춘대길立春大吉의 시발점 아닌가. 여러 명의 지인들로부터 얻은 입춘방立春榜 덕택인 모양이다.

다소 자극적인 첫 문장 이후 주인공을 등장시켜 설레는 분위기를 담았다. '단둘만의 여유 시간은 운이 좋아도 길어야 10분'이라며 독자 궁금증도 자극할 겸 서사적 복선伏線을 깔아두었다. '회상의 아련한 꽃밭'을 기점으로 봄꽃의 이미지를 떠우기 시작했다. '회춘의 꽃망울'은 서정적 복선이다. 실체적 옛 사연에 실체적 만남이니 시점도 명확히 밝혔다.

　　이미 열흘 전에 만개한 매화나무를 본 적이 있다. 자식들과 함께 설을 보내기 위해 시골 산장으로 가던 날, 마을 어귀에 만발한 매화나무들이 있었다. 눈 밝은 내가 먼저 탄성을 질렀고, 미심쩍어 하던 아내는 승용차가 가까이 접근하자 맞장구를 쳤다. 아직은 양력 정월이 아닌가. '날씨나 매화 중에 분명히 한 놈은 제정신이 아닐 거야'라며 우리는 즐겁게 감상했다. 그러면서 산골집 매화는 어떨지 궁금해하였다. 집 안으로 들어서니 현관 앞 양지바른 곳에 북을 돋우어 아담하게 심어둔 매화, 결혼 1주년 기념으로 산 일년생을 43년째 키우고 있는 우리 매화는 아직 꽃망울이 팥알 굵기다. 그럼 그렇지. 정월 하순의 꽃망울 크기는 이게 정상이지. 세상이 헛돌아도 시절 파악은 올바르게 하는 기특한 녀석이다. 매화는 꽃이 늦게 피어야 꽃샘추위 폭탄을 피해 열매가 튼실해지거든. 혹한을 이기고 피는 매화는 언제 보아도 살갑다.

나의 근황을 슬쩍 끼워넣었다. 나도 결혼해서 40여 년을 잘살고 있다는 상징적 복선을 또 깔았다. '우리 매화', '이게 정상', '세상이 헛돌아도 시절 파악은 올바르게 하는 기특한 녀석'은 곧 나의 자화상이다.

　　　　　　　　　　　　명수필 작법 현장 분석

이 글을 읽은 아내가 딴지를 걸어도 "난 매화의 지조 아니냐? 진실을 보시라!"라고 당당히 큰소리칠 수 있어야지. 그동안 내가 얼마나 튼실한 '매실 가정'을 꾸렸는데….

그러나 아무리 가슴 두근거려도 반세기 만에 만나 속마음 활짝 열어보이는 이야기꽃을 피울 수는 없는 노릇. 더구나 앞에 앉은 사람은 겹겹 꽃잎의 이름난 새침데기다. 의례적인 덕담으로 가슴 속 꽃망울을 다독이지만 겸연쩍은 듯 도란도란 주고받는 정담情談은 반세기 저편 그때, 대학 캠퍼스의 상큼한 향수를 불러들인다. 풋 풋한 새내기 시절, 짝사랑으로 꽁무니를 줄기차게 졸졸 더듬다가 퇴짜를 맞았던 시절이 있었다. 생각해보면 나는 밭둑에 절로 자란 가시오이 촌놈이었고 그녀는 도심의 온실 속 참나물이었다. 잎과 잎이 부딪쳐도 내 잎에는 가시가 있었고 참나물 잎망울엔 꽃멍이 들었다. 미안한 마음에 나는 남은 학창시절 내내 내 가시를 낱낱 이 도려내면서 그 자리에 스스로 멍자국을 만들었다.

우리 둘 다 속잎으로 멍을 가리고 겉으로는 데면데면한 눈인사 속에서 학창시절이 다 지나가고, 서로 다른 강줄기는 산을 휘돌고 들을 에돌아 세월의 굽이를 흘렀다. 이따금 첩첩 산 너머에서 옛 참나물 향취가 강줄기 속에 소문으로 섞여들면 물낯바닥에도 멍 자국 같은 작은 물결이 새삼스레 일렁이는 물굽이가 없지는 않았 다. 옹이진 고목이 조각품이 되듯, 세월 실은 강물, 강물 실은 세월 속에 어느덧 그 흉터 자국이 은빛 금빛 반짝이는 윤슬로 채색되는 강의 하류에 이르렀나 보다. 더불어 우리도 넓어진 강폭에 마음의 거룻배를 띄우고, 깊어진 수심으로 생각의 노를 저어 추억의 강나루 이곳저곳에 닻을 내리는 연륜이 되어 있었다.

화제를 바꾸어 본론으로 진입한다. 가급적 사용을 피해야 하는 접속어 '그러나'는 많은 고심을 했지만 확실한 분위기 반전을 위해 사용하기로 했다. 꽃 이미지로 아름다운 그림을 그렸다. 옛 사연들은 '꽃멍'의 상징으로 안개만 피웠다. 실은 짝사랑이라 별 사연도 없었기에 독자들이 실망했을지도 모르겠다. 그래도 "우리 둘 다 속잎으로 멍을 가리고 겉으로는 데면데면한 눈인사 속에서 학창시절이 다 지나가고"는 아쉬운 추억의 압축이다. 세월의 연륜 속에 '옹이진 고목 조각품'으로 마주한 지금이 훈훈했다. 사연이 별것 아니므로 섬세한 표현의 미감으로나마 독자에게 보상해야 한다.

잃어버린 사람 없이, 특별히 몸 아픈 곳 없고, 얼굴에 행복꽃잎 아른거리는 모습에 정담의 화제는 자연스럽게 액자 구성으로 좁혀지고 있다. 이래저래 기본적 소문은 서로 듣고 있었겠지만 내가 자식 소식을 농담조로 건넸다.

"자식은 아들 하나, 머시마 하나. 그렇게 끼리끼리 짝지어 제 새끼 데불고는 단군의 후손으로 자~알 살고 있는 모양입디다."
"난 사내 하나가 더 있어요."

그녀는 짧은 한마디로 눈빛 마주치며 볼웃음을 지었고 난 크게 웃었다. 살랑, 강바람이 스치자 강둑 풀잎들이 살짝 옷깃을 비볐는가. 딸 없는 집안의 동병상련을 주고받은 뜻밖의 농담 후에 잠시

명수필 작법 현장 분석

침묵이 흘렀다. 아직 아무것도 차려지지 않은 식탁 위에 그녀는 손가락을 곰지락거리며 무심한 낙서를 하고 있다. 연분홍 손톱은 세월의 꽃잎이 되어 내 낡은 앨범 속 흑백사진을 낱낱이 더듬으며 하르르하르르 흩날리고 있다. 입학 때부터 졸업 때까지의 숱한 사진들이 동영상으로 되살아나 잔물결로 출렁이기 시작한다.

다변가인 나와는 달리 원래 말수가 적은 그녀였다. 변함이 없었다. 오랜만의 눈빛 교감에 가슴이 뭉클했던 심정을 "살랑, 강바람이 스치자 강둑 풀잎들이 살짝 옷깃을 비볐는가"에 서정적 암시로 담았다. '내 낡은 앨범 속 흑백사진'은 아직도 보관하고 있는 옛 추억들로 잠시 후에 재활용되는 복선이다. 독자들은 무슨 새로운 스토리를 또 기대하고 있을까를 생각하노라면 미안하면서도 즐겁다.

문득, 방문 너머의 와자한 소리에 섞여 미닫이가 열리더니 대학 동기들 일여덟 명이 우르르 방으로 들어선다. 다들 어지간히 약속 시간에 맞춰 사는 모양이다. 졸업 48년 만에 처음 하는 지역 번개팅. 여학생들끼리는 자주 어울렸지만 남학생들은 처음 만나는 사람도 있단다. 낯선 듯 낯익은 얼굴도 있고, 낯익게 낯선 얼굴도 있다. 강물은 흐르면서 폭과 깊이는 달라지더라도 본래의 물빛은 쉽게 변하지 않는 모양이다.

음식이 차려지고 후식까지 끝내는 긴 시간 동안, 세월의 폭과 깊이는 그대로 지닌 채 모두들 강물 줄기를 최상류 추억의 계곡으로 역류시키고 있었다. 우리가 갓 입학하고 무시로 어울렸던 그 계곡에는 여전히 새잎들이 앙상한 가지마다 젖니를 앙증스럽게 내밀고 있었고, 교정의 젊은 매화나무엔 하얀 꽃망울을 헤집으며 벌들이 잉잉거리고 있었다. 초겨울 졸업여행 때 지리산 어느 산사 큰 방 한 칸 숙소에서 이불도 없는 혼숙을 하던 밤, 오르르 떨던 싸늘한 한밤중에 군불을 지핀 촌놈의 이야기도 되살아났다. 마주앉은 그녀는 너무 뜨거워서 오히려 잠을 설쳤다며 웃는다. '무슨 놈의 절집 방구들이 그렇게 얇았는지.' 내가 변명을 했다. 강물의 흐름을 잠시 막아버린 백발의 청춘들은 세월의 호수를 그려 놓은 식탁 위에 추억의 돛단배를 띄우고는 회춘의 꽃망울을 무수히 터뜨렸다. 웃음꽃 향기가 방안에 자욱했다.

왜 그녀를 50년 만에 만나게 되었는지가 비로소 밝혀진다. 매화꽃의 일관성을 위해 새내기 시절의 매화를 또 소환했다. '백발의 청춘들', '세월의 호수', '추억의 돛단배', '회춘의 꽃망울'은 주제와 호응하는 강력한 이미지 형성을 위해 조탁했다. 실체적 사연은 과대포장으로 지금까지 독자를 속여서 이끌어왔다. 아직도 독자는 '그래도 애프터 after는 있겠지' 하고 기대를 할까.

내 앨범 속 사진들을 보내달라는 당부와 함께 잘 가시라는 눈인사를 떨어뜨려놓은 서면 문화의 거리. 그 여운을 길게 느끼면서 낙동강 하굿둑을 건너는데, 세월 실은 온갖 물길이 섞여 맴도는 난바다 저 멀리, 꽃잎 같은 배 한 척 수평선을 아련히 넘어가고 있었다. 꽁꽁 언 땅에다 새잎을 곧추세운다는 입춘. 가슴같이 따뜻한 날씨를 견주어보니 산골 우리 집 45년생 매화나무에도 지금쯤은 꽃망울이 콩알만큼 굵어졌겠다.

명수필 작법 현장 분석

주고받은 옛이야기 중에 내가 간직한 사진에 대한 동기들의 요청이 있었다. 만남의 실체적 장소도 공개했다. 이로써 만남의 육하원칙은 다 밝혀진 셈이다. 신변잡기에서 이 육하원칙을 서두에, 그것도 한꺼번에 밝히는 글은 실패다.

마무리는 다양한 상징적 묘사를 얹었다. 그 여운을 길게 느끼면서 건너는 '낙동강 하굿둑'은 과거사의 서정적 단절 공간으로 설정하고, 수평선을 아련히 넘어가는 '꽃잎 같은 배 한 척'은 그 대상을 상징한다. 그다음은 당연히 작품 초입에 복선으로 깔아놓았던 우리 집 매화를 소환한 현실 복귀復歸다. 이런 글은 수미상관으로 마지막 고리를 튼튼하게 해놓을 필요가 있다.

작품을 읽은 대학 동기는 '옛 사연을 섬세한 표현으로 잘 끌고 갔다'라고, 사연을 몰랐던 시인은 속았다면서도 '부드러운 카스테라 문장'의 소감을 전해왔다. 아내도 함께 공부하는 문화원 문학반 수강생들은 "선생님의 글은 지적으로 교활하다"라며 팝콘폭탄을 던져 한바탕 웃었다.

(대본: 2020, 《부산수필문예》 38호)

신변잡기의 구성 기교 – 「빨래를 치대며」

독자는 작가의 소소한 일상사에 관심이 없다. 그런데 수필은 본질적으로 작가의 신변사에 대한 서술적 전개를 많이 하는 양식이다. 문제는 이러한 내용에 단 한 톨의 문학미감이라도 고명으로 얹을 수 있느냐 하는 점이다. 그 단순한 고명은 구성상 도입부의 도발적 표현부터 이루어져야 독자가 채널을 돌리지 않을 것이다.

필자가 자칭 '생활수필'로 명명했던 자녀교육 체험 수필집 『부모는 대장장이』에 수록된 오래전의 글들은 모두 첫 문장에 힘을 주었다. 아래 작품 「아빠의 권위」도 그렇게 출발했다. 부제로 '어린 자녀의 존경심'을 붙였던 글이다. 선생 직업의 아버지 경험담인 사실적 신변잡기를 모은 책이기에 문학성은 전혀 없다. 독자 유혹을 위해 구성미에 많은 신경을 쓴 것으로 첫 단락을 인용한다.

"우-와! 우리 아빠 몸무게가 49킬로나 된다, 49킬로! 우와!"

두 녀석이 고함을 지르자 목욕탕 탈의실의 모든 시선이 내 쪽으로 쏠렸다.

나보다 먼저 탈의실로 나온 녀석들은 서로 몸무게 비교 경쟁을 하고 있었나 보다. 연약한 골격의 작은녀석은 20kg도 채 못되는 제 형의 몸무게를 두고 무척이나 부러워했고 또 또래보다 덩치가 컸

명수필 작법 현장 분석

던 제 형은 동생 앞에서 무슨 대장군이나 되는 듯 뽐내고 있었다. 내가 나가자 몸무게가 적어 속이 상했던 작은녀석이 먼저 내 몸무게를 재보라고 이끌었다. 분명히 형을 이길 수 있을 것이기 때문이다. 아무런 생각 없이 저울에 올랐는데 녀석들이 이렇게도 큰 소리로 탄성을 지를 줄이야.

　녀석들의 자랑스러운 아빠 몸무게와 목욕객들의 야릇한 시선의 틈바구니에서 나는 무언가 행동을 취해야 했다. 뒷통수가 당겨오는 느낌이었다.

　독자는 배부른 당나귀다. 신변잡기로 수필 미학, 즉 독자 유혹의 당근책을 구사하는 일은 쉽지 않다. 제재 변주나 지성적 감성은 신변잡기 문장에 이미 한계가 있으므로 구성, 표현, 형상화 등으로 대책을 찾아야 한다. 그중 비교적 손쉽고 즉각적으로 눈에 띄는 것이 구성이므로 위에서 그 실례를 들어 보였다. 글 속에서는 몸무게에 관한 몇 가지 화소를 전개하던 중 다시 맨 앞으로 돌아가 "우와! 우리 둘이 합친 것보다도 더 많다!"라는 꼬맹이들의 함성을 삽입해서 독자들을 웃게 했다.

　산문문학의 구성에는 당근이 지속적으로 제공되어야 한다. 첫 단락의 첫 문장부터 실패하면 낭패다. 그리고 마무리도 잘해두어야 다음 작품에 매력을 느낀다. 그래서 시작과 끝은 더욱 중요하다. 이를 두고 필자는 '밀양아리랑과 물망초勿忘草 전법'으로 명명했다. 도입부에서는 '동지섣달 꽃 본 듯이 날 좀 보소'를 부르짖고 마지막에는 'Forget Me Not'의 여운으로 'After'를 기약하는 것이다. 위의 사례에서 "두 아들을 데리고 목욕탕에 갔을 때의 이야기다."로 출발한다면 이미 실패다.

구성미에 겸하여 표현의 미감이나 부분적 형상화를 겸하면 더 좋을 것이다. 수필 쓰기에서 신변기는 빠질 수 없다. 역시 항상 고민되는 부분은 첫 시작이다. 다음 작품은 「전자레인지 앞에서」의 도입부다.

전자레인지 회전판이 빙글빙글 돌아간다. 꽁꽁 언 곰국 덩어리를 안고 홍얼홍얼 잘도 돈다. 흐릿한 조명발에 소음 같은 전자음악. 곰국이 살살 녹아 은근한 맛을 내면 이 맛 저 맛 어울려 한 세상 한 끼 식사 금상첨화 아니더냐. 물레방아도 아닌 것이 실시리시르렁 실시리시르렁, 시름의 한세상을 홍거이 돌아간다.

안고 돈다는 것은 스텝과 호흡의 완벽한 일치. 그렇지. 세상은 저렇게 이심전심으로 돌고 돌아야 홍야홍야 녹아내리는 것이려니. 음식이든 사람이든 단단하게 굳은 것들은 맞손 잡고 어울려 돌고 도는 가운데 발효醱酵되고 숙성熟成되어 삭기도 하고 익기도 하는 것 아니랴.

나는 지금 응급 싱글족. 오늘도 나의 저녁은 돌고 돌리는 해동 식단解凍食單이다. 아내는 냉동 먹거리를 켜켜이 쌓아놓고 며느리 회복구완을 떠났다. 떠나면서 알뜰살뜰 자상히 일러주었다. 냉동 국은 미리 꺼내어 녹인 다음 도자기 그릇에 옮겨 담아서 전자레인지에 데우라고. 몇 분 정도라고 했을 텐데 그새 까먹어버렸다. 일회용 비닐그릇 해동은 몸에 해롭단다. 그런데 여태 한 번도 그리 못했다. 전기매트에 드러누운 채 배 위에 노트북을 올려놓고 글을 쓰거나 졸다 보면 밥때는 항상 한발 놓친 시각이라 정석대로 할 여유가 없다.

명수필 작법 현장 분석

글 속에서 곰국을 데우는 속사정을 먼저 제시하는 것은 순진하다. 독자의 궁금증은 "나는 지금 응급 싱글족" 이후에 간략하게 제공하면 된다. 독자는 작가의 사생활 전개에 전혀 관심이 없기 때문이다. '-다' 일변도에서 벗어나 다양한 어말어미 활용, 의성어, 의태어 사용으로 어조 변화를 유도했다. 지금부터는 이런 유형으로 쓴 작품 「빨래를 치대며」를 대본으로 삼아 전편의 구성과 표현의 운용을 살펴보겠다.

빨래를 치댄다. 어깨 출렁 엉덩이 들썩, 온몸으로 치댄다. 목줄띠에서 옮은 완고한 땟국도, 뱃가죽에서 눌어붙은 게으른 땟자국도, 발가락에서 배인 고리타분한 땟국물도 함께 치댄다. 머릿속에 남아 있는 꼬장꼬장한 생각도 치대고, 소파에 뒹굴던 꼬질꼬질한 몸뚱이도 치댄다.

인생살이와 빨랫감이 뭐가 다르더냐. 무릇 빨래란 비누 쓱쓱 문대어 이리 치대고 저리 비비고, 배배 틀어 물기 짜고, 탈탈 털어 까실까실 말려야 하는 법. 영웅英雄도 여세추이與世推移니 자립갱생自立更生이 필연이라. 긴긴 인생살이에 낡은 땟자국을 죄다 훑어내어야 이 늦은 나이에 재활용再活用이라도 되지 않겠느냐.

인생과 빨래의 함수관계! 이 위대한 순리順理를 이순耳順의 중턱에 걸친 오늘에야 드디어 실천한다. 결혼 후 36년 만에 처음 해보는 빨래. 해방이든 방임放任이든, 아니면 구속이든 새로운 공간에는 으레 혼란과 불안 후에 화려한 변신變身이 따르지 않더냐.

첫 단락부터 리듬을 실었다. 대충 2음보의 단조로운 율격을 기반으로 자유롭게 변주했다. 빨래의 속성을 심화 확장하여 단순한 신변잡기가 아닐 수 있다는 당근을 제시한다. 어말어미도 '다' 이외에 '냐', '법'(어미 생략), '라' 등으로 어조 변화를 구사했다. 36년 결혼 생활에 아내가 왜 없는지는 아직 제시하지 않았다.

　남편이란 참으로 묘한 동물이다. 집 안에서도 벽에 박힌 못의 개수는 낱낱 꿰고 있지만 아내의 살림 공간은 강 건너 불구경이었다. 집 밖이야 너른 공간의 춘하추동 작업 스케줄에 그 복잡한 공구창고, 쓰다 남은 철사 하나까지 명경지수明鏡止水로 환하지만, 아내의 좁은 공간은 첩첩산중 오리무중五里霧中이었다. 아내가 없는 오늘, 눈을 부릅뜨고 더듬어 보지만 냉장고도 씽크대도 옷장도 캄캄하다. 첫술에 배부르랴. 급한 불부터 꺼 나가자.

　나의 빨랫감. 런닝, 팬티, 겨울내복, 양말 세 켤레, 타월 두 장이로구나. 허리가 고장 난 세월이라 쪼그려앉기는 금물. 욕실 타일 바닥에 앉은뱅이의자를 엉덩이에 붙인다. 빨랫감이 담긴 세숫대야를 당긴다. 이미 엊저녁에 빨래비누 칠을 해서 물에 퉁퉁 불려놓은 것들이다. 묵직하다. 자취생활 15년에 이력이 났던 솜씨. 팔다리를 걷어부치고 두 팔을 벌려 장수풍뎅이 같은 전사戰士의 자세를 취한다. 자못 엄숙해지려 한다. 학창시절과 총각시절, 먼 세월 저편의 아련한 향수에도 살풋 젖어본다. 겉옷은 숯을 담아 입으로 물을 뿜어가면서 다림질하던 시절이었다. 다리미 똥구멍으로 숯이 튀어나와 옷에 불구멍도 내었다. 하늘하늘 헤져서 앞트임 구멍이 절로 생겼던 검정색 광목 팬티도 뒤집어 널었다. 그땐 아랫도리 힘도 좋았지.

"아내가 없는 오늘, ~ 냉장고도 씽크대도 옷장도 캄캄하다."로 응급 싱글족임을 은근히 내비쳤다. 삽입 화소로 아련한 자취 시절을 잠시 소환했다. 이런 화소 삽입은 얼마든지 더 장만할 수 있어 시선 확장에 겸하여 분량 메우기에도 도움이 된다. "그땐 아랫도리 힘도 좋았지."로 세월의 무상함도 실었다.

　사흘 전, 보름 동안 - 어쩌면 스무 날이 넘을지도 모를 일이지만 - 출산을 앞둔 며느리가 힘들어 해서 손주 돌보미로 아내가 상경했다. 전례 없는 긴 이산가족. 머뭇거리는 아내를 다독여 쿨cool하게 가라 했다. 아내는 냉동밥에 냉동 곰국, 냉동 갈비찜에 김치, 김, 멸치 등등을 한 끼씩 분량으로 준비해두었다. 모임으로 외식이 잦으니 이만하면 충분하리. 속옷가지와 양말 등도 차곡차곡 챙겨놓고 신신당부를 하고 갔다. 그러면서도 근심은 안방에, 걱정은 거실에 구석구석 깔아놓고, 대문간에는 애잔한 눈빛까지 걸쳐놓고 올라갔다.

　방임인지 해방인지 모를 묘한 사나흘이 지나 옷을 갈아입고 나니 생생한 삶의 현장이 눈에 보이기 시작한다. 널브러진 풍광 묘사는 생략하자. 먹는 것은 착착 줄어들어도 자동차로 뽀르르 달려나가면 해결된다. 게으른 싱글single들을 위한 먹이상품도 지천이다. 문제는 옷. 개어놓은 속옷이 네 벌, 내의 바지 하나, 양말 다섯 켤레다. 차례로 입어가면 남이 못 보는 은밀한 구석이라 큰 문제는 없다. 모임에서도 향수는 그들이 뿌리고 올 테니 굳이 내가 신경쓸 필요 없을 터.

　그러나 꾀죄죄하게 살아도 열흘이 한계. 더구나 봄철, 너른 마당에 땀 흘릴 일도 많다. 그럼 땀 흘릴 작업 때는 입은 속옷을 또 입고 외출은 새 옷으로? 아님 속옷도 착착 사서 입어? 그러다 보름 동안의 속옷 빨래를 몽땅 모아두면? 염치도 유분수지. 이건 소가 웃고 개가 재치기를 할 일이다.

그렇다면 어차피 한 번은 빨래를 해야 한다. 컴퓨터나 스마트폰이야 기계치機械痴 아내에 비해 달인의 경지지만 세탁기 버튼은 '눈 멀 맹盲'이니 언감생심 불가능! 열흘쯤 미루어 산더미만 한 빨랫감을 욕조에 처넣고는 가루비누 철철철 뿌려 발로 자근자근 밟는 간단명료한 방법도 있긴 하다. 티끌로 빠느냐 태산으로 빠느냐 그것이 문제. 곰곰 생각하니 남는 게 시간. 빈둥빈둥 뒹구는 것보다야 운동 삼아 티끌로 빨아서 입는 것이 나을 것 같다. 36년만의 작심作心이다.

이쯤에서 응급 싱글의 사연을 밝혔다. "근심은 안방에, 걱정은 거실에 구석구석 깔아놓고, 대문간에는 애잔한 눈빛까지 걸쳐놓고 올라갔다."라는 문장은 비유적 형상화를 견인하면서 의미망의 대구율과 4음보 율격의 리듬감도 살짝 실었다. 역시 다양한 어말어미 활용으로 어조 변화를 살렸다. 우리나라 수필가들은 대부분 '다'를 사용함으로써 지나치게 경직된 문장을 구사한다. "모임에서도 향수는 그들이 뿌리고 올 테니 굳이 내가 신경 쓸 필요 없을 터."나 "염치도 유분수지. 이건 소가 웃고 개가 재치기를 할 일이다."는 익살이다. 어말어미에 "새 옷으로? / 사서 입어? / 몽땅 모아두면?"의 짧은 문장과 반복적 의문부호 사용에도 리듬감을 실었다.

명수필 작법 현장 분석

실행 버튼 작동. 빨랫감을 엎어버리고 세숫대야에 런닝을 치댄다. 치댄다기보다는 두 손으로 비빈다. 아차, 손이 시리다. 방으로 달려가 목욕 버튼을 누르고 허리 운동을 하며 기다린다. 따뜻한 물에 젖은 섬유의 촉감이 보드랍다. 내 속옷을 빨 때 아내도 이런 정감을 느꼈을까. 내복을 집어 올린다. 입을 땐 몰랐는데 빨랫감이 되고 나니 상당한 중량重量이다. 축 늘어진 내복바지를 들어올려 보니 160센티의 내 키도 작은 키는 아닌 것 같은 착각이 잠시, 들 다가도 이내 피식 웃는다. 세숫대야 안에서는 두 손으로 치대지지가 않는다. 손으로 비비자니 너무 길다.

대충 빨아놓고 입기를 포기할까. 이미 매화도 활짝 피었잖아. 갈수록 따듯해질 텐데. 아니지, 보리누름에 중늙은이 얼어 죽어. 아직도 춘삼월 아니냐. 빨래하기 싫어 얼어 죽었다면 저승에서 어머님을 어찌 대면하리.

빨래판! 그렇지, 이놈이 어디 있더라? 휘휘 둘러보아도 욕실에는 없다. 일어서니까 협착증의 허리가 뜨끔! 잠시 허리 운동을 하고 다용도실로 간다. 세탁기 위에도 바닥에도 없다. 요즘 여자들은 빨래판을 안 쓰나. 대용품이라도 찾느라 뒤적거리니 구석진 선반에 네모난 녀석이 보인다. 노랗다. 꺼내보니 참으로 작은 플라스틱 빨래판이다. 덩치 큰 남자 발바닥만하다. 이 좁은 빨래판으로? 역시 아내는 나보다 기술이 월등한 모양이다. 빨래판을 세숫대야에 비스듬히 놓고 내복을 치댄다. 비누 쓱쓱 문지르고 두 손으로 척척 치댄다. 엉덩이가 들썩거리고 어깨가 출렁거린다. 덩달아 세숫대야도 덜컹덜컹 장단을 맞춘다. 유행가 '봄버들 나루터에 빨래하는 아가씨'는 아니라도 산자락 낡은 집의 컴컴한 욕실이다. 앞마당 늙은 내 매화나무에 봄볕이 다사롭겠다. 그렇지, 빨래는 이렇게 온몸으로 치대는 거야.

"실행 버튼 작동."부터는 실제 상황 묘사 부분이다. "축 늘어진 내복 바지를 들어올려보니 160센티의 내 키도 작은 키는 아닌 것 같은 착각이 잠시, 들다가도 이내 피식 웃는다."에서 '잠시' 다음의 쉼표 사용은 매우 의도적이다. 문장에서 작은 부호 하나의 기능을 확인할 수 있어야 옳은 문장가 아니겠는가. "대충 빨아놓고 ~ 어머님을 어찌 대면하리." 부분은 내면의 작은 갈등 상황을 익살로 처리했다. "앞마당 늙은 내 매화나무에 봄볕이 다사롭겠다."는 상징적 문맥으로 스스로 회춘回春의 바람을 실었다.

　　"자동세탁기가 빨래해주는 동안 여자는 뭐 하는데?"

　　30년 전인가. 아내가 자동세탁기를 사자고 했을 때 내가 핀잔 섞어 던진 말이다. 아내는 이 말을 지금도 가끔 들먹인다. 내가 생각해도 무지와 편견의 고리타분한 땟국이 짜르르 배인 말이다. 이뿐만이 아니다.

　　"1m 앞에 있는 TV에 리모컨이 왜 필요한데?"

　　"전화기는 다이얼을 돌려야지. 버튼이 무슨."

　　실은 이보다 더한 말도 더러 했다. 나도 아내도 다 기억하고 있다. 가끔은 되씹으며 웃는다. 기가 막히는 말들이다. 꽝꽝 막혔던 세월 저편 생각의 편린片鱗들이다. 한 세대가 지나고 보니 모두 개풀 뜯어먹는 소리요, 김밥 옆구리 터지는 말씀이다.

　　생각이 바뀌기는 참 힘들다. 어떤 자상한 과학자가 여자의 빨래

　　　　　　　　　　　명수필 작법 현장 분석

노고를 덜기 위해서 세탁기계를 만들기로 했단다. 세탁 문화의 역사를 연구하니 동서고금이 비슷한 빨래 방법이었다. 많은 실패와 연구 끝에 최첨단 기술의 세탁로봇을 발명했다. 주인이 빨랫감을 주면 바구니에 담아 냇가로 가서 무쇠팔로 탕탕 치대면서 빨았단다. 값비싼 상품이었지만 드디어 여성들의 가사노동 해방! 그런데 기술력도 볼품없는 어느 기술자가 싼값의 통돌이 세탁기를 개발했단다. 세탁 개념의 혁신!

오랜 땟국에 찌든 나는 아직도 아날로그analogue. 아무래도 통돌이 세탁기 같은 생각의 혁신은 자신 없다. 다만 세탁로봇 정도까지는 육체의 변신이 가능하겠다. 그래서 오늘 빨래를 치댄다. 치대면서 머릿속에 남아 있는 꼬장꼬장한 생각도 치대고, 소파에 뒹굴던 꼬질꼬질한 몸뚱이도 치댄다. 지난날의 묵은 땟자국을 쫙 훑어 내어야 이 늙은 나이에 재활용再活用이라도 될 것 아니더냐.

세월은 짧고 인생은 긴 세상, 모레쯤엔 전기밥솥으로 화려한 변신變身을 해볼까.

마무리로 가는 급속한 전환 부분이다. 빨래를 하면서 가전제품에 연관된 오랜 기억들을 소환한다. "개 풀 뜯어 먹는 소리요, 김밥 옆구리 터지는 말씀"으로 스스로의 무지몽매를 희화화했다. 마무리 단락에서 꼬장꼬장하고 꼬질꼬질한 아날로그analogue 남성들의 반성적 변신을 간접적으로 촉구했다. 끝 문장은 히포크라테스의 명언을 패러디하여 장수시대를 맞이하는 필자의 소회所懷를 그려내고 있다.

(대본: 2017, 『조선낫에 벼린 수필』)

실용적 제재로 수필 만들기 - 「가덕도 푸른 물길」

이 작품의 의의는 실용적 소재를 사용하되 고급 기교를 부린 수필 창작을 시도한 점이다. 단순한 신변잡기를 넘어 도저히 문학적 층위로 진입할 수 없을 것 같은 행사 진행 기록을 문학작품으로, 그것도 시적 기교를 원용한 이미지로써 형상화를 구현해보고자 기획하였다.

행사명은 '제1회 이순신 장군 부산대첩 대제'로 2012년 10월 4일 부산 강서구 가덕도 천성진성에서 거행한 대제大祭 진행 상황이다. 주최는 부산강서문화원이었다. 420년 전의 이날, 1592년 임진 시월 초사흘 밤, 이곳 가덕도에서 심야 작전회의를 하고 이튿날 출진하여 대승첩을 거두었다. 10월 5일을 부산시민의 날로 정한 것도 이순신 장군의 부산포 해전 승첩일을 기념한 것이다.

작품 창작의 사전事前 기획을 세웠다. 작품 내용은 당연히 '대제大祭 행사 홍보 및 부산포 대첩의 의의를 조명하는 것'이었다. 문제는 주요 소재들의 추출과 구성법이었다. 절차적 순서대로 기술한다면 작품의 성격을 유지할 수 없기 때문이다. 선인에 대한 큰 제사라는 매우 장엄한 전통적 의례로서 정교한 의전의 어느 부분을 어떻게 취사선택해야 할 것인가 하는 문제였다. 더구나 나는 이런 전통제전은 처음인데다가 기초상식도 전무하였다.

먼저 대제 행사의 진행 자료를 입수하여 엄숙한 제례祭禮의 특이한 용어와 식순式順을 숙지하였다. 용어 하나, 제전 의식의 행동 하나라도 틀리게 기술하면 낭패를 보는 글이 될 것이기 때문이다. 더하여 부산포 해전사, 가덕도 문화유적 등을 참조하였다. 필요한 부분은 사진으로 채증하고 전문가 원로들에게 각 절차가 지닌 동작과 의의에 대한 자문도 구했다.

해군군악대의 전주를 시작으로 장엄한 행사가 진행되었다. 진행되는 제전에서 각 단계의 행동 양상과 성격을 유의하면서 정밀하게 스케치하기 시작했다.

제관祭官들 진두지휘 아래 이순신 장군의 영정을 모시고 제단에 제구祭具 갖추고 나서 집례창홀執禮唱笏이 이어졌다. 삼현육각三絃六角 악사들의 영신악迎神樂에 맞춰 홀기笏記에 따라 초헌관初獻官 헌작獻爵 후 아헌례亞獻禮, 종헌례終獻禮로 이어지고 헌관獻官들 국궁재배鞠躬再拜로 끝이 나자 참례객들의 자유로운 분향이 이어졌다. 마지막으로 제물祭物들을 나누어 모든 사람들이 뒤풀이로 환담을 가졌다.

복잡하고 엄정한 대제 진행 단계는 각 요소가 고풍스런 글감으로 독립될 수 있었다. 그래서 '대제大祭 행사 홍보 및 부산포 대첩의 의의 조명'이라는 주제와 연관 지은 핵심 요소를 추출하여 문학미감을 생성시키기 위해 고심을 거듭했다. 구성은 단순 사실 전달이나 보고문이 아닌 문학적 변주를 기획하고 또 대제를 축으로 하되 행사 전체를 상징적으로 형상화하기 위해 다음과 같이 글의 전개 순서를 잡았다.

추모 물길 - 세인世人의 무관심 - 전장戰場의 수군 심경 - 대제 진행 (영신악迎神樂 - 독축讀祝 - 영령英靈 강림 - 장군 등장 - 송신악送神樂) - 해원解寃 승천 - 평화 기원

제사의 본질은 신을 모시고 대접하고 보내드리는 절차의식이다. 그래서 대제 진행에서도 수많은 단계 중 핵심 사항인 '영신악迎神樂 - 독축讀祝 - 송신악送神樂'의 3단계만 엮어 지극히 간단하게 줄이기로 했다. 글의 순서에서 대제 진행 중 '영령英靈 강림'과 '장군 등장'은 행사의 순서가 아니라 필자가 상상한 장면이다. 대신 대제 진행 전후와 중간의 현장 상황을 정밀한 서정성으로 묘사하기로 하였다. 영신악과 송신악은 음악에 문외한이라 당일 듣기는 했어도 연주 방법과 내용을 알 수 없어 행사 이후 글을 쓰면서 통영의 지휘자에게 음악의 의미와 연주 구성 등의 자문을 상세히 구하였다.

구성 방향을 설정한 다음 문학적 전개는 다소 용이하게 진행될 수 있었다. 어조語調 부분에 많은 주의를 기울였다. 문장은 주제와 연관시켜 비장미가 흐르는 장중한 호흡을 유지하기 위해 단문보다는 중문이나 복문을 많이 구사하고 리듬이 흐르는 분위기로 유려함을 유지시켰다. 애상적 회고에 맞추어 용어 선택도 감상적으로 하고, 천편일률적인 평서형 종결어미를 피하고 추측과 설의적 어말어미를 곳곳에 사용하였다. 전장에 참여한 일반 병사들의 애상적 서정을 제시함으로써 전쟁의 비극에 대한 인간적 서정을 고양시켰다. 다만 장군의 상황 관련 부분에서는 근엄한 표현을 구사하였다. 의식의 고풍스러움을 위해 '홀기笏記, 헌관獻官, 국궁재배鞠躬再拜' 등의 전문 한자 용어를 독자에게 부담을 주지 않는 범위로 일부 혼용하였다. 예스러운 서정을 자아내기 위해 의도적으로 '유방백세流芳百世, 청사靑史' 등의 한자어를 혼용하고, 시제時制는 대제 행사의 현장감을 살리기 위해 현재법을 주로 사용하였다.

시적 미감의 핵심 요소인 비유적 형상화는 글의 전체 이미지를 '추

명수필 작법 현장 분석

모객 = 추모의 물길' 이미지로 작품 전체에 관류貫流시켰다. 그리하여 작품의 첫 문장을 "푸른 물길이 함성으로 밀려들고 있다."로 출발하여 마무리에서는 "멀리, 세상의 평화를 염원하는 남해 바닷물"을 동원함으로써 수미상관首尾相關의 기법을 적용시켰다. 수미상관은 필연적으로 글의 통일성을 유지하기 때문이다. 그리고 각 단락에 삽입되는 개별 화소話素의 소재들에도 의인화를 통한 형상화로 시적 이미지의 분위기를 유지하도록 했다.

필자는 가덕도 전체의 지형을 모르기 때문에 지리적 오류 방지를 위해 지도를 살펴보았다. 대제 행사 주변의 지형지물이 동원되어야 하기 때문이다. 그리하여 눌차왜성, 성북왜성, 외양포 일본군 포대진지, 대항 인공동굴 등의 위치와 역사성, 그리고 갈마봉, 웅주봉, 매봉, 연대봉 등의 산봉우리도 위치를 익혔다.

이순신 장군의 지휘 장면을 상상하면서 직접인용으로 삽입한 것은 전장의 현장감과 역사적 사실 제공을 위한 의도이다. 이를 통해 연합함대의 현황과 참전한 각 장수들, 그리고 유명한 전투대형인 장사진長蛇陣의 병법을 소개한 것이다.

마지막인 '해원解寃 승천' 부분에서는 400여 년 동안 무심했던 후손들의 사죄를 수용한 영령들이 승천하는 연기煙氣로 묘사하고, 이어 예나 제나 변함없이 평화를 기원하는 남해바다 푸른 물길로 수미首尾를 연결지었다.

수필도 구성과 비유적 창작을 통해 정서의 형상적 전달이 가능한 양식이다. 이것은 사실事實이든 사실寫實이든 그 극복이 전제되어야 한다. 작품 제목 「가덕도 푸른 물길」에 드러나지 않는 구체적 행사명은 부제副題로 확인할 수 있게 했다. 이상과 같이 수필의 창작적 미감

고양을 위해 구성과 소재의 비유적 변주變奏 및 문장 표현의 묘미를 살림으로써 신변잡기나 실용문까지도 포용할 수 있다는 점을 시험 삼아 드러내보이고자 한 것이다. 부족한 부분은 독자의 해량을 바란다.

대본 「가덕도 푸른 물길」

〈제1회 이순신 장군 부산대첩 대제〉에 부쳐

푸른 물길이 함성으로 밀려들고 있다. 전라좌수영에서 발진한 물길은 사천, 삼천포, 진해만을 지나 어느덧 가덕도 천성포구에 찰방거리며 추모의 물길을 불러 모은다. 물길을 몰고 온 바람은 이미 뭍으로 먼저 올라와 천성진 허물어진 옛 성곽에 둘러앉았다. 연대봉 봉수대에서 번져 나온 옅은 안개도 제단 앞머리에 앉았다. 보름 전에 올린 충렬사 고유제告由祭로 이미 천지사방에 소문이 났나 보다.

어느 시대인들 바닷물이 푸르지 않았으랴만 오늘 가덕도를 감도는 물길은 햇살에 반짝이는 장군의 칼날처럼 형형炯炯한 눈빛이다. 유방백세流芳百世라 하였으니 역사를 담아 굽이지는 낙동강 하구라서 그런가. 희대의 영웅 이순신 장군의 충혼이 넘실거리는 청사靑史의 물길이라 더욱 푸른빛으로 다가오는지도 모르겠다.

가덕도를 가로지르는 거가대로에는 〈이순신 장군 부산대첩 대제〉 안내 현수막이 바람으로 펄럭이고 있다. 쌩쌩 내닫는 저 차량의 주인

명수필 작법 현장 분석

들은 지금 이 천성진 옛터에서 봉행하는 대제大祭의 의미를 알고 있을까. 420년 전의 오늘, 1592년 임진 시월 초사흘 밤, 이곳 가덕도에서 심야 작전회의를 하던 조선수군들의 비장悲壯한 마음을, 내일이면 새벽 첫닭울음을 뒤로하고 부산포를 향해 전진하던 수군들의 기상氣像을 알고 있을까. 10월 5일의 부산포 대첩! 그 빛나는 승리의 날을 〈부산시민의 날〉로 제정한 33년 역사를 알고 있을까.

그날 이 시각, 거가대교의 저 창망한 물길 위에 정박해 있던 이순신 장군의 조선 연합함대 수군들은 수시로 맞닥뜨리는 전투에서 어떤 마음에 젖어 있었을까. 그들도 전사戰士이기 이전에는 이웃의 평범한 농부요, 어부였다. 그들은 한 사람 한 사람이 모두 늙으신 부모님의 아들이요, 어린 자식들의 아버지요, 한 여인의 지아비였다. 전장에서 화살이 가슴을 꿰뚫어도, 적탄이 복부를 찢어도 결코 따로 남겨두고는 떠날 수 없는 사랑하는 가족들을 가슴에 품은 평범한 남정네들이었다. 이 선량한 사람들은 절체절명의 순간에 무엇을 염원하며 푸른 바다에서 눈을 감았을까.

세상 사람들이야 알든 모르든 말 없는 세월 무심히 흘러보낸 푸른 물길은 바람을 싣고 가덕도로 모여든다. 서기 2012년 10월 4일, 임진 7주갑壬辰七周甲 전일前日에 봉행奉行하는 〈제1회 이순신 장군 부산대첩 대제〉!

이날을 얼마나 기다렸으면 점촉분향도 하기 전에 그날의 푸른 정신들이 마음 먼저 들떠 천성산 낮은 기슭에 바람으로 휘돌까. 일렁이며 재촉하는 물길에 제관祭官들 몸놀림이 바빠졌다. 만고영웅 이순신 장군의 영정을 모신 제단에 제구祭具 갖추고 각종 제물 진설한 후 집례 창홀執禮唱笏이 엄숙하다. 공수拱手한 제집사들 단정한 걸음으로 자리에 들어 재배하니 장중한 영신악迎神樂이 자욱한 운무를 가르며 울려 퍼진다.

삼현육각三絃六角 악사들의 피리, 해금 해맑은 음률이 영령英靈들을 인도하자, 장구, 북도 합주合奏하여 물기 촉촉한 구름을 불러 모으더니, 대금의 묵직한 선율을 타고 이순신 장군께서 신위神位로 정좌坐定하신다. 뒤따르던 숱한 충혼忠魂들은 바닷물에 저민 옷자락의 4백 년 소금기를 털어내며 우右에서 좌左로 돌아 연무煙霧로 도열堵列한다.

홀기笏記의 예에 맞춰 초헌관初獻官 헌작獻爵 후에, 먼 세월 기다리시게 한 후예後裔들의 독축讀祝이 저렇게도 송구스럽다. 머리 조아리며 한 땀 한 땀 수를 놓듯 읽어 올리는 제문祭文에 제관과 내빈들 고개 숙여 묵념할 때, 천성산 일던 바람도, 해변의 푸른 파도도 고요한 상념에 젖었는데, 문득 멀리 난바다 저쪽에서 붉은 바람 한 가닥 달려오더니 제단 중앙에 초요기招搖旗로 우뚝 서서 좌우를 호령한다.

장졸將卒들은 들으라! 내일 미명未明에 전함 74척, 협선 92척의 연합 함대를 이끌고 부산포로 진격한다. 전라우수사 이억기, 경상우수사 원균, 조방장 정걸, 거북선 돌격대장 이언량, 우부장 녹도만호 정운, 중위장 순천부사 권준, 좌부장 낙안군수 신호를 명하노니, 생즉사사즉생生卽死死卽生이라. 불퇴전의 정신으로 장사진長蛇陣 진격하라!

장군의 깃발이 크게 한 번 일렁이자 묵연黙然히 두 발 모으고 섰던 바람도 파도도 일거에 함성되어 부복俯伏 후에 평신平身한다. 초헌례를 시작으로 아헌례亞獻禮, 종헌례終獻禮에 헌관獻官들 국궁재배鞠躬再拜 모두 끝나 내빈들 두 손 모아 헌화 분향하니, 세월 속의 영령들께서

명수필 작법 현장 분석

노여움을 거두셨는지 천성산 상상봉의 천년 소나무도 고개 끄덕이며 답례한다.

지극정성 제물祭物에 흠향歆饗하시는 영령들의 뒤풀이에 함께하며 이제야 원冤을 푸셨는가. 송신악送神樂 울려 퍼지자 일본 침략의 암울한 흔적 속에 남모르게 묻혀 있던 이 땅의 어진 백성들도 굳은 몸을 뒤척인다. 눌차왜성, 성북왜성, 외양포 일본군 포대진지, 대항 인공동굴에서 눈물 훔치며 줄줄이 빠져나와 곳곳이 눈에 익은 가덕 해안로를 한 바퀴 빙 둘러본다. 얼마 만에 다시 보는 그리운 풍경인가. 하얀 옷깃 여미며 아쉬운 마음 뒤로하고 다시 갈마봉, 웅주봉, 매봉을 휘돌아 연대봉으로 오르더니, 영령들의 뒤를 따라 봉수대 푸른 연기로 가뭇없이 승천昇天한다.

멀리, 세상의 평화를 염원하는 수평선을 펼쳐놓고 넘실대는 남해 바닷물은, 예나 제나 변함없는 푸른빛으로 햇빛 아래 반짝이고 있다.

(2013, 《부산수필문학》 23호)

기행수필 제작하기 - 「가야의 원형을 만나다」

협회 편집주간의 원고 청탁을 받았다. 연초에 우리 협회의 함안 아라가야를 다녀온 문학기행 특집 원고가 부족해서 급히 하는 부탁이라고 한다. 필자는 지난 20년 동안 기행을 제재로 수필을 쓴 적은 없다. 기행문은 수필이 아니라고 생각하고 아예 고개를 돌렸던 것이다. 그러나 '기행수필'을 한 번은 써봐야겠기에 일단 자세를 갖추었다.

기행수필 진행 방법으로는 동선動線이나 주요 관심사 중 하나를 택할 수 있겠다. 기억을 돌이켜 일정을 더듬어보니 동선은 흐름이나 분위기가 흐릿하고 메모도 없다. 고심 끝에 주제 거리를 하나 생각해냈다. 박물관에서 본 함안 지역의 민속놀이인 거북 줄당기기 사진 한 장 기억이다. 이는 곧 내 사는 지역의 낙동강과 김해 가락국 역사 「구지가龜旨歌」와도 연관이 있기에 기행 당시에도 관심을 보였던 분야이다. 기행 목적이었던 아라가야 연꽃은 당연히 포함시켰다. 거북과 연꽃 두 사물의 공통점은 무대가 가야라는 점, 거북은 가락국 건국설화의 핵심 제재라는 점에 초점을 맞추었다. 둘 다 천년 역사 이전의 원형적原型的 존재로 그 상징성을 중심 주제로 삼았다. 제목을 정했다. 「가야의 원형을 만나다」. 독자 이해를 위해 도입부에서는 주제 제시와 아울러 문학기행의 개략적 일정을 제시했다.

천년을 훌쩍 뛰어넘는 세월 저편의 원형原型이 생생한 숨결을 내뿜고 있다. 연꽃이 피고 거북이 꿈틀거리는 땅 함안. 명랑한 주홍색의 '아라홍련'은 옛 모습을 그대로 간직한 실체적 원형이고, '거북줄땡기기'로 재현된 거북은 긴 세월 속에 변형을 거듭한 상징적 원형으로 다가온다.

함안 아라가야의 문학탐방길에서 마주한 연꽃과 거북은 내 상상력의 예민한 촉수를 이천 년 전으로 이끌어, 아라가야의 연못과 금관가야 산봉우리의 구지봉을 연결시키고 있다. 아라홍련은 2009년 함안 성산산성 발굴 작업 중 연못 터에서 발견한 씨앗이 700년의 오랜 잠에서 깬 것이다. 거북이 등장하는 함안 '거북줄땡기기'는 현대의 백중놀이에 연희되고 있다.

첫 문장에서 주제어인 '실체적 원형. 상징적 원형'을 단도직입적으로 내비쳤다. 그 의미도 서술했다. 그리고 두 원형의 연관성을 가야의 건국으로 확장했다. 분문에서는 도입부에서 제시한 두 사물 중 홍련 이야기부터 시작하기로 했다.

연꽃을 만났다. 아직 꽃소식이 감감한 아라홍련 연못 탐방 대열에서 잠시 이탈해서 민가의 골목을 이리저리 기웃거리던 우리 일행 몇 명이 우연히 마주친 곳은 뜻밖에도 연꽃이 피어 있는 가정집 마당이었다. 대문도 없이 훤히 들여다보이는 앞마당 어귀 커다란 고무통에 연꽃 몇 송이가 청아하게 피어 있다. 마침 주인 양반이 어정거리고 있기에 "연꽃이 피어 있네요?" 수인사를 건네는데 발길은 이미 마당으로 들어선다. 기다렸다는 듯이 주인장은 자랑을 시작한다. 몇 년 전 이 마을의 공원 확장 사업으로 자기 논이 수용되어 지금은 연못으로 변했는데, 당시 자기 논에서 발견한 씨 앗을 키운 것이라고 한다. 애초의 아라홍련 발견 이후인 모양이다. 진위 여부를 따질 계제가 아니라 흥미진진하게 꽃을 감상했다. 하 염없이 청아한 꽃잎 모양새다. 연못이 아닌 고무통이라 생육상태 때문이기도 하겠지만 연꽃이라고 하기에는 앙증맞은 크기에 한없 이 해맑은 주홍빛이 정겹다. 아직은 초여름이라 공원 연못에는 연 꽃 소식이 아득한데 양지바른 마당의 고무통은 수온이 높아서 일 찍 개화를 한 것 같다.

씨앗의 생명력은 대단하다. 700년의 세월을 기다려 옛 원형을 그대로 드러낸 꽃이다. 우리는 운 좋게도 고려의 그 연꽃, 어쩌면 교잡종으로 변질되지 않은 아라가야 시대의 실체적 원형을 눈앞에 감상하고 있을지도 모른다.

기행문이므로 필자의 동선動線도 알려야겠기에 연꽃 구경에 대한 사실적 상황을 제공했다. 아울러 주제를 받쳐줄 만한 삽화도 몇 줄 삽입하면서 원형을 연결하고 두 번째 사물 거북으로 눈을 돌렸다.

내가 거북이를 만난 것은 그날 오후 아라가야의 함안 박물관 입 구 홍보 전시대에 게시된 사진에서였다. 줄당기기를 하는 새끼줄 앞머리에 연희자演戲者가 거북 모양의 등짐을 지고 있다. 뜬금없는 모습이었다. 왜 거북일까? 낙동강 하류에서 평생을 살고 있는 나 는 가야 문화에 관심이 많은 사람이다. 문득 김해 가락국의 구지 봉龜旨峰과 「구지가龜旨歌」 생각이 엄습했다. 무슨 연관이 있을까.

명수필 작법 현장 분석

금관가야 구지봉의 거북이 왜 아라가야에서 줄당기기의 머리에 놓였을까. 상상이 꼬리를 물고 이천 년 전으로 거슬러 올라간다.

초점을 거북이에 맞추어 박물관을 한 바퀴 돌았으나 근거가 됨직한 해답을 찾지 못했다. 입구에 서 있던 향토문화 해설사에게 다가갔다. 거북의 존재 의미를 물어보니 농경과 함안 습지의 실체적 거북 이야기만 한다. 단도직입적으로 가락국 거북과의 연관성을 물었으나 원하는 답을 얻지 못했다. 마지막으로 아라가야의 건국에 거북 관련 근거가 있을까 싶어 연관된 신화, 전설 등을 물었지만 그런 기록은 없단다. 해답이 멀어질수록 내 상상력은 시공을 초월하여 멀티비행multi飛行을 더해간다.

가락국의 명백한 현상임에도 여행 당시에는 함안 민속의 거북과 구지봉 거북의 연관성을 찾지 못했다. 박물관이나 해설자나 이 중요한 상징성에 대한 무관심 내지 무지가 무척 아쉬웠다. 필자가 직접 나서기로 했다.

거북이 등장하는 함안의 '거북줄땡기기'를 수소문했다. 줄당기기는 우리나라 각 고을마다 있었듯이 청소년들이 쇠꼴을 베러 가서, 성인층에서는 대보름날이나 백중놀이 등에서 힘을 겨루는 과정에서 이뤄졌다. 함안 '거북줄땡기기'의 문헌 출처로는 조선총독부에서 향토오락을 조사한 기록이 있고, 구체적으로는 1970년대 YMCA 등의 단체 레크리에이션에 '거북이 힘내기'라는 이름으로 겨뤄지기도 했다고 한다. 1990년대 초엽 향토사학자에 의하여 지역의 민속놀이로 재조명을 받기 시작하여 〈함안농요보존회〉의 노력으로 2006년 무렵부터 전승될 수 있는 계기를 마련하게 되고, 2016년 무형문화재로 등재되었다고 한다. 함안 지역의 향토사학자들도 금관가야 구지봉 설화와 관련이 있다는 점을 유추하고 있기는 하다. 놀이 방법은 2인 이상의 인원이면 가능하다. 줄 길이를 약 20미터 정도로 하고 양쪽 끝에는 두 사람이 거북 등딱지 모양으로 둥글게 지은 매듭을 몸에 걸친다. 다리 사이로 두 줄을 빼내어 반대 방향으로 서로 당긴다. 양쪽 다 엎드린 자세로 더 당긴 쪽이 이긴다.

함안의 '거북줄땡기기' 유래를 면밀히 조사했다. 함안의 민속연희 관계자들에게 자문을 구했으나 함안 민속으로 국한된 자료뿐이었다. 그래도 그들의 노고를 존중하는 의미에서 다소 장황하게 과정을 기술했다. 이제부터는 스스로 주제의식을 확장할 수밖에 없는 노릇이다. 그러나 나는 민속학자가 아니라 다만 한 편의 글을 쓸 뿐이다. 그래서 나의 상상력을 동원하기로 했다.

거북이를 당기는 시합이다. 줄당기기야 수십 년 전까지만 해도 각 고을마다 즐기던 보편적 민속놀이였고 형상은 주로 용龍을 구현했다. 그런데 거북이라니? 용과 거북은 사신도四神圖의 신적 위상을 지녀 벽사辟邪의 신통력을 지녔고, 농경사회의 물을 관장하는 주술성으로 풍요의 기원도 담겨 있기는 마찬가지다. 그러나 거북 모양은 이곳이 유일하다고 한다. 이웃 밀양의 감내에는 게[蟹] 모양의 줄당기기가 있기는 하다. 이는 감내라는 하천의 게잡이 영역 다툼과 연관성을 지어볼 수 있겠지만 이곳 거북은 아무래도 실체적 상징물은 아닌 것 같다. 어떤 원형질이 상징으로 남아 있을까.

　현실적으로 구현된 상징의 객관적 상관물은 시대의 변천에 맞춰 변할 수는 있지만 본질적 의미는 좀처럼 훼손되지 않는다. 이것이 원형이다. 칼 구스타프 융(Carl Gustav Jung)은 원형(archetype)은 신화, 종교, 역사 등에 반복적으로 나타나 시공時空을 통해서 인류 사회에 같거나 유사한 의미를 지니는 의식의 표상으로 형성된다고 했다.

　금관가야와 아라가야는 건국신화가 다르다. 가락국은 구지봉 수로왕 건국신화이고, 아라가야 시조는 금관가야와 형제 관계로 설정되어 있다. 금관가야나 아라가야의 건국이나 명칭 등에 관한 역사적 실체가 어떠하였든, 김해와 함안에서의 거북이 등장은 그들이 공유한 원형적 상징을 명확하게 드러내는 것이 아닐까.

　금관가야의 거북과 아라가야의 거북은 분명 깊은 연관이 있을 것이다. 금관가야의 거북은 그 본래 의미가 신이든, 대왕이든, 남성 상징이든 당시나 지금이나 변함없는 절대적 존재다. 반면에 아라가야의 거북은 절대적 존재가 쟁탈로 변질된 민속유희의 현실적 장치물이다. 세월이 흐른 후 비록 전혀 다른 모습으로 현현顯現한 거북이지만, 이천 년 전의 거북이 상징하는 원형은 같을 것으로 짐작된다. 각기 다른 지역에서 아직도 살아 숨을 쉬고 있는 거북의 엄연한 현실은 그 연원淵源이 상징하는 엄중한 원형질을 공유하기 때문이다.

　아라홍련은 씨앗에서 발아한 불변의 정체성이 현현된 실체적 원형이라면, 함안과 김해의 거북은 애초의 절대적 존재가 천년의 세월을 내려오면서 두 갈래로 구현된 상징적 원형일 것이다. 두 종류의 원형 발견은 내 마음을 들뜨게 했다. 훗날 나의 원형은 어떤 모습으로 남게 될까. 홍련처럼 남을까. 새끼줄 거북일까. 구지봉 거북일까. 아니, 남아 있기나 할까.

줄당기기의 민속문화를 조사하던 중 밀양의 게 줄당기기 민속은 매우 실용적인 연원이기에 의외였다. 반면에 금관가야와 아라가야의 건국신화와 연관됨직한 거북은 실용성을 뛰어넘은 신성神聖의 영역에서 유래되었다고 볼 수 있다. 그래서 그 연원에 대한 상상으로 이 글의 주제인 '원형질을 공유'를 기정사실로 굳혔다. 나아가 주제를 심화 확장하여 시선은 스스로를 돌아보았다. 나의 원형은 어떻게 될까. 이쯤에서는 수필의 중심 내용이 끝나게 된다. 그러나 기행이기에 동선은 또 확인시켜줄 필요가 있다. 제재 연꽃과 거북에 연결된 가락국의 구지봉과 낙동강의 연꽃을 복합적으로 연상하면서 구지가 음향을 소환하고 현재법으로 마무리를 했다.

낙동강을 따라 내려오다 김해 구지봉 터널을 지나는데 땅을 두드리며 하늘 향해 노래하는 구간들 옛 목소리가 아련히 들려온다. 눈을 지그시 감으니 강변 습지에 청아한 아라홍련 붉은 꽃잎이 물안개 속에 겹쳐진다. 가야를 굽이지며 수수만년을 흘러온 낙동강 물길 위에 이천 년 전 거북을 부르는 구지봉 노랫소리가 함안 '거북줄땡기기'의 군중들 목소리로 메아리지고 있다.

龜何龜何 首其現也
거북아 거북아 머리를 내놓아라

若不現也 燔灼而喫也

만약에 안 내놓으면 구워서 먹으리라

(대본: 2019,《부산수필문학》29호)

즉물수필卽物隨筆 창작하기 - 「꽃잎 조각보」

대부분의 독자는 고등학교 국어 수업에서 박남수 시 「아침 이미지」를 즉물시卽物詩로 배웠을 것이다. 즉물시란 대상에서 물질적인 감각을 드러내어 이미지화하는 시다. 이 경우 제재에 대한 철학적, 사상적 의미를 담지 않는다. 주지주의主知主義 시인 T. S. 엘리어트의 '시는 사상의 정서적 등가물等價物'이라는 주장의 극단적 예시가 될 수도 있다.

시 양식에 즉물시가 가능하다면 같은 언어예술인 수필도 당연하다. 이런 유형은 지성적 내용이 아니라 제재나 배경의 감각적 묘사 중심으로 구현되는 수필이다. 수필의 내용에 우아함이 묻어나는 지적 품격을 중시하는 입장에서 볼 때 보편적 수필은 아니다. 그러나 수필은 문학이고 문학은 언어예술이라는 점을 동의한다면 당연히 지성을 최대한 배제한 즉물수필도 가능할 것이다.

수필을 두고 '지성의 문학', '토론의 문학'이라고 하는 사람이 많다. 백철은 『문학개론』에서 '수필은 일정 토론의 주제에 대한 서술적 산문 양식'이라는 말을 수용하면서 '창작과 문학학문과의 중간에 위치하는 양식'이라고 하였다. 조동일의 '자아의 세계화'라는 견해도 같은 맥락이다. 현재도 대부분의 수필가, 평론가도 이런 관점에서 수필을 재단하는 경향이다. 작품 창작이나 작품평, 심사평도 예외는 아니다.

명수필 작법 현장 분석

필자는 이 견해에 동의하지 않는다. 그 이유는 첫째, 수필의 제재나 주제에 대한 제약이 되기 때문이다. 필자도 다른 양식과 달리 수필에서 지성적 교감은 매우 중요하다는 점을 인정한다. 다만 지성적 교감이 수필의 본령인 것으로 재단하는 것을 반대함이다. 문학의 본질과 작품 창작의 방향 설정에서 특정 논리의 연역적演繹的 제약은 반문학적反文學的 사고방식이다. 인류 역사상 문학도 끊임없이 진화를 거듭하였다. 이 세상 누구도 작가의 창의적 작업을 제한할 권리는 없다. 둘째, 즉물적 미감 구현을 통해 본격수필 혹은 창작수필로서의 위상 고양에 본질적으로 더 다가갈 수 있을 것이기 때문이다. 문학의 본질은 당연히 창작이고 이는 언어예술로서의 미학적 구현을 가리키는 것이다. 시를 읽는 독자가 사상이나 철학적 감동으로 찬탄하는 것이 아니듯 수필도 그것이 가능함을 보여야 한다. 또한 토론적 방식의 비전환적 수필이라도 이러한 언어적 미감을 고명으로 첨가함으로써 더 고양된 문학미감을 창출할 수도 있을 것이다.

아래 작품 「꽃잎 조각보」는 이런 목적으로 창작하였다. 이 책에 수록하기 위해 필자가 평소 시적 감성으로 표현하였던 시구들을 적당히 활용하면서 매우 의도적으로 단기간에 완성한 것이다.

제재는 강변 봄 경치를 그대로 가져왔고 주제도 그 서정이다. 배경은 낙동강 하류의 강변을 무대로 상정하였다. 대상을 산이나 들만으로 잡으면 단조로울 것이기 때문이다. 구성은 첫 단락과 마지막 단락을 제외하고는 순서의 의미는 없다. 굳이 나눈다면 기승전결의 4단 구성을 기반으로 하였다. 언어 조탁은 의성어나 의태어 등 음성상징을 활용하고 세밀한 묘사에 공을 들였다. 어조 변화를 위해 서술형 종결어미 '-다'의 획일적 사용을 지양하였다. 동시에 시적 분위기를 위해 명사형 종결이나 감탄형, 생략부호 등을 활용하고 가능하면 조사도 생략하였다. 형상화는 비유가 가능한 구체적 상황에서는 고명 삼아 얹어두었다.

기본 골격은 4단 구성으로 하여 '① 봄 서정 도입, ②-(1) 이른봄의 전반적인 분위기, ②-(2) 봄빛과 인생살이 개입, ③ 봄빛 재소환, ④ 봄빛 속의 사람들' 정도이다. 필자가 유의한 점은 단락 바꾸기에서 문맥이나 이미지 연결의 자연스러움을 위한 어구, 분위기 등의 교집합을 고려하였다.

첫 문단에서 두 문장으로 '① 봄 서정 도입'을 견인하였다. 봄의 서정을 표상하는 빛과 향기는 이 글의 핵심 서정이다. 이어 '②-(1) 이른봄의 전반적인 분위기'는 매화, 진달래를 거쳐 강변 서경을 묘사했다.

봄은 빛으로 와서 향기로 번져난다. 강 건너 산등성에 동살이 설핏 트면, 꽁꽁 언 대지에 날빛의 입김으로 아지랑이를 피워올리는 계절이다.

빈 가지에 매달렸던 매화 꽃봉오리들, 살얼음 보자기 꽁꽁 여민 매듭에는 한 올 두 올 실밥이 미어지기 시작한다. 겹겹의 육각 빌딩 속에서 빈 날갯짓으로 온기를 나누던 벌들이 먼저 세상 밖으로 나왔다. 생애 첫 나들이인가. 노르스레한 허리띠를 두른 녀석이 봉긋봉긋한 꽃망울마다 기웃거리다 가지 너머 반쯤 벙근 또래 꽃송이를 발견하고는 잽싸게 직진한다. 머리를 처박고는 청매화 속적삼을 헤집느라 팔다리 솜털 자락에 노란 꽃가루를 잔뜩 묻혔다. 아직은 아니라며, 꽃잎 앙다물고 꽃술 오그려도 연초록 매화향이 상

명수필 작법 현장 분석

큼하게 번진다.

산기슭 진달래밭에는 소월 시인이 이미 다녀갔는가. 꼭꼭 다져진 층층의 하얀 어둠을 뚫고 발갛게 가슴 먼저 달아올라 터질 듯이 부푸는 봄. 치마 끝에 실바람이 스치면 붉은 교태로 온몸 흔드는 삼월은 온통 그리움의 눈물바다.

온 누리에 출렁이는 봄소식. 메마른 가지에는 쫑니 같은 잎사귀 몽글몽글 돋고 있다. 강가 뾰족이 창끝을 올린 갈대촉의 떨리는 몸짓 파동에 물꽃판이 동심원을 그리며 달려간다. 마른 부들 밑뿌리를 더듬던 물닭, 논병아리도 강바닥에 갓 돋아난 수초잎을 찾는 자맥질이 분주하다. 비오리, 쇠오리는 물속에 상반신을 처박고 앙증맞은 궁둥이를 하늘 향해 치켜들었다. 물가 버드나무는 다람쥐 꼬리 같은 연둣빛 꽃방망이를 촘촘하게 매달았다. 연둣빛이라지만 초록과 파랑과 노랑을 오묘하게 버무린 빛깔. 어쩌면 자연은 저렇게도 평화스러운 마음을 빚어낼 수 있을까. 그 위로 떼로 나는 참새들. 수수한 옷맵시에 조잘조잘 정겹다. 버드나무 군락 속에 몸을 숨긴 낯선 새들도 왁자지껄 목청 돋우어 봄빛 자욱한 강자락에 음향 하나 더 보탠다. 시각과 후각, 촉각과 청각이 여울지는 낙동강 하구의 총천연색 합주곡.

첫 문단에서 두 문장으로 '봄 서정 도입'을 견인하였는데 봄의 서정을 표상하는 빛과 향기는 이 글의 핵심 서정이다. 이어 '②-(1) 이른 봄의 전반적인 분위기'는 앳된 소녀로 치환한 매화, 성숙한 여성 서정인 진달래를 거쳐 강변 서경을 묘사했다. 소재 묘사에서 구체적 사물은 비유적 운용을 지속시켰다. 일테면 보자기, 실밥, 속적삼 등과 소월 시 활용으로 고전미, 전통미를 구현하였다. 공감각적 묘사로 생동감도 불어넣었다. 강변 묘사에서는 수변식물, 수생식물, 물새, 들새까지 고루 동원하면서 시청각적 서정으로 조율하였다. 이어 '②-(2) 봄빛과 인생살이 개입'은 벚꽃을 소환하면서 무르익는 봄의 정취로 시작하였다.

　팡, 팡! 눈치 재바른 벚나무의 팝콘 신호탄이 터졌다. 겨우내 움츠렸던 만화방창萬化方暢 꽃물결의 염기艷氣 경쟁에 세상이 달떠 오른다. 무릉도원武陵桃源을 꿈꾸는 진분홍 복사꽃 어깨 위로 백목련은 뭉게구름을 피워 온 동네 눈길을 다 끌어당긴다. 샛노란 바람개비를 돌리는 개나리꽃 아래, 동백나무 짙붉은 꽃송이는 노란 종소리를 울리며 위태위태하게 짧은 목을 가누고 있다. 때이른 조팝꽃도 몇 알 끼어들었다. 그 너머 명자나무 빼곡한 가지 사이로 처녀꽃 몇 송이가 수줍어 얼굴을 붉힌다.

　춘분도 지났으니 하루를 걸어가는 해님 발걸음도 여유작작이다. 따스운 햇볕이 이마 위에 옹종거려, 양지바른 강둑 아래 키 낮은 벚나무가 하르르 꽃잎을 날린다. 그리운 날들의 연분홍 손톱이 모시나비 날개로 흩어진다. 봉숭아 꽃물들이던 아름다운 시절이 눈앞에 아른거린다. 눈을 살포시 감으면, 물안개 아련한 세월 저편에 까르르까르르 방울웃음 내던지며 내달리던 추억의 강둑길이 이어진다.

　흐르는 물길만큼이나 인정도 맑고 깊어, 조약돌 한 개만 던져도 온밤 내내 두런대던 강마을. 꽃빛 수줍음이 내닫던 긴 강둑에도 세월의 된바람은 쉼 없이 불었지. 시절 따라 바람 따라 물길 흘러

　　　　　　　　　　명수필 작법 현장 분석

가고, 파란 하늘을 받쳐 구름장도 흘러가고, 별빛이 잠기던 밤의 사랑 또한 흘러가고….

산자락 굽이굽이 끊임없이 물길 흘러가도 강물은 여직 푸르르고, 봄볕은 파랗게 강둑에 살아 아지랑이로 돋는구나. 뒷모습 아쉽게 보이며 순이, 철이 다 떠나갔어도 강둑은 예 그대로 앉아 풀꽃들을 피웠구나.

그리움의 꽃빛 자욱한 풍경 속에 사람들의 세월 실은 발길도 봄빛만큼 다사롭다. 삼삼오오 꽃길 따라 종알종알 거니는 사람, 꽃그늘 의자에 앉아 도란도란 얼굴 맞댄 사람, 언덕배기에 퍼질러 앉아 무념무상 봄나물을 캐는 사람….

첫 단락은 목본류木本類 꽃을 소환했다. 벚꽃을 시작으로 만개한 꽃을 소환하고 둘째 단락에서는 벚꽃잎으로 아름다웠던 추억을 회상하면서 세월이 흐른 후의 꽃을 완상玩賞하는 현실 분위기로 회귀하도록 하였다. 여기에서 인간의 회고적 서정을 개입시켰다. 앞 단락에 객체로서의 소월 시인 등장과 달리 이 부분은 주체적 감성이다. 이 점에서 완벽한 즉물적 서정에서는 벗어나겠으나 문학의 궁극이 사람이므로 이 정도의 감성 혼용은 수용 가능하리라 생각한다. 아래 '③ 봄빛 재소환'은 구성상 전轉에 해당한다.

버들잎에 살랑대는 다정多情한 봄바람의 속삭임에 다감多感한 풀잎의 몸짓 화답이 살갑다. 벚꽃잎 내려앉은 길섶, 무릎 낮추어 살펴보니 초롱초롱 눈빛들이 젖먹이 옹알이 같은 풀꽃웃음을 건넨다. 노란 씀바귀 듬성한 꽃잎 옆에 하늘색 봄까치꽃이 말똥말똥

처다본다. 제비꽃도 보라색 댕기머리를 맵시 있게 묶었다. 절로 자란 유채꽃도 성큼한 키 높이로 샛노랗게 일어섰다.

　고개를 드니 저만치 너른 잔디밭 가장자리에는 봄맞이 땅따먹기가 시작되었다. 마른 잔디 사이로 새파란 클로버 특공대가 군데군데 펼치는 게릴라전. 이미 방패로 뒤덮은 무성한 잎 사이로 가녀린 자루를 한 뼘이나 빼어올려 하얀 꽃방망이를 흔든다. 잔디밭 가운데서는 민들레도 자리 잡았다. 잎보다 먼저 피운 동그란 꽃에서 노란 연막탄이 피어오르고, 때마침 불어오는 실바람에 고공高空의 침투 임무를 띤 꼬마 공수대원 한 무리가 명주실 낙하산을 펼친다.

　이 부분은 초본류草本類 꽃으로 눈길을 돌렸다. 유연한 단락 연결을 위해 '성큼한 키 높이'의 의미망을 이어받아 '고개를 드니'로 시작했다. 시선의 공간 이동이다. 어린이 서정과 전쟁놀이 분위기를 담았다. 아래 '④ 봄빛 속의 사람들'은 마무리다.

　살랑, 명주바람에 흩날리는 벚꽃잎의 춤사위가 어지러워진다. 한낮 기온이 오르면서 강바람이 방향을 바꾸는가 보다. 사향노루 요정들이 꽃잎으로 뛰어노는 강둑. 겨우내 일천삼백 리를 숨죽여 웅크렸던 낙동강 긴 물길은 꽃향 그윽한 윤슬로 조각보를 펼쳤다. 빛과 향기와 소리가 어우러져 출렁출렁 남실남실 진양조 선율旋律로 흐르는 강. 세상사 기쁨 슬픔 꽃잎으로 엮은 물길, 그 강둑 걷는 사람도 형형색색 꽃송이다.

　　　　　　　　　　　　　　　명수필 작법 현장 분석

명주 이미지로 단락의 연쇄반응을 잇고, 강을 배경으로 꽃과 사람을 융합하였다. 도입부의 "봄은 빛으로 와서 향기로 번져난다."와 수미상관으로 하면서 시청각적 묘사를 유지하였다. 마지막까지 작품 제목 선정에 애를 먹었다. 봄빛 속에 강물, 새, 꽃, 바람 등을 교집합으로 묶어내면서 사람을 강조하는 어휘 결합이 쉽지 않았다. 임시 제목으로 '봄, 꽃길 / 봄, 꽃잎 흐드러진 강둑 / 강둑 꽃길 이미지 / 강둑 꽃송이 / 꽃잎 흐드러진 강둑 / 형형색색 꽃송이 / 꽃송이 / 꽃잎 / 꽃잎 물길 / 꽃잎으로 엮은 물길' 등도 흡족하지 않았다. 결국 사람 강조를 포기하면서 동원된 모든 소재들의 동등한 결합으로 결정하고 「꽃잎 조각보」로 결정했다.

즉물수필은 서정수필에 속한다. 수필 미학이 그려내는 서사수필과 서정수필의 층위層位에는 다양한 단계가 있을 것이다. 즉물수필은 인간적 삶의 정황을 최대한 배재한 내용으로 매우 극단적 서정수필로 분류될 수 있을 것이다.

필자가 굳이 이 작품을 선보이는 이유는 수필 미학의 본류에서 지적 감동성에 매몰되는 인식을 버려야 할 것이라는 점 때문이다. 아울러 이러한 서정성이 지적 중심의 수필 문장 속에 부분적으로 삽입된다면 이효석의 소설 「메밀꽃 필 무렵」처럼 문체미의 격이 한층 고양될 것으로 생각하기 때문이다.

(대본: 2022, 《부산수필문예》 47호)

명수필 작법 현장 분석

放談 2

화소 연결

◆

문학작품, 창작인가 제작인가
산문은 화소話素 연결 구조다
금아 「수필」의 화소 분석
수필의 '주제, 구성, 문체' 다시 보기

문학작품, 창작인가 제작인가

작품을 언제, 어떻게 쓸 것인가에 관한 명언들이 많다.

억지로 쓰지 말라, 핏물 같은 잉크로 짙게 써라….

결국은 '영감'을 얻어 '창작'하는 것으로 귀결된다. 정말일까?

영감 창작은 원론적 담론일 뿐이다.

영감이 떠오른 경우 훨씬 쉽게, 잘 써지고 좋은 작품 가능성도 높다. 특히 촉발적 감성을 드러내는 시 창작에서는 매우 유효한 지적이긴 하다. 그런데도 시 창작에서도 '제작'의 요소가 다양하게 동원된다.

백일장, 주제를 한정한 청탁원고, 연작, 특정 테마를 찾는 천착穿鑿은 영감적 창작인가 기술적 제작인가?

이미 문인은 많은 부분을 '제작적 기법'으로 채우고 있다.

'藝術'이란 말에 이미 기술적 제작의 의미가 담겨 있다. '언어의 연금술사'란 기술자를 일컫는다.

기술적 제작은 시보다 수필에서 더 긴요하다.

시는 순간의 형이상학이므로 시상의 내포를 강화하여 '발아發芽'시키면 된다.

명수필 작법 현장 분석

수필은 '씨앗을 발아시키고 성장'시켜야 한다. 이 과정에서 나무의 크기, 굵기, 잔가지 등 외양이 설정되며 잎의 무성함과 꽃, 열매까지 생각해야 한다. 이때 탄탄한 조직을 위해 '구성 기술'이 동원되고, 잔재미를 위해 '문장 표현 기술'이 적용된다.

장르를 불문하고 일반적으로 실제 창작에서는 머리를, 가슴을 쥐어짜면서 작품을 완성하는 경우가 허다하다. 이것은 제작적 요소다.
종합문학인 수필은 각종 기술 결합이 매우 유용하다. 결합은 제작이다.

문학작품 쓰는 방식도 진화를 거듭했다. 좀 생뚱맞겠지만 다음과 같은 생각을 해보자.
문학작품 생성 방향은 '창조 → 창작 → 제작 → 생산'으로 변모하고 있다.

창조: 신의 영역, 무에서 유를 생성, 원시종합예술
창작: 인간의 영감, 유에서 다른 유를 생성
제작: 인간의 기술技術, 숙련된 지적 능력
생산: 기계적 기술技術. 인간 노작勞作의 개입이 없는 자동성, 인공지능

2016년 일본에서는 인공지능이 쓴 소설 「컴퓨터가 소설을 쓰는 날」이 SF 문학상 1차 심사를 통과했다. 한국에서는 2018년 KT 등에서 인공지능 소설 공모를 했다. 상금 1억 원!

문학작품 생성 인식도 시대에 따라 다르다.
과거 고전주의, 낭만주의 시대는 천재적 영감이 중요했다면 현대 사실주

의, 자연주의 시대는 보통 사람의 기술이 중요하다.

기술은 자기가 익숙한, 혹은 좋아하는 패턴으로 결합하여 '제작'할 수 있다.

'창작'에만 매몰되지 말고 '제작'으로 인식 전환을 해보자.

'제작'을 위해 사전 지식을 다시 확인해보자.

수필에서 얻는 장르적 미학은 무형식만큼이나 다채롭다.

소설(서사적 감동), 시(서정적 감동), 희곡(극적 감동), 시나리오(영화기술적 감동), 평론(지성적 감동), 시조, 가사(율격적 감동), 판소리사설(해학, 익살적 감동)….

잡스도 말했다. "창조는 결합이다!"

작가는 다른 장르의 창작 기법 중에서 취사선택하여 배합하면 된다. 그 배합 기술은 타고난 능력이 아니라 의지와 숙달의 문제. 위의 기술에서 한두 가지 결합하는 것이다. 이 결합이 기술적으로는 '제작'이고 현대적 창작 개념이다.

명수필 작법 현장 분석

산문은 화소話素 연결 구조다

수필 작법에서 '화소' 개념을 생각하자.

산문 작업 시 작성자들이 전체 글을 파악할 때는 문장 중심으로 하는 경우가 많다. 이 경우 자기 작품인데도 자칫 나무만 보고 숲을 보지 못하게 된다. 작가는 '나무 - 숲 - 산'까지 다 볼 줄 알아야 한다.

문장에만 몰두하게 되면 주제 이탈, 혹은 주제 약화의 오류를 범하기 쉽다.

화소話素(motif)는 이야기의 최소단위다.

화소 하나는 일반적으로 하나의 형식단락을 형성한다.

한 개의 형식단락은 하나의 작은 사건, 하나의 생각 덩어리다.

시의 연聯 구분도 마찬가지다.

한 편의 글은 화소의 연결이다.

한 편의 글 = ①-②-③-④-⑤-⑥-⑦

윗글은 7개의 화소로 구성된 글이다.

화소 하나는 하나의 단락 주제, 즉 '소주제'를 형성한다.

소주제 단락은 주요 화소, 이를 보완하는 단락은 보조 화소가 된다.

'이야기' 구조의 기본 원리를 살펴보자.

한 편의 글을 문장론에서 '이야기'라고 한다.

이야기는 '음운 → 음절 → 단어 → 어절 → 어구 → 문장 → 문단 → 이야기'로 확장된다.

문장

문장이 모여 한 개의 문단을 형성한다.

한 개의 문단에는 주제문 외 다양한 보조문장들이 어울려 있다.

보조문장들은 도입, 전제, 부연, 상술, 강조, 예시, 전환, 첨가, 대등, 심화 등의 기능을 한다.

단락 크기를 확장시킬 때는 보조문장들을 추가하면 된다.

문단

문단(단락)이 모여 한 개의 이야기를 형성한다.

한편의 이야기에는 주지主旨단락과 보조단락이 다양하게 결합될 수 있다.

문단 구성 원리는 '통일성, 일관성, 완결성'이다.

통일성: 하나의 소주제로 향하는 집중성

일관성: 소주제에 대한 전후 문맥의 유기적 연결성

완결성: 소주제를 보완하는 구체적 진술성

명수필 작법 현장 분석

이야기

한 편의 글은 여러 문단들이 연쇄적으로 연결된 모양이다.

설명문, 논설문의 경우 단락의 소주제를 구조화하면 '개요'가 된다.

문학작품에서 '구성'이란 개요에 생동감을 불어넣은 것이다.

수필도 이와 유사하게 문장과 문단을 엮어 한 편의 작품을 완성한다.

이때 문장과 단락들이 전체와의 유기성(필연성)이 강할수록 좋은 글이다.

퇴고 시 삭제해도 무난한 문장, 단락(화소)은 과감히 제거하면 구성이 탄탄해진다.

한 편의 수필 작품에서 화소의 개수(단락의 개수)는 몇 개가 좋을까.

이야기에는 외적화소(체험, 서사, 인용 등)와 내적화소(작가의 상념)가 있다.

수필에서 외적화소가 너무 많으면 서정적 감흥이 약화된다.

서사만 전개하거나, 기행문 같은 경우이다.

외적, 내적화소를 적절히 섞으면 좋다.

예컨대 서사나 기행수필에서 사건의 주요 화소 몇 개에 분위기, 작가의 생각, 가치, 판단, 묘사, 정감 등을 요소요소에 고명으로 가미하는 방법이다.

화소의 효과적 배치란 궁극적으로 독자 유혹의 연결고리다.

독자는 배부른 당나귀!

어떤 화소를 어디에 배치하면 졸졸 따라올까?

최선의 기법이 소설의 긴밀 구성인데, 수필에서는 이를 조금만 활용하면 된다.

보기 좋은 떡이 먹기도 좋다.

잘된 글은 단락의 외양 구조도 예쁘다.

개별 단락 크기는 너무 잘아도, 너무 커도, 산만해도 곤란하다.

이런 글은 필자의 생각에 완결성과 통일성이 확립되지 못한 경우다.

최근에는 외형적 세련미도 강조하는 시대, 작가들이 단락 모양을 예쁘게 만들고 있다. 과거에는 단락 크기에 중량감을 담았는데 최근 경향은 경쾌한 맛을 낸다.

화소 개념의 장점

이야기 = ①-②-③-④-⑤-⑥-⑦(7개 화소)

작품의 전체 흐름 파악에 문장보다 더 큰 안목으로 확인할 수 있다.

구성이 긴밀해져 글의 통일성 유지에 도움이 된다.

단락의 외형적 조화로 보기 좋은 떡이 된다.

내 작품에서 각 화소의 기능이 유기적인지 확인해보자.

혹시 화소의 순서를 바꾸면 더 효과적이 아닌지도 살펴보자.

혹시 없애도 되는 화소가 있는지 살펴보자.

생략해도 문제가 없는 단락이 있다면 그 단락은 통일성 저해의 가능성이 크다.

아까워서 못 버리면 오히려 손해다.

명수필 작법 현장 분석

금아 「수필」의 화소 분석

隨筆은 靑瓷 연적이다.(화소1)

隨筆은 蘭이요, 鶴이요, 청초하고 몸맵시 날렵한 여인이다. 隨筆은 그 여인이 걸어가는, 숲속으로 난 평탄하고 고요한 길이다. 隨筆은 가로수 늘어진 페이브먼트가 될 수도 있다. 그러나 그 길은 깨끗하고 사람이 적게 다니는 住宅街에 있다.(화소2)

隨筆은 청춘의 글은 아니요, 서른여섯 살 중년 고개를 넘어선 사람의 글이며, 정열이나 심오한 지성을 내포한 문학이 아니요, 그저 隨筆家가 쓴 단순한 글이다.(화소3)

隨筆은 흥미는 주지마는, 읽는 사람을 흥분시키지 아니한다. 隨筆은 마음의 散策이다. 그 속에는 인생의 香趣와 餘韻이 숨어 있다.(화소4)

隨筆의 색깔은 황홀 찬란하거나 진하지 아니하며, 검거나 희지 않고, 퇴락하여 추하지 않고, 언제나 溫雅優美하다. 隨筆의 빛은 비둘기빛이거나 진줏빛이다. 隨筆이 비단이라면, 번쩍거리지 않는 바탕에 약간의 무늬가 있는 것이다. 무늬는 사람 얼굴에 미소를 띠우게 한다.(화소5)

隨筆은 한가하면서도 나태하지 아니하고, 속박을 벗어나고서도 散漫하지 않으며, 찬란하지 않고 優雅하며 날카롭지 않으나 산뜻한 문학이다.(화소6)

隨筆의 재료는 생활 경험, 자연 관찰, 또는 인간성이나 사회 현상에 대한 새로운 발견, 무엇이나 다 좋을 것이다. 그 題材가 무엇이든지 간에 쓰는 이의 독특한 개성과 그때의 무우드(기분)에 따라 '누에의 입에서 나오는 液이 고치를 만들듯이' 隨筆은 써지는 것이다. 隨筆은 플로트나 클라이맥스를 필요로 하지는 않는다. 筆者가 가고 싶은 대로 가는 것이 隨筆 行路이다. 그러나, 차를 마시는 거와 같은 이 문학은, 그 차가 芳香을 갖지 아니할 때에는 수돗물같이 無味한 것이 되어 버리는 것이다.(화소7)

隨筆은 獨白이다.(화소8)

소설가나 극작가는 때로 여러 가지 성격을 가져 보아야 한다. 셰익스피어는 햄릿도 되고 폴로니아스 노릇도 한다. 그러나 隨筆家 찰스 램은 언제나 램이면 되는 것이다. 隨筆은 그 쓰는 사람을 가장 솔직히 나타내는 문학 형식이다. 그러므로, 隨筆은 독자에게 친밀감을 주며, 친구에게 받은 편지와도 같은 것이다. 德壽宮 박물관에 靑瓷 연적이 하나 있었다. 내가 본 그 연적은 연꽃 모양으로 된 것으로, 똑같이 생긴 꽃잎들이 整然히 달려 있었는데, 다만 그중에 꽃잎 하나만이 약간 옆으로 꼬부라졌었다. 이 균형 속에 있는, 눈에 거슬리지 않는 破格이 隨筆인가 한다. 한 조각 연꽃잎을 옆으로 꼬부라지게 하기에는 마음의 여유를 필요로 한다.(화소9)

이 마음의 여유가 없어 隨筆을 못 쓰는 것은 슬픈 일이다. 때로는 억지로 마음의 여유를 가지려다가, 그런 여유를 가지는 것이 罪스러운 것 같기도 하여, 나의 마지막 十分之一까지도 숫제 초조와 번잡에다 주어 버리는 것이다.(화소10)

(텍스트: 『한국수필문학전집 4』(신구문화사, 1975.)의 수록 작품)

명수필 작법 현장 분석

문단 구조

화소	소주제	문장 갯수	분량 (10P 기준)	표현 특징
1	수필 성격	1(초단문)	1행	비유
2	수필 성격	4	3행	대구적 운율미, 비유
3	수필 성격	1(겹문장)	2행	대구적 운율미
4	수필 성격	3	2행	설명과 비유
5	수필 성격	4	3행	대구적 운율미, 비유
6	수필 성격	1(겹문장)	2행	대구적 운율미, 비유
7	재료와 구성	4	6행	설명과 비유
8	고백성	1(초단문)	1행	설명
9	작가, 여유	9	7행	설명과 비유
10	작가 자세	2	3행	설명

「수필」은 원고지 7~8매의 짧은 글에 전체 10개의 형식단락이다. 분량에 비해 꽤 많다.

초단문으로 된 문단은 '화소1', '화소7'이고 한 문장 독립문단은 전체 10개 중 4개다. 매우 많다.

그런데 이와는 달리 크게 묶은 문단도 있다.

'화소7'은 '재료와 구성'을, '화소9'는 '작가의 독백성과 마음의 여유'를 소 주제로 하고 있는데 이를 한 단락으로 묶어 문단이 상대적으로 커서 전 반부와 균형이 안 맞다.

의미망으로 보면 전반부에서는 유사한 소주제를 형식단락으로 지나치게 잘게 나누었고, 후반부에서는 다른 소주제까지 합쳐져서 큰 문단이 되었다.

「수필」의 화소는 문단 조직에서 외형적으로 통일성이 없지만 내용이 산만한 것은 아니다.
전반부와 후반부의 문단 형성 기준이 각기 다르고 크기도 두 배 이상이다.
전반부에서는 시행 배열 같은 경쾌함과 더불어 대구의 리듬감 형성을 구현했다.
후반부는 수필의 장르적 특징에 대한 서술로 문단을 무겁게 형성시켰다.
'화소3'과 '화소 6'은 대구의 리듬감 형성을 위해 겹문장을 사용했다.
초단문 단락(화소1, 화소8)은 의미망을 시각적으로도 강화시키고자 하는 작가의 의도로 당시로서는 매우 용기 있는 형태다.

문장이 긴 복문도 주술관계나 의미망 연결이 명료하고 군더더기가 없다.
문단 구성 요소인 통일성, 일관성이 잘된 글이다.
전반부 단락을 합쳐본다면 완결성도 훌륭하다.
비유와 설명, 주장이 적절히 배합되어 주제전달에 신선미가 있다.
글에서 리듬감도 형성되어 흥취가 생긴다.

금아의 「수필」은 자기의 '수필 작법 이론'을 '수필 작품'으로 쓴 글이다.
이 글 속에는 성격이 다른 두 요소(문학미감, 지적 정보)가 혼재되어 있다.
문학미감은 시적 표현으로, 지적 정보는 설명으로 제시했다.

명수필 작법 현장 분석

단락 유형은 작가의 취향과 의도 문제이므로 정답을 논할 수는 없다. 다만 작가는 화소의 독립성과 문단의 크기 등을 고려하고, 어느 방향이든 의도하는 목적성을 가지고 화소 배치와 단락 나누기를 하자는 것이다.

작가는 자기 글의 모든 부분에서 미학적 의도를 설명할 수 있어야 한다. 문학작품은 우연의 법칙이 좌우하는 전통 장작가마 소성燒成이 아니라 건축가가 치밀한 설계로 짓는 가옥과 같기 때문이다.

수필의 '주제, 구성, 문체' 다시 보기

수필 작법 기술技術에는 필수 과정과 선택 과정이 있다.

필수 과정은 건축가 영역이고 선택 과정은 인테리어 영역이라고 생각하자.

수필의 '주제, 구성, 문체'는 필수 요소다.

선택 요소는 표현의 미감인 언어 조탁이다.

수필 작법의 필수 요건은 같은 산문문학인 소설에서 원용할 수 있다.

소설의 3요소 '주제, 구성, 문체'는 산문 서술의 공통필수요건이다.

구성의 3요소는 '인물, 사건, 배경'으로 수필에서는 제재와 직결된다.

수필 작법의 선택적 요건은 서정양식에서 원용할 수 있다.

시의 3요소 '운율, 정서, 사상'의 조화는 문학성 발현의 핵심이다.

특히 '정서'를 형성하는 이미지 구현은 문학미감 최상의 기법이다.

수필 창작 과정을 순서로 정리해보면 다음과 같다.

① '제재에서 주제'(혹은 '주제에서 제재')를 선정한 다음 ② '구성'을 계획하고
③ '문체'를 엮어 가되 ④ '서정적 문학미감'의 고명을 첨가하는 것이다.

명수필 작법 현장 분석

주제

우리는 문학작품에서 주제를 너무 무겁게 인식하는 경향이 있다.
문학작품의 주제란 분위기, 상황, 서사적 암시 등 포괄적인 것이 더 좋다.
이런 점에서 주제라는 말보다는 오히려 '주제의식'이 더 좋다.

> 킷츠가 말한 '시인의 자질': 사실과 이치를 성급히 포착하려 들지
> 말고 그냥 반쯤 인식할 정도로 만족해서 물러나 앉아 불확실과 신
> 비와 의심 가운데 머무는 자질

위 말은 모든 문학적 자질이 될 수 있다.
독자는 이때 도리어 주체적으로 깨닫게 되고, 생략된 나머지 의미를 더
다양하게 서정적으로 상상하고 지성적으로 인식할 수 있게 된다. 이러한
심리를 이용한 것이 시의 모호성, 암시성, 다의성, 상징성 등이다.
자기 작품의 주제를 한 문장으로 말하기 곤란해도 괘념치 말자. 오히려
명확한 주제가 더 걱정스럽다. 자칫 꼰대의 잔소리가 드러난다.

예화 하나: 2015년경 〈산촌〉의 부산수필문학협회 모임에서 황정환 선생
께서 하신 말씀.

> 얼마 전 친구가 나에게 이런 말을 했습니다.
> "자네 수필을 읽으면 내가 뭔가를 잘못해서 꼭 야단을 맞는 것
> 같다네."
> 내가 90을 바라보는 나이에 지금까지 수필을 쓰면서 뭘 잘못했

는지 비로소 깨달았습니다.

문학작품의 목적은 주제를 통한 정보전달이 아니다.
작가에게는 역사의식, 사회의식 등과 같이 '주제의식'이 더 중요하다.
문학 주제는 특정 가치의 주입이 아니라 느끼게 하는 것이다.
문학의 방법은 설명하기가 아니다. '보여주기'다.

구성

구성이란 건축가의 설계도다.
산문(설명문, 논설문 등)에는 반드시 개요(설계도)를 작성해야 한다.
개요에 입체적 생동감을 불어넣는 작업이 곧 구성(plot)이다.

구성이란 작품 전개에서 주제의식을 향한 효과적 조직 기술이다.
통일성이란 주제 이탈이나 주제 약화를 방지하라는 의미다.
일관성이란 작가의 가치 판단, 시점, 관점 등이 한결같아야 한다는 의미다.
완결성이란 소주제문과 뒷받침 문장들이 충분히 제시되어 있어야 함을
말한다.

구성은 산문문학에서 필수적인 장치다.
설계도 없이 짓는 집을 상상해보시라.
문학에서는 개요까지는 아니라도 기본 구성은 거쳐야 헛발질을 않는다.
구성의 핵심은 글의 전개를 효과적으로 직조하는 화소 배치의 기술이다.

명수필 작법 현장 분석

화소 배치로 성패가 결정되기도 한다.

문학작품에서 도입이란 서사의 '시작'을 뜻하는 것이 아니다.

'내 이야기의 시작'을 알리는 것이다.

따라서 도입에서 '오래전의 일'임을 명시적으로 드러내는 것은 아마추어다.

문체

'style'을 문체로 번역했다.

문체란 작가의 개성 있는 문장 표현법이다.

그 핵심이 묘사의 적확성的確性! 플로베르는 일물일어설一物一語設을 주창했다.

효과적 표현은 내용, 분위기에 부합하는 표현이다.

소설 문체는 서사에 국한하지만 수필은 '서사 + 서정'의 기능이 필요하다.

장단, 강약, 리듬, 생략, 어조, 서정, 율감律感, 미문美文, 골계滑稽, 유머, 위트도 생각하자.

건조체를 제외한 간결체, 만연체, 화려체, 우유체, 강건체를 활용하면 좋다.

묘사, 서사, 설명, 논증의 부분적 활용도 가능하다.

비유, 상징 등의 시적 이미지 구현은 훌륭한 기법이다.

훈화, 설교, 설명, 논설 같은 분위기는 학생을 졸게 만들지만, 독자는 채널을 '확!' 돌린다.

문장 표현은 작품 퇴고 시에 마지막으로 조율하게 된다.

설명적인 부분을 묘사나 비유로 바꿀 수는 없는가.

이 부분에서는 직유보다는 은유로 바꾸면 어떨까.

문장 호흡의 장단이 작품 분위기에 어울리는가.

조사, 활용어미 등을 바꾸어 어조를 색다르게 할 필요는 없는가.

접속어, 큰 문장부호, 상투어 등을 남용하지 않았는가.

(심지어 괄호를 사용해서 설명을 덧붙인 수필도 있다!)

작은 부호라도 생동감 있게 사용하였는가.

낭독할 때 리듬감이 살아 있는가.

글맛을 살리는 고명은 적당한 위치에 조금만 가미되어도 효과가 크다.

머리핀 하나로 이미지를 살려내듯, 브로치 하나로 옷맵시를 드러내듯….

명수필 작법 현장 분석

제2부

수필에 얹힌 고명

수필의 고명 얹기

요리하지 않은 음식을 밥상에 올리는 세프chef는 없다.

보릿고개 세월은 옛날이야기, 밥 한 끼 '때우는' 시절은 지났다.

작가, 작품, 출판 홍수의 시대! 넘쳐나는 먹거리, 배부른 당나귀들!

이젠 삶은 달걀 한 개로 소풍 가던 시절이 아니다.

요리사의 달걀도 수많은 변신을 한다. 반숙, 완숙, 달걀후라이, 말이, 찜, 탕, 수란, 장조림, 에그스크램블….

가능하면 불꽃 퍼포먼스도 함께 보여주고 싶다.

작가의 체험은 재료일 뿐 음식은 아니다.

지옥에 다녀온 경험도 그 자체로는 문학이 아니라고 했다.

수필을 정의한 다양한 해명 중 '고백의 문학', '체험의 비전환적 표현' 등의 언술은 수필의 내용적 측면만을 고려하였으므로 절반은 오류다. 이러한 논의는 백철, 조연현, 조동일 제씨가 『문학개론』, 『한국소설의 이론』 등에서 수필을 두고 '토론의 주제에 대한 서술적 산문양식', '토론적 본질의 창작적 형식', '자아의 세계화'로 해명한 것과 맥락을 같이하고 있다.

이러한 인식에서 출발한 작법이라면 수필에서 언어예술로서의 문학미감 발현이 원천적으로 차단된다. 이들이 규정한 것은 세계에 대한

명수필 작법 현장 분석

작가 인식의 흡수와 반응에 야기되는 '방향성'을 말한 것이지 미적 구현 방법을 규정한 것은 아니다.

문학의 목적은 정보전달이 아니라 미적 창조다. 아직도 많은 수필가, 평론가들이 수필 작품의 진면목을 내용, 즉 지성적 교감에 두고 있어 수필의 미학적 교감은 부차적인 요소로 배반당하고 있는 현실이다. 이 생각을 바꾸지 않는 한 수필의 본격문학적 위상을 확보할 수 없을 것이다. 우리가 시나 소설에서 인생의 고귀한 교훈을 얻으려고 하지 않는다. 그래서 언어적 기교가 필요하다. 문학의 효용은 서정적 감응이 우선하므로 당연히 수필도 그래야 한다. 미학에서는 감각, 감정, 표상表象 등이 사고나 의지보다는 훨씬 중요하다는 것이 미학자들의 견해다.

수필은 다른 문학양식의 특징을 고루 융합한 다채로운 작법이 가능한 장르다. 이 작법은 일상적 어휘를 어떻게 정서적으로 직조하느냐의 기술적 문제로 작가가 구현하는 특징적(characteristics) 작문법(composition)에서 기인한다. 문학에서 내용 전달은 '무엇을'보다 '어떻게'가 우선한다는 사실이다. 이 '어떻게'를 위해서 문인은 언어디자인을 고뇌하고 퇴고를 반복한다. 이 점이 언어예술의 핵심이다.

문인은 언어디자이너다. 수필은 종합문학이며 수필가는 언어의 융합디자이너다. 그 작법은 '무형식의 형식'이라는 무한한 기능성技能性을 포용하고 있는 형식적 특징으로 집약된다. 수필의 무형식이란 형식의 제약이 없다는 말이면서 동시에 모든 형식을 수용한다는 의미가 담겨 있다. 따라서 모든 문학양식의 고유한 미학적 특질이 작가의 의도에 따라 선택적으로 혼용 가능하다. 시, 시조, 소설, 희곡, 평론의 고유한 미학이 수필 작법에 동원될 수도 있다.

형식은 미감 있는 주제전달을 위한 기획적 장치다. 무형식의 특징은 '작가의 의도'에 따라 독창적으로 운용될 수밖에 없다. 이 과정에서 내용에 맞게 형식을 어떻게 유기적으로 직조하느냐에 따라 작품성의 평가가 달라진다. 설명적인 글, 서사적인 글, 묘사적인 글, 형상적인 글은 각각 문학으로서의 품격이 다르다.

음미吟味한다는 말이 있듯, 문학작품도 음식처럼 맛을 보는 존재다. 음식은 보약補藥이 아니다. 아무리 영양가 높은 음식이라도 맛이 있어야 하고, 맛보다 먼저 보기가 먹음직해야 한다. 수필도 마찬가지다. 재료가 정해질 무렵이면 영양가 즉, 주제나 지성적 감동은 이미 결정된 상태다. 지금부터는 멋과 맛에 초점을 맞추는 작업이 시작된다. 고명은 음식의 모양과 맛을 내기 위한 기술적 장치다. 맛을 내기 위해 제재 변주, 구성적 미감, 언어 조탁, 서정적 형상화 등에 주력한다. 시각적 고명도 올린다.

수필도 음식이다. 고명을 얹자.

수필의 고명이란 부분적으로, 이따금씩, 재주껏 가미하는 미각과 시각적 요소다. 고명의 방법은 수필의 필요충분조건인 '제재, 주제, 구성, 문체, 형상화'로 구현할 수도 있고, 세부적으로는 비유, 이미지, 묘사, 수사기교, 문장 장단의 호흡, 율격미, 어조, 부호 등 다채롭게 운용할 수도 있다. 수필을 '제작'해보자.

작품 제작은 자기가 익힌 기술 한두 가지를 결합하자는 것이다. 실제로 작가들은 많은 기술들을 알고 있으며 이들을 결합하면서 글을 쓴다. 다만 그 기술들을 좀 의도적으로, 체계적으로, 효과적으로 결합하자는 것이다. 그러면 글 쓰는 재미도 더해지고 작품성도 격상된다.

명수필 작법 현장 분석

수필의 고명은 다양하지만 가장 두드러지는 것이 형상화의 기술이다. 시인의 수필이 시적인 것은 시인의 기술 덕택이다. 시와 같은 감성을 수필에 담으려면 비유적 형상화의 기술이 필요하다. 비유적 형상화에는 크게 두 방향이 있다. 제재 자체를 비유적으로 치환하면 글 전체가 시적 분위기를 지닌다. 소재나 일부 문장의 비유적 형상화는 부분적으로 읽는 맛을 북돋운다.

이 고명은 모든 유형의 작품에 유용한 기법이다. 이효석의 소설 「메밀꽃 필 무렵」에서 '짐승 같은 달의 숨소리가 손에 잡힐 듯이 들린다.' 부분은 문장의 비유적 형상화이다. 그래서 「메밀꽃 필 무렵」은 소설이지만 시적 수필의 경지라고 한다. 시적 감성으로 표현된 피천득의 「수필」에서 제재 수필은 청자연적으로 비유되었다. 그래서 마지막에는 꽃잎 하나만이 옆으로 꼬부라진 청자연적을 다시 끌고 와 '이 균형 속에 있는, 눈에 거슬리지 않는 파격破格이 수필인가 한다.'라고 수미상관首尾相關으로 여운을 짙게 남길 수 있게 된 것이다.

물론, 그냥 담백하게 그려내어도 훌륭한 수필이 될 수 있다. 별난 기교를 부리지 않은 것 같은데도 읽는 재미가 쏠쏠한 작품도 많다. 그런데 이런 작품도 그냥 훌륭한 것이 아니다. 이런 작품은 구조나 문장을 분석하면 작법의 이론적 기술이 결합되어 있거나 소소한 고명이 얹혀 있음을 발견한다. 다만 작가에게는 너무나 당연하고도 익숙한 기술이기 때문에 '제작'이라는 인식을 못 하고, 어쩌면 '붓 가는 대로' 썼을 뿐이다. 작가의 훌륭한 필력筆力 덕택인데 작가는 크게 인식하지 않는다. 일상日常이 되었기 때문이리라.

고명을 얹는 기술을 어렵게 느낄 수도 있다. 그런데 수필가는 이미 기본을 갖춘 유능한 문장가들이다. 이런 사람들은 첨단 기술도 몇 가지만 골라 금세 익숙해지고 활용하는 사람들이 된다. 요령을 알고 몇 번 연습하면 일상사가 될 수 있다. 우리가 컴퓨터나 핸드폰의 엄청난 기능은 다 몰라도 익힌 기술만으로도 일상에서 잘 활용하는 것과 같다. 마음을 다잡으면 어려운 것 한두 가지는 오히려 쉽게 익힐 수 있다. 수필가들은 이미 뛰어난 문장가이기 때문이다.

명수필 작법 현장 분석

2019 신춘문예 수필 당선작 톺아보기
- 문학 위상의 질적 변화를 견인하다

　문인은 언어디자이너다. 수필은 종합문학이며 수필가는 언어의 융합디자이너다. 그 작법은 '무형식의 형식'이라는 무한한 기능성技能性을 포용하고 있는 형식적 특징으로 집약된다. 수필의 무형식이란 형식의 제약이 없다는 의미로 모든 문학양식의 고유한 미학적 특질이 작가의 의도에 따라 선택적으로 혼용 가능하다. 그리하여 시, 시조, 소설, 희곡, 평론의 고유한 미학이 수필 작법에 동원될 수도 있다.

　형식은 미감 있는 주제전달을 위한 기획적 장치다. 수필 형식의 특징은 '작가의 의도'에 따라 독창적으로 운용될 수밖에 없다. 이 과정에서 내용을 형식에 어떻게 유기적으로 직조하느냐에 따라 작품성의 평가가 달라진다. 문학에서 내용 전달은 '무엇을'보다 '어떻게'가 우선한다는 사실이다. 이 '어떻게'를 위해서 문인은 언어디자인을 고뇌하고 퇴고를 반복한다. 이 점이 창작이다. 창작은 몰톤(R. G. Moulton)이 말한 '존재의 총계에 부가'라는 관점에서 비롯한 개념이다.

　금년도 신춘문예 수필 당선작들은 전체적으로 한국수필단에서 우려하는 이른바 '신변잡기류'의 작법에서 벗어나려는 인식이 먼저 확인되었다. 많은 작품들이 구성적 미감과 서정적 표현미로 나타나, 경험의 서사적 진술이 가져오는 안이함에서 탈피하고자 하는 의욕이 돋보였다. 창작 기법을 다채롭게 적용한 노력은 다소 미흡하였지만 언어

예술로서의 미감 창출을 위한 접근, 특히 개성 있는 구성법과 제재나 소재의 비유적 형상화에 관심을 둔 작품이 주류를 이루었다.

작품의 일차적 기준은 모든 문학 장르에 공통되는 '보편성, 항구성, 개성'에 충실해야 할 것이다. 필자가 설정한 세부적 준거 '① 제재의 참신한 재해석 ② 구성적 미감 ③ 언어 조탁 ④ 서정적 감성 ⑤ 지성적 교감'의 5개 항으로 각 당선작들을 살펴보았다. 확인 가능한 작품 8편 중 신변사 전개 중심에다 구성적 결함까지 드러낸 2편을 제외한 6편은 각 준거에서 고르게 혹은 부분적으로나마 잘 구현한 작품들이었다.

작가	작품	신문사	심사평 핵심 요소
조경숙	연잎밥	경남일보	철학성, 관찰력, 아름다운 감성, 애틋함
하미경	궤	기독신문	삶의 깊이, 은유적 전개, 제목 함축
김애경	포물선, 마주보기	매일신문	제목 함축성, 참신한 착상, 형상화
안희옥	마디	영주일보	문장력, 제목, 은유적 표현, 삶의 교훈
이인숙	수탉의 도리	전북도민일보	문장 은유법, 아름다운 작가 영혼
이진숙	한 걸음	전북일보	감각적 통합력, 문장구성, 언어구사

명수필 작법 현장 분석

◆

    우리는 흔히 수필을 고백의 문학, 체험의 문학이라는 인식으로 접근하는 경향이 있기에 편의상 상기 준거에서 '⑤ 지성적 교감'을 먼저 논의하고자 한다. 체험의 문학인 수필은 자연스럽게 지성적 내용을 드러내게 마련이다. 그러나 지적 정보나 감동이 수필의 목적은 아니다. 서정적 감응의 진폭 범위 내에서 작가의 철학관, 인생관 등이 용해되어야 한다. 어떤 문학도 사상이 정서를 압도하면 안 된다. '시는 사상의 정서적 등가물等價物'이라는 엘리어트의 시적 정의가 수필에서도 적용되었을 때, 그 내용도 폭과 깊이의 확장성으로 독자가 감응할 수 있을 것이다. 이 점이 같은 산문이라도 수필이 철학, 역사, 사상 등과 현격하게 차별되는 요소이다.

    이런 사실을 익히 인식한 심사자들은 심사 과정에서 작품이 지닌 지성적 교감에 깊은 관심을 지니면서도 최우선으로 취급하지 않았다. 다만 그 깊이나 중량감에 부수적으로 가점을 하고 있었다. 이는 다른 각도에서 본다면 감성보다 지성적 교감이 우선하는 글은 조기 탈락시켰다는 의미도 될 것이다.

    장르를 불문하고 작품의 참신성은 제재의 재해석에서 비롯한다. 특히 '자아의 세계화' 양식인 수필은 제재가 직접적으로 표출되므로 체험의 재해석을 통해 자연스럽게 신변잡기로부터 탈피할 수 있고, 수준 높은 문학 미학의 다음 단계로도 용이하게 진입할 수 있다. 또한 제재의 재해석을 통한 비유적 형상화로 제목도 당선작들처럼 신선하게 만들 수 있다.

당선작에서 제재의 재해석으로 견인한 작품은 「궤」, 「포물선, 마주보기」와 「마디」이다. 「궤」는 그 변주가 다채롭다. 방 한쪽 구석에 거무튀튀한 반닫이가 입을 꾹 다물고 있는 자신의 모습으로 중첩되고, 열쇠도 없는 자물쇠가 달린 어머니의 입으로 변주되고, 드디어는 가슴속에 품고 사는 궤로 치환된다. 「포물선, 마주보기」에서 작가는 포물선을 시간성과 공간성의 좌표로 입체화하면서 인생행로를 비유한 객관적 상관물로 치환한 이미지로 전개시켰다. 「마디」에서 대나무는 허허실실로 전제하면서 빈 속과 단단한 밖을 대비했다. 동시에 대나무 마디 성장의 속도성과 텅 빈 속을 대비하고, 마디는 멈춤으로 변주시킨다. 이 외에 「연잎밥」과 「수탉의 도리」도 제재의 의미 확장을 통한 재해석이 담겨 있다. 중요한 점은 이러한 제재의 변주가 전제되어야만 수필 문장에서도 다양한 비유를 통한 시적 형상화가 가능하다는 점이다.

아리스토텔레스의 『시학』을 논하지 않더라도 문학에서 구성(plot)은 매우 중요한 요소다. 구성의 긴밀성은 강한 긴장감을 유발시킨다. 제 2 항목의 구성적 미감에서는 모든 당선작이 세련미를 보여주고 있다. 각각 구성법이 상이하면서도 주제를 향한 통일성 있는 전개로 마치 수미상관首尾相關의 시적 기법을 준용한 것 같다. 이는 작가가 그 글의 전체를 익히 통어統御하고 있는 결과라고 하겠다.

「포물선, 마주보기」는 시종일관 곡선 위에 다양한 모티프(motif, 話素)를 병치시키며 팽팽한 긴장감을 견인하는 긴밀 구성이다. 「한 걸음」은 특별한 서사적 모티프 없이도 긴밀성을 유지한 옴니버스omnibus식 구성이다. 제목이 시사하는 한 걸음의 의미망 속에 병치된 화소들을 섬세한 서정적 감성으로 굳건하게 연결시켰다. 「수탉의 도리」

명수필 작법 현장 분석

는 제목도 허약하고 신변잡기성 서사가 주조를 이루었지만 수탉의 이미지가 시종일관 작품을 관류하는 구성법이었고, 당찬 의지와 문장 흡인력으로 독자를 견인할 수 있었다. 「궤」는 범속한 신변사로 시작하면서도 심상찮은 화법으로 독자의 궁금증을 유발하고 있다. 제재의 다양한 변주를 유도하면서도 통일성 있는 전개로 주제를 집약시킨 구성법이다. 「마디」는 제재와 등장인물을 동일선상에 병치한 은유적 구성법이다. 문단 이음새의 급박한 전개로 다소 매끄럽지 못한 면이 있지만 일관된 통일성이 그 허점을 상쇄시켜준 셈이다. 「연잎밥」도 각 단락 간의 접점에서 자연스럽지 못한 점이 눈에 띄었지만 제재의 의미가 확장되면서 시종일관 글의 통일성과 일관성을 유지하고 있다.

제3 항목의 언어 조탁은 문인의 언어구사 능력 문제이다. 주제와 상응하는 문장의 강약, 장단은 물론 어휘, 어조 등이 섬세하게 구현되는 요소다. 문장의 변화는 긴장과 이완을 가져다주며 동시에 상황의 현장감도 유발한다. 우리 수필 문장은 전반적으로 평서형 종결어미를 사용하는 경직성에 사로잡혀 있다. 다채로운 언어구사는 독자들에게 생동감을 환기시킨다. 당선작 중 「한 걸음」이 언어 조탁에서 압도적이다. '잠포록한'이라는 멋진 우리말을 사용한 노력, 맛깔스러운 의성어와 의태어, 서술어 생략, 다양한 어말어미 활용 등을 통해 탄력적인 문장이 생성되었다.

토오옥, 토오옥.

봉황산 밑에서 깨 터는 소리가 희미하게 들린다. 저기 엄마가 계시는구나. 비틀거리는 발걸음이 더욱 바빠진다. 예전 같으면 한걸음에 갔을 텐데⋯. 뇌경색으로 퇴원한 지 일주일. 아직은 마음을 안 따라주는 몸이다. 부르르, 부르르, 트리를 불고 혀를 잘근잘근 씹어본다. 다시 천천히 힘을 모아 한 걸음 한 걸음 엄마 숨결을 향해 발을 옮긴다.

끝으로 제4 항목의 서정적 감성은 미적 표현의 자질로서 수필이 문학이라는 측면에서 가장 소중한 부분이다. 예술성은 정보전달이 아니라 미적 장치를 통한 감성 공유가 목적이기 때문이다. 방법론으로는 미문美文, 비유적 형상화, 해학과 익살 등 다양할 것이며 리듬도 중요한 요소가 된다. 간단히 말한다면 '시적 표현'을 요구하는 것이다. 교술양식인 수필은 자아의 세계화이고, 서정양식인 시는 정반대인 세계의 자아화이다. 즉 수필에서 시적 변주를 야기하기 위해서는 작법상의 본질적인 변화가 이루어져야 한다. 그 대표적인 방법이 '인식의 비유적 형상화'이다.

당선작에서는 제목을 비롯하여 문장 속의 많은 부분들이 이미지를 환기하도록 직조되었다. 개별 소재의 다양한 이미지 창출은 미흡하였지만 제재의 비유가 환기하는 상징성이 전편을 관류하는 통일된 이미저리를 생성시켰다. 이러한 표현은 시 창작에서 원용된 기법으로 인식의 비유적 형상화를 이룩한 고품격 능력이다.

나 또한 상처투성이 아이들하고 살아가자니 진흙 속 연뿌리처럼 가슴에 숨구멍 한두 개쯤 열어놓아야만 한다.

- 「연잎밥」 중

명수필 작법 현장 분석

대칭축을 기준으로 큰 사발 같은 포물선을 반으로 나누면 반절은 행복, 기쁨 등 달콤한 맛이요, 반절은 아픔, 슬픔 등 씁쓸한 맛이 아닐까 싶다.

- 「포물선, 마주보기」 중

십 년 전 먼저 떠난 남편의 빈자리, 그 허전함을 애써 털어낸다. 톡톡, 여기저기 흩어져 사는 자식들을 향한 그리움이 한 보따리 털어진다.

- 「한 걸음」 중

궤의 쓸모는 보관에 있다지만 너무 오래 묵으면 쓸 데가 없다. 마음속의 궤가 꽉 차지 않기를 바란다.

- 「궤」 중

순탄하게 잘 흘러가다가 어느 순간 시련이 닥치곤 한다. 시련은 곧 마디다.

- 「마디」 중

저기 붉은 볏을 꼿꼿이 세운 수탉이 걸어오고 있다. 마치 각자의 위치에서 최선을 다한 딸들이 엄마에게 걸어오는 모습만 같다.

- 「수탉의 도리」 중

◆

　이상 당선작들을 통해 수필 위상의 질적 변화를 살펴보았다. 문학의 형식은 그릇[容器]이 아니라 작품 형성의 원리라는 점, 문학미감은 제재의 미학적 변주를 통해 이루어질 수 있다는 점, 이미지 환기가 주는 서정적 탄력성도 확인했다.

　체험의 고백적 양식으로 인해 수필가는 다른 장르의 문인들보다 지성적 성숙이 더욱 필요하다. 아울러 수필가도 시인처럼 언어의 연금술을 누릴 줄 알아야 하고, 소설가처럼 묘사의 적확的確과 구성의 긴밀성을 부릴 줄 알면 금상첨화가 될 것이다. 그 역량 발현은 오롯이 언어의 융합디자이너 수필가의 몫이다.

(2019, 《부산수필문예》 34호)

　　　　　　　　　　　　　명수필 작법 현장 분석

2020 신춘문예 수필 당선작 톺아보기
– 미학적 작법 기교의 일취월장

　금년도 수필 당선작들은 전년도보다 눈부시게 세련된 작품들이다. 전년도 작품평에서는 당선작 8편 중 신변사 전개 중심에다 구성적 결함까지 드러낸 2편을 제외한 6편의 품평 주제를 '문학 위상의 질적 변화를 견인하다'로 잡았는데 금년도 작품들은 한결같이 수필 창작에서 문학미감의 발현이 어떤 것인가를 잘 보여주는 수작들이다. 다만 훌륭한 작품을 선발했음에도 불구하고 극히 일부를 제외하고는 심사평에서 당해 작품의 미학적 특징을 구체적으로 적시하지 않음이 오히려 아쉬웠다.

　수필 신춘문예에서 확인 가능한 9개 신문사의 당선작과 심사평, 당선소감을 자료로 당선작을 검토하되 심사 상황을 함께 살펴보고자 했다. 훌륭한 작품은 작가의 역량이기도 하겠지만 작품 속에 깃든 문학미감의 발견과 정리도 심사자의 자질이며 심사의 준거는 곧 그런 작품 창작의 견인 역할을 하기 때문이다. 이들 제반 요소를 정리한 자료는 다음과 같다.

2020년도 신춘문예 수필 당선작 일람				
신문사	당선자	당선작	심사평 핵심 요소	심사 준거 예측
경남신문	우광미	댓돌	구성, 문장력, 사유, 일관성	참신성
동양일보	박노욱	마당도배	제재 운용의 특수성	없음
매일신문	김옥자	아버지 게밥 짓는다	신선미, 선명한 이미지	발전 가능성
영주일보	이상수	황동나비경첩	제재의 깊은 관조, 문장의 함축성, 문체의 간결성	보편성, 성찰, 관조
전남매일	제은숙	불씨	비유적 작법, 명료한 주제	비유적 작법, 수필산문의 창작적 변화
전라매일	이용호	소금꽃	용서와 인내심의 사실감	사유, 전개, 비교훈, 대상과의 거리, 과거형 유의
전북일보	김애자	망월굿	동대우(同對偶)의 수사 기교, 제재의 재해석	없음
제주신보	서정애	붉은사슴이 사는 동굴	소재의 철학적 통찰, 미적 구조화, 개성 있는 문장력, 상징적 형상화	소재 통찰, 작품 구조, 비교훈적인 주제
한국경제	조혜은	새	저자의 심리 공감, 담백한 매력	자신의 이야기 배제

※ 〈동양일보〉는 2019. 12. 신인문학상 수필 당선작

※ '심사 준거 예측'은 당선작 촌평 외 특별히 언급한 내용을 발췌

결론적으로 당선작품들은 모두 충분한 수필 미감을 갖춘 수작들이었으며 심사평의 구체적 제시는 신문사마다 편차가 크게 달랐다.

명수필 작법 현장 분석

'창작론'에서는 문학성을 고양시키는 각종 필수 요소가 설정될 수 있다. 이 필요조건의 선택은 개성에 따라 달라질 수 있는 문제이므로 현실적으로는 완벽한 작품을 창작할 수도, 또 그럴 필요도 없다. 다만 작품 심사는 우열을 가리는 작업이므로 이론적 바탕의 객관적 준칙을 설정함으로써 이를 기준으로 각 작품에 운용된 개성적 특질을 상호 비교할 수 있을 것이다.

필자는 모든 문학 장르에 공통되는 '보편성, 항구성, 개성'을 일차적 기준으로 삼고, 세부적 요소로서는 '① 제재의 참신한 재해석 ② 구성적 미감 ③ 언어 조탁 ④ 서정적 감성 ⑤ 지성적 교감'의 5개 항을 설정하고 있다. 본고에서는 이를 중심으로 작법 기교 분석을 해나가겠다. 독자들의 작법 활용을 위해 서술적 설명을 최소화하고 도표를 활용하고자 한다. 인문학적 평가를 명쾌하게 도식화하는 점은 매우 위험하겠으나 독자들이 한눈에 포착할 수 있도록 도모하는 의도이므로 혹시 오류가 있거나 견해가 다르더라도 양해를 구한다. 아울러 수필 작법의 현실적 기준점이 될 수 있다는 점에서 심사평도 논의의 대상으로 살펴보겠다.

◆

당연하겠지만 당선작 중 개인사의 서사적 전개나 사건의 추보식 구성 작품은 한 편도 없이 모두 구성적 미감을 훌륭하게 구현하고 있다. 모든 심사자 공통으로 구성에서부터 신변잡기성의 글은 배제시킨 것이다.

작문에서 필수적으로 요청되는 작법 요소는 구성(plot)이다. 문학에서 구성이란 효과적 주제전달을 위한 고도한 미적 장치다. 작가의 미학적 의도가 개입된 작품만이 '구성체 구성'이라는 이름을 부여할 수 있다. 따라서 아주 특별한 경우를 제외하고는 설화체 구성, 즉 추보식 전개는 필패의 지름길이다.

당선작은 모두 제재의 심화 확장으로 화소話素를 연결하는 구성법을 운용하면서도 전개에서 다채로운 재미를 선사하고 있다. 그 구성법은 세 가지 유형으로 나눌 수 있었다. 다층적 기법을 운용한 작품이 4편, 단순 구조 3편, 제재를 보조적 요소로 운용한 구조 2편이었다.

「붉은사슴이 사는 동굴」, 「소금꽃」, 「아버지 게밥 짓는다」, 「황동나비경첩」 등은 영화기법의 이중노출(Double Exposure)로 진행되어 복층구조를 운용하고 있다. 특히 서정애의 「붉은사슴이 사는 동굴」은 연상되는 다양한 화소를 동원하면서 세밀한 기교미를 부렸다. 심사자(안성수)도 "당선작인 「붉은사슴이 사는 동굴」은 이중액자 속에 원시의 동굴 모티프를 작가의 삶의 동굴들과 중첩시켜 다층적으로 구조화하였다"라고 평가하고 있다. 「소금꽃」과 「아버지 게밥 짓는다」도 유사한 구성법으로 다양한 화소를 전개하면서도 수미상관의 주제 통일성이 매우 견고하다. 「황동나비경첩」도 다층적 전개가 매우 고차원적이나 동원된 화소가 다소 산만하여 주제전달의 집중성이 약해지는 흠이 있었다. 단순 구조로 운용한 3편은 제재를 도입해 놓고 이를 심화·확장시키면서 내용을 전개해나가는 기법으로 단순하면서도 주제 집중력을 강화시킬 수 있는 구성법이다. 제재를 심화·확장시키지 않고 보조적 요소로 활용한 2편 중 「마당도배」는 마당에 얽힌 다양한 화소를 전개하는 무대배경의 요소로, 「새」는 자아 위안의 주변적 요소로 시종일관하고 있어 구성적 문학미감이 다소 약화되었다.

수필 작품의 참신성은 일차적으로 제재를 다루는 솜씨에서 비롯한다. 체험의 비전환적 표현으로는 문학미감을 발현할 수가 없기 때문에 직설적으로 고백한 유형은 당선작으로 선발되지 못했다. 제재 변주, 즉 제재의 재해석이나 비유적 전환 기법은 작가의 과거사 경험 내용을 박제화하지 않고 현재화시킬 수 있다. 이 과정에서 당연히 문장 시제時制도 과거와 현재를 혼용하게 되어 생동감이 증폭된다. 당선작의 제재 변주 양상을 다음과 같이 정리해보았다.

제재 변주 양상			
작가	작품	제재	변주 양상
우광미	댓돌	댓돌	제재 재해석, 비유적 치환
박노욱	마당도배	마당	내용 전개의 무대, 비유적 치환
김옥자	아버지 게밥 짓는다	게밥	제재 재해석, 비유적 치환
이상수	황동나비경첩	나비경첩	제재 재해석, 비유적 치환, 심화
제은숙	불씨	불씨	제재 재해석, 비유적 치환
이용호	소금꽃	땀	제재 재해석, 비유적 치환, 심화, 확장
김애자	망월굿	달집태우기	제재 재해석, 비유적 치환, 심화, 확장
서정애	붉은사슴이 사는 동굴	동굴	제재 재해석, 비유적 치환, 심화, 확장
조혜은	새	새	자아의 대우적 존재화

「마당도배」와 「새」를 제외하고는 모두 제재의 재해석과 비유적 치환을 운용했다. 이 두 편도 제재를 물리적으로 운용하지 않고 의미를 확장시켰다. 제재를 비전환적으로 운용한 '경험의 고백'은 철저히 제외한 사실을 극명하게 보여주고 있는 셈이다. 제재 변주 방향과 층위에서 기교의 우열이 따진다면 「황동나비경첩」, 「소금꽃」, 「망월굿」, 「붉은사슴이 사는 동굴」 등은 철학적 상징화로 견인한 작품들이다. 여기에 비해 보조적 제재로 운용된 「마당도배」와 「새」는 단순 변주라 하겠다. 이러한 제재 변주는 글의 전개에 다양한 방향으로 전이되는데, 각 당선작의 제재 변주의 방향을 정리하면 다음과 같다.

제재 변주 방향	
제재	변주 방향
댓돌	제재 재해석: 댓돌 = 성전의 들머리 → 시골집 댓돌에 얽힌 사연 → 댓돌과 삶
마당도배	내용 전개의 무대: 유년의 마당도배 → 마당의 사연들 → 삶의 도배질 확장
게밥	제재 재해석: 아버지 교통사고 → 게걸음 → 삶의 신산함 → 게밥 짓기 → 게밥 유산의 의미화
황동나비경첩	제재 재해석, 심화: 화초장나비 → 경첩 아귀 → 부모님의 삶의 아귀 → 나의 삶의 아귀
불씨	제재 재해석, 비유적 형상화: 장작 불꽃 → 유년 회상 → 어머니의 땔감 장만 → 어머니의 삶 → 불씨 살리기 → 나의 불씨
소금꽃	제재 재해석, 심화, 확장, 비유적 형상화: 소금꽃 → 땀 → 마라톤 → 나의 삶 → 수필 미학
망월굿	제재 재해석, 심화, 확장: 달집태우기불꽃 → 초경 → 여인의 생명성 → 땅의 원형 → 삶의 정화

명수필 작법 현장 분석

붉은사슴동굴	제재 재해석, 심화, 확장, 상징적 형상화: 암실 인화 → 붉은사슴 동굴벽화 → 나의 동굴 유년 → 외톨이의 사진 취미 → 암실동굴 의 자아회복 → 현재의 동굴 승화
새	자아의 대우적 존재화: 새를 보는 즐거움 → 비움과 가벼움 → 겨울새의 연약함 → 유년 회억 → 자기 투영과 위안

언어 조탁은 문장 운용의 자질로 흔히 특유의 '문체(style)'를 형성한다. 당선작들은 대부분 자연스럽게 흐르는 문장으로 평서형을 선호하고 있으며, 문장의 장단을 적절히 교합한 호흡 조절은 훌륭했다. 작가 경험 내용은 과거사이지만 모두 이를 박제화하지 않고 현재화시키기 위해 과거와 현재시제를 혼용한 결과 안온한 생동감을 형성하고 있다. 그중 분위기에 맞춰 어조 변화를 애쓴 「붉은사슴이 사는 동굴」도 눈여겨볼 만하지만 「소금꽃」은 다채로운 운용 기법을 보이고 있다. 다양한 화소 전개의 세련된 구성과 제재의 심화·확장에 이어 문장 운용도 다채롭다. 상상의 대화 장면을 삽입함으로써 마라톤의 현장감을 시각적으로 드러낸 점도 의도적이다. 과거형과 현재형의 혼용으로 현장감을 살리고, 짧은 문장, 명사형 종결문, 초단문과 쉼표 사용의 스타카토staccato로 긴박감의 분위기를 조절하고 있다.

나는 신(神) 앞에 선 인간(人間)처럼 두려움을 느끼고, 진솔해진
다. 동시에, 가슴은 짙푸르게 설레기 시작한다.

다만 남발한 아라비아숫자, 한자 혼용, 영문자 혼용, 따옴표 등은 반드시 고쳐야 할 습관이다. 작은 부호 하나에서부터 문단 크기에 이

르기까지 작품 속의 모든 요소는 문학미감을 고양시키는 데 초점을 맞추어야 한다.

　서정적 감성의 핵심 기교인 인식의 비유적 형상화는 수필 작법에서는 필수적 요소가 아니다. 다만 문학이 '낯설게 하기'나 '보여주기'를 강조한다는 점에서 형상화를 통한 서정성 강화는 최상의 기법이 될 수 있기에 시를 중심으로 모든 장르의 작가들이 선호하는 방법이다. 이는 제재 치환 방향에 따라 작품 속에서는 이미지 창출 표현으로 다양하게 구현된다.

　수필에서 형상화는 여러 각도의 기법으로 운용될 수 있다. 당선작들은 전체적으로 묘사적 이미지를 잘 구사하고 있어 독자가 형상성을 체감하는 문학미감의 재미를 겸할 수 있었다. 아울러 제재 자체를 확장된 비유적 상관물로 치환함으로써 국소적 이미지 창출과 아울러 글 전체를 통합된 이미저리imagery로 묶는 효과를 견지하고 있다. 「붉은사슴이 사는 동굴」, 「소금꽃」, 「아버지 게밥 짓는다」, 「황동나비경첩」, 「망월굿」 등은 그 강도가 잘 드러난 작품들이다. 당선작들은 대부분 부분적 형상화도 유도했는데 '가슴은 짙푸르게 설레기 시작한다.'(「소금꽃」), '달은 생명의 집이다. 씨를 품는 여인의 몸이며 땅이다.' (「망월굿」)와 같이 각 화소 또는 문장 속에서 개별 요소를 비유적 이미지로 그려내기도 했다.

　문학작품에서 지성적 교감은 주제로 환기된다. 문학은 철학, 사상의 양식이 아니므로 원론적 입장으로 본다면 지적 공감성은 부수적 사안이다. 그러나 문학의 효용이 쾌락성에만 머물 수는 없으므로 이

　명수필 작법 현장 분석

양자는 조화되는 것이 좋다. 특히 체험의 고백적 진술 성격이 강한 수필은 더욱 그러하다. 그러나 그 주제는 아무리 위대하더라도 설명이나 주입이 아니라 느끼게 하는 것이 문학의 요체이다. 이번 당선작의 작가들은 이점을 익히 인지하고 작법에서 지적 교훈성의 날[刃]을 철저히 감추고 있다. 각 작품의 메시지 전달 방법을 아래와 같이 도식화해보았다.

주제 견인의 방향		
작가	작품	주제 견인의 방향
우광미	댓돌	댓돌의 철학적 의미 제시 후 댓돌 중심으로 야기되는 삶의 현장들 연결 후 삶의 발견과 성찰
박노욱	마당도배	마당도배 기억을 바탕으로 야기된 정감 어린 서사들을 환기하여 자기 삶의 도배질로 연장
김옥자	아버지 게밥 짓는다	교통사고로 게걸음으로 살아간 아버지의 신산한 삶의 의미를 게밥에 의탁하여 탐색
이상수	황동나비경첩	화초장 나비경첩의 아귀를 부모님의 삶으로 확장시키고 나의 삶의 아귀까지 연장
제은숙	불씨	장작의 불꽃에서 어머니의 불씨 살리기의 고달픈 삶을 견인하고 자아 확인
이용호	소금꽃	소금꽃의 정수를 땀방울로 확장하여 마라톤 같은 삶의 의미를 심화시킨 후 수필 미학으로 연장
김애자	망월굿	달의 정기를 여인의 생명성과 연계시키고 삶의 정화를 인식
서정애	붉은사슴이 사는 동굴	암실의 의미를 동굴원형으로 확장하여 유년기의 다락방, 현재 삶의 고적함에 병치한 철학적 사유
조혜은	새	새를 보는 즐거움을 통해 비움을 터득하는 삶의 사색

이상 보다시피 모든 당선작이 작가의 메시지를 노골적으로 드러내지 않으려고 애를 쓰는 노력이 역력하다. 문학의 지적 공감은 주입이 아니라 스며드는 것이기 때문에 비유적 확장으로 구현했다. 아무리 훌륭하고 특이한 체험의 고백적 진술이라도 주제가 주입이 되면 문학적 자질을 담보하기 어렵다는 점이다.

◆

금년에도 심사평에 어떤 형식으로든 구체적 심사기준이 따로 적시된 곳은 없었다. 다행히 〈제주신보〉의 문학평론가 안성수는 당선작 「붉은사슴이 사는 동굴」의 세밀한 문학미감을 추출한 다음 심사평 마무리에서 "예술수필이 지녀야 할 핵심 미덕으로 소재의 심오한 철학적 통찰과 미적 구조화, 개성 있는 문장력 등"을 제시하였다. 일반적으로는 심사평 속에서 심사의 준거를 예측할 수는 있었다. 그러나 이런 예측도 가늠할 수 없는 심사평도 있었고 심지어는 당선작에 대한 촌평도 없는 경우도 있고, 응모작 소개만을 제시한 심사평도 있었다.

심사자는 작품의 우수성을 객관적으로 제기해야 한다. 심사에서 '작품의 완성도, 참신성, 수필의 정체성' 등 추상적인 기준은 사실상 평가의 준거가 되지 못한다. 인상적 감각만으로도 우수작 판별은 가능하겠지만 이는 자칫 개인적 취향에 매몰될 수 있고 제삼자에게 구체적 설득력도 얻지 못한다.

명수필 작법 현장 분석

문학작품은 매우 구체적인 표현의 산물이기 때문에 작품에는 작가 특유의 개성적 작법이 특화되어 동원된다. 단순, 담백한 작품도 있고, 작법의 이론적 기교 중 한두 가지만을 적용한 작품도 있고, 다채로운 기교를 화려하게 운용한 작품도 있다. 문학상 심사는 이들의 우열을 가리는 지난한 작업이다. 특히 신춘문예는 작품의 완성도에 신인 등용문이라는 취지에 맞게 발전 가능성도 고려해야 한다. 이 작업을 위해서는 작가, 심사자, 일반 독자에 이르기까지 공감하는 객관적 준칙은 반드시 필요하다. 심사의 준칙이 명시적으로 제시될 경우 심사 결과는 공정성을 확보할 수 있을 것이다.

(2020, 《부산수필문예》 38호)

2021 신춘문예 수필 당선작 톺아보기
- 신춘문예는 수필 미학의 미래 풍향계

　　신춘문예 응모작 350여 편 중 당선작은 물론 가작도 해당자를
선발하지 못했다. 대부분 수필 본질을 모르고 소설 쓰듯 하면 되
는 줄 알고 있다. 소재에 대한 통찰이 없다. 허구를 섞어 진실성이
부족하다. 반성이나 회고의 수기 같은 교훈성, 안이한 구성, 소설
식 문장으로 수필의 맛과 멋을 상실했다. 추상적 관념 세계의 설명
성, 비문에다 문단 개념조차 없는 글이다. 좋은 수필에는 수필만
이 느끼는 격조 높은 미학과 시학이 있어야 한다.

　　안성수 문학평론가가 쓴 2021년 〈제주일보〉 신춘문예 수필 심사평
일부다. 수필 문단에 대한 경종으로 읽힌다. 2020년에도 〈제주일보〉
심사평에서 안성수 평론가는 유일하게 당선작에서 '형상화를 통한 상
징성'의 세밀한 문학미감을 적시하면서 "예술수필이 지녀야 할 핵심
미덕으로 소재의 심오한 철학적 통찰과 미적 구조화, 개성 있는 문장
력 등"을 제시하였다.

　　신춘문예의 경향은 문학 미래의 풍향계風向計다. 지금까지의 경향
을 살펴보면 장르에 따라 바람의 방향과 강도는 사뭇 달랐다. 과거에
는 그 바람의 진폭을 주로 소수의 이론가가 주도했다. 단적인 예로 필
자의 연구(「현대시조시의 사적 연구」, 1993. 한국교원대학교 석사논문)에 의

하면 중앙의 어느 유명 일간지는 광복 이후 1990년까지 신춘문예 시조 부문 총 29회의 심사에서 단 1회만 복수심사를 하였을 뿐이고, 그것도 동일인이 22회나 단독심사를 하였다. 수많은 아류를 배출하였을 것이다. 다른 신문사도 대동소이하였다. 그 영향인지는 모르겠으나 이 장르는 현재 50년 전보다 더 복고적 경향으로 고착되어버렸다.

최근에는 모든 예술 분야에서 작가나 대중의 인식이 기존의 주류 비평가 못지않게 고양됨으로써 문화예술의 견인 역할도 대중, 작가, 비평가의 삼두마차로 변모하기 시작했다.

수필도 마찬가지다. 현대수필 초창기의 작품은 비록 비전문 문학이라는 인식 아래서도 작품의 문학성은 사뭇 훌륭하였다. 그러나 김광섭과 피천득 등의 일부 이론가들에 의해 '붓 가는 대로 쓰기'의 경향이 수필단을 풍미하면서 수필 위상은 나락으로 떨어졌다. 2000년대 이후 독자와 작가의 자각을 시작으로 수필 미감의 문학성 제고에 눈을 돌리고 있으며 이제는 주류 이론가들의 인식에도 본격적으로 반영이 되는 것 같다. 수필 문단에 전례 없는 새바람이 본격적으로 일고 있어 그 일단의 근거자료 삼아 안성수 문학평론가가 쓴 2021년 〈제주일보〉 심사평을 서두에 제시한 것이다.

필자는 《부산수필문예》에서 이미 2019년, 2020년의 신춘문예 평설을 통해 그 작품의 미감과 경향을 살펴보았다. 본고에서는 수필 미래의 풍향계인 신춘문예에서는 이 바람의 진폭이 어떻게 작동하고 있는가를 전년도의 연속선상에서 심사 관련 자료를 중심으로 살펴보고자 한다.

◆

2021년도 신춘문예 당선작품으로 확인 가능한 작품은 6편이다. 일부 신문은 공모를 2월로 이동하거나 아예 공모를 없앴으며 〈제주일보〉는 모두에서 보았듯 당선작을 내지 않았다. 매년 12월에 신인문학상으로 발표하는 〈동양일보〉도 포함시켰다.

심사자들은 최상의 작품 선정에 심혈을 기울인다. 좋은 작품이란 내용과 형식의 조화로운 수필 미감의 구현일 것이다. 그러나 이 말은 매우 추상적이다. 심사자들이 준용한 구체적 기준은 무엇이었을까. 이를 파악하기 위해 금년도 심사평에서 심사자들이 제시한 심사 준거와 당선작 선정 이유를 살펴보기로 한다. 대부분 명시적 심사 준거를 적시하지 않았기에 독자에게 실질적 정보제공을 위해 다소 장황하게 발췌한다.

경남신문: 「고주박이」(김순경) / 심사: 강현순·양미경
- 문장의 정확성, 명료성, 논리성, 그리고 통일성을 염두에 두고 고른 작품은 「맹지」, 「무쇠꽃」, 「고주박이」 등 세 편이었다.
- 「고주박이」는 호흡이 고르다. 문장 속에서 연관되는 요소들의 맥락화가 잘 이뤄져 있어 문장이 물 흐르듯 자연스럽다. 현학도, 멋부림의 기교도 없다. 상황 묘사에 꼭 맞는 어휘 선택 능력이 돋보인다. 고주박에 생명을 불어넣어 사람으로 환치시켜, 늙고 병든 우리의 미래 모습을 보여주면서 깊은 상념에 젖게 한다. 문장 곳곳에 언어 고르기를 잘하였다. 관찰력도 뛰어나다.

명수필 작법 현장 분석

동양일보: 「까마귀」(이수현) / 심사: 박희팔(소설가)

- 응모작 121편엔 가족사, 유년시절의 친구들, 그 지방의 특수어, 자식 사랑, 코로나19 이야기 등등 다양했다. 일부 작품을 제외하고는 모두가 수필의 기본기를 갖춘 수준 높은 작품들이었다. 그러나 일상 신변잡기류의 글이 눈에 띄어 이들을 먼저 제외하고 숙독을 거쳐 이중 최종심으로 3편을 골랐다.
- 이수현 씨의 또 다른 작품 「둥지」는 코로나19의 현 세태를 구구절절하게 표현한 훌륭한 작품으로 두 작품 모두 탄탄한 문장 실력이 돋보여 이수현 씨의 「까마귀」를 당선작으로 뽑는다.

매일신문: 「안아주는 공」(김민경) / 심사: 구활(수필가), 여세주(문학평론가)

- 수필을 쓴다는 것은 일상의 자질구레한 것들에 의미를 입히는 일이다. 수필은 하찮게 여기거나 무심코 흘려보냈던 삶의 일부들이 얼마나 소중한 것인가를 돌아보게 한다.
- 끝까지 남은 작품은 「안아주는 공」이었다. 놀이방에서 아이들에게 던져주는 공에 작가의 심경을 투사시켰다. 모두가 지나쳤던 사물과 직업으로 반복되는 사소한 일상을 통찰하고 해석하여 그 의미를 찾아냄으로써 가치 있는 삶으로 환원시켰다.

전북도민일보: 「초배지」(우마루내) / 심사: 김경희(수필가)

- 문장에서 작가의 삶과 문학적 성향을 읽어내야 한다. 그리고 그의 정서적 감각과 철학, 예술적 역량과 세계관까지를 상상하고 추론해야 한다. 희망 사항이 있다면 곡괭이를 탁 내리쳐 한

번에 금맥을 발견하듯 눈에 번쩍 띄는 작품과 만남이다. 응모 작품을 접수 순서대로 넘기면서 제목을 먼저 살폈다. 다음 내용을 읽어가면서 작품을 A·B로 나누고, 다시 심도 있게 채굴하듯 해독해나갔다. 그 결과 「초배지」를 쓴 작가를 당선인으로 확정했다.

- 작가는 시어머니의 삶을 초배지 역할로 연상시키며 이미지화하고 있다. 삶에 대한 통찰력과 예리한 시선이 돋보였다. 문장의 완성도도 무난하여 손색이 없다고 판단되었다.

전북일보: 「달항아리」(이다온) / 심사: 송준호(수필가)

- 붓 가는 대로만 써서는 안 된다는 것. 수필 쓰기의 이중성 내지는 아이러니라고나 할까. 성찰의 깊이가 상대적으로 옅어 아직 덜 여물었거나 붓끝의 농담이 들쭉날쭉인 글을 내려놓다 보니 「산골 별사」, 「점선, 여백을 품다」, 「희생에 대한 회상」, 「달항아리」 네 편이 남았다.

- 「달항아리」를 끝까지 손에 붙든 까닭은 앞선 세 편의 글이 갖고 있는 단점이 두드러지지 않아서였다. 안정감 있고 세련된 문체가 읽는 맛을 더해준 까닭도 있었다. '달항아리'의 둥글지만 비대칭인 이미지를 '가슴이 사라진 자리'에 채움으로써 '사라진 가슴' 때문에 겪어야 했던 아픔을 따뜻하고 담담하게 어루만질 줄 아는 구성력도 만만치 않은 수준이었다.

한국경제: 「인테그랄」(유성은) / 심사: 정여울(평론가), 정은숙(시인), 권남희(에세이스트)

명수필 작법 현장 분석

- 한 가지 아쉬운 것은 수필에 대한 장르 인식 자체가 여전히 부족하다는 점이다. 수필은 누구나 도전할 수 있는 장르이기도 하지만, 문학성과 독창성이 필요한 섬세한 장르이기도 하다. 문학 작품으로서의 완성도, 글을 쓰는 작가만이 가진 독보적인 아우라가 필요하다. 심사위원단은 철저히 '문학적 탁월성', '독자를 향한 감응력', '문체의 독창성'이라는 세 가지 기준에 부합하는 작품들을 본심에 올렸다.
- 「인테그랄」은 매우 세련되고 독창적인 문체와 이야기의 흥미로움, 독자의 공감을 불러일으킬 수 있는 탁월한 묘사력과 주제 선정, 모든 측면에서 단연 빛났다. 「인테그랄」이 문학성과 독창성에 있어 좀 더 높은 점수를 받으며, 만장일치로 당선작이 됐다.

특기할 만한 것은 〈제주일보〉의 당선작 미선정과 〈동양일보〉의 소설가 심사위원이다. 위촉된 소설가 심사위원은 서사적 시각으로만 수필을 재단하고 있으며, 그렇게 선정된 작품도 당선작 중 유일하게 제재 변주에 대한 기본적 통찰이 없다. 〈동양일보〉에서 전년도와 다르게 위촉한 저간의 사정은 모르겠으나 수필문학에 대한 결례가 아닌가 한다. 위에 발췌한 자료에서 심사의 준거가 됨직한 용어들을 추출하면 다음과 같다. 도저히 준거라고 할 수도 없는 경우는 그나마 터럭만큼이라도 관계 있는 어구를 골랐다.

- 문장의 정확성, 명료성, 논리성, 통일성: 경남신문
- 수필의 기본기, 문장실력: 동양일보
- 무딘 일상에 값진 생명을 불어넣는 장르: 매일신문

- 금맥을 발견하듯 눈에 번쩍 띄는 작품, 삶의 통찰력: 전북도민일보
- 성찰의 깊이와 붓끝의 고른 농담, 구성력: 전북일보
- 문학적 탁월성, 독자를 향한 감응력, 문체의 독창성, 주제, 완성
  도: 한국경제

심사의 준거는 곧 작법의 기준이 되기도 한다. 작법 정보를 제대로 얻을 수 없다면 도전자가 창작 방향을 구체적으로 잡기 힘들다. 위의 심사평들은 수필 미학을 아우르는 총론과 각론적 준거를 체계적으로 적시하지 못하고 있다. 전년도보다는 나아진 심사평도 있지만 지나치게 지엽적, 부분적, 포괄적인 면은 여전하다. 심사평에서 작품 내용이나 독후감 같은 장황한 췌사贅辭를 늘어놓으면서도 수필 미학의 총체적 미감을 아우르는 개별적 준거가 없는 심사평도 많다. 이러한 심사평 문제는 2019년, 2020년도 마찬가지였다. 물론 이러한 막연한 혹은 난맥상의 기준으로도 심사자들은 경험이 많은 사람들이므로 작품의 우열을 가릴 수는 있겠지만 자칫 편견이나 개인적 취향에 빠질 위험이 있다. 심사자는 해당 작품의 우수한 면면을 객관적으로 비교 제시해야 한다. 이 작업을 위해서는 작가, 심사자, 일반 독자에 이르기까지 공감하는 객관적 준칙이 필요하다. 그래야만 결과의 공정성을 확보할 수 있다.

다행스럽게도 매년 반복되는 심사자들의 미진한 준칙 제시에도 불구하고 이들이 선정한 작품들은 수필 문단의 풍향계 기능을 제대로 보여주고 있다. 2019년도 당선작들은 일부를 제외하고 '신변잡기류'의 작법에서 벗어나 개성 있는 구성법과 제재나 소재의 비유적 형상화에 관심을 둔 작품이 선보였다. 2020년은 예외 없이 수필 창작에서

문학미감의 발현이 어떤 것인가를 잘 보여주는 수작들이었다. 2021년 당선작품도 전년도에 비해 창의적 변모는 보여주지 못했지만 대부분 수필 미학의 각 준거에서 고르게 혹은 부분적으로나마 잘 구현한 작품들로 수필 미래의 방향 감각은 제자리를 잡고 있다.

그렇다면 심사자들조차 적시하지 않은 '좋은 수필 선정의 준거'는 구체적으로 어떻게 설정하면 좋을까. 개인마다 천차만별이겠지만 필자의 견해는 모든 문학 장르에 공통되는 '보편성, 항구성, 개성'을 근간으로 하면서 수필 미학의 필수 자질인 '제재, 구성, 문체, 주제' 4가지에다 시적 미감인 형상화의 기교를 첨가해서 '① 제재의 참신한 재해석 ② 구성적 미감 ③ 언어 조탁 ④ 서정적 감성 ⑤ 지성적 교감'의 5개 항목을 제시하고 있다.

무형식의 특징을 지닌 수필은 교술양식이므로 서사양식과 서정양식의 융합적 형성이 가능하다. 즉 수필 미감을 형성하는 제반 요소들을 다른 양식에서 추출해서 융합할 수 있다. 구체적으로 소설의 3요소인 '주제, 문체, 구성'과 시의 3요소인 '운율, 심상, 주제'를 공유할 수 있다. 수필은 체험의 토론적 요소가 강하므로 제재의 변주가 매우 중요하다. 제재 변주가 일어나지 못하면 신변잡기가 될 우려가 있다. 구성은 산문의 핵심 자질이다. 주제는 지성적 자질이다. 언어 조탁은 소설에서 묘사의 적확성이 중시되는 '문체'와의 차별성을 위해 의미를 확장한 용어다. 그리고 정서와 직결되는 시의 심상을 결합하여 '서정적 감성'을 강조하였다. 이는 곧 시적 안목을 지닌 문장력을 말함이다. 나아가 극양식의 특징인 현장감은 운율과 더불어 수필 작법에서 선택적 요소로 흡입될 수 있을 것이다. 이런 이유로 필자는

수필은 종합문학이며 수필가는 언어의 융합디자이너라고 정의하고
있다.

2020년 〈제주일보〉 심사평에서 "소재의 심오한 철학적 통찰과 미적
구조화, 개성 있는 문장력"을 설파했던 안성수 평론가가 2021년에도
'소재, 구성, 문장'을 논하면서 "좋은 수필에는 수필만이 느끼는 격조
높은 미학과 시학이 있어야 한다"라는 견해에 필자는 매우 강력한 공
감을 가진다. 산문문학인 소설과 운문문학인 시의 융합의식을 지닌
수필관을 확인할 수 있기 때문이다. 이미 오래전에 수필가 윤오영 선
생도 "수필을 모르고 시를 쓸 수는 있어도, 시를 모르고 수필을 쓸
수는 없다"라고 했다. 다만 안성수의 심사평에서 필자가 동의할 수
없는 부분은 "좋은 수필은 감성과 이성을 초월하여 본질의 소리를 들
려주는 영적 깨달음을 담고 있는 작품이다"라는 소견이다. 문학을 철
학, 종교와 동일선상에 위치시킴으로써 미적 쾌락이라는 언어예술로
서의 문학 본질을 지나치게 승화시킨 것 같다.

신춘문예 심사에서 구체적 준거를 적시하지 않았지만 금년도 당선
작은 필자가 적시한 위의 5개 항목을 전체적으로 또는 부분적으로
충족시키는 수필 미감을 지녔다. 필자가 각 작품의 면면을 분석하면
서 추출한 수필 미감의 핵심 자질들을 나열하면 다음과 같다. 특히
「고주박이」(김순경)와 「달항아리」(이다온)에서 형상화로 드러낸 시적 이
미지는 매우 명징했다. 모든 작품 공통적으로 '지성적 교감' 즉 인생
론적 사유의 깊이는 훌륭했다.

- 「고주박이」(김순경): 제재 치환, 이미지, 관찰력, 심화 확장, 문장력,

명수필 작법 현장 분석

구성미, 사유

- 「까마귀」(이수현): 묘사력, 구성미, 애틋한 감성, 서사, 사유
- 「안아주는 공」(김민경): 제재 치환, 의미 확장, 문장력, 구성미, 사유
- 「초배지」(우마루내): 제재 치환, 심화 확장, 구성미, 표현미, 사유
- 「달항아리」(이다온): 제재 치환, 구성미, 서정성, 이미지, 표현미, 사유
- 「인테그랄」(유성은): 구성미, 흥미성, 심화, 문장력, 제재 치환, 사유

◆

　지금은 문화예술의 변화를 대중이 선도하는 시대다. 고학력 시대와 정보통신의 발달로 전문가 못지않게 지적 상층부를 공유한 대중은 문화예술의 안목도 매우 높다. 마치 임진왜란 이후 민중의 각성으로 근대문학이 형성되는 지점과 같다. 그 대표적 사례를 최근 압도적 관심을 갖는 전통트롯에서도 발견할 수 있다. 송가인으로 촉발된 전통트롯이 코로나19의 비대면 시기와 겹치면서 대중음악계의 변화를 넘어 진화를 견인하고 있다. 이제는 오디션 심사자, 음악 전문가들도 이에 합류하였다. 각종 오디션을 보면 기존에 제법 명성을 떨친 '무명 가수'들은 무명의 원석이나 재야의 신진에 밀려 대부분 본선에서 탈락의 고배를 맛본다. 그의 익숙한 경력이 오히려 변화의 걸림돌로 작용하기 때문이다. 이러한 변화는 문화평론가, 작곡가, 음악 이론가들이 선도한 것도 아니고, 아이돌 연습생의 독한 훈련의 결실은 더더욱

아니다. 전문가들이 전혀 예상하지 못한 대중의 감응에 의한 변모이다. 수필 경향도 마찬가지다.

신춘문예는 원석 발굴의 경연장이다. 심사에서 '수필의 기본, 작품의 완성도, 참신성, 수필의 정체성' 등 추상적인 기준은 공허한 허상이다. 신춘문예는 활동 성과를 평가하는 문학상이 아니라 이제 겨우 입문의 자리에 선 작가 지망생들이다. 문학상 심사는 작품의 우열을 가리는 지난한 작업이다. 작품마다 기법도 정신세계도 다르다. 심사자가 설정한 문학미감 구현의 개별적 준거에 입각한 장단점들을 총합하고, 그들의 상호 유기적 결합성까지 고려함으로써 겨우 우열을 가릴 수 있는 고품격 영역이다. 대중음악 오디션을 보면 가수 출신 심사자들은 인상적 평가만으로 채점하기도 하지만, 이론적 안목을 지닌 일부 심사자들은 음정, 박자, 감정, 음색, 개성 등 다양한 전문적 항목을 세목화해서 대중들로부터 '송곳심사'라는 찬사를 듣고 있다.

〈제주일보〉의 안성수 평론가가 2021년 벽두에 던진 아픈 경종은 해당 신문사 신춘문예 응시작품의 문제만은 아닐 것이다. 수필 이론가, 심사자들은 지난 50년 동안 지배했던 '붓 가는 대로'의 적폐積弊에 대한 치열한 반성과 책임으로 이제는 새바람이 불기 시작한 풍향계의 힘찬 견인역을 위해 자세를 가다듬어야 한다. 그 기본은 문학 본질 인식의 기반 위에 수필 미학의 자질 요소에 대한 객관적이고도 구체적인 준칙 설정에서 출발해야 할 것이다.

문학은 개성적 다양성을 지향하므로 이른바 '신변잡기'도 존중받아야 한다. 문제는 본격문학으로서의 지위를 확보하기 위한 수필의 정체성은 '붓 가는 대로'의 서사가 아니라 시적 미감까지 융합된 고품격

명수필 작법 현장 분석

미학으로 정립되어야 한다는 점이다. 다행히도 이제는 미래 수필의 풍향계가 장르 위상 확립의 산정山頂을 향해 힘차게 펄럭이고 있다.

(2021, 《부산수필문예》 42호)

2022 신춘문예 수필 당선작 톺아보기
– 수필 미학의 필요충분조건

　좋은 수필의 필요충분조건은 무엇인가. 창작이란 당연히 백가쟁명이지만 인간세계의 교호작용이라는 면에서 최소한 공시적共時的 보편성普遍性은 지녀야 할 것이다. 현실적으로 그 보편성을 담보한 것이 신춘문예이다. 투명성과 공정성을 통해 사회적으로 용인된 선발 방법이기 때문이다. 금년도 당선작들은 어떤 미학의 조건들로 충족되었을까.

　2022년도 신춘문예에서 필자가 확인할 수 있는 당선작은 7개 신문사였다. 2019(8곳), 2020(9곳), 2021(7곳)으로 매년 비슷한 양이며 12월에 신인상으로 발표하는 〈동양일보〉도 포함하였다.

신문사	작가	당선작	심사자	선정 사유
경남신문	김희숙	쪽항아리	허숙영, 장만호	참신성, 구성
동양일보	나대영	억새의 노래	박희팔	표현, 사유
매일신문	복진세	막사발의 철학	구활, 허상문	제재, 형상화
전라매일	김도은	껍질의 길	이구한	구성, 참신성, 문장
전북도민일보	이춘희	종이접기	배귀선	개성, 비유적 형상화

전북일보	오미향	돌챙이	지연희	참신성, 사유
제주일보	정의양	웃는 남자(가작)	안성수	제재, 구성, 형상화, 문장, 사유

금년도 신춘문예 심사과정에서도 미학적 변별성을 가늠하는 구체적 준거 제시는 미약했으나 심사자가 관심을 갖는 요소를 추출하여 도표의 '선정 사유'로 실었다. 당선작 선정 기준이 부분적, 포괄적인 경우가 많았고 아예 언급이 없는 경우도 있었다. 심사평은 심사 준거와 당선작 선정 이유에 초점을 맞추는 것이 좋다. 최종 탈락한 작품에 대한 세세한 이유나 당선작의 내용 부연도 별 의미가 없다. 응모자나 수필가들이 참고할 만한 실질적 준거 제시가 아쉬웠다. 「웃는 남자」를 가작으로 선발한 〈제주일보〉 안성수 평론가의 견해는 수필 미감의 구체적 지침이 될 수 있겠기에 요약 발췌한다.

- 좋은 수필의 요건: 미래의 발전 가능성, 소재의 참신성과 통찰 수준, 이야기의 미적 배열방식, 주제 형상화 전략과 해석의 깊이, 문장과 수사 능력, 자기 경험의 통찰, 진실을 예술적으로 고백, 철학적이고 미학적인 사유思惟가 없는 신변잡기 배격.
- 당선작 장점: 이중액자의 구조 속 에피소드의 흥미, 이야기의 논리적 설득력, 유창한 문장력과 간결한 대화, 개성 있는 등장인물의 성격.
- 당선작 단점: 웃음에 대한 본질과 철학적 해석 결여, 긴 에피소드 삽입의 균형 파괴, 소설 냄새가 나는 문장.

신춘수필 당선작의 면면을 분석하기 위해서는 먼저 좋은 수필의 필요충분조건이 제시되어야 한다. 그런데 각 신문사의 심사 자료로는 전체를 아우를 수가 없는 관계로 필자가 설정한 수필 미학의 필요충분조건을 간략히 상정하고자 한다.

　'좋은 수필'의 준거는 개인마다 천차만별이겠지만 필자의 견해는 모든 문학 장르에 공통되는 '보편성, 항구성, 개성'을 근간으로 하면서 수필 미학의 주요 자질인 '제재, 구성, 문체, 주제' 4가지에다 시적 미감인 형상화의 기교를 첨가하고 있다. 무형식의 특징을 지닌 수필은 교술양식이므로 서사양식과 서정양식의 융합적 형성이 가능하다. 즉 수필 미감을 형성하는 제반 요소들을 다른 양식에서 추출해서 융합할 수 있다. 구체적으로 소설의 3요소인 '주제, 문체, 구성'과 시의 3요소인 '운율, 심상, 주제'를 공유할 수 있다. 이 가운데서 5요소를 필수 자질로 선택하여 '① 제재의 참신성 ② 구성적 미감 ③ 언어 조탁 ④ 서정적 감성 ⑤ 지성적 교감'으로 제시하고 있다. 이에 입각한 당선작 분석자료는 다음과 같다.

　경남신문: 「쪽항아리」(김희숙)
　- 제재의 참신성: 땅에 묻힌 항아리에 인격을 부여하여 비유적 형상화를 견인하고, 존재의 가치를 깊이 있게 사유함으로써 제재의 새로운 재해석을 도모하였다.
　- 구성적 미감: 독자 시선 유혹에 성공한 탄탄한 구성이다. 단편소

　　　　　　　　　　　　　명수필 작법 현장 분석

설 같은 극적 전개로 도입부를 장식하고 항아리의 탄생과 용도에 이어 쪽빛천 탄생으로 여운 깊게 마무리하였다.

- 언어 조탁: 문장 전개에 힘이 넘친다. '그가 움직인다.'와 '한낮의 긴 꿈을 꾼다.'는 두 단문短文으로 수미상관首尾相關하였다. 문장도 단문, 장문을 교직하고 있다. 향토적 어휘 선택, 자연의 분위기에 맞는 묘사 등 표현미도 매우 정교하다.
- 서정적 감성: 약동하는 시적 분위기다. 천의 움직임, 항아리의 성형成形과 소성燒成, 물들이는 동작 등에서 매우 치밀한 비유적 형상미가 명징하다.
- 지성적 교감: '흙에 묻힌 형편'이라도 '주어진 몫의 생을 누린다.'는 승화된 삶을 포착했다. 인생의 굴곡진 삶의 모습을 항아리로 대유시킨 주제의식이 전편을 관류貫流하고 있다.

동양일보: 「억새의 노래」(나대영)
- 제재의 참신성: 억새를 민초로 재해석했다. 척박한 땅에서 억척스럽고 끈질기게 생명을 이어가는 신산辛酸한 삶을 비유적으로 형상화했다.
- 구성적 미감: 20행이 넘는 시 전편을 도입부에 배치한 것은 다소 무리인 것 같다. 시를 제외한 내용 구성은 2단이다. 전반부는 제재의 사실적 관점으로 진행되고 이후 재해석으로 진입하였다. 화소 연결에서 전후 문맥 결합의 세련미가 다소 부족하다.
- 언어 조탁: 어말어미의 다채로운 사용으로 문장의 분위기 조율 능력은 갖추었으며, 말미에 '비록, 아직도'의 반복 사용처럼 강조의 리듬감도 지닌 문장을 구사한다. 문장의 세련미도 갖추었다.

그래서인지 심사평에서 "문장의 표현력이 자연스럽게 흐른다"라고
했으나 특히 나쁜 습관이 많이 있다. 큰 문제는 '살아오지 않았던
가?' 등 9회나 등장하는 설의법적 의문형 남발과, '알았었다'처럼
과거시제 '었'의 남용이다. 세련된 문장수련이 필요하다.

- 서정적 감성: 인격화한 억새의 형상과 동작 등에서 적절한 비유가
  구현되고 있다. 척박한 삶의 현장이나 배경 묘사에서 이미지를
  담은 표현미가 살아 있다.
- 지성적 교감: 질풍경초疾風勁草에 비유하여 어떠한 시련에도 마음
  에 품은 뜻이 흔들리지 않는 민초의 지난한 삶을 단순하게 그려
  내었다.

매일신문: 「막사발의 철학」(복진세)
- 제재의 참신성: 도자기와 막사발의 용도를 인격체에 대비하면서
  재해석하고 형상적 이미지로 유도했다.
- 구성적 미감: 실체적 제재를 먼저 견인한 후 주제를 결합시키는 2
  단 구성으로 전개하였다. 설명문 같은 평범한 도입이 싱겁다. 세
  번째 문장 "사람도 도자기 같은 사람이 있고 막사발 같은 사람이
  있다."라는 글은 후반부를 상정한 복선伏線이지만 문맥의 앞뒤 맥
  락상 고립된 느낌이다. 특히 '우리나라는 산업사회로 발전' 단락은
  과욕이 몰고 온 주제 이탈이다. 전체 문단의 화소 연결성도 허술
  한 구성으로 긴장감이 결여되었다.
- 언어 조탁: 평이한 표현으로 시종하여 문예적 미감이 스며들지 못
  하여 설명문 같은 분위기다.
- 서정적 감성: 도자기와 막사발을 인격화한 근원적 형상화는 구현

명수필 작법 현장 분석

했으나 문장에서 생성되는 비유적 미감은 찾기 어렵다.
- 지성적 교감: 인격체로 치환된 도자기와 막사발의 대비가 선명하다. 그러나 도자기의 이기심과 막사발의 포용성으로 획정한 이분법적 가치관은 '막사발을 닮은 넉넉함으로 살아가리라'라는 주제의식을 허약하게 만들어 작가 사유의 한계를 노정시켰다.

전라매일: 「껍질의 길」(김도은)
- 제재의 참신성: 제재에 대한 섬세한 관찰과 이해를 바탕으로 어머니를 대응시켜 깊이 있는 재해석을 견인하면서 형상적 이미지를 섬세하게 구현하였다.
- 구성적 미감: 사실적 제재를 동원한 복선伏線으로 시선을 끌더니 제재의 재해석으로 진행 후 의미망의 수미상관으로 마무리했다. 우렁이와 어머니의 삶을 중층 구조로 얽어 자연스럽게 융합시켰다. 대화 장면을 삽입하여 현장감을 유도하면서도 화소 전개에 치밀한 구성이다.
- 언어 조탁: 담백하다. 화려하지는 않으나 소박하면서도 진중한 문장에서 진실성의 깊은 맛을 전해준다. 군더더기가 없이, 주제에 잘 어울리는 탄탄한 문장력을 보여주고 있다.
- 서정적 감성: 비유적 형상화의 고도한 시적 분위기는 아니지만 구체적이고도 섬세한 상황 묘사는 느린 동작 속에서도 생동감의 탄력이 살아나 서정 짙은 감성을 불러일으킨다. 제목도 참 좋다.
- 지성적 교감: 친숙한 제재에 대한 의미 깊은 재해석으로 구현한 창작 스토리텔링 같다. 설명이 아니라 서정을 듬뿍 실은 서사적 보여주기를 통한 주제전달도 일품이다. 껍질의 영속으로 마지막

을 장식한 여운도 감동 깊다.

전북도민일보: 「종이접기」(이춘희)

- 제재의 참신성: 질료인 종이에서부터 접고 펴기에 이르기까지 다양한 관점에서 철학적 의미를 탐색하였다. 특히 제재를 생명체의 신체조직과 연계한 해석은 좋은 안목이다.
- 구성적 미감: 주제를 암시하는 도입부에서 독자의 시선을 끈다. 수미상관의 통일성은 잘 견인하였다. 그러나 작가의 다양한 시선을 직조하기 위해서는 문단 연결고리에 세심한 주의가 필요한데 전개에서 다양한 화소의 연결들이 산만하다.
- 언어 조탁: 단문과 장문을 적절히 교직하면서 서술 중심으로 펼쳐낸 문장이다. 사유나 관찰력에 따른 표현이 섬세하나 어휘 선택에서 '바램' 같은 오용은 사소하지만 치밀하지 못한 오류이다.
- 서정적 감성: 종이접기의 다양한 영상이 시각적 이미지로 잘 형상화되었다. 문체도 섬세하고 비유나 묘사를 통한 문학미감의 탄력이 팽팽하다.
- 지성적 교감: 인생을 관조하면서 '사람살이가 끊임없는 접고 펴기의 연속'이라는 선명한 주제의식이 깊은 울림을 선사한다.

전북일보: 「돌챙이」(오미향)

- 제재의 참신성: 밭담을 빚고 물허벅을 깎는 석수, 돌챙이로 살아온 아버지의 구멍 숭숭 뚫린 삶을 제주 화산석과 접맥하여 형상화를 곁들였다. 아버지의 소중한 삶의 가치를 따뜻하게 탐색하였다.

- 구성적 미감: 아버지가 쌓아놓은 바닷가 돌집의 묘사로 시선을 사로잡은 도입부다. 회상으로 아버지의 신산했던 삶을 서사를 삽입하면서 반추한다. 전편의 화소 연결이 견고하다. 마무리에서 오월 햇살과 미풍에 데워진 돌의 살갗에 아버지의 체취를 오버랩시켜 짙은 여운이 풍겨난다.
- 언어 조탁: 문장 전개가 온화하고 우아하다. 구체적 서사를 편편이 삽입하면서도 사실적 분위기 묘사로 현장감도 살아난다.
- 서정적 감성: 아버지의 대유적 형상화가 전편을 관류하고, 부분적인 묘사적 필치가 생동감을 자아낸다.
- 지성적 교감: 아버지의 삶을 향한 글의 전개가 통일성, 일관성, 완결성을 모두 갖추었다. 담백한 필치이면서도 주제의식이 선명하게 각인된다.

제주일보: 「웃는 남자」(가작, 정의양)
- 제재의 참신성: 제재의 재해석이 없다. 염불서승도가 담고 있는 담백한 뒷모습이나 반성적 자화상에서 비롯한 웃는 남자의 존재론적 의미 탐색이 허약하다. 체험의 비전환적인 사적私的 내용임에도 신변잡기를 탈피한 것은 글의 구성법에서 변화를 보였기 때문이다.
- 구성적 미감: 염불서승도를 전후에 배치하고 그 속에 자신의 외모 변화를 삽입한 액자구성이다. 도입부에 이어지는 검문의 화소 삽입은 장황해서 문학미감을 깨뜨린다. 108배 등의 화소 삽입은 액자에 호응하는 접근이나 표피적 서사로 단순 결합에만 머물렀다.

- 언어 조탁: 간명한 문장에 탄력이 있다. 도입부와 말미에는 탄탄한 문장력에 서정미도 곁들여 있으나 자기 서사 부분에서는 문예적 요소가 결여되어 건조한 맛이 느껴지기도 한다.
- 서정적 감성: 비유적 형상미 구현은 아니지만 표현미의 세련성을 구사할 수 있는 저력이 엿보이는 필력이다.
- 지성적 교감: 제재의 재해석이 없이 웃음에 대한 표피적 접근으로 인하여 철학적 사유의 깊이가 드러날 여지가 없는 글이다.

　이상 살펴본 대로 금년도 신춘수필 당선작은 문학미감의 우열이 극명하게 드러나는 선발이었다. 〈경남신문〉의 「쪽항아리」(김희숙), 〈전라매일〉의 「껍질의 길」(김도은), 〈전북일보〉의 「돌챙이」(오미향)는 수필 미감을 고르게 구현한 수작들이다. 반면에 나머지 작품들은 구성미, 문장력, 제재 해석의 참신성 등에서 일부 결함이 노정된 작품들이다. 신춘문예 제도가 투명성과 공정성을 담보한다고 해도 객관적 정당성까지 확보하지 못하였음을 보여준다. 이는 오롯이 심사자의 몫이다. 문학상 심사는 작가의 총체적 역량을 상대적으로 평가해야 하므로 구현 가능한 수필 미학의 모든 항목을 두루 충족시키는 기량을 점검할 필요가 있다. 특히 수필 미학의 주요 자질에 과락科落이 생긴 작품은 냉정하게 판정해야 할 것이다.

명수필 작법 현장 분석

◆

　신춘수필 당선작들을 5개 항목의 준거로 특징적 미감을 분석하면
서 혹시 필자가 미처 생각하지 못한 또 다른 미학이 스며 있는지도
살펴보았으나 별무소득이었다. 따라서 글의 마무리에서는 구체적 응
용을 위한 필자의 논거로 부연 상술하고자 한다.

　좋은 수필이 되기 위한 기본적 구속력은 문학원론과 창작론적 두
측면에서 접근할 수 있다. '보편성, 항구성, 개성'은 전자의 관점이다.
이 세 요소는 시간적, 공간적, 개별적으로 다양한 차이가 발생하기에
상호 충돌한다. 이의 극복 방안은 공시적, 통시적 지지를 받으면서도
다른 작품과 차별화된 미학 구현이다. 결국 창작품이란 이 모순의 변
증법적 융합 기술이 개성적으로 드러난 결과물이다.

　그러나 위에서 말한 내용은 원론적 추상성에 머무를 뿐 수필 미학
의 실천적 준거가 되지 못한다. 문학작품은 매우 개별적, 구체적 언어
구현으로 나타나 타자와의 변별성을 갖기 때문이다. 작품 변별의 준
거는 매우 구체적 기준을 잡되 그 판단의 간극間隙을 최소화하여야
객관성과 정당성을 확보한다. '심사자의 관점에 따라 평가가 달라진
다'라는 것은 용인되는 판단이 아니다. 백가쟁명의 구체적 요소들에
서 최대공약수를 찾아 유형화시키는 작업이 창작과 평가의 준거가
될 수 있다. 더 엄밀히 한다면 유형화한 준거에 입각하여 각 항목별
차별성을 계량화計量化하는 것도 좋다. 최근 TV 방송의 각종 음악 오
디션도 즉석에서 계량화한 결과로 승부를 보기도 한다.

　구체적 준거로 제시한 5개 항목에서 '① 제재의 참신성'이란 제재

자체가 아니라 제재를 인식하는 작가의 새로운 안목이다. 수필은 체험의 토론적 요소가 강하므로 제재의 참신성이 매우 중요하다. 즉물시卽物詩처럼 제재 그 자체로도 가능하지만 이 경우 다른 미학 요소에 더 노력을 기울여야 한다. 그렇지 못하면 신변잡기가 될 우려가 있다. '② 구성적 미감'은 산문의 필수 자질이다. 산문은 화소話素의 연결이므로 구성은 2단, 3단, 4단 혹은 소설, 희곡의 구성법 등을 원용할 수 있다. 최소한 독자의 흥미 유도를 위한 화소의 효과적 배치는 도모해야 한다. '③ 언어 조탁'은 문장 표현력이다. 설명, 서사, 묘사, 논증의 혼용에서부터 문장, 어휘, 조사, 어미, 어조語調에 이르기까지의 직조 능력이다. '④ 서정적 감성'은 문학미감의 정서면 강조를 위해 시의 심상을 결합하는 기법이다. 이는 곧 시적 안목을 지닌 표현력으로 주로 비유적 형상화로 이루어진다. '⑤ 지성적 교감'은 주제의식이다. 수필이 토론적 성격이 강하다고 해도 주제를 명시적으로 인식할 필요는 없다. '낯설게 하기, 보여주기' 등 감성적으로 인식되는 문학은 논설문이 아니므로 '주제의식' 정도로 가볍게 이해하는 것이 좋을 것이다. 다만 확고한 주제의식 아래 일관성과 통일성을 놓지 말아야 한다. 이외에도 개성에 따라 희곡의 현장감, 시의 운율미, 평론의 분석력 등을 선택적 요소로 흡입할 수 있을 것이다. 이런 이유로 필자는 '수필은 종합문학이며 수필가는 언어의 융합디자이너'라고 정의하고 있다.

수필가가 일상적 작품 활동에서 창작 기법의 모든 요소를 융합하기는 어렵다. 또 반드시 그렇게 고심할 필요도 없다. 수필 미학의 필요충분조건 중 한두 가지만 충족시켜도 훌륭한, 재미있는 작품이 될

명수필 작법 현장 분석

수도 있다. 그러나 항목마다 문학미감에 기여하는 중요도는 다르다. 제시한 5개 항목 중 '③ 언어 조탁'은 문장가의 기본 자질, '② 구성적 미감'은 산문의 필요조건으로 이 두 항목은 수필 문장의 필수 요소다. '① 제재의 참신한 재해석'은 작품의 미학적 품격을 좌우하고 '⑤ 지성적 교감'은 작가의 세계관이 드러난다. '④ 서정적 감성'은 시적 미감 형성을 위한 선택적 자질이다. 이들 중 어느 부분에 중점을 둘지는 오롯이 작가의 기획 의도에 좌우된다.

　'순간의 형이상학形而上學'인 시와는 달리 수필은 '인식의 산문적 서술양식'이다. 서사, 묘사, 설명, 논리를 동반한 서술에서부터 시적 형상화에 이르기까지 다채로워질 수 있다. 애초에 작가가 어떤 방향으로 기획하느냐에 따라 문학미감의 방향 설정이 극명하게 달라지는 양식이 수필이다.

(2022,《부산수필문예》46호)

피천득 「수필」의 빛과 그림자

금아 피천득의 「수필」은 '수필의 본질과 특성'을 주제로 삼고 있지만 이론적 글이 아니라 문학작품이다. 그럼에도 제목 선정에서는 작품 전편에 관류하는 비유적 상관물을 배제하고 장르 명칭을 직설적으로 사용하였다. 이것은 작가가 '수필로 쓴 수필론'임을 만천하에 천명하고자 하는 강력한 의지의 표출이다. 결과적으로 그 의도는 적중했다.

대한민국에서 단 한 편의 작품이 소속 장르의 성격에 대한 대중적 인식에 가장 큰 영향을 끼친 사례를 들라면 단연코 금아의 「수필」일 것이다. 「수필」에 담긴 수필론이 반세기 동안 사람들의 뇌리에 각인된 명암明暗은 '수필은 청자연적'이라는 명구名句와 '수필은 붓 가는 대로 써지는 문학'이라는 실언失言의 두 극단이었다. 전자는 인식을 형상화한 감각적 표현으로 고도한 미학적 요소를 갖추었다면, 후자는 창작을 수동형受動形 작법에 맞춤으로써 미학적 몰락의 길을 걷게 한 것이다.

'청자연적'이 각인된 이는 수필을 아름다운 문학으로 존중하게 되고, '붓 가는 대로'가 각인된 이는 수필의 문학성을 외면하게 되었다. 고등학교 국어교과서 수록은 기름을 부었다. 학교 교육이 보편화되고 대중이 수필에 관심을 기울일수록 불행히도 후자가 수필 작법의 정방향으로 굳어지게 되었다. 문학작품으로서의 기본 요소도 갖추지

명수필 작법 현장 분석

못한 신변잡기가 수필의 대세가 되어 한국수필단에서 악화가 양화를 구축驅逐하는 불행한 현상이 고착된 것이다.

현대문학에서 소설小說이 '시시한 이야기'가 아니고 시조時調가 '시절가조時節歌調'가 아니듯, 홍매洪邁의 「용재수필容齋隨筆」이든 박지원朴趾源의 「일신수필日新隨筆」이든 '수필'이라는 용어의 연원이 중요한 것은 아니다. 문학도 진화를 거듭하기 때문이다. 수필이 현대문학 이론가에 의해 '붓 가는 대로 써지는 문학'의 작법으로 등장한 것은 1930년대 김광섭의 「수필문학 소고」이다. 이후 김진섭, 조연현 등 숱한 이론가들도 '무형식의 글, 산만과 무질서, 여기의 문학, 비전문 문학'의 인식으로 '붓 가는 대로'에서 벗어나지 않았다. 그러나 이 작법 이론이 대중적으로 고착된 것은 금아의 「수필」이 70년대 고등학교 국어교과서에 수록되면서부터다. 이후 '수필은 청자연적'이라는 명구에 동승同乘한 '붓 가는 대로'의 수필 작법론은 부동의 철칙이 되어버렸다.

본고에서는 금아의 대표작 「수필」(『한국수필문학전집』, 신구문화사, 1975.)을 대본으로 하여 이 작품이 지닌 훌륭한 문학성과 뼈아픈 오류를 작품 분석을 통해 탐색해보고자 한다. 논의의 요소는 필자가 설정한 수필 창작법의 세부적 준거 '① 제재 ② 구성 ③ 언어 조탁 ④ 서정성 ⑤ 지적 교감'의 5개 항으로 조명하겠다. 아울러 금아의 언술에 대한 오독誤讀의 책임도 살펴보겠다.

◆

　이 글의 제재는 문학양식상의 한 유형인 '수필'이다. 작품 속 제재를 구현하면서 금아는 두 측면의 시선을 공유하고 있다. 제재의 비유적 치환과 비전환적 노출 방식의 병행이다. 이러한 표현은 작품의 도입부에서부터 여실히 드러난다.

　　수필은 청자연적青瓷硯滴이다. 수필은 난蘭이요, 학鶴이요, 청초清楚하고 몸맵시 날렵한 여인이다. 수필은 그 여인이 걸어가는, 숲 속으로 난 평탄하고 고요한 길이다.

　　수필은 청춘의 글은 아니요, 서른여섯 살 중년 고개를 넘어선 사람의 글이며, 정열이나 심오한 지성을 내포한 문학이 아니요, 그저 수필가가 쓴 단순한 글이다.

　첫 인용문에서 보듯 '인식의 비유적 치환'의 경우 제재를 객관적 상관물을 통한 형상화로 구현하고 있다. 즉 수필은 '청자연적, 난, 학, 날렵한 여인'으로, 수필의 미감은 '비둘기빛, 진줏빛'으로 치환되었다. 제재에 대한 재해석을 통해 시적 이미지 환기와 같은 비유적 치환이 가능하게 된 것이다. 이러한 표현은 수필이 체험의 비전환적 양식이라는 한계를 극복하고 시적 경지로 승화시킨 역량이다.
　두 번째 인용문에서 보듯 '인식의 비전환적 표현'의 경우는 수필이라는 제재를 문학양식 '수필' 그대로를 인식한 점이다. 자아의 세계화

명수필 작법 현장 분석

양식을 그대로 답습한 표현이다. '청춘의 글'과 '중년의 글'로 대치시키고 '정열이나 심오한 지성'과 '단순한 글'로 대치시킴으로써 장르에 대한 작가 인식의 오류를 노정시켰다. 더구나 단정적인 언술로 운용함으로써 문학작품이 지닌 다양성을 제한해버리고 말았다. 수필은 청춘이나 정열의 여부與否로 획정劃定할 수 없기 때문이다. 나아가 작법 해명도 마찬가지로 진술해버렸다. '누에의 입에서 나오는 액液이 고치를 만들듯이 수필은 써지는 것', '수필은 플롯이나 클라이맥스를 필요로 하지는 않는다.'라는 작법상의 단정은 자아의 세계화 과정에서 노정된 결정적 인식오류다. 이 점이 금아 「수필」이 드리운 짙은 그림자의 핵심이 된 것이다.

제재를 비유적으로 형상화한 표현에서는 해석상의 다의성多義性이 작동할 수 있으나 직설적 표현에서는 그 해명이 단선적이 된다. 결국 금아 「수필」은 제재를 비유적 형상화로 치환함으로써 수필 미학이 구현할 수 있는 최고의 경지에 도달하였지만, 한편으로는 제재 해석의 일관성을 잃고 편견이 담긴 직설적 해명을 병행함으로써 수필 미학 상실의 단초를 제공한 것이다.

이 작품의 구성은 내용에 따른 시각적 배열이 매우 특이하다. 구성이 매우 단순명료하고 시각적으로도 경쾌함과 안정감이 혼재되어 있다. 원고지 7~8매의 짧은 분량에 10개의 형식단락으로 나뉘어 작품 분량에 비해 단락 수가 꽤 많다. '주어 + 서술어'의 단문으로 된 독립단락이 두 개, 복문 한 문장 단락이 2개로 10개의 형식단락 중 한 문장 단락이 4개다. 전반부와 후반부의 단락 형성 기준이 각기 다르고 크기도 두 배 이상이다. 전반부는 시적 분위기의 경쾌한 맛을 살리기 위해 작은 단락으로 나누고 후반부의 설명적 부분에서는 안정감 있는 큰 단락으로 만들었다. 미적 감각과 지적 정보의 차이를 시각적으로 교묘하게 교직한 작품이다.

작품 내용 구성은 수필의 '본질과 특성'을 주제로 '① 수필의 성격 ② 수필의 미감 ③ 수필의 제재와 형식 ④ 수필과 작가'의 4개 항목을 병렬적으로 열거하는 구조다. '① 수필의 성격'에서는 비유적 이미지를 통해 수필의 고상함을 그린 다음 내용 면의 원숙성과 효용성을 서술적 진술로 담았다. '② 수필의 미감'에서는 색상 이미지를 동원하면서 우아한 표현미, '③ 수필의 제재와 형식'에서는 제재 선택의 폭넓음과 구성의 불필요를 주장했다. '④ 수필과 작가'에서는 고백성을 서술하면서 미학적 파격을 위한 마음의 여유를 강조한다. 동시에 자아 성찰의 시선으로 마무리를 하고 있다. 전체적으로 매우 견고한 구성이다.

본문 대부분은 비유적 형상화를 통한 문학미감을 극적으로 드러내고 있다. 그러나 수필의 본질과 특성이라는 주제로 수필론을 피력하면서도 '③ 수필의 제재와 형식'에서는 구체적인 작법作法을 지나치게 단정적 언술로 획정지어버렸다. 양적으로도 1/5 분량으로 적게 취급했다.

금아는 시적 이미지 환기에 능숙하고 산문 필력도 상당하다. 그럼에도 수필 양식에서는 문학미감 창출을 위한 작법 이론 정립에 관심을 기울이지 않고 있음이 드러난다. 전반적으로 서정성을 질적, 양적으로 강화시키면서도 작법론에서는 직설적 이론을 제기함으로써 구성적 부조화를 야기하게 된 것이다.

명수필 작법 현장 분석

금아는 작품 속 언어 조탁에 의도적 장치를 다채롭게 새겨 넣는 작가는 아니다. 그러나 그의 문체(style)는 명징한 이미지를 구현하면서 운문을 읽는 것처럼 경쾌하며 여유로운 사색 속으로 스며들게 하는 높은 경지를 이루고 있다. 문장도 중언부언을 생략하고 간명한 표현이다. 문장의 장단 호흡도 다양해서 '주어 + 서술어' 구조로 수식어를 생략한 짧은 호흡의 단문 형식에서부터, 이보다 7배가량 긴 문장 호흡에 이르기까지 다채롭게 구사하고 있다. 대구나 대조를 통한 율감律感도 담겨 흐른다. '수필은 난蘭이요, 학鶴이요, 청초淸楚하고 몸맵시 날렵한 여인이다.'는 대구를, '수필은 청춘의 글은 아니요, 서른여섯 살 중년 고개를 넘어선 사람의 글이며, 정열이나 심오한 지성을 내포한 문학이 아니요, 그저 수필가가 쓴 단순한 글이다.'에서는 대조를 통한 리듬을 형성시켰다.

어조를 살펴보면 모든 문장의 어말어미는 평서형 종결어미 '-다'로 마감함으로써 지적 전달력이 매우 강하게 작동한다. 특히 수필 작법과 직결되는 후반부에서는 '것이다'라는 단정적 어휘 사용 빈도가 매우 높다. 전반부에서는 단 한번도 사용하지 않던 '것이다'를 후반부에서는 6회나 사용한 점은 그의 수필 작법 인식이 매우 경직되어 있음을 드러내는 언술이다.

금아는 이른바 토론적 문학양식인 수필보다 시적 감성이 뛰어난 사람이다. 작품 속의 언어구사는 산문이라기보다는 시에 가까운 언어 운용을 보인다. 비유와 설명, 주장이 적절히 배합되어 주제전달에 신선미가 있다. 문제는 시정이 넘치는 아름다운 정조를 담고 있는 이러한 표현 미감 속에, 작법 부분에서는 불합리한 지적 언술이 단정적으로 뾰족한 머리를 내밀고 있는 점에서 빛과 그림자가 더 강렬하게 각인되는 것이다.

금아 「수필」의 미학적 백미는 인식의 형상화에 있다. 금아는 1930
년부터 시인으로서 기반을 굳힌 사람이다. 30여 년이 흐른 후 「수필」
을 창작할 즈음에는 시적 형상화 표현이 몸에 배었을 것이다. 형상화
는 이 작품 전편을 관류하면서 산뜻한 이미지를 드러내고 있다. 비유
된 객관적 상관물은 '청자연적, 난, 학, 여인, 마음의 산책, 비둘기빛,
진줏빛, 누에, 차, 수돗물, 편지, 파격' 등 다양하게 동원된다. 이는 자
아의 세계화 양식에서는 불가능한 언어구사 기법이다. 이런 구사법은
시적 영역 즉 세계의 자아화 양식에서 보편적으로 운용하는 형상화
기법이다. 이런 점에서 금아의 수필은 충분히 산문시로 기능하고 있
으며 이 점이 문학으로서의 「수필」이 빚어내는 빛나는 훈장이다.

작품에서 치환된 이미지는 해석상의 다의성을 지녀 독선적 단정의
위험에서도 벗어날 수 있는 장치도 된다. 그런데 금아는 유독 수필의
작법 부분에서는 직설적으로 단정함으로써 짙은 그림자를 만들어버
렸다. 예컨대 수필 작법에서 '수필은 플롯이나 클라이맥스를 필요로
하지는 않는다.'라는 언술로 단정 짓지 않고 '수필은 물길 흐르듯이 써
내려가는 글' 등의 비유적 표현이었다면 해석상의 다의성 덕택으로
문제가 되지는 않을 것이다. 이러한 형상화적 표현이 전편을 관류했
다면 「수필」의 '그림자'는 생기지 않았을 것이다. 일관성을 놓쳐버린
제재 해석의 오류로 말미암아 형상화와 직설의 양극단을 병행한 점
또한 금아 「수필」의 빛에 드리운 그림자의 무거운 요소이다.

수필은 인식의 비전환적 양식, 토론의 문학, 자아의 세계화 양식,

명수필 작법 현장 분석

고백의 문학이라고 한다. 수필에서는 작가의 지적 요소가 차지하는 비중이 다른 장르보다 직접적이기 때문이다. 아직도 많은 수필가나 평론가들이 지적 감동을 우선적으로 인식하는 경향이다. 그러나 수필은 지식, 철학, 사상을 담는 글이 아니다. 수필은 문학이고, 문학은 언어예술이고, 예술은 미감 창출이 목적이다. 아무리 특별한 경험이나 사상이라도 그 내용 자체가 수필이 될 수는 없다. 문학작품의 성패는 문학미감의 서정성에 좌우된다는 점에서 수필이 철학, 사상과 근본적으로 다른 변별적 요소다.

금아 수필에서는 정서적 감동의 울림도 크다. 그것은 일차적으로 '청자연적, 난, 학' 등의 비유적 형상화를 통한 감성적 표현에다 '마음의 산책散策, 인생의 향기와 여운, 온아 우미溫雅優美, 방향芳香, 파격, 마음의 여유' 등 운치 있는 어휘들을 사용함으로써 독자의 심금을 울리는 효과를 충분히 거두었기 때문이다. 문체도 아름답다. 문제는 작품에서 그가 제기한 지적 요소, 즉 '붓 가는 대로' 식의 수필 작법 이론도 이에 편승함으로써 덩달아 절대적 울림으로 한 시대를 풍미하게 되었다는 점이다.

수필은 청자연적青瓷硯滴이다. 수필은 난蘭이요, 학鶴이요, 청초淸楚하고 몸맵시 날렵한 여인이다. 수필은 그 여인이 걸어가는, 숲속으로 난 평탄하고 고요한 길이다.

수필은 청춘의 글은 아니요, 서른여섯 살 중년 고개를 넘어선 사람의 글이며, 정열이나 심오한 지성을 내포한 문학이 아니요, 그저 수필가가 쓴 단순한 글이다.

수필은 흥미는 주지마는, 읽는 사람을 흥분시키지 아니한다.

위에 인용한 금아의 수필관은 백보 양보해서 개인이 지향하는 수필의 경지로 이해할 수도 있다. 그런데 문제는 그다음에 제시한 수필 작법의 지적 편견이다. 능동형能動形 창작을 방기한 수필 작법을 단정적으로 적시한 견해는 그 결정타를 보여준다.

'누에의 입에서 나오는 액液이 고치를 만들듯이' 수필은 써지는 것이다.

수필은 플롯이나 클라이맥스를 필요로 하지는 않는다.

'수필은 써지는 것'이라는 피동성被動性에다 구성構成(plot)마저도 무시한 금아의 수필 작법 견해다. '나는 이렇게 쓴다'라는 개성이 아니라 당위적 보편성으로 직설直說했다. 금아는 수필 창작에서 전개상의 인위적 개입이나 갈등을 배제한 '여유롭고도 자연스러운 작법'을 지향하는 작가다. 그러나 개인의 이런 '플롯과 클라이맥스' 개념 표출이 수필 작법의 부메랑이 될 줄은 본인도 상상하지 못했을 것이다.

금아의 이런 언술은 수필 미학에 대한 인식 불균형에서 찾을 수 있다. 금아의 수필 개념은 고양된 지적 품격에 초점을 맞추고 언어예술로서의 미학은 종속적으로 인식하고 있다. 수필 미학의 미분화상태이다. 1960년대의 시인 금아가 지닌 수필 인식은 주변문학의 범주를 벗어나지 못한 개념이다. 이는 마치 조선의 모든 예술 즉, 음악, 미술, 문학을 성리학의 가치관으로 획정하듯 미의식의 미분화상태인 것과

　　　　　　　　　　　　　명수필 작법 현장 분석

맥락을 함께한다. 수필의 정체성을 격조 높은 여유의 문학으로 인식하고 있었으므로 본인이 구현하는 빼어난 수필 작법을 미적 관점에서 진술할 필요성을 느끼지 못한 것이다. 반세기가 흐른 현재도 수필의 지적 품격을 주창하는 논객들은 금아의 인식과 맥락을 같이한다고 볼 수 있다.

작품의 일차적 기준은 모든 문학 장르에 공통되는 '보편성, 항구성, 개성'에 충실해야 할 것이다. 이 세 항목은 작가의 가치관과 관련이 깊은 것으로 지적 요소에 해당된다. 금아 「수필」에 적시된 수필 작법, 이른바 '붓 가는 대로'의 지적 편견은 보편성과 항구성의 일탈이다. 지적 편견으로 야기된 보편성, 항구성 일탈은 작품성을 훼손하고 수명을 단축시킨다. 자아의 세계화 양식인 수필에서 이 점은 매우 유의해야 할 요소이다. 정서적으로 아무리 훌륭한 문학미감을 실었어도 지적 오류는 모든 빛을 상쇄하고도 남는, 지울 수 없는 그림자를 드리운다. 그 대표적 본보기를 우리는 금아의 「수필」에서 본다.

◆

구성도 없이, 붓 가는 대로 글을 써서도 안 되겠지만 실상은 그렇게 써지는 것도 아니다. 금아의 「수필」도 붓 가는 대로 쓴 필력이 아니다. 소설이 아니므로 클라이맥스는 필요 없겠지만 구성상 각각의 소주제도 견고하게 어우러졌다. 특히 세련된 표현의 묘미는 그 미감이 출중하다. 금아의 수필 작법은 매우 탄탄한 필력을 기반으로 하고 있다. 그에게 정제된 수필 작법 이론이 있을 만도 하다. 그런데도 금아는 왜 이런 작법을 주창主唱했을까.

그것은 수필을 비전문 문학으로 치부한 금아의 수필관, 수필 미학의 미분화 인식, 그리고 필력에 대한 자신감이 아닐까 한다. 본문에서 언술한 대로 「수필」을 창작할 즈음의 금아는 산문 속의 시적 형상화 표현은 물론 짧은 산문 정도는 붓 가는 대로 쓸 필력이 충분히 쌓였던 시기다. 시인인 금아는 감각적 작법에 익숙한 사람이다. 따라서 그가 '구성과 클라이맥스가 필요 없다'라고 한 점은 수필 작법에서 전개상의 인위적 개입이나 갈등을 배제한 인식이다. 발단에서부터 결말에 이르기까지 필연적으로 구성되는 서사양식과 직접 대비한 것이다. "그때의 무드(기분)에 따라 '누에의 입에서 나오는 액液이 고치를 만들듯이' 수필은 써지는 것"이라는 언술에서 보듯 그의 '붓 가는 대로 작법'이란 억지스러움을 배격하여 '솔직, 소박한 자연스러운 작법'의 의미로 피력했다고 보는 것이 옳다. 작법상의 긴장이 필요 없는 관계로 그는 수필을 '여유의 문학'으로 규정하였다. '붓 가는 대로'의 작법 인식은 지극히 개인적인 가치관에서 언술한 관점이다. 그럼에도 불구하고 결과적으로는 작가로서의 공인적 위치에 자리한 금아 수필관의 치명적 불찰이 되어버렸다. 도입에서 말한 대로 '수필은 청자연적'이라는 명구名句에 동승同乘한 '붓 가는 대로'의 수필 작법론이 한 시대를 풍미한 부동의 철칙으로 굳어버렸기 때문이다.

그렇다면 이 작법 인식의 과오는 금아만의 문제인가. 시각을 달리하면 「수필」에 깃든 그림자 형성에는 그의 잘못도 크지만 개인적 수필관을 축자적逐字的으로 확대해석한 독자들, 즉 평론가, 수필가, 문학 교수, 국어 교사들의 오독誤讀이 더 크다고 하겠다. 그 오독이 금아 견해

명수필 작법 현장 분석

에 대한 동조이든, 대한민국 수필문학의 대부代父로 대접받는 금아의 인간적 빛에 가위눌린 외면이든 결과적 책임은 피할 수 없다. 이들이 금아가 무심코 드러낸 수필 양식에 대한 미의식의 불균형적 언술을 깨달을 수 있었다면 금아의 진의는 왜곡되지 않았을 것이다.

작금에는 금아의 견해를 무비판적으로 수용한 과거를 반성하는 작업이 활발히 논의되고 있다. 가장 강력한 이는 창작수필을 지향하는 이관희였다. 「대한민국의 수필은 잡문이다」를 발표(《월간문학》, 2012년 3월호)한 이후, 「수필의 현대문학 이론화 운동 선언문」(《창작문예수필》, 17호, 2015.)에서 "우리는 '붓 가는 대로'를 공개 부정, 폐기합니다"라고 공언했다. 본격수필론을 주장한 권대근은 "김광섭, 피천득의 개념이 수필문학의 전문성을 떨어뜨리고 비평의 부재현상도 초래했다(『한국 현대수필 비평론』, 2000.)"라고 비판했다. 정목일은 수필 개념의 타당성에 대한 재점검(《e-수필》, 창간호, 2006.)을 주장하고, 이후 「바로잡아야 할 수필의 개념」(《창작에세이》 20호, 2016.)에서 "고정관념화돼 온 수필의 개념 및 정의에 대해 과감한 수정과 재검토가 이뤄져야 한다"라고 하면서 "금아의 「수필」에 담긴 수필론은 개인의 추구 목표이자 개성으로 국한시켜야 한다"라고 했다. 필자는 수필집 『조선낫에 벼린 수필』(2017) 서문에서 "붓 가는 대로의 수필은 실패했다"라고 적시했다. 백철이 『문학개론』(1964)에서 수필을 창작과 문학학문과의 중간에 위치한 토론적 양식으로 보면서도 '한국수필의 잡문성'을 일갈하고 내용과 형식을 재검토, 수정의 필요성을 제기한 지 반세기가 넘어서서 논의의 초점이 제대로 설정된 것이다.

금아 「수필」에 드리운 빛과 그림자는 쌍벌적雙罰的 책임이 있다. 금아 「수필」에는 비유적 형상화로 묘사된 불후의 명구들이 확보한 절대적 미감에다, 동반상승 효과를 이룬 작법 폐단이 빛과 그림자로 각인되었다. 이울러 금아의 미분화된 수필 미학에 대한 독자의 오독까지 더해져서 그 그림자가 한국수필단에 부메랑으로 돌아간 것이다.

문학작품의 공감은 정서적, 지적 교감의 융합으로 형성된다. 서두의 세부적 준거 5개 항에서 '지적 교감'을 제외한 나머지 4개항은 창작의 미학적 기교와 연관이 깊어 주로 서정적 요소에 감응한다. 서정성 평가에는 우열優劣은 있을지라도 시비是非가 있을 수 없다. 그러나 금아 「수필」에서 보듯 지적 요소는 시비선악是非善惡으로 획정될 수도 있으므로 이 오류는 심각한 문제를 야기할 수도 있다. 작가의 개성적 가치관은 문학에서 항구성과 보편성에 직결된다. 작가는 이 점에 유의해야 할 것이고, 독자는 그 오독을 유의해야 할 것이다.

(2020, 《산문의 시》 39호)

명수필 작법 현장 분석

팽팽히 끌어당긴 미학적 교감의 끈
– 「찬란한 슬픔 덩어리」

박희선의 작품 「찬란한 슬픔 덩어리」는 제목부터 시적 다의성을 지녔다. '찬란한 슬픔'은 김영랑의 「모란이 피기까지는」에서 모순형용으로 충분히 학습한 내용이지만 문제는 그 '덩어리'의 실체가 모호하다. 이 궁금증을 위해 작가는 글의 첫 문장부터 힌트 삼아 복선伏線을 깔아놓았다.

　　내 몸은 헐겁다. 어느새 그렇게 되어 어지럼병이 쉽게 들어올 만큼 틈이 많다. 올해도 잊지 않고 찾아와 나를 사정없이 눕힌다. 한 해쯤은 건너뛰어도 섭섭하지 않을 일인데 벌써 삼 년이나 제집처럼 들락거린다. 천장이 빙그르르 돌면 모질게 내칠 수 없어 이석증, 너 왔구나 하고 반긴다. 다행히 죽을 만큼 아프지 않아 참을 만하다. 며칠이나 머물다 갈는지 하루가 아득해져 눈을 감는다.

　　우리 집 창문도 헐거워졌다. 나이를 먹어 자주 덜컹거린다. 내 몸은 병이 흔들고 창문은 주변 진동이 가만두지 않는다. 덕분에 누워 있어도 덜 심심하다. 문틈으로 찾아든 바람이 고요고요 소리를 내며 집안을 누빈다. 활기차게 움직일 때는 듣지 못하던 소리다. 나는 어지러움을 베개 삼아 바람의 고요를 무한정 받아들인다. 가만히 누워 고요바람에 휩싸이면 죽음에 대한 이해에 가까워진다. 피곤에 지쳐 누워 있을 때와는 전혀 다르다. 자연에 서서히 파묻혀 온몸이 분해되어 흙으로 돌아가는 편안함을 맛보기도 한다.

인간의 육신은 도저히 헐거워질 수는 없는데도 이런 언술이 통용되는 것이 시의 세계이다. 그런데 이 문장은 시가 아니라 수필에 담겨 있다. 조동일의 문학 4분법에 의하면 자아의 세계화 양식인 수필에서는 생성 불가한 언술이 된다. 시와 수필은 자아와 세계의 관계 형성이 정반대라고 규정했기 때문이다. 그러나 이는 오해이다. 조동일이 규정한 것은 세계에 대한 인식의 흡수와 반응 방향의 차이를 말한 것이지 그 언술 방법을 규정한 것은 아니기 때문이다. 대상에 대한 인간의 언술 방법은 다양하다. 인간은 관계하는 동물이기에 세계와의 관계에서는 다양한 파장들과 맞부딪는다. 빛의 입사入射에 대한 반응 경로는 사람마다 다양하다. 정반사가 보편적이지만 난반사도 있고 혼합반사도 있다. 아예 반응을 유보하는 완전 흡수도 있다. 따라서 수필에서도 얼마든지 시적 표현이 가능하다는 점이다.[1]

영화가 종합예술이듯 수필은 시, 시조, 소설, 희곡, 평론의 고유한 미학이 작법에 총동원될 수 있기 때문에 수필은 종합문학이라고 할 수 있다. 인류는 오랜 동안 언어예술을 구사하는 시인을 언어의 연금술사로 칭했지만 이를 현대적으로 변환하면 언어디자이너가 된다. 따

---

[1] 필자가 이 말을 강조하는 이유는 근년에 문인들 사석 모임에서 '수필 평론'이 화제로 올랐을 때, 부산 모 대학 문학 전공분야로 갓 은퇴한 교수 시인이 한마디로 잘라버렸다.
"자아의 세계화 양식에 무슨 평론이 필요합니까!"
분위기가 굳어져 함께 있던 수필가, 소설가, 아동문학가 등이 이에 대한 논의를 더 진행하지 못한 일이 있기 때문이다.

명수필 작법 현장 분석

라서 '무형식의 형식'을 창출하는 수필가는 언어의 융합디자이너다. 수필도 내용을 형식에 어떻게 유기적으로 직조하느냐에 따라 작품성의 평가가 달라진다. 수필의 목적도 정보전달이 아니라 미적 구현이기 때문이다.

이에 부응하는 기법으로 시적 창작의 묘미가 부분적으로 스민 작품에 박희선의 「찬란한 슬픔 덩어리」가 있다. 이 작품은 일상의 소소한 경험을 기본 제재로 하면서 다채로운 상상과 연상을 보조적 화소話素(motif)로 삼은 구성법에다 부분적 형상화를 곁들여 시적 미감도 함께 맛보게 한 작품이다. 이 작품을 대상으로 글쓰기의 작법 과정을 원용하여 제재 및 소재와 구성, 표현미에서 드러나는 비유적 형상화 등의 특징을 찾아 작품성을 톺아보고자 한다.

◆

이 글의 제재는 삼 년째 들락거리는 이석증耳石症이다. 그러나 첫 단락은 복선일 뿐 제목에 대한 명쾌한 해명을 찾을 수는 없다. 작가는 독자의 궁금증을 은근히 즐기면서 밀고 당기기를 시작한다. '헐거운 몸'으로 시종始終하는 이 작품은 변이된 수미상관법의 기교를 원용하여 서두에서 결미까지 제재와 주제를 통일성 있게 견인하는 구성이 치밀하다. 그리하여 제목의 집약된 의미는 작품의 결미 부분 '방향을 잃은 귓속 돌은 내 삶만큼 찬란한 슬픔 덩어리다.'라는 문장으로 제시해준다.

이 작품에서 이석을 '찬란한 슬픔 덩어리'로 치환置換한 것은 제재의 재해석이다. 장르를 불문하고 작품의 참신성은 제재의 재해석에서 비롯한다. 제재의 재해석은 범속한 일상사의 단편斷片에 미학적 가치를 부여하는 단초가 된다. 특히 '자아의 세계화' 양식인 수필은 체험의 재해석을 거치지 않으면 자칫 신변잡기로 전락할 수 있다. 수필가가 명심해야 할 것은 독자는 당신의 일상사(비록 그것이 어떤 불세출不世出의 경험이라도)에 관심도 흥미도 없다는 사실이다. 이런 사실을 익히 감지하고 있는 작가는 심각한 이석중을 작품의 서두에서 미리 헐거워진 육신으로 전환시켜놓고 중간쯤에서는 꺾어진 행복나무와 등치시킨다.

 분에 심어둔 행복나무가 꺾어 있다. 어제까지만 해도 싱싱했는데 언제 중병이 들었을까. 허리 중간이 뚝 잘려 마음만 떠다니는 내 신세와 같다. 따뜻한 실내가 아니면 살기 어렵다는 정 선생의 말이 떠오른다. 배밀이를 하듯 기어 올라가 꺾인 줄기를 손에 쥐었다. 추워서 죽은 것이 아니라 단박에 잘린 흔적이 뚜렷하다. 벌레의 소행이다. 내 귓속에도 나를 꺾을 벌레가 살고 있는 것은 아닐까. 귓속이든 나무속이든 어떤 길을 통해 안방까지 왔는지, 둘은 꺾인 채 서로를 바라보고 있다. 어지러운 것은 여전했다.
 저녁 무렵이었다. 두 끼를 굶었더니 별별 생각이 다 든다. 누워서 부엌까지 갈 수 없을까. 앉아서 엉덩이를 끌고 가거나 기어가는 것보다 머리를 더 낮출 수 있는 방법만 찾으면 된다. 그때 떠오른 것이 배추벌레였다. 머리를 치켜들고 두리번거리더니 사람의 발걸음 소리가 나자 도르르 굴러 죽은 척했었지. 죽은 척하는 것, 몸

명수필 작법 현장 분석

을 작게 말아 움직여보는 것, 하물며 사람인데 벌레보다 못하랴.

자아와 행복나무의 결합을 통해 작품의 말미에는 자연법칙에 대한 순응, 그리고 그에 따른 죽음의 이해로 전이시킨다. 이러한 서정은 급기야 영혼의 상처가 아무는 경지로 확산되면서 '찬란한 슬픔 덩어리'로 치환하고, 마지막 문장에서 '잘린 행복나무는 꺾꽂이를 하려 한다.'라는 진술로 행복나무 꺾꽂이와의 병치拉置로 마무리된다.

행복나무의 꺾인 줄기와 함께 누웠다. 내가 그를 관찰하듯 그도 나를 탐색한다. 서로에게 아파서 누워 있다는 것을 암시하며 눈을 맞추었다. 손을 펼쳐보고 줄기를 바라보고 손도 줄기도 흔들어본다. 짙은 초록잎은 속내를 조금도 보이지 않는데 손등의 정맥은 푸른빛 나무줄기로 선명하다. 줄기를 따라가본다. 다른 핏줄과 합류하는 것이 아니라 오로지 홀로 묵묵히 간다. 팔목을 지나 팔꿈치 어디쯤에서 사라지고 말았다. 빛과 어둠이 나란히 있어야만 서로가 빛이 난다. 줄기에도 핏줄에도 생명을 입혀 함께 살아갈 궁리를 한다.

눈을 감으면 제자리를 떠난 돌이 보인다. 꽃이 져야 열매를 맺는 것처럼 병도 법칙에 순응하여 나를 찾아왔을까. 돌이 있던 자리는 황량한 벌판이며 깊은 블랙홀이다. 눈에 보이지도 않을 작은 것, 아무리 채우고 덜어내어도 어지러운 증세는 줄어들지 않는다. 그래도 다행인 것은 육신을 떠난 영혼의 상처가 서서히 아물어 가는 것을 느낄 수 있기 때문이다.

길 잃은 돌은 내 삶만큼 찬란한 슬픔 덩어리다. 헐거워진 몸을 넉넉한 품이라고 생각하는지 자주 궤도를 벗어나 세월을 흔든다.
고통이 개개인의 사연을 안고 함께 가는 것 같지만 철저히 개별적
일 수밖에 없다. 죽음 또한 다르지 않을 것이다.

　잘린 행복나무는 꺾꽂이를 하려 한다.

　제목과 제재의 변주를 도모한 작가는 구성(plot)에서는 단일구성을
취하면서 매우 친근한 화소들로 보조한다. 동원된 보조화소가 이석
증의 현장을 맴도는 내용들로 제재와 중의적으로 접속된다. '내 몸은
헐겁다.'로 시작한 작품에서 뚜렷한 서사적 맥락을 형성하는 화소들
이 아니면서도 작품의 구성은 병치은유의 기법이 도입되어 서정과 지
성의 진폭이 흥미롭게 배합된다. 병치된 상관물은 누워서 바라보는
창문, 꺾어진 행복나무, 배추벌레 등이다.

- 우리 집 창문도 헐거워졌다. 나이를 먹어 자주 덜컹거린다.
- 분에 심어둔 행복나무가 꺾여 있다. 어제까지만 해도 싱싱했는데
  언제 중병이 들었을까.
- 그때 떠오른 것이 배추벌레였다…(중략)…죽은 척하는 것, 몸을
  작게 말아 움직여보는 것, 하물며 사람인데 벌레보다 못하랴.

　이러한 병치는 작품을 다채롭게 만든다. 제재의 변주를 통한 서정
성을 증폭시키면서 사유의 지성적 폭과 깊이도 중량감 있게 전달할
수 있게 된다. 작품에는 이외에도 몇 가지 화소들이 개입하지만 앞서
말한 대로 제재의 현장을 맴도는 내용들이라 상상은 다채로워도 내
용이 산만하지 않아 글의 통일성과 완결성이 잘 어우러져 전체 구성

　　　　　　　　　　　명수필 작법 현장 분석

이 긴밀히 유지되고 있다.

　자아의 세계화 양식인 수필에서 제재의 재해석과 구성 다음으로 중
요한 요소는 표현의 양상이다. 문학 표현의 양상은 너무나 다양하겠지
만 최상의 기법은 시적 운용이다. 흔히 우리는 이효석의 「메밀꽃 필 무
렵」에서 달밤 서사의 표현을 두고 '시적 수필의 경지'라고 한다. 이 말
이 시사하는 바를 살펴보면 문학미감의 층위를 눈치챌 수 있다. 즉 서
사문보다 수필문이, 수필문보다 시적 표현이 우월하다는 점이다. 시적
표현기교의 요체는 형상화 기법이다. 형상화는 비유에서 비롯한다. 비
유가 되기 위해서는 제재든 소재든 사실寫實이나 사실事實에서 변주가
되어야 한다. 이 작품에서 다양한 변주가 동원되는바 그 토막들을 추
출하면 다음과 같다.

- 내 몸은 헐겁다.
- 배가 고프다. 뭉텅뭉텅 모인 허기가 구곡양장을 휘젓고 다닌다.
- (꺾어진 행복나무가) 언제 중병이 들었을까. 허리 중간이 뚝 잘려 마
  음만 떠다니는 내 신세와 같다.
- (꺾어진 행복나무의) 짙은 초록잎은 속내를 조금도 보이지 않는데
  손등의 정맥은 푸른빛 나무줄기로 선명하다.
- 돌이 있던 자리는 황량한 벌판이며 깊은 블랙홀이다.

　이러한 다채로운 소재 혹은 제재의 변주는 말미에서 '길 잃은 돌은
내 삶만큼 찬란한 슬픔 덩어리다.'로 압축되면서 선명한 주제의식을
집약시키고, 나아가 고통을 수반한 죽음을 환기하면서 종국에는 '잘

린 행복나무는 꺾꽂이를 하려 한다.'라는 의미의 확산으로 마무리를
한다.

　- 잘린 행복나무는 꺾꽂이를 하려 한다.

　독립 단락으로 강조된 마무리 문장은 고도한 상징적 의미망의 진
술이다. 우선 잘린 행복나무와 화분에 남아 있는 원목의 대응이 의
미심장하다. 이것이 원목原木 분리나 단순한 회생 혹은 재생이 아닌
점은 앞 문장에서 '육신을 떠난 영혼', '죽음'까지 동원된 때문이다. '찬
란한 슬픔 덩어리'라는 제목으로 독자를 유인하고, '내 몸은 헐겁다.'
로 시작한 글을 마무리 문장에서 시적 모호성을 던져 다의적 해석을
기획한 작품이다. 이러한 구성은 작가가 글 전체의 흐름을 철저히 통
어統御하고 있음이다.

　이 작품의 제목, 제재, 구성, 형상화 등에서 보여준 치밀한 작법 기
교에 비해 문장의 표현에서는 화려함이 묻어나지 않는다. 섬세한 표
현이기는 하지만 개별 문장에서 다채로운 미감 전달을 위한 인식이
드러나 있지 않다. 언술은 대체로 점잖고 평범한 평서형의 문장들로
어조도 단조롭다. 문장도 호흡이 간결하여 주술 관계의 간명한 문장
이 많고, 길어야 수식어 한둘 더해진 단문이 주조를 형성하고 있다.
군더더기가 없다. 작품에서 4어절 이하의 문장만도 14개나 된다. 짧
은 호흡법은 이 글의 주제와 결합한 작가의 의도일 수도 있고, 작가의
평소 성향일 수도 있다. 그러나 문장이 간결하다는 것과 건조한 것은
맛깔이 다르다. 이 작품에서는 간결함에서 긴장감이 유지된다. 짧은

　　　　　　　　　　　　　　　　명수필 작법 현장 분석

문장임에도 동원된 어휘나 비유적 형상화, 문장의 의미망이 짙은 서정성을 수반하고 있다. 그러나 작품 속에는 여유로운 서정적 분위기도 곳곳이 스며 있는 것으로 보아 간결체의 표현은 작가의 성향인 것 같다. 의도성이 강력한 마지막의 한 문장짜리 단락을 제외하고는 단락 크기를 시각 측면에서도 적절히 유지시킨 점, 단락 간의 행 띄우기를 없앤 것도 같은 성향의 깔끔함이다. 작가는 고전적 원칙을 준수하는 작문의 기본 보법을 고수하는 것 같다. 이것은 하나의 문체文體(style)로서 작가의 개성적 표현미가 될 수도 있다. 그러나 작품 속에는 필요에 따라 다채로운 정감을 유도할 필요성도 있다는 점에서 문장 호흡의 장단長短을 신축성 있게 운용하는 것도 묘미가 있을 것이다.

마지막으로 수필 작품에서 얻는 지성적 교감 문제다. 자아의 세계화 양식인 수필에서 지성적 교감은 중요하다. 그러나 수필에서 명시적 주제전달은 필패必敗의 지름길이다. 이는 수필이 정보전달이 아니라 정서전달을 목적으로 하는 문학양식이기 때문이다. 정보성을 극복하는 길은 주제의 변죽을 울리는 일일 것이다. 이 작품에서 명시적으로 포착할 수 있는 주제는 표출되어 있지 않다. 단순 명쾌한 문장 속에서도 사유思惟의 진폭은 울림이 깊다. 이석증의 고통을 겪으며 바람의 고요 속에서 죽음의 이해에 근접하고, 빛과 어둠의 동행에서 서로의 빛을 인식한다. 돈의 위력이 대단하다고 자조自嘲하는 해학적 여유도 부린다. 이 작품에서 지성적 교감을 드러낸 주제의식은 몇몇 화소에 섞여 암묵적으로 형상화되었다.

- (벌레가) 저리도 살려고 도망가는데, 어느 곳에 가든 잘살아보라

는 생각에 미쳤다.

- 행복나무의 꺾인 줄기와 함께 누웠다…(중략)…줄기에도 핏줄에도
  생명을 입혀 함께 살아갈 궁리를 한다.
- 꽃이 져야 열매를 맺는 것처럼 병도 법칙에 순응하여 나를 찾아
  왔을까.
- 그래도 다행인 것은 육신을 떠난 영혼의 상처가 서서히 아물어
  가는 것을 느낄 수 있기 때문이다.
- 잘린 행복나무는 꺾꽂이를 하려 한다.

마무리 문장 '잘린 행복나무는 꺾꽂이를 하려 한다.'와 같이 시적
모호성을 통한 다의적 해석 속에 분명히 포착할 수 있는 지성적 교감
은 이석증의 자아와 꺾인 행복나무의 병치에서 도출되는 꺾꽂이로의
전이轉移이다. 수필은 특성상 내용에서 지성적 교감이 드러나게 마련
이다. 다만 작가의 철학관, 인생관도 서정적 감응의 진폭 범위 이내에
서 용해되어야 한다. 그래야만 수필에 담긴 주제의식도 서정적 폭과
깊이의 확장성으로 독자가 감응할 수 있을 것이다. 지성적 내용이 문
학미감을 압도해서는 좋은 수필이 될 수 없다. 이 주객전도를 방지하
기 위한 홍운탁월烘雲托月의 기법이 필요한 소이다. 이 점이야말로 수
필이 철학, 역사, 사상 등의 산문과 현격하게 차별되는 문학적 요소이
며 이를 효과적으로 구현하는 것이 언어디자이너의 본질적 역할이다.

명수필 작법 현장 분석

◆

    수필은 '무형식의 형식' 원리를 적용하는 양식이다. 무형식이라는 개념은 수필 창작에서 극단적인 양면성을 지녔다. 치밀한 구성의 서사적 작법도 가능하고, 시적 형상화의 고도한 작법도 가능하고, 이른바 신변잡기류의 잡문도 무형식으로의 합리화가 가능하다. 이러한 개념 이해는 곧 한국 현대수필문학이 당면한 양날의 칼이다. 아직도 많은 수필가, 평론가들이 수필 작품의 진면목을 내용, 즉 지성적 교감에 두고 있어 수필의 미학적 교감은 부차적인 요소로 배반당하고 있는 현실이다. 물론 광의적으로 미의식의 형성 요소는 다양하겠지만 미학에서는 감각, 감정, 표상表象 등이 사고나 의지보다는 훨씬 중요하다는 미학자들의 견해를 문학에서도 동의할 수밖에 없을 것이다.

    무릇 모든 문학작품이 다 그렇듯 평범한 일상에서 일어나는 작은 토막도 수필의 재료가 될 수는 있다. 다만 범속한 토막이라도 수필로 등극하기 위해서는 최소한의 미학적 장치를 위한 역동逆動의 힘이 얹혀야 한다.

    박희선의 「찬란한 슬픔 덩어리」는 죽음까지도 엄습하는 이석중의 고통에서도 수필이 지닌 미학적 교감의 끈을 시종일관 팽팽히 당기는 작품이다. 그 작법은 제재의 변주, 구체적 주변 화소들의 동원, 주요 소재와의 병치, 구성과 긴밀성, 수미상관으로 통어한 의미망의 통일성, 그리고 동원된 화소 속 크고 작은 소재들의 비유적 형상화까지 곁들였다. 작가는 작법의 기교를 통해 창작의 묘미를 누리고, 독자는 그 기법들을 탐색하면서 서정 속에 무르녹은 지성적 교감까지 맛볼 수 있게 된 작품이다.

대본 「찬란한 슬픔 덩어리」 / 박희선

　내 몸은 헐겁다. 어느새 그렇게 되어 어지럼병이 쉽게 들어올 만큼 틈이 많다. 올해도 잊지 않고 찾아와 나를 사정없이 눕힌다. 한 해쯤은 건너뛰어도 섭섭하지 않을 일인데 벌써 삼 년이나 제집처럼 들락거린다. 천장이 빙그르르 돌면 모질게 내칠 수 없어 이석증, 너 왔구나 하고 반긴다. 다행히 죽을 만큼 아프지 않아 참을 만하다. 며칠이나 머물다 갈는지 하루가 아득해져 눈을 감는다.

　우리 집 창문도 헐거워졌다. 나이를 먹어 자주 덜컹거린다. 내 몸은 병이 흔들고 창문은 주변 진동이 가만두지 않는다. 덕분에 누워 있어도 덜 심심하다. 문틈으로 찾아든 바람이 고요고요 소리를 내며 집안을 누빈다. 활기차게 움직일 때는 듣지 못하던 소리다. 나는 어지러움을 베개 삼아 바람의 고요를 무한정 받아들인다. 가만히 누워 고요 바람에 휩싸이면 죽음에 대한 이해에 가까워진다. 피곤에 지쳐 누워 있을 때와는 전혀 다르다. 자연에 서서히 파묻혀 온몸이 분해되어 흙으로 돌아가는 편안함을 맛보기도 한다.

　조심스럽게 곁눈질을 한다. 눈만 크게 떠도 냉큼 자리 잡는 불청객을 밀어낼 수 없다. 배가 고프다. 뭉텅뭉텅 모인 허기가 구곡양장을 휘젓고 다닌다. 종일 누워 있어 기력이 소모될 일도 없는데 힘이 달린다. 부엌까지 갈 일이 꿈만 같다. 어디쯤에 끓여놓은 죽이 있을 텐데,

명수필 작법 현장 분석

난만한 생각만 오갈 뿐 몸은 방바닥에 착 달라붙는다. 더 이상 뱃속을 달랠 길이 없다. 최대한 앉은키를 낮추어 보고 엎드려도 본다. 머리를 조금만 높여도 빙글빙글 돌아 다시 옆으로 눕고 말았다.

어둠이 몰아친다. 세상의 절반이 어둠인데 두려울 것 없다고 병을 달랜다. 머리를 꼿꼿하게 세우지만 않으면 월요일 아침까지는 견딜 수 있을 것이다. 휴일에 멋모르고 응급실을 찾았다가 검사비만 잔뜩 물고 나오지 않았던가. 그때 치른 팔십만 원이 지금도 아까워 그 병원 앞만 지나가면 속이 쓰리다. 돈의 위력은 참으로 대단하다. 어둠이나 불안도 너끈하게 잠재워 내일을 기다리게 한다.

분에 심어둔 행복나무가 꺾여 있다. 어제까지만 해도 싱싱했는데 언제 중병이 들었을까. 허리 중간이 뚝 잘려 마음만 떠다니는 내 신세와 같다. 따뜻한 실내가 아니면 살기 어렵다는 정 선생의 말이 떠오른다. 배밀이를 하듯 기어 올라가 꺾인 줄기를 손에 쥐었다. 추워서 죽은 것이 아니라 단박에 잘린 흔적이 뚜렷하다. 벌레의 소행이다. 내 귓속에도 나를 꺾을 벌레가 살고 있는 것은 아닐까. 귓속이든 나무속이든 어떤 길을 통해 안방까지 왔는지, 둘은 꺾인 채 서로를 바라보고 있다. 어지러운 것은 여전했다.

저녁 무렵이었다. 두 끼를 굶었더니 별별 생각이 다 든다. 누워서 부엌까지 갈 수 없을까. 앉아서 엉덩이를 끌고 가거나 기어가는 것보다 머리를 더 낮출 수 있는 방법만 찾으면 된다. 그때 떠오른 것이 배추벌레였다. 머리를 치켜들고 두리번거리더니 사람의 발걸음 소리가 나자 도르르 굴러 죽은 척했었지. 죽은 척하는 것, 몸을 작게 말아 움직여보는 것, 하물며 사람인데 벌레보다 못하랴.

작년 가을 옥상 배추밭에서 벌레를 잡았다. 벌레는 눈에 띄지 않는데 동전 크기만 한 구멍을 수도 없이 뚫어놓았다. 그러나 어디에 숨었는지 몇 마리밖에 잡지 못했다. 잡힌 놈 중에도 호시탐탐 기회를 노려 탈출하는 놈이 있었다. 나선형의 몸이 언제 그랬느냐는 듯 키만큼 쭉쭉 뻗어 나갔다. 기는 것이 아니라 누워서 달린다는 것이 알맞은 표현이다. 시속 삼십 킬로미터는 족히 되었으리라. 엉겁결에 잡으려고 뛰어갔지만 차마 밟지 못했다. 저리도 살려고 도망가는데, 어느 곳에 가든 잘살아보라는 생각에 미쳤다. 녀석은 기왓장 위에서 잠시 멈추더니 훌쩍 몸을 던졌다. 그 녀석이 안방까지 왔을까.

누워서 부엌에 가보기로 했다. 몸을 바닥에 최대한 붙여 벌레처럼 움츠렸다 폈다를 거듭했다. 벌레만큼 유연할 수는 없으나 생각보다 쉬웠다. 죽 반 그릇을 가볍게 먹고 돌아와 자리에 누웠다. 토하지도 않는다. 이러다 내가 벌레가 되는 것은 아닐까. 그래도 좋았다. 죽 반 그릇이 눈을 환하게 하고 멈춘 우주를 움직이게 만든다. 이제 기운도 차렸겠다, 옆으로 그냥 누워 노닥거리면 시간은 흐를 것이다.

행복나무의 꺾인 줄기와 함께 누웠다. 내가 그를 관찰하듯 그도 나를 탐색한다. 서로에게 아파서 누워 있다는 것을 암시하며 눈을 맞추었다. 손을 펼쳐보고 줄기를 바라보고 손도 줄기도 흔들어본다. 짙은 초록잎은 속내를 조금도 보이지 않는데 손등의 정맥은 푸른빛 나무 줄기로 선명하다. 줄기를 따라가본다. 다른 핏줄과 합류하는 것이 아니라 오로지 홀로 묵묵히 간다. 팔목을 지나 팔꿈치 어디쯤에서 사라지고 말았다. 빛과 어둠이 나란히 있어야만 서로가 빛이 난다. 줄기에도 핏줄에도 생명을 입혀 함께 살아갈 궁리를 한다.

눈을 감으면 제자리를 떠난 돌이 보인다. 꽃이 져야 열매를 맺는 것처럼 병도 법칙에 순응하여 나를 찾아왔을까. 돌이 있던 자리는 황량한

명수필 작법 현장 분석

벌판이며 깊은 블랙홀이다. 눈에 보이지도 않을 작은 것, 아무리 채우고 덜어내어도 어지러운 증세는 줄어들지 않는다. 그래도 다행인 것은 육신을 떠난 영혼의 상처가 서서히 아물어 가는 것을 느낄 수 있기 때문이다.

길 잃은 돌은 내 삶만큼 찬란한 슬픔 덩어리다. 헐거워진 몸을 넉넉한 품이라고 생각하는지 자주 궤도를 벗어나 세월을 흔든다. 고통이 개개인의 사연을 안고 함께 가는 것 같지만 철저히 개별적일 수밖에 없다. 죽음 또한 다르지 않을 것이다.

잘린 행복나무는 꺾꽂이를 하려 한다.

(2019, 《산문의 시》 36호)

창작의 묘미를 한껏 누리다 - 「흙」

　문인은 언어디자이너다. 수필은 종합문학이며 수필가는 언어의 융합디자이너다. 시, 시조, 소설, 희곡, 평론의 고유한 미학이 수필 작법에 총동원될 수 있기 때문이다. 그 작법은 '무형식의 형식'이라는 무한한 기능성技能性을 포용하고 있는 형식적 특징으로 집약된다.

　형식은 미감 있는 주제전달을 위한 기획적 장치다. 수필 형식의 특징은 '작가의 의도'에 따라 독창적으로 운용될 수밖에 없다. 이 과정에서 내용을 형식에 어떻게 유기적으로 직조하느냐에 따라 작품성의 평가가 달라진다. 문학에서 내용 전달은 '무엇을'보다 '어떻게'가 우선한다는 사실이다.

　이것은 몰톤(R. G. Moulton)의 '존재의 총계에 부가'라는 관점에서 비롯한 창작 개념이다. 이에 부응하는 기법으로 다채로운 기교를 구사함으로써 창작의 묘미를 한껏 누린 작품에 김혜강의 「흙」이 있다. 「흙」은 제재를 직접 대상으로 하지 않고 시적 이미지로 변형시켰다. 그리하여 존재의 근원을 탐색하면서 정보전달이 아니라 서정성을 견인한 작품이다. 소설적 긴밀 구성과 희곡의 현장감에 비유적 이미지로 시적 형상화까지 구현하고, 다양한 화소話素(motif)를 동원하면서도 글의 통일성과 일관성을 갖추었다. 「흙」을 대상으로 글쓰기의 작법 과정을 원용하여 구성상의 조직 요소와 표현에서 드러나는 비유,

　　　　　　　　　　　　명수필 작법 현장 분석

어조, 호흡, 리듬 등의 특징을 찾아 작품성을 음미하고자 한다.

◆

작품 「흙」의 현실적 제재는 도자기다. 그러나 작가는 제재를 변주하여 도자기의 재료질인 흙을 통해 존재의 근원을 맴돌며 서정을 그려내었다. 철저히 서사는 배제시켰다. 도예작품 전시장에서 도자기를 보지만 작가가 인식한 세계는 흙의 원형적 상징성이다. 이러한 인식의 변주는 세계에 대한 작가의 철학적 사유의 깊이를 방증한다.

이 작품의 주제는 명시적으로 표출되어 있지 않다. 그것은 이 작품이 정보전달이 아니라 정서전달을 목적으로 하기 때문에 당연한 현상이기도 하다. 이 작품의 중심 내용은 도자기의 원재료인 흙의 원형성에서 유추되는 존재의 본질 인식과 거기에서 젖어 오는 안온한 서정이다. 그 안온함의 소재로는 흙에서 느끼는 모성적 그리움, 삶의 터전에 대한 향수, 흙으로 빚은 도자기의 아름다움, 도자기에 새겨진 시구詩句들, 전시장에 고명으로 앉힌 산수유와 매화에서 풍겨오는 봄의 온기 등을 다채롭게 동원하고 있다. 이러한 다원적인 소재의 동원은 작가의 풍부한 상상력에서 우러난다.

글의 전개는 원고지 10여 매 정도의 짧은 분량이면서도 다양한 소주제의 화소들이 등장한다. 산만한 듯한 화소들이 통일성 있게 엮인 옴니버스omnibus식이라 대주제를 향한 초점은 단일구성인 셈이다. 형식단락은 10개 정도로 구성하여 단락의 대소를 적당히 조절함으로써 전체적인 외형에 작은 변화를 주는 안정감을 취하고 있다.

「흙」에서 두드러진 표현미의 핵심은 시적 기교를 십분 활용함으로써 비유적 형상화를 통한 서정성을 담았다는 점이다. 각 단락에 구현된 표현의 기본 기교는 치환은유와 병치은유를 혼용하면서 관념을 구체적 상관물로 상징화시켰다. 여기에다 풍부한 상상력과 다채로운 연상기법을 사용하여 글의 맥락에 긴장감을 유지한다.

내용 전개는 도입, 전개, 결말이 분명하다. 첫 단락 첫 문장 '분명 그것은 흙냄새였다.'라는 다소 돌발적인 의미망을 기반으로 흙의 원형적 상징성이 지닌 생명성을 톺아간다. 모성母性에서 역사로, 삶의 터전인 대지로 이어지다가 고향과 조상과 어머니를 회억하며 원초적 향수를 담는다. 이어 역사책으로 전이되어 인류가 누려온 삶의 터전을 방문하여 '부활의 전승록'까지 읽어내어 '조상은 나에게 줄이 끊어진 연鳶이 아니'라는 혈연적 근원을 인식한다. 실체적 제재인 도자기를 다양하게 변주한 이러한 언술은 수사법으로는 명쾌한 설명이 곤란하여 은유도 상징도 겸한 철학이라고 해야 할 것 같다. 여기까지가 도입부다.

전개 부분에서 문득 현실로 귀환하여 전시장 입구의 산수유가 포착된다. 뜻밖에 감지한 산수유에서 생명의 봄을 느껴 '도심의 빌딩 속 도자기에 담겨 있어도 이젠 봄이라고 속삭이고 있었다.'라고 늦겨울 아스팔트 도심과 대비시킨다. 이어 도입부의 흙이 도자기로 환원된다. 작가는 단순 관람객으로 조망하는 것이 아니라 흙을 도자기로 소성시킨 도예가와 동일한 시선으로 대상을 뜨겁게 인식하는 것이다. 도자기에 새겨진 향토적 시구에서도 흙냄새를 맡고, 작가가 발 디디

명수필 작법 현장 분석

고 살고 있는 현실의 공간도 오버랩시킨다. 도자기를 구운 여류 도예가와 도자기를 병치하면서 흙의 본성을 그린다. 도자기를 바라보면서도 도입부에서 언급한 흙의 본질과 모성적 서정이 연쇄법적 구성으로 혼입되고 있다. 이는 작가가 작품의 의미망과 서정성의 끈을 휘어잡고 시종일관 글 전체를 통어統御하고 있음이다. 이 점이 산만한 듯한 연상적聯想的 상상력 속에서도 글의 통일성을 견고하게 유지하는 동아줄이 된다.

독자는 작품의 중간쯤 와서야 이 글의 서사적 사연의 핵심을 이해할 수 있게 만들었다. 서두 부분에서는 아예 흙이 제재요 주제로 알다가 전개 부분 앞머리에서 무슨 전시회장임을 이해할 뿐이다. 자칫 독자의 궁금증을 지나치게 증폭시켜 흥미를 잃을 수도 있는 전개다. 그런데도 독자가 책을 덮어버리지 못하는 것은 '흙'의 변주가 다양한 긴장감을 유지시키기 때문이다. 그 궁금증이 '흙, 도자기는 본디 흙이었다.'라는 문장에서 독자는 비로소 '아하, 그래서 흙 이야기로 시작했구나' 하고 다시 한번 존재의 본질을 생각하게 된다. 흙과 도자기의 본질은 불가마 속에서 일어나는 과학적 변화와는 상관없이 '적어도 심리적으로는 바뀌지 않'는다고 명쾌한 합리적 해명을 가미함으로써 한동안 혼란했을지도 모를 독자를 위무慰撫해준다.

주요 객체인 도자기는 여기까지뿐이다. 네 벽과 중앙에 전시되었을 수많은 도예 작품들에 대한 미학적 감상은 이 글의 주제가 아님을 작가는 이미 서두에서 선언한 것이다. 만약 상당 분량을 그 감상으로 채웠다면 더 좋은 글이 되었을까. 잘되었으면 양념 맛을 보탰을 것이지만 자칫하면 주제의 일탈을 범할 수도 있는 것이다. 이 유혹을 뿌리친 작가는 다시 흙으로 돌아가 존재의 근원을 더듬는다. 작품 「흙」

의 핵심 부분이다.

전시실 벽에 혹은 공간에 소담하게 진열되어 있는 아름다운 도예 작품들. 그들에게서 흙냄새가 물씬 났다. 분명 흙의 소리가 들려왔다. 흙과 가장 가까이 있는 것은 엄마다. 합천 선산에 누워계시는 엄마의 목소리가 들렸다. 거기도 햇살에 봄이 묻어나온다고. 이제 곧 산색은 연둣빛이 되겠다고. 포슬포슬한 흙 속에 누워 있어도 봄을 느낄 수 있다고. 혼자 있는 것 같아도 언제나 함께 있어 혼자가 아니라고. 거기서도 늘 여기를 생각하고 있노라고. 한번 보고 싶다고 흙을 통하여 안부를 전해 왔다.

제재와 주제는 물론 작가 인식의 깊이까지도 이 단락에 집약되고 있다. 서정적 감성과 사색적 깊이가 구체적 상관물로 농익어 버무려진 명문장이다. 어조도 특이하다. 서술어를 생략한 문장이 연속 5개 이어진다. 이는 많은 전달 내용을 재확인하면서 모녀간의 다정다감한 구어체로 구사했음이다. 그런데 대화의 실상은 방향을 전도시켰다. 화자話者는 사실 작가 본인이지만 메시지 전달은 어머니로 반전시켰다. 작가는 살아 있어 현존의 생명성이지만 어머니는 이미 흙의 생명성이 되어 근원으로 회귀했기 때문이다. 그렇게 함으로써 이 작품의 주제인 존재의 근원적 생명성을 더욱 강화시킬 수 있게 된 것이다.

이 단락 다음에는 작가의 삶의 현장이 그려진다. '가야벌을 쓸고 가는 낙동강 물소리', '구포다리가 생기기 전 노를 젓던 사공의 모습', '낙엽을 보듬는 대지의 숭고한 소리' 등을 감지하면서 현재화한다. 추상적, 원형적 내용에 작가의 구체적 삶의 서정까지 융합시키고 있어 글

명수필 작법 현장 분석

이 공허하지 않고 살아 있다.

도예작품 전시회 감상에서 도예가를 언급하지 않음은 결례가 된다. 그래서 작가는 '여인이 아름다운 의상을 걸치듯, 고운 유약을 몸에 두르고 불과 하나 되어 새로운 형상으로 태어났'음을 포착한다. 도예작품이나 도예가는 이 수필의 초점이 아니다. 그래서 변죽을 울리는 간접적 문맥으로 작품과 여류 도예가를 불꽃 속에서 융해시키고 있다. 시구를 탐색하듯 문맥을 음미하지 않으면 느끼지 못하는 섬세하고도 고도한 표현이다.

마무리는 화제를 전환하면서 한 개의 단락으로 구성했다. 도자기에 담겨 벙근 매화를 통해 겨울과 봄을 읽고 있는 땅을 그려낸다. 봄의 전령사로 확인한 산수유에 이어 도자기에 담긴 매화를 포착한다. 굳이 유리 화병이 아님을 나타내면서 아직 겨울의 흔적이 짙은 음력 정월의 흙냄새를 각인한다. 양력 이월이지만 이 또한 굳이 음력 정월로 계절을 환기시키며 마무리를 짓는다.

그런 정월에, 말이다. 빌딩 속 도자기 안의 매화가 여기 흙의 온기가 있노라, 우주가 있노라 속삭이고 있다.

빌딩 속의 매화 송이에서 흙을 퍼 날라 우주로 날리면서 서두의 이미지와 수미쌍관首尾雙關을 이루고 있다. 결말 부분은 마치 단편소설의 극적 전환과 같은 기법이다.

그 외에 문장 호흡은 첫 문장과 같은 극단적 단문과 평범한 복문을 상황에 맞게 고루 사용하여 호흡의 장단을 조절함으로써 문맥의 긴장감을 지속시키고 있다. 향수를 자극하는 아련함을 풍기는 서정적 어휘들로 인하여 어조는 단정적이면서도 안온하다. 서두의 제2문단에는 연쇄법을 사용하여 문장의 장단, 또는 의미망의 연결로 리듬감이 드러나는 곳도 있다. 앞서 언급한 비유와 상징 외에도 과거시제 속에서도 사용된 현재법 활용, 열거법, 활유법, 직유법 등이 다양하게 활용되었다. 마지막 단락에 '그런 정월에, 말이다.'에서의 쉼표는 직전에 서술어가 생략된 두 개의 문장의 분위기를 계속 잇기 위한 스타카토staccato의 기법을 병용한 것이다. 참으로 섬세한 언어 운용이 곳곳에 보인다.

◆

「흙」은 시적 서정의 수필 작품이다. 산문양식인 수필이 운율과 이미지의 형상성을 지닌 서정양식으로 변주되기 위해서는 작법상 절대적 전환이 필요하다. '자아의 세계화' 과정에서 '세계의 자아화' 과정을 융합해서 서정적 자아로 몰입해야 하기 때문이다. 시 창작에서 제재의 내포가 강화되면 존재의 원형적 이미지와 조우하게 되는데, 「흙」은 시와 수필 두 양식상의 모순을 변증법적으로 극복한 모범적 수필이다.

「흙」에는 서사적 사연이면서도 서사는 없다. 전체 글에서 한두 토막, 그것도 조연으로 노출될 뿐이다. 자칫 지루하기 쉬운 이런 글을 이끌어 가려면 독자의 눈길을 부여잡는 탄탄한 필력이 더욱 필요하

명수필 작법 현장 분석

다. 작가는 서두 제1~3문장에서 도자기를 두고 '흙냄새', '대지의 냄새', '모성의 냄새'로 단언함으로써 이미 이 글의 복선伏線을 강도 높게 선점해두었다. 그 존재의 근원이 많은 변주를 거쳐 마지막에서 매화를 통해 '흙의 온기, 우주의 온기'로 확장시키고 있다. 이런 점에서 사유의 깊이를 구현하는 표현력은 물론이려니와 글 전편에 대한 작가의 통어統御가 견고하게 이루어졌다. 한 톨 비문非文도 없다.

수필 「흙」은 도예작품전에서 주변 소재들을 활용한 상상 속의 보조적 화소話素들이 독자의 미감을 사로잡아 고급 사유의 시간을 향유하게 한다. 또 작가는 작가대로 소설적 긴밀 구성에 비유적 이미지 창출로 시적 형상화를 이루어 언어의 융합디자이너로서의 창작적 묘미를 한껏 누린 작품이다.

대본 「흙」 / 김혜강

분명 그것은 흙냄새였다. 대지의, 모성의 냄새임에 분명했다. 온갖 주검들을 품에 품고 그 통한을 시간으로 거르고 걸러 새로운 생명을 밀어 올리는 흙.

흙은 성문화되지 않은 역사책이다. 흙을 거치지 않은 지상의 생명이 있는가. 흙을 거치지 않는 지상의 주검이 있는가. 하여 흙을 모르는 사람은 역사를 모르는 사람이다. 역사를 모르면 자신의 정체성에 멀미를 느낄 수도 있다. 흙을 느끼려 산을 오르기도 하고 생의 터전을 가끔 떠나기도 한다. 흙을 품고 사는 사람은 넉넉한 품을 가진 사람이다.

넉넉한 품을 가진 사람은 타인을 품고 세상 아픔을 보듬을 줄 아는 사람이다. 흙은 수만 년에 걸쳐 반복되는 부활의 기록이다. 끝없이 죽고 끝없이 태어나는 부활의 전승傳承록. 가만히 바라보면 선사시대의 선조들이 보인다. 가만히 귀 기울이면 수만 년 전의 발자국 소리도 들려온다.

내가 홀로 내가 아님을 인식한다. 조상은 나에게서 줄이 끊어져 보이지 않는 세상으로 날아가버린 연鳶이 아니다. 고인故人들이 그렇듯, 오래전 세상을 떠난 엄마도 흙으로 돌아갔다. 가족의 사랑을 듬뿍 받았던 귀여운 강아지 말뚝이도 흙으로 돌아갔다. 우리 또한 돌아갈 곳 흙이다. 그래서인가. 흙은 언제 어디서 만나도 낯설지 않다. 스텐으로 만든 그릇보다 자기로 된 그릇에 더 끌리고 뚝배기나 장독을 보면 자신도 모르는 사이 고향을 느낀다. 흙으로 돌아가신 조상에게서 육신을 얻었으니 육신에 이미 흙에 대한 회귀 본능과 원초적 향수가 있을 것이다.

현관을 들어서서 오른쪽으로 시선을 돌리는 순간 노란 산수유가 눈에 들어왔다. 도심의 빌딩 속 도자기에 담겨 있어도 이젠 봄이라고 속삭이고 있었다. 하이힐을 신고 아스팔트를 달려 계단을 올라온 사람에게 방긋이 웃고 있었다. 무구한 병아리같이 노랗게 웃고 있었다. 노란 웃음을 두르고 이 해의 맨 처음 봄을 도예전시실에서 만났다.

도자기는 본디 흙이었다. 도예가의 혼을 머금고 뜨거운 불가마 속으로 기꺼이 들어가 새로운 형상으로 태어난 흙의 또 다른 모습. 그러나 흙의 본질은 변하지 않는다. 과학적으로 분석해보면 질료에 화학반응이 일어, 원소나 분자에 어떤 변화가 있었는지는 알 수 없지만

명수필 작법 현장 분석

적어도 심리적으로는 바뀌지 않음을 느낄 수 있다.

전시실 벽에 혹은 공간에 소담하게 진열되어 있는 아름다운 도예 작품들. 그들에게서 흙냄새가 물씬 났다. 흙의 소리도 들려왔다. 흙과 가장 가까이 있는 혈육은 엄마다. 합천의 선산先山에 누워 계시는 엄마의 목소리가 들려왔다. 거기도 햇살에 봄이 묻어나온다고. 이제 곧 산색은 연둣빛이 되겠다고. 포슬포슬한 흙 속에 누워 있어도 봄을 느낄 수 있다고. 혼자 있는 것 같아도 언제나 함께 있어 혼자가 아니라고. 거기서도 늘 여기를 생각하고 있노라고. 한번 보고 싶다고 흙을 통하여 안부를 전해왔다.

뿐이 아니다. 작품에 새겨진 시인의 시구들이 아니더라도 도예 작품들에서 우러나오는 흙냄새에서는 기억에 각인되어 있는 풍경도 보였다.

한 생을 살라면 너무 외롭고 적막할 듯한 산골마을 배내골. 연한 연둣빛이 푸름푸름 번져가던 마을과 백설인 양 산자락을 덮고 있던 하얀 매화꽃사태들. 그 기가 막혀 말도 나오지 않던 삼월의 배내골도 보이는 듯하였다. 가야 벌을 쓸고 가는 낙동강 물소리도, 갈대 사이를 후루룩 나는 철새와 텃새도 보였다. 구포다리가 생기기 전 노를 젓던 사공의 모습도 보였다. 낙엽을 보듬는 대지의 숭고한 소리도 들려왔다.

시어詩語를 몸에 새기고 액자 속에 들어 있는 그릇도 잘 빚어진 듯으로 진열대에 앉아 있는 항아리도 본디는 흙이었다. 여인이 의상을 걸치듯, 고운 유약을 몸에 두르고 불과 하나 되어 새로운 형상으로 태어났을지언정 도자기는 흙의 본성을 숨기지 않았다.

벽에 걸려 있고 놓여 있는 작품들을 둘러본 후 한가운데 있는 진열대의 도자기로 눈을 돌리니 매화가 꽂혀 있는 게 보였다. 한(大) 가지에 꽃이 벙글어 있었다. 유리 화병이 아닌 도자기에 담겨 있어 정감이 더 갔다. 음력으로 정월달이다. 아직 산간에는 눈이 쌓여 있고 물은 한 세월 가기 싫어 얼음에 머물러 있는 땅도 있는, 바람이 속내에 두터운 시샘을 감추고 있는 정월. 그런 정월에, 말이다. 빌딩 속 도자기 안의 매화가 여기 흙의 온기가 있노라 우주가 있노라 속삭이고 있었다.

(2018, 《산문의 시》 32호)

그림자(shadow)와 영혼(soul)이 투영된
제재의 변주 – 「수건춤」

수필을 정의한 다양한 해명 중 '고백의 문학', '체험의 비전환적 표현' 등의 언술은 수필의 내용적 측면만을 고려하였으므로 절반은 오류다. 이러한 논의는 백철, 조연현, 조동일 제씨가 『문학개론』, 『한국소설의 이론』 등에서 '토론의 주제에 대한 서술적 산문양식', '토론적 본질의 창작적 형식', 그리고 '자아의 세계화'로 해명한 것과 맥락을 같이하고 있다.

이러한 인식에서 출발한 작법이라면 수필에서 고급 수준의 문학미감 발현이 원천적으로 차단된다. 이들이 규정한 것은 세계에 대한 작가 인식의 흡수와 반응에 야기되는 방향성을 말한 것이지 미적 구현 방법을 규정한 것은 아니다. 문학의 목적은 정보전달이 아니라 미적 창조이므로 수필의 구현 방법도 예외가 될 수 없다.

예로부터 시인은 언어의 연금술사라고 하였다. 이를 현대적 개념으로 바꾸면 '문인은 언어디자이너'인 셈이다. 디자이너는 내용을 창출하는 직업군이 아니라 내용을 효과적으로 담아내는 형식미를 구현하는 사람이다. 수필가도 마찬가지다.

최근에는 수필의 고백적 진술에 대한 반성으로 문학미감 구현에 관심을 갖게 되었다. 수필의 체험 내지 인식 전달 요소를 부차적으로 하고, 문학미감 형성 요소를 극대화하는 깨달음이다. 그리하여 문학

미학의 최상의 기교인 시적 기교, 즉 비유를 통한 형상화를 강조하게 되었고, 일부에서는 고급 수필의 특징적 정의를 '인식의 형상화'로 말하고 있다.

그런데 산문양식인 수필에서 구성미는 형상화에 우선하는 기본요소다. 이런 관점에서 필자는 인식, 형상화, 구성의 세 가지 요소를 융합하여 고급 수필은 '인식의 형상적 구성'으로 정의한다. 인식은 내용과 상통하고 구성과 형상화는 대체로 형식미학의 범주에 속한다.

문학에서 형식은 미감 있는 주제전달을 위한 기획적 장치다. 수필형식의 특징이 '무형식의 형식'인 점은 '작가의 의도'에 따라 독창적으로 운용되는 형식 창출을 의미한다. 이 과정에서 내용을 형식에 어떻게 유기적으로 직조하느냐에 따라 작품성의 평가가 달라진다. 문학에서 대중적 공감은 '무엇을'보다 '어떻게'가 우선한다는 사실이다.

이러한 관점에서 필자는 수필문학미감의 준거를 '① 제재 해석의 참신성 ② 구성적 미감 ③ 정서적 공감 ④ 언어 조탁 ⑤ 지성적 교감'의 다섯 항목으로 살펴보고자 한다. 본고에서는 김정애의 「수건춤」을 텍스트로 하여 이 작품이 지닌 특장特長을 톺아보겠다.

◆

첫째, '수건춤'을 변주한 제재 해석의 참신성이다.

이 작품의 제재 '수건춤'은 물리적 존재가 아니다. '풍성한 남빛 치마를 입은 정념의 깃발'로 치환된 수건춤은 앞으로 전개된 내용을 환기

명수필 작법 현장 분석

하고자 하는 강렬한 비유적 형상물이다.

　교술양식인 수필은 제재가 직접적으로 표출되는 양식이라 문학미감 구현을 위해서는 '체험의 재해석'이라는 특단의 장치가 필요하다. 체험의 재해석을 통해 자연스럽게 신변잡기로부터 탈피할 수 있고, 나아가 수준 높은 문학 미학의 다음 단계로도 용이하게 진입할 수 있다. 이를 외면하면 자칫 철학, 사상의 아류가 되어 문학예술의 생명성인 미적 감동을 상실하게 된다. 작가 김정애는 이 위험을 피해 교묘히 우회하고 있다.

　섬세한 독자라면 '자유'로 확장되는 제재가 곧이어 '정념의 깃발'로 펄럭이는 숨겨진 의미가 궁금해질 것이다. 전통사회에서 수건춤을 추어야 하는 여인의 '정념'은 '자유'라는 상황과는 매우 대척점에서 존재하였기 때문이다. 이를 그려내기 위해 한지에 그려진 한 폭의 그림에서 연상의 나래를 펼치며 객체와 자아가 합일을 이룬다. 작가는 '수건춤 즉 살풀이춤은 내면의 발현이다.'라고 직설적으로 고백한다. 그 모티프(motif)는 어릴 적 마을에 기생 출신 할머니의 한恨에서 기인하여 무용가가 되고픈 자신의 소망으로 이어진다. 그 이면에는 그들이 공유한 신산辛酸한 삶의 승화이다. 아래와 같이 작품에서도 직접 드러내고 있다.

　　그러다 점점 나이를 먹어가며 나의 내면에 자리 잡는 감정과 버거운 삶의 무게들이, 춤의 수건 속에 녹아있던 그 할머니의 감성 하나하나에 촘촘히 공감의 올들을 엮고 수놓으며 장독에 든 삽시가 홍시로 변하듯 내 속에서 익어왔던 게 아닐까.

이 작품에 구현된 제재는 복층구조의 의미망을 지녔다. 이것은 제재의 물리적 전이가 아니라 화학적 변주다. 신변사의 서사적 전개만으로도 훌륭한 감동성을 자아낼 수 있겠지만 이 경우는 지성적 감동에 국한될 뿐이라는 사실을 작가는 익히 알고 있다. 체험의 직접적 구현 양식인 수필도 '언어예술'이라는 문학의 절대적 속성을 벗어날 수 없으며, 예술성은 정보전달이 아니라 미적 장치를 통한 감성 공유가 목적이라는 사실에서 제재를 자아의 원형적 존재에 결합시킨 것이다. C. G. 융의 이론을 원용한다면 제재인 부채춤은 작가의 원초적 심상(primordial image)에서 그림자(shadow)임과 동시에 영혼(soul)이기도 한 대유물이다. 부채춤이 상징하는 바는 작가에게는 극복의 대상이면서 동시에 승화의 지향점이기도 하다. 한恨과 자유自由다.

이 작품은 자아의 체험적 서사를 객관적 상관물인 부채춤에 의탁함으로써 단순한 신변잡기류의 글을 뛰어넘어 시적 변용까지도 형상화가 가능한 문학미감으로 구현함으로써 교술양식의 한계를 허물 수 있는 단초를 구현했다.

둘째, 수미상관적 통일성을 확보한 구성적 미감이다.

앞에서 형식은 미감 있는 주제전달을 위한 기획적 장치라고 했다. 그 출발은 구성이다. 구성미를 형성하는 요소는 다양하겠지만 우선적으로 눈에 띄는 것은 주제에 맞는 효과적 직조로서 작품의 전개 양상에서 뚜렷이 나타난다. 작품의 시작, 중간, 마무리의 흐름을 보면 작가의 치밀한 미학적 의도가 여실하다.

명수필 작법 현장 분석

(시작)

풍성한 남빛 치마를 한 손으로 살짝 여며 잡고 또 한 손은 허공을 향해 흩뿌린다. 날아갈 듯 내딛는 걸음 서슬에 쪽진 여인의 하얀 수건이 구름처럼 물결을 이룬다. 자유다. 아직은 못다 버린 미련인 양 긴 속눈썹 드리운 채 그윽한 눈길로 뒤돌아보지만, 살풋 끌어올린 치맛자락 사이로 언뜻 내비치는 부푼 속치마는 이미 자유를 품었다. 하얀 모시 적삼 속에 갇혀있던 여인의 정념이 깃발로 펄럭인다.

지인의 자녀 결혼식이 있어 오래간만에 인사동 거리로 나왔다. 수건춤을 추는 여인이 그려진 한지 채색 그림 하나가 문득 눈에 들어왔다. 내 눈앞에 쉴 새 없이 던져지는 삶의 과업들을 해결하느라 모래바닥처럼 거칠고 지쳐버린 가슴에, 그녀가 올린 자유의 깃발은 감로수 같은 파도 한 줄기 솟구치게 하더니 가슴 밑바닥을 자르르 훑는다. 일어서야지, 허공에 나부끼는 저 수건처럼. 어느새 나는 그림 속 춤추는 여인이 된다. 상상의 나래를 달고 흥건히 춤추고 나니, 나의 초상화라도 된 양 살뜰한 마음이 생긴다. 어찌 두고 오겠는가. 수건춤을 추는 이 고운 여인을 훈민정음체가 새겨진 한지포장지에 쌌다. 책상 위에서 배시시 웃고 있는 내 사진 곁에 나란히 세워뒀다. 나는 이따금 이 여인의 춤을 감상한다.

(중간)

춤을 정식으로 배워보지도 못한 내가 살풀이춤에 대해 갖고 있는 환상이다. 설사 이 춤을 누군가에게 배운다 할지라도 그네의 흉내가 아닌 결국 나만의 살풀이춤이 될 것이다. 남 앞에선 추어

보지도 못할 혼자만의 씻김굿에 불과하게 될지도 모르지…(중략)…어느 날 유명하다는 젊은 무용가가 추는 살풀이춤을 보고는 혼이 녹아있지 않고 기교만 있는 그 가벼움이 싫었다.

어릴 적 우리 집은 할머니 친구분들로 늘 북적였다. 가끔은 장구도 치면서 노래하고 춤추며 거나하게 놀기도 했다. 우리 할머니는 가무에 영 재능이 없으셨고 술도 전혀 못 드신다. 그래도 여장부 같은 품을 지녔기에 온 동네 어르신들이 우리 집을 동네사랑방으로 여기며 모여든다. 그중 기생 출신의 한 할머니는 평소에 도통 말이 없으시고 그저 긴 담뱃대를 문 채 언제나 같은 자리, 방 한쪽 귀퉁이에 앉아계셨다. 한복 입은 품새나 앉음새가 여느 할머니와는 달라서 어린 내 눈에도 여간 멋진 게 아니었다. 어쩌다 놀이판이 벌어지면 동네 어르신들은 흥만 질펀하지 멋은 별로 없는 소위 절구춤을 장구 가락의 신명에 풀어낸다. 여간해선 몸을 일으키지 않는 이분도 자리가 무르익고 사람들의 성화가 봇물처럼 커지면 비로소 한 마리 나비가 된다.

(마무리)

이 춤이 살풀이춤이란 걸 뒤에 알게 되었고, 공연으로도 여러 번 접하게 되었다. 때론 큰 감동으로, 때론 어릴 적 봤던 그 할머니의 신명과 고움에 한참 못 미친다 싶어 실망도 했다. 나도 언젠가는 저 춤을 배워서 제대로 추어봐야지 하는 꿈을 지금도 간직하고 있다. 왜 이 춤이 이리도 오랫동안 내 마음을 끌어왔을까. 아마도 춤이 내 안에서 나도 모르게 나이와 함께 성숙해왔는지도 모르겠다. 어릴 적에는 그저 막연하게 신명과 춤사위의 고움에 빠졌으리

명수필 작법 현장 분석

라. 그러다 점점 나이를 먹어가며 나의 내면에 자리 잡는 감정과 버거운 삶의 무게들이, 춤의 수건 속에 녹아있던 그 할머니의 감성 하나하나에 촘촘히 공감의 올들을 엮고 수놓으며 장독에 든 삽시가 홍시로 변하듯 내 속에서 익어왔던 게 아닐까.

세월과 함께 찬란했던 감정도 삭고 춤도 잎을 떨군다. 빈 가지로 지나온 세월을 대견해하며 덩실 춤추다 때론 내 안의 젊은 여인을 불러내 정념을 뿜어도 좋으리. 빈 가지에 소복이 얹은 눈 속에서도 툭 터지는 매화의 아름다움을 기대하는 건 겨울 가지만의 특권이 아니겠는가. 언젠가 내 살풀이춤에도 개화의 꿈을 한 줌 얹어보리라.

문학에서도 시작과 끝은 성패를 좌우한다. 첫 문장에서 던진 '부채춤'이라는 제재가 마지막 문장까지 확장되면서 수미상관으로 직조하여 구성의 긴밀성까지 확실하게 구현하였다. 의미망意味網 전개의 합리성, 통일성, 일관성, 완결성도 갖추었다. 시간도 과거와 현재를 유기적으로 오가고, 무대도 현실 상황과 상상의 세계를 자연스럽게 드나든다. 등장인물도 '그림 속 여인, 젊은 춤꾼, 춤꾼 이매방, 친할머니, 기생 할머니, 자신' 등이 때로는 각생하고 때로는 겹쳐지기(Over Lap)도 하면서 다채롭게 조응된다.

셋째, 비유적 형상화로 묘사한 정서적 공감이다.

정서적 공감은 작가가 구현하는 미적 표현의 자질로서 수필이 문학이라는 측면에서 가장 소중한 부분이다. 정서를 환기하는 요소는 다양하겠으나 가장 고도하면서도 확실한 기법은 시적 표현이다. 이는 곧 비유를 통한 이미지 형성의 기교다. 교술양식인 수필은 자아의 세계화이고, 시는 서정양식으로 세계의 자아화이다. 즉 수필에서 시적 변주를 야기하기 위해서는 작법상의 본질적인 변화가 이루어져야 한다는 점이다. 그 대표적인 방법이 제재 혹은 소재의 변주를 통한 '인식의 비유적 형상화'다.

제재 '수건춤'은 이미 풍성한 남빛 치마를 입은 정념의 깃발로 치환된 자유로 형상화되었다. 작품 속에서 비유적 형상화로 표현된 부분은 다양하게 나타난다. 본문에 지속적으로 나타나는 직유법 언술, 예컨대 '여인의 하얀 수건이 구름처럼 물결을 이룬다.', '한바탕 한풀이가 끝나니 달빛 교교한 밤바다처럼 마음이 가라앉는다.' 등도 훌륭한 비유적 형상화이지만 은유적 요소로 변주하여 이미지를 형성한 구절 몇 개를 발췌하면 다음과 같다.

① 여인의 정념이 깃발로 펄럭인다.
② 시나위를 들으며 서서히 도는 흥에 온전히 빠져들면 음악이 내가 되고, 내가 음악이 된다. 음악을 품은 이는 바람이 든다. 저절로 활개가 펼쳐지며 혼과 몸에 녹아있던 신명이 날개를 단다. 우리네 삶의 이야기와 감정이 펄럭거린다.
③ 세월과 함께 찬란했던 감정도 삭고 춤도 잎을 떨군다.
④ 빈 가지에 소복이 얹은 눈 속에서도 툭 터지는 매화의 아름다움을 기대하는 건 겨울가지만의 특권이 아니겠는가. 언젠가 내 살풀이춤에도 개화의 꿈을 한 줌 얹어보리라.

①의 '정념 = 깃발'의 등치는 매우 역동적 이미지다. ②에서 '음악 =

명수필 작법 현장 분석

나의 등치를 전제로 한 '바람'의 상징적 다의성多義性이 '활개, 날개'로 변주되면서 다시 ①의 '깃발'을 환기한다. ③에서는 '세월, 자아의 감정, 춤' 등이 복합적으로 형상화되어 앙상한 나무로 변주되어 인생의 희로애락을 깊이 있게 느끼게 한다. 이러한 삶의 여정에서 다시 개화의 꿈을 ④에서 견인한다.

　매우 논리적이고 섬세한 환기 테크닉이다. 이러한 기교는 결국 제재의 재해석과 변주에서 비롯한 것들이다. 수필에서 정서적 공감을 유인하는 장치로는 이외에도 미문美文, 해학과 익살 등 다양할 것이며 리듬도 중요한 요소가 되겠지만 작가는 이 부분에서는 특별한 인식을 갖고 있지 않은 것 같다.

　넷째, 세련된 문장을 운용하여 언어 조탁의 기본을 갖추었다.

　문인은 언어디자이너다. 언어 조탁은 문인의 언어구사 능력이다. 이는 주제와 상응하는 어휘, 문장, 어조, 문장의 강약, 장단 등이 섬세하게 구현되어 현장성의 생동감도 동시에 유발한다. 작품에 동원된 어휘는 수건을 기반으로 하면서 이미지가 확장되는 '허공, 구름, 깃발, 물결' 등이 있고, 한풀이를 기반으로 한 전통적 어휘 '은장도, 버선코, 댓잎', 그리고 겨울나무를 기반으로 한 유사 이미지의 '빈 가지, 눈, 개화, 매화' 등은 각각 특징적 이미지를 발현하면서도 수건춤이 상징하는 주제와 호응하는 통합적 이미저리imagery를 형성하고 있다. 세련된 문장에 묘사도 매우 섬세하다. 아래에서 보듯 완급에 따른 동작 묘사, 현재법을 운용한 현장감, 신체 부위의 변화를 드러낸 감각성 등이 조화를 이룬다.

　아래 단락에서는 문장 호흡의 장단과 어조 등이 간헐적으로 구사

되고 있다. ①로 표시된 전반부 문장과 달리 ② 이하에서는 단문도 혼용함으로써 춤의 진폭을 더욱 실감나게 하였으며, 문장에서 서술어 생략이나 어말어미의 변화를 통해 현장감을 살리고 있다. 부분적으로 문장의 율격미를 살렸다면 춤과 어우러지는 금상첨화가 되었을 것이지만 작가의 관심사는 아닌 것 같다. 문단 크기는 5~10행으로 매우 보수적, 안정적 운용을 하고 있다.

> ① 지인의 자녀 결혼식이 있어 오래간만에 인사동 거리로 나왔다. 수건춤을 추는 여인이 그려진 한지 채색 그림 하나가 문득 눈에 들어왔다. 내 눈앞에 쉴 새 없이 던져지는 삶의 과업들을 해결하느라 모래바닥처럼 거칠고 지쳐버린 가슴에, 그녀가 올린 자유의 깃발은 감로수 같은 파도 한 줄기 솟구치게 하더니 가슴 밑바닥을 자르르 훑는다. ② 일어서야지, 허공에 나부끼는 저 수건처럼. 어느새 나는 그림 속 춤추는 여인이 된다. 상상의 나래를 달고 흥건히 춤추고 나니, 나의 초상화라도 된 양 살뜰한 마음이 생긴다. 어찌 두고 오겠는가. 수건춤을 추는 이 고운 여인을 훈민정음체가 새겨진 한지포장지에 쌌다. 책상 위에서 배시시 웃고 있는 내 사진 곁에 나란히 세워뒀다. 나는 이따금 이 여인의 춤을 감상한다.

다섯째, 자아의 그림자(shadow)를 승화시키고자 하는 지성적 교감이다.

체험의 문학인 수필 내용은 자연스럽게 지성적 교감을 드러내게 마련이다. 그렇다고 지적 정보가 수필의 목적은 아니다. 서정적 감응의 진폭 범위 이내에서 작가의 철학관, 인생관 등이 용해되어야 한다. 어

명수필 작법 현장 분석

떤 문학도 사상이 정서를 압도하면 안 된다. 주지시主知詩를 표방한 엘리어트도 '시는 사상의 정서적 등가물等價物'이라고 했다. 이러한 시적 정의가 수필에서도 적용되었을 때 그 내용도 폭과 깊이의 확장성으로 독자가 감응할 수 있을 것이다. 이 점이 같은 산문이라도 수필이 철학, 역사, 사상 등과 현격하게 차별되는 요소이다.

　　① 얼마 전 여든 노구로 살풀이춤을 추던 이매방님의 겨울나무 같은 절제된 춤사위를 보고 큰 감동을 받았다. 아직 나는 어리구나. 흰 종이에 검은 먹물 몇 방울로 충분히 그릴 수 있는 그림을 나는 참 많이도 그려 넣으려 했구나.
　　② 점점 나이를 먹어가며 나의 내면에 자리 잡는 감정과 버거운 삶의 무게들이, 춤의 수건 속에 녹아있던 그 할머니의 감성 하나하나에 촘촘히 공감의 올들을 엮고 수놓으며 장독에 든 삽시가 홍시로 변하듯 내 속에서 익어왔던 게 아닐까.
　　③ 빈 가지에 소복이 없은 눈 속에서도 툭 터지는 매화의 아름다움을 기대하는 건 겨울가지만의 특권이 아니겠는가. 언젠가 내 살풀이춤에도 개화의 꿈을 한 줌 없어보리라.

위에서 보듯 작품 속에는 작가가 인식하는 지적 메시지가 직접적으로 드러난 곳이 몇 군데 있다. 그러나 이러한 메시지는 자신에게 향하는 독백조로 노출됨으로써 간접적으로 '느끼게' 된다. 문학에서는 정보는 주입이 아니라 스며드는 것이라는 사실을 작가는 익히 알고 있다. 깨닫는 것보다는 느끼도록 만든 것은 작가의 메시지가 주장으로 응집되지 않고 작품 전편에 서정적으로 녹아 있기 때문이다. 지성적 교감을 유도하는 이러한 간접화법은 작가의 역량이다. 이러한 역량은 작가의 필력筆力이기도 하겠지만 세계관과 연계되어 드러날 것이다. 그러나 필자는 문학미감을 조명하는 작품평에서는 긴 인생살이에서 겪었던 신산한 삶의 극복과 승화에 대한 작가 인생관을 굳이 장황하게 언급할 필요가 없다고 생각한다. 문학 본질과 거리가 먼 현학적 언술에 빠지기 쉽거니와 분량상 지면도 부족하기 때문이다.

◆

서두에서 나는 '문인은 언어디자이너'라고 했다. 수필은 시, 시조, 소설, 희곡, 평론의 고유한 미학이 작법에 총동원될 수 있기 때문에 종합문학이라고 할 수 있다. 이때 '수필가는 언어의 융합디자이너'가 된다. 미국의 기업가 스티브 잡스Steve Jobs는 창조는 곧 결합이라고 했다. 이 결합이 화학적으로 무르녹으면 융합이 된다.

수필은 담백한 문예적 문장만으로도 좋은 작품이 될 수 있지만 모든 문학양식의 특징을 고루 융합한 다채로운 작법으로 고급 수필 창출이 가능한 장르다. 이 작법은 일상적 어휘를 어떻게 정서적으로 직조하느냐의 기술적 문제로 작가가 구현하는 특징적(characteristics) 작문법(composition)에서 기인한다.

김정애의 「수건춤」이 지닌 수필 미학은 제재의 참신한 재해석에서 비롯한다. 제재 '수건춤'의 내포를 강화하여 한과 자유를 대립적으로 얽고, 나아가 자아의 원형原型(archetype)을 대입시켜 그림자(shadow)

명수필 작법 현장 분석

를 극복하고 영혼(soul)으로 승화시키기 위한 발돋움이 드러난다. 여기에다 유기적 구성미, 비유적 형상화, 세련된 문장, 묘사의 섬세함과 의미 확장의 깊이도 겸비했다.

이러한 작법 운용은 심각하게 어려운 기법은 아니다. 작가는 그림에서 발견한 수건춤을 모티프로 하여 어릴 때의 아련한 경험에다 긴 인생살이에서 터득한 삶의 애환을 결합하여 제재의 변주를 구사했다. 창작 기법을 단순하게 운용하면서도 문학미감은 격상시켰다. 「수건춤」은 화려한 미감을 선사하는 작품은 아니면서도 소설적 구성미, 시적 형상화 등의 기초적 기교를 운용함으로써 문학미감의 층위層位를 고양시킨 소박한 수작秀作이다.

대본 「수건춤」 / 김정애

풍성한 남빛 치마를 한 손으로 살짝 여며 잡고 또 한 손은 허공을 향해 흩뿌린다. 날아갈 듯 내딛는 걸음 서슬에 쪽진 여인의 하얀 수건이 구름처럼 물결을 이룬다. 자유다. 아직은 못다 버린 미련인 양 긴 속눈썹 드리운 채 그윽한 눈길로 뒤돌아보지만, 살풋 끌어올린 치맛자락 사이로 언뜻 내비치는 부푼 속치마는 이미 자유를 품었다. 하얀 모시 적삼 속에 갇혀있던 여인의 정념이 깃발로 펄럭인다.

지인의 자녀 결혼식이 있어 오래간만에 인사동 거리로 나왔다. 수건춤을 추는 여인이 그려진 한지 채색 그림 하나가 문득 눈에 들어왔다. 내 눈앞에 쉴 새 없이 던져지는 삶의 과업들을 해결하느라 모래바닥처럼 거칠고 지쳐버린 가슴에, 그녀가 올린 자유의 깃발은 감로수 같은 파도 한 줄기 솟구치게 하더니 가슴 밑바닥을 자르르 훑는다. 일어서야지, 허공에 나부끼는 저 수건처럼. 어느새 나는 그림 속 춤추는 여인이 된다. 상상의 나래를 달고 흥건히 춤추고 나니, 나의 초상화라도 된 양 살뜰한 마음이 생긴다. 어찌 두고 오겠는가. 수건춤을 추는 이 고운 여인을 훈민정음체가 새겨진 한지포장지에 쌌다. 책상 위에서 배시시 웃고 있는 내 사진 곁에 나란히 세워뒀다. 나는 이따금 이 여인의 춤을 감상한다.

수건에 기쁨과 희망을 담고 하늘하늘 날다, 이내 삶에 치여 흐느끼고 절망한다. 삶의 표상처럼 흔들던 수건마저 던져버리고 심연으로 가라앉듯 바닥에 엎드린 채 어깨 들썩이며 못내 서럽게 몸부림친다. 이윽고 어깨의 흔들림이 잦아들고 한바탕 한풀이가 끝나니 달빛 교교한 밤바다처럼 마음이 가라앉는다. 자존의 표상인 양 다시 수건 찾아들고 공중으로 휘이 흩뿌리니 애환도 허공으로 날아간다. 정갈해진 수건의 맑은 기운은 마지막 이파리처럼 고요히 아미를 쓰다듬고 흐르다, 은장도로 허공을 가르듯 단호한 손길을 따라 크게 소용돌이치면서 여인을 휘감는다. 상큼 차올렸다 내딛는 버선코와 함께 춤사위는 바람에 나부끼는 댓잎처럼 가벼워졌으나 몸가짐은 나무 둥치처럼 장중하다. 흔들리지 않는 중심으로 마음은 오히려 깃털처럼 가벼워진 것이리라.

수건춤 즉 살풀이춤은 내면의 발현이다. 시나위를 들으며 서서히 도는 흥에 온전히 빠져들면 음악이 내가 되고, 내가 음악이 된다. 음악을 품은 이는 바람이 든다. 저절로 활개가 펼쳐지며 혼과 몸에 녹아있던 신명이 날개를 단다. 우리네 삶의 이야기와 감정이 펄럭거린

명수필 작법 현장 분석

다. 홍과 한의 이중주는 수건의 길이만큼 진폭이 더 커지고 도도한 신명 속에 서러움도 기쁨도 다 녹여낸다. 살풀이라고 신들린 무당의 날뜀은 아니다. 아름다운 여인의 교태는 더더욱 아니다. 딱 그 중간을 조율한다. 누구를 향해 보여주려는 춤이 아니라 자신을 표현하고 풀이하는 춤이기 때문이다. 감정의 선을 적절히 풀었다 절제했다, 홍으로 신명으로 춤추다 보면 어느 새 소나기 지나간 뒤 돋는 무지개처럼 마음이 맑아지고, 일순 고요히 움직임을 닫는다.

춤을 정식으로 배워보지도 못한 내가 살풀이춤에 대해 갖고 있는 환상이다. 설사 이 춤을 누군가에게 배운다 할지라도 그네의 흉내가 아닌 결국 나만의 살풀이춤이 될 것이다. 남 앞에선 추어보지도 못할 혼자만의 씻김굿에 불과하게 될지도 모르지. 어느 날 유명하다는 젊은 무용가가 추는 살풀이춤을 보고는 혼이 녹아있지 않고 기교만 있는 그 가벼움이 싫었다. 내가 보고 싶은 것은 한의 씻김굿 같은 진한 한바탕 소용돌이 속 드라마틱한 감정의 전개였다. 그러다 얼마 전 여든 노구로 살풀이춤을 추던 이매방 님의 겨울나무 같은 절제된 춤사위를 보고 큰 감동을 받았다. 아직 나는 어리구나. 흰 종이에 검은 먹물 몇 방울로 충분히 그릴 수 있는 그림을 나는 참 많이도 그려 넣으려 했구나.

어릴 적 우리 집은 할머니 친구분들로 늘 북적였다. 가끔은 장구도 치면서 노래하고 춤추며 거나하게 놀기도 했다. 우리 할머니는 가무에 영 재능이 없으셨고 술도 전혀 못 드신다. 그래도 여장부 같은 품을 지녔기에 온 동네 어르신들이 우리 집을 동네사랑방으로 여기며 모여든다. 그중 기생 출신의 한 할머니는 평소에 도통 말이 없으시고 그저 긴 담뱃대를 문 채 언제나 같은 자리, 방 한쪽 귀퉁이에 앉아계셨다. 한복 입은 품새나 앉음새가 여느 할머니와는 달라서 어린 내 눈에도 여간 멋진 게 아니었다. 어쩌다 놀이판이 벌어지면 동네 어르신들은 흥만 질펀하지 멋은 별로 없는 소위 절구춤을 장구 가락의 신명에 풀어낸다. 여간해선 몸을 일으키지 않는 이분도 자리가 무르익고 사람들의 성화가 봇물처럼 커지면 비로소 한 마리 나비가 된다.

긴 수건을 펼치며 끊어질 듯 이어지고 이어질 듯 끊어지는 춤사위는 빨라졌다 느려졌다 애간장을 태우고, 때론 날아갈 듯 발끝을 세우다 이내 호흡마저 멈추며 가라앉는 고저완급의 조화로운 걸음걸이에 나는 정신없이 홀딱 빠져든다. 동그랗게 수그린 어깨가 들썩이면 내 어깨도 따라서 움찔거렸다. 바닥으로 살살 내려앉으며 팔을 펼쳤다 오므리면 수건도 공중으로 풀쩍 날았다 휙 되감기니 내 팔에도 날개가 돋을 듯 움씰거렸다. 그 분의 미소에 내 입도 반달을 그린다. 비껴 치켜든 검지가 귀 곁을 휘돌면 수건도 공중에서 우아한 선을 그리며 너울춤을 추니, 내 검지도 어느새 힘이 들어간다. 바닥에 엎드려 어깨를 좌우로 흔들며 흰 수건을 내저을 땐 내 몸도 절로 흔들린다. 그렇게 배워버린 이 춤을 어릴 적, 전차 안에서나 친척들 앞에서 추어보이면 다들 선녀 같다고 했고, 무용가가 되고픈 소망을 품게 되었다. 이루지 못한 꿈은 아직도 가슴에 아련하다.

이 춤이 살풀이춤이란 걸 뒤에 알게 되었고, 공연으로도 여러 번 접하게 되었다. 때론 큰 감동으로, 때론 어릴 적 봤던 그 할머니의 신명과 고움에 한참 못 미친다 싶어 실망도 했다. 나도 언젠가는 저 춤을 배워서 제대로 추어봐야지 하는 꿈을 지금도 간직하고 있다. 왜 이 춤이 이리도 오랫동안 내 마음을 끌어왔을까. 아마도 춤이 내 안에서 나도 모르게 나이와 함께 성숙해왔는지도 모르겠다. 어릴 적에

명수필 작법 현장 분석

는 그저 막연하게 신명과 춤사위의 고움에 빠졌으리라. 그러다 점점 나이를 먹어가며 나의 내면에 자리 잡는 감정과 버거운 삶의 무게들이, 춤의 수건 속에 녹아있던 그 할머니의 감성 하나하나에 촘촘히 공감의 올들을 엮고 수놓으며 장독에 든 삽시가 홍시로 변하듯 내 속에서 익어왔던 게 아닐까.

세월과 함께 찬란했던 감정도 삭고 춤도 잎을 떨군다. 빈 가지로 지나온 세월을 대견해하며 덩실 춤추다 때론 내 안의 젊은 여인을 불러 내 정념을 뿜어도 좋으리. 빈 가지에 소복이 없은 눈 속에서도 툭 터지는 매화의 아름다움을 기대하는 건 겨울가지만의 특권이 아니겠는가. 언젠가 내 살풀이춤에도 개화의 꿈을 한 줌 얹어보리라.

(2020, 《산문의 시》 37호)

다양한 창작 기교를 혼용한 미감 창출
- 달구벌수필문학상

문인은 언어디자이너다. 수필은 종합문학이며 수필가는 언어의 융합디자이너다. 그 작법은 '무형식의 형식'이라는 무한한 기능성技能性을 포용하고 있는 형식적 특징으로 집약된다. 수필의 무형식이란 형식의 제약이 없다는 의미로 모든 문학양식의 고유한 미학적 특질이 작가의 의도에 따라 선택적으로 혼용 가능하다. 그리하여 시, 시조, 소설, 희곡, 평론의 고유한 미학이 수필 작법에 동원될 수도 있다.

형식은 미감 있는 주제전달을 위한 기획적 장치다. 수필 형식의 특징은 '작가의 의도'에 따라 독창적으로 운용될 수밖에 없다. 이 과정에서 내용을 형식에 어떻게 유기적으로 직조하느냐에 따라 작품성의 평가가 달라진다. 문학에서 내용 전달은 '무엇을'보다 '어떻게'가 우선한다는 사실이다. 이 '어떻게'를 위해서 문인은 언어디자인을 고뇌하고 퇴고를 반복한다. 이 점이 창작이다. 창작은 몰튼(R. G. Moulton)이 말한 '존재의 총계에 부가'라는 관점에서 비롯한 개념이다.

윤영의 작품 「나도 더러는 질펀하게 무너지고 싶다」는 소설적 긴밀 구성과 희곡적 현장감, 비유적 이미지로 시적 형상화까지 구현하고 있다. 이 작품은 필자가 심사를 맡은 달구벌수필문학상 수상작이다. 당시 심사평은 아래와 같다.

명수필 작법 현장 분석

〈달구벌수필문학회(회장 이규석)〉의 연간집 《달구벌수필》 제13호(2017)에 수록된 회원 작품 31편을 대상으로 우수작품 1편 선정을 위한 첫 번째 작업은 '무심한 통독通讀'으로 시작했다. 전체적 작품 분위기는 한국 현대수필단에서 심히 우려하는 이른바 '신변잡기류의 작품을 벗어나려는 작법 인식이 먼저 확인되었다. 많은 작품들이 구성적 미감과 서정적 표현미로 나타나, 경험의 서사적 진술이 가져오는 안이함에서 탈피하고자 하는 의욕이 엿보였다. 문학 이론과 창작 기법에 관한 실천적 노력이 단체의 분위기인 것 같은 느낌이 들었다. 다소 부족한 느낌의 작품들도 전체 회원들이 지닌 수필 미감 구현의 작법 경향으로 보아 미구에 보완되리라는 희망으로 다가왔다.

2차 작업은 예심의 과정으로 삼았다. 문학작품의 보편적 기준(주제, 제재, 구성, 표현)을 염두에 두면서 감상비평적鑑賞批評的 관점에서 정독을 하면서 본심 대상 작품을 골랐다. 최근의 흐름은 짧은 수필을 지향하기도 하거니와 짧다고 결코 더 쉬운 작업은 아니므로 분량으로 감점은 하지 않았다. 총 7편이 선정되었다.

7편을 다시 상대적으로 비교하면서 정독을 해보니 각 작품의 장단점은 한눈에 포착되었으나 심사자 주관 배제를 위한 객관적 준거로 '① 제재의 참신한 재해석, ② 구성적 미감, ③ 언어 조탁, ④ 서정적 감성, ⑤ 지성적 교감'의 5개 항으로 상대적 비교를 시도했다. 상위권으로 선정된 작품은 「나도 더러는 질펀하게 무너지고 싶다」, 「빈집」, 「아바타가 아니야」, 「성장통」 4편이었다. 이 네 편은 공통적으로 '제재의 참신한 재해석' 부분에서 좋은 평가를 했다. 장르를 불문하고 작품의 참신성은 제재의 재해석에서 비롯하기 때문이다. 특히 '자아의 세계화' 양식인 수필은 제재가 직접적으로 표출되는 양식이라 체험의 재해석을 통해 자연스럽게 신변잡기로부터 탈피할 수 있고, 나아가 수준 높은 문학 미학의 다음 단계로도 용이하게 진입할 수 있다. 신변사의 서사적 전개만으로도 훌륭한 감동성을 자아낼 수 있겠지만 이 경우는 지성적 감동에 국한될 뿐이다. 문학예술로서의 수필의 생명성은 정보전달이 아니라 미적 감동이기 때문에 철학, 사상의 글과는 근본양식이 다른 것이다.

이 4편 가운데 「나도 더러는 질펀하게 무너지고 싶다」가 위 5개 항목에서 '고르게' 최고 점수를 받았다. 선정 작품은 사적 상황을 모티브로 하여 제재의 변주를 이룩하고, 비유적 형상화를 통해 시적 서성성을 견지하면서도 사유 깊은 지성적 교감까지 견인한 작품이었다. 이울러 다양한 화소를 동원하면서도 긴밀 구성으로 독자의 눈길을 사로잡는 수작이었다. 굳이 결함이 됨직한 요소를 찾는다면 문학 미학적 관점에서 제목이 과연 최선인가 하는 점이었다.

「나도 더러는 질펀하게 무너지고 싶다」는 다양한 화소話素(motif)를 동원하면서도 글의 통일성과 일관성을 갖추었다. 아울러 지혜로운 지성적 교감을 주장이 아니라 느낌으로 견인한 작품이었다. 이 작품이 지닌 미적 감동을 '① 제재의 참신한 재해석, ② 구성적 미감, ③ 언어 조탁, ④ 서정적 감성, ⑤ 지성적 교감'의 영역으로 세분하여 각 요소의 특징들을 톺아보고자 한다.

명수필 작법 현장 분석

장르를 불문하고 작품의 참신성은 제재의 재해석에서 비롯한다. 특히 '자아의 세계화' 양식인 수필은 체험의 재해석을 통해 신변잡기로부터 탈피할 수 있다. 「나도 더러는 질펀하게 무너지고 싶다」에서 구현된 제재는 복층구조다. 표면적 제재는 '구룡포 여행'이지만 작품의 내면적 동인動因(motive)는 '경계성암' 진단이다. 작가는 이 모티브를 심화 확장시키기 위해 대표적 화소話素(motif)인 구룡포 여행을 전면에 깔고는 요소요소마다 경계성암의 내면적 변주를 위한 보조 화소를 유도한다. 그것이 바다의 풍랑과 농어다. 격랑하는 작가의 심리가 경계심 많은 농어의 '격랑 속 풀어짐'으로 중첩된다. 단편적으로 삽입되는 화소인 '심야의 바닷가 사내, 쭉정이만 남은 보리밭, 해풍에 상처 입은 갯메꽃잎'에게도 다양한 의미망이 전이된다.

이 작품은 제재의 복층구조 속에서도 구성의 긴밀성을 통해 강한 긴장감을 유지하게 만든다. 구성이란 주제의 효과적 전달을 위한 작가의 의도적 장치다. 구룡포 여행의 낚시 계획은 농어를 유인하기 위한 필연적 절차이며 기실 이 농어의 특징이 경계성암 진단을 받은 작가의 '무너짐'에 대한 복선伏線에 해당되어 작품의 마무리에서 '질펀하게 무너지'는 자아와의 병치적竝置的 대응으로 발전된다.

(도입)

동해에 풍랑주의보가 내려진 건 오전 10시쯤이었다. 일주일 전부터 벼르던 여행을 물거품으로 만들 수는 없었다. 구룡포로 가는 옛길을 따라 조개를 잡고 볼락회에 소주 한잔 마시다 죽은 듯 자야겠다고 먹은 마음을 포기하기에는 마음한테 미안해졌다. 남들이 보면 시답잖은 여행일지 모르지만 내게는 간절한 염원이었다. 이판사판으로 가보는 데까지 가보자며 나는 도시락을 싸고 남편은 텐트와 침낭을 챙겼다.

한 치 앞을 모르는 게 사는 일이잖은가. 호미곶을 지나 구룡포항에 닿을 즈음이면 파도가 지쳐있을 거라는 희망은 출발할 때부터 가지지 말았어야 했다. 일기예보는 빗나가지 않았다. 파도는 천년 묵은 한을 토해 해안반도 둘레길을 덮쳤다. 긴 목덜미를 자랑하듯 제철소 수십만 개의 불빛만 바다에 녹아 있었다. 다시 찾아간 곳은 어촌의 그만그만한 포구였다. 사는 일이 눅진하여 역마살이 낄 때 드나들던 곳이다. 길과 바다의 경계가 지워졌다. 식당들은 일찌감치 문을 닫아걸었다. 유월 밤바다는 괴괴하다.

(중간)

어째 농어의 영리함보다 안쓰러움이 먼저 든다. 평소에 얼마나 긴장 상태로 살았을까. 나름대로는 다른 어종에 비해 똑똑한 척하며 우월감마저 들었으리라. 하물며 녀석인들 풀어지고 싶지 않았을까. 혹 날씨를 핑계 삼아 일부러 경계를 풀어버리는 게 아닐까 싶은 생각이 갑자기 들었다. 아무튼, 그것이 농어, 그 녀석의 본능이든 자의에 의한 방식이든 꾼들의 입질에 걸린들 어떤가. 오늘따라 녀석이 부럽다 못해 나도 잠깐 농어가 되고 싶은 저녁이다.

나는 한 달 전 '경계성암'이라는 진단을 확정받았다. 수술하고 돌아오는 차 안에서 아득해졌다. 인간과 신의 사이를 연결해 주는

명수필 작법 현장 분석

무당이 잠시 다녀간 듯했다. 돼지머리 앞에서 춤추던 단골무당의 희번덕이는 칼날이 악령을 삼킨 채 언제 내게 꽂힐지 두려웠다. 지리산의 성모천왕 앞에 빌고 싶었다. 진한 선팅을 한 자동차에 갇힌 기분이었다. 빛과 그늘 사이에 오래 앉아 있었다. 터지기 직전까지 불어놓은 풍선 신세였다. 가시가 두려워 장미꽃밭에 갈 수도 없었다. 도살장에서 잡아들인 붉은 살점들이 정육점 냉동고에서 급냉으로 얼어가듯 경직되어 갔다.

당연히 절정 부분에서는 위로의 반전을 거친다. 치밀한 단편소설적 구성이다. 그리고 중간쯤의 대화체 문장 삽입은 생생한 현장감과 동시에 긴장한 독자들이 시각적, 심리적으로도 여유를 누리게 하는 희곡적 효과를 겸비하고 있다.

만약 이 작품구성에서 화소를 '경계성암 진단의 소용돌이 - 소용돌이를 회피하기 위한 구룡포행'으로 전개했다면 이는 서사적 개인사의 추보식 전개가 된다. 그러면 '설화체 구성'으로 문학미감은 반감했을 것이다. 짐짓 뭔가 특별한 경험의 단순 여행으로 출발하면서도 '간절한 염원'과 '이판사판'의 긴박감으로 독자를 유혹하는 매력 있는 구성이다.

(마무리)
며칠 전 잔광이 내려앉은 오후 블라디보스톡에서 선배가 보내준 문자가 떠올랐다.
'아무것도 아닌 병명에 자신을 가두지 말아요. 경계성암이라서 다행이고 고맙다고 생각해야지. 더 아프고 더 절박한 사람들이 얼마나 많은 세상인데요. 이제부터라도 자신을 잘 챙기고 다니라는 신호일 거에요.' 별거 아니니 걱정하지 말라는 일축성 문장에 불안이 눈 녹듯 사라지는 거로 봐서 누군가에게 작은 위로라도 받고 싶었던 게 아닐까. 아니면 길을 나서니 생각이 유연해진 걸까.

아무튼, 나는 지금 갈림길에서 서성거리고 있다. 아프지 않을 이유도, 건강할 이유도 된다. 여름에 겨울 걱정을 할 필요가 없지 않은가. 모종을 뿌리면서 잎을 생각하고 꽃과 열매를 생각할 필요가 없었다. 극성스럽게 살지 않을 것이다. 이렇듯 생각을 확 바꿔버릴 수 있는 단세포적인 내가 믿기지 않아 어금니에 쥐가 날 지경이다. 언제쯤이면 솔직한 나를 만날 수 있을까. 다만 나도 이 시점에서 한번쯤은 무너지고 싶었을 뿐이다. 농어 그 녀석처럼 날씨를 핑계 삼든 따뜻한 사람이 던진 입질을 핑계 삼든 덥석 물어 질펀하게 풀어지고 싶다. 더러는.

후반으로 가면 아침이 뿌옇게 밝아오면서 반전이 일어난다. 사는 일이 거룩하겠다는 생각도 든다. 그리고 선배의 문자 위로의 미끼를 덥석 문다. 그러면서도 무너짐에 대한 미련을 슬쩍 남겨두는 치밀한 구성이다.

언어 조탁은 문인의 언어구사 능력이다. 주제와 상응하는 문장의 강약, 장단 등과 어휘, 어조 등이 섬세하게 구현되는바 이는 현장성의 생동감도 동시에 유발한다. 이 작품의 언어구사는 전반적으로 간결체의 보편적 진술법을 채택하고 있다. 그러나 날씨 상황이 긴박한 장면의 언술은 매우 급박해진다.

명수필 작법 현장 분석

마지막으로 양포와 구룡포 사이에 있는 바다낚시공원으로 차를 돌렸다. **역시나 마찬가지다**. 으르렁거린 파도는 겁도 없이 바다를 삼키고 내뱉으며 산산조각을 낸다. **오기가 생겼다**. 무슨 통쾌한 일이 없을까를 고민하다 포항에 사시는 형님 내외를 불렀다.

이상에서처럼 문장의 장단은 긴장과 이완을 가져다준다. 전반적으로 평서형 종결어미를 사용하면서도 '한 치 앞을 모르는 게 사는 일이잖은가.', '평소에 얼마나 긴장 상태로 살았을까.', '꾼들의 입질에 걸린들 어떤가.' 등등 설의법적 어미 활용도 작가의 심리적 갈등으로 야기되는 사색의 깊이를 독자에게 전이시키는 어조이다. 사용된 어구들도 잘 선별되었다. 경계성암에서 유추한 '나는 경계에 선 여자'와 '진한 선팅을 한 자동차', '빛과 그늘 사이'는 유사 상황을 은유로 치환한 고급 비유다. 동시에 '터지기 직전까지 불어놓은 풍선', '가시가 두려워 장미꽃밭에 갈 수 없었다.' 등 숱한 어구들이 적확的確한 언어구사들로 독자 시선에 각인되고 있다.

이 작품에서는 심리적 격랑의 원인 요소로 작동하는 '경계'라는 어휘가 여러 번 등장한다. 그런데 한자를 부기하지 않았다. 의도적이다. 경계境界로, 때로는 경계警戒로 언어유희적 요소도 스며 있다. 마지막 문장 '농어 그 녀석처럼 날씨를 핑계 삼든 따뜻한 사람이 던지는 입질을 핑계 삼든 덥석 물어 질펀하게 풀어지고 싶다.'가 주는 강한 의미망도 매우 기획적 언술이다. 첫째는 서두의 낚시에 호응하는 의미상의 수미쌍관이고, 다음은 농어와 병치되는 '무너짐'의 공유이며, 사람이 던진 미끼인 '따뜻한 입질'과의 조응이다. 그리고 '더러는.'이라는 마무리의 도치법 사용에서 '더러는'이 지니는 의미는 한 여인으로서 일상의 일탈이 얼마나 쉽지 않은 일인가를 웅변적으로 드러내는 언술법이다.

체험의 직접적 구현 양식인 수필도 '언어예술'이라는 문학의 절대적 속성을 벗어날 수 없다. 예술성은 정보전달이 아니라 미적 장치를 통한 감성 공유가 목적이다. 앞의 세 번째 항목에서 밝힌 언어 조탁은 수준 높은 문학 미학의 창출 기교이며 이를 통해 독자의 서정적 공감을 확보하는 것이다. 서정적 감성은 미적 표현의 자질로서 수필이 문학이라는 측면에서 가장 소중한 부분이다. 방법론으로는 미문美文, 비유적 형상화, 해학과 익살 등 다양할 것이며 리듬도 중요한 요소가 된다. 간단히 말한다면 '시적 표현'을 요구하는 것이다. 교술양식인 수필은 자아의 세계화이고, 시는 정반대인 서정양식으로 세계의 자아화이다. 즉 수필에서 시적 변주를 야기하기 위해서는 작법상의 본질적인 변화가 이루어져야 한다는 점이다. 그 대표적인 방법이 '인식의 비유적 형상화'이다.

작품 「나도 더러는 질펀하게 무너지고 싶다」에서 동해의 풍랑과 경계암 진단의 심리적 소용돌이는 병치은유로 치환되어 이 작품의 전편을 관류하는 이미지다. 심리적 격랑, 즉 동해 풍랑 속으로 농어를 병치한다. 길과 바다의 경계가 지워짐은 영리한 농어의 풀어짐을 유인하기 위한 복선이다. 실루엣인 듯 얼핏 스케치한 심야의 해안가 낯선 사내는 무너짐의 조연으로 유인한 것 같다. 이 무너짐의 현장으로 시댁식구를 불러들이는 의뭉스러움에 묘한 미소를 머금는다. 치밀하다. 농어의 영리함은 곧 작가 영리함의 대유다.

밝아오는 아침에서 비롯된 반전적 심리는 유년기의 행복한 회상으로 이어지고 간밤 풍랑에 상처는 입었지만 해풍에 몸을 말리는 갯메

　　　　　　　　　　　　명수필 작법 현장 분석

꽃잎에 자아를 투영한다. 이러한 비유적 형상화도 결국은 제재의 변주를 이룩했기에 가능한 표현이다.

체험의 문학인 수필의 내용은 자연스럽게 지성적 교감을 드러내게 마련이다. 그렇다고 지적 정보가 수필의 목적은 아니다. 서정적 감응의 진폭 범위 이내에서 작가의 철학관, 인생관 등이 용해되어야 한다. 어떤 문학도 사상이 정서를 압도하면 안 된다. '시는 사상의 정서적 등가물等價物'이라는 엘리어트의 시적 정의가 수필에서도 적용되었을 때 그 내용도 폭과 깊이의 확장성으로 독자가 감응할 수 있을 것이다. 이 점이 같은 산문이라도 수필이 철학, 역사, 사상 등과 현격하게 차별되는 요소이다.

이 작품 속에는 작가가 전하고자 하는 지적 메시지가 직접적으로 드러난 곳은 없다. 그러나 인생사에 예기치 못한 난관에 봉착했을 때의 심리 현상과 그것을 극복하려는 지혜와, 소박한 소망 등을 간접적으로 '느끼게' 된다. 깨닫는 것이 아니라 느끼도록 만든 것은 작가의 메시지가 주장으로 응집되지 않고 작품 전편에 서정적으로 녹아 있기 때문이다.

◆

문학작품은 각 양식마다 형식상의 고유한 특징이 있다. 이 형식의 차이에 의해서 문학양식의 변별성이 생긴다. 시의 운율, 시조의 정형률, 소설과 희곡의 구성법, 수필의 무형식 등이다. 형식미는 미감 있는 주제전달을 위한 최선의 창출 장치다. 이 형식의 범주 내에서 작가들은 매 작품마다 미적 창조의 극대화를 위한 특별한 세부 장치를 운용한다. 이 과정에서 내용과 형식이 어떻게 유기적으로 직조되느냐에 따라 작품성의 평가가 달라진다. 문학의 형식은 그릇[容器]이 아니라 작품 형성의 원리다. 이것은 근본적으로 제재의 미학적 변주를 통해 이루어질 수 있으며, 이 기법 속에서는 체험의 변형을 통한 가공의 진실성도 가미될 수 있다.

윤영의 수필 「나도 더러는 질펀하게 무너지고 싶다」는 다른 양식이 지닌 특징적 미학을 수필 작법에 다양하게 동원하였다. 제재, 구성, 언어, 서정, 지성적 교감이 유기적으로 잘 직조되었다. 소설이 지닌 긴밀한 구성법과 희곡의 현장감, 섬세하고 명징한 언어 조탁으로써 비유를 통한 시적 이미지 창출에 이르기까지 통합적 기교를 구현함으로써 문학미감의 멋과 맛을 한층 고양시킨 작품이다.

(2017, 《달구벌수필》 14집)

명수필 작법 현장 분석

소박한 제재의 창작적 변주 – 금샘문학상

　문인은 언어디자이너다. 수필은 종합문학이며 수필가는 언어의 융합디자이너다. 그 작법은 '무형식의 형식'이라는 무한한 기능성技能性을 포용하고 있는 형식적 특징으로 집약된다. 수필의 무형식이란 형식의 제약이 없다는 의미로 모든 문학양식의 고유한 미학적 특질이 작가의 의도에 따라 선택적으로 혼용 가능하다. 그리하여 시, 시조, 소설, 희곡, 평론의 고유한 미학이 수필 작법에 동원될 수도 있다.

　형식은 미감 있는 주제전달을 위한 기획적 장치다. 수필 형식의 특징은 '작가의 의도'에 따라 독창적으로 운용될 수밖에 없다. 이 과정에서 내용을 형식에 어떻게 유기적으로 직조하느냐에 따라 작품성의 평가가 달라진다. 문학에서 내용 전달은 '무엇을'보다 '어떻게'가 우선한다는 사실이다. 이 '어떻게'를 위해서 문인은 언어디자인을 고뇌하고 퇴고를 반복한다.

　이 점이 창작이다. 이것은 몰톤(R. G. Moulton)의 '존재의 총계에 부가'라는 관점에서 비롯한 창작 개념이다. 작품의 창작성은 초보적 표현에서부터 고도한 시적 상징성에 이르기까지 그 층위가 매우 다양할 것이다. 「산복도로 계단」은 평범한 필법으로 엮은 소박한 창작성이 깃든 양희용의 작품이다. 이는 필자가 제5회 금샘문학상(2018년) 수필부문 심사에서 당선작으로 선정한 작품이다. 작법상 부족한 요소도 있었지만 필자가 준거로 삼은 5개 영역에서 다른 응모작에 비해서 고르게 높은 평점을 받았다. 당시 심사총평은 다음과 같다.

총 응모 123편 중 익명의 수필 5편은 예심을 거친 작품이라 주최 측 제시 요건인 향토성과 작문의 기본인 어법, 주제 등에서는 무난했다. 그러나 신변사의 서사적 전개를 탈피하는 창작성에서는 미흡한 점이 있었다. 각 작품의 장단점은 한눈에 포착되었으나 심사자 주관 배제를 위한 객관적 준거로 '① 제재의 참신한 재해석, ② 구성적 미감, ③ 언어 조탁, ④ 지성적 교감, ⑤ 서정적 감성'의 5개 항으로 계량화를 시도했다. 최고점을 받은 「산복도로 계단」을 당선작으로 선했다. 당선작의 가장 빛나는 점은 제재인 '계단'의 참신한 문학적 변주를 통해 단순 신변잡기성을 상당 부분 벗어난 것으로 평가할 수 있다는 점이다. 서정적 감성도 상대적으로 돋보였다. 단점은 구성면에서 지리·역사적 관점으로 견인한 도입 부분이 안이했다는 점이었으나 이는 향토성의 요건에 맞물려 크게 감점을 하지는 않았다.

이상의 요지에 덧보태어 수필 응모 작품의 세밀한 평을 제시한다.
수필의 무형식이란 형식의 제약이 없다는 의미로 모든 문학양식의 고유한 미학적 특질이 작가의 의도에 따라 선택적으로 혼용 가능하다. 「무릇 각시」는 소설적 기법을 적용한 것이다. 수필에서 시적 기교를 원용하여 인식의 비유적 형상화를 유도한다면 좋은 창작품이 될 것이나 그런 작품은 없었다. 그리하여 대부분 신변사의 서사적 전개를 기반으로 하는 한계를 노출시키고 있다. 항목별 평

명수필 작법 현장 분석

가는 다음과 같다.

① 장르를 불문하고 작품의 참신성은 제재의 재해석에서 비롯한다. 특히 '자아의 세계화' 양식인 수필은 체험의 재해석을 통해 신변잡기로부터 탈피할 수 있다. 표제 「망고」는 작품 속 제재로서의 기능이 미학적으로 확장되지 못하고 단편적 소재에 머물러 재해석과 무관한 기교적 제목으로 국한해버렸다. 그나마 「산복도로 계단」이 이 부분에서 상대적으로 압도적 평가를 얻을 수 있었다.

② 구성이란 주제의 효과적 전달을 위한 작가의 미적 의도이다. 「망고」의 구성미, 소설적 기법의 「무릇 각시」는 수필 작법의 구성적 기교는 어느 정도 익힌 것 같다.

③ 언어 조탁은 문인의 언어구사 능력이다. 주제와 상응하는 문장의 강약, 장단 등과 어휘, 어조 등이 섬세하게 구현되는바 응모자들이 이 부분에서는 별 신경을 쓰지 못한 것 같다. 그래서 심사자는 현장성의 생동감 유무를 중심으로 판단을 할 수밖에 없었다.

④ 체험의 문학인 수필은 지성적 교감을 주로 한다. 내용적 폭과 깊이의 확장성으로 작가의 철학관, 인생관의 성숙도를 엿볼 수 있다. 응모작들은 대체로 무난하였다.

⑤ 수필의 문학성은 정보전달이 아니다. 서정적 감성은 미적 표현의 자질로서 수필이 문학이라는 측면에서 가장 소중한 부분이다. 방법론으로는 미문美文, 비유적 형상화, 해학과 익살 등 다양할 것이며 리듬도 중요한 요소가 된다. 응모작에서는 부분적으로 미감을 드러낸 경우가 소량 발현되었을 뿐 대부분 평이한 진술에 의존하고 있었다. 「산복도로 계단」의 '그 계단의 끝에는 사랑과 행

복의 열매가 달려 있다고 믿고 있다.'나 계단을 두고 '마음을 이어 주는 통로', '희망을 바라보는 전망대', '산복도로 계단은 사람들의 작은 소망을 하늘로 올려주고 있다.'라는 표현은 다소 진부하지만 응모한 다른 작품에서는 볼 수 없는 감성적 미감의 표현이었다. 이러한 비유적 형상화도 결국은 제재의 변주를 이룩했기에 가능한 표현이다.

이상의 내용으로 심사평을 주최 측에 전달했다. 당시 예심 통과 5편에는 예심자의 촌평이 동봉되어 있었는데 한 작품평은 매우 칭찬 일변도였고 나머지 3편은 간략한 평문, 5등 평가로 짐작되는 「산복도로 계단」은 짧은 언급도 없었다. 그러나 단독 최종심을 맡았던 필자는 심사평에서 밝힌 근거로 「산복도로 계단」을 당선작으로 선하였다. 그리고 당선작 「산복도로 계단」에 대한 아래의 평문을 시상식에서 당선자에게 전달했다.

◆

작가는 제재를 어떻게 변용시킬 것인가를 고민해야 창작성이 뛰어난 글이 된다. 특히 수필은 체험의 고백적 기록과 불가분의 관계를 맺고 있지만 어떤 고상한 체험도 그 자체의 기술記述만으로는 문학이 될 수 없다. 언어예술로서의 수필문학은 정보전달이 아니라 감성 공유가 목적이기 때문이다. 자아의 세계화 양식인 수필은 자칫하면 신

명수필 작법 현장 분석

변기로 전개될 위험성을 지닌 양식이다. 이 위험에서 벗어나는 방법은 체험의 재해석이다. 이를 통해 신변잡기로부터 탈피할 수 있을 뿐만 아니라 세계의 자아화 양식인 시적 서정도 혼입될 수 있다. 이 경우 우리는 '시적 수필의 경지'란 말을 사용한다. 장르를 불문하고 작품의 참신성은 제재의 재해석에서 비롯한다. 가끔 대표적 제재를 표제로 삼는 경우 그것이 전편을 관류하면서 미학적으로 확장되어 지적, 서정적 일관성과 통일성이 유지되어야 한다. 그렇지 못하다면 단편적 소재에 머물러 세계에 대한 재해석과 무관한 기교적 제목으로 국한해버린다. 그나마 「산복도로 계단」이 제재 해석 부분에서 상대적으로 압도적 평가를 얻을 수 있었다.

「산복도로 계단」에 드러난 작가의 제재에 대한 인식 출발은 '계단 = 사람과 공간을 이어주는 층층대'로서, 이 점이 제재에 대한 재해석의 시발점이 되었다. 그리하여 '추억의 계단'으로 확장되면서 '그 계단의 끝에는 사랑과 행복의 열매가 달려 있다.'로 산동네 사람들의 삶의 중심부로 전이되고 종국에는 '산복도로 계단은 사람들의 작은 소망을 하늘로 올려주고 있다.'라는 상징성으로 형상화된다. 결국 작가는 제재로 선택한 산복도로 계단을 곤고한 오름[陞]의 물리적 장치라는 실용성을 뛰어넘어 충일充溢한 삶의 지향점으로 승화시킨 것이다.

　(도입)

　부산의 대표적인 산복도로는 초량에 있다. 초량草粱은 '풀밭의 길목'이란 뜻이고 6·25전쟁 당시에도 산기슭에 목장이 있었던 곳이라고 한다. 부산에 피란민들이 몰려오면서 풀밭은 집터로 바뀌었고 산복도로와 계단이 만들어졌다. 우리 가족이 부산에 이사 와

서 처음 살던 곳은 초량이다. 그곳에서 태어난 막내가 초등학교 1
학년을 다닐 때까지 살면서 정이 많이 들었던 곳이다.

(중략)

나의 머릿속에는 이바구길보다 산복도로를 오르내리던 기억으
로 가득 채워졌다. 초량의 산복도로는 시내버스가 다니는 윗길과
차 두 대가 겨우 비껴갈 수 있는 아랫길이 있다. 우리 가족은 '48계
단'을 오르면 나타나는 산복도로 아랫길의 나들목에 살았다. 그곳
에서 산복도로 윗길로 가는 가장 빠른 지름길은 경사 45°, 길이
40m의 아찔한 '168계단'을 이용하면 된다. 산복도로 윗길에서 두
계단을 이용하여 달리면 부산역까지 금세 도달할 수 있다.

구성면에서 이 작품의 시작은 지나치게 평범하다. '부산의 대표적인
산복도로는 초량에 있다. 초량草粱은 풀밭의 길목이란 뜻이고 6·25 전
쟁 당시에도 산기슭에 목장이 있었던 곳이라고 한다.'로 시작되었기
때문이다. 작품의 시작은 독자를 만나는 첫인상을 결정짓는 곳이므
로 매우 중요하다. 금샘문학상의 전제가 향토성을 소재로 한 작품이
라는 점을 고려하더라도 좀 더 세련된 도입을 시도하는 것이 좋았을
것이다. 현대의 독자는 '배부른 당나귀'다. 작품의 구성법에서는 독자
를 처음부터 끝까지 유인해 나아갈 지속적 당근책이 절대적으로 필
요하다. 구성이란 주제의 효과적 전달을 위한 작가의 미적 의도이다.
그 효과를 도모하는 기술은 다양하겠지만 우선은 독자에게 평범하
지 않은 관심을 제공하는 일이다.

　　　　　　　　　　　　　　　명수필 작법 현장 분석

(중간)

계단은 사람과 공간을 이어주는 층층대. 회사나 학교 건물로 들어가기 위해, 법당이나 예배당에서 기도하기 위해, 비행기에 탑승하기 위해 계단을 이용해야만 한다. 아무리 힘들고 어려운 일이 있어도 한 계단 한 계단 천천히 밟고 올라가야만 목표가 보인다. 사람들은 현실에 순응하면서 더 나은 미래를 위해 계단을 오르내린다. 나는 내 몸과 마음이 쉴 수 있는 우리 집으로 가기 위해 산복도로 계단을 올라야만 했다.

(중략)

계단이 없는 산복도로는 없다. 계단을 오르면서 나뭇가지처럼 뻗어 있는 샛길을 따라 각자의 집으로 들어간다. 비록 집은 허름하지만 따뜻하고 아늑한 보금자리다. 앞집의 옥상은 뒷집의 빨래와 생선을 말리는 곳이고, 뒷집은 앞집의 바람막이 역할을 한다. 산복도로 사람들은 밤하늘의 별을 보면서 더 높은 계단을 밟고 올라가기를 꿈꾼다. 그 계단의 끝에는 사랑과 행복의 열매가 달려 있다고 믿고 있다. 그래서 그들은 누구보다 더 열심히 하루를 보낸다.

다행히 이 작품은 이후의 구성법에서 '오름'의 동선動線을 통해 심화·확장된 제재를 일관성 있게 이끌어 나가면서 과거와 현재를 교직하였기에 독자는 지적, 서정적 통일성 있는 주제를 맛볼 수 있었다.

(마무리)

정상에 오르면 '까꼬막(산비탈)'이라는 전망 좋은 찻집이 자리 잡고 있다. 따뜻한 커피를 마시면서 힘들게 올라온 계단과 부산역,

바다를 바라본다. 세월이 흐르면서 산복도로 동네에도 많은 건물과 아파트가 들어서 있다. 기차는 더 빨라졌고, 바다는 점점 더 멀어지고 있다. 이제 부산역의 기차를 바라보는 사람도, 뱃고동 소리에 뛰어 내려갈 사람도 없지만 '산복도로 계단'은 사람들의 작은 소망을 하늘로 올려주고 있다.

문인은 언어디자이너다. 문학은 언어예술이므로 언어구사 능력은 문인의 필수 요소이다. 언어구사는 주제와 상응하는 문장의 강약, 장단 등과 어휘, 어조 등이 섬세하게 구현되는 요소이다. 그러나 한국수필단의 언어 조탁에 대한 인식은 정립이 되어 있는 것 같지는 않다. 일반적으로 수필가들이 이 부분에서는 별 신경을 쓰지 못한 것 같다. 그것은 아무래도 자아의 세계화 과정에서 산문적, 교술적 요소가 강조되기 때문인 것 같다. 대부분의 수필 문장 서술은 설명, 논증, 묘사, 서사의 유형을 따르고 문장도 평서형 종결로 이어지는 경향이다. 이 점은 많은 변화가 있어야 할 것 같다. 「산복도로 계단」에서도 작가의 의도가 개입된 의미 있는 언어 조탁 능력은 찾아보기 힘들었지만 따뜻한 어조로 시종일관함으로써 주제를 잘 살렸다.

수필은 고백적인 글이기에 작가 체험을 통한 지성적 교감이 강하게 드러난다. 이를 통해 내용적 폭과 깊이의 확장성으로 작가의 가치관, 인생관 등 성숙도를 엿볼 수 있다. 이 작품에서는 계단을 오르내리던 산동네 사람들의 애환을 반추하면서 작가는 과거와 현재를 분리시키지 않고 중첩시킨다. 작품 내용은 서두에서 문화관광 코스로 알려진 '초량 이바구길'의 연장선상에 걸쳐두었다. '초량 이바구길'의 숨겨진 사연이기도 하면서 또 그 사연들의 진폭에 지성적 의미를 가미하고

명수필 작법 현장 분석

있다. 편안한 모노레일을 외면하고 굳이 두 발로 힘들게 오르면서 옛 추억을 더듬고 계단의 끝에 있는 '사랑과 행복의 열매'를 찾아 열심히 오르내리던 사람들의 삶의 현장을 따듯한 시선으로 융해시키고 있다.

당연한 사안이겠지만 정보전달은 수필문학의 목적이 아니다. 그럼에도 수필은 미적 감성보다 내용을 우선시하는 경향이 있다. 이는 수필이 지닌 '체험의 직접적 표현 양식'이라는 측면의 피치 못할 요인이기도 할 것이다. 문제는 수필이 문학적 위상을 포기하지 않는 한 정서가 사상보다 우선한다는 사실이다. 서정적 감성은 미적 표현의 자질로서 수필이 문학이라는 측면에서 가장 소중한 부분이다. 방법론으로는 미문美文, 비유적 형상화, 해학과 익살 등 다양할 것이며 리듬도 중요한 요소가 된다. 작가들이 보편적으로 사용하는 기법은 인식의 비유적 형상화를 통한 서정성 확보이다.

이 작품을 관류하는 주된 동선動線은 '오름'의 이미지로 시종일관한다. '그 계단의 끝에는 사랑과 행복의 열매가 달려 있다고 믿고 있'던 산복도로 사람들에게 '계단은 가족 간의 마음을 이어주는 통로였고 간절한 희망을 바라보는 전망대였다.'라며 끝을 맺는다. 사소한 부분이지만 작품 속에 '가꼬막(산비탈)'으로 괄호를 사용한 표현은 매우 어색하다. 수필은 설명문이 아니다. 부호도 작품의 일부다. 작가는 부호 한 개라도 유의해야 한다. 괄호 대신 평범하게 "'가꼬막'이라는 찻집이 있다. 가꼬막은 산비탈의 사투리다." 정도면 될 것이다.

계단 끝 찻집에서 맛보는 '따뜻한 커피'는 매우 자연스러우면서도 정교한 서정 장치다. 힘들게 올라온 끝에 한잔의 여유를 누리기도 하면서 동시에 앞 단락에서 인식한 '사랑', '행복', '열매' 등의 승화된 분위기를 마무리하는 언술이다. '산복도로 계단은 사람들의 작은 소망을 하늘로 올려주고 있다.'라는 표현은 감성적 미감의 표현이었다. 이러한 비유적 형상화도 결국은 제재의 변주를 이룩했기에 가능한 표현이다.

◆

「산복도로 계단」은 소박한 필법이면서도 신변잡기에 빠지지 않은 작품이다. 일상적 체험을 수필에서 어떻게 변주해야 창작 혹은 창작적 표현이 형성될 수 있는가를 소박하게 잘 보여주는 작품이다. 문학적으로 세련된 기교를 가미한 것은 아니지만 제재의 재해석을 통해 서정적 감성의 공유를 유도하였다. 이렇게 함으로써 산문문장 속에서도 시적 형상화에서 맛볼 수 있는 기본적 미감을 독자에게 선사하게 되었다. 그리고 작가의 옛 기억을 과거시제로 박제시키지 않고 현재적 상황과 연계시켜 생동감을 불어넣은 구성법과 따뜻한 어조도 눈여겨볼 일이다. 이 작품을 관류하는 주된 동선動線 '오름'이 '하늘로 올려주는 작은 소망'으로 마무리되는 솜씨는 주제를 향한 작가의 흐트러지지 않은 응집력의 발현이다.

(심사평: 부산금정문화원 홈페이지, 2018.)

(평설: 2019, 《산문의 시》 33호)

유병근 수필집 『아으 동동』 맛보기

한 권의 책을 펴낼 때 작가는 편집 구조로 독자와 먼저 교감을 시도한다. 표지 그림이나 디자인은 출판 전문가와 교감할 일이지만 표제, 서문, 차례 등에도 나름대로의 의미를 부여한다. 이런 점에서 목재 유병근 선생의 마지막 본격수필집 『아으 동동』(2017)의 개괄적 구조는 어떠할까. 이 관심은 목재 작고 1주년(2022. 4.)을 맞아 부산문인협회에서 필자에게 청탁한 과제 '작고 문인 재조명'의 원고 집필 때문이다.

담백한 표지 그림에 총 4부 40편의 작품 중 제3부는 수필 담론의 내용이다. "부질없는 말의 씨앗과 // 나뭇잎을 쓰다듬는 햇빛의 모성애 사이 // 다만 빌빌거리고 있다."라는, 행간까지 띄운 짧은 자서를 실었다. 자칫 지루한 군말이 될까 우려하는 마음이 보인다.

한 권의 문집에서 '표제, 첫 수록 작품, 마지막 수록 작품'은 매우 중요하다. 비유하자면 표제는 명함, 첫 수록 작품은 상견례의 눈빛, 마지막 수록 작품은 물망초勿忘草 여운이다.

출판 홍수의 시대, 독자는 배부른 당나귀다. 낯선 독자와의 기약 없는 만남에는 '밀양아리랑과 물망초' 기법이 필요하다. '동지섣달 꽃 본 듯이 날 좀 보소'에서 시작하여 '기억해주세요(forget me not)'라는 강력한 당근 메시지를 보내야 한다. 표제 작품이 있다면 이도 강력한 당근이 된다. 표제 '아으 동동'이라는 어휘는 독자의 궁금증을 환기하는 중요한 메시지다. 선뜻 고려가요 후렴구를 떠올릴 수 있으면서도 의미에 대한 궁금증을 유발한다. 이 수필집에서 첫 수록 작품 「그 징검다리」, 표제 작품 「아으 동동」, 마지막 수록 작품 「향기, 은은한」에 숨겨진 작가의 숨은 의도를 찾아보는 것도 재미가 있을 것이다.

첫 수록 작품 「그 징검다리」는 제목부터 묘하다. 왜 '그'라는 한정적 지시어를 붙였을까. 무슨 사연을 담았을까. 작품 전편을 인용하면서 살펴보기로 하겠다.

> 종이를 접어 학을 날리던 때가 있다. 종이를 접어 비행기를 날리던 때도 있다.
>
> 학을 따라 내 연필글씨가 날아갔다. 비행기를 따라 내 붓글씨가 날아갔다. 해와 구름을 쓴 줄글이었을 것이다. 달과 별을 쓴 구절 또한 삐뚤삐뚤한 글씨체로 날아갔을 것이다. 학이 되어 비행기가 되어 날아간 추억은 지금도 가물가물 허공 어디서 날아가고 있다.

첫 문장은 첫 만남의 눈빛이다. 첫인상에서 그르칠 수는 없는 노릇이다. 작가도 한 단락에 두 개의 단문으로 명쾌한 눈빛을 전한다. '종이접기'의 학과 비행기는 전체 글의 복선伏線이면서도 비유적으로 견인하고 있다. 동원되는 다양한 소품들에서 5회나 반복되는 '날아간다'의 동작으로 문맥 의미는 더욱 확산되고 심화된다. 의미망의 진폭이 신변잡기로 단순하지 않고 다채로워질 것을 독자는 이미 눈치챈다. 곧이어 둘째 단락에서는 앞 단락의 '날아가다'는 어휘를 이어받아 연쇄반응을 유도한다. 전편을 눈여겨보면 단락 간의 이러한 연쇄 유

명수필 작법 현장 분석

도는 지속적으로 운용되고 있다.

　　수필을 쓰면서 학이 날아간 허공, 비행기가 날아간 허공을 보는 때도 있다. 그때 쓴 구절이 무엇이었는지 생각하는 날도 있다. 학은 어디에 날개를 접고 비행기는 어디에 내려앉았는지. 마당에서 날린 학은 때로 초가지붕에 앉았다. 골목에서 띄운 비행기는 이웃집 텃밭 배추 이랑이 활주로였다.

　　글귀가 서로 화합하고 어울리는 날 학과 비행기가 무슨 약속처럼 떠오른다. 붓에 먹물을 찍는 날은 적요寂寥라는 어휘가 덩달아 떠오른다. 물감이 서로 화합하고 어울리는 한 폭 묵화가 떠오른다. 묵화 속에서 어린 날이 학을 날리고 비행기를 날리고 있다. 귀를 조금 기울이면 에밀레 종소리 같은 먼 환청에 잠기는 느낌을 받는다. 종소리를 들으며 그리워했을 석굴암벽화가 소리의 메아리처럼 떠오른다. 종소리를 들으며 그리워했을 알타미라동굴벽화가 소리의 아득한 메아리가 되어 까마득하게 떠오르는 느낌도 받는다.

　　세 번째 단락에 '수필'이라는 용어가 등장한다. 어쩌면 작가의 이 메시지는 수필가를 겨냥한 것인지도 모르겠다. 수필가가 일상적 작품 속에 '수필'이라는 어휘를 쓰는 경우가 흔치 않다는 점에서 선생의 의도는 명백하게 읽힌다. 독자가 어떻게 감응하든 종이학과 비행기는 그들의 속성대로 무한 창공에 무한 상상력으로 비상하고 착륙한다. '글귀의 화합'으로 이루어지는 '적요寂寥'는 작가가 지향하는 수필의 품격이다. 공간을 비상하여 아득한 인류 역사의 시간여행까지 운행하면서 이 작품의 제재를 소환한다. 그리움의 징검다리다.

그리워한다는 것은 그곳의 바람냄새와 만나는 일이다. 만나 반가운 손을 서로 잡는 일이다. 석굴암벽화의 손을 맞잡고 알타미라 동굴벽화의 손등을 문지르고 싸안는 일이다. 그 설렘을 종소리로 아늑하게 울려주는 여운을 듣는다. 울림이 자라 땅과 하늘 사이에 소리의 징검다리가 덩그렇게 걸리는 걸 환상 속에 가만히 본다.

다릿돌 하나를 팔짝 뛰어넘는 소리의 앙감질을 본다. 다음 다릿돌을 뛰어넘는 앙감질을 본다. 앙감질 소리는 소리끼리 서로 어울려 또 다른 소리의 징검다리가 되고 소리의 놀이터가 되고 울림이 되고 끝내는 소리의 떨켜가 된다. 징검다리에서 익은 소리는 소리의 물살을 지나 학이 되어 날아오른다. 소리의 활주로를 타고 비행기 한 대 가볍게 날아오른다. 날아올라 더 먼 천공 높이 소리의 길을 내고 소리의 징검다리를 다시 놓는다. 든든한 소리의 징검다리를 건너 이름이 가물가물한 어릴 때의 동무가 걸어가고 어릴 때의 동무가 걸어온다.

이 단락의 첫 어휘도 역시 앞 단락 마지막의 '그리워했을 알타미라 동굴벽화'를 연쇄적으로 이어받았다. 이런 운용은 단락 간의 이음새를 매우 부드럽게 만드는 정교한 기술이다. '바람냄새'라는 공감각적 이미지까지 동원한다. 매우 섬세하고도 조직적인 당근을 계속 제공한다. 배부른 당나귀도 외면하기 힘들게 한다. 이즈음에서 '앙감질'을 단어장에서 찾아볼 의욕도 생긴다. 깨금발하고는 어떻게 다른지 알아보고 싶게 만든다. '떨켜'도 마찬가지다. 시간의 떨켜를 지나 앙감질로 뛰놀던 어린 시절로 돌아간다. 제재가 연속선상에서 확장된다.

명수필 작법 현장 분석

어릴 때의 코흘리개를 만나고자 징검다리에 선다. 어릴 때의 맨발을 만나러 징검다리 끝에 선다. 맨발이 닿는 다릿돌에 종이를 깐다. 맨발이 찍는 발금과 만나고자 깐다. 발바닥에서 들리는 어릴 때의 말소리를 듣고자 깐다. 발바닥에서 노는 어릴 때의 술래놀이를 새기고자 깐다.

어린 시절로 가는 아득한 길이 종이에 있다. 앙감질로 짠 동그라미가 종이에 삼삼하게 떠오른다. 나는 그 징검다리를 마음속 깊이 품기로 한다.

이 단락 역시 '어릴 때'라는 어휘로 이어받기를 하고 있다. 이 정도라면 작가의 연쇄적 운용이 우연의 소산이 아님은 명백해진다. 마지막 문장과 마지막 단락에서는 수미상관법首尾相關法으로 종이를 다시 연결한다. 그리고 '종이 위의 길 = 징검다리'로 수필 창작의 긴 여운을 남기며 독자들과는 자연스러운 애프터after를 기약한다.

이 작품의 촌평을 5개 항목으로 정리한다면, 제재인 징검다리에 대한 참신한 재해석, 연쇄적이면서도 수미상관首尾相關하는 긴밀한 구성, 역동적이면서도 안온한 서정을 풍기는 간결한 문체, 종이의 비상과 착륙으로 이어지는 징검다리가 내포하는 수필 미학의 여운을 담은 주제, 비유적 형상화를 동원한 시적 분위기의 선명한 이미지 전개다. 참으로 정교한 작법 테크닉technic을 고루 구사하였다. 제목 '그 징검다리'는 유년에 떨켜로 형성된 소리의 징검다리, 종이로 상징되는 수필 세계로 이어지고 있다. 떨켜가 상징하는 다의성多義性 속에는 시공간을 가로지르는 장막, 그리고 종이와 연결되는 유사성을 음미해봄도 하나의 맛이겠다.

『아으 동동』의 표제작도 「아으 동동」이다. '아으 동동'이라니? 종잡을 수 없는 제목 선정이 궁금하다. 일단 읽어봐야 알겠다. 첫 단락은 복닥거리는 객실의 갑갑한 공간이다. 일상의 평범한 서사敍事는 책을 펼치면서 생각의 고리가 이어진다. 이 작품의 제재는 지하철 객실 속의 상념이다.

다시 사방을 둘러본다. 사방은 불과 2미터 전방이거나 5미터 앞 뒤다. 맞은 편 승객의 신발이 사방이다. 지하철 객실 벽에 붙은 광고지가 사방이다.

요행히 자리를 차지하고 책을 뒤적거리거나 조금 전의 설핏한 생각을 쪽지에 적는다. 젊은 승객들은 재치가 좋다. 선 자리에서 스마트폰을 검색하느라 스마트폰에 고개를 빠트리고 있다. 눈 깜박하는 사이에 변하는 세계정세를 알고자 스마트폰에 뜨는 정보를 검색한다. 정보의 홍수 속에 사는 젊은이에 비하면 나이 든 세대는 다소 굼뜨다. 빠름과 느림이 함께 하는 지하철 객실이다. 조화라고는 할 수 없다. 하지만 지하철 노선에 얹혀가는 남녀노소는 세대별을 가리지 않는 지하철 속 풍경이라고 할까.

첫 문장이 약간은 뜬금없이 출발한다. 독자를 긴장시키려는 의도가 깔렸다. 사색의 공간으로 땅속 지하철이 만나는 상징적 의미망이 깊다. 지하철 속 풍경에서 젊은이들을 의식하면서 머릿속에 마우스를 굴린다. 강과 산을 연상하고 이사한 새집도 등장하면서 글쓰기로 진입한다. 결국은 길 공부다. 문학의 길, 참신한 세상을 포착하는 길이다. 제재 변주變奏는 범속한 일상에서 건져올린 사념으로 심화시켰다.

명수필 작법 현장 분석

구성은 공간을 먼저 제시한다. 이어지는 전개는 행위의 서사가 아니라 연상적 상념이다. 독자가 지루하지 않게 객실의 서경적 화소話素를 기반 삼아 상상의 공간으로 확장한다. 이하 이어지는 내용은 낡은 세대에 대한 상념이 전개되면서 이들에 대응하기 위한 '머릿속에 마우스를 대고 클릭'을 계속한다. '라이나 마리아 릴케, 황순원, 서정주' 등을 소환하면서 "글을 쓴다는 것은 소재로 알맞은 언어다루기의 수공업적 건축"임을 자각한다. 지하철의 상념이 끊임없는 글쓰기로 이어진다. 이 부분은 생략하고 마무리 부분을 인용하겠다.

고개를 드니 지하철 객실이 조금 더 빡빡하다. 아까보다 더 많은 승객이 손잡이에 몸을 걸고 있다. 어수선한 내 글의 부스러기 또한 손잡이에 걸려 있다는 싱거운 생각이 든다. 가야 할 방향을 놓치고 길이 헷갈릴 수도 있다. 낯선 역에 내려 길을 잘못 잡아 헤맨 적도 있다. 지하에서는 그 방향이 그 방향처럼 보이니 탈이다. 이 또한 무엇을 찬찬히 살피지 않는 성미 때문에 생기는 부실이겠다. 좀 더 눈을 뜨면 서면역이면 서면역, 연산역이면 연산역 나름의 표정이 보일 것이다. 나는 그 표정의 다름을 알고자 서면역에 내리거나 연산역에 내려 여기가 거긴가 하면서 두리번거린다. 이 또한 내가 경험하는 세계를 새롭게 보고 들으려는 길이라면 헤픈 자위쯤은 되겠다.

길 공부에 눈을 떠야겠다. 젊은 세대의 감각을 부러워만 할 것이 아니다. 나이 들면 나이 든 나름의 참신한 세계도 어쩌다 있지 않겠는가. 그걸 찾으려 때로는 서툰 길에 선다.

아으 동동.

하차下車가 가까워지는 시점부터는 천연덕스럽게 '길'을 등장시킴으로써 주제를 견인한다. 마무리에서는 '그걸 찾으려 때로는 서툰 길에 선다.'라고 노골적으로 제시한다. 평이한 순행적 구성 속에 상념의 확장을 유도하다가 의미의 심화로 마무리했다.

문체는 기교를 부리지 않은 간결한 필치다. 사색적 문장의 연속선상에서 어말어미 사용에 '가'를 혼용함으로써 어조의 변화를 고려하고 있다. 주제는 낡은 세대의 새로운 길목 탐색이다. 가벼운 상황에서 시작하여 점점 깊어 가는 상념 속의 지하철. 수필의 품격은 사색의 미학이라는 작가의 가치관이 잘 드러난다.

형상화에서는 제재 '지하철 객실 속'이 이미 상징성을 띠고 있지만 독자가 애초부터 인식하기란 어렵겠다. 그래도 읽기가 진행되면서 눈치를 챌 수 있겠다. 부분적 형상화로는 '나는 세상에 어두운 무딘 파일', '머릿속 마우스', '마우스의 낚시질' 등으로 비유하면서 시종일관 그 이미지를 이끌어 가고 있다. 특히 "길 공부에 눈을 떠야겠다."와 "그걸 찾으려 때로는 서툰 길에 선다."라는 문장은 상징하는 진폭과 파동이 땅속만큼 깊고 지하철만큼 길고 크다.

수필집의 표제이기도 한 마지막의 '아으 동동'은 작품의 내용과는 전혀 무관하기에 그 의미는 독자가 개별적 상상력으로 포착해야 할 요소다. 무엇일까. 지하철 속 고독한 상념의 결과 나이 든 나도 나름대로의 참신한 세계를 찾아드는 길 공부에 눈을 뜸으로써 느끼는 자기만족과 기분전환의 흥겨운 의성어로 받아들여도 좋겠다. 고려가요에 등장하는 경쾌한 후렴구 '아으 동동'이 현대에 활성화되어 목재 수필 인생의 대미를 장식하는 것 같다.

명수필 작법 현장 분석

수필집 『아으 동동』의 마지막 수록 작품 「향기, 은은한」은 제목부터 독자의 시선을 집중시킨다. 상식적으로는 '은은한 향기'가 맞다. 여운을 담은 이것은 무슨 향기일까.

나무는 바람을 즐겁게 하느라 그러는지 잎과 가지를 연방 흔들어댄다. 그런가 하면 바람은 날개를 쭉 펴는 나무에 앉아 그네타기를 하는 시늉을 한다.

창문을 연다. 나무에 앉았던 바람이 거실 안으로 들어온다. 푸른 나무 냄새로 물든 바람이다. 가슴으로 깊이 숨을 쉬는데 가을 냄새가 은근하다. 단순한 냄새가 아닌 바람에게 향기라는 말을 한다. 가을이 되어도 아무 향기도 갖지 못하고 사는 처지는 나무에게 머무적거리고 바람에게도 물론 머무적거리는 신세다.

도입부의 동적 이미지가 둘째 단락 '창문을 연다.'라는 단문短文을 만나자 연동되는 분위기가 상큼한 사색을 불러일으킨다. 이어지는 '푸른 나무 냄새', '가을 냄새', '바람에게 향기'라는 시적 정감이 물씬 풍기는 어구에서 제목이 환기하는 분위기를 감지한다. 작가는 미리 '아무 향기도 갖지 못하고 사는 처지'라는 복선을 깔아두었다.

산을 타는 길목에서 향긋한 향기와 만나는 경우가 더러 있다. 맞은편에서 내려오는 한 무리의 여성들이 지나칠 때다. 코끝을 스치는 달콤한 냄새를 느낄 수 있었다. 옷깃에 산냄새를 덧칠하고 내려오는 듯했다. 그것이 잠깐이나마 산을 타는 고단한 몸을 가셔준다는 생각이 들었다. 땀으로 범벅이 된 내 몸에서 풍기는 냄새를 생각하면 괜히 낯뜨거워지는 순간이었다.

그런데 땀에도 향기가 있다는 말을 하고 싶다. 시뻘겋게 이글거리는 용광로 앞에 선 일꾼들의 땀냄새다. 얼굴에 몸에 물 흐르듯 매달린 땀방울은 아무나 지닐 수 없는 값진 향기 아니겠나. 샤넬5 라던가, 하는 향수보다 더 귀하고 향기로운 것이란 생각을 하면 소중한 노동의 가치가 땀냄새에 흠뻑 스며 있다는 말을 하고 싶다.

부끄러운 노릇이지만 향기 있는 처신을 한 기억은 그다지 없다. 없으면서 있는 척하는 가면을 둘러쓰고 얌체머리도 없이 어영부영 살고 있다. 이런 때는 어처구니없는 너스레나 떨면서 민망한 얼굴을 감추고 있다. 이를테면 너스레라는 이름의 향기라면 어떨까 하고 터무니없는 장난끼 같은 망발을 풀어낸다. 못난 노릇인데 이런 너스레나마 떨어야 없는 향기에 조금은 위안이 될 것이라며 스스로를 달랜다.

본문으로 진입하면서 향기의 외연이 확장되기 시작한다. 향기를 품은 적도, 땀도 흘린 적이 없는 화자를 소환한다. '너스레 향기'는 익살이다. 제재 향기를 반복적으로 소환한다.

거실에 들어오던 바람이 좀 잠잠해진다. 바람도 어디 향기를 안겨줄 사람을 찾아 내 거실에는 더 이상 드나들 생각이 없어진 것 같다. 바람에게서도 멀어진 나는 창문을 보다 크게 열었으면 하는 생각을 한다. 그렇다고 떠난 바람이 방향을 틀고 내 창문 안으로 들어올 것 같지는 않지만, 흔들리던 나뭇잎도 가만히 있다. 자연에 순응한다는 생각이 내 안에 꾸물대고 있었는지 어느새 나도 자발

명수필 작법 현장 분석

없는 생각을 접기로 한다.

평소에 향기라는 덕을 쌓았더라면 나도 미처 모르는 나라고 하는 향기가 주위를 향긋하게 할 것인데 그만 틀렸다. 하지만 그런 생각만으로도 살 수 있으면 그나마 다행이겠다. 향기를 생각하는 것은 향기를 갖지 못한 나를 위로하는 일 아니겠나.

벼[禾]가 햇빛[日]에 익어 출렁거린다고 멋대로 파자破字해볼 수 있는 향기香氣. 은은하다.

이 짧은 길이에 반전 단락이 앉혔다. "거실에 들어오던 바람이 좀 잠잠해진다." 이후는 자아성찰의 장면이다. '자발없는 생각'이 무엇인지 궁금해서 사전을 찾게 만든다. 마무리에서 향기 없는 자신에 대한 연민을 보이면서 뜬금없이 '향香'의 파자로 언어유희를 한다. 이 언어적 희롱은 벼를 통해 가을이라는 계절의 맛을 불러일으키고, 작가의 연륜을 의식하게 하고, 무르익은 결실을 스스로 위안하는 다목적 상징성을 느낄 수도 있겠다. "벼[禾]가 햇빛[日]에 익어 출렁거린다고 멋대로 파자破字해볼 수 있는 향기香氣. 은은하다."에서 주격조사를 생략하고 마침표를 사용한 것은 특단의 결정이다. 독자에게 시적 여운을 강하게 배어들게 하는 향기 전달 장치다.

문학미감의 5가지 세목으로 접근해보면 제재는 자연의 향기가 환기하는 의미망을 자신에게로 전이시켜 사색의 깊이를 심화시켰다. 구성에서는 자연 서경을 끌어들인 동적 분위기를 유지한 채 사색의 정적 분위기를 용해시켰다. 화소 연결에서 '자연 - 여성 - 노동자 - 자신'으로 전개하면서 香을 파자破字하는 상징적 문장으로 마무리를 지었다.

문체는 전체적으로 간결한 완결문을 사용하면서 마지막에서는 파격을 이룬다. 주제는 자연의 향기에 연동된 다른 사람들의 향기를 운위하면서 자아를 성찰한다. 작가가 평소 수필은 지성, 예지, 선비의 문학이라는 품격과 상통한다. 제재 자체가 이미 비유적 형상화로 견인되면서 전편을 관류하는 향기의 이미지가 선명하다. 부분적으로도 '바람은 날개'나 '그네타기'는 낡은 비유이겠지만 '푸른 나무 냄새로 물든 바람'은 분위기만큼이나 신선하다. 무엇보다 강한 인상을 여운으로 남기는 부분은 다음 문장이다.

> 벼[禾]가 햇빛[日]에 익어 출렁거린다고 멋대로 파자破字해볼 수 있는 향기香氣. 은은하다.

작가의 마지막 본격수필집 『아으 동동』의 마지막 작품 「향기, 은은한」의 마지막 문장이다. 그 상징하는 바는 작가의 70년 문학 역정을 함축할 수도 있겠다.

직설적 촌평을 보탠다면, 파자破字로 풀어야 할 만큼 미완未完이기는 하지만 자신의 향기도 근원적으로는 가을 벼와 같이 하나의 결실로 이룩되었다는 자존감 아닐까. 그래서 자신의 수필도 파자破子하듯 음미吟味한다면 향기 은은히 풍길 수 있겠다는 암시성을 내포하고 있다고 읽으면 어떨까. 시인 수필가의 다의적多義的 마무리 문장이 상징하는 의미망이 깊고 은은하다.

(대본: 부산문인협회, 2022년 제1차 시민문예 강좌, 〈작고문인 재조명〉)

명수필 작법 현장 분석

명수필 작법 현장 분석

放談 3

수필 밥상 차림새

◆

수필 제재 요리법 4가지

수필 제재 요리법 ① - 생요리 음식(제재 윤색)

수필 제재 요리법 ② - 보쌈 음식(제재 재해석)

수필 제재 요리법 ③ - 발효 음식(제재 비유)

수필 제재 요리법 ④ - 과일주(제재 치환)

수필 제재 요리법 4가지

수필 창작의 기교는 작가의 '제재 요리 방향'과 직접 연관된다.

그래서 수필 작법에서는 의도적으로 방향을 잡아야 한다.

설명이냐, 서사냐, 묘사냐, 비유의 고명을 어떻게 얹을 것인가 등등….

시인이 아닌 이상, 서사 속에 비유의 고명이 절로 얹히지 않는다.

당연히 재료가 좋으면 요리도 쉽고, 보기도 좋고, 맛도 있다. 다만 귀하고

비싸다.

유능한 요리사는 평범한 재료로 좋은 음식을 만든다.

장인은 연장을, 셰프chef는 재료를 탓하지 않는다.

필자는 요리 방법에 따른 제재 변주를 4종으로 분류하였다.

① 제재 윤색 = 생요리 음식

② 제재 재해석 = 보쌈 음식

③ 제재 비유 = 발효 음식

④ 제재 치환= 과일주

수필 밥상은 재료도, 요리법도, 퍼포먼스도 무궁무진하다.

이것이 수필 작법에서 다른 양식과 차별되는 특징이다.

명수필 작법 현장 분석

같은 재료를 가지고도 '① 형식미 창출의 자유'에 '② 제재 요리법의 자유'를 더한다.

수필은 요리 방향에 따라 형식도 표현도 맛이 전혀 달라지는 '열린 문학'이다.

고전수필도 그랬다. 우리는 오히려 고전수필에서 배워야 한다.

「조침문」은 제문, 「규중칠우쟁론기」는 우화寓話, 「동명일기」는 기행문, 「한중록」은 소설, 「산성일기」는 일기, 「규원가」는 가사….

시와 수필 작법의 차이 하나.

시 창작에서는 무심코 시작해도 설명을 배격하게 된다.

무심코 비유를 하고, 함축미를 찾고, 대상을 묘사한다.

왜 그럴까?

시란 원래 그런 속성을 지닌 문학이다.

그리고 우리는 학교에서 시를 그렇게 배우고, 그렇게 몸에 익혔다.

그런데 수필은 무심코 쓰면 설명이나 서사로 전개된다.

왜? 수필 성격이 그런데다가, 그렇게만 배우고 익혔기 때문이다.

붓 가는 대로 쓰는 글? 체험의 고백? 비전문가의 글?

습관이나 교육의 힘은 무섭다. 수필 인식을 새롭게 하자.

수필, 에세이, 일반 산문을 구별할 수 있는 '작품'을 쓰자.

시중 서점의 산문, 에세이 코너에 무수히 많은 책들은 수필인가?

수필은 작품이고 수필가는 예술인이다.

그들과의 차별성을 위해서라도 맛과 멋을 겸비한 요리상을 차려보자.

생요리냐, 보쌈이냐, 발효냐, 과일주냐.

제재를 재주껏, 취향대로 요리를 해서 문학 밥상에 올리자.

요리 방법은 다양하다.

윤색潤色, 재해석再解釋, 비유比喩, 치환置換, 그리고 이들의 융합融合.

요리는 실력과 정성이 담겨야 한다.

음미吟味란 혀끝으로만 하는 것이 아니기 때문이다.

시각, 후각, 촉각, 청각이 어우러진 미각이 최상이다.

오감을 모두 만족시키는 음식의 맛!

보기 좋은 떡이 먹기도 좋다.

그런 맛과 멋을 낼 줄 아는 요리사가 진정 멋쟁이다.

'맛'과 '멋'은 국어학적으로 뿌리가 같다.

문학작품은 '음미吟味한다'라고 한다.

'음미'라는 평범한 말 속에 문학의 본질이 숨어 있다.

명수필 작법 현장 분석

수필 제재 요리법 ① - 생요리 음식(제재 윤색)

윤색潤色은 제재를 날것으로 사용하되 구성(plot)만 적용한 기법이다.

여기서 날것이란 제재에 물리적, 화학적 변화를 가미하지 않음이다.

제재에 따라 샐러드, 겉절이, 생선회, 육회 같은 요리가 탄생한다.

재료를 결합하는 소스sauce가 매우 중요하다.

초장, 간장, 된장, 고추냉이, 식초, 마요네즈…. 콩고물도 보탠다.

요리사는 소스 외에 오이 한 조각도 모양을 예쁘게 하는 등의 정성을 들인다.

독자에게 향하는 이 정성이 곧 '언어디자이너'의 프로 정신이다.

제재를 날것으로 사용하면 '체험의 기록, 체험의 비전환적 양식, 고백 문학, 자아의 세계화' 등등의 수필이 된다.

체험의 날것 사용은 문학이 자칫 박제剝製로 머물 위험성이 크다.

'지옥에 갔다 온 체험도 그 자체는 문학이 아니다'라는 점 때문이다.

이 말은 문학미감을 위한 최소한의 장치를 요구하고 있다.

그 요령이 윤색潤色, 윤색의 기술이 윤문潤文과 구성構成(plot)이다.

윤문은 잘 다듬어진 문장, 구성은 독자 유혹의 화소 연결 기술이다.

'생요리 음식(제재 윤색)'의 작품을 살펴보자.

(이 책 제1부의 '신변잡기의 구성 기교 - 「빨래를 치대며」' 참조)

이 작품들은 신변잡기적 사연에다 표현의 재미를 살리는 글이다.

구성은 당근 제시를 위해 재미있는 상황 묘사, 서사 전개 순서 교체, 중간 화소 삽입 등을 구사했다.

문체는 해학, 과장과 어조 변화를 유도했다.

우리가 창작하는 수필 작품의 대부분은 이 유형에 속한다.

이런 생요리 음식일수록 요리사의 정성과 솜씨와 다채로운 퍼포먼스, 곧 윤문과 구성의 기술이 필요하다.

명수필 작법 현장 분석

수필 제재 요리법 ② – 보쌈 음식(제재 재해석)

제재 각색 기법 두 가지.

각색脚色이란 다른 장르로 변환시키는 작법이다.

제재 각색脚色의 기법에는 재해석과 비유 두 가지가 있다.

재해석은 의미의 변주로 물리적 변화이다.

비유는 재해석의 확장으로 화학적 변화가 일어난다.

'제재의 재해석 = 보쌈 음식'.

재해석은 체험에 새로운 의미를 부여하는 것이다.

보쌈 음식 요리처럼 제재는 그대로 두고 포장을 달리하는 기법이다.

포장 재료에 따라 김밥, 연잎밥, 유부초밥, 상치쌈밥도 된다.

같은 제재라도 포장 식재 사용은 다양하듯, 체험의 가치 인식도 다르다.

제재의 재해석은 과거 경험의 현재적 가치화가 가능하다.

이 경우 낡은 과거의 체험도 생명력을 지녀 현재에 되살아나게 된다.

재해석이란 체험 사실에 신선한, 독특한, 가치 있는 의미를 재발견하는 것이다.

이와 같이 제재에 특별한 의미를 부여하는 것을 '제재의 재해석'이라고 한다.

체험에 어떤 의미를 부여하느냐는 작가의 인생관에 달렸으며 이것이 주제의식과 연결된다.

보쌈 음식에도 산문 작법의 필수 요소인 '윤문, 구성법'은 당연히 수반된다. 고명은 작가의 의지에 따라 첨가 여부가 결정된다.

'보쌈 음식'에 해당하는 작품의 예시를 보자.
「내리막」은 손주의 내리막 걷기 연습을 인생론으로 확장한 글이다. 부분 발췌한다.

(도입)

본능일까, 아니면 지혜일까. 벚꽃 흐드러지게 만개한 봄날, 아파트 놀이터 인도人道 가장자리의 반 뼘 남짓한 길바닥 턱을 내려서고 있는 돌잡이 어린아이가 너무나 신중하다.

(전개)

턱을 오를 때는 꼭 같은 높이지만 아무런 주저 없이 그냥 올라선다. 원추리, 비비추 여린 잎들이 옹기종기 고개를 내미는 꽃밭을 한 바퀴 돌더니 아까의 그 자리로 다시 왔다. 그러고는 아까와 꼭 같은 자세로 내려서기를 시도한다. 오르고 내리기에 재미를 붙였는지 몇 번을 반복한다. 그때마다 오를 때는 거리낌이 없이 오르고 내릴 때는 신중에 신중을 거듭한다.

명수필 작법 현장 분석

(전환)

인간은 본능적으로 오르막보다 내리막이 더 어려운 모양이다. 어른이 되어도 마찬가지다. 오르막길에는 열정이 필요하지만 내리막길에는 균형을 잡는 자세가 필요하다. 균형을 유지하는 것은 지혜다. 인생살이도 그렇다.

(결말)

우리는 모두 언젠가는 내려가야 한다. 지위든 명예든 오르기만 할 수 없는 것이 인생이다. 나이가 들면 일생一生도 내려가야 할 때가 온다. 계속 오르고 싶은 것이 인간의 욕망이겠지만 사람은 모두 각자가 최종적으로 두 발 딛고 설 수 있는 제 몫의 정상頂上이 있다. 그 이상은 나아갈 수 없는 노릇이다. 정상의 위쪽은 뜬구름일 뿐이다. 제 몫의 정상을 알기란 참으로 어렵겠지만 이미 정상에 와 있으면서도 더 나아가기를 욕심 부린다면 그 욕망은 허방딛기가 아니겠는가.

(심화)

내려가야 할 때를 알고 결행을 하는 것도 쉬운 일은 아니겠지만 내려가는 동작은 본능적으로도 어려운 모양이다. 그래서 더욱 지혜가 필요한 것 같다. 한 뼘도 안 되는 턱을 내려오는 돌잡이 어린 아이처럼 조심스런 본능에, 삶의 지혜가 어우러져야 아름답게 내려올 수 있을 것 같다.

멀찌감치 떨어져 지켜보는 포근한 눈빛, 걱정과 안도가 교차하는 엄마의 얼굴빛을 이따금씩 확인하면서, 아이는 난생 처음 해보는 듯 제 몫의 오르내리기를 반복하고 있다. 계절은 또 연둣빛 잎 새들 사이로 따뜻한 햇살 알알이 쏟아지는데, 꽃바람 살랑 불자 절정을 갓 지난 벚꽃잎들이 하르르 지는 아름다운 봄이다.

2단 구성으로 전반부에서 상황을 묘사하고 후반부에서 의미를 심화·확장한다.

인생의 아름다움을 은유하기 위해 글 전체를 벚꽃 피는 모습 속으로 포옹하여 인생을 긍정한다.

서두는 만개한 모습, 말미는 낙화하는 모습으로 수미상관首尾相關한다.

미학적 효과를 위해 체험 사실의 변주를 유도한다.

손주를 돌보던 직접 경험의 내용이지만 서정의 심화 효과를 위해 '나'를 배제하고 현장에는 없던 아기의 엄마를 등장시켜 심리적 안정감을 유지한다.

서정성 확보의 고명들로 정밀한 아기 행동 묘사, 모시나비 날개, 새싹, 꽃잎을 동원해 부분 묘사를 진행한다.

'연둣빛 잎새, 벚꽃 만개와 낙화'를 통해 신구 세대의 대조를 상징적 기법으로 제시한다.

간결체와 만연체로 호흡의 유연성을 유지하여 긴장감과 여유로움의 조화를 유도한다.

명수필 작법 현장 분석

수필 제재 요리법 ③ - 발효 음식(제재 비유)

제재 비유는 재해석의 확장으로, 화학적 변화가 일어나 제재의 성격이 변한다.

제재 비유는 당연히 재해석도 수반되며 수필의 기본 고명들이 얹힌다.

가장 보편적인 방법이 제재의 비유적 전환이다.

제재를 다른 유사한 속성을 지닌 사물에 은유하여 전개한다.

원재료에 화학적 변화를 일으킨 김치, 장아찌, 젓갈 같은 발효 음식 요리법이다.

눈에 보이는 원관념의 맛이 아니라 보조관념의 맛으로 새로 태어난다.

피천득은 수필을 다양한 사물에 비유하였지만 대표적 비유는 청자연적이다.

그래서 연적의 파격미를 이끌어 '마음의 여유'라는 재해석이 가능했다.

제재 비유는 은유적 관계이다.

원관념과 보조관념은 1:1의 의미망으로 연결된다.

제재 비유 기법을 잘 활용하면 몇 가지 이점이 생긴다.

첫째, 시적 표현, 즉 형상화를 통한 이미지 창출이 용이하다.

둘째, 명확한 판단을 유보하므로 지적 가치 논란의 위험을 피할 수 있다.

셋째, 원관념(제재)과 보조관념(변주된 제재, 객관적 상관물)의 두 이미지를 동시 노출시키는 효과가 가능하다. 동시효과는 사진, 영화 기법의 이중노출(Double Exposure) 같은 효과다.

'발효 음식(제재 비유)'의 예시 작품을 보자.

(이 책 제1부의 '에세이를 개작한 고급수필 - 「조선낫」' 참조)

조선낫을 조선 여인에 비유하여 조선 여인의 삶과 낫의 공통점을 오버랩시킨다.

낫의 외양, 기능, 제작 과정, 역사 등을 제시하면서 동시에 조선 여인의 품성을 녹여낸다.

명수필 작법 현장 분석

수필 제재 요리법 ④ - 과일주(제재 치환)

제재 치환置換은 제재를 비유적 상징물로 바꾸는 기법이다.

발효와 숙성으로 원재료의 실체는 사라지고 보조관념만 남은 발효주, 장 같은 음식이다.

포도주나 모과주가 될 수도 있고, 간장, 된장, 고추장이 될 수도 있다.

상징은 은유의 확장된 비유다.

은유를 심화시키면 상징으로 되어 의미적 다의성이 유발된다.

의미망으로 '은유는 1:1, 상징은 1:다多'의 구조다.

실제 작품에서는 은유와 상징이 교차 표현될 수 있다.

비유적 형상화의 최정점, 시적 표현과 유사한 문장이다.

이 기법에는 앞의 윤색, 재해석, 비유의 기법, 고명이 모두 융합적으로 동원된다.

작품 곳곳에서 선명한 이미지로 형상화되고, 전체적으로는 통일된 이미저리가 형성된다.

형상화된 상징성은 다의성까지 지닌다.

'과일주(제재 비유)'의 예시 작품을 보자.

(이 책 제1부의 '형상화로 직조한 수필 - 「노인 예찬」' 참조)

'청춘 = 봄꽃, 꽃봄', '노인 = 단풍, 잎봄'으로 치환한다.

제재를 꽃 이미지로 변주한 시적 서정의 글이다.

청춘과 노인의 이미지를 대응시켜 리듬감도 형성한다.

「노인 예찬」의 주요 대응 문장은 아래와 같다.

- 봄은 꽃으로 아름답고 가을은 잎으로 아름답다.

- 청춘은 화병에 꽂아놓고 감상하는 꽃이고, 노년은 책갈피에 끼워두고 사색하는 단풍이다.

- 꽃봄 인생이 잉걸불이라면 잎봄 인생은 잿불이다.

- 꽃봄 인생이 생명의 확산이라면 잎봄 인생은 불티의 확산이다.

- 꽃은 씨방을 키우기 위해 붉은 교태를 부리고, 잎은 자양분을 공급하기 위해 푸른 노동을 한다.

- 꽃이 먼동빛이라면 단풍은 석양빛이다.

- 꽃은 떨어질 때도 꽃비가 되어 아름답지만 잎은 떨어지면 우수수 처량하다.

- 꽃은 떨어져 씨앗을 남기고 잎은 떨어져 눈[芽]을 남긴다.

- 지는 날까지 붉은 빛을 잃지 않는 꽃봄[花春] 인생은 열매를 잉태해서 행복하지만, 연둣빛으로 태어나 푸르른 삶을 살다 붉게 어우러지는 단풍 되어 한 줌 부엽토腐葉土로 돌아가는 잎봄[葉春] 인생은 다 주고 가는 껍데기라서 행복하다.

명수필 작법 현장 분석

제3부

전통수필의 맥

현대수필의 전통문체 계승을 논함

※ 필자 주: 이 글은 《부산수필문학》 28호(2017)에 발표한 500매 분량의 논문 「현대수필 창작론 연구」 일부를 발췌, 편집한 것임.

전통문체 계승에 관한 현대수필의 문제점

문학도 진화한다. 한국 현대수필의 뿌리는 무엇이며 전통의 멋과 맛을 어떻게 계승하고 있는가. 언어예술인 현대수필은 고전문학만큼 다양한 문체미를 지녔는가.

한국 현대문학은 고전문학의 오랜 전통성을 바탕으로 새로 유입된 서구문학과의 융합을 이룩하여 진화를 거듭했다. 그런데 다른 문학 장르와 달리 한국수필 이론의 바탕과 창작은 서구적 개념에 매몰되어 한국 고전문학과 접맥된 현대수필로 진화하지 못했다.

전통문학은 역사와 전래문화 속에 스며든 국민적 특색을 중시하는 문학이다. 문학에 드러나는 한국적 전통이란 역사적 생명을 지닌 정신적 가치 체계이다. 이러한 요소들은 고전문학의 양식, 표현, 구성 등에서 다양하게 드러난다. 전통의 계승 접맥은 작가 정체성 발현과 더불어 독자에게도 더 나은 미감을 선사하기도 한다. 시, 시조, 소설, 희곡 등 다른 장르에서는 전통 요소가 현대문학작품 속에 형식적, 내용적, 미적 전통으로 계승되고 있다. 그러나 현대수필에서는 그 인식이 매우 소홀한 실정이다. 특히 현대수필 작품은 체험의 비전환적 고백 양식이라는 비문학적 인식으로, 고전문학에서 구현된 다채로운 문체를 현대적 안목으로 계승하지 못하고 대부분 점잖고 교조적教條的인 진술에 경도되어버렸다.

문체미란 작가가 표현하는 특징적(characteristics) 작문법(composition)으로 문장에 드러나는 표현상의 빛깔이다. 이는 제재와 주제를 효과적으로 구현하기 위해 작가가 선택한 최선의 표현수단으로서 작가가 추구하는 미적 형상에 적합하도록 구현된 필법이다. 문학작품은 언어의 집합체이므로 문체는 그 자체로 통일되고 독립적인 의미의 조직체인 문장으로 이루어진다. 작가가 현실을 대하는 개성으로 구현되는 문체 속에는 작가의 고유한 특수성과 개별성이 담겨 있다.

문체(style)를 형성하는 자질은 다양하겠지만 가장 영향이 큰 요소는 운율韻律(rhythm)과 어조語調(tone)다. 리듬은 언어가 지닌 대표적 속성이고, 어조는 화자의 목소리로 제재와 독자에 대한 지적, 정서적 태도다.

리듬도 어조를 형성하는 중요한 요소이다. 리듬에서 형성되는 분위기는 다른 요소를 압도하는 독특한 위상을 점하고 있다. 한국문학에서 전통문장의 대표적 요소는 율격미律格美였다. 한국의 율격미는 음수율 혹은 음보율로 성립된다. 이는 고전문학에서는 필수적 장치로 운용했으며 개화기 이후 현대문학에서는 의식적으로 배격한 요소다. 그 결과 문장의 율격미는 근대문학 이후 현대시에서도 외면당해버렸다. 서정시는 물론 산문인 「기미독립선언서」에도 스며 있던 율격미가 지금은 흔적조차 묘연해졌다.

율격미를 현대수필에도 원용하자는 당위적 이유는 역설적이게도 '낯설게 하기'의 일환이다. 즉 율격미를 인위적으로 배격한 현대문학을 반역하여 거꾸로 다양한 율격미를 변주함으로써 잃어버린 율감의 향수를 자극해내는 새로운 미감을 창출해낼 수 있다는 점이다.

문체미를 형성하는 또 하나의 중요한 자질은 어조다. 어조와 분리된 화자는 존재하지 않는다. 제재와 독자에 대한 개성 있는 작가의 태도는 어휘, 소리, 리듬, 비유, 어휘, 문장 등으로 구체화되며 섬세하고도 미세한 차이를 드러내면서 다양한 어감들을 형성한다. 표면적 의미와 다른 이면적 의미를 그려내기도 하여 아이러니와 역설, 해학, 풍자도 어조로 형성된다. 자아의 세계화 양식인 현대수필에서 원용할 가치가 충분한 이러한 어조 운용은 고전 산문문학에서는 일상적으로 구현되고 있었다.

문학을 형성하는 기본 요소 중에서도 제재, 주제, 구성 등은 문학의 현대화 과정에서 많은 변모를 거듭했으나 유독 고전문학에 구현된 다채로운 문체미를 현대수필이 계승하지 못했다. 현대수필의 문장 표현은 고전문학에 비하여 매우 단조롭고 건조하다. 일반적으로 문어체를 사용하며 문장종결도 대부분 평서형 종결어미 '-다'를 사용하고 있다. 더구나 율격의 미감은 완전히 실종되었다. 시대의 요청에 따라 언어와 표현 양식이 더 다채로워져야 함에도 현대수필의 문체는 고전 산문보다 더 획일적이다.

고전문학의 문체미에서 구현되는 어조와 리듬의 다양한 변주는 민요, 가사, 사설시조, 판소리사설에서 잘 드러난다. 국문학사적으로 살

명수필 작법 현장 분석

펴보면 수필의 문학미감 창출에 원용 가능한 한글 문학은 향가, 고려가요, 경기체가, 사설시조, 가사, 고전수필, 판소리사설 등이다. 이 중 사설시조, 가사, 고전수필 3종은 공통적으로 운문 지배적 사회에서 산문정신의 발현으로 형성된 양식이라는 점에서 수필의 성격과 관련성이 짙다. 특히 판소리사설은 이전의 모든 문학이 지닌 요소들이 종합적으로 적용된 융합양식이기에 현대수필에서 원용할 수 있는 전통적 요소의 보고寶庫라 할 수 있다.

백철은 『문학개론』에서 형식이란 어떤 내용적인 것을 형상화하는 과정을 통일, 조직한 형태로서 작품의 좋고 나쁨에 대한 결정권은 그 내용 여하를 막론하고 그 형식의 실행에 달려 있다고 했다. 문장의 호흡과 장단을 통어統御하는 율격미는 현대문장에서 실종되어 버렸고, 주제나 문장에서 엄숙주의에 경도된 현대수필에서 다채로운 어조 구현도 그 인식이 매우 미약하다. 이러한 전통 요소 회복은 한국인의 성정에도 적합하여 쉽게 응용할 수 있다는 이점과 아울러 새로운 문학미감을 선사할 수도 있을 것이다.

본고에서는 고전에서 원용할 수 있는 중요한 전통 요소 중 형식미 창출에 막대한 영향력을 발휘하는 주요 자질로 율격과 어조의 현대적 변용을 논의해보고자 한다.

율격미 운용

율격은 존재의 약동하는 생명성이다. 율감律感은 장단, 고저, 강약,

문체의 강건, 우유, 화려, 건조, 만연, 간결을 유인하고 대조, 대구의 흥청거림, 공격과 애상적 비애까지도 정서적으로 통제한다. 고전문학에서 보듯 표창으로 던진 글도 율격을 실으면 풍자나 해학의 원반으로 날아간다. 율격은 대구를 생성하고 대구의 출렁거림은 독자 감정을 몰입시킨다. 시 작품에서도 서정성은 문체, 어조, 문장 구조, 어구, 어휘, 조사, 어미, 문장부호 등이 다양하게 기능한다. 그중 율격미는 서정 형성의 최첨단적 기능을 한다. 율격미는 문장의 모든 요소를 통어統御하기 때문이다.

소리의 모형화가 리듬이므로 율감律感은 언어가 지닌 대표적 속성이다. 따라서 율감은 모든 문장을 통어統御한다. 어떤 공격적 언사라도 리듬을 타면 부드러워진다. 리듬은 표창을 원반으로 바꿀 수 있는 힘도 지녔기에 그 영향력의 측면에서 볼 때 어조의 어떤 요소도 이 율감의 영향력을 상회할 수 없다.

언어의 형식이 소리이듯이 리듬의 근거에서 보면 시와 산문과의 절대적 차이는 없다. 다만 고전문학에서는 모든 문장에 필수적 장치로 정격을 주조로 삼아 많은 변주를 유도했으나, 개화기 이후 현대문학에서는 율감 자체를 의식적으로 배격한 가치관의 차이일 뿐이다. 율감 운용에서 100년 사이에 완전한 전도현상이 일어난 것이다. 근대문학 이후 현대시에서마저 외면당한 율격미를 산문문학에도 원용하자는 이유는 바로 이 극단적 전도현상에 있다. 이 극단적 전도는 산문이든 운문이든 적절한 율격 운용이 오히려 '낯설게 하기'의 특징으로 독자의 정서를 자극하는 독특한 매력을 지녔다고 판단하기 때문이다.

세상만사는 리듬으로 운행된다. 문학 장르 중 리듬을 생명으로 삼는 곳은 시다. 그러나 시의 형식이 운율임에도 불구하고 자유시는 실

명수필 작법 현장 분석

제 운율이 외형적으로 체득되는 것이 아니다. 자유시란 운율로부터의 자유라는 의미다. 그래서 생각해낸 것이 내재율內在律이다. 물론 자유시의 내재율을 전면 부정할 수는 없지만 적어도 작가든 독자든 자유시의 창작과 감상에서는 율감이 주요 관심사가 아님은 분명하다. 시의 중요한 한 요소인 형식, 즉 운율적 요소는 설 자리를 잃게 되었다. 자유시가 현대문학을 대표하면서도 현대서정을 지배하지는 못하게 된 저간의 사정도 율격미의 상실에서 연관을 찾을 수 있을 것이다. 율격미를 담은 현대문학양식은 시조뿐이다. 시조시인인 필자는 현대시조 창작론에서 600년 이상 낡은 양식의 시조가 현대에도 필요한 이유를 다음과 같이 논한 적이 있다.

> 현대는 리듬 상실의 시대이다. 속도를 추구하는 현대는 리듬을 배격하기 때문이다. 고전적 이동법인 발걸음, 말[馬], 자전거, 증기기차, 배[船] 등은 2박자, 3박자, 4박자의 리듬을 지녔지만 이제는 이들 리듬을 구경하기 힘들다. 율격적 보법步法을 잃어버린 현대의 이동 도구들, 자동차나 비행기나 쾌속정이나 KTX에는 리듬이 없다. 이러한 도구들로 인하여 현대인은 체감적 율동감을 상실해버렸다. 그래서 현대인의 삶의 양식도 리듬을 잃게 되어 생활만 삭막한 것이 아니라 문학마저 메마른 시대를 살고 있다. 이 리듬을 회복시켜주는 것이 정형률을 지닌 현대시조의 소명이다.

김준오는 그의 『시론』에서 "현대시가 리듬을 외면한다는 것은 감수성의 분리가 아니라 정서의 상실을 의미한다"라고 했다. 현대는 오히려 리듬을 보완하여 인간의 운율적 향수를 자극해야 하는 시대가 되었다. 그 자극은 전통문학 접맥을 통해서 담당할 수 있다는 것이 필자의 지론이다.

율격은 고저, 장단, 강약 등의 규칙적 반복에서 형성되지만 한국 전통 율격미는 특정 보격步格을 기반으로 하면서 변주變奏를 형성하는 기법이다. 한국 음보율의 특징은 반복과 시간의 등장성에 근거를 두어 음수율의 고정성을 극복한다는 점이다. 전통의 정격음보定格音步에는 2음보, 3음보, 4음보가 있다. 운용 방법도 정격률, 변격률, 자유율, 혼합률 등 다양하다. 4음보는 2음보에서 형성된 것으로 정적靜的인 요소가 강하며, 3음보는 동적動的인 특성이 있다. 3음보는 고려가요와 민요 등에서 주로 운용되며 4음보는 시조, 가사 등에서 나타난다.

율격미 구현 방법에는 여러 유형이 존재한다. 하나의 특징적 정형속에서도 다양한 형태의 변주가 이루어지는 것이 문학이다. 정형시인시조가 그렇다. 반대로 수필이 산문이라 할지라도 굳이 율격을 천편일률적으로 배격해야 할 이유는 없다. 우리의 전통문학은 율격 문제에 있어서도 그렇게 획일적 구조를 지닌 양식이 아니었다. 고전문학작품이 정격 속의 변격을 구사했듯이 현대수필도 산문 속에 율격을 가미하는 것이 가능한 일이다.

고전문학의 율격미

한국 전통문체의 대표적 특징은 리듬이었다. 전통문장은 한문이든 한글이든 모두 리듬감을 지닌다. 고전문학 중 사설시조, 가사, 고전수필, 판소리사설 등의 특징적 율격 운용은 현대수필에 충분히 원용

명수필 작법 현장 분석

할 가치가 있다.

사설시조는 4음보를 기반으로 한 정형시이지만 산문정신이 혼입된 변주로 확장되어 율격 운용에서 외연의 폭은 매우 넓다. 다음 작품은 초장과 종장은 4음보 변주이지만 중장에서는 산문율로 확장되었다.

나모도 돌도 바히 업슨 뫼헤 매게 조친 가토리 안과

大川(대천)바다 한 가온듸 一千石(일천석) 시른 빅에 노도 일코 닷
도 일코 농총도 근코 돗대도 것고 치도 쌔지고 브름 부러 믈결 치
고 안기 뒤셧거 주주진 날에 갈 길은 천리만리 四面(사면)이 거머어
득 져믓 天地寂寞(천지적막) 가치노을 쩟는듸 水賊(수적) 만난 都沙
工(도사공)의 안과

엊그제 님 여흰 내 안이야 엇다가 구을 흐리오

— 작자미상, 『청구영언』 중

중장은 4음보격을 기반으로 하면서도 자유율을 운용하고 있다. 시조라는 정형양식의 파격적 산문화散文化 변주는 반대로 수필 같은 산문양식의 파격적 율문화律文化 변주도 가능하다는 것을 여실히 보여주는 작법이다.

형식적 외연의 폭이 넓은 시조와 달리 교술양식인 가사는 오히려 매우 획일적 4음보 정형양식이다. 그러나 4음보 정형 율격의 무한 진행인 가사문학도 작가의 흥취에 맞춰 정형의 변주가 드러나는 것이 우리 고전의 멋과 여유이다(/은 임의 표시임. 이하 같음).

① 칼로 말아낸가 붓으로 그려낸가 / 조화신공(造化神功)이 물

물(物)마다 헌스롭다. / 수풀에 우는 새는 춘기(春氣)를 못내계워
소리마다 교태(嬌態)로다. / 물아일체(物我一體)어니 흥(興)이야 다
룰소냐

- 정극인, 「상춘곡」

② 藍남輿여 緩완步보하야 山산映영樓누의 올나하니 / 玲녕瓏농
碧벽溪계와 數수聲성 啼뎨鳥됴난 離니別별을 怨원하난 닷

- 정철, 「관동별곡」

③ 開개心심臺대 고텨 올나 衆듕香향城성 바라보며 / 萬만二이千
천峰봉을 歷녁歷녁히 혀여하니

- 정철, 「관동별곡」

　가사문학의 효시라고도 일컬어지는 정극인의 「상춘곡」①에서 이미
변주가 드러난다. 가사의 율격은 4음보 정적이지만 인용한 제3 마디
는 6음보로 '소리마다 교태嬌態로다'가 첨가되어 있다. 그 이유는 제4
마디에 드러나 있는데 바로 작가의 넘치는 '흥興'의 서정으로, 엇박자
로 변주를 일으키는 여유다. 이러한 율감은 「관동별곡」에도 나타난
다. 인용 ②의 제2 마디도 6음보로서 흥취의 잉여 표현을 위해 4음보
의 고정률을 파격했다. 이 부분은 4음보로 율독할 수도 있겠지만 2-3
의 음수율도 일상적이므로 6음보로 봄이 문학미감을 더 내밀하게 파
악하는 길이라 생각한다. 인용 ③의 제2 마디 '萬만二이千천峯봉을'에
서는 3(4)-4조 기본 음수율을 1-4조로 1음절 1음보 형성이라는 과감
한 변격을 사용했다. 고전문학에서는 거의 유일한 보법이다. 엄정한

명수필 작법 현장 분석

정형양식 속에서도 획기적 형태의 변주가 구현된 사례이다. 송강이 '일만一萬'이라는 표현을 피한 것은 금강산 숱한 봉우리를 표현함에 '일一'이라는 최소의 숫자가 어울리지 않는다고 보았기 때문이다. 상황에 따라 대음절과 소음절을 혼용하는 이 정신이 창작의 묘법이다. 그러나 산문정신이 노골적 율격파괴로 드러난 사설시조와 달리 가사는 4음보 운용의 준칙이 매우 엄격한 양식이다. 이런 연유로 아주 특별한 경우를 제외하고는 현대수필 작법에 그대로 원용하기란 정서적 거리감이 클 것이다.

고전문학작품 중 산문양식에서 운용된 율격미는 훨씬 다채롭다. 그 전범을 수필 「조침문」에서 본다. 아래 인용 부분들은 율격미의 다채로운 모습을 잘 보여주는 문장들이다.

① 슬프다, 연분이 비상非常하여 너희를 무수히 잃고 부러뜨렸으되, 오직 너 하나를 연구年久히 보전保全하니, 비록 무심한 물건이나 어찌 사랑스럽고 미혹迷惑지 아니하리요.

② 한 팔을 베어낸 듯, 한 다리를 베어낸 듯, / 아깝다 바늘이여. / 옷섶을 만져 보니 꽂혔던 자리 없네.

③ 정신이 아득하고 혼백魂魄이 산란散亂하여 / 마음을 빼아 내는 듯, 두골을 깨쳐 내는 듯, / 이윽도록 기색 혼절하였다가 겨우 정신을 차려, / 만져 보고 이어 본들 속절없고 하릴없다.

인용 부분 ①은 산문문장 중심이다. ②는 4음보 사이에 2음보를 변주하였고, ③은 4음보 사이에 산문적 율격인 '이윽도록 기색 혼절하였다가 겨우 정신을 차려'를 혼용하였다. 이외에도 작품 전편에는 산문과 4음보, 2음보 등을 자유자재로 혼용하면서 율감을 조정하고 있다. 고전수필 「조침문」의 율격은 가사처럼 천편일률적 정격이 아니다. 산문문장 속에 율격을 혼용하거나 4음보 율격 속에 산문을 혼용함으로써 분위기에 맞게 율감을 지닌다. 이러한 작법은 산문으로서의 위상을 견지하면서도 율격의 맛과 멋을 다채롭게 드러내고 있다. 이런 기법은 현대수필 문장에서도 매우 효과적 필법이 될 것이다.

판소리사설 문체는 더욱 화려하다. 대화든, 묘사든, 서술이든 산문과 율문이 적절히 배합되어 현장감을 돋우고 있다.

> 섬섬옥수 번듯 들어 양 그네줄을 갈라잡고 선뜻 올라 발 구를 제, 한번 굴러 앞이 높고 두 번 굴러 뒤가 멀어 앞뒤 점점 높아 갈 제, 발밑에 나는 티끌 광풍 좇아 휘날리고 머리 위에 푸른 잎은 몸 따라 흔들, 푸른 속에 붉은 치마 바람결에 나부끼니 구만리 백운 간에 번갯불이 흐르는 듯 꽃도 툭 차 떨어치고 잎도 담북 물어 뵈니, 이도령이 그 거동을 보고 어안이 벙벙 흉중이 삭막 사대삭신 육천 마디를 벌렁벌렁 떨며, 방자를 불러 말을 해야 할 터인데 떨려서 부를 수가 있나. 하인 보는 데 떨 수는 없고 눈은 춘향에게 달아두고 입술만 달싹거려 건성으로 부르것다.
>
> — 「춘향가」, 정병욱, 『한국의 판소리』

춘향가 결연장면의 일부이다. 먼저 4음보의 율감이 전체 문장을 흥청거리게 통어하면서도 '머리 위에 푸른 잎은 몸 따라 흔들' 부분에서

명수필 작법 현장 분석

는 반음보를 변주한다. 또한 '도령이 그 거동을 보고 어안이 벙벙 흉중이 삭막 사대삭신 육천 마디를 벌렁벌렁 떨며'에서는 정형율감에 파격을 운용하고 있다. 이러한 율감은 고전 산문문학에서는 다양한 변주로 운용되고 있다.

현대수필의 율격미

율감은 모든 문장을 통어統御한다. 율감은 본질적으로 서정을 홍청거리게 한다. 율감으로 쓴 글 속에서는 표창을 던져도 원반으로 날아간다. 강력한 논설문도 그렇다.

> 二千萬(이천만) 各個(각개)가 人(인)마다 方寸(방촌)의 刃(인)을 懷(회)하고, 人類通性(인류통성)과 時代良心(시대 양심)이 正義(정의)의 軍(군)과 人道(인도)의 干戈(간과)로써 護援(호원)하는 今日(금일), 吾人(오인)은 進(진)하야 取(취)하매 何强(하강)을 挫(좌)치 못하랴. 退(퇴)하야 作(작)하매 何志(하지)를 展(전)치 못하랴.
>
> - 「기미독립선언서」 중

「기미독립선언서」는 일제를 향한 선전포고나 마찬가지다. 그럼에도 부정형不定形 4음보 율격미는 권투선수 알리의 표현대로 '나비처럼 날아가 벌같이 쏜다'라는 의미를 매우 잘 드러내는 문장이다. 앞 장에서 보듯 고전문학의 언술에는 필수적으로 율격미가 용해되도록 구사하고 있다. 현대문학에서 고전 율격미를 계승한 양식은 시조가 유일

하다. 참여문학 논쟁이 치열한 일제강점기, 독재정권 시절에도 정격시
조작품의 치열한 현실참여가 신랄하게 표출되지 못하는 경우가 많았
던 것도 리듬감이 주는 원반형의 서정성과 연관이 있다. 고시조든 현
대시조든 현실참여 작품에서 시조 작가들이 4음보 정격의 파괴를 구
사하고 사설시조의 율격을 운용하는 것도 그 때문일 것이다.

  율격미를 배격한 현대의 산문문장 속에 부분적으로 다양한 율격미
를 운용하는 것은 전통문학성을 담보하는 새로운 창작법이 될 수 있
다. 인간은 생래적으로 율감을 느끼는 존재다. 율격미를 인위적으로
배격한 현대는 거꾸로 산문정신의 바탕 위에 다양한 율격미를 변주함
으로써 잃어버린 율감의 향수를 자극해내는 새로운 미감을 창출해낼
수 있을 것이다. 율격미의 운용은 일반적으로 문장에서 흥청거리는
대구의 리듬을 형성한다.

    수필은 난(蘭)이요, 학(鶴)이요, 청초(淸楚)하고 몸맵시 날렵한 여
    인이다. 수필은 그 여인이 걸어가는, 숲속으로 난 평탄하고 고요한
    길이다. 수필은 가로수 늘어진 포도(鋪道)가 될 수도 있다. 그러나
    그 길은 깨끗하고 사람이 적게 다니는 주택가에 있다.

                                            - 피천득, 「수필」

「수필」은 산문이지만 부분적으로 부정형 음보의 운용으로 말미암
아 강력한 리듬이 형성되는 문장이다. 문학의 유형은 다채롭게 형성
된다. 엄격한 율격의 정형시에서 파격을 운용할 수 있고, 정형성을 배
격한 자유시에서도 율격미나 산문율을 운용할 수 있고, 산문문학에
서도 율격미를 첨가할 수 있다. 이러한 기교는 리듬의 근거에서 보면

명수필 작법 현장 분석

시와 산문과의 절대적 차이가 없다는 점이다. 이런 창작 정신은 정형으로의 지향과 정형으로부터의 자유, 산문으로의 지향과 산문으로부터의 일탈이라는 모순을 그려내는 미묘한 울림이 있다.

우리가 알아야 할 것은 모든 생명체는 리듬을 타고 흐르며 문예문이든 실용문이든 훌륭한 글은 모두 적절한 리듬을 담고 있다는 점이다. 현대인의 율감에 대한 향수는 고전문학의 문장 인식과 다를 바가 없다. 고전문학에서는 정격 율감을 기본으로 삼은 양식이면서도 고정된 율격에 얽매이지 않고 작가의 개성에 따라, 또는 산문정신의 시대적 발현에 부응하면서 그 운용 방법도 정격률, 변격률, 자유율, 혼합률 등 다양하게 창작하였다. 이렇게 율격미를 변주함으로써 작품의 전체 흐름을 생동감 있게 재현하였다. 다만 고전은 리듬을 주조主調로 삼았으나 현대는 이 리듬을 배격하기 때문에 현대문장에서는 이 과정의 역순逆順이 필요할 뿐이다.

현대수필에서 고전 율격미를 원용한다면 어떤 유형이 가능한가. 필자의 수필 작법의 요체는 율격 회복의 일익을 산문문학인 전통수필도 담당할 수 있다는 견해다. 언어의 고유한 속성상 산문문장에서도 리듬감의 느낌은 자연스럽게 스며들 수 있겠지만 본고에서는 작가의 의도가 분명히 개입된 율격미 운용을 논의하겠다. 이 경우에는 앞뒤 문장과 차별성을 짓는 '낯설게 하기'의 변별적 농도를 강력하게 느낄 수 있기 때문이다. 앞에서 잠시 언급한 피천득 「수필」의 인용 부분은 의도적 율격미가 스며든 것이다. 전체 작품을 살펴보면 느낌이 전혀 다른 일반 산문문장과 혼용하고 있다. 아래 두 문단을 비교해보면 확연해진다.

① 수필은 한가하면서도 나태하지 아니하고, / 속박을 벗어나고서도 산만散漫하지 않으며, / 찬란하지 않고 우아優雅하며 / 날카롭지 않으나 산뜻한 문학이다.

② 덕수궁 박물관에 청자연적이 하나 있었다. 내가 본 그 연적은 연꽃 모양으로 된 것으로, 똑같이 생긴 꽃잎들이 정연히 달려 있었는데, 다만 그중에 꽃잎 하나만이 약간 옆으로 꼬부라졌었다. 이 균형 속에 있는, 눈에 거슬리지 않는 파격破格이 수필인가 한다. 한 조각 연꽃 잎을 옆으로 꼬부라지게 하기에는 마음의 여유를 필요로 한다.

①번 문단은 비정형 율격 운용으로 대구의 율격미를 담고 있으나 ②번 문단은 일반 산문문장이다. 같은 작품 내에서도 문체적 미감이 매우 다르게 느껴진다. 이것도 유용한 변주다. 반면에 아래 민태원의 작품 「청춘예찬」은 작품 전체 흐름에 비정형 율격미를 지녔다. 율격미의 전체적 흐름과 부분적 운용은 민태원과 피천득 작품의 시대적 차이에서 연유한 것일 수도 있다.

그들에게 생명을 불어넣는 것은 따뜻한 봄바람이다. 풀밭에 속잎 나고, 가지에 싹이 트고, 꽃 피고 새 우는 봄날의 천지는 얼마나 기쁘며, 얼마나 아름다우냐? 이것을 얼음 속에서 불러내는 것이 따뜻한 봄바람이다. 인생에 따뜻한 봄바람을 불어 보내는 것은 청춘의 끓는 피다. 청춘의 피가 뜨거운지라, 인간의 동산에는 사랑의 풀이 돋고, 이상理想의 꽃이 피고, 희망希望의 놀이 뜨고, 열락

명수필 작법 현장 분석

悅樂의 새가 운다.

    한 편의 작품 속에는 작가가 의도하는 미적 요소들이 독립적으로 산재해 있는 것이 아니라 교집합적으로 엮이어 유기적 구조로 직조된다. 예컨대 율격미의 문장도 전반적으로 흐르는 산문율 속에 정격과 변격이 교차되기도 하고, 여기에 다시 각양각색의 문체미와 다양한 구성미가 뒤섞여 총합적으로 그려진다. 이러한 변주는 생동감을 자아낸다.

    최근의 현대수필 중에서는 율격미 운용에 대한 작가의 미학적 의도가 확연히 개입된 작품은 찾기 힘들다. 따라서 이하에서는 필자의 수필집 『조선낫에 벼린 수필』(2017)에 수록한 자작수필을 인용해서 참고하겠다. 필자는 현대인의 서정적 율감에 맞게 일반적으로는 산문율을 바탕으로 하면서 적당한 조율에 의한 정격률과 변격률을 다채롭게 변주한다. 정격률, 변격률, 대구율對句的, 산문율 등을 때로는 단독으로, 때로는 복합적으로 구사하며 율감의 위치나 범위도 어구, 문장, 문단으로 확장하면서 서정성을 창출하기도 한다. 설명의 순서는 율격 요소가 강한 작품을 먼저 예로 들고, 점차적으로 율격미가 미미하게 운용된 순서로 진행하겠다.

    아래 인용한 작품 「강시 경력」은 정격률에 기반하여 부분적 변주를 구사한 보법의 작품으로 4음보 정격과 파격을 부정기적으로 혼용하여 읽기의 변화를 유도했다. 문단文壇 세계에도 팽배한 군대식의 선배의식을 풍자했다. 특히 경력 단절 후 복귀자들의 선배연先輩然하는 행태를 풍자, 해학의 기법을 운용하면서 조롱했다. 도입 부분 ①과 결미 부분 ②를 인용했다(율격 표현을 명확히 하기 위해 /, // 선 표기

① 강시僵屍가 / 껑충껑충 / 백주대로白晝大路 / 활보한다. // 완벽한 / 재생 능력 / 회색 피부 / 이식 후에 // 백마금편白馬錦鞭 / 명품 옷에 / 귀빈貴賓으로 / 납시셨다. // 희번덕 / 이마에다 / 똥별 계급 / 하나 달고 // 굵직한 / 목덜미엔 / 녹슬은 / 청동 군번줄! // 딸랑딸랑 / 매달고는 / 여덟 팔자 / 걸음이다. //

② 입문만 해 놓고 훌쩍 사라져서는 오랜 세월 지룡地龍을 파먹다가 이제 돌아와서 경력자로 회춘하여 용 무리에 끼인 강시 경력자들이시여. 인생 백세 시대를 맞아 은퇴 후의 재등장에는 강시 경력이 녹용영지鹿茸靈芝 보약이라. 인생도 길고 예술도 긴 무병장수 남은 생애 만수무강 아니런가. // 한 세상 / 원로 고물古物로 / 부귀영화 / 누리소서. //

전문은 200자 원고지 15매 분량으로 장편 사설시조의 유형을 원용한 작품이다. 도입부 ①에서 시조 초장으로 첫 행을 유지하면서 다음 문장에서도 4음보 정격으로 이어받았다. 중간에서는 다양한 율감으로 전개하다가 결미 부분 ②는 산문율로 운용하다가 마지막 문장에서는 시조 종장 율격을 유지했다. 장편 사설시조라고 해도 무방한 작품이다. 호흡의 유려함 유지를 위한 만연체 중심으로 엮으면서 반어와 역설의 냉소적 어조를 사용했다. '허공 경력, 튀밥 경력' 등 어휘 조합도 풍자를 노렸다. '고물古物 = 고문顧問'의 언어유희로 마감했다.

고전문학에서 장편의 사설시조는 4음보音步의 변주가 매우 심하면서 다채로운 문체미도 적극적으로 구사하는 구조다. 그러므로 현대 수필 작법에 원용하기에는 정격 일변도의 가사보다는 훨씬 유리하다. 같은 교술양식이라도 가사는 점잖은 표현의 4음보 정격이므로 현대적 서정에는 맞지 않는다. 오히려 사설시조적 보법과 표현이 풍자나 해학, 어조의 다양한 변화 등을 마음대로 구사할 수 있다. 새해맞이 작품인 아래 「쥐구멍에서 쏘아 올린 작은 공」도 같은 유형이다. 제목부터 조세희의 『난장이가 쏘아올린 작은 공』을 패러디하여 쥐의 수난과 업적을 나열하면서 무자년戊子年 쥐띠 해를 맞아 화합정신의 새 시대 도래를 희망했다. 인용은 결미 부분이다.

오호라, / 희희囍囍로다. / 무자戊子 쥐의 / 부활이로다. / 쥐구멍에 볕이 들어 은혜와 사랑이 철철철 넘치는 세상이라. 웰빙well-being 시대 요즘 세상은 애완용 고양이도 알밥을 먹는 세상, 이러헌 평화 세상 또 어디 있을쏘냐. 60년 전 앵돌아선 남북도 화해무드요, 동서도 화합이니, 빈부 갈등 안팎 갈등 모다 해소하고 화평 세상 도래로다. 세상 사람들아, 올해는 꿈속에 쥐에게 물리면서 '천석만석千石萬石!' 소리쳐서 모두 다 부자 되고, 쥐 DNA 이식하여 딸 아들 펑펑펑 낳고, 사방팔방 세계화 시대를 쥐 풀방구리 드나들 듯 종횡무진하시길 축원하면서, 오늘 새날을 맞이하여 60년간 갈고닦은 바이오bio 생명공학의 첨단尖端 쥐들이 억조창생 기氣를 모아 알을 하나 낳으리니. 환희歡喜의 무자년에 '쥐구멍에서 쏘아 올린 큰 공' 하나가 온 누리를 밝히리라.

해야 솟아라. 박두진의 해야 솟아라. 칡범과 사슴이 함께 노니는 세상, 어둠을 살라먹고 둥근 해야 솟아라, 솟아라! - 찍찍 - 펑!

첫 줄을 "쾌재快哉라, / 찍찍 - Cheep Cheep, / 새날이 / 밝는도다!"의 4음보 정격으로 시작하여 작품 전체 흐름을 4음보의 정격률을 중심으로 변주를 유도하였지만 인용 부분은 산문율의 변격을 주로 구사한 부분이다. 어조도 세태풍자를 겸한 경계와 힐난詰難의 리듬을 만연체의 병렬 구조로 엮었다. 마무리 부분은 박두진의 「해」를 활용하면서 『난장이가 쏘아올린 작은 공』의 패러디로 해학미를 살렸다.

위와 같은 작품에서는 리듬이 중심 호흡을 지배한다. 이는 창작도 용이하지 않거니와 자칫 현대의 자유서정에 맞지 않을 수도 있다. 그러므로 이와는 반대로 산문문장 중심으로 엮어가되 부정형의 산문율과 부분적 정격률을 혼합하는 구조는 현대문학의 미감 형성에 더 효과적인 작법作法이 될 수 있다. 이는 산문율 속에 부분적으로 정격률이 개입함으로써 독자의 가슴에 잃어버린 율감을 단편적으로 생성시키게 하는 효과를 노린다. 아래 예시는 강아지를 데리고 노는 작품 「강생이 어르기」에서 세 개의 문단을 인용하였다. 전체 작품에서 인용 이외의 부분은 대부분 일반 산문문장이지만 율격미가 의도적으로 가미된 부분을 골랐다. 이 문단들은 모두 자유율, 2음보, 4음보 등의 율격을 혼합해서 사용한 것들이다.

① "불매불매 / 불매야 / 이 불매가 / 뉘 불매고 / 내 강생이 / 꽃 불매지. / 칠 남매 아들딸을 한번도 안아주지 않으셨다는 아버지께서도 손주 앞에서는 무거운 체통을 내려놓으셨다. / 조선 안방마님 같던 어머니도 '어이구, 내 강생이!'를 입에 달고 계셨다. // 강생이는 / 강아지의 / 경상도 / 사투리. // 돌을 갓 지나 재작재작 걸음마를 배우면서 강생이들은 할아버지 앞에서는 불매를 해달라고

두 팔을 벌리고, / 할머니 앞에서는 조막조막, 진진을 같이 하자고 손바닥을 내밀었다.

　② 이빨이 자라나면서 잇몸이 간지러워 종이나 비닐 조각을 붙들고 물어뜯는 꽃쌈놀이를 한다. 온 마당이 하얗다. 일일이 밉둥을 피우며 휘돈다. 그럴 때면 '이놈들, 이리 오너라.' 헛고함을 지른다. 희한하게도 저 어린것들이 내 야단치는 건 안다. 종잇조각을 물고 도망다니는 뒤를 쫓으면서 치다꺼리를 한다. 붙들리면 세워놓고 불매다.

　③ 문득, 자던 놈이 벌떡 일어나 바깥을 내다보고 '옹옹' 짖는다. 누워 있던 놈들도 덩달아 '공공!' 짖어댄다. 아이고, 내 강생이! 하마 밥값들 하는구나. 동네방네 / 벗님네들, / 내 강생이 / 한번 보소. // 두 달도 / 안 된 것이 / 하마 벌써 / 짖는다오 // 아무렴 뉘 새끼라고 // 우리 / 강생이들이 / 타고난 / 천재로고. // 이곳저곳 / 수소문해 / 영재교육 / 시켜야겠다. // 고양이 / 모셔 와서 / 외국어도 / 배우고, // 얼룩소 / 외양간에 / 그림도 / 그려보고, // 종달새 / 선생 만나 / 노래도 / 배운 뒤에, // 딱따구리 / 둥지 찾아 / 피아노도 / 등록하자. /

　인용한 ①번 문단은 문장 구조가 대구율을 이루는 부정형의 산문율이다. ②번 문단은 일반 산문문장이다. ③번 문단은 정격 4음보율이 혼재하는 구조인 바, 최근의 조기교육을 해학적으로 풍자하면서 짧은 문장과 긴 문장을 교차 사용함으로써 경쾌한 분위기의 호흡을 조절하였다. 전체적으로 문장의 유려流麗한 호흡과 경쾌한 리듬에 주안점을 두었으며 강아지와 손주를 오버랩시켜 두 제재 사이를 자유로운 연상수법으로 시선을 왕복시키면서 식상한 손주 이야기를 벗어나 대상을 강아지로 대체함으로써 중의적 재미를 유도하였다.

　신변의 일상사를 제재로 한 아래 작품 「빨래를 치대며」도 부분적으로 리듬을 혼입한 유형이다. 총각 시절 이후 수십 년 만에 처음 해보는 빨래에서 독자의 흥겨운 분위기 형성을 위해 시작 부분에서 율격미를 혼용했다.

　　　빨래를 치댄다. / 어깨 출렁 / 엉덩이 들썩, / 온몸으로 / 치댄다. // 목줄띠에서 / 옮은 / 완고한 땟국도, // 뱃가죽에서 / 눌어붙은 / 게으른 / 땟자국도, // 발가락에서 / 밴 / 고리타분한 / 땟국물도 / 함께 치댄다. // 머릿속에 / 남아 있는 / 꼬장꼬장한 / 생각도 치대고, // 소파에 / 뒹굴던 / 꼬질꼬질한 / 몸뚱이도 치댄다.

　비정형의 율감과 동시에 대구적 흐름을 타고 있다. 대구적 흐름은 '어깨, 목, 뱃가죽, 발가락 머릿속, 몸뚱이'로 이어지는 의미망意味網의 대구를 형성한다. 의미망이란 단어나 문장이 지니고 있는 의미의 유사한 상관관계를 말하는바, 여기에서는 사람의 신체 부위가 공통이다. 다소 비속한 노골적 어휘 사용으로 해학적 비유를 겸하여 신선한 문체미를 자아내도록 구사했다. 작품 중 인용 이외의 나머지 부분은 일반 산문문장에 부분적으로 약간의 비정형 율격미를 가미했다. 전자레인지 해동의 첫 경험을 담은 아래 작품 「전자레인지 앞에서」도 산문문장 속에 간헐적으로 리듬을 개입시킨 구조다.

　　　　　　　　　　　　명수필 작법 현장 분석

전자레인지 / 회전판이 / 빙글빙글 / 돌아간다. // 꽁꽁 언 / 곰국 덩어리를 안고 / 흥얼흥얼 / 잘도 돈다. // 흐릿한 / 조명발에 / 소음 같은 / 전자음악. // 곰국이 / 살살 녹아 / 은근한 / 맛을 내면 // 이 맛 저 맛 / 어울려 / 한 세상 / 한 끼 식사 / 금상첨화 / 아니더냐. // 물레방아도 / 아닌 것이 / 실시리시르렁 / 실시리시르렁, // 시름의 / 한세상을 / 흥겨이 / 돌아간다.

비정형 율감에다 의태어, 의성어를 사용하면서 '돌아간다'라는 어휘의 반복률로 세상사의 흥취와 풍자도 고려했다.

이상의 작품들이 음수율의 율감이라면 아래 작품 「노인 예찬」은 의미망을 통한 문장의 대구적對句的 율감을 구사했다. 청춘과 노인의 이미지를 대비시켜 시적 형상미로 운용한 대구적 율감은 각 문장을 통해 작품 전체를 관류하지만 때로는 문장이나 문단 중심으로 구성하기도 했다. 도입과 결미 부분을 인용한다. 도입부의 첫 문장은 의미망의 대구율에 각각 3음보 율격을 겸했다.

① 봄은 꽃으로 아름답고 / 가을은 잎으로 아름답다. // 봄과 가을은 모두 붉게 번지는 꽃불의 계절이다. // 봄꽃은 낱낱의 송이마다 꽃으로 피어나고, 가을잎은 삼삼오오 벗을 모아 단풍으로 번져난다. // 청춘靑春의 피부처럼 싱그러운 꽃은 혼자서도 꽃이지만, / 노년老年의 피부처럼 까칠한 낙엽은 어울려서 꽃이 된다. // 청춘은 화병에 꽂아놓고 감상하는 꽃이고, / 노년은 책갈피에 끼워두고 사색하는 단풍이다. // 화사한 꽃같이 아름다운 청춘은 꽃봄[花春]의 계절이고, / 메마른 단풍같이 아름다운 노년은 잎봄[葉春]의 계

절이다. /

② 꽃은 떨어져 씨앗을 남기고 / 잎은 떨어져 눈[芽]을 남긴다. // 지는 날까지 붉은 빛을 잃지 않는 꽃봄[花春] 인생은 열매를 잉태해서 행복하지만, / 연둣빛으로 태어나 푸르른 삶을 살다 붉게 어우러지는 단풍 되어 한 줌 부엽토腐葉土로 돌아가는 잎봄[葉春] 인생은 다 주고 가는 껍데기라서 행복하다. /

대구율과 동시에 제재를 꽃 이미지로 변주한 시적 서정의 글로서 청춘(봄꽃)과 노인(단풍) 특성을 시정詩情의 이미지로 형상화하였다. 제재를 다양하게 긍정하면서 작품의 시작부터 끝까지 시종일관 비교, 대조를 연출한 끈질긴 대구적 율감의 전개를 구사했다. 전반적으로 만연체를 기반으로 하고, 주제에 맞게 애잔하면서도 우아한 어조로 리듬감을 이어갔다.

위의 「노인 예찬」이 문장 중심의 대구율이라면 어머니와 아내를 대비한 아래 작품 「밥상과 식탁」은 어구에서 문장, 그리고 문단의 대구율로 확장한 작법이다. 먼저 어구에서 문장으로 형성된 대구율을 보자.

밥상은 어머니의 손맛으로 차려내고, / 식탁은 아내의 정성으로 마련한다. // 과거완료형인 어머니의 밥상에서는 언제나 그리움이 묻어나고 / 현재진행형인 아내의 식탁에서는 오늘도 행복이 번져난다.

밥상과 식탁은 둘 다 사랑이 주재료主材料이다. // 밥상의 재료는 텃밭에 풍성하고, / 식탁의 재료는 냉장고에 넉넉하다. // 어머니는

명수필 작법 현장 분석

부엌 문턱을 넘나들며 풋것들을 캐어와 밥상을 차리고 / 아내는 주방을 맴돌며 영양가를 계산해서 식탁을 마련한다.

　이상 인용 부분은 주로 어구나 문장 중심의 대구율을 형성하고 있다. 반면에 아래 문단은 각각 '어머니와 아내의 공간'으로 크게는 문단 중심의 대구율을 형성하고 있다. 다만 부분적으로 어구나 문장 중심의 대구율도 병행하였다.

　어머니의 부엌에는 시시때때로 불청객들이 기웃거린다. 마당을 뛰놀던 조무래기들이 누룽지 조각을 찾아 문턱을 들락거린다. 복슬강아지도 코를 쿵쿵거리며 부지깽이 끝에 얼쩡거리고, 닭들도 덩달아 문턱을 넘어들다 신발에 얻어맞기도 했다. 그래도 부엌 입구에 수북이 쌓여 있는 땔감 사이에서 어른들 몰래 달걀을 발견하는 뜻밖의 소득도 있었다. 가슴 콩닥거리는 선물이었다. 구석에는 큼직한 물드무가 점잖게 앉아 있고 맞은편 부뚜막에는 겨우내 온기가 가시지 않는 무쇠솥이 조왕신처럼 자리하고 있었다. //
　주방은 아내의 전용공간이다. 아내의 주방은 깔끔하게 정돈되어 있긴 하여도 역시 만원이다. 가장자리에는 크고 작은 온갖 전자기기들이 하루 종일 눈을 뜬 채 반짝거린다. 각종 주방기계들이 일손을 대신하는 편리한 세상. 이것은 새벽부터 쉬지 않고 바장이던 우리 어머니의 아들딸들이 열심히 공부하고 연구해서 발명한 덕택이다. 그래서일까. 아내의 세월에도 변하지 않은 것이 하나 있다. 밥솥의 신호. 무쇠밥솥이든 전기밥솥이든 밥이 끓고 뜸을 들이는 시각에는 한결같이 추억의 증기기차를 몰고 온다. 밥이 절정에 이르면 무쇠솥은 소댕이 들척거리며 기적소리를 내었다. 그 향수를 잊지 못하는 아내의 압력밥솥도 추를 흔들며 칙칙폭폭 증기기관차 소리를 낸다. 이것은 어쩌면 어머니의 밥상에 대한 그리움이 그 아들딸들의 뇌리 깊숙이 스며 있기 때문인지도 모르겠다.

위 작품에서는 문장 단위 율격을 뛰어넘어 밥상과 식탁으로 대응하는 문단 단위로 대구율을 형성하는 구조다. 상이한 두 제재를 대응하여 비교, 대조, 대구법을 활용하여 두 제재의 공통점과 상이점을 다정다감한 어조로 섬세하게 부각시켰다. 흔히 대구라면 어휘, 어구, 문장에서 소소하게 운용하지만 크게 눈을 떠서 문단으로 확장하는 작법도 필요할 것이다.

대구적 율감 형성 방법은 매우 다양하다. 다음 작품 「밭두렁 골프」도 대구적 율감이지만 원근법을 차용한 공간적 리듬감에다 병렬적 율감을 첨가한 구조다. 서정을 그린 원근법도 거리감으로 느끼는 대구적 율격미가 형성되며, 병렬적 전개도 리듬이 형성되기는 마찬가지이다. 내용은 조선낫을 휘어 골프채 모양의 풀베기 용도로 길게 만들어 밭두렁에 서서 잡초를 제거하는 시골살이의 한 모습이다. 첫 문장은 평범한 서술이지만 그 이하는 공간이동의 율격미를 형성시켰다. 즉, 고개를 들어 보이는 풍광을 '수목 - 산새 - 꿩 - 산토끼'로 대구와 병렬로 전개하여 율격미를 생성하고, 반대로 고개를 낮춰 보는 풍광으로 '바윗덩이 - 시냇물 - 꽃 - 마을'로 전개한다.

항아리는 비워야 채워지는 법. 없어진 것들 대신 내 전용 골프장에서는 채워지는 특별한 것들이 많다. // 고개를 들고 멀리 하늘을

명수필 작법 현장 분석

우러르면 학의 날개로 빙 둘러선 산등성 아래 짙푸른 수목이 있고, 그 숲 위로 훨훨 나는 산새들이 있고, 이따금 내 발자국 소리에 놀라 푸드득 솟아 나를 소스라치게 하는 꿩이 있고, 새순을 찾아 옹종거리는 산토끼가 있다. // 고개를 낮춰 가까이 보면 바윗덩이 사이를 굽이굽이 흐르는 시냇물이 있고, 철따라 피어나는 온갖 꽃들이 있다. 눈을 돌려 아래를 굽어보면 능선이 휘어진 길마 품에 옹기종기 산골마을이 정겹다.

필자의 작법 중에는 정격의 율감을 계획적으로 배려하지는 않았으나 문장의 유려한 분위기 형성을 위해 지극히 부분적으로 대구율, 정격률, 산문율 등을 혼합 사용한 작품들이 많다. 수필 창작법을 주제로 한 작품 「수필」이 그렇다. 첫머리를 인용한다.

인생이 / 강물이라면 / 수필은 / 물결이다. // 강물은 순리로 흐르고 / 물결은 윤슬로 반짝인다. // 순리로 흐르는 물줄기에는 역동逆動의 힘이 가미되어야 물결이 일어난다. 이 역동의 힘이 미학적 변주의 원동력이다. 이 변주는 작게는 반짝이는 잔물결에서부터 영롱한 물방울을 거쳐 찬란한 물보라에 이르기까지 다채롭게 형성된다.

첫 문장은 4음보의 율감과 '인생 - 수필 / 강물 - 물결'의 어구적 의미망으로 된 대구율을 형성하고, 둘째 문장은 각 3음보로 전체 6음보 율격미를 형성하면서 의미망의 대구율도 겸한다. 마지막 문장은 '잔물결 - 물방울 - 물보라'의 의미망의 점층적 대구율을 형성한다. 조선낫과 조선 여인을 등치시킨 아래 작품 「조선낫」도 이와 유사한 성격이다.

> 조선낫은 살림꾼 조선 여인의 단출한 매무새다. 날[刃]만큼이나 긴 슴베 끄트머리에 나무 자루를 달랑 꽂은 모양이 마치 무명 홑적삼에 짤막한 도랑치마를 걸친 다부진 아낙네 모습이다. 종아리에 닿는 짧은 치맛자락도 행여나 발에 밟힐까 저어하여 낫갱기로 중동끈을 질끈 동여매고는, 풀을 베고 곡식을 거두고 나뭇가지를 치는 바지런한 여인이다. 그녀의 오지랖은 대천 한바다보다 넓다. 논두렁, 밭두렁, 논길, 밭길, 따비밭, 다랑논을 재바르게 오가며 구렛들이든 천둥지기든 이 논배미 저 논배미 에돌아 감돌아, 봄여름 풀베기며 가을걷이, 겨울채비에 야산 중턱까지도 휘돈다.

이 작품에서는 '풀을 베고 / 곡식을 거두고 / 나뭇가지를 치는'에서 어구의 대구율, '논두렁, 밭두렁, 논길, 밭길, 따비밭, 다랑논'에서 병렬적 의미망의 대구율, '구렛들이든 - 천둥지기든 / 이 논배미 - 저 논배미 / 에돌아 - 감돌아, / 봄여름 풀베기며 - 가을걷이, 겨울채비' 등에서 어휘, 어구, 의미망의 대구율을 형성하고 있다.

「조침문」과 같은 고전의 제문祭文 형식을 현대적으로 변용한 작품으로는 이순신 장군 대제 행사를 소개한 작품 「가덕도 푸른 물길」이다. 이 작품은 엄숙한 주제에 맞춰 홍청거림의 율격미를 떨쳐내고 유려한 리듬감이 자연스럽게 적시도록 산문문장 중심으로 호흡을 조절했다. 마지막 부분을 인용한다.

명수필 작법 현장 분석

지극정성 제물祭物에 흠향歆饗하시는 영령들의 뒤풀이에 함께하며 이제야 원혼冤을 푸셨는가. 송신악送神樂 울려 퍼지자 일본 침략의 암울한 흔적 속에 남모르게 묻혀 있던 이 땅의 어진 백성들도 굳은 몸을 뒤척인다. 눌차왜성, 성북왜성, 외양포 일본군 포대진지, 대항 인공동굴에서 눈물 훔치며 줄줄이 빠져나와 곳곳이 눈에 익은 가덕 해안로를 한 바퀴 빙 둘러본다. 얼마 만에 다시 보는 그리운 풍경인가. 하얀 옷깃 여미며 아쉬운 마음 뒤로하고 다시 갈마봉, 웅주봉, 매봉을 휘돌아 연대봉으로 오르더니, 영령들의 뒤를 따라 봉수대 푸른 연기로 가뭇없이 승천昇天한다.

멀리, 세상의 평화를 염원하는 수평선을 펼쳐놓고 넘실대는 남해 바닷물은, 예나 제나 변함없는 푸른빛으로 햇빛 아래 반짝이고 있다.

대제大祭라는 엄숙한 원재료 중 주제와 연관 지은 핵심 요소만을 추출하여 단순 사실 전달이나 보고문을 탈피하여 문학적 변주를 기획하면서 문장과 어조를 주제의 비장미에 맞춘 호흡으로 장중미, 애상적 회고, 비유적 이미지의 시적 분위기를 유지했다.

수필 창작에서 율격미 운용은 마지막 기교가 될 것 같다. 율격미가 마지막 기교라는 말은 현실적으로 활용도가 낮기도 하지만 그 운용이 쉽지 않기 때문이다. 문학에서 율격미를 운용한다는 것은 구성미와 문체미를 구현하고도 여력이 있을 때 가능한 작업이다. 이를 위해서는 고전문장의 리듬감에 대한 이해와 실용적 기능을 확보해야 한다. 실제로 유명 작품은 양식상의 차이를 떠나 리듬감을 지닌 문장이다. 인구人口에 회자되는 자유시는 물론이려니와 「어린이 예찬」, 「페이터의 산문」, 「산정무한」 등 유명 수필 문장, 「메밀꽃 필 무렵」의 달빛 분위기를 돋우는 소설, 「기미독립선언문」 같은 논설문도 정형 또는 비정형의 리듬감을 살리고 있다.

율격은 존재의 약동하는 생명성이다. 율감은 장단뿐만 아니라 고저, 강약, 문체의 강건, 우유, 화려, 건조, 만연, 간결을 유인하고 대조, 대구의 흥청거림과 분노나 애상적 비애까지도 통제한다. 이는 리듬은 대구를 생성하고 대구의 출렁거림은 독자 감정을 흥취로 몰입시키기 때문이다.

문학은 미적 쾌감이 근본 목적이다. 이 가장 근원적인 약동을 현대문학 100년 역사는 억지로 버리려고 노력해 왔다. 현대문학 진입 후 지난 100년간 율격 배격은 너무 멀리까지 와버렸다. 이제는 율격미 혼용이 '낯설게 하기'로 역전된 시대다. 율감은 모든 문장을 통어統御한다는 인식 아래 주제와 제재의 성격에 따라 정격률, 변격률, 대구율 對句的, 산문율 등을 때로는 단독으로, 때로는 복합적으로, 때로는 다면적 교집합으로 구사할 수 있다. 리듬을 외면한다는 것은 감수성의 분리가 아니라 정서의 상실을 의미한다는 김준오의 주장에 귀를 기울이면서, 이제는 인간 감성의 균형 회복과 독자에게 전통적 리듬감의 신선미를 선사하기 위해, 수필 미학에서도 관심을 기울일 필요가 있을 것이다. 수필의 형식은 제약이 없기에 이러한 작법 원용에서도 가장 유리한 양식이다.

명수필 작법 현장 분석

어조 변주

    어조는 제재나 청중에 대한 화자의 태도이다. 작가가 작품 속에서 의도적으로 드러내고자 하는 특수하고도 개별적인 문체미에는 운율 다음으로 어조의 영향이 크다. 율격미는 문체미의 대표적 속성이지만 리듬을 철저히 배격하고 있는 현실적 상황을 고려하여 본고에서는 전항에서 독립시켰을 뿐이다. 율감을 배격한 현대문학에서 실질적으로 문장 분위기는 어조에 좌우된다고 볼 수 있다. 소통 관계에서는 내용의 진실 여부보다 어조가 더 강력한 영향을 끼친다는 연구도 있다.

    어조를 형성하는 요소로는 영탄, 생략, 6분법상의 강건체, 우유체, 화려체, 건조체, 만연체, 간결체 및 수사법상의 억양법, 연쇄법, 대구법, 대조법, 반어법, 설의법 등과 의성어, 의태어 사용, 문장의 장단長短도 포함될 것이다. 그리고 조사, 어미, 문장부호, 어휘, 어구와 구문 등의 요소도 제 역할을 할 수 있다. 변칙적 어휘나 어구, 문장 구조 등은 점잖은 문어체 전개 속에서 분위기를 배가 혹은 반전시키는 구수한 입담이 될 수 있다. 단순하게 접근한다면 선택한 조사나 어말어미를 어떤 조합으로 직조하느냐 하는 데서도 문장의 분위기는 확연히 달라진다.

    어조는 해학과 풍자의 골계미도 함께 용해시킬 수 있다. 이는 선조들의 일상생활이 녹아 있는 마당극이나 판소리, 소설 등에서 자주 드러나며, 웃음을 유발하는 해학적 표현을 통해 기쁜 상황은 더욱 유쾌하게 만들고, 슬픈 상황은 웃음으로 대체할 수 있도록 했다. 해학은 또 교훈적인 메시지를 은근히 숨기는 데도 쓰였으며 직접적인 표현보다 더 효과적으로 주제를 드러낸다.

문체 면에서 어조가 자아내는 분위기는 매우 구체적 미감을 환기한다. 전통문학작품에 구사된 이러한 다채로운 어조 구현의 변주는 현대수필 작법에 지대한 각성을 불러일으키는 효과를 발휘할 것이다. 이런 면에서 김준오가 『시론』에서 말한 아래 견해는 다만 시론에만 국한된 점은 아닐 것이다.

> 변주, 곧 어조 변화는 미학적으로 보아 첫째 단조로움의 탈피라는 시적 긴장과, 둘째 시적 화자의 제재의 여러 면을 관찰하고 이에 적절한 태도들을 취하는 가변성을 지녀야 한다. 말하자면 리얼리티의 폭넓은 인식과 복합성의 미학을 시사한다.

윤오영 수필가가 "수필을 모르고 시를 쓸 수는 있지만 시를 모르고 수필을 쓸 수는 없다"라고 한 점을 되새기게 하는 내용이다. 황정환 수필가도 우리 수필가들이 경계해야 될 사안이라고 하면서 만년에 고백한 일화가 있다.

"자네의 수필을 읽으면 꼭 야단을 맞는 것 같다네."

죽마고우에게 들은 말이라면서 교훈적이고 논쟁적인 데서 비롯된 수필의 참담한 문학성을 반성한 말이다. 이는 곧 주제로 압축되는 지성적, 토론적 내용 전달에 중점을 두는 수필의 한계점이다. 그 결과 어조도 우아한 교조적 분위기에 경도되어 문학의 본질인 서정성을 방기한 수필 작법이 오랜 기간 지속된 것이다.

문학은 오성悟性, 이성理性에 호소하는 것이 아니라 감정, 정서에 닿

명수필 작법 현장 분석

게 하는 것이라는 점을 인식함으로써 어조의 다양성도 발현될 것이다. 산문문장에서 구현된 다채로운 어조는 안타깝게도 현대수필에서는 찾기가 쉽지 않다. 그 전범을 고전문학에서 살펴볼 수밖에 없는 노릇이다. 현대수필 문장의 교조적 분위기는 대부분 서술형 종결어미 '-다'로 끝맺는 획일적 사용이다. 이는 제재나 청중에 대한 화자의 단선적, 권위적 태도의 결과이다. 본고에서는 어조 구현의 다양한 요소 중에서 쉽게 변주할 수 있으면서도 생동감을 살려내는 어말어미 활용에 초점을 맞추어 살펴보겠다.

고전문학의 어조

고전문학에서 운용 가능한 전통 접맥의 다음 요소는 문체미文體美 형성의 중요한 자질인 어조語調(tone)다. 조선의 문학미감은 음악, 회화 등과 마찬가지로 성리학적 이념 속에 매몰된 미분화상태였다. 문학으로 독립적 지위를 갖춘 것은 시, 그것도 한시가 전부였다. 문학으로 진화한 현대시조는 본래 음악 양식이었다. 양반사회에서 시조와 가사는 '여기餘技' 소설은 '혹세무민惑世誣民'으로 폄훼되거나 배척의 대상이었다. 그런 가운데서도 평민의식의 소산으로 사설시조, 고전수필, 판소리사설 등은 율격 운용과 더불어 다채로운 어말어미 사용의 어조 구현을 통해 특징적 문체미를 발현시켰다.

고전문학에서 어미의 다양한 변주는 산문정신의 발현인 사설시조에서 먼저 드러난다.

① 개를 여라믄이나 기르되 요개 ᄀᆞᆺ치 얄믜오랴

뮈온 님 오며는 ᄭᅩ리를 홰홰 치며 ᄶᅱ락 ᄂᆞ리 ᄶᅱ락 반겨서 내닫고

고온 님 오며는 뒷발을 바동바동 므르락 나으락 캉캉 즛는 요 도

리암ᄏᆡ

쉰밥이 그릇그릇 날진들 너 머길 ᄌᆔᆯ이 이시랴

           - 작자미상, 『청구영언』 중

② 두터비 ᄑᆞ리를 물고 두험 우희 치ᄃᆞ라 앉아

건넛산 ᄇᆞ리보니 白松骨이 ᄯᅥ잇거늘 가슴이 금즉ᄒᆞ여 풀덕 ᄶᅱ어

내ᄃᆞᆺ다가 두험 아래 쟛바지거고

모쳐라 ᄂᆞᆯ낸 낼싀만졍 에헐질 번ᄒᆞ괘라

           - 작자미상, 『청구영언』 중

  작자미상의 사설시조들이다. 평시조의 성리학적 권위가 담긴 점잖은 문체는 현대에서도 수필 문장의 기본으로 자리 잡았다. 그러나 위의 사설시조 표현의 어미 활용에서 반어적 설의법 '랴', 어미를 생략하고 명사로 끝낸 '도리암ᄏᆡ', 감탄형 '-거고', '-괘라' 등 주제와 분위기를 살린 어미는 작품을 한껏 생동감 넘치게 한다. 짧은 한 편의 글 속에서도 다양한 어조 변화의 기법을 찾을 수 있다. 수필 「조침문」도 마찬가지다.

  아야 아야 바늘이여, 두 동강이 났구나. 정신이 아득하고 혼백(魂魄)이 산란(散亂)하여 마음을 빻아 내는 듯, 두골을 깨쳐 내는 듯, 이윽도록 기색 혼절(氣塞昏絶)하였다가 겨우 정신을 차려, 만져

보고 이어 본들 속절없고 하릴없다. 편작의 신술로도 장생불사(長
生不死) 못 하였네. 동네 장인(匠人)에게 때이런들 어찌 능히 때일쏜
가. 한 팔을 베어 낸 듯, 한 다리를 베어낸 듯, 아깝다 바늘이여.
옷섶을 만져 보니 꽂혔던 자리 없네.

「조침문」에 활용된 언어구사를 살펴보면 문어체와 구어체의 혼용에
다양한 활용어미들을 구사한다. '-구나, -다, -네, -ㄴ가, -여' 등으로 다
채롭다. 제문의 의례적 용어 '유세차, 모년 모월 모일, 오호 통재라, 오
호 애재라' 등을 상투적으로 사용함으로써 제례의 의전 분위기를 극
대화시켰다. 괄목할 만한 언어 기교로는 문장 호흡의 장단 구현, 문
어체와 구어체의 혼용, 산문과 4음보의 교직을 통한 율감律感 형성 등
이다. 고금을 막론하고 문장론적 의식 없이 쓴 문장은 연결어미로 길
게 이어지는 장문 중심이다. 고전문학은 더욱 그러했다. 그러나 「조침
문」에서는 짧은 문장이 수없이 나타난다. 상투어구인 '오호 통재라' 류
의 글 이외에도 '아야 아야 바늘이여, 두 동강이 났구나.'와 같은 비교
적 짧은 문장이 도처에 구현된다. 문장에서 장단의 호흡 구사에 이어
다양한 어미 활용으로 글 전체가 서정의 긴장과 이완을 생동감 있게
조율해주어 현장감을 증폭시키는 효과적 어조다.
　판소리사설에는 현대수필 창작에 원용 가능한 문장 표현 기법이 총
체적으로 담겨 있다. 판소리가 지닌 음악 양식으로서의 율감은 물론
이러니와 다채로운 어조를 형성하는 해학과 익살, 영탄, 생략, 수사법
상의 억양법, 연쇄법, 대구법, 대조법, 반어법, 설의법 등과 의성어, 의
태어 사용에다 심지어 존비법의 파괴에 이르기까지 가히 폭발적이다.

"애고 박터졌네."

수좌별감 넋을 잃고 이방 호장 실혼하고 삼색나줄 분주하네. 모근 수령 도망할 제 거동 보소. 인궤 잃고 과절 들고 병부 잃고 송편 들고 탕근 잃고 용수 쓰고 갓 잃고 소반 쓰고 칼집 쥐고 오줌 뉘기 부서지니 문고요 깨지나니 북장고라. 본관이 똥을 싸고 멍석 궁기 새앙쥐 눈 뜨듯 하고 내아로 들어가서

"어 추워라 문 들온다 바람 닫어라. 물 마른다 목 듸려라."

「춘향가」의 어사또 등장 장면이다. 상황 묘사 부분에서 사용된 어미 활용만 살펴보아도 "-네, -소, -어/아라" 등으로 다채롭다. 춘향의 결연 장면에서는 '건성으로 부를것다', '넋나간 줄 알았지' 등 구어체의 비겸양 어미를 활용하여 주인공의 심각한 서정 분위기를 효과적으로 흔들어 재미를 더하고 있다. '떨려서 부를 수가 있나'처럼 판소리사설 특유의 화자 개입이 일어나기도 하고, 아래처럼 어사가 춘향 편지 읽는 대목에는 비속어의 노골적 사용으로 왜곡된 존비법을 구사하고 있다.

방자 조을다 깜짝 놀라 깨어보니 편지가 눈물에 젖어 묵사발이 되었는지라. 방자 기가 막혀

"오메, 저놈의 어른이 남의 편지를 물걸레를 만들어 놨네 그려. 아, 이놈의 어른아. 그만 울고 남의 편지 물어내어."

'저놈의 어른', '이놈의 어른아' 등은 문맥상 모순되는 지칭이나 호칭이다. '묵사발', '물걸레'도 서민적 상관물을 통해 묘한 분위기를 형성

명수필 작법 현장 분석

하는 비유이다. 이러한 변칙적 어조가 비극적 긴장미를 이완시키면서 결국은 독자의 감정을 더욱 짙게 순화시키는 묘미를 담고 있는 표현 들이다. 「흥보가」의 박 타는 장면에도 어말어미의 다채로운 어조가 드러난다.

> 우리가 이 박을 타서 박속을랑 끓여를 먹고 바가질라컨 부잣집 에 팔어다가 목숨보명 살아나게 당겨주소. 강상에 떳난 배가 수천 석을 지가 실고 간들 저희만 좋았지 내 박 한 통을 당할 수가 있느 냐. 시르르렁 실건 시르르렁 실근 시르렁 실근 당기어라 톱질이야. 시르렁 시르렁 시르렁 시르렁 식삭 툭 퍽. 딱 쪼개 놓고 보니 박속 이 휑 하고 비었지.

4음보 율격을 바탕에 깔고 있으면서도 자유율의 변주를 운용하고 있다. 어조도 '당겨주소', '있느냐', '톱질이야', '비었지' 등의 활용어미를 청유, 설의, 감탄, 독백조로 화려하게 구사하여 흥취를 돋우고 있다.

「심청가」에서 맹인들이 눈을 뜨는 절정 장면에서도 익살은 펼쳐진 다. 아래 문장은 같은 장면에서 고사와 한문을 사용하여 양반 흉내 를 내면서 유식한 체한다.

> 얼시구나 절시구. 어둠침침 빈 방안으 불켠듯이 반갑고 산양수 큰 싸움에 자룡子龍 본듯이 반갑네. 흥진비래興盡悲來 고진감래苦 盡甘來 날로 두고 이름인가. 얼시구나 절시구. 일월이 다시 밝아 요 순천지가 되었네. 부중생남중생녀不重生男重生女 날로 두고 이름이로 구나.

짧은 글에서도 감탄의 독립문에 이어 어말어미를 '-네, -ㄴ가, 구나' 등으로 다양하게 사용하고 있다. 판소리사설에 드러나는 이러한 다채로운 문체미는 어디서 연유하는가. 이것을 정병욱은 서민예술의 성격에서 찾고 있다.

> 판소리 예술은 신흥예술을 대표하는 소위 서민예술의 정화라고 불러 옳으리라고 생각한다. 바꾸어 말하여 단원이나 혜원의 풍속화에 나타난 서민들의 생활, 사설시조에 나타난 서민의식의 반영, 그리고 후기 가사에 나타난 현실성 등, 신흥예술이 공통적으로 지니고 있는 희극미, 이러한 요소들이 한 덩어리가 되어 이루어진 것이 곧 판소리 예술이라는 말이 되겠다.

조선 후기에 등장하여 한 시대를 풍미했던 판소리의 저력은 무엇인가. 그것은 아마도 성리학적 규범, 사회 지배계층의 부패와 폭압 등 사회 모순에 대한 서민정신의 고양에 있을 것이다. 아울러 작품 속에 표출된 그 해방감이 세계에 대한 획일적 해석의 도덕적 관념에서 벗어나 해학과 풍자로 정서적 자극을 극대화하고 있다. 이러한 가치관도 근엄한 교조적 문체로는 감동적 전달을 할 수 없을 것이다. 결국 율격과 어조가 적절히 혼용된 문체미의 구사에 그 효과가 극대화되었다고 볼 수 있다.

한국 현대수필에서 세계에 대한 작가의 인식이 자칫 관념적 가치관에 매몰되어 있음을 볼 때 판소리 예술의 특징인 서민의식의 반영, 사실적인 표현, 희극미의 구현은 매우 의미심장한 지침이 될 것 같다.

그것은 당면하고 있는 한국 사회의 지적 수준 변화가 조선 후기와 비슷한 양상이기 때문이다. 그 근거로 먼저 독자층의 지적 수준 향상을 들 수 있다. 50년 전까지만 하더라도 작가는 독자보다 월등한 지적 수준의 계층이었기에 작가의 글 한 줄이 곧 존경의 대상이 될 수 있었지만, 현재는 독자의 비평 능력이 작가를 상회한다. 이에 병행하여 한국 서민들도 조선 후기처럼 매우 합리적 의식으로 변모하여 사회의 제반 구조에서 모순덩어리를 발견하고 있다는 점이다. 더구나 사회, 역사, 철학의 내용을 담은 훌륭한 서적들이 다량 출판되고 인터넷 지식도 일상화되어 문학으로서의 수필 서적은 교조적 권위주의를 탈피하여 언어예술 본연의 기능을 발휘하지 않으면 도태될 수밖에 없는 상황에 이르렀다.

현대수필의 어조

현대수필 작가들의 수필 인식은 아직도 예술가로서의 문학적 서정성보다 지식인으로서의 체험의 고백적 진술 성격이 강하다. 이런 연유로 작품에서 문학미감의 형성보다 주제전달 측면에 관심이 두텁다. 특히 어미 활용에는 더 경직되어 있다. 다양한 어미 활용에서 고전문학보다 민감하지 못하다는 점은 정병욱이 지적한 신흥예술을 대표하는 서민정신의 결여와 연관이 있다. 어조는 문장 통어면에서 율격미 다음으로 영향력이 큰 요소이다. 국어의 다양한 존비법과 문어체, 구어체, 생략 등의 어미 활용은 각양의 어조를 생성할 수 있다. 평범한 문장에서도 색감 있는 어조를 형성하는 주요 요소는 용언의 활용어미다. 그럼에도 현대수필 작법상의 문체는 대부분 점잖아서 문장의 대부분이 문어체 평서형 종결어미 '-다'를 사용한다.

피천득 「수필」을 예로 들어 살펴보아도 그렇다. 금아는 토론적 문학양식인 수필보다 시적 감성이 뛰어난 사람이다. 작품 속의 언어구사는 산문이라기보다는 시에 가까운 언어 운용을 보인다. 비유와 설명, 주장이 적절히 배합되어 주제전달에 신선미가 있다. 그의 문체는 명징한 이미지를 구현하면서 운문을 읽는 것처럼 경쾌하며 여유로운 사색 속으로 스며들게 하는 높은 경지를 이루고 있다. 문장도 중언부언을 생략하고 간명한 표현이다. 문장의 장단 호흡도 다양해서 '주어 + 서술어' 구조로 수식어를 생략한 짧은 호흡의 단문 형식에서부터, 이보다 7배가량 긴 문장 호흡에 이르기까지 다채롭게 구사하고 있다. 그럼에도 모든 문장의 종결어미는 예외 없이 평서형 종결어미 '-다'로 마감함으로써 지적 전달력이 매우 강하게 작동한다. 특히 수필 작법과 직결되는 후반부에서는 '것이다'라는 단정적 어휘 사용 빈도가 매우 높다. 전반부에서는 단 한번도 사용하지 않던 '것이다'를 후반부에서는 6회나 사용한 점은 그의 필법 인식이 매우 경직되어 있음을 드러내는 언술이다. 문학작품에서 작가의 지적 우위의 인식이 이 단순한 어조 하나로도 노출되고 있다.

수필의 재료는 생활 경험, 자연 관찰, 또는 인간성이나 사회 현상에 대한 새로운 발견, 무엇이나 다 좋을 **것이다**. 그 제재가 무엇이든지 간에 쓰는 이의 독특한 개성과 그때의 무드(기분)에 따라 '누에의 입에서 나오는 액液이 고치를 만들듯이' 수필은 써지는 **것이다**. 수필은 플롯이나 클라이맥스를 필요로 하지는 않는다. 필자

명수필 작법 현장 분석

가 가고 싶은 대로 가는 것이 수필의 행로行路이다. 그러나 차를 마시는 것과 같은 이 문학은, 그 차가 방향芳香을 갖지 아니할 때에는 수돗물같이 무미無味한 것이 되어버리는 **것이다.**

수필은 독백(獨白)이다.

소설가나 극작가는 때로 여러 가지 성격을 가져보아야 한다. 셰익스피어는 햄릿도 되고 폴로니아스 노릇도 한다. 그러나 수필가 찰스 램은 언제나 램이면 되는 **것이다.**

매우 단정적인 어조 '것이다'를 반복 구사하고 있다. 작품 전편에 구사한 어말어미는 '-다'가 유일하다. 국어 문장의 어말어미는 통상적으로 '-다'를 압도적으로 많이 사용하기 때문에 오히려 이 흐름 속에 자그마한 변주만 가미하여도 훨씬 다른 분위기의 생동감을 자아내게 된다. 다음 작품은 2019년 〈전북일보〉 이진숙의 당선작 「한 걸음」이다.

토오옥, 토오옥.

봉황산 밑에서 깨 터는 소리가 희미하게 들린다. 저기 엄마가 계시는구나. 비틀거리는 발걸음이 더욱 바빠진다. 예전 같으면 한걸음에 갔을 텐데…. 뇌경색으로 퇴원한 지 일주일. 아직은 마음을 안 따라주는 몸이다. 부르르, 부르르, 트리를 불고 혀를 잘근잘근 씹어본다. 다시 천천히 힘을 모아 한 걸음 한 걸음 엄마 숨결을 향해 발을 옮긴다.

이 짧은 분량 속에 사용된 종결어미는 '-ㄴ다' 계통 이외에도 '-구나',

'는데…', '명사(어미 생략)' 등 다채롭다. 맛깔스러운 의성어와 의태어, 서술어 생략, 다양한 어말어미 활용 등을 통해 탄력적인 문장이 생성되었다. 주제와 상응하는 문장의 강약, 장단은 물론 어휘, 어조 등이 섬세하게 구현되는 문장의 변화는 긴장과 이완을 가져다주며 동시에 상황의 현장감도 유발한다. 현대수필 작품에서 어말어미 활용을 통한 어조 변주도 드문 까닭에 이하에서도 필자의 작품을 예로 활용하겠다. 다음은 필자의 작품 「전자레인지 앞에서」에 구사한 어조 변화이다.

> 돌려서 익히는 게 어디 한두 가지더냐. 국화빵도 돌리고 솜사탕도 돌리고 뻥튀기 기계도 돌린다. 돌리는 게 어디 음식뿐이랴. 바람개비도 돌리고, 상모도 돌리고, 고스톱 화투짝도 돌린다. 잘못은 남 탓으로 돌리고 영광은 내 덕으로 돌리고…. '돌리고 돌리다 보면 좋은날 꽃피는 날도 돌아올거야'라는 대중가요도 있거늘.

활용된 어말어미는 '냐', '-ㄴ다', '-랴', '고…', '-거야', '-거늘' 등으로 다양하다. 비정형 율감에다 의태어, 의성어를 사용하면서 용언 생략과 감탄형의 설의법 어미 사용으로 어조의 변화를 유도했다. '돌아가다'는 어휘의 반복률로 세상사의 흥취와 풍자도 고려했다.

문체미로 발현되는 작가의 개성은 작가에 따라 다양하게 나타나지만 면밀히 살펴보면 작품마다 다르게 나타날 수도 있다. 주제, 제재, 분위기에 따라 다를 것이고 같은 주제, 제재라도 '작가의 의도하는 바'에 따라 다르게 표현될 수도 있을 것이다. 문학은 언어예술이며, 문인은 언어디자이너다. 따라서 '작가의 의도하는 바가 정교할수록 작품

명수필 작법 현장 분석

의 미감은 향상될 것이다. 이것이 문체(style)다. 아래의 부분적 예시도 역시 필자의 작품들 중에서 어미, 조사, 어휘, 음성상징, 생략 등의 방법으로 분위기 환기를 위해서 특정 어조를 드러낸 부분들을 추려서 묶어본 것이다. 편의상 부호를 붙여 논의하겠다.

① 축 늘어진 내복바지를 들어올려보니 160센티의 내 키도 작은 키는 아닌 것 같은 착각이 잠시, 들다가도 이내 피식 웃는다.

- 「빨래를 치대며」 중

② 가슴에 은장도를 품고 있는 이 여인은 제 살이 낯선 돌부리에 살짝 스치기만 하여도 쟁그랑! 시퍼런 불빛 번쩍이며 온몸으로 저항한다.

- 「조선낫」 중

③ 안고 돈다는 것은 스텝과 호흡의 완벽한 일치. 그렇지. 세상은 저렇게 이심전심으로 돌고 돌아야 홍야홍야 녹아내리는 것이려니. 음식이든 사람이든 단단하게 굳은 것들은 맞손 잡고 어울려 돌고 도는 가운데 발효醱酵되고 숙성熟成되어 삭기도 하고 익기도 하는 것 아니랴.

- 「전자레인지 앞에서」 중

④ 그러나 꾀죄죄하게 살아도 열흘이 한계. 더구나 봄철, 너른 마당에 땀 흘릴 일도 많다. 그럼 땀 흘리는 작업 때는 입은 속옷을 또 입고 외출은 새 옷으로? 아님 속옷도 착착 사서 입어? 그러다

보름 동안의 속옷 빨래를 몽땅 모아두면? 염치도 유분수지. 이건 소가 웃고 개가 재치기를 할 일이다.

- 「빨래를 치대며」 중

⑤ 이 삼복염천에 산모 회복구완에 젖먹이 건사라니! 내가 무슨 안저지냐 업저지냐 아이돌보미냐. 제놈이 무슨 만고효녀 심청이를 낳았다고…. 내 팔자에 뜬금없이 심봉사 혼령이 덮쳤나 보다. 동네 방네 외고 패고 다니면서 동냥젖을 먹일 수도 없는 노릇.

- 「개의 모정 수유」 중

위 인용 ①은 '잠시' 다음에 순간적 휴지를 위한 쉼표를 사용했다. 짧은 착각에서 금세 깨어난다는 의도를 강화했다. 부호까지도 섬세하게 장악하는 문체 통어가 필요하다. 흔히 시 창작에서 부호 하나를 두고 고심하는 경지에 이르면 시인이 된 증거라는 말을 한다. ②에서는 흔히 독립적으로 사용하는 의성어를 문장 속에 삽입함으로써 생동감을 환기했다. ③에서는 서술격 조사를 생략하여 인식의 단호함을 보였고, ④에서는 독백조의 문장에 의문부호를 과잉 사용함으로써 마음속 갈등을 가시화시켰으며, 흔히 속어적으로 주고받는 짐승의 재치기를 사용함으로써 어이없음을 익살로 표현했다. ⑤에서는 다양한 어미 활용에 심청전의 해학을 가미시켰다.

문체는 작가가 현실을 어떤 차원에서 다루고 있느냐는 개성안個性眼과 함께 작가의 대현실對現實 태도態度를 반영한다. 주제전달에 경도된 한국 현대수필 작가에게는 다채로운 어조 변주를 통해 독자에 다가가는 작법을 구현할 필요가 배가되는 이유다. 자기에게 맞는 문체, 주

명수필 작법 현장 분석

제에 맞는 문체, 상황에 맞는 문체를 구사한다는 것은 어려운 노릇이다. 그렇게 하기 위해서는 주제에 대한 확신과 글의 구성에 대한 철저한 기획, 미묘한 어감의 분화, 문장부호 하나까지도 조절하는 등 시종일관 작품을 통어하는 능력을 지녀야 한다.

어조를 다양하게 구사한다는 것은 작가의 여유로운 문장 통어 능력이다. 그 결실로 드러나는 다채로운 문체미를 운용함으로써 현대수필의 문학미감을 더욱 탄력 있게 직조할 수 있으리라 생각한다.

마무리

한국 현대문학은 고전문학의 오랜 전통성을 바탕으로 새로 유입된 서구문학과의 융합을 이룩하여 진화를 거듭했다. 그런데 다른 문학 장르와 달리 한국수필 이론의 바탕과 창작은 서구적 개념에 매몰되어 한국 고전 산문문학을 고전으로만 박제시켜버렸다. 그 결과 한국 현대수필은 진화 과정에서 전통의 멋과 맛을 계승하지 못하였다. 특히 현대수필의 진화 과정에서 고전문학의 다양한 자질 중에서도 문체미의 참신성에 획기적으로 기여할 수 있는 리듬 변주와 어조 구사를 외면했다.

리듬과 어조는 이미지와 더불어 서정시에서 중시하는 요소이고, 문체는 주제, 구성과 더불어 소설에서 중시하는 요소다. 문학작품은 체험을 예술적으로 재구성한 회상작용의 결과물이기에 작가는 항상 세계와 교섭하는 자아와 함께 있다. 서정시는 내적 경험의 순간적 발현이고 소설은 플롯을 통한 연속성을 지닌다. 수필은 소설과 시의 중간 쯤 위치한 원리다. 따라서 수필은 서정과 서사의 양면성을 공유한다고 볼 수 있다.

　각종 심사에서 작품평을 살펴보면 대부분의 수필가는 물론 평론가들도 주제를 가장 소중한 요소로 인식하는 것 같다. '무엇'을 말하느냐의 문제가 '어떻게' 말하느냐보다 우선하는 현실이다. 문학의 본질인 정서전달보다 정보전달에 초점을 맞추다 보니 수필이 체험의 비전환적 양식, 고백적 진술 등으로 고착되는 것이다. 이러한 인식은 엄숙한 교조주의에 젖게 되어 감성적 요소인 문체의 비중은 소홀히 취급할 수밖에 없었다. 훌륭한 사상, 철학서는 문인이 아니라도 유수한 전문가들이 현재에도 넘쳐난다. 이 시대의 독자는 수필가 개인의 사생활이나 준엄한 가치관에 매혹을 느끼지 않는다. 수필 작품 속에서 사상이 정서를 압도한다면 이는 이미 문학으로서의 위상을 상실한 것이다. 어떠한 사상이라도 문학으로 기능하기 위해서는 화자의 화법이 미학적 균형을 지녀야 한다. 그 표현 미학이 문체로 드러나며 리듬과 어조는 그 중요한 요소가 된다.

　수필문학의 궁극 목적도 감동과 쾌락에 있는 한, 자기고백성의 교술성에 매몰되어 엄숙해야 할 이유가 없다. 진지함과 엄숙함과 날렵함과 경박함이 적절히 어우러져 작가의 의도가 독자의 가슴 속에 효과적으로 스며들도록 문장을 통어하는 기교가 필요하다. 그 대표적 요소인 율격, 어조 등 다채로운 형식적 기교는 우리의 고전문학 속에 무수히 깃들어 있다.

　수필 작법에서 리듬과 어조를 고려하는 기법은 체험의 고백적 진술에 소설적, 시적 감성을 융합시킨다는 의미다. 이러한 운용은 수필

　　　　　　　　　　　명수필 작법 현장 분석

이 서정양식과 서사양식의 융합형태적 특성을 지니고 있기에 가능한 일이다. 이 특장特長이 수필의 '무형식의 형식'이라는 탁견 속에 스며 있다.

수필의 형식미학이 지닌 무한한 양식적 특성에도 불구하고 전통 기법과 결별해버린 한국 현대수필의 뿌리는 실종상태다. 2000년대 이후 수필 문단의 일각에서 창작수필, 본격수필 등의 다양한 이론을 전개하면서 격조 높은 문학성 창달에 힘쓰고 있다. 이러한 경향은 매우 다행한 작업이다. 그러나 개인적인 신변의 잡감雜感이나 시감時感을 엮은 것은 극복하고 있을지라도 특히 형식미 창출에서 한국 전통 요소의 발굴 계승은 주요 관심사가 못 되는 것이 한국수필단의 현실이다. 이러한 현상은 한국수필 이론의 바탕이 철저히 서구적 개념을 도입한 문학양식이라는 점에 매몰되어 한국 전통적 내용 가치와 형식 기교가 접맥된 문학으로 진화시키지 못한 데에서 연유된 일이다. 한국의 전통적 서정성은 '정감과 리듬의 조화 및 자연과 토속 세계에 대한 관심'이었으나 이 과정에서 고전적 문체미는 오히려 소홀히 취급되고 말았다.

한국 현대수필의 정체성은 무엇인가? T. S. 엘리웃은 「전통과 개인의 재능(Tradition and Individual Talent)」이라는 논문에서, '천재 시인이란 전통을 이어받아 이를 자신의 것으로 만들어서 새로운 창작 세계를 열어 가는 사람'이라고 규정한 바 있다. 전승적 요소로서의 전통과 개별적 존재로서의 작가 사이의 역학 관계를 규정한 엘리웃의 시각에 따른 위 명제의 해명은 '한국'과 '현대'와 '수필'을 아우르는 논지로 다음과 같이 정리할 수 있을 것이다.

"한국 현대수필의 정체성은 현대문학 이론을 바탕으로 한국 전통적 내용 가치나 형식 기교가 접맥된 수필이다."

본고에서는 고전문학을 통해 다채롭게 구현된 전통적 형식 기교를 율격과 어조 부문에서 살펴보았다. 율격은 존재의 약동하는 생명성이다. 이 가장 근원적인 약동을 현대문학 100년 역사는 억지로 버리려고 노력해 왔다. 그 결과 현대수필 문장에서는 율격미 생성이 역설적이게도 참신성을 견인하는 멋과 맛을 자아내게 된 것이다. 현대수필의 어조는 지적 교감에 초점을 맞추고 있다. 체험의 문학인 수필의 내용은 자연스럽게 지성적 교감을 드러내게 마련이지만 지적 정보가 수필의 목적은 아니다. 지적 메시지 전달에 경도되어 어조가 교조적 엄숙주의에 젖을 것이 아니라 간접적으로 '느끼게' 하도록 하는 것이 문체의 역할이다.

현대를 살면서도 굳이 전통서정을 살려야 하는 데는 현대에 걸맞은 당위적 이유가 있어야 한다. 문제의 핵심은 우리가 당연히 그래야 한다는 민족문학적 논리가 아니라 '왜 현대에도 전통서정이 필요한가' 하는 점이다. 이 명제에 대한 대답은 전통서정의 문학적 폭과 깊이가 현대 사회에 어떻게 수용될 수 있는 것인가에 초점이 맞추어져야 한다. 그 수용의 핵심은 정서적 자극이라는 문학 본연의 효용에 의해 좌우될 것이며, 그 정점에 고전의 율격미와 어조가 주요 자질로 자리잡고 있다.

고전문학 탐구의 의의는 현대수필 창작에서 기법상의 새로운 가능성을 제시한다. 고전문학작품에 깃든 율격과 어조의 문체미를 상호 교집합적으로 구사해보면 매우 다채로운 형식미가 창출될 수 있다.

명수필 작법 현장 분석

이런 점에서 수필 작법에서 고전문학과 현대수필이 통시적 보편성으로 융합될 때 현대의 독자들에게도 새로운 수필 미감을 제공할 수 있을 것이며, 아울러 수필 장르도 한국 현대문학 위상에서 더욱 참신한 공간을 확보하게 될 것이다.

애정 표현의 돌파구를 찾은 창의성 – 「조침문」

한국 현대수필의 현주소는 어디에 뿌리를 두고 있는가. 고전수필에 대응하는 현대수필의 개념은 무엇인가. 한국 현대수필의 정체성은 무엇인가.

치열한 전통논의를 거치면서 이룩한 현대문학사 100년의 성과에도 불구하고 한국 현대수필의 이론이나 창작 개념은 몽테뉴, 베이컨, 찰스 램 중심의 서구적 이론에다 홍매洪邁가 사용한 명칭인 수필隨筆의 축자적逐字的 해석으로 일반화되어 있다.

T. S. 엘리옷은 「전통과 개인의 재능(Tradition and Individual Talent)」이라는 논문에서 '천재 시인이란 전통을 이어받아 이를 자신의 것으로 만들어서 새로운 창작 세계를 열어가는 사람'이라고 규정한 바 있다고 한다. 이런 관점에서 전승적 요소로서의 전통과 개별적 존재로서의 작가 사이에 놓인 시공적時空的 역학 관계에 따른 한국 현대수필의 정체성은 '현대문학 이론의 바탕 위에 전통적 내용 가치와 형식 기교가 접맥된 수필'로 정의할 수 있다.

조선시대에도 한글로 쓰인 수필이 엄연히 존재한다. 조선 후기에 창작된 명작으로 「조침문」, 「의유당일기」, 「규중칠우쟁론기」 등의 산문문학이 있다. 이 작품들이 지닌 비정형적 율격미, 익살, 영탄 등의 표현미는 매우 뛰어난 기교이다. 구성면에서도 일기체, 기행체, 대화체, 제문 형식 등 다양하다.

명수필 작법 현장 분석

「조침문弔針文」은 조선 순조(재위 1800-1834) 때 미망인 유씨兪氏 부인이 지은 수필로 200자 원고지 10매 분량의 비교적 짧은 작품이다. 일명 「제침문祭針文」이라고도 하며 부러진 바늘을 의인화하여 쓴 제문祭文이다. 제문에 얽힌 작자의 애절한 처지와 아울러 뛰어난 문장력과 한글체 제문 형식이라는 측면에서 의의가 큰 수필이다.

본고에서는 「조침문」(인문계 고교국어, 1974.)을 텍스트로 하여 다채로운 형식적 기교를 살펴보되 필자가 설정한 현대수필 작법의 세부적 요소인 '① 구성적 미감 ② 제재의 참신한 재해석 ③ 언어 조탁 ④ 서정적 감성 ⑤ 지성적 교감'의 5개 항을 중심으로 분석해보고자 한다.

◆

「조침문」은 제재 변주變奏와 제의적祭儀的 구성법으로 애정 표현 억압의 시대적 한계를 뛰어넘은 작품이다. 구성법의 특징은 의례문서인 제문 형식을 차용한 점이다. 제문과 축문은 제례, 상례 때 사용하는 것으로 축문은 망자亡者나 토지신土地神에게 제수祭需를 드린다는 내용의 간단한 글이지만, 제문은 죽은 사람을 추모하는 내용을 담은 글로 분량이 훨씬 길다. 조선시대의 제문은 주로 한문으로 썼지만 한글로 쓴 제문도 상당수 전하며 특히 여성들이 써서 제례에 사용한 제문도 전한다.

제문은 일반적으로 '유세차維歲次'로 시작해서 '상향尙饗'으로 맺는다. 한글 제문의 격식은 '① 제문을 올리는 시간(유세차) ② 추모 대상 ③

제문을 올리는 사람 ④ 제사를 올리는 사실 ⑤ 추모의 글 ⑥ 작별(상향)이다. 이 중 '⑤ 추모의 글'은 망자의 행적과 애도의 정회를 담고 전체 분량의 대부분을 차지한다. 따라서 제문에는 망자의 업적, 인품 등 삶의 족적이 드러나기도 한다. 제문은 애도와 더불어 망자의 삶을 말하는 양식인 것이다.

엄숙한 의전용儀典用인 제문의 격식은 형식과 내용 면에서 매우 폐쇄적인 양식이다. 제문에서는 애통한 마음과 아울러 망자의 행장을 잘 그려내어야 한다. 그러나 남편이나 아내에 대한 제문에서는 절절한 부부지정을 담을 수 없는 것이 조선사회의 분위기였다. 따라서 현전하는 부부 관련 제문도 유교적 관념에 입각한 충효 등의 의례적 내용 중심으로 되어 있다.

「조침문」도 구성과 내용에서 통상적인 한글 제문의 격식을 그대로 적용하고 있다. 제1단락은 도입 부분으로 제문 형식의 ①~④항인 시간, 대상, 주체, 제사 등이 모두 포함되어 있다. 도입에서 '모년某年 모월某月 모일某日에 미망인未亡人 모씨某氏'로 구체적 제시를 생략한 것과 마지막에 '상향尙饗'을 생략한 것들은 대상이 바늘이기에 이 글이 제문의 격식만 빌렸을 뿐임을 나타내는 방편이다. 아울러 형식상 제례의 주체와 대상을 분명히 적시함으로써 내용상의 확대해석으로 인한 세간의 부질없는 논란을 사전에 차단하고 있다. 제문 형식 제⑤항의 전개 부분에서는 바늘과 맺은 인연을 중심으로 바늘의 행장을 낱낱이 추억하고 영결의 구체적 사정까지 밝히고 있다. 전개 말미에서 바늘과의 영결 장면은 바늘을 부러뜨리게 된 극적 전환의 기능도 함께 하고 있다.

금년 시월 초십일 술시(戌時)에, 희미한 등잔 아래서 관대(冠帶) 깃을 달다가, 무심중간(無心中間)에 자끈동 부러지니 깜짝 놀라와라. 아야 아야 바늘이여, 두 동강이 났구나…(중략)…한 팔을 베어 낸 듯, 한 다리를 베어 낸 듯, 아깝다 바늘이여, 옷섶을 만져 보니 꽂혔던 자리 없네.

사건 전개의 순서를 추보식으로 하지 않고 극적 전환으로 바꾼 것이다. 바늘과 영결하게 된 사건의 경위를 전개의 후반부로 배치함으로써 절정감을 촉발시키고 있다. 따라서 「조침문」은 3단보다는 '기승전결'의 4단으로 파악하는 것이 구성의 묘미를 더 잘 포착하는 것이라 하겠다. '전(轉)'에서 상실의 망연자실한 심정을 토로함으로써 제⑥항 결말 부분에서 후생의 해후 기원의 애틋한 정회를 더욱 현장감 있게 드러낸다.

이상에서 보듯 「조침문」의 구성법은 제문의 형식에 덧보태어 외형적으로는 바늘을 묘사하되 내면적으로는 남편의 행장을 덧씌운 복층구조이다. 마치 영화의 이중노출(D. E.) 기법을 원용하면서도 오히려 남편의 체취는 실루엣silhouette의 소극적 이미지로 드러내고 있다.

「조침문」은 구성법에 겸하여 제재 변주까지 도모함으로써 애정 표현의 돌파구를 찾은 작품이다. 창작에서 체험의 비전환적 표출을 우회하여 제재의 변주를 운용하는 방법으로는 제재의 재해석과 제재의 비유적 치환으로 나눌 수 있다. 「조침문」은 대표적인 제재 치환의 방법으로 창작된 글이다. 글의 제재는 바늘이지만 제문의 구성 형식을 취함으로써 인격을 부여하고 있으며, 그 대상은 남편으로 파악되기 때문이다. 복층구조를 활용함으로써 남편의 체취는 장막 뒤편에서 소극적으로 드러내고 있다. 만약 유씨 부인이 남편에 대한 정회를 바늘로 의물화擬物化하지 않고 체험의 비전환적 표현으로 구현했다면 남녀 상열 기피 사상의 억압적 분위기 속에서 어떤 현상이 빚어졌을까는 자명한 일이다. 유씨 부인이 비유적 변주를 구현한 작품을 창작하였기 때문에 누구도 그 내용을 두고 왈가왈부할 수가 없게 된 것이다. 결국 작가는 제문의 격식을 적절히 원용하면서 내면적으로는 남편에 대한 애도의 서정을 발현할 수 있고 외양적으로는 한낱 바늘일 뿐이라는 면피 상황을 연출할 수 있었다.

「조침문」에서 구현된 제재 변주의 획기적 문학미감을 찬탄하지 않을 수가 없다. 이러한 제재 치환의 기법은 현대에도 얼마든지 적용 가능한 창의적 발상이다. 현대수필에서는 오랫동안 체험의 비전환적 표현이라는 관점에서 수필의 정체성을 특정 지어 왔다. 이로 말미암아 수필의 문학미감이 실종되어 신변잡기류의 글이 양산되고 관념적, 교훈성의 내용들이 독자를 불편하게 만들기도 하여 소위 문단의 '잡초론'에 일조를 하기도 했다. 고금이 다를 수가 없을 것이다. 다행히 최근 현대수필 작품에서 이러한 경향에서 벗어나 체험의 재해석이나 비유적 변화를 운용하려는 노력이 빛을 발하고 있다.

「조침문」에 활용된 언어구사를 살펴보면 제문의 의례적 용어 '유세차, 오호 통재라, 오호 애재라' 등을 상투적으로 사용함으로써 제례의 의전 분위기를 극대화시켰다. 괄목할 만한 언어 기교로는 문장 호흡의 장단 구현, 문어체와 구어체의 혼용, 산문과 4음보의 교직을 통한 율감律感 형성 등이다.

고금을 막론하고 문장론적 의식 없이 쓴 문장은 연결어미로 길게 이어지는 장문 중심이다. 고전문학은 더욱 그러했다. 그러나 조침문에서는 짧은 문장이 수없이 나타난다. 상투어구인 '오호 통재라' 류의 글 이외에도 '아야 아야 바늘이여, 두 동강이 났구나.'와 같은 비교적 짧은 문장이 도처에 구현된다. 심지어는 '슬프다.'라는 초단문도 등장한다. 아래 문단에서 보듯 문어체와 구어체의 혼용도 있다.

> 아야 아야 바늘이여, 두 동강이 났구나. 정신이 아득하고 혼백魂魄이 산란散亂하여 마음을 빻아 내는 듯, 두골을 깨쳐 내는 듯, 이윽도록 기색 혼절氣塞昏絶하였다가 겨우 정신을 차려, 만져 보고 이어 본들 속절없고 하릴없다. 편작의 신술로도 장생불사長生不死 못 하였네. 동네 장인匠人에게 때이런들 어찌 능히 때일쏜가. 한 팔을 베어 낸 듯, 한 다리를 베어 낸 듯, 아깝다 바늘이여, 옷섶을 만져 보니 꽂혔던 자리 없네.

사용된 활용어미들을 살펴보면 '-여', '-구나', '-다', '-네', '-가' 등으로 다채롭다. 문장에서 장단의 호흡 구사에 이어 다양한 어미 활용으로 글 전체가 서정의 긴장과 이완을 생동감 있게 조율해주어 현장감을 증폭시키고 있다.

「조침문」뿐만 아니라 고전문학은 모두 율격미를 담은 글이다. 일반적으로 서정을 자극하는 요소로는 가장 직접적이고도 강력한 것이 율감이다. 김준오는 그의 『시론』에서 '리듬의 상실은 감수성의 분리가 아니라 서정의 상실'이라고 했다. 고전문학은 예외 없이 율감을 지녔으나 현대문학 100년사는 이것을 탈피하는 데 총력을 기울였다. 운문인 시마저도 이른바 '자유시'라고 명명했을 정도이니 산문은 말할 나위가 없을 것이다. 그 결과 한국문학사에서 모더니즘modernism을 '주지주의主知主義'로 번역할 정도로 모든 문장이 이지적으로 변모해버렸다. 이런 환경에서 역발상으로 생각할 수도 있다. 만약 수필 문장에서 리듬을 담아 운용한다면 오히려 새로운 맛을 느끼게 될 것이다. 그 전범을 「조침문」에서 본다. 아래 인용 부분들은 율격미의 다채로운 모습을 잘 보여주는 문장들이다.

> 슬프다, 연분이 비상非常하여 너희를 무수히 잃고 부러뜨렸으되, 오직 너 하나를 연구年久히 보전保全하니, 비록 무심한 물건이나 어찌 사랑스럽고 미혹迷惑지 아니하리요.

> 한 팔을 베어 낸 듯, 한 다리를 베어 낸 듯, 아깝다 바늘이여. 옷섶을 만져 보니 꽂혔던 자리 없네.

> 정신이 아득하고 혼백魂魄이 산란散亂하여 마음을 빻아 내는 듯, 두골을 깨쳐 내는 듯, 이윽도록 기색 혼절하였다가 겨우 정신을 차려, 만져 보고 이어 본들 속절없고 하릴없다.

첫 번째 인용 부분은 산문문장 중심이다. 두 번째 인용 부분은 4음보 사이에 2음보를 변주하였고, 세 번째 인용 부분은 4음보 사이에 산문문장을 삽입하였다. 이외에도 산문과 4음보 2음보 등을 자유자재로 혼용하면서 율감을 조정하고 있다. 「조침문」의 율격은 가사처럼 천편일률적인 정격이 아니다. 산문문장 속에 율격을 혼용하거나 4음

명수필 작법 현장 분석

보 율격 속에 산문을 혼용함으로써 분위기에 맞게 율감을 지니되 율격으로부터 자유로운 맛을 드러내고 있다. 이런 기법은 현대수필 문장에서도 매우 효과적 필법이 될 것이다.

「조침문」에 나타난 감각적 표현은 기존의 한글 제문에서 가문이나 가부장적 관념의 유교적 애도와 달리 절절한 심경으로 바늘의 품질과 재치를 비유적으로 묘사하고 있는 부분들이다. '옷섶을 만져 보니 꽂혔던 자리 없네.'라는 표현은 오히려 생략을 함으로써 상실 서정의 극점을 드러내는 부분이다. '추호秋毫 같은 부리는 말하는 듯하고, 두렷한 귀는 소리를 듣는 듯한지라.'에서 바늘 끝과 귀의 외형을 두고 직접적으로 유정물有情物로 인식한 묘사도 사실적 섬세미가 매우 예리하다.

이외에도 의성어, 의태어 사용과 직유법, 영탄법, 열거법, 돈호법, 대구법, 대조법 등 다양한 수사기교를 가미하고 율감 형성의 변주가 일어나는 산문과 4음보의 교직을 통해 여성 특유의 섬세한 정서가 잘 조화되어 있다.

수필에 나타나는 지성적 교감은 작가가 전하고자 하는 주요 메시지다. 「조침문」의 표면적 메시지는 제목에 그대로 나타나 있다. 그러나 바늘을 대상으로 한 제문은 매우 특이한 작업이다. 작가가 이런 종류의 이야기를 만들어내는 여항閭巷의 작가도 아니며 유희적遊戲的 개성이 강한 전문작가도 아니다. 가산家産이 빈궁貧窮하여 침선針線의 도움을 받았지만 시삼촌이 동지상사冬至上使로 비복婢僕들도 거느린 양반가의 부녀자이다. 이런 조신操身스런 신분으로 우의적인 제문을 쓴다는 것은 매우 특별한 작심作心일 것이다.

바늘은 마음을 위탁한 복선적 기교다. 바늘이라는 외형적 주제를 통해 내면적으로는 남편의 행장을 덧씌운 복층구조이다. 슬하에 한 자녀 없는 박명한 청상과부의 남편에 대한 애절한 그리움과 추모의 정이 바늘에 중첩되어 그려진 것이다. 사건의 선후 관계가 지닌 표층 의미를 복합적으로 재편성하여 '문학과 시간'을 살펴보기 위한 근거 문맥은 다음과 같다.

- 너를 얻어 손 가운데 지닌 지 우금于今 이십칠 년
- 연전에 우리 시삼촌께옵서 바늘 여러 쌈을 주심
- 그중에 너를 택하여 지금까지 해포 됨
- 금년 시월 초십일 술시戌時에 자끈동 부러짐

위 자료에서 상충되는 요소는 '바늘을 얻어 27년을 썼는데 금년 시월에 부러뜨린 사실'과 '연전에 우리 시삼촌께옵서 바늘 여러 쌈을 주심'이다. 이 부분은 바늘을 아끼는 조심성 깊고 알뜰한 여인이라고 축자적으로 해석할 수도 있겠지만 비교적 가까운 시점을 확인하는 용어인 '연전에'라는 시점과 상충된다. 그리고 얻은 바늘도 낱개가 아니고 바늘쌈으로 분배했고, 바느질 용도에 따라 바늘의 종류도 다양하게 사용했을 것이다. 또한 삯바느질 27년 동안 무수한 바늘을 부러뜨렸으므로 부러진 바늘을 두고 굳이 한 바늘을 특정할 수는 없는 노릇이다. 따라서 각 시점을 인과적으로 해체하여 짐작함이 더 합리적일 것 같다. 즉, '남편 사별의 시점인 27년 전부터 삯바느질을 함 - 연전에 시삼촌께 바늘 여러 쌈을 받음 - 금년 시월에 바늘을 부러뜨림

- 조침문 창작'으로 봄이 어떨까 한다. 이런 점에서 조침문의 '문학과 시간' 논의는 바늘에 의탁한 이중노출의 복층구조 속에 27년 동안 쌓였던 남편에 대한 애틋한 정회를 혼합적으로 노정시켰다고 봄이 좋을 것 같다.

◆

「조침문」은 시대상이 억압하던 남녀 애정의 정한에 대한 표현의 돌파구를 찾기 위해 작가가 의도적으로 제재와 구성법을 특화시킨 역작이다. 바늘에 중첩시킨 남편 사랑의 정한을 제문의 구성 양식에다 수용하고 문장 호흡의 장단 구현, 문어체와 구어체의 혼용으로 언어를 조탁하고 산문 속에 율격미를 혼용함으로써 서정성을 강화시켰다. 그 결과 '박명薄命한 청상과부'의 남편에 대한 애절한 그리움과 추모의 정이 바늘에 중첩됨으로써 세간의 따가운 눈총을 피할 수 있었다.

이러한 작법 기교는 현대수필에서도 눈여겨 원용해볼 가치가 있는 부분이다. 따라서 「조침문」을 비롯한 고전수필을 시대적 박제剝製 상태로 방치해서는 안 될 일이다. 고전수필 탐구의 의의는 다음 두 가지 측면에서 살펴볼 수 있다.

첫째는 문학사적으로 '한국 현대수필의 현주소는 전통수필의 형식과 내용의 창조적 계승'에서부터 이룩되어야 할 것이라는 점이다. 교술양식의 측면에서 현대수필의 특징을 담은 조선 문학양식은 가사, 사설시조, 고전수필 등이다. 이 3종은 공통적으로 운문 지배적 사회에서 산문정신의 발현으로 형성된 양식이다. 그럼에도 불구하고 가사문학, 사설시조, 고전수필이 현대수필로 접맥되어 계승되지 못한 것은 이 작품들의 문제가 아니라 현대수필의 작법 연구나 평가가 서구식의 문학관이나 내용 면에 치우쳤기 때문이다. 전통의 단절과 계승에 관한 심층적 논의는 1930년대와 1950년대의 논의를 거치면서 다양한 결론을 도출하고 있지만 수필은 전통과의 맥락 문제 자체를 관심의 대상으로 여기지 않고 있었다.

둘째로 고전수필 탐구의 의의는 현대수필 창작에서 기법상의 새로운 가능성을 제시한다는 점이다. 고전수필을 비롯하여 가사문학이나 사설시조는 형식 면이나 내용 면에서 현대수필의 특징적 요소에 근접하지만 이들도 4음보 정격양식의 한 변주로만 취급되기 때문에 산문양식인 현대수필 창작에서 미감의 대상으로 취급되지 못한 것이다.

한국 현대수필의 발전 문제는 공시적으로는 전통문학의 연면한 계승과 아울러 통시적 보편성의 확인으로 그 창작의 방향이 설정되어야 한다. 이런 점에서 수필 작법에서 조선시대와 현대가 시공의 보편성으로 통합될 때 한국 현대수필의 확고한 공간을 확보하게 될 것이며 그 정점에 「조침문」이 있다.

(2020, 《산문의 시》 38호)

명수필 작법 현장 분석

작가를 감춘 가전체 수필의 묘수
-「규중칠우쟁론기」

「규중칠우쟁론기」에서 가장 먼저 발견할 수 있는 문학미감은 세태 비판과 가전체 형식의 구성법이다. 그런데 이에 못지않게 중요한 메시지가 하나 엎드려 있다. 그것은 남녀평등과 상하평등, 즉 인간평등의 자기 정체성 발현이라는 치열한 작가의식이다.

조선 후기의 대표적 수필 작품인 「조침문」, 「규중칠우쟁론기」 등의 작법은 매우 특출하다. 이 작품들은 제재, 구성, 문체, 주제는 물론이려니와 문학미감을 자아내는 언어 운용도 현대수필이 오히려 무색할 정도로 매우 뛰어난 기교를 구사하고 있다. 수필 창작에 임하는 작가의 자세는 문학 미학의 서정성 확보를 위한 언어의 융합디자이너로서의 다채로운 기교미를 운용해야 한다는 점, 그리고 이 서정성은 한국 전통문학작품 속에 내재한 다양한 요소들로 이미 구현되고 있었음을 실증적으로 보여주는 작품들이다. 수필은 체험의 비전환적 양식, 자아의 세계화 양식이라는 말은 장님 코끼리 만지기에 다름없음을 확인시켜주는 명작들이다.

문학도 진화한다. 그러나 한국 현대수필은 오히려 퇴화를 거듭했다. 시, 시조, 소설, 희곡 등 다른 장르는 고전문학의 오랜 전통성을 바탕으로 새로 유입된 서구문학과의 유기적 통합을 이룩하여 진화를 거듭했다. 그런데 한국수필 이론의 바탕은 서구적 개념에 매몰되어 전통적 내용 가치와 형식 기교를 외면하고 주변문학으로 그 위상이 급격히 추락하고 말았다. 설상가상으로 '붓 가는 대로 쓰기'의 통념이 수필 문단을 지배했다.

2000년대 이후 소수의 선각적 수필가, 수필 평론가들의 힘겨운 노력에 힘입어 근년에 이르러 수필의 문학 미학에 대한 관심이 증대되기 시작했고, 이어 다채로운 형식미 창출에 대한 관심을 기울이기 시작하여 그 성과가 드러나고 있다. 그러나 아직도 「조침문」, 「규중칠우쟁론기」의 고도한 작법을 인식하지 못한 실정이며, 특히 문체 운용 면에서는 더 많은 의식 전환이 필요한 상황이다. 현대수필 문장은 거의 획일적으로 교조적 권위주의에 젖어 있는 경향을 띠기 때문이다.

한국 현대수필의 발전 문제는 공시적으로는 전통문학의 연면한 계승과 아울러 통시적 보편성의 확인으로 그 창작의 방향이 설정되어야 한다. 한국 문단에서 이 방향으로 전통수필이 정립될 때, 현대수필은 더 넓은 공간을 확보하게 될 것이다.

「규중칠우쟁론기」는 부녀자들의 침선 도구를 의인화한 가전체 수필로 작자와 연대 미상의 국문 필사본이다. 본고에서는 이병기 교주 校註의 『망로각수기忘老却愁記』를 대본으로 하여 필자가 수필 창작의 미학적 준거로 제시하는 '① 제재 변주 ② 구성적 미감 ③ 언어 조탁 ④ 서정적 감성 ⑤ 지성적 교감'의 5개 항을 중심으로 전통 요소의 특징적 표현미를 조명하면서 작가가 실증한 창작 기법을 분석, 제시하고자 한다.

　　　　　　　　　　　　　명수필 작법 현장 분석

◆

　어떤 장르이든 그 작품의 문학성 성패는 일차적으로 제재의 참신성에서 비롯한다. 참신성이란 제재 자체의 가치판단이 아니다. 아무리 특수한 경험도 그 자체로는 문학이 될 수 없다. 범속하거나 낡은 제재라도 작가가 새로운 안목으로 변주함으로써 참신성을 담보하게 된다. 그 변주는 제재의 재해석에서부터 제재의 비유적 형상화에 이르기까지 운용 방법은 다양할 것이다. 「규중칠우쟁론기」의 제재는 부녀자들의 침선 도구 일곱 가지인 자, 가위, 바늘, 실, 골무, 인두, 다리미를 의인화하였으니 제재가 매우 획기적으로 변주된 작품이다. 현대수필에서도 제재 운용 방법은 대체로 비전환적인 경우가 허다한 점을 고려한다면 이 작품의 독창성을 십분 짐작하고도 남을 것이다. 제재의 비유적 전환은 필수적으로 제재의 재해석을 견인하게 되고, 제재의 재해석은 주제를 심화·확장시킬 수 있다는 이점이 있다.

　「규중칠우쟁론기」에 등장하는 비유적 인격체는 척부인, 교두각시, 세요각시, 청홍각시, 인화낭자, 울낭자, 감투할미 등이다. 침선 도구의 특징에 따라 각각의 소임에 맞게 인격을 부여하고 이들의 입을 통해 인간 세상의 삶을 풍자하게 함으로써 작가는 가치판단으로 야기됨직한 민감한 책임을 교묘히 회피하고 있다.

　제재를 비유적으로 전환한 이러한 작법은 자아의 세계화 양식인 교술문학으로서는 매우 편리한 안전판의 기능을 대신할 수 있다. 서사문학에서 등장인물의 행위로 작가의 대역을 맡기는 것, 시에서 비유적 표현을 통한 다의적 해석을 유도할 수 있는 것과도 일맥상통한다. 이 점이 문학 표현의 장점이다. 현대수필이 대부분 외면하는 이러한 이점을 고전수필 작가들이 오히려 십분 활용하고 있음은 유의해 볼 일이다.

「규중칠우쟁론기」의 문학적 백미는 가전체 소설의 작법을 원용한 구성법이다. 가전체는 고려 말엽에 발달한 양식으로 설화에서 소설로 근접해 가는 과정의 표현양식이다. 주로 계세징인戒世懲人의 내용을 담았기에 당시의 작가들도 세속 비판의 직접적 책임 회피의 수단으로 채택했을 것이다. 「규중칠우쟁론기」의 서술방법은 서두에 화자가 표면에 나서는 직접서술법을 취하다가 본문에서는 의인화한 간접서술법을 취하고 있다. 소설의 액자구성법을 부분적으로 원용한 기법이다.

극적 서사로 전개되는 「규중칠우쟁론기」의 구성은 관점에 따라 다양하게 파악할 수 있다. 본고에서는 구성 분석에서 고전문장 언술법의 연속적 특성을 고려하여 현대적 문장 단위의 호흡으로 고려하지 않았다. 이 작품에서 문장 표현의 연속성은 맥락이 분명하지 않으면서도 특정 내용으로의 전환이 야기되는 장면에서는 그 시작과 끝이 매우 명료하게 제시되고 있기 때문이다.

내용 전개는 서사를 기본으로 하고 있으므로 단순한 추보식 구성이다. 그런데 내용상 구분을 하면 다양한 관점에서 맥락을 잡을 수 있다. 사건은 '칠우 소개 - 공치사 - 인간사 비판 - 화합'의 4단 흐름이지만 대응되는 내용은 '공치사 - 인간사 비판'으로 전후반의 2단 구성이다. 서사적 흐름을 '인물 소개 - 공치사와 세태 비판 - 화합'으로 '기서결'의 3단 구조로도 파악할 수도 있다. 어느 하나로 단순명료하게 재단할 수 없는 이 작품의 구성법은 그런 면에서 오히려 다채로운 구

명수필 작법 현장 분석

성적 미감을 선사하고 있다. 서사의 전개는 의복 제작 전 과정에 입각한 순서를 택하고 있다. 즉 '자 - 가위 - 바늘 - 실 - 골무 - 인두 - 다리미'의 순서이다. 그리고 낭자나 각시로 비유된 다른 도구와 달리 자는 중년부인으로, 골무는 할미로 등장하는 점도 의도가 분명하다. 척부인은 세상의 올바른 잣대로 첫 논의를 이끌어내고, 감투할미는 연륜 깊은 화합의 지혜를 발휘하도록 구성했다. 또한 당연한 언술법이겠지만 기능과 외형 면에서도 각 침선도구와 의인화된 인물들을 조화시켰다.

작품의 시작과 끝을 유심히 살펴보면 작가의 치밀한 수미상관적 기획을 발견할 수 있다. 첫 시작에서 '규중 부인에게 평생을 서로 떠나지 아니하는 벗 일곱이 있으니'로 시작하였으나 도중에 규중부인과 일곱 벗 사이에 심각한 갈등이 야기된다. 자칫 파국으로 치달을 수도 있는 관계를 작가는 작품의 마무리에서 '내 감투할미 낯을 보아 사하노라.'라고 하는 화해로 규방칠우와 주인의 관계를 지속시킬 수 있도록 유도하는 구성법이다.

문학에서 언어 조탁과 서정적 감성은 문체미에 관계하는 부분이기에 불가분의 관계이지만 그 기능법이 다르다. 언어 조탁은 주제와 상응하는 문장의 강약, 장단 등과 어휘, 어조 등이 섬세하게 구현되는 바 이는 현장성의 생동감도 동시에 유발한다. 서정적 감성은 미문美文, 비유적 형상화, 해학과 익살 등 다양할 것이며 리듬도 중요한 요소가 되어 감각적 표현의 이미지를 형성하는 요소가 강하다. 문학이 언어예술이라는 점에서 언어 조탁과 서정적 감성 발현 능력은 문인의 필수 자질이다. 현대수필의 대부분은 고백적 진술을 엄숙한 평서체의 산문문장으로 표현되고 있다.

「규중칠우쟁론기」 문장은 시종일관 대화체를 구사하고 있으므로 두 요소를 분리하기에 부적합하므로 본고에서는 언어 조탁과 서정적 감성을 묶어서 분석하겠다. 또한 「규중칠우쟁론기」의 문장 표현은 판본에 따라 차이가 있으므로 언어 미감의 섬세한 부분에 대한 세밀한 분석은 생략하기로 한다. 다만 '척부인이 가늘고 긴 허리를 빨리 재면서', '교두각시 청파에 성을 내어 일긋거리며', '구슬이 서 말이라도 꿰어야 보배', '전장에 방패', '천태산 마고할미 쇠막대를 십 년이나 바위에 갈아 낸 몸'과 같이 침선 도구의 외형을 활용한 묘사와 일부 판본의 '각시, 곡시' 등의 언어유희까지 동원하고 있음은 눈여겨볼 일이다. 시종일관 대화체를 구사하는 연유로 문장에서 율격미를 구사한 경우는 없다.

「규중칠우쟁론기」에 담긴 지적 정보는 매우 특별한 가치관이다. 이 작품의 작가의식은 매우 치열하다. 작가가 이 작품에서 전하고 있는 표면적 메시지는 크게 인간 세상 비판이며 내면적 메시지는 평등의식으로 추출할 수 있다. 구성상의 언술법은 작품 전편이 의인화로 직조된 간접화법이지만 서사 과정에서 주제로 직접 드러나는 것은 세태 비판이다.

등장인물은 모두 공적 치사로 몰입한다. 규방칠우의 공적은 모두 훌륭하다. 상전인 주부인도 예외가 아니다. 그리고 모두 세상살이의 애환을 지니고 있다. 흠결도 마찬가지다. 중요한 맥점은 등장인물들 사이에서 야기되는 논쟁의 흐름 포착이다. 논쟁 과정에서 등장인물의 개성은 각각 독특하게 드러내고 있다. 공치사든 세상 험담이든 말머

명수필 작법 현장 분석

리를 여는 이는 척부인으로 세상 물정을 어느 정도 경험하고 그 잣대를 분명히 밝힐 수 있는 중년부인이다. 이어 각시와 낭자로 호칭되는 젊은 여성의 치열한 논란이 전개되고 상황이 절정에 치닫자 골무로 대유된 할미의 지혜를 동원하고 있다. 침선 도구들이 각자 자신의 공치사로 시작한 전후반부의 말미에는 실제 인간으로 등장하는 상전인 주부인마저도 공치사에 적극 가담한다. 이런 구조는 좁게는 규방 사회의 소소한 갈등이겠지만 궁극적으로 인간 세상의 보편성으로 확장이 가능하게 한다. 각 등장인물의 대사는 매우 간결하며 자기주장을 사실에 근거해서 명료하게 제시하고 있다는 점도 특색이다. 고전의 규방문학에서 주고받는 논쟁의 빈틈 없는 언술은 오히려 주장만 있고 근거가 없이 막말로 치닫기도 하는 현대의 토론에서 본받을만한 논리 전개다.

작품에서 직접적으로 드러나는 세상 풍자에 비해 간접적으로 드러나는 중요한 작가의식은 평등사상이다. 직접서술을 하는 도입부에서는 문방사우와 규중칠우의 등식으로 남녀평등의식이 잘 드러난다. 또한 여성들에게 이름이 없던 시대임에도 개성에 맞는 특징적 호칭을 사용한다. 칠우에게 개별적 명호를 붙여줌으로써 여인에게는 이름이 없던 시대에 여자 한 사람 한 사람의 개체성을 인정하려 한 것으로, 이 역시 모든 사람이 대등한 존재라는 것을 제기한다. 더구나 척부인의 경우 주인인 주부인과 같은 직함인 '부인'의 칭호를 부여받고 있다. 남녀평등에 이어 상하평등의 인식이 직접적으로 담겨 있다. 유교적 관습의 남녀차별, 반상차별이 엄존하던 당시로서는 치열한 작가정신의 발현으로 보아야 하겠다. 이는 곧 신분 계급사회의 붕괴 조짐을 엿보이는 대목이다. 아래에서 노골적으로 표출되고 있다.

감투할미 한 걸음 뛰어 내달아 손짓하며 말하기를

"각시네들, 내 말 들어보소. 이 늙은이도 아가씨네 손부리에 끼여 반생반사半生半死하였노라. 이러니저러니 하지 말고 그만 그치라. 주부인이 아시면 모든 각시네 죄가 이 늙은이에게로 돌아오리로다."

모두 이르되

"주부인이 들어도 대수리요? 우리들 아니면 주부인이 건디지 못하리라."

엄정한 신분의 계급사회에서 상전에 대한 이러한 무례가 통용될 수 있다는 것은 시대상 해체의 한 단초가 되는 요소이다. 이와 유사한 내용은 연안김씨의 기행수필 「동명일기」에서도 볼 수 있다. 해돋이 여부로 논란하는 장면에서 사군과 숙씨叔氏께서 "그렇지 아냐, 이제 보리라."라고 하는데도 이랑이, 차섬이 냉소하고 끝내 자리를 뜬다. "내도로 나서니, 차섬이, 보배는 내 가마에 드는 상 보고 몬저 가고, 계집종 셋이 몬저 갔더라."라는 구절이 있다. 상전의 판단을 정면 반박하고 더구나 상전을 두고 온 길을 되돌아가버린다는 상황이 현대에도 이해하기 어려운 노릇일 만큼 시대상이 변하고 있음이다.

그러나 작품 전편을 관류하는 시대정신은 과도기적 상황임이 노출되고 있다. 규중부인이 자기 공을 내세우며 칠우를 공박한 것은 칠우의 공을 자기의 공 아래 예속시킨 것이며, "내 감투할미 낯을 보아 사하노라." 하는 장면 연출은 이를 그대로 드러내고 있다. 피지배계층이 부정하고 싶은 계급차별 사회의 실상을 재확인하고 있는 것이다.

명수필 작법 현장 분석

◆

　수필 작법상으로 볼 때 인간 세상의 비판과 풍자는 매우 민감한 사안이다. 작가는 자칫 역으로 자기 언술에 대한 비판에 직면할 수도 있다. 이 난감한 상황의 회피 방법은 비유 혹은 간접 토로이다. 이것이 문학의 묘미다. 이 글의 중심 내용은 인간 세상의 풍자다. 그럼에도 이 작품 속에는 작가가 전하고자 하는 지적 메시지가 직접적으로 드러난 곳은 하나도 없다. 독자로 하여금 간접적으로 깨닫게 만든 것은 작가의 메시지가 주장으로 응집되지 않고 작품 전편에 의인화의 서사구조로 녹아 있기 때문이다. 이 작품은 인간들의 삶의 모습을 의인화된 사물들을 통해 익살스럽게 풍자하여 세상 사람들을 일깨우고 있다. 간접적이지만 작가의 당당한 주장은 가부장제적 질서 속에 갇혀 있었던 여성들의 새로운 의식을 효과적으로 반영한 것이라고 할 수 있다.

　이러한 작법 기교는 현대수필에서도 눈여겨 원용해볼 가치가 있는 부분이다. 따라서 「규중칠우쟁론기」, 「조침문」을 비롯한 고전수필을 시대적 박제剝製 상태로 방치해서는 안 될 일이다. 고전수필 탐구의 의의를 다시 확인한다는 측면에서 이전에 이미 논급한 한국 현대수필의 발전 문제를 재론하겠다.

　'한국 현대수필의 현주소는 전통수필의 형식과 내용의 창조적 계승'에서 이룩되어야 할 것이라는 점이다. 가사문학, 사설시조, 고전수필이 현대수필로 접맥되어 계승되지 못한 것은 이 작품들의 문제가 아니라 현대수필의 작법 연구나 평가가 서구식의 문학관이나 내용

면에 치우쳤기 때문이다. 또한 고전수필 탐구의 의의는 현대수필 창작에서 기법상의 새로운 가능성을 제시한다는 점이다. 고전수필을 비롯하여 가사문학이나 사설시조는 형식 면이나 내용 면에서 현대수필의 특징적 요소에 근접하지만 이들도 4음보 정격양식의 한 변주로만 취급되기 때문에 산문양식인 현대수필 창작에서 미감의 대상으로 취급되지 못한 것이다.

한국 현대수필의 발전 문제는 공시적으로는 전통문학의 연면한 계승과 아울러 통시적 보편성의 확인으로 그 창작의 방향이 설정되어야 한다. 이런 점에서 수필 작법에서 조선시대와 현대가 시공의 보편성으로 통합될 때 한국 현대수필의 확고한 공간을 확보하게 될 것이며 그 한 예로써 「규중칠우쟁론기」의 작법을 참조할 수 있다는 점이다.

(2021, 《산문의 시》 41호)

명수필 작법 현장 분석

흥취 넘치는 표현의 멋 부리기 - 「상춘곡」

수필 미학의 관점에서 볼 때 가사歌辭에 대한 재평가는 고전수필의 외연 확장과 더불어 고전문학의 전통 계승을 통한 한국 현대수필의 새로운 미감 창출에 그 의의가 있다.

첫째, 고전수필의 외연 확장은 장르상의 문제이다. 율문성에 초점을 맞추어 고전시가로 분류해 온 가사는 양식상 수필로 분류할 수 있기 때문이다. 주지하는 바와 같이 가사 형식은 3·4조를 기반으로 한 4음보 연속체 율문律文으로 길이는 제한이 없다. 운문 지배 시대의 산물이지만 산문정신으로 창작된 양식으로 내용도 서정, 서사, 교술의 요소를 공유하고 있으면서 주요 작가층은 사대부, 부녀자, 승려, 서민에 이르기까지 다양한 계층이 참여했고 내용에도 제한이 없어 다채롭게 전개되었다. 지금까지 연구된 가사의 장르 구분을 살펴보면, '시가와 문필의 중간 형태'(조윤제), '기본성격은 수필이지만 형식은 율문'(이능우), '율문의 교술문학'(조동일), '서정·서사·이념·교훈이 공존하는 혼합장르'(김흥규) 등으로 파악하였다. 또는 그대로 가사로 독립하자는 견해와 수필로 인정하는 이론도 있다. 이러한 견해들을 현대수필 미학의 관점에서 살펴보면 가사는 다양한 수필 형식의 한 부류로 설정할 수 있을 것이다. 수필은 그 형식미학에서 제한이 없기에 3·4조 연속 율문체를 기반으로 한 수필도 얼마든지 가능하기 때문이며 실제 가사의 4음보를 기반으로 하되 다양한 변주로 창작한 현대수필 작품도 있다.

둘째, 가사의 전통 계승 측면은 고전수필의 현대적 계승 발전에 관한 문제이다. 다양한 이론 연구와 참신한 창작을 통해 진화를 거듭해 온 현대문학사 100년의 눈부신 성과에도 불구하고 '한국 현대수필'이라는 개념의 이론이나 창작론은 몽테뉴, 베이컨 중심의 서구적 이론 중심으로 이루어졌다. 그 결과 가사를 포함한 고전수필 계승과 접맥된 한국 현대수필 개념은 이론도 창작물도 그 성과가 별무인 실정이다.

가사는 고려 말에서 조선 초에 걸쳐 발생한 문학의 한 형식으로 4음보 율격의 장편 연속체로 된 시가이다. 「상춘곡」은 조선 성종 때 정극인(1401-1481)의 작품으로 고려 말 나옹화상의 「서왕가」와 더불어 현전하는 최고最古의 작품이다. 정극인은 조선 전기의 문신·학자로 만년에 치사致仕 후 귀향하여 후진 양성에 힘썼다. 「상춘곡」은 전 79로 된 가사로, 지은이가 벼슬을 사임하고 향리인 전라도 태인으로 돌아가 지내면서 자연의 아름다움을 즐기는 풍류와 안빈낙도의 정신을 노래한 작품이다. 원문은 창작 당대인 15세기의 표기법이 아니라 후손에 의해 『불우헌집』이 간행된 18세기의 음운과 어법에 따르고 있다.

본고에서는 「상춘곡」을 대본으로 하여 필자가 현대수필 작품 평가의 준거로 설정한 '① 제재의 참신한 재해석 ② 구성적 미감 ③ 언어 조탁 ④ 서정적 감성 ⑤ 지성적 교감'의 5개 항목을 중심으로 현대수필 미학의 관점에서 발견되는 창작적 요소를 살펴보고자 한다.

명수필 작법 현장 분석

◆

　「상춘곡」의 표면적 제재는 대자연의 봄 풍광이다. 작가는 자연을 관람의 대상이나 사실적 묘사의 대상으로 박제화시키지 않고 궁극적으로 물아일체物我一體의 서정으로 용해시킨다. 이를 위해 자연의 소재들은 작가가 지향하는 삶의 이념, 곧 '山林(산림) 속의 至樂(지락)'을 추구하는 매개물로 변주하고 있다. 이는 곧 '녯 사룸 風流(풍류)'로 드러나면서 공자 같은 옛 성현들의 삶을 흠모하는 자세이다. 풍류란 현대적 개념으로 보면 '격조 높은 멋'에 해당한다. 그 공간은 '碧溪水(벽계수) 앞 松竹(송죽) 鬱鬱裏(울울리)의 數間茅屋(수간 모옥)'으로 아름다운 자연 속의 소박한 거처이다. 이 작품에서 구체적으로 나열되는 자연적 소재들은 석양의 桃花杏花(도화 행화), 細雨中(세우 중)의 綠楊芳草(녹양 방초) 등이다. 여기에 자아의 감정이입으로 대유된 새를 동원함으로써 봄의 절경에 혼입되는 서정을 그려내고 있다. 멋과 맛을 더하기 위해 몇 잔 술도 곁들이면서 풍류와 절제의 운치도 곁들인다. 최종적으로 무릉도원의 풍월주인이 되어 스스로 신선연神仙然하는 멋을 부리고 있어 자연적 제재는 자아의 서정에 극적으로 융합되는 대상으로 운용하고 있다.

　이 작품의 구성은 좁은 공간에서 점점 넓은 공간으로 나아가는 공간 확장에 의한 전개 방식을 사용하고 있다. 「상춘곡」은 일반적으로 '서사 - 본사 - 결사'의 3단 구성으로 파악한다. 그러나 글의 흐름을 작가의 흥청거리는 풍류에 접맥시켜보면 '기승전결'의 4단 구성으로 이해하는 것이 더 섬세한 감상일 것 같다. 이 작품에서 무릉도원 발견으로 전轉으로서의 분위기 변환이 드러나기 때문이다. 한문 문화권 시대의 문장가들은 한시 절구絶句의 기승전결起承轉結이나 율시律詩의 두함경미頭頷頸尾의 연聯 구조의 영향을 크게 받아 3단보다 4단이 몸에 익은 작법이다. 그리고 3단보다 4단 구성이 글의 전개에서 훨씬 역동적이다.

제1단 기起에서는 자연에 묻혀 사는 즐거움을 단도직입적으로 토로하고 있다. 세상을 '紅塵(홍진)과 山林(산림)'으로 양분하면서 스스로 風月主人(풍월 주인)의 면모를 직설하고 있다. 제2단 승承 부분에서는 봄의 아름다운 경치, 봄의 흥취, 산수 구경, 술과 풍류를 차례로 그려낸다. 흥취가 절정에 도달할 즈음 드디어 무릉도원을 발견하면서 분위기 전환이 일어난다.

> 明沙(명사) 조흔 믈에 잔 시어 부어 들고, 淸流(청류)를 굽어보니,
> 써오느니 桃花(도화) l 로다. 武陵(무릉)이 갓갑도다. 져 믹이 귄 거
> 이고.

복사꽃이 떠내려온다는 것은 저 상류 어딘가에 무릉도원이 있음을 암시하는 부분이다. 즉 아직 작가는 무릉도원 외곽에 위치해 있음이다. 그리하여 제3단 전轉 부분에서는 그곳을 찾아 나서는 것이다. '松間(송간) 細路(세로)에 杜鵑花(두견화)를 부치 들고, 峰頭(봉두)에 급피 올나 구름 소기 안자보니'에서 우화등선羽化登仙의 신선연神仙然하는 노골적 서정을 드러낸다. 여기에서 봄 경치 완상의 전체 흐름을 가볍게 뒤집어서 풍류를 극적으로 강화시켜 제4단 결結 부분에서는 부귀공명을 떨쳐낸 안빈낙도의 삶을 확인하고 있다.

명수필 작법 현장 분석

언어 조탁은 문장의 표현, 곧 문체미의 요소로서 이는 언어예술인 문학에서는 핵심적 자질이다. 상춘곡의 시작과 끝은 '紅塵(홍진)에 뭇친 분네 이내 生涯(생애) 엇더흔고, 녯 사롬 風流(풍류)를 미출가 뭇 미출가. ~ 아모타, 百年行樂(백년 행락)이 이만흔들 엇지흐리.'다. 필자의 생각을 먼저 제시하고, 그것에 대한 구체적 내용을 실증적으로 진술한 다음 함축적 결구로써 완결짓는 구조이다. 따라서 '어떠한가', '미칠까' 등과 같이 질문 형식을 취함으로써 시종일관 청자의 적극적 대응을 유도한다. 그 진행을 위한 가장 극적인 요소는 어조다. 어조란 대상에 대한 화자의 정서적 태도이다. 어조 형성에 영향을 주는 요소는 다양하겠지만 율격미와 어말어미 활용이 매우 강력하다.

고전문학의 핵심 자질인 율격미는 서정의 흥청거림을 선사한다. 그런데 이 작품에서는 철저한 4음보 정격인 가사의 형식에 파격을 일으키는 여유도 선보인다. '수풀에 우는 새는 春氣(춘기)를 뭇내 계워 소리마다 嬌態(교태)로다.'는 전체 6음보로 마지막에 2음보가 더 첨가된 형식이다. 2음보 엇박자의 이유는 곧이어 '物我一體(물아일체)어니, 興(흥)이이 다룰소냐.'에서 즉답으로 드러내었다. 흥에 넘치는 부분을 강제하지 않고 드러낼 줄 아는 멋과 맛이 정격문학에서도 발현될 수 있음은 작가의 운치 있는 여유이다. 가사의 율격미 운용에 대한 이런 변칙적 여유의 발현은 현대수필 작법에 하나의 시사점을 제공한다. 그것은 역으로 산문문장인 현대수필에서 율격미를 부분적, 간헐적으로 원용함으로써 문체미의 극적 효과를 획기적으로 증대시킬 수 있다는 점이다.

율격미 다음으로 산문문장에서 어조를 형성하는 주요 요소는 어말어미나 조사 같은 허사의 역할이다. 문장 운용에서 실사는 사전적,

지적 판단의 의미망을 형성하지만 허사는 정서적 자극의 첨단적 기능을 지닌다. 언어 소통에서 내용보다 어조가 주는 영향이 더 강렬하다는 연구결과도 있다. 「상춘곡」의 어말어미는 사용은 네 개의 문장으로 이루어진 기起 부분에 '-ㄴ고', '-ㄹ가', '-ㄹ가', '-어/아라'의 어미가 각각 사용되었다. 매우 다양하다. 나머지 부분에서도 '-도다', '-ㄴ가', '-ㄴ다', '-ㄹ소냐', '-스랴', '-아', '-랴', '-새', '-뇌', '-ㄹ샤', '-리' 등이 활용되어 그야말로 다채롭다. 현대 한국수필 문장의 어말어미는 대부분 평서형 종결어미 '-다'로 경직되어 있다. 그만큼 교조적 태도를 방증하는 것이다. 어말어미 활용 부분에서 현대수필가들의 경직성은 고전문장의 여유와 다채로움을 흉내도 내지 못하고 있다.

서정적 감성은 주로 비유적 이미지로 환기된다. 「상춘곡」은 산수화 십이 폭 병풍을 동적으로 펼치면서 공간이동을 하고 있다. 배산임수背山臨水의 초당草堂에서 출발하면서 작가의 시선에 맞추어 시상이 전개되는 한편의 파노라마는 우아미優雅美로 채색된 풍광의 극치다. '수간모옥 - 정자 - 시냇가 - 산정'과 같이 낮고 좁은 공간에서 넓고 높은 공간으로 옮겨지고 있다. 이 공간이동은 화자가 속세의 세계로부터 점차 자연과 탈속의 세계로 나아가고 있음을 상징적으로 보여주는 진행이다. 또한 사실적 표현으로 다양한 수사법이 구현된다. 동원된 수사법을 보면 설의법, 대구법, 의인법, 직유법, 대유법, 상징법, 직유법 등 다양하다.

현대 독자가 이 작품에서 얻을 수 있는 지성적 교감은 매우 시사적이다. 작가는 권력이나 금력이나 명예욕에 뜻을 품은 사람이 아니다. 봄을 완상하고 인생을 즐기는 지극히 격조 있는 낭만성이다. 자연을 대상으로 하는 여타의 가사 작품들이 임금의 은혜를 언급하고 임금

　　　　　　　　　　　명수필 작법 현장 분석

에 대한 그리움을 토로하는 데 비해 이 작품은 군은君恩에 감사한다는 내용이 생략되고 있다. 당시 사대부의 관념으로는 매우 이례적이다. 세속적 영달을 외면하는 청아한 뜻을 작가의 세속적 출세를 향한 욕구 변형으로 이해할 수도 있다. 그렇다 하더라도 대자연의 주인이 된 기쁨과 여유 있는 생활 태도의 안빈낙도는 현대인이 되돌아보아야 하는 지점이 될 것이다. 물질문명이 발달하고 배금주의가 만연한 오늘날의 현실 속에서, 상춘곡에 드러난 작자의 태도를 외면하기에는 현대인의 사상과 정서가 너무나 각박하기 때문이다.

◆

현대수필 미학적 관점에서 본다면 「상춘곡」은 이관희 평론가의 '산문의 시'에 해당되는 양식이다. 그의 지론에 의하면 '산문의 시' 창작 개념은 시적 발상의 산문적 형상화로서 작법개념은 구성적 비유의 존재론적 형상화, 형식론은 허구적 사실의 소재 형식이다. 특히 「상춘곡」은 대자연의 소재들을 그대로 차용한 것이 아니라 제재를 변질, 왜곡, 치환시켜 허구적 사실의 소재로 변용된 작법으로 수용한 창작물이기 때문이다.

「상춘곡」에 자연 속에서 체험한 물아일체의 경지와 풍류적인 생활을 그린 안빈낙도安貧樂道의 삶은 이후 가사에 지속적으로 영향을 주었다. 송순의 「면앙정가」에 영향을 주었고, 그것이 다시 송강 정철의 「성산별곡」, 「관동별곡」으로 이어져 강호 한정가사의 맥이 형성되었다고 할 수 있다. 자연과 더불어 멋을 곁들이는 삶이 풍류風流다. 물질 만능 시대의 현대인이 갈구하는 권력, 금력, 명예에도 '멋'이 곁들여지면 속됨에서 벗어나게 된다. 멋을 겸비한 생활 속에 고품격의 삶이 유지된다는 점을 「상춘곡」이 보여주고 있다.

「상춘곡」의 수필 미학적 재평가는 시가문학으로 취급되어 오래전 사장死藏된 문학에서 생명성을 얻어 수필의 외연 확장에 기여하게 된다. 또한 가사에 적용된 다채로운 문체적 미감을 현대수필에 원용함으로써 고전문학의 전통 계승은 물론 독자들에게 현대수필의 새로운 미감 창출에 기여하게 될 것이다. 문학의 진화는 끊임없이 이어지게 마련이다.

(2021, 《산문의 시》 44호)

명수필 작법 현장 분석

제재를 문학적 상관물로 승화시킨
기행수필 – 「관동별곡」

문예론적文藝論的 관점에서 포착한 「관동별곡關東別曲」의 특징은 지리적 제재를 문학적 상관물로 승화시켜 기행문의 한계를 뛰어넘은 점이다. 정철의 「관동별곡」은 기행가사이지만 작가가 답사한 명승지를 지리적 현장으로 고착시키지 않았다. 탄력 있게 포착한 서경적 묘사를 기반으로 하면서도 장면마다 당대의 보편적 가치관인 국가관, 고사와 연결된 의미 확장, 자아 정체성의 상징적 대유 등 품격 높은 문학 미감을 구현하고 있기 때문이다.

가사문학은 사적 연구와 장르론적 연구가 충분히 이루어진 분야이다. 가사歌辭는 고려 말에서 조선 초에 걸쳐 발생한 문학의 한 형식으로 4음보 율격의 장편 연속체로 된 시가이다. 내용상의 특징은 서정성, 서사성, 교술성을 모두 지닌 양식이다. 지금까지 연구된 가사의 장르 구분을 살펴보면, '시가와 문필의 중간 형태'(조윤제), '기본성격은 수필이지만 형식은 율문'(이능우), '율문의 교술문학'(조동일), '서정·서사·이념·교훈이 공존하는 혼합장르'(김홍규) 등으로 파악하였다. 이를 종합해보면 가사문학은 현대문학양식상 수필로 분류할 수 있다.

가사 형식은 3·4조를 기반으로 한 4음보 연속체 율문律文으로 길이는 제한이 없다. 사대부들의 정통가사는 마지막 행이 시조의 종장처럼 3·5·4·3 구조로 되어 있다. 그러나 음보의 파격적 운용을 자유로이 구사한 사설시조와는 달리 가사에서는 4음보 연속 규칙은 매우 엄격하다. 가사의 역사적 전개는 강호江湖, 성리학적 가사가 유행한 조선 전기, 기행가사, 유배가사가 등장한 조선 후기, 동학가사, 개화가사의 개항기 시대로 나누어볼 수 있다. 주요 작가층은 사대부계층이지만 부녀자, 승려, 서민에 이르기까지 다양한 계층이 참여했고 내용에도 제한이 없어 다채롭게 전개되었다.

가사문학의 최고봉으로 추앙받는 정철의 「관동별곡」은 기행가사이다. 1580년(선조 13) 작자가 강원도관찰사 재임 중 봄에 금강산과 관동 팔경을 두루 유람하는 감흥을 표현한 작품이다. 분류상 양반가사, 정격가사, 기행가사로 성주본星州本은 71구 145행, 이선본李選本은 73구 146행의 장편이다. 숙종 때 김만중은 『서포만필西浦漫筆』에서 조선의 한문 문장을 앵무새 노래에 비유하면서 정철의 「관동별곡」과 「전후미인곡前後美人曲」을 가리켜 '좌해진문장지차삼편左海眞文章只此三篇'으로 극찬하였다.

본고에서는 이선본을 대본으로 하여 필자가 현대수필 작품 평가의 준거로 설정한 '① 제재의 참신한 재해석 ② 구성적 미감 ③ 언어 조탁 ④ 서정적 감성 ⑤ 지성적 교감'의 5개 항목을 중심으로 현대수필 미학의 관점에서 발견되는 창작적 요소를 살펴보고자 한다.

◆

수필 미학의 관점에서 볼 때 「관동별곡」에서 창의적 요소가 가장

명수필 작법 현장 분석

도드라진 부분은 제재 변주이다. 작가가 답파한 장소를 지리적 현장으로 고착시키지 않고 문학적 상관물로 승화시켰다. 정철은 당대의 걸출한 문장가이기에 언어 조탁이나 서정적 미감은 당연히 원숙의 경지에 도달했겠지만 제재 특히 기행문에서의 제재 변주는 현대 작가들에게도 지난한 과제이기 때문이다.

어떤 장르이든 그 작품의 문학성 성패는 일차적으로 제재의 참신성에 좌우된다. 평범한 제재라도 작가가 새로운 안목으로 변주함으로써 참신성을 담보하게 된다. 그러나 기행수필의 제재는 체험의 비전환적 양상으로 드러나기에 제재 운용의 기교는 매우 어려운 작업이 될 것이다. 여기에서 작가는 창작성을 고뇌하게 된다.

조연현은 "창작 문학은 시에 속하는 문학으로서 그 문장 형식 여하를 불구하고 '존재의 총계에 부가'하는 창조적인 문학이 된다"라고 하였고, '창작문예수필' 이론 창안자 이관희는 서정시를 방불케 하는 작품, 즉 '산문의 시'라는 명칭을 사용했다. 윤오영 수필가는 "시를 모르고는 수필을 쓸 수 없다"라고 했다. 시적 이미지 창출이라는 점에서 같은 지론이다. 시적 감성의 출발은 체험의 비전환적 발상을 극복하는 제재의 혁신적 변주에서 비롯된다.

「관동별곡」에서 제재는 실체적 요소인 금강산과 관동팔경이지만 이를 미학적으로 구현, 창조하는 작가의 문학 역량이 폭발적으로 드러난 작품이다. 기행문의 제재는 여정에서 만난 객관적 실체이기에 전체적인 재해석이나 형상화를 통한 변주가 불가능하다. 그래서 정철의 제재 요리법은 직접 답사한 여정의 모든 장면에서 각 소재의 특징이 그대로 노출되는 감각적 묘사를 기반으로 하면서도 예외 없이 독창적 변주를 구현하고 있다. 장면마다 당대의 보편적 가치관인 우국충

정 융합, 고사와 연결시킨 확장적 의미 병치, 작가의 분신으로 치환시킨 상징적 이미지까지 구현하고 있다. 제재와 연관시킨 연결고리를 분류하면 다음과 같다. 중의적인 장면은 중복 적용했다.

- 국가관(연군, 선정, 우국): 소양강, 회양, 북관정, 진헐대, 개심대, 사자봉, 오십천, 망양정
- 고사: 궁왕 대궐터, 금강대, 진헐대, 개심대, 화룡소, 불정대(십이폭포), 총석정, 삼일포, 의상대, 경포대, 망양정
- 은유적 치환: 화룡소化龍沼, 개심대, 망고대와 혈망봉, 삼일포 서정, 망양정 야경, 명월

주요 장면은 이하 각론에서 언급하기로 하고 개심대에서 금강산 일만이천 봉을 감상하는 장면의 고사와 연결된 부분을 예시한다. 비로봉이라는 지리적 현장을 인문학적 사유에 접맥시킨 제재 변주이다.

毗비盧로峰봉 上상上상頭두의 올나 보니 긔 뉘신고. 東동山산 泰태山산이 어누야 놉돗던고. 魯노國국 조븐 줄도 우리는 모루거든, 넙거나 넙은 天텬下하 엇씨ㅎ야 젹닷 말고. 어와 뎌 디위를 어이ㅎ면 알 거이고. 오루디 못ㅎ거니 누려가미 고이홀가.

맹자의 『진심盡心』 상편의 '공자 등동산이소노孔子登東山而小魯, 등태산이소천하登泰山而小天下'를 연결시키면서 성현의 호연지기를 흠모하는 장면이다. 개심대에서 바라보아도 까마득히 높은 비로봉의 높은 경지 앞에서 스스로 자세를 가다듬는다. '맹자 - 공자 - 자아'에 이르기까

명수필 작법 현장 분석

지의 호연지기浩然之氣 소회를 대상물에 이입시키고 있다.

이와 같이 모든 대상에서 각각 특징적으로 문학적 상관물로 구현할 수 있었던 것은 작가의 창의적 문장 역량에 해박한 지식과 풍류가 융합되었음이다. 이러한 제재 변주는 답사 과정에 응축된 다양한 주제의식을 심화·확장시켜 독자의 흥취와 공감을 훨씬 강력하게 유도할 수 있을 것이다.

추보식으로 진행되는 「관동별곡」은 '서사 - 본사 - 결사'의 3단 구성이다. 서사에서는 부임 과정과 관내 순시, 본사에서는 금강산과 외금강·해금강 등 동해안 지역의 절경, 결사에서는 마지막 답사지인 망양정의 풍류를 읊었다. 구성상 여정의 진행에 군더더기가 없이 오롯이 기행과 감회에 초점을 맞추고 있다. 관찰사의 요란스러운 행사 풍경이나 동행인의 존재는 극단적으로 절제하고 있다.

江강湖호애 病병이 깁퍼 竹듁林님의 누엇더니, 關관東동八팔百빅 里니에 方방面면을 맛디시니, 어와 聖셩恩은이야 가디록 罔망極극 ᄒ다. 延연秋츄門문 드리다라 慶경會회南남門문 ᄇ라보며, 下하直 직고 믈너나니 玉옥節졀이 알픠 셧다. 平평丘구驛역 물을 ᄀ라 黑 흑水슈로 도라드니, 蟾셤江강은 어듸메오, 雉티岳악이 여긔로다.

당쟁으로 인한 붕당정치의 숨막히는 소용돌이는 '江강湖호애 病병이 깁퍼 竹듁林님의 누엇더니'에 다 담아놓았고, 관찰사 제수 및 임금 알현과 부임 과정의 복잡다단한 사정도 깡그리 생략하면서 이 모든 과정을 불과 14구로 마무리하면서 '흑수 - 섬진강 - 한강'으로 연결되는 연군戀君의 정을 그려내고 있다. 잠시 언급되는 관내 순시도 마찬가지다. 서두에서 작가가 관내 순시를 언급한 것은 회양을 선정으로 다스린 '汲급長댱孺유 風풍彩치'를 원용함으로써 기획한 기행 일정이 공무상 하자가 없음을 드러내기 위한 치밀한 안전장치다.

각 명승지 답사도 매우 급박하게 진행된다. 그러면서도 일목요연하게 전개되는 파노라마panorama로 펼치면서도 풍광의 핵심을 포착하고 동시에 제재 소개에서 살펴본 대로 장면마다 흥미로운 의미를 병치시키고 있다. 답사 과정에서 초점을 흐리게 하는 타자는 전적으로 배제한다. 다만 '行힝裝장을 다 썰티고 石셕逕경의 막대 디퍼'에서 보행 장면을, '藍남輿여 緩완步보ᄒ야 山산映영樓누의 올나ᄒ니', '旌졍旗기를 썰티니 五오色쉭이 넘노ᄂ 듯, 鼓고角각을 섯부니 海ᄒ雲운이 다 것ᄂ 듯' 등에서는 남여를 탄 풍광을 간접적으로 비칠 뿐이다. 금강산 답사를 끝낸 후 외금강을 향한 방향전환 장면의 '山산中듕을 ᄆ양 보랴, 東동海ᄒ로 가쟈ᄉ라.'라는 문장도 간결한 문맥 연결로 운용되어 매우 탄력적이다. 결사에서는 우화등선羽化登仙의 신선적 면모 과시와 아울러 목민관으로서의 소망으로 여정을 마무리함으로써 이 글의 풍류와 국가관을 잘 응축시키고 있다. 구성상 결사에서 '明명月월이 千천山산萬만落낙의 아니 비췬 듸 업다.'의 달빛 밝은 분위기는 도입부의 '江강湖호애 病병이 깁퍼 竹듁林님의 누엇더니'의 천석고황泉石膏肓에 함축된 작가의 정치적 상징성, 그리고 淮회陽양에서 '營영中듕이 無무事ᄉ'한 '汲급長댱孺유 風풍彩치'의 선정善政을 확인하는 목민관의 소망과 서로 묘하게 호응하는 의미상 수미상관首尾相關 구조다. 이는 작품 전편을 관류하는 필자의 장악력이 매우 견고함을 보여주는 구성이다.

명수필 작법 현장 분석

창작에서 언어 조탁 기교는 작가의 섬세한 의도적 결과에 기인한
다. 이 의도가 고도하고 다채로울수록 문장의 특징적 미감은 강하게
발현된다. 정철의 언어 조탁 기교의 독보적 특장은 율격 변주에서 찾
아볼 수 있다. 가사는 4음보 연속 율문체의 고정형이지만 엄격한 형
식에 대응하는 정철의 창의적 변주를 발견할 수 있다.

    ① 開기心심臺ᄃᆡ 고텨 올나 衆듕香향城셩 ᄇᆞ라보며, 萬만二이千
천峯봉을 歷녁歷녁히 혀여ᄒᆞ니 峰봉마다 ᄆᆡ쳐 잇고 ᄀᆞᆺ마다 서린
긔운, ᄆᆞᆰ거든 조티 마나, 조커든 ᄆᆞᆰ디 마나. 뎌 긔운 흐터 내야 人인
傑걸을 ᄆᆞᆫ들고쟈.

    ② 山산中듕을 ᄆᆡ양 보랴, 東동海ᄒᆡ로 가쟈스라. 藍남輿여 緩완
步보ᄒᆞ야 山산映영樓누의 올나ᄒᆞ니, 玲녕瓏뇽 碧벽溪계와 數수聲셩
啼뎨鳥됴ᄂᆞᆫ 離니別별을 怨원ᄒᆞᄂᆞᆫ 듯, 旌졍旗기를 ᄲᅥᆯ티니 五오色ᄉᆡᆨ
이 넘노ᄂᆞᆫ 듯, 鼓고角각을 섯부니 海ᄒᆡ雲운이 다 것ᄂᆞᆫ 듯. 鳴명沙
사길 니근 ᄆᆞᆯ이 醉취仙션을 빗기 시러, 바다흘 겻틱 두고 海ᄒᆡ棠당
花화로 드러가니, 白ᄇᆡᆨ鷗구야 ᄂᆞ디 마라, 네 버딘 줄 엇디 아ᄂᆞᆫ.

예시문 ①에서 ‘萬만二이千천峯봉을 歷녁歷녁히 혀여ᄒᆞ니’의 음수율
은 ‘1-4 / 3-4’이다. 시조나 가사의 일반적 음수율은 3·4조가 압도적으
로 많고, 그다음이 4·4조이다. 그 밖에 2·4조, 4·3조, 3·3조, 2·3조, 3·2
조, 3·5조, 5·2조 등이 다양하게 나타난다. 필자가 4음보 율격의 문학
양식인 고시조 5천여 수와 사대부가사 및 규방가사 30여 편을 살펴
본 바로는 1자 1음보로 구현된 사례는 이것이 유일하다. 2자 1음보는

통상적이므로 '일만이천 봉을'이라고 하면 무난한 율격이겠지만 작가는 이를 거부했다. 그 특별한 이유는 수많은 봉우리의 숫자를 제기하면서 앞에 '일一'이라는 최소단위의 숫자를 피하기 위한 미적 인식이다. 반면에 예시문 ②의 '玲녕瓏농 碧벽溪계와 數수聲성啼뎨鳥됴는 離니別별을 怨원ᄒᆞᆫ 듯'은 3·4조 또는 4음보의 규칙성을 파격하고 있다. 즉 '2-3-2-3-3-4'의 6음보로 볼 수도 있고 '5-5-3-4'의 4음보로 파악할 수도 있는데 전자로 감상하는 것이 합리적일 것이다. 정극인의 상춘곡에도 흥취가 무르익은 장면에 6음보로 운용한 부분이 있다. 어떤 감상이든 과잉 음보 또는 과잉 음절 운용은 주체할 수 없는 흥취의 발현이다. 이러한 율격 운용은 '한 조각 연꽃잎을 옆으로 꼬부라지게 하기에는 마음의 여유를 필요로 한다'라는 피천득의 '균형 속에 있는, 눈에 거슬리지 않는 파격'의 미를 실감케 하는 율격 변주의 백미 부분이다.

문장 구사에서도 작가는 매우 섬세하다. 상황에 맞추어 고유명사를 의도적으로 바꾼 '花화川천: 꽃 이미지를 실은 명칭', '風풍岳악: 봄 명칭 봉래산을 가을 단풍의 꽃 이미지로 전환', '화룡소化龍沼: 원래의 화火를 변경하여 작가의 대유로 치환'하고 있다. 어말어미의 다채로운 운용도 여행의 분위기를 증폭시키고 있다. 구사한 어미를 보면 '-다', '-고', '-ㄹ샤', '-ㄴ다', '-ㄴ‧다', '-ㄷ‧ㅅ', '-ㄴ가', '-나', '-ㄹ가', '-ㅅ‧라', '-니', '-ㄴ‧ㄴ', '-ㄹ다', '-져', '고져', '고야' 등 매우 화려하다. 이러한 어조 구현은 기행의 분위기를 중후하게 유지하면서도 흥취를 북돋우고 있어 깊은 정감을 공유하게 한다.

「관동별곡」의 서정적 감성은 각 장면마다 생성된 이미지에서 생생

　　　　　　　　　　　　　명수필 작법 현장 분석

하게 각인된다. 장면 묘사에 동원되는 수사법을 일별해보면 원근, 생략, 영탄, 대구, 대조, 직유, 은유, 활유, 과장, 반복, 연쇄, 설의 등의 기법이 다채롭게 동원되고 있다. 선명한 이미지를 직조한 문장 몇 개만 발췌한다.

① 萬만瀑폭洞동: 銀은 ᄀ튼 무지게, 玉옥 ᄀ튼 龍룡의 초리, 섯돌며 쑴ᄂ 소ᄅᆡ 十십里리의 ᄌ자시니, 들을 제ᄂ 우레러니 보니ᄂ 눈이로다.

② 佛블頂뎡臺ᄃᆡ: 千천尋심絶졀壁벽을 半반空공애 셰여 두고, 銀은河하水슈 한 구비를 촌촌이 버혀 내여, 실ᄀᆞ티 플텨이셔 뵈ᄀᆞ티 거러시니, 圖도經경 열두 구비, 내 보매ᄂ 여러히라.

③ 開ᄀᆡ心심臺ᄃᆡ: 萬만二이千천峯봉을 歷녁歷녁히 혀여ᄒ니 峰봉마다 ᄆᆡ쳐 잇고 긋마다 서린 긔운, 묽거든 조티 마나, 조커든 묽디 마나.

④ 望망洋양亭뎡: 바다 밧근 하늘이니 하늘 밧근 무서신고. ᄀᆞ득 노흔 고래, 뉘라셔 놀내관ᄃᆡ, 블거니 쑴거니 어즈러이 구ᄂ디고. 銀은山산을 것거 내여 六뉵合합의 ᄂᆞ리ᄂ 듯, 五오月월 長댱天텬의 白빅雪셜은 므ᄉ 일고.

①과 ②는 원근 감각을 구사하였는데 특히 '銀은河하水슈 한 구비를 촌촌이 버혀 내여, 실ᄀᆞ티 플텨이셔 뵈ᄀᆞ티 거러시니'에 나타난 거

시적, 미시적 대조의 원근 감각은 천하일품이다. ③에서는 맑고 깨끗한 산의 정기 표현을 언어유희적 기법으로 운용하고 있고 ④의 파도 묘사는 매우 역동적이다.

① 高고城성을란 더만 두고 三삼日일浦포를 추자가니, 丹단書셔는 宛완然연ᄒ되 四ᄉ仙션은 어ᄃᆡ 가니, 예 사흘 머믄 後후의 어ᄃᆡ 가 쏘 머믈고. 仙션遊유潭담 永영郞낭湖호 거긔나 가 잇ᄂᆞᆫ가. 淸쳥澗간亭뎡 萬만景경臺ᄃᆡ 몃 고ᄃᆡ 안돗던고.

② 流뉴霞하酒쥬 ᄀ득 부어 둘ᄃᆞ려 무론 말이, 英영雄웅은 어ᄃᆡ 가며, 四ᄉ仙션은 긔 뉘러니, 아믹나 맛나 보아 녯 긔별 뭇쟈 ᄒᆞ니, 仙션山산 東동海ᄒᆡ예 갈 길히 머도 멀샤.

③ 나도 줌을 ᄭᅢ여 바다흘 구버보니, 기픠를 모ᄅᆞ거니 ᄀᆞ인들 엇디 알리. 明명月월이 千쳔山산萬만落낙의 아니 비쵠 ᄃᆡ 업다.

위의 예시에서 보듯 대상의 정밀 묘사에 겸하여 고사와 작가의 대유적 상관성도 병치시키는 운용을 보여주고 있다. ①의 '예 사흘 머믄 後후의 어ᄃᆡ 가 쏘 머믈고'에서 과거시제로 하지 않고 미래시제 '머믈고'로 한 점은 자신을 신선과 동일시하는 고도의 병치 기법이다. 이러한 감흥은 ②에서 '아믹나 맛나 보아 녯 긔별 뭇쟈 ᄒᆞ니'로 노골적으로 드러내고 있다. 특히 ③에서는 자연의 오묘한 섭리에 대한 외경의 서정을 토로하면서 명월을 등장시킨 점은 월인천강지곡月印千江之曲에서 비유한 석가의 중생교화를 연상시키면서도 매우 다의적이다. 즉 자연

명수필 작법 현장 분석

의 달이 주제와 연관된 임금으로 치환되기도 하면서 태평성대의 포부를 담은 작가의 대유로도 각인되는 상징적 장면이다.

기행수필에서 얻는 지성적 교감은 일반적으로 단순명료해서 미학적 교감을 공유하기 어렵다. 더구나 「관동별곡」의 주제는 금강산 및 관동팔경 유람에 국가관까지 보태졌다. 당대의 보편적 인식은 기행문의 주제도 감상과 더불어 성리학적 관념으로 한정되는 양상이었다. 문제의 핵심은, 같은 여정이라도 기행수필은 기행문과 달리 문학미감 구현의 차별성을 확보해야 한다는 점이다. 답사 장면의 특징적 묘사에 작가가 특정한 주제의식을 문학미감으로 용해시키는 작법상의 기교가 필요한 소이다. 「관동별곡」에서는 제재 부분에서 살펴보았듯 장면 묘사와 상징이 고사와 연계된 이야기와 더불어 연군, 선정, 우국의 국가관을 자연스럽게 융합시켰다. 이를 통해 작가는 정치적 현실에서 위정자로서의 공적인 책임을 담고, 개인적으로는 자연 감상의 풍류를 담아 화자의 내적 갈등이 꿈을 통해 해소되는 과정을 만끽한다. 아울러 독자는 작가가 탄력 있게 그려낸 절경 감상과 더불어 자유분방한 호연지기와 해박한 지식까지 공유하게 된 것이다.

◆

「관동별곡」은 언어의 파동으로 연속되는 총천연색 파노라마다. 제재로 등장하는 답사 장면마다 섬세한 묘사와 비유를 통한 이미지가 선명하게 그려지면서 동시에 현장과 연결된 스토리텔링storytelling이 있고 여기에다 작가의 분신을 대유시키는 복합적 기교를 구사한 기행수필이다. 관동별곡은 400년 전의 작품이지만 제재를 지리적으로 고착시키지 않고 문학적 상관물로 승화시켜 답사한 장면마다 참신한 생명성을 부여한 기행수필이다. 현대의 수필가들이 이 작법을 일부분이라도 원용할 수 있다면 기행수필의 품격을 한층 고양시킬 수 있는 모범적인 작품이다. 가사문학인 「관동별곡」은 율문 구성이지만 율격의 변주를 운용함으로써 파격의 미까지 선사했다. 사족 같은 첨언을 한다면 현대수필에서도 흥취가 무르익는 장면에서는 3 또는 4음보의 율격적 미감을 담은 문장으로 잠시 즐겨보는 것도 유익하리라 생각한다. 이러한 기교는 정철이 고정 율격에 변주를 가미했듯 현대 산문문장에서도 우리가 잃어버린 전통 율격미를 조금 첨가하면 오히려 '낯설게 하기'의 신선미가 발현될 수 있을 것이기 때문이다.

(2021, 《산문의 시》 43호)

명수필 작법 현장 분석

판소리체 현대수필
–「쥐구멍에서 쏘아 올린 큰 공」

　고전문장은 율격미를 기반으로 형성되었다. 그 율격은 엄정한 정격에서부터 상당한 융통성을 담은 변격까지 다양했다. 문학은 물론 일반 산문문장도 예외는 없었다. 다만 현대에 진입하면서 낡은 것으로 인식되어 퇴출의 비운을 맞게 된 것뿐이다. 너무 철저히 배격되어 시마저도 자유시가 정립되었다. 율격미를 배격한 자유시가 현대문학의 위상을 대표하면서도 현대서정을 대표·수용하지 못하는 현실에 직면했다. 고전이든 현대든 공히 과유불급過猶不及이다. 이 틈새를 종합문학인 수필로써 파고들어보자는 것이 필자의 지론이다.

　문장 속에서 율격미 운용 방법에는 정격률과 자유율 사이에 수많은 층위層位가 생길 수 있다. 고전문학에서 4음보격의 가사문학이 전자라면 정격과 변격을 공유한 시조문학은 중간자가 될 수 있고, 판소리체 문장은 후자 쪽으로 이동될 수 있을 것이다. 현대문장에서는 언어의 속성상 개입되는 요소만 남아 있을 뿐 작가가 의도하는 외형적 리듬감이 전혀 없다.

　판소리체 리듬을 원용한 아래 작품「쥐구멍에서 쏘아 올린 큰 공」은 고전적 율격미에서는 가장 자유스러은 율격이었다. 현대적 감각으로는 매우 강력한 리듬감을 느끼게 되는 것은 오로지 낯선 체감온도에 따른 것이다.

글의 창작 계기는 필자 회갑년인 2008년 무자년戊子年, 〈부산일보〉에서 쥐에 관한 원단元旦 특집기획으로 청탁받은 글이다. 청탁자는 식상한 형식이나 내용을 떠난 개성 있는 글을 주문해 왔다. 전문을 활용하면서 촌평을 겸하고자 한다.

제재인 쥐를 다채롭게 변주하면서 내용은 쥐띠 해의 신년 메시지로 조세희의 『난장이가 쏘아올린 작은 공』을 역설적으로 패러디하여 제목을 잡았다. 주제는 쥐의 수난과 업적을 나열하면서 화합정신의 새 시대 도래를 희망한다는 것이다. 고전적 요소 가미를 위해 한자어를 병용하여 고풍스런 맛을 첨가하고 4음보 정격과 파격을 혼용하여 읽기의 변화를 유도하였다. 어조는 세태풍자와 해학을 겸한 경계와 힐난詰難하는 분위기를 유지했다. 구성은 기승전결의 4단으로 하여 먼저 새날의 도래를 선언한다.

> 쾌재快哉라, 찍찍 - Cheep Cheep, 새날이 밝는도다!
> 갑자무자甲子戊子 자자년子字年을 애타게 기다리며 숨죽인 숱한 세월 - 10년 하고도 삼백예순 날, 십이지十二支 축생畜生에는 고양이가 없어 어깨춤을 추었건만, 오호 애재嗚呼哀哉로다. 돼지에게 뜯겨죽고 개에게 물려죽고 닭에게 쪼여죽고 뱀에게 감겨죽고 재수가 없는 동족 소 뒷발에 밟혀 죽고…. 긴긴 세월 속에 잔나비, 양, 토끼해만이 겨우 숨을 쉬었더니 고진감래苦盡甘來로다!

서두 첫 문장은 4음보 정격 리듬으로 한자, 한글, 영어를 동시 사용하여 바야흐로 글로벌global 시대 도래를 암시하였다. 판소리 리듬에 맞추어 정격률과 자유율을 혼용하면서 세태풍자도 겸했다. 십이지

명수필 작법 현장 분석

동물과 쥐의 상관관계 중 고난으로 시작하여 이후 평화 세태 도래의
복선伏線을 깔았다.

    파리 같은 목숨, 쥐란 어떤 생명인고. 세월도 까마득한 상고시절
갑골문胛骨文엔 뾰족한 주둥이에 날카로운 앞니 한 쌍, 굽은 등 긴
꼬리를 상형자로 떡! 허니 그려놓고 옆에는 먹다 남은 음식 찌꺼기
까지 뿌렸으니 이 곧 서鼠자로다. 아我 조선 동방예의지국에서도
옛적부터 신으로 모시면서 소설, 민담, 전설 등에도 당당히 등장하
였구나. 이렇듯 훌륭한 생명을 일부의 무지한 인간들이 유언비어
유포하여 유독 쥐를 비하鄙下하였으니, 먼저 억울한 사연부터 낱낱
샅샅 살펴보자.

  오호 통재라, 하고많은 동물 중에 유독 쥐를 욕설하니 조선조
권섭權燮이란 선비님의 같잖은 고시조에 '두어라 쥐 같은 인간이야
닐러 무삼하리'라는 어거지를 비롯하여, 쥐꼬리 물고 물어 끝없이
이어지던 비난 말씀 일일이 열거하면 '쥐새끼'는 약은 자요, '쥐포
수'는 옹졸한 자요, 가당찮은 일을 하면 '쥐구멍에 홍살문'이며, 하
다못해 쥐벼룩이 옮긴다고 '서역鼠疫pest'이 웬 말이냐. 인간들 저
들끼리 에이즈 옮긴다고 인역人疫이라 부르느냐.

  무릇 만물이란 각기 제 필요한 생김인데도 멀쩡한 육신에다 비
방 욕설 다반사라. 빽- 하면 뱉어내는 황당하고 억울한 악담! 길고
도 멋진 꼬리를 허위광고 방송하여 '쥐꼬리'로 업신여기며 우스운
꼴로 만들더니, 세상에 밑살 큰놈이 있는지 '쥐밑살 같다' 조롱하
고, 치사하고 못생긴 것을 - 세상에나, 이런 일이! - '쥐코 장조림 같
다'고 억지로다. 날조된 악담 퍼붓다 못해 없는 뿔도 만들어서 '쥐

뿔도 없다'고 망발이다. 실상 알고 보면 쥐뿔은 뿔 아니라 수컷이면 으레 달린 그 양물陽物을 이름이라. 오호라, 가소롭도다. 전국 방 방곡곡 민담에도 어엿이 전해오거늘 쥐×도 모르면서 아는 체하는 도다. 쥐가 고생하면 그저 절로 흥이 나서 '쥐 잡듯 한다'며 좋아하 고 안분지족安分知足 몸에 배인 우리 구멍을 '쥐구멍'이라 비웃는 다. 그래 한번 따져보자. 쥐구멍이 없었더면 부끄러워 추락한 무도 한 인간들 체면 어디 숨어 버틸쏘냐.

곡식 좀 축내기로 이런 악담 이해하나 조물의 천지 창조 제각각 뜻 있는 바, 그 뜻은 못살려도 억지소리는 말아야지. 천하고승 성 철스님도 '산은 산이요 물은 물'이라며 억지소리 질타했고, 만고진 리 성경에도 '남을 헐뜯는 자 그가 오히려 악인'이라고 경계말씀 하셨느니라.

구성상 승承의 전반부이다. 쥐의 역사와 수난사를 읊었다. 한자漢字 형성의 원리, 설화 속의 등장, 인간들의 비방 등을 열거하면서 형평성 을 위해 대표적인 두 종교 골고루 경전을 인용했다.

어디 생김뿐이더냐. 아둔한 인간들은 산아제한 난리치며 '무턱 대고 낳다 보면 거지꼴 못 면한다'느니 '둘도 많다'느니, 아이 낳는 백성 야만인 취급하며 온갖 감언이설도 복강경 수술에다 정관수 술 꼬시면서 멀쩡한 예비군들 바지까지 벗기더니, 뭣이라? 요새는 줄줄이 애 낳으면 온갖 혜택 준다며? 몇 년 뒤도 못 내다보는 이런 싸가지들! 우리들 한 번 보소. 포도송이 DNA라 줄줄이 새끼 달아 우리 부부 한 쌍이면 한번에 열 마리씩 낳아 한 해에 번지는 수가

　　　　　　　　　　　　　　명수필 작법 현장 분석

1만 하고도 5천이라. 만물과의 공존을 위한 살신성인 정신으로 수많은 우리 새끼를 연구용, 먹이용으로 희생시켜 300여 마리만 살려두니 이 아니 위대하냐.

새끼들 많다고 셋방 설움 또 어쨌느냐. 어차피 비어 있는 딴천장 좀 쓴다고, 또 좀 바스락거리면 어디 덧나는지, 쥐 소리가 벼락이냐. 쥐 죽은 듯 고요하단 말 과장 홍보 억울하다. 그래, 쥐 없는 아파트 세상 그 천장이 고요터냐. 염치없는 인간들이 천장을 방바닥 삼아 밤새껏 풀게임full game에 공 소리, 아이 소리, 샤워 소리, 피아노 소리, 부부간 고함 소리 - '서일필鼠一匹 경천동지驚天動地'에 잠 못 들어 하더니만 쾌재라, 고소하다!

일일이 토설키는 내 숨도 차다마는 그나마 지구 역사에도 지각 있는 인간 있어 쥐들의 영험한 행동 익히 깨닫고는 황감스럽게 생원生員 벼슬을 봉헌奉獻하셨더구나. 우리 쥐들도 오랜만에 새해를 맞았으니 그동안 억울함을 연연하여 무엇하리. 물질만능 이 시대에 온갖 자연 파괴하던 인간들도 조물造物의 천지창조 물물物物마다 뜻을 두어 유인唯人이 최귀最貴란 그 말 틀렸음을 알았을 터. 값아대고 쫓아가고 그 무슨 소용이랴. 꼬리 잘려 상처 받고 인간은 인간대로 옷깃이나 더럽힐 뿐 아니것냐.

구성상 승承의 후반부에서는 국가 정책 풍자와 인간 세상의 모순을 공격하고, 마지막에서는 지각 있는 인간 등장으로 화해의 단초를 암시하고 있다.

허공에 둥둥 떴는 구름장을 보아라. 때로는 엉겼다가 이내 곧

풀리느니. 우리네 짧은 한 생이 뜬구름 아니더냐. 앞들에 흘러가는 강물을 또 보아라. 파도는 파도대로 잔물결은 물결대로 부딪쳐 솟구치다가 유유한 게 장강長江이라. 새해도 맞았으니 설일雪日이든 풍일風日이든 김남조 시인 말마따나 좀 더 너그럽게 한 해를 살자꾸나. 우리들 귀한 일생一生도 남은 삶이 몇 날이랴. 북망北邙으로 사라지는 천하의 영웅이나 풀섶으로 사라지는 티끌 같은 미물微物이나 공수래공수거空手來空手去요, 한 세상 100년도 수유須臾가 아니리요.

그래, 그렇겠지. 돌이켜 생각하면 숱한 세월 속에 서생원鼠生員과 인간 인연 어찌 아니 애틋하랴. 쥐띠 해에 엮어놓은 소중한 사연들을 하나씩만 살펴보자. 48년 무자戊子 쥐는 어정쩡한 해방 조국 금수강산 삼천리에 내 나라 세워주었느라. 아, 글쎄 남북이 등을 져서 심히 유감이지마는 어쨌든 우리 두목 우리 세상 아니더냐. 60년 경자庚子 쥐는 부정선거 독재정권 온 국민의 함성으로 뿌리째 갉아버려 민주정권 세웠고, 72년 임자壬子 쥐는 등 돌린 남과 북이 마주앉게 하였느라. 84년 갑자甲子 쥐는 조지 오웰George Orwell의 끔찍한 말세예언末世豫言에서 무사히 구해준 후 96년 병자丙子 쥐가 OECD 가입시켜 선진국 발돋움을 이룩하지 않았느냐.

구성상 전轉 부분이다. 김남조 시인의 「설일雪日」을 끌고 와 화합의 새해 소망으로 지난 60년 쥐띠 해 역사의 긍정적 사연을 담았다.

오호라, 희희喜喜로다. 무자戊子 쥐의 부활이로다. 쥐구멍에 볕이 들어 은혜와 사랑이 철철철 넘치는 세상이라. 웰빙well-being 시대

명수필 작법 현장 분석

요즘 세상은 애완용 고양이도 알밥을 먹는 세상, 이러헌 평화 세상 또 어디 있을쏘냐. 60년 전 앵돌아선 남북도 화해무드요, 동서도 화합이니, 빈부 갈등 안팎 갈등 모다 해소하고 화평세상 도래로다. 세상 사람들아, 올해는 꿈속에 쥐에게 물리면서 '천석만석千石萬石!' 소리쳐서 모두 다 부자 되고, 쥐 DNA 이식하여 딸 아들 펑펑펑 낳고, 사방팔방 세계화 시대를 쥐 풀방구리 드나들 듯 종횡무진하시길 축원하면서, 오늘 새날을 맞이하여 60년간 갈고닦은 바이오bio 생명공학의 첨단尖端 쥐들이 억조창생 기氣를 모아 알을 하나 낳으리니. 환희歡喜의 무자년에 '쥐구멍에서 쏘아 올린 큰 공' 하나가 온 누리를 밝히리라.

해야 솟아라. 박두진의 해야 솟아라. 칡범과 사슴이 함께 노니는 세상, 어둠을 살라먹고 둥근 해야 솟아라, 솟아라! - 찍찍 - 펑!
- 무자년(2008). 1. 1. 〈부산일보〉, 「쥐띠 시조시인 서태수의 쥐 이야기」

구성상 결結 부분이다. 서두에서 복선으로 깔았던 수난을 새 시대에 맞춰 알밥을 먹는 천적 고양이를 소환하고 출산도 장려하였다. 마지막에서는 박두진의 해를 패러프레이즈paraphrase하면서 제목에 호응하는 큰 공을 쏘아올렸다.

전통사회에서는 언어는 계급이었다. 이 층위를 깨고 넘나드는 문체가 판소리체다. 판소리는 17세기부터 등장한 전통음악이자 연극으로 시조, 가사와는 달리 양반층이 아닌 일반 하층민들을 대상으로 시작된 예술 문화이다. 이후 향유계층이 상류층으로 확대되었다. 판소리 구성에는 소리꾼과 고수만이 아니라 청중이 추임새로 개입할 수 있는 양식이다. 이러한 연희 인식은 곧 문화예술의 접합과 진폭이 무한정임을 잘 나타내고 있어 현대수필의 구성법과도 맥락을 같이할 수 있다. 그리하여 문체는 서민의 일상 비속어 사용서부터 양반의 고아한 풍류, 제례의식의 엄숙한 분위기, 나아가 이들의 풍자와 해학까지도 한 작품 안에 포섭할 수 있을 것이다. 따라서 판소리체 수필은 엄숙주의 일변도의 한국 현대수필 문장에서 탈피하는 새로운 형식으로 진입할 수도 있으리라 본다.

(대본: 2008. 1. 1. 〈부산일보〉)

명수필 작법 현장 분석

수필로 쓴 사설시조 - 「황사 이야기.4」

　사설시조와 수필의 접점은 산문정신이다. 고시조의 약 15%가 사설시조이며 이 가운데 서사를 담은 장편의 사설시조는 장형 구조다. 사설시조는 초장과 종장은 약간의 변격을 이루고 주로 중장이 정격보다 약간 긴 유형에서 몇십 배까지의 장형으로 진행되기도 한다. 이 유형을 더욱 효율적으로 운용하면 두 양식의 접점이 만나게 된다. 여기에 시설시조에 담긴 변칙적 율격미를 용해시키면 시조와 수필의 최대 공약적 양식이 탄생될 수 있다. 장편사설시조 유형은 형식상 시조의 3장 구조를 지니면서 문체는 판소리체와 거의 유사하다. 즉 율격미가 4음보 정격과 산문율 사이의 많은 층위로 형성된다.

　아래 작품 「황사黃史 이야기.4」는 필자의 낙동강 연작 제2 시조집 『강, 물이 되다』(2007)에 수록한 6편 중의 한 편으로 '낙동강.176'이라는 일련번호가 부제로 붙어 있다. 「쥐구멍에서 쏘아 올린 큰 공」도 구조상 3장이지만 종장이 3·5음보를 유지하지 않으므로 시조가 될 수 없다. 반면에 「황사黃史 이야기.4」는 3장 구조는 물론 종장의 구조가 시조 정격을 유지했다. 외형상으로는 시조라고 해도 좋고 수필이라고 해도 무방하겠지만 필자가 애초에 시조로 발표했으니 그 의도에 따르는 것이 옳을 것이다. 다만 본고의 의도는 사설시조 유형으로도 수필 작품이 가능하다는 점을 확인하고자 함이다.

이 작품은 대한민국 현실에서 일제강점기 이후의 독재자, 추종자, 부패언론, 부화뇌동자 및 민주 저항 운동가들을 대상으로 한 연작시 6편이다. 아래는 일부 언론에 대한 비판과 풍자를 담은 글이다. '황사黃史'란 유방백세流芳百世의 도도한 낙동강 물길 속에 황톳빛으로 흐르는 유취만년遺臭萬年의 존재를 상징한다. 원작의 초장과 종장은 행갈이를 통해 구별배행을 하였으나 본고에서는 외형상 수필 유형으로 드러내기 위해 한 행으로 바꾸었다.

빛바랜 두루마리의 카멜레나 얘기렷다.

절대 명물 생길 적에 불후不朽 명장 솜씨로구나. 천지만물 지은 것은 조물造物의 뜻이 있고, 우리 아이 태어날 적 삼신할매 점지 있고, 씨 없는 수박에는 먹기 좋은 친절 있고, 복제동물 만든 데는 질병 고칠 인술仁術 있고, 좋은 제도 만든 데는 인심 후한 세상 있어 순풍에 돛단 듯 쌍기러기 날개 편 듯 세월은 그저 아지랑이 자욱한 봄날 같은지라.

이와 같은 화평 천지에 참으로 맹랑한 일이 하나 있으니 말 잘하고 글 잘하는 명물이 시궁창과 강물 사이를 들락날락 날락들락 하면서 강물아 뒤집혀라, 시위야 내려라고 쌍나팔을 불고 발광을 하는구나.

개구리들 합창으로 물독사 수장되어 금수강산 맑은 물 도로 찾은 아我 동방 군자지국에 무슨 불량한 글과 말을 함부로 뱉는 흉물 같은 명물이 있을까 보냐마는 때는 바야흐로 이웃 나라 물독사가 몰고 온 늦여름 홍수 때 생긴 일인데다 애초부텀 외제 유전자

명수필 작법 현장 분석

에 의한 외제 기술이 포함된 다국적 피조물이 자동 귀화한 놈이라 그 사연이 좀 심히 복잡하것다.

정격의 초장을 사용한 것은 이 작품이 시조의 형식임을 만천하에 공표하기 위함이다. 카멜레나는 '카멜레온 + 하이에나'로 한 필자의 합성신조어다. 두루말이로 펼쳐 흐르는 낙동강에 변신의 귀재와 초원의 깡패의 성격을 합한 존재로 치환해서 풍자를 이끌기 위한 장치다. 중장 초입의 '개구리', '물독사'는 연작시조 2, 3에서 등장한 주체로, 어진 민중과 독재자를 지칭한다. 마지막 문장의 '늦여름 홍수' 시점은 일제강점기다.

소문 들어 알다시피 이놈들의 원조는 이웃 나라 물독사가 평생 홍보弘報 나팔수로 삼을 요량으로 연구 솜씨를 시험 삼아 발휘해 본 중등동물中等動物 수준의 초보적 물생物生이었것다.

인간 게놈genome 속에 끼어 있는 자동변신성 유전자와 폭력본능성 유전자를 꼭 집어내서 그냥 여기에다 카멜레온과 하이에나의 DNA를 재조합하고설랑 이렇게 형질변경된 놈을 또 옥수수 튀밥 기계에 넣고는 눈귀코입 막으소- 터지요오- 하고는 그냥 뻥- 튀겨 버리지 않았것냐. 그래 카멜레나라는 기괴한 놈이 하나 튀어나와 뿌렸는데 이게 의외의 효과를 보아 일거양득 하였것다. 이게 물독사님의 어릿광대로 나팔을 불기만 하면 만사형통! 다른 사정이야 눈 막아 못 보아, 귀 막아 못 들어, 코 막아 못 맡아, 입 막아 말 못 해 그야말로 멀건 대낮에도 암흑천지 되었으니 오죽이나 좋은 시절이었것냐.

원통·절통하도다.

하늘에 불덩이 떨어진 천지개벽 이후에도 그 태평성대의 후유증을 좋이 물려받은 세월이 다시 오게 되었더니 이놈이 후기 물독사의 취향에 맞게 자체 진화를 거듭하여 그 소위 업그레이드upgrade 되더니 어느새 고등동물이 되어뿌렀고, 물독사도 각종 유사 제품들로 끊임없이 핵분열 통합시켰으니 이 원조 카멜레나야말로 참으로 손재주 좋은 이웃 나라 물독사의 성공한 물건이 되었것다.

중장 제2 부분 내용은 언론 탄생의 비화를 풍자하고 있다. 친일 언론으로 탄생한 이후 다시 독재권력에 영합하는 변신을 전개했다. 독재자 물독사의 핵분열 통합은 80년대 언론 통폐합을 풍자한 것이다.

카멜레나의 자체 진화에는 맹랑한 각종 시스템이 자동 또는 타동으로 장착되었으니 이게 과연 절세의 명물이라 어찌 망할래야 망할 수가 있것느냐.

애시당초의 이 몸이 태평하옵도 역군은亦君恩이샷다고 나팔 부는 기본 기능에다 님 향한 일편단심이야 가실 줄이 이시랴며 기왕既往의 물독사에 만고 충절지키기 기능이 재충전되더니 앗따, 이때부터 수준 높게 자가 발전하여 첨단 시대에 걸맞게끔시리 별의별 기능이 이러하게 오토업데이트auto-update 되었것다.

주요기능으로는 강물 맑기 농도 따른 자동 변신 기능 장착, 강자 약자 내편 니편 첨단 구분 기능 장착, 내편 아닌 약한 놈 자동 공격 기능 장착, 쓰러지고 자빠진 놈 재공격 기능 장착, 참개구리 종족들 초토화 회로 기능 장착, 내 잘못 과거지사 절대 망각 기능 장

명수필 작법 현장 분석

착, 니 잘못 쬐끄만 일도 먼지 털고 까뒤집고 뒤틀고 비틀고 외로 틀고 모로 틀고 부풀리고 그래도 직성 안 풀리면 에라, 아니면 그만이지 뭐 소설 짓기 기능까지 장착하지 않았겠냐.

행동지침으로는 내 눈으로 못 본 일도 지시대로 떠들기에다 남들이 믿든 말든 내 노래로 읊어대기라. 여기에다 가재가 게를 물면 만고의 천륜에 어긋나니 카멜레나 끼리 공격 절대 엄금 기억장치를 이중삼중으로 채웠구나.

그래도 혹시나 저그들이 만든 이 험난한 돈판 세상살이에 자생 능력 떨어질까 보아 보조장치로 문어발 몇 개를 이식하여 업종 겸용 기능까지 장착하였것다.

위 내용은 언론기업으로 진화를 거듭하는 모습을 풍자했다. 절대 망하지 않을 언론재벌이 탄생한 것이다.

아, 이렇게 천의무봉天衣無縫스럽게 변신력, 적응력, 번식력에다 권력, 재물 수집력까지 다재다능하게 발휘하면서 연년세세 세세년년 승승장구 호의호식 자자손손 만만대를 부귀영화 누리게 되니 이 아니 좋은 세상인가.

지역 따라 색깔 따라 온갖 재미있고 고소한 먹이감을 대서특필 고성방가로 전국적 네트워크를 동원하여 총천연색으로 와글와글 휘날리며 벌이는 두억시니 굿판이 점입가경이렷다.

그래 이제는 간도 배 밖으로 기어나와 물독사님의 무병장수가 곧 나의 영달이라던 일념도 웃기는 말씀의 과거지사. 시절 따라 세월 따라 물독사 없는 강물에 까짓 니가 잘나 일색이더냐 내가 잘나 명물 되어 영생불사永生不死 초영장류로의 진화를 이룩했다고 선언하고설랑 - 잠시 귀 좀 빌리세. 이 중 어떤 놈들은 자칭 '어둠 속 제왕'이라고 한다는 소문은 들었는지? - 천상천하 유아독존 기고만장이로구나.

사람아, 이 강굽이 너머 또 흙탕물을 마시랴오?

중장과 종장 부분이다. 중장에서는 무한권력으로 둔갑한 모 언론재벌 회장이 말했다는 '밤의 제왕'을 드러내고 시조 종장의 정격을 유지한 마지막에는 경계의 말을 첨가했다.

혹자는 '이게 무슨 시조냐'라고 하기도 했다. 그러나 문학작품의 창작적 진화는 누구든 독단적으로 재단할 수 없다. 더구나 위 작품은 조선 사설시조의 유형을 분량적으로 더 확장시켰을 뿐이기에 시조 형식상으로도 하자가 없다. 당연히 고정 형식의 제약이 없는 수필에서야 창작 가능한 유형이 될 것이다.

(대본: 2007, 『강, 물이 되다』)

명수필 작법 현장 분석

수필에 담은 율격미의 서정

　수필은 종합문학이며 수필가는 융합디자이너다. 시, 시조, 소설, 희곡, 평론의 고유한 미학이 수필 작법에 총동원될 수 있기 때문이다. 그 작법은 '무형식의 형식'이라는 무한한 기능성技能性을 포용하고 있는 형식적 특징으로 집약된다.

　원고 청탁이 '수필 미학의 서정성'인 점은 수필 속의 시적 요소를 추출하라는 의도일 것이다. 서정양식이 곧 시이기 때문이다. 교술양식인 수필이 주관성이 강하고 압축적이며 운율적인 언어의 특징을 갖는 서정양식으로 변주되기 위해서는 작법상 절대적 전환이 필요하다. '자아의 세계화' 과정에서 '세계의 자아화' 과정을 융합해서 서정적 자아로 몰입해야 하기 때문이다. 두 양식상의 모순을 변증법적으로 극복해야 시적 경지의 수필을 창작할 수 있다.

　한국의 전통적 서정성은 '정감과 리듬의 조화 및 자연과 토속 세계에 대한 관심'이었으나 60년대 이후 김종해의 '신서정' 개념 등의 논의를 거치면서 매우 다채로워졌다. 본질적으로 시의 형식은 운율이며 시의 내용은 정서와 사상이다. 리듬과 이미지가 현대시의 2대 구성원이라고도 한다. 이는 곧 서정성은 주로 리듬과 정서에 의해서 발현된다는 점이다.

　한국어 리듬은 주로 음절과 음보의 율격미로 구현되고 정서는 회화성으로 나타난다. 시적 서정성은 이 외에도 문체, 어조, 문장 구조, 어구, 어휘, 조사, 어미, 문장부호 등이 다양하게 기능한다. 그중 율격미는 모든 문장을 통어統御한다는 것이 필자의 지론이다. 율격미는 서정성 형성의 최첨단적 기능을 한다고 보기 때문이다. 본고에서는 필자가 구사하는 주요 수필 작법 중 율격미 활용을 중심으로 톺아보고자 한다.

율격은 존재의 약동하는 생명성이다. 율감律感은 장단, 고저, 강약, 문체의 강건, 우유, 화려, 건조, 만연, 간결을 유인하고 대조, 대구의 흥청거림, 공격과 애상적 비애까지도 통제한다. 고전문학 사설시조에서 보듯 표창으로 던진 풍자도 율격을 실으면 원반으로 날아간다. 율격은 대구를 생성하고 대구의 출렁거림은 독자 감정을 몰입시킨다.

필자는 주제와 제재의 성격에 따라 구성미, 표현미, 문체미를 다양하게 구사하고 특히 비유적 형상화에 주력한다. 그중 특히 율격미는 정격률, 변격률, 대구율對句的, 산문율 등을 때로는 단독으로, 때로는 복합적으로 구사하며 율감의 위치나 범위도 어구, 문장, 문단으로 확장하면서 서정성을 창출한다. 그 구체적 자료들을 제시하면서 논의를 진행하겠다.

아래「강시僵屍 경력經歷」은 문단 세계에도 팽배한 선배의식 풍자, 특히 경력 단절 후 복귀자들의 선배연하는 행태를 풍자한 사설시조풍의 작품이다. 제시된 문단 ①은 부정형의 산문율 속에 4음보 율격을 부분적으로 가미하다가 6음보와 5음보로 다양한 변주를 유도하였다(밑줄 부분). 문장 ②는 작품의 마지막 부분으로 시조의 종장 형태로 독립했다(사선 /, //는 음보율의 구분. 이하 같음).

명수필 작법 현장 분석

① 때는 바야흐로 경력자 우대 시절이라. 다양한 분야에서 경력들이 쏟아진다. 일주일을 울기 위해 몇 년을 웅크려 쌓은 굼벵이 경력에서부터, // 자글자글 / 땡볕 아래 / 땀방울로 쌓은 / 알뜰경력, // **북풍한설 / 강추위에 / 길눈 다지듯 쌓은 / 살뜰경력을 / 어느 누가 /뭐라 하리.** // 애시당초 / 허장성세 / 무적無籍의 / 허공 경력, // 허풍쟁이 / 장삿속의 / 과대포장 / 튀밥 경력, // **교활한 / 사기꾼의 / 애매모호 / 카멜레온 / 경력이라.**

② 한 세상 / 원로 고물古物로 / 부귀영화 / 누리소서.

'원로 고물'은 고문顧問의 언어유희다. 아래의 「강생이 어르기」는 해학미를 구현하기 위한 율격미 변주다. ①~③은 문장 구조가 대구율을 이루는 부정형의 산문율이다. ④ 문장 이하는 조기교육을 해학적으로 그린 4음보 정격률에 부분적 변주(밑줄 부분)를 가미했다. 전체적으로 문장의 유려流麗한 호흡과 경쾌한 리듬에 주안점을 두었으며 강아지와 손주를 오버랩시켜 두 제재 사이를 자유로운 연상수법으로 시선을 왕복시키면서 식상한 손주 이야기를 벗어나 대상을 강아지로 대체함으로써 중의적 재미를 유도하였다. 어조는 내용에 호응시켜 문장의 장단을 대립시킨 긴장과 이완을 유지하면서 손주를 보는 즐거움이 담긴 유희적 분위기를 자아내도록 했다.

① 문득, 자던 놈이 벌떡 일어나 바깥을 내다보고 '옹옹' 짓는다. ② 누워 있던 놈들도 덩달아 '콩콩!' 짖어댄다. ③ 아이고, 내 강생이! 하마 밥값들 하는구나. ④ // 동네방네 / 벗님네들, / 내 강생이 / 한번 보소. // 두 달도 / 안 된 것이 / 하마 벌써 / 짖는다오. //

아무렴 뉘 새끼라고. 우리 강생이들이 타고난 천재로고. // 이곳 저곳 / 수소문해 / 영재교육 / 시켜야겠다. // 고양이 / 모셔 와서 / 외국어도 / 배우고, // 얼룩소 / 외양간에 / 그림도 / 그려보고, // 종달새 / 선생 만나 / 노래도 / 배운 뒤에, // 딱따구리 / 둥지 찾아 / 피아노도 / 등록하자.

산문 중심으로 쓴 「노인 예찬」은 문장 구조와 의미망을 결합한 대구적對句的 문장의 율격미를 구사했다(/ 부분). 동시에 제재를 꽃 이미지로 변주한 시적 서정의 글로서 청춘과 노인 특성을 시정詩情의 이미지로 형상화하였다. 전반적으로 만연체를 기반으로 하고, 노인 예찬이라는 주제에 맞게 애잔하면서도 우아한 어조를 이어갔다. 첫머리 부분이다.

봄은 꽃으로 아름답고 / 가을은 잎으로 아름답다. //
봄과 가을은 모두 붉게 번지는 꽃불의 계절이다. // 봄꽃은 낱낱의 송이마다 꽃으로 피어나고, / 가을잎은 삼삼오오 벗을 모아 단풍으로 번져난다. // 청춘靑春의 피부처럼 싱그러운 꽃은 혼자서도 꽃이지만, / 노년老年의 피부처럼 까칠한 낙엽은 어울려서 꽃이 된다. // 청춘은 화병에 꽂아놓고 감상하는 꽃이고, / 노년은 책갈피에 끼워두고 사색하는 단풍이다. // 화사한 꽃같이 아름다운 청춘은 꽃봄[花春]의 계절이고, / 메마른 단풍같이 아름다운 노년은 잎봄[葉春]의 계절이다.

이상 제시한 음보율의 미시적 율감과 달리 「밥상과 식탁」은 의미망

명수필 작법 현장 분석

도 결합한 대구를 문단으로까지 확장시켰다. ①은 문장 내의 대구율이고 ②, ③은 각각 어머니와 아내를 내용으로 대응한 문단 간의 대구율 구조다. 지면관계상 문단의 일부만 제시한다.

① 밥상은 어머니의 손맛으로 차려내고, / 식탁은 아내의 정성으로 마련한다. // 과거완료형인 어머니의 밥상에서는 언제나 그리움이 묻어나고 / 현재진행형인 아내의 식탁에서는 오늘도 행복이 번져난다.

② 어머니의 부엌에는 시시때때로 불청객들이 기웃거린다. 마당을 뛰놀던 조무래기들이 누룽지 조각을 찾아 문턱을 들락거린다. 복슬강아지도 코를 킁킁거리며 부지깽이 끝에 얼쩡거리고, 닭들도 덩달아 문턱을 넘어들다 신발에 얻어맞기도 했다.

③ 주방은 아내의 전용공간이다. 아내의 주방은 깔끔하게 정돈되어 있긴 하여도 역시 만원이다. 가장자리에는 크고 작은 온갖 전자기기들이 하루 종일 눈을 뜬 채 반짝거린다.

수필은 산문문학이므로 율격미를 거의 의식하지 않는 듯한 글에서도 의도적으로 부분적 율감을 느낄 수 있도록 한다. 비유적 형상화로 창작한 아래 작품 「수필」에서 ①, ②는 문장 구조와 의미망의 대구를 형성하면서 동시에 음보율을 적용시켰다. ①은 4음보, ②는 6음보 변주이다.

① 인생이 / 강물이라면 / 수필은 / 물결이다. // ② 강물은 / 순리로 / 흐르고 / 물결은 / 윤슬로 / 반짝인다. // 순리로 흐르는 물줄기에는 역동逆動의 힘이 가미되어야 물결이 일어난다. 이 역동의 힘이 미학적 변주의 원동력이다. 이 변주는 작게는 반짝이는 잔물결에서부터 영롱한 물방울을 거쳐 찬란한 물보라에 이르기까지 다채롭게 형성된다.

이외에도 율격미는 공간적 시선 이동, 상하 원근법, 시간적 추이 등 다양하게 구사할 수 있다. 같은 교술양식인 관동별곡의 '千尋絶壁을 半空애 셰여 두고, // 銀河水 한 구비를 촌촌이 버혀 내여, // 실7티 플텨이셔 뵈7티 거러시니, // 圖經 열두 구비, 내 보매는 여러히라'의 원근법 시선을 원용한 작법이다.

현대는 리듬 상실의 시대다. 속도를 추구하는 현대는 리듬을 배격하기 때문이다. 현대인은 삶의 양식도 리듬을 잃게 되어 생활만 삭막한 것이 아니라 문학마저 메마른 시대를 살고 있다. 김준오 교수는 그의 시론에서 "현대시가 리듬을 외면한다는 것은 감수성의 분리가 아니라 정서의 상실을 의미한다"라고 했다. 율격미의 현대적 의의는 자유시마저 잃어버린 리듬을 회복하는 것이다. 나의 시조 창작도 같은 이유다. 대중의 운율적 향수를 자극하는 그 역할의 일부를 담당할 수 있다는 생각으로 율격미를 담은 '전통수필'을 즐겨 창작한다.

나는 한국 현대수필의 정체성은 '현대문학 이론을 바탕으로 한국 전통적 내용 가치나 형식 기교가 접맥된 수필'이라고 생각한다. 율격미 외에도 전통적 형식기교는 구성, 문체, 어조 등 다양하다. 작법상

명수필 작법 현장 분석

의 전통 요소 계승은 전통의 부활이 아니라 한 집단의 잃어버린 성정의 회복을 유도하면서 독서의 격조 높은 재미를 제공한다는 점에서 그 진정한 가치를 발현할 것이다. 이는 오롯이 수필가의 몫이다. '융합 디자이너'들의 노력에 힘입어 '종합문학'으로서의 고품격 수필 시대를 기대한다.

(2018, 《한국동서문학》 26호)

향토문화 브랜드로서의 수필 창작

　스토리텔링이 유행이다. 대중문화 향유의 확산과 더불어 향토문화에 대한 관심이 고조되면서 스토리텔링의 역할은 그 정점을 치닫고 있다. 스토리텔링은 향토문화의 홍보 측면에서 관광자원 개발과도 연계되어 있고 향토문화의 발굴과 보존에도 직결되는 도구이다.

　그런데 모든 문학양식 가운데 수필 양식은 향토문화의 스토리텔링화에 가장 적합한 문학양식이라는 점에 주목할 필요가 있다. 서정양식은 서사적 요소가 짙은 향토문화의 발굴과 보존, 홍보에 직결되기는 다소 무리가 따른다. 소설도 가능하기는 하겠지만 본질적으로 그 허구적 요인으로 역시 한계가 있다. 역시 교술양식인 수필이야말로 향토문화에 깃든 서사적 사실과 잘 교직될 수 있으리라 본다.

　이러한 관점에서 수필문학양식이 향토문학의 발굴과 보존, 그리고 향유에 직접적으로 관여함으로써 향토문화 향유의 대열에 기여함과 동시에 문학작품으로서의 의미 있는 변주도 가능하리라 본다.

　향토문화 브랜드 창출은 수필가 혼자만의 노력보다는 지역 문화단체와 함께 협동하는 기획으로 접근하는 것이 용이할 것이다. 본고에서는 개별 수필가가 향토문학을 창작함에 있어 관심을 기울여야 할 몇 가지 특징을 중심으로 논의를 전개하고자 한다.

명수필 작법 현장 분석

◆

　현대사회의 조직체들은 정치·경제·사회·문화 등의 다양한 시스템과 연계되어 복잡다단한 네트워크 속에서 상호작용을 하고 있다. 이 때문에 개인이든 집단이든 각 조직체는 자신의 정체성을 확보하면서 외부와의 상호관계에서 우호적 지위를 유지하기 위해 끊임없이 노력한다. 온·오프라인에서 다양하게 소통하는 현대인은 외부 세계의 인지와 평가에 민감하게 반응하면서 자신의 인상(impression)을 통제한다. 그 정점에서 관리되는 것이 바로 이미지image다.

　이미지란 특정 대상에 대해 갖는 신념, 아이디어, 인상의 총체로서 감각적으로 다가오는 즉자적卽自的 현상이다. 존재의 이미지를 가장 차별적으로 인지할 수 있는 기제機制가 브랜드brand이다. 브랜드는 개체의 고유한 상징으로서 타자와의 차별성이다. 이것이야말로 복잡다단한 네트워크 속에서 지속적인 경쟁우위를 유지하는 핵심이 된다. 개인이든 단체든, 사적이든 공적이든 고유한 브랜드 창출에 정열을 쏟는다. 국가, 지방정부, 정치가도 마찬가지다.

　그러나 한국 사회에서 개체의 고유한 상징으로서 차별성의 브랜드를 강조하게 된 것은 지극히 최근의 일이다. 한국 사회는 조선시대 500년은 물론, 정부 수립 후에도 중앙집중적인 시스템 아래 유지되어 온 관계로, 개성個性을 생명으로 하는 예술적 사고방식마저도 획일화에 매몰되어 있었다. 괴테가 갈파한 '가장 민족적인 것이 세계적이다'라는 주창主唱은 세계, 혹은 국가가 획일적으로 하나의 가치를 추구할 것이 아니라 각자의 문화적 다양성을 존중해야 한다는 뜻이었다. 일찍이 로컬리즘localism이 발달하고 개인주의가 성숙된 서구 사회에서도 저런 논란이 필요했다면 중국을 종주국으로 삼은 성리학의 기치 아래 가부장적 가치관에 매몰된 조선의 후예들이야 개별성의 인식에 얼마나 취약했을까 하는 점은 쉽게 짐작이 갈 것이다. 한국 전통문화의 특성상 한솥밥을 먹는 사회에서 돌출되는 개별성은 곧 '모난 돌'로서의 징벌적 대상이었던 것이다.

이런 문화적 요인으로 말미암아 한국의 관료조직사회에서 유행처럼 도입하고 있는 지역브랜드 창출 과정은 그 연원이 일천하다. 관료조직사회를 지배하던 권위적 문화의식이 급속히 전도顚倒된 것은 그동안 정부 주도의 문화정책에는 주민의 참여가 결여되었고, 지역 특성에 맞는 사업이 추진되지 못해 결국 지역민의 외면을 받는 한계를 노정露呈하였기 때문이다.[2]

특히 민선단체장 체제의 시작으로 지방자치단체는 세계화 시대에 걸맞은 독자적인 경영전략으로서 지역브랜드의 구축을 통해 지역 이미지 제고에 힘을 쓸 수 있게 되었다. 지방정부가 적극적인 자기결정권을 확보한 것이다. 지방정부 고유의 브랜드 개발은 전체 지역과의 열린 경쟁에서 필수불가결한 조건이 되었다. 그 결과 불과 몇 년 사이에 각 지방정부마다 지역브랜드를 경쟁적으로 구축해 나갔다. 그러나 짧은 역사 속에서 조급하게 확산되는 과정에 모순 양상이 야기되기

---

2) 1990년대 이후 정부는 지역에 맞는 정책을 시행하고 실효성을 높이기 위해 주민 참여를 적극적으로 유도하는 방향으로 정책기조를 전환하기 시작하였다. 지역브랜드가 지방정부에 최초로 도입된 것이 1998년이었으나 본격적인 확산은 2002년 국가이미지위원회의 설치가 계기로 작용했다. 지역브랜드를 전수조사한 결과, 2008년 현재 122개 지방정부가 지역브랜드를 가지고 있었다. 그러나 문제점도 많아 이의 형식적 활동의 한계를 극복하고 국가브랜드 제고 활동을 총괄지원하기 위해 국가브랜드위원회(Presidential Council On Nation Branding)가 2009년에 새로이 출범하게 되었다.

명수필 작법 현장 분석

도 하였다. 지방정부의 정체성을 상징적으로 드러내는 차별적인 지역 브랜드를 창출하지 못하고 오히려 유행을 따라 유사한 성향의 지역브랜드가 확산되는 반反브랜드적인 현상이 나타난 것이다. 이른바 축제 공화국의 비아냥도 그 일환이라 할 것이다. 이런 소모적 현상은 앞으로 그 반성적 과정에서 허상의 브랜드나 이벤트성 행사들이 소멸 또는 퇴출되겠지만, 고유한 향토문화 브랜드 창출에 눈을 돌린 지방정부의 이미지는 이미 성공적으로 정착되고 있다. 아이러니하게도 상명하복의 관료조직사회에서 개별성을 먼저 깨닫고 실천하게 된 것이다.

◆

문화예술은 그 속성상 상의하달식으로 창안되는 것이 아니다. 오히려 각 지역 향토문화예술인들의 개별적 창작활동이 전제되어야 지역 문화예술이 창출될 수 있다. 모두冒頭에서 현대사회의 한 특징을 논한 바와 같이, 문화예술활동도 개인과 조직의 밀접한 상호 연관관계 속에서 활발하게 이루어지는 시대이다. 즉 개별 문화예술인들의 자유로운 창작활동을 기반으로 소규모의 기초적 문화단체가 결성되고, 이 단체들이 더욱 체계적으로 구성되어 지역 문화단체를 조직한다. 이러한 조직을 기반으로 지방정부와 호흡을 맞추어 향토문화예술의 고유브랜드 창출이 이루어지는 구조이다.

중앙정부나 지방정부 등 조직의 상층부에서 형성되는 향토문화 브랜드 의식은 아무래도 포괄적, 기획적 성격이 강하다. 문화예술의 구체적 생산그룹은 각 지방의 향토문화단체 및 개인 예술인들이다. 향토문화단체 및 개인 예술인들의 문화 창출과 실천이 지방정부의 문화의식과 융합되어 향토적 문화 브랜드도 제 자리를 찾아가는 것이 가장 바람직한 방향이다.

현대는 문화예술도 개인이 독자적으로 생산하고 소비하는 시대는 아니다. 현대는 개인도 여러 문화단체에 편입되어 공동체의 일원으로 활동하면서 개별적 창작의 자유를 누리는 시스템이다. 문화단체는 동아리 운영에서부터 지역적 조직으로, 또는 지방정부나 국가적 조직으로까지 확대되고 있다.[3] 실제로는 문화예술단체가 다양하게 얽혀서 존립하기에 개별 문화예술인들의 활동 범주는 이보다 훨씬 다채롭다. 이러한 다층구조多層構造의 활동과정에서 다원적多元的 문화예술 콘텐츠contents가 형성된다. 공적으로 복잡다단한 시스템을 통해 행정적, 재정적 지원과 아울러 민간 참여의 활성화가 이룩되고, 그 결과 더욱 참신하고 다양한 향토문화예술도 창출되는 것이다. 이것을 집대성하여 이미지화시키면 향토문화의 브랜드가 형성된다. 문화예술인과 예술단체, 그리고 지방정부의 상호보완적 교감을 통한 윈윈 win-win 결과인 셈이다.

그러나 기능과 기질적 성향상 문화예술 개별 생산자와 지방정부 조직이 문화 브랜드로 직접 교감하기에는 한계가 있다. 예술은 개성과 독창성으로 창작되고 정부조직은 기획성과 효율성으로 수행되기 때문이다. 다원화된 현대 조직의 특성상 문화예술인과 지방정부 사이

---

3) 지역 '문학'의 예를 단선적으로 든다면 '개별 문인 - 기초단체지역문인협회 - 광역시·도 문학 분과협회 - 광역시·도 문인협회 - 한국문학 분과협회 - 한국문인협회'의 기본 조직 체계를 형성하고 있는 것과 같다. 즉 문인의 가입단체는 일반적으로 6곳 내외를 기본 활동으로 삼고 있다.

명수필 작법 현장 분석

의 교량적 역할을 하는 조직이 필요한 소이所以다. 그 대표적 조직이 지역 문화예술단체이겠지만 지역의 문화예술단체도 충위별, 장르별로 다원화되어 각자의 작은 브랜드 중심으로 활동하므로 문화콘텐츠를 향한 통일된 의견 도출이 쉽지 않다. 효율적인 시스템을 구축하기 위해 지역의 전체 문화예술단체를 아우르는 조직이 필요하다. 특히 전문예술단체를 한 울타리로 아우르기 위해서는 다원적 조직역량을 발휘하지 않으면 안 될 것이다. 예술 창작의 생명성은 권위와 독선을 거부하는 불간섭의 자유정신에 기인하기에 어떤 상위 조직이든 예술 활동에 대한 획일성, 지배성을 배척하기 때문이다.[4] 아울러 전문예술인도 향토문화 브랜드 창출을 위해 요청되는 거대조직의 체계성과 효율성에 대한 이해가 필요할 것이다.

◆

그렇다면 향토문화의 고유 브랜드는 어떻게 창출하는 것이 바람직한가. 그것은 당연히 지역이 지닌 장점을 살려 다른 지역과 차별성 있는 고유성을 개발하는 방식으로 모색해야 할 것이다. 특정 지역이 가지고 있는 그들만의 향토자원과 향토문화를 활용해서 유희遊戲와 경제성을 고루 갖춘 문화를 창출한다면 다른 지역에서는 쉽게 모방할

---

4) 다원적 조직에 대한 필자의 견해는 단선적 조직으로는 실패 확률이 높다고 본다. 단체의 성격에 따라 산하傘下의 독립기구에서부터 연대적 형태까지 가능할 것이다. 이는 공동 목표에는 협동하면서 동시에 개별적 독립성을 유지할 수 있어 효과적 조직이 될 것이다.

수 없다는 장점을 갖게 된다. 지역이 가지고 있는 지정학적 장점과 지역 고유의 전통성을 고려한 문화정책은 자생적 경쟁력을 확보할 수 있는 길이 될 것이다. 지역 사정은 지역민이 제일 잘 알고 있으며, 정확하고 객관적인 지역 정보는 지방자치단체가 확보하고 있다. 이를 바탕으로 한 지역발전 정책이 성공 가능성을 높이고 효율적 집행을 가능하게 한다. 따라서 지역 예술인과 지방자치단체가 중심이 된 향토문화 활성화 전략으로 지역 문화의 발전계획을 수립하고, 지역의 지정학적 특성과 역사적 전통성을 고려하여 향토문화자원을 개발함으로써 고유한 브랜드가 창출될 것이다. '가장 한국적인 것이 가장 세계적'이라는 말은 수구적·복고적 의미는 결코 아니다. 향토의 정체성을 상징적으로 드러내는 차별적인 지역브랜드에는 세계화 시대의 보편적 메시지도 담아야 하고, 지역 고유의 특색과 경쟁력도 드러내어야 하기 때문에 이러한 혼합적 지역브랜드가 지방정부 및 문화단체의 새로운 대응전략이 되는 것이다. 내 고장의 유래, 역사, 지명 등 향토문화 연구를 통해 점차 사라져 가는 지역 향토문화를 다양하게 조명하고, 우리 고장의 뿌리를 찾고자 하는 시민들에게 애향심과 정주의식定住意識을 함양하면서 외부 세계에 대한 유인책도 가능한 것이다.

특히 이 과정에서 향토문화자원을 활용한 스토리텔링의 역할이 크게 작용한다. 최근 각 지역에서 향토문화자원을 원천으로 스토리텔링하는 과정에 주목할 필요가 있다. 향토문화자원은 그 지역 사람들이 창조한 전통성과 역사성을 지닌 일체이다. 향토문화자원을 활용한 스토리텔링은 지역의 역사성·전통성·고유성을 기반으로 하며 향토민들의 정서적인 경험 혹은 실천적인 감성을 기반으로 한다. 향토적 감성은 특정 지역의 풍토, 생활양식, 역사적 체험 등에 의해 무의식적

명수필 작법 현장 분석

심성[5]으로 결정되기에 지역마다 다른 형태를 지닌다. 그러나 이 원형(Archetype)은 정서적이면서 역동적인 힘의 원천이 되므로 비즈니스나 마케팅 세계에서도 소비자들의 원형에 상응하여 그들의 마음에 쉽게 전이轉移되는 요소이다.

◆

현재 한국의 각 지역은 개발 광풍을 맞고 있다. 향토문화 브랜드 brand 창출이라는 측면에서 조망해볼 때 개발을 앞둔 전통마을은 매우 위험한 여건에 놓여 있다. 한국의 문화가 5,000년이라는 뿌리 깊은 역사를 지녔는데 비해서 향토문화 요소가 빈약한 지역도 많은 것이 사실이다. 한국문화 현상에서 전통 깊은 문화유산은 지배계층의 족적이 대부분인데, 가난한 해안과 척박한 갈대밭 사이에 형성된 지역에는 유서 깊은 전통마을도 별무하다. 더구나 광활한 지역에 산개散開되어 살아온 지역민의 결속력과 영향력도 허약하다 보니 빈약한 문화유산마저도 지역개발 광풍 앞에 흔적 없이 멸실되고 있다. 미개발 지역의 잔존 유산마저도 풍전등화의 운명이다. 현대의 개발과정에서 문화유산은 개발로 인해 지워지는 것이 마치 컴퓨터 메모리의 초기화(initialization) 과정과 흡사하다. 깡그리 지우고 새롭게 시작하는

---

5) 이는 칼 융(C. G. jung)이 말하는 원형(Archetype)으로, 본능과 함께 유전적으로 갖추어진 집단무의식(Collective unconsciousness)을 구성하는 이미지[心象]이다. 이 원형은 인간의 영혼 속에서 보편적으로 찾아볼 수 있는, 시공을 초월한 상징이다. 개인의 영혼이 자기도 모르게 참여하는 집단무의식 속에 들어 있으므로 향토민의 일상성에 쉽게 흡수, 동화되는 요소이다.

'상전벽해식 개발'이다. 그만큼 백업backup 작업이 시급한 지역이다.

향토문화의 멸실과 함께 인적 자원도 타 지역으로 흩어지고, 새로 조성된 주거지역은 새로운 문화콘텐츠와 함께 외래 유입 인구로 채워지고 있다. 외래 유입 인구는 기존의 향토문화를 이해하고 공감하는 계층이 아니다. 지역의 향토문화 보존과 계승이라는 측면에서는 설상가상의 여건인 셈이다. 유입인구와의 원활한 융화를 위해서라도 향토문화를 발굴, 보존, 보급하는 문화정책이 시급한 소이다. 그렇지 못하다면 머지않은 날에 기존 향토문화는 박제된 기록으로만 남아, 그 실체는 설화적 그림자로 흐릿하게 구비口碑되는 비운을 맞게 될 것이다.

향토문화 분야에서 하드웨어는 지방정부의 영역이고 소프트웨어는 문화예술계의 몫이다. 현대는 개인의 능력으로 역사가 만들어지는 시대가 아니라 시스템을 구축하고 활용하는 지혜로 역사를 창출하는 시대이다. 지방정부와 문화원과 예술단체가 단선적單線的 시스템으로 결속하는 것이 좋겠다. 지금까지는 지방정부의 선도로 향토문화의 실타래를 엮어 왔다면, 이제부터는 문화예술인들이 상큼한 아이디어 창출로 지방정부의 실꾸리에 영롱한 구슬을 꿰어야 할 단계이다.

(2014, 《부산수필문학》 24호)

명수필 작법 현장 분석

명수필 작법 현장 분석

放談 4

이중노출(Double Exposure)
수필 작법

◆

이중노출(Double Exposure) 기법

수필가 윤오영 선생의 말씀.

"수필을 이해하지 못하고 시를 쓸 수는 있어도, 시를 이해하지 못하고 수필을 쓸 수는 없다."

말씀의 핵심은 '수필도 시적 형상화가 필요'하다는 의미이다.

'시적 형상화의 기본 기교'를 '산문 작법 방식'으로 풀어보고자 한다.

형상화는 한 장면에 두 존재의 동시상영이다.

이중노출(Double Exposure) 기법이다.

사진이나 영화 촬영 기법이 대표적이다.

즉, 한 화면에 두 장면 A와 B가 동시에 비친다.

이중노출(Double Exposure) 기법은 수필에서는 은유, 상징은 물론 병렬적, 중의적 표현이 될 수 있다.

한 문장에서 두 가지 이미지를 동시에 노출시키는 효과다.

시적 형상화의 기본 기교는 이질성 속의 동일성의 원리를 기반으로 한다.

즉, 서로 다른 사물(유개념)에서 시인이 발견하는 공통점이다.

명수필 작법 현장 분석

제재(A, 원관념)를 다른 유사한 속성을 지닌 사물(B, 보조관념, 객관적 상관물)에 투영하여 전개하는 기법이다.

사물(B)에서 외형, 느낌, 기능, 원형적 의미 등에서 동질성이 연상된다.

명징한 이미지 환기에 효과적이라서 시 창작에서 선호하는 형상화 기법이다.

시인들이 구사하는 비유적 이미지는 대부분 이 기법의 결실이다.

시에서는 'A = B'라는 비유로 직유, 은유를 거쳐 상징성까지도 드러낸다.

우리의 일상생활에 이런 비유가 많다.

- 하늘만큼 사랑해요.

- 손발이 척척 맞는다.

- 마음이 흔들비쭉이다.

- 양심에 찔린다.

수필 작품 속에 시의 형상화 기술 활용의 이점은 많다.

이중노출 이미지는 전체적일 수도 있고 부분적일 수도 있다.

전체적인 경우는 제재 전체를 비유적으로 치환한 경우다.

부분적인 경우는 소재, 분위기 등을 비유적으로 묘사한 경우다.

이중노출 기법은 복잡한 것 같지만 아주 쉽고 재미있는 창작법이다.

시의 형상화 기교를 산문문학적으로 접근해보자.

시인의 형상화 기교는 예상 외로 복잡다단하다.

한 작품 속에 생요리, 보쌈 요리, 발효, 과일주까지 모두 융합시키기도 한다.

이 융합은 이미지의 중첩일 뿐, 시의 난해성과는 무관하다.

형상화 기법 중에서 제재나 소재를 1:1로 단순 치환한 작품이 수필에 유용하다.
수필의 이중노출 작법 활용에 용이하기 때문이다.

명수필 작법 현장 분석

시의 형상화 기교 분석 ①

제재를 단순하게 치환한 경우: 「국화 옆에서」 / 서정주

한 송이의 국화꽃을 피우기 위해

봄부터 소쩍새는

그렇게 울었나 보다

한 송이의 국화꽃을 피우기 위해

천둥은 먹구름 속에서

또 그렇게 울었나 보다

그립고 아쉬움에 가슴 조이던

머언 먼 젊음의 뒤안길에서

인제는 돌아와 거울 앞에 선

내 누님같이 생긴 꽃이여

노오란 네 꽃잎이 피려고

간밤엔 무서리가 저리 내리고

내게는 잠도 오지 않았나 보다

放談 4 이중노출(Double Exposure) 수필 작법

제재 치환으로 '누님 = 국화'로 은유하여 단순하게 이중노출시켰다.

작가는 고난 속에 성숙한 누님의 서사적 삶을 그리고자 했다.

시에서 누님을 직설적으로 한다면 시시하므로 누님과 유사한 사물로 오상고절傲霜孤節의 대명사 국화를 선정했다.

국화의 생애는 당연히 '봄 - 여름 - 가을'의 성장기를 거친다.

각 계절의 대표적 시련(소쩍새, 천둥, 무서리)을 선정했다.

그리고 (좀 생뚱맞지만) 3연에 중심 제재인 누님의 사연을 삽입했다.

이렇게 되면 3연에서 전환이 일어나 4단 구성(기승전결)이 된다.

이미지가 이중노출로 보이지 않는 것은 작가가 작품 속에 국화와 누님을 완전분리하여 드러내었기 때문이다.

참고로, 사실 이 시는 두 가지 측면에서 매우 초보적인 작법이다.

① 시련의 대명사로 국화를 선택한 것은 너무 낡아 식상하다.

② 누님과 국화를 화학적으로 결합시키지 못하고 분리했다.

그런데도 성공한 이유는 시의 탄탄한 구조(기승전결), 리듬(7·5조의 3음보), 사상(불교적 윤회) 등이며 특히 마지막 행에서 서정적 자아와 결합된 비약에 있다.

실상 이 비약적 결합은 우연의 소산이었다.

미당은 밤새 고뇌하던 마무리를 아침에 우연히 본 무서리 맞은 국화꽃에서 얻었다고 훗날 고백했다. 그런데 대박을 친 것이다. 이로 인하여 불교의 인연설이 강화되면서 주제가 새 생명 탄생의 신비로 심화되는 철학적 감동까지 얻게 된 것이다.

명수필 작법 현장 분석

이 내용을 수필로 전환하면 설명적 문장 중심의 작품이 될 것이다.

도입에서 '누님 = 국화'라는 암시(이를 소설에서는 복선伏線이라고 한다)를 깔아놓고 국화 이야기를 하면 된다. 너무 국화 쪽으로 치우친다 싶으면 중간에 국화와 누님의 이미지를 강약으로 조절하면서 이중노출시킨다. 표면적 흐름은 국화이지만 내면적 주제는 누님이 된다.

시의 형상화 기교 분석 ②

제재를 복합적으로 치환한 경우: 「고목 -낙동강.476」 / 서태수

상처도 곱게 아물면 예술이 되는구나

바람물결 일렁이는 당산목 거친 몸피

겹겹이 제 살을 저며 추상화 한 점 새겼다

여울목 마디마다 세월의 옹이가 맺혀

살점이 패인 둠벙, 혹으로 솟은 둔덕

굽은 등 처진 어깨에 뭉개진 손등 발등

잎잎이 뒤척이며 속울음 삼킨 밤을

푸른 피 버무려서 목각으로 굳은 상징

촘촘한 곁가지들은 흰 등골 뜻을 알까

저 흉터 뒤집어보면 속살은 또 성할까

오래 살다 보니 나무도 강을 닮는지

파도를 칭칭 휘감아 허연 물길로 굽었다

명수필 작법 현장 분석

제재 치환으로 '고목 = 노인'으로 은유하여 이중노출시켰다.

두 존재의 삶을 또 '강물'에 결합시켰다(낙동강 연작시이기 때문).

이미지가 3중 중첩이다.

상처 난 고목의 아름다움과 노인의 원숙미를 '추상화'로 동일시했다.

일차적으로 노인의 삶의 역정에서 세세한 고난을 나무에 겹친다.

이를 다시 굴곡지고 파도치는 강물의 흐름 속에서 엮어 올린다.

옹이, 살점, 혹, 휜 등골, 흉터 등등은 3자(나무, 노인, 강)의 공통 상처이다.

'당산목 = 노인 = 강물'의 삼중 노출을 위한 어휘들을 다채롭게 연상하였다.

바람물결, 제 살, 몸피, 옹이, 살점, 굽은 등, 처진 어깨, 손등, 발등, 피, 휜 등골, 흉터, 속살, 허연 물길 등등이다.

이 내용을 수필로 전환하면 묘사적 형상화가 짙은 사색적 서술이 될 것이다.

여기에 노인의 삶을 이중노출시키고, 연작시를 위해 강을 오버랩(O. L.)시켰다.

따라서 제1의 표면적 서술 주체는 나무가 되고, 간헐적으로 강의 이미지를 중첩시킨다. 그리고 인간은 '살, 살점, 손등' 등의 용어를 등장시키면 된다.

이 경우 사람은 자연스럽게 실루엣silhouette으로 결합되고 주제는 인간임을 각인시킨다.

노인의 삶은 내면적 주체가 되겠지만 표면적 흐름은 나무의 성장과 고난

이 주가 된다. 부수적으로 강물이 이미지로 노출될 것이다.

글의 구성은 제1연은 그대로 도입에서 활용해도 좋겠다. 이하에서는 고목의 외양을 묘사하되 강물의 굴곡진 흐름과 이중노출시킨다. 인간임을 각인시키기 위해서 나무를 묘사할 때 '살점, 혹, 굽은 등, 처진 어깨, 손등 발등'의 용어를 혼용하면 된다. 마지막의 '허연 물길'은 노인의 머릿결로 거친 파도를 맞는 인생행로를 연상하게 만들기 위한 것이다.

명수필 작법 현장 분석

시의 형상화 기교 분석 ③

소재를 치환한 경우 1: 「추억追億에서」 / 박재삼

진주 장터 생어물전(生魚物廛)에는
바다 밑이 깔리는 해 다 진 어스름을

울엄매의 장사 끝에 남은 고기 몇 마리의
빛 발(發)하는 눈깔들이 속절없이
은전(銀錢)만큼 손 안 닿는 한이던가
울 엄매야 울 엄매

별밭은 또 그리 멀리
우리 오누이의 머리 맞댄 골방 안 되어
손 시리게 떨던가 손 시리게 떨던가

진주 남강 맑다 해도
오명 가명
신새벽이나 밤빛에 보는 것을
울 엄매의 마음은 어떠했을꼬

달빛 받은 옹기전의 옹기들같이

말없이 글썽이고 반짝이던 것인가

제재 '어머니'는 사실적으로 남기고 부수적 소재로 형상화를 직조했다.

시장 좌판 생선장수인 어머니를 그리는 시인의 회고적 서정이다.

동원된 소재의 모양과 빛깔에서 이미지가 순차적으로 연결되고 있다.

'고기 눈깔 - 은전 - 달빛 받은 옹기 - 글썽이고 반짝이던 것'.

이미지들이 눈물과 결합되어 이중노출로 형상화된 고급 기교다.

'별밭'의 환상적 분위기와 골방 속의 오누이, 종종걸음을 걷는 밤빛 아래의 강둑….

매우 섬세한 시선으로 이미지의 명징성을 포착했다.

이를 수필로 환원한다면 각 소재의 형상화가 돋보이는 묘사적 문장이 될 것이다.

진주 남강 강둑을 오가는 제재인 어머니는 사실적으로 서술한다.

부수적 소재들은 배경 묘사로 서술한다.

특히 생선의 눈알, 은전, 달빛 받은 옹기 등의 이미지를 각각 동원하고 이를 강둑을 오가는 어머니의 눈과 이중노출시킨다. 그리고 그 초점을 이끌어 어머니의 눈물에 클로즈업시키면 애틋한 형상적 이미지가 명징하게 드러나게 된다.

아름다운 배경과 어머니 발걸음의 대조를 위해 문장 호흡은 정중동靜中動이 좋겠다.

즉, 만연체의 장문長文과 간결체의 단문短文을 혼용하면 된다.

명수필 작법 현장 분석

소재를 치환한 경우 2: 「피아노」/ 전봉건

피아노에 앉은
여자의 두 손에서는
끊임없이
열 마리씩
스무 마리씩
신선한 물고기가
튀는 빛의 꼬리를 물고
쏟아진다.

나는 바다로 가서
가장 신나게 시퍼런
파도의 칼날 하나를
집어들었다.

피아노를 치는 피아니스트의 손가락 율동을 그렸다.

그 손가락을 다시 싱싱한 물고기로 변주시켰다.

결국 제재 피아노는 글의 표면에서 이중 삼중으로 숨겼다.

약동하는 음악성을 손가락으로 포착하여 청각적 자질을 시각적 동작으로 전환시켰다.

물고기에서 연상된 바다, 파도에서 칼날을 연상했다.

이 작품을 수필로 환원한다면 동적動的 활력이 넘치는 묘사적 문장 중심이 될 것이다.

일반적으로 수필에서 중요시하는 철학적 내용은 전무하다. 대신 약동하는 동적 이미지로 문학미감을 충족시킬 수 있는 작품이 될 것이다. 배경을 바다로 하여 손가락과 활어의 이중노출에 피아노 건반을 실루엣으로 깔면 좋겠다. 도입에서 피아노 연주 장면을 묘사하고 이어 바다로 향할 수도 있다. 또는 극적 도입을 위해 그 반대로 진행할 수도 있다. 삶과 바다, 글자 그대로 파란만장波瀾萬丈! 삶의 모습과 연결된 무궁무진한 스토리가 펼쳐질 수 있겠다.

마지막은 횟감을 장만할 것인가? 어째 좀 야릇한 느낌이다.^^

명수필 작법 현장 분석

시의 형상화 기교 분석 ④

제재와 소재를 모두 치환한 경우: 「추일 서정」 / 김광균

> 낙엽은 폴란드 망명정부의 지폐
> 포화砲火에 이지러진
> 도룬시의 가을 하늘을 생각게 한다.
> 길은 한 줄기 구겨진 넥타이처럼 풀어져
> 일광의 폭포 속으로 사라지고
> 조그만 담배 연기를 내뿜으며
> 새로 두 시의 급행열차가 들을 달린다.
> 포플라 나무의 근골筋骨 사이로
> 공장의 지붕은 흰 이빨을 드러내인 채
> 한 가닥 구부러진 철책이 바람에 나부끼고
> 그 위에 셀로판지로 만든 구름이 하나
> 자욱한 풀벌레 소리 발길로 차며
> 호올로 황량한 생각 버릴 곳 없어
> 허공에 떠우는 돌팔매 하나
> 기울어진 풍경의 장막 저쪽에
> 고독한 반원을 긋고 잠기어 간다.

放談 4 이중노출(Double Exposure) 수필 작법

동원한 모든 소재를 비유적 형상화로 그렸다.

가을 풍경을 스케치sketch하되 시인의 애상적 정서를 개입했다.

제1행 '낙엽은 폴란드 망명정부의 지폐'의 의미는 2, 3행에 답이 있다.

'낙엽 = 지천으로 깔린 지폐 = 무가치'가 황량한 도시의 이미지와 겹친다.

'자욱한 풀벌레 소리 발길로 차며'는 '청각 + 촉각'의 공감각적 표현이다.

주제는 가을에 느끼는 애상적 정서이다.

이 작품을 수필로 환원한다면 묘사적 문장 중심이 될 것이다.

모든 소재들을 개별적으로 형상화한 대표적 기교다.

위 시를 실제 행갈이 없이 그냥 산문문장으로 맞바꾸어도 된다. 상큼한 형상화의 기법이기에 수필 문장에서 그대로 활용해도 좋은 본보기다.

제재를 다채롭게 치환한 경우: 「노인 -낙동강.399」 / 서태수

> 초겨울 햇살 아래 마른 낙엽 졸고 있다
> 한 점 물기 없이 다 증발한 무심한 빛
> 늪으로 오도카니 앉은
> 허연 강의 빈 껍질
>
> 흘려보낸 깊이만큼 하염없는 흐린 눈은
> 한 생애 굴곡 굽이 어드메쯤 멈췄을까
> 담장 위 까치밥보다
> 더 작게 웅크린 강

명수필 작법 현장 분석

위의 작품은 제재를 1:다多로 치환한 경우이다.

원관념 A(노인)를 상징하는 다양한 보조관념(객관적 상관물)을 동원했다.

제재 '노인'의 치환 대상은 '마른 낙엽, 강의 빈 껍질, 까치밥, 웅크린 강'이다.

마른 낙엽: 늦가을의 조락凋落, 까칠한 노인의 피부, 고난의 삶, 삶의 종언終焉 등에서 연상.

강의 빈 껍질: 허허로운 노인의 모습, 마른 낙엽 이미지 결합.

까치밥: 고향의 부모님, 마지막 헌신, 웅크린 외모 등에서 연상.

웅크린 강: 강의 빈 껍질에 까치밥의 외형 결합.

강의 원형적 이미지 생성: 인간의 삶을 강으로 환유.

동원된 객관적 상관물들은 그 의미가 다의적多義的이다.

이 내용을 수필로 전환하면 묘사적 문장 중심의 매우 정적靜的인 작품이 될 것이다. 도입에서 시골 담장 너머 감나무의 까치밥 아래 웅크린 노인의 묘사로 시작하여 '인생 = 강물'의 복선을 이중노출시키면 될 것이다.

그 이후는 동원된 보조관념들을 적절히 묘사하면서 진행한다.

이중노출(Double Exposure) 수필 작법

이중노출(D. E.) 기법은 시든 수필이든 실제 작품 서술에서는 원관념 A와 보조관념 B의 노출 강도를 다양하게 조절할 수 있다.

전개에서 'A 중심', 'B 중심', 'AB 혼합' 등 다양한 조절이 가능하다.

'A 중심' 진행은 무미건조해질 우려가 있고. 'B 중심' 진행은 내용 일탈이 우려된다.

가장 무난한 진행은 아래와 같이 '나 = 자동차'의 이중노출의 'AB 혼합' 이다.

주체는 비유된 사물인 자동차로 하되 세부적 용어들은 인간의 몸으로 치환하면 된다.

　　타고난 쇳덩이라, 믿고 미련을 부렸던 것이 잘못이었던가. 올겨울 들어 부쩍 심해진 것 같다. 병이 더 깊어진 것 같아 병원으로 갔다. 단골 주치의가 문진을 듣고는 진단과 처방을 단번에 내린다. 쇠뭉치도 나이를 먹는단다. 관절의 노화현상에 덧보태어 몇 군데 인대가 늘어났다며 응급 처치를 해준다. 기름이 샌다며 실핏줄도 두어 군데 손을 보고는 나이에 맞춰 오는 몸의 변화는 그냥 자연스럽게 받아들이면서 무리를 하지 말라고 한다. 물색 모르는 주인이 내장이라도 알뜰히 살펴 몇 군데 새것으로 바꿔볼까 했더니 돈

　　　　　　　　　　　명수필 작법 현장 분석

만 없앤단다. 고개를 갸웃거리니 수술을 하고 몇 군데 장기를 이식한대도 다른 부분들과 밸런스가 안 맞아 심장만 벌렁거릴 뿐 근본이 해결되는 것은 아니란다. 살살 어르고 달래가며 운신을 시키란다. 쇳덩이도 늙으면 추위를 심하게 타니 특히 겨울에는 체온 유지에 유의하란다.

- 「늙은 자동차」 중

이중노출은 두 존재 사이의 유사성만 연결하면 어떤 요소든지 가능하다. 아래 내용 전개는 전자레인지에 해동하기 위한 곰국 덩어리를 여인에 대응한 것이다. '옆구리를 이리저리 툭툭 쳐서 엎었다.'부터 여인으로 환원된다.

　　냉동 곰국과의 첫 대면은 쌍방 치열한 칼부림이었다. 일회용 비닐그릇에 담긴 얼음덩이 정도야 싶어 처음엔 가볍게 건드렸다. 옆구리를 이리저리 툭툭 쳐서 엎었다. 어르고 달래며 엉덩이를 톡, 치면 쏙! 하고 홀랑 벗어 알몸을 보여줄 줄 알았는데 아, 이 여자 한 고집 있데. 요지부동! 첫 대면이라 수줍어 그랬던가. 헤픈 여자가 아님을 직감하고는 주먹으로 내리쳐도 분리 불가의 일심동체다. 통치의 최후 수단은 완력이렷다. 결국은 칼, 가위를 찾아 비닐그릇을 찢기 시작했다. 온갖 용을 다 써서 질긴 비닐을 갈기갈기 찢었다. 이놈도 질세라 허연 얼음 핏가루를 흘리면서 영악한 저항이다. 내가 칼로 자른 비닐 끝을 뾰족이 세워 내 손바닥을 향해 앙탈을 부린다. 주먹만 한 엉덩이에 손톱같이 걸친 속옷까지 가로세로 다 찢고 나서야 알몸덩어리를 도자기 그릇에 담을 수 있었다.

- 「전자레인지 앞에서」 중

제재뿐만 아니라 동원하는 모든 소재도 분위기에 맞게 대응시킬 수 있다. 아래는 아이들의 얼음강 건너기를 전쟁터의 상황에 대응한 이중노출이다.

이십 리 강둑 얼음창槍 맞바람 길에 원정길 단축을 위한 병사들의 은밀한 작전모의. 시퍼렇게 꿀렁거리던 숨구멍 막혀 허연 눈깔 내보이며 질식하기 시작한 샛강의 얼음장을 발꿈치로 눌러 보고 돌덩이로 찍어도 본다. 깨진 구멍으로 물이 퐁- 솟는다.

"엎드려 건널 수 있다!"

책보따리 멀찌감치 쭈-욱 밀어놓고 얼음판에 배를 딱 붙인 강마을 손자병법. 깽비리 고참병이 척후로 앞장서고 온몸 활짝 펴서 네 손발 파닥이며 얼음판을 기어가는 새끼거북들의 도강작전 대행진.

겨울이 깊을수록 더욱 견고해진 척하던 강은 영악하다. 기회를 엿보며 걷고 겯은 어깨동무의 힘을 빼기 시작한다. 소리 죽인 동장군의 획- 하는 바람 기운에 깡마른 갈대 초병 고개 한번 끄덕하니, 동사凍死 직전의 졸음 겨운 고무얼음이 스르르 배를 가르자 수평의 얼음 바닥이 각도를 이루면서 뒤따르던 병사의 다리를 붙잡았다.

- 「겨울 등굣길의 백병전」 중

다소 복합적 이미지를 용해한 작품도 가능하다. 아래 작품 강의 몸짓은 기본적으로 강을 인간의 삶에 중첩시켰다. 강의 원형적 상징성인 인류 역사의 도도한 흐름에 병치시켜 다중노출多重露出의 효과를 자아내게 하였다.

명수필 작법 현장 분석

(서두 부분)

시간을 묵히고 공간을 누비며 흘러내리는 강의 몸짓은 언제나 묵언黙言이다. 강이 전하는 오체투지의 실상實相은 은유로 드러낼 뿐, 산에 들어 산을 볼 수 없듯 강에서는 강을 보지 못한다.

(중간 부분)

강의 등짝에는 그가 톺아온 세상의 기억이 알뜰살뜰 새겨져 있다. 바람에 돋은 양각, 빗물에 패인 음각, 성엣장 둥둥 뜨고 너테로 뒤엉겨서 난해한 상형문자를 새겼다. 구포龜浦에서 구미龜尾까지 거북등에 아로새긴 낙동강 물길문자는 영웅호걸, 장삼이사張三李四들의 누천년 역정이 켜켜이 일렁이는 갑골문자다. 여기에는 아직도 가야의 말굽소리와 6·25 포성이 들리며, 긴 강둑에는 방랑시인 김삿갓의 시구가 바람결에 낭랑하고, 객지살이 자식들 소식 기다리는 어머니의 나루터를 향한 눈길까지도 애틋한 온기로 스며 있다.

(뒷부분)

인류 평화의 염원을 담아 수평의 먼동을 향해 오체투지로 굽이진 강의 생애. 부서진 뼛조각을 윤슬로 반짝이며 만유의 실상을 은유로 드러내는 강이다. 물색 모르는 이들은 풍랑이라 여기지만, 인류 역사를 상징으로 낱낱 새겨 영원한 생명으로 흐르는 낙동강은, 난바다가 바라다보이는 기수역汽水域을 맴돌며, 유방백세流芳百世 유취만년遺臭萬年의 증거를 오늘도 묵언의 몸짓으로 전한다.

- 「강의 몸짓」 중

수필 문장의 조건은 윤문潤文이다

수필 문장은 윤문潤文이어야 한다.

윤문潤文은 잘 다듬어진 문장이다.

수필 작법을 논하기 전에 작가가 갖추어야 할 필수적 전제조건은 문장력
이다.

윤문은 개인 취향에 따라 천차만별이며 그 특징적 문장을 '문체(style)'라
한다.

대한민국 수필가들은 최고의 문장가들이다.

문장을 무심코 진행시키지 말고 의도적인 고명도 얹어보자.

글 쓰는 잔재미도 추가된다.

문장은 교정, 교열, 윤문의 과정을 거친다.

교정은 띄어쓰기, 맞춤법 등으로 문법 표기 기준에 맞게 고치는 일이다.

교열은 앞뒤 문맥의 부자연스런 표현을 바로잡고, 문단 나누기도 조정하
는 일이다.

윤문은 비문非文 수정이 아니다.

주제와 어울리는 효과적 표현, 섬세하고 매끄러운 문장으로 다듬는 일

명수필 작법 현장 분석

이다.

묘사의 적확성, 문장 호흡의 장단과 강약, 리듬, 반복과 생략, 분위기에 맞는 어조, 유머와 위트, 적절한 수사법, 효과적 부호 사용 등 매우 다양한 부분에 섬세한 첨삭이어야 윤문이 된다.

이것은 피천득의 '번쩍거리지 않는 바탕에 약간의 무늬'와도 상통한다.

대한민국의 수필 문장은 대체로 엄숙하다.

단조로움보다 다채로움이 좋다.

수필이 굳이 청자연적 같을 필요도, 또 그럴 수도 없다.

고전적 품격을 담은 글이라도 문체는 다양하게 직조할 수 있다.

글의 주제나 분위기에 따라 근엄, 담백, 담담, 화려, 간결, 경쾌, 경박 등등의 문체미 활용이 가능하다.

어조語調 하나만 바꿔도 새로운 맛이 나는 게 언어다.

어조는 어미, 조사, 어휘, 음성상징, 생략 등의 방법으로 분위기를 형성한다.

　　축 늘어진 내복바지를 들어올려보니 160센티의 내 키도 작은 키는 아닌 것 같은 착각이 **잠시,** 들다가도 이내 피식 웃는다.

　　　　　　　　　　　　　　　　　　 - 「빨래를 치대며」 중

　　세월은 짧고 인생은 긴 세상, 모레쯤엔 전기밥솥으로 화려한 변신變身을 해볼까.

　　　　　　　　　　　　　　　　　　 - 「빨래를 치대며」 중

가슴에 은장도를 품고 있는 이 여인은 제 살이 낯선 돌부리에 살짝 스치기만 하여도 **쟁그랑!** 시퍼런 불빛 번쩍이며 온몸으로 저항한다.

-「조선낫」 중

안고 돈다는 것은 스텝과 호흡의 완벽한 **일치. 그렇지.** 세상은 저렇게 이심전심으로 돌고 돌아야 **홍야홍야** 녹아내리는 **것이려니.**

-「전자레인지 앞에서」 중

이 삼복염천에 산모 회복구완에 젖먹이 건사라니! **내가 무슨 안저지냐 업저지냐 아이돌보미냐.** 제놈이 무슨 만고효녀 심청이를 낳았다고….

-「개의 모정 수유」 중

다음 자료들은 필자가 '의도적으로 시도한 고명' 단락을 인용한 것들이다. 아래 작품은 첫걸음마를 뗀 손주가 공원 가장자리의 한 뼘짜리 나무턱 계단 하나를 내려가는 도전 모습이다. 최대한 정밀하게 관찰하고 묘사를 하였다. 그래도 잡문이 될 것 같아 '모시나비 날개 같다.', '연분홍 벚꽃잎 두어 장 발등에 팔랑, 내려앉는다.' 같은 고명을 얹혔다. '팔랑,'으로 쉼표도 기능을 담당하게 했다.

이번에는 오른쪽 다리를 살그머니 내려본다. 그런데 희한하게도 오른쪽 다리를 바로 곧게 내리지 않고 왼쪽 다리보다 더 왼쪽으로 꼬아서 내린다. 오른쪽 발바닥이 왼쪽 발뒤꿈치에 달라붙는다. 모시나비 날개 같다. 뒤에서 보니 오른쪽 다리는 완전히 왼쪽으로 굽은 모양이다. 두 다리가 완전히 X자로 교차되었으니 오른쪽 발바닥이 땅에 닿을 리가 없다. 아무래도 꽃밭마루턱의 반대편인 오른쪽으로 몸이 기우는 것이 불안한가 보다. 잠시 꾸물꾸물하더니 온몸을 왼쪽의 마루턱에 기대면서 왼쪽 무릎을 살며시 굽혀본다. 몸의 무게 중심은 꽃밭 마루턱이 있는 왼쪽, 그것도 상체에 다 실은 모양이다. 두 손은 왼쪽의 꽃밭마루턱을 힘껏 붙잡았을 것이다. 균형이 잡힌 듯 오른쪽 발바닥이 하늘을 한 번 향하더니 이내 땅바닥이 발가락 끝에 와 닿는다. 드디어 연착륙이다. 연분홍 벚꽃잎 두어 장 발등에 팔랑, 내려앉는다.

- 「내리막」 중

윗글이 관찰적 표현이라면 다음 글은 상상적 독백이다. 한여름에 새끼를 낳고 젖을 먹이느라 더위를 먹어 생명이 위태로웠던 암캐 억구의 이야기다. 수의사도 어렵다고 했지만 나의 정성스런 병구완으로 소생 기미가 보이자 신이 나서 읊조려본다. 산모産母에 조응한 이중노출의 기법이 적용되었다.

여름 햇볕이 잦아들면서 축 늘어졌던 배도 많이 오그라졌다. 하얀 꼬리도 가을바람처럼 상큼하다. 가을이 무르익으면 시든 나팔꽃잎처럼 흐물거리던 산모의 젖무덤도 팽팽해지고, 잘 여문 씨방 모양의 선홍색 젖꼭지가 착, 달라붙겠지. 그때면 S라인 몸매의 억구는 다시 이 고을에서 맵시 제일가는 날씬한 미시족missy族 행세를 하며 뭇 사내들 애간장을 녹이겠지. 뿔뿔이 흩어진 새끼들, 녀석들은 또 그들대로 한솥밥 가족들과 따뜻한 눈길 주고받으며 행복하게 살아가겠지….

- 「개의 모정 수유」 중

명수필 작법 현장 분석

수필은 문학. 문학은 언어예술. 예술은 미적 가치.
수필의 본격문학 위상 확립을 위하여!
수필 미학 창달의 자긍심을 위하여!

명수필 작법 현장 분석